DROEMER✴

WOLFRAM FLEISCHHAUER

DAS MEER

ROMAN

Dies ist ein Roman und somit ein Werk der Phantasie. Da die Phantasie nicht im luftleeren Raum operieren kann, sind Ähnlichkeiten mit realen Vorgängen, Personen und Institutionen nicht zu vermeiden, werden hier jedoch fiktiv, sinnbildlich und nicht dokumentarisch verwendet. Die von den Figuren vorgetragenen und vertretenen Standpunkte geben nicht die Meinung des Autors wieder, sondern spiegeln die Ansichten und Überzeugungen der Romanfiguren, deren Sichtweisen der Autor nur porträtiert und kontrastiert, ohne selbst dazu Stellung zu beziehen; dies bleibt die Aufgabe des Publikums. Es wurden nur öffentlich zugängliche Quellen verwendet, und es versteht sich von selbst, dass keine der im Roman geschilderten Handlungen zur Nachahmung empfohlen wird.

Besuchen Sie uns im Internet:
www.droemer.de

Originalausgabe März 2018
© 2018 Droemer Verlag
Ein Imprint der Verlagsgruppe
Droemer Knaur GmbH & Co. KG, München
Ein Projekt der AVA International GmbH
Autoren- und Verlagsagentur
www.ava-international.de
Gedicht auf S. 101: Viktor Hoffmann, »Kleines Zimmer«.
Abdruck mit freundlicher Genehmigung des Autors.
Alle Rechte vorbehalten. Das Werk darf – auch teilweise – nur mit
Genehmigung des Verlags wiedergegeben werden.
Redaktion: Jürgen Ghebrezgiabiher
Covergestaltung: ZERO Werbeagentur, München
Coverabbildung: plainpicture/Mischa Keijser
Satz: Adobe InDesign im Verlag
Druck und Bindung: CPI books GmbH, Leck
ISBN 978-3-426-19855-1

2 4 5 3

PROLOG

Als sie die Augen öffnete, war alles schwarz. Sie spürte, dass sie schweißnass war. Zugleich hatte sie nur ein vages Körpergefühl. Sie schloss die Augen und öffnete sie wieder. Kein Unterschied. Sie versuchte, ihre Beine zu bewegen, ihre Arme, aber ihre Gliedmaßen gehorchten ihr nicht. Dann war da ein Vibrieren, das sich über ihre Haut zog. Alles um sie herum hob und senkte sich leicht. Sie versuchte erneut, ihre Arme zu bewegen, und diesmal war da etwas. Ein Widerstand zunächst und dann ein jäher Schmerz, der sie sofort wieder erstarren ließ. Ganz ruhig, dachte sie. Es ist nichts. Deine Arme sind eingeschlafen. Das Blut beginnt wieder zu zirkulieren. Das ist alles.

Aber das war nicht alles. Weit davon entfernt! Sie wartete und lauschte, gleichzeitig bemüht, in der vollständigen Dunkelheit irgendetwas auszumachen. Was war mit ihr geschehen? Woher rührte dieses Brummen, diese Vibration? Plötzlich gab es einen Schlag, und ohne die geringste Vorwarnung begann ein Kreischen – der langgezogene Schrei eines übernatürlichen Wesens. Sie zuckte zusammen und schrie auf, denn nun raste ein Schmerz durch ihre Glieder, den sie nicht kannte, nicht einordnen konnte. Sie atmete schwer, versuchte nun zaghafter, vorsichtiger, ihre Arme und Beine zumindest ein wenig zu bewegen. Aber die Fesselung war unerbittlich, schnitt ihr bei jeder Bewegung ins Fleisch, staute ihr Blut und gab ihr das Gefühl, als würden ihre Arme und Beine von Nadeln durchstochen.

Das Abendessen in der Messe! Es war das Letzte, woran sie sich noch erinnerte. Wie lange war das her? Ein zweiter harter Schlag gegen die Wand ließ den Raum, in dem sie lag, erzittern. Wumm! Ihr Magen zog sich instinktiv zusammen, um das Heben und Senken ihres Körpers in der Dunkelheit auszugleichen. Wumm. Wumm. Die Stahlwand hinter ihrem Kopf dröhnte. Obwohl sie wusste, dass es sinnlos war, versuchte sie sich aufzurichten, hob den Kopf, so weit sie es trotz der Fesselung irgendwie vermochte. Allmählich wurde ihr klar, wo sie sich befand. Sie war in ihrer Kabine im Schiffsrumpf. Gedämpft drangen gebrüllte Befehle an ihr Ohr. Dann hörte sie das Stampfen und Dröhnen einer Schiffsmaschine. Ein zweites Schiff, durchfuhr es sie. Sie laden um. Natürlich. Bevor sie weiter nachdenken konnte, legte sich plötzlich alles schief. Scheppernd fiel in ihrer Kabine irgendetwas um. Die Rufe draußen wurden lauter. Erneut stieß etwas krachend gegen den Rumpf. Sie zuckte zusammen. Durch die Schieflage des Schiffes wäre sie unter normalen Umständen längst aus der Koje gerollt, doch ihre Fesseln hielten sie fest, schnürten ihr erneut das Blut ab und schnitten wie ein stumpfes Messer in ihre Haut. Doch das war nicht das Schlimmste. Das Schlimmste war, dass nun etwas Kratziges über ihren Oberkörper glitt. Erst begriff sie es nicht. Doch als die Decke, die auf ihr gelegen hatte, Zentimeter für Zentimeter von ihr herunterrutschte und sie die Luft auf ihrer nackten Haut spüren konnte, weiteten sich ihre Augen. Sie war völlig nackt! Panisch versuchte sie, sich loszureißen, und schrie vor Schmerz, den jede Bewegung auslöste. Aber ihr Schreien ging unter in einem erneuten grellen Kreischen, das sie jetzt klar zuordnen konnte. Es war das zornige Aufjaulen von Metall, das sich an Metall rieb.

Ihr Atem ging stoßweise, und ihr war kalt. Sie versuchte sich zu beruhigen, sich nicht zu bewegen, ihre Erinnerungen zu sortieren. Sie hatte mit ihnen zu Abend gegessen. Das wusste sie noch. Natürlich hatte sie die Feindseligkeit der Mannschaft gespürt. Die Blicke. Die Bemerkungen. Aber daran war sie gewöhnt. Das kannte sie von früheren Einsätzen. Sie hatte sich wie immer verhalten, auf keine der Provokationen reagiert, ihre Mahlzeit zu sich genommen und sich in ihre Kabine zurückgezogen, um ihre Proben zu ordnen und ihre Eintragungen vorzunehmen. Doch was war dann geschehen? Ihre Benommenheit konnte nur eines bedeuten: Man hatte sie betäubt! Und dann? Ihr wurde übel. Sie schaute an sich herunter. Sie konnte absolut nichts sehen. Aber mit jeder Sekunde, die verging, bohrte sich die Gewissheit tiefer in sie hinein. Sie spürte, dass sie seit Minuten instinktiv die Schenkel gegeneinandergepresst hielt. Als ob das jetzt noch etwas ändern würde. Ein Würgereiz stieg in ihr auf. Die Gesichter der Matrosen zogen an ihr vorüber. Verzweifelt warf sie den Kopf hin und her, als könnte sie diese Bilder abschütteln. Wie lange hatte es wohl gedauert, bis sie das Bewusstsein verloren hatte? Die Fratzen dieser Kerle! Was hatten sie ihr angetan? Sie? Mehrere? Oder nur einer? Nur!

War sie Stunden oder gar Tage betäubt gewesen? Sie hatte keinerlei Zeitgefühl. Ihre Kehle war ausgetrocknet, und ihr war speiübel. Sie lag in einer fensterlosen Kabine an Bord eines Trawlers, zwei Meter unterhalb der Wasserlinie irgendwo im Nordatlantik. Das war alles, was sie mit Sicherheit wusste.

Ihre Schenkel begannen sich zu verkrampfen. Sie versuchte, sie zu entspannen und einen klaren Gedanken zu fassen. Aber es gelang ihr nicht, sich zu konzentrieren. Ein Stöhnen entfuhr ihr. Ein verzweifeltes, wütendes Stöhnen, fremd und ungewohnt, so dass sie fast selbst darüber erschrak. Gleich darauf ergriff sie erneut Panik. Die Ampullen! Obwohl es sinnlos war, stierte sie in die Dunkelheit und versuchte, die Gegenstände auf dem kleinen Tisch an der gegenüberliegenden Kabinenwand zu erkennen. Der Abstand war gering, etwas mehr als ein Meter trennte das Bett, auf dem sie lag, von der Arbeitsfläche. Doch sie konnte nichts sehen. Ihre Zähne schlugen gegeneinander. Die Kälte kroch über ihren nackten Körper, und der Umstand, dass sie unter der kratzigen Decke zuvor geschwitzt hatte, ließ sie jetzt nur umso schneller auskühlen.

Allmählich fielen ihr weitere Einzelheiten ein. Das merkwürdige Gefühl, das sie auf dem Rückweg in die Kabine überkommen hatte. Das war keine normale Müdigkeit gewesen. Sie dachte an all das, was man ihr während ihrer Ausbildung immer wieder eingeschärft hatte. »Sie lassen eure Laptops verschwinden«, hatte man sie gewarnt. »Sie vernichten eure Unterlagen, wenn sie können. Sie lassen auch Proben über Bord gehen und vergesst nie: Ihr seid der einzige Polizist an Bord, und niemand, aber wirklich niemand, will euch dort haben. Es ist sogar schon vorgekommen, dass sie Beobachter betäuben. Oder noch schlimmer.«

Ihr Atem beschleunigte sich. Und wenn sie die Ampullen gefunden und mitgenommen hatten? War sie überhaupt noch selbständig in ihre Kabine gelangt oder vorher zusammengebrochen? Sie wusste es einfach nicht.

»Heey!«, schrie sie. Ihre Stimme war rauh und brach rasch ab. Sie schluckte und verzog das Gesicht vor Schmerzen. Ihre Kehle brannte. Sie sammelte Speichel, schluckte, atmete tief ein und setzte erneut an. »HEEY!«

Der Lärm draußen hielt unvermindert an. Waren das Schritte an Deck? Ein Motor ratterte, vermutlich eine Seilwinde. Aber vor ihrer Tür rührte sich nichts. Sie wollte erneut schreien, besann sich jedoch eines Besseren. Wer immer hereinkäme, würde sie so sehen. Nackt. Geschändet. Sie bäumte sich auf, bis der Schmerz in ihren Gliedmaßen ihr fast die Besinnung raubte. Kälte, Schmerz, Hilflosigkeit und Erniedrigung lähmten sie. Denk nach, denk nach! Du musst hier raus, bevor sie zurückkommen. Du MUSST.

Eine Winde ratterte. Schreie und Rufe gingen hin und her. Die Dünung musste enorm sein, denn das Schiff hob und senkte sich unablässig. Raus, dachte sie erneut. Und dann wieder: Die Ampullen. Sind die Ampullen in Sicherheit?

Sie versuchte, mit dem Mittelfinger die Art ihrer Fessel zu ertasten. Zweimal ließ sie davon ab, weil der Schmerz zu stark wurde. Doch schließlich stieß ihre Fingerspitze gegen etwas Hartes, einen schmalen Riemen, der tief in ihre Haut schnitt. Er war leicht geriffelt. Sie strich mehrmals darüber und ließ dann resigniert davon ab. Aussichtslos. Kabelbinder. Sie hatte keine Chance. Ohne Hilfe würde sie sich niemals befreien können.

Mit angstgeweiteten Augen lauschte sie in die undurch-dringliche Dunkelheit. Aber vor ihrem inneren Auge sah sie von Minute zu Minute klarer, was sich an Deck abspielte. Die Finsternis schärfte ihre Sinne. Diese Geräusche kannte sie. Das regelmäßig wiederkehrende Poltern, gepaart mit feinen Erschütterungen, die sie am ganzen Körper spürte, konnte nur eines bedeuten: Das Schiff nahm Ladung auf. Von wem? Warum hier? Bei diesem Seegang? Dann hörte sie Schritte. Obwohl sie genau wusste, dass sie allein völlig hilflos war, wurde ihr nun himmelangst. Sie hörte, wie ein Riegel zurück-geschoben wurde. Dann schwang die schwere Metalltür auf. Sie konnte nichts sehen. Eine Taschenlampe, die ihr direkt ins Gesicht leuchtete, blendete sie.

»Wer ist da?«, rief sie und wollte mutig klingen. Aber ihre Stimme zitterte. Der Lichtschein wanderte langsam über sie hinweg. »Du Schwein!«, schrie sie. »Zeig dich wenigstens, du feiges Dreckschwein!«

Wer immer in der Tür stand und sie ausleuchtete wie ein Vieh auf der Schlachtbank, schwieg. Tränen traten ihr in die Augen. Was kam jetzt? Würde einer dieser perversen Hunde über sie herfallen? Wechselten sie sich ab und war nun der nächste an der Reihe?

»Komm doch her, du Memme«, schrie sie. »Und dann stell dir vor, ich wäre deine Schwester oder deine Mutter. Ja, dann macht es dir vielleicht richtig Spaß, du Abschaum. Los, wor-auf wartest du?«

Sie wusste selbst nicht, woher sie kamen, aber etwas in ihr würgte diese Worte der Verzweiflung und Verachtung aus ihr heraus. Der Lichtschein fiel wieder auf ihr Gesicht und kam dann plötzlich rasch näher. »Gute Nacht, du Schlampe«, hörte sie auf Spanisch.

Im nächsten Augenblick stach sie etwas in ihren linken Oberschenkel. Der Lichtschein war unverändert auf sie gerichtet und blendete sie, bis ihre Lider nach einigen Sekunden schwerer und schwerer wurden und sich allmählich herabsenkten.

Ein schwerer Wellenschlag erschütterte das Schiff, aber das spürte sie bereits nicht mehr.

* * *

Die Mayday-Nachricht ging um 04:37 bei der Seenotleitstelle von Falmouth ein. Der Kapitän hatte die Vermisstenmeldung über DSC-Funk abgesetzt, und sie war über Satellit an die zuständige Koordinierungsstelle in Südengland weitergeleitet worden.

Die Valladolid, ein unter spanischer Flagge fahrender Gefriertrawler vom Typ Atlantik 333, befand sich zum Zeitpunkt des Notrufs auf Position 52° 10' Nord, 23° 48' West. Die Hörwache nahm sofort Kontakt mit dem Kapitän auf und registrierte alle durchgegebenen Daten. Ein weibliches Besatzungsmitglied wurde vermisst. Der genaue Zeitpunkt des Verschwindens war nicht bekannt, ihr Fehlen erst eine halbe Stunde zuvor bemerkt worden. Die Vermisste war dreiunddreißig Jahre alt und in gutem gesundheitlichem Zustand. Ob sie einen Überlebensanzug oder eine Schwimmweste getragen hatte, war nicht bekannt, jedoch unwahrscheinlich, da keine Westen fehlten und an Bord kein Fangbetrieb geherrscht hatte. Sie war nach dem Abendessen zwischen 19 und 20 Uhr das letzte Mal in Freizeitkleidung in der Nähe ihrer Kabine gesehen worden. Kurz nach vier Uhr morgens wurde das Schlagen ihrer unverschlossenen Kabinentür bemerkt. Die Kabine war leer, das Deckenlicht eingeschaltet. Eine Suche unter Deck verlief erfolglos. Nach Meldung an die Brücke und sofort durchgeführtem Zählappell wurde das Schiff komplett durchsucht, ohne dass die vermisste Person gefunden wurde. Es stand zu befürchten, dass sie über Bord gegangen war.

Nach Eingabe aller verfügbaren Daten begann die Berechnung des theoretischen Suchgebiets. Unter Berücksichtigung des Kurses der Valladolid während der letzten Stunden, ihrer Geschwindigkeit, Position zum Zeitpunkt des Notrufs, der Windstärke, der Drift- und Strömungsverhältnisse in diesem Sektor entsprach das Suchgebiet in etwa der Größe Luxemburgs. Anhand der Berechnungen wurde eine Liste aller derzeit im betroffenen Sektor befindlichen Schiffe erstellt und der Notruf an diese mit der Aufforderung weitergeleitet, sich für eine Seenotrettung zur Verfügung zu stellen. Kurz darauf lagen die Antworten und voraussichtlichen Ankunftszeiten von vierzehn Schiffen im Zielgebiet vor.

Die Leitstelle in Falmouth übertrug die Koordinierung vor Ort an einen kanadischen Frachter, der als erster an Ort und Stelle eintreffen würde und ausreichend Personal zur Verfügung stellen konnte. Er erreichte das Zielgebiet um 07:12. Im Laufe der Morgenstunden eilten weitere Schiffe zu Hilfe, unter anderem ein Passagierschiff, ein Tanker, ein Frachter, zwei zuvor noch nicht klassifizierte Schiffe, die sich als französische Militärschiffe herausstellten, sowie zwei Fischereischiffe. Bis zum Abend suchten sie systematisch das betroffene Gebiet ab.

Der Kapitän der Valladolid informierte seine Reederei in Vigo, die es auf sich nahm, die Angehörigen der vermissten portugiesischen Fischereibeobachterin unverzüglich über den Zwischenfall zu unterrichten. Die Organisation für die Fischerei im Nordwestatlantik NAFO, in deren Auftrag die junge Frau im Einsatz gewesen war, erstattete noch am selben

11

Tag bei der Staatsanwaltschaft Pontevedra Anzeige gegen unbekannt. Die Valladolid wurde von ihrer Reederei angewiesen, ihren Fangeinsatz unverzüglich abzubrechen und ihren Heimathafen Vigo anzulaufen. Das spanische Amt für die Untersuchung von Unfällen und Vorkommnissen auf See CIAIM wurde mit der Angelegenheit betraut.

Bei Einbruch der Dunkelheit war trotz intensiver Suche keine Schiffbrüchige gesichtet worden. Um neunzehn Uhr wurde die Suche eingestellt.

1. RENDER

Die Kapelle Nossa Senhora da Luz in Carvalhais war ein einfaches, kleines, weißes Haus mit einem blau gestrichenen Sockel, einer backsteinroten Tür und drei bleiverglasten Fenstern. Ein steinernes Kreuz ragte über dem Giebel auf. Die rechte Seite der Kapelle hatte man etwas breiter gebaut, so dass auf Höhe der Dachrinne ein Mauervorsprung entstanden war, auf dem ein kleiner Glockenturm stand. Es hing auch eine kleine Glocke darin, aber sie wurde nicht mehr genutzt. Stattdessen hatte man am Glockenturm zusätzlich eine senkrecht aufragende Stange angebracht, an dem drei Megafonlautsprecher hingen.

Aus diesen erschallte seit kurzem zu Laudes, Sext und Vesper Angelusgeläut, aber das wusste Johann Render nicht. Er nahm überhaupt eher wenig von seiner Umgebung wahr. Er war soeben erst mit einem Polo, den er am Flughafen von Lissabon gemietet hatte, in Carvalhais angekommen. Auf dem Dorfplatz hatte er nach der Kapelle gefragt und sie dann problemlos gefunden, obwohl er von der Wegbeschreibung bis auf die Handzeichen absolut gar nichts verstanden hatte.

Er parkte vor der Kapelle, stieg aus und ging direkt auf die rote Tür zu. Sie war geschlossen, aber nicht verriegelt. Er drückte die Klinke herunter. Die Tür gab leise quietschend nach und schwang nach innen zurück. Er trat über die Schwelle. Die Luft war stickig, und er entdeckte auch gleich den Grund dafür: eine stattliche Ansammlung von Kerzen, die auf einem kleinen Seitenaltar zu seiner Linken unter einem Madonnenbild standen. Die meisten Kerzen waren bereits weit heruntergebrannt. Durch den Luftstrom beim Öffnen der Tür flackerten sie kurz. Aus der Ferne war gedämpft der Stundenschlag der Dorfkirche zu vernehmen. Ansonsten war es völlig still in dem winzigen Gotteshaus. Er war allein, den Blick auf den Altar gerichtet, und atmete schwer.

Niemand wusste von seinem Kommen. Er war spontan aufgebrochen. Das zermürbende Warten auf Nachrichten und die mit jedem verstreichenden Tag wahrscheinlicher werdende Gewissheit, dass alle Hoffnung vergeblich war, hatten es ihm unmöglich gemacht, noch länger untätig am Schreibtisch zu sitzen und nur zu hoffen und zu beten, was er tatsächlich bereits zweimal getan hatte. Und möglicherweise würde er es gleich wieder tun. Langsam, als könnte er sich verbrennen, trat er näher an den kleinen Altar heran. Ihr Foto stand da. Sie lächelte. Das Bild musste während des Studiums entstanden sein. Ihr langes Haar verbarg eine Wollmütze, und man sah nur ihr schönes, junges Gesicht. Sie stand am Bug eines auf der Seite liegenden großen Holzbootes und blickte versonnen in die Welt irgendwo hinter der Kamera. Sein Magen verkrampfte sich. Aber er schaute nicht weg, sondern zwang sich, alles genau zu betrachten. Frische und bereits verwelkte Blumen lagen da, die offenbar niemand zu entfernen wagte.

Wie lange würde das hier so bleiben, fragte er sich. Bei auf See Vermissten wartete man keine zehn Jahre, bis man sie für tot erklärte. Sechs Monate vielleicht, maximal. Teresa stammte aus einer Fischerfamilie. Die Menschen hier wussten sehr gut, dass kaum einer jemals wieder auftauchte, der bei der Rückkehr zum Hafen nicht mit an Bord war.

Ein Kondolenzbuch mit nur noch wenigen unbeschriebenen Seiten lag neben dem Foto. Er blätterte und las. Render sprach kein Portugiesisch, aber der Sinn der meisten Trauerbotschaften erschloss sich ihm auch so. Jemand hatte ein weinendes Gesicht gezeichnet und ein kurzes Gedicht darunter geklebt. Er schlug die erste Seite auf, die Eintragung war in unregelmäßiger, ungeübter Handschrift vorgenommen: »Mein

Herz ist bei Dir, in Deinem kalten, nassen Grab und wärmt Dich mit all meiner Liebe. Mamã.«

Die krakeligen Buchstaben verschwammen ihm vor den Augen. Er setzte sich auf eine der Holzbänke, holte ein Taschentuch heraus, hielt es dann jedoch einfach nur in der Hand und ließ seinen Tränen freien Lauf. Was hätte er geschrieben, wenn er dazu überhaupt in der Lage gewesen wäre? Sie war nicht mehr. Und damit war auch er nicht mehr. Vor knapp zwei Jahren hatte ihm das Leben ein unfassliches Geschenk gemacht. Nun war es ihm wieder genommen worden.

* * *

Der Anruf hatte ihn aus dem Schlaf gerissen. Die Stimme der Anruferin war absolut ruhig geblieben. Viertel vor sechs. Er sah nur den Namen auf dem Display und ahnte sofort, dass etwas Außergewöhnliches passiert sein musste.

»Vivian?«

»John.«

»Yes?«

Allein die Art, wie sie seinen Namen gesagt hatte!

»What happened«, fragte er mit einer Mischung aus Ungeduld und Furcht. »Warum rufst du mich in aller Herrgottsfrühe an?«

»Du weißt es also noch nicht?«

»Was denn, verdammt noch mal? Was ist los, Vivian?«

Die Stimme zögerte sicher nur einen Sekundenbruchteil. Oder lag es an der aufsteigenden Panik, dass sich alles um ihn herum verlangsamte?

»Teresa wird vermisst.«

Er war mit einem Schlag hellwach.

»Was?«, stammelte er.

»Ich habe die Meldung gerade erst bekommen«, hörte er

wie durch ein Rauschen. »Es ist irgendwann heute Nacht passiert. Es wird gerade eine Suchflotte zusammengezogen. Sobald sie Tageslicht haben, werden sie das Gebiet durchkämmen.«

Das Atmen fiel ihm auf einmal unendlich schwer. Er wollte etwas sagen, aber es gelang ihm nicht. Er saß einfach da, das Telefon am Ohr, und starrte fassungslos in das Zwielicht seines Schlafzimmers.

»Ich fahre jetzt sofort ins Büro«, sagte sie.

Er vermochte nicht, zu antworten.

»John?«

»Ja«, keuchte er.

»Noch wissen wir nichts Genaues. Teresa ist eine erfahrene Beobachterin. Ich stehe mit allen Stellen in Kontakt und informiere dich sofort, sobald ich etwas erfahre. Du weißt, wo du mich findest.«

»Ja«, wiederholte er kaum hörbar. »Danke.«

»Bis nachher.«

Sie hatte aufgelegt. Er ließ die Hand sinken. Das Telefon fiel mit einem Knall auf den Holzfußboden. So musste es sein, wenn man einen Arm oder ein Bein verlor. In den ersten Sekunden spürt man keinen Schmerz. Nur eine dumpfe elementare Panik. Als er aufstehen wollte, begann er zu zittern. Er spürte etwas Warmes zwischen seinen Oberschenkeln. Er hastete ins Bad, schaffte es auf die Toilette, doch kaum saß er dort, wurde das Zittern noch schlimmer. Ein Kälteschauer nach dem anderen jagte ihm über den Rücken. Er keuchte. Sein Herz raste. Seine Brust hob und senkte sich wie fremdgesteuert, als schlage jemand wie wild darauf ein. Teresa vermisst! Im Nordatlantik! Er stürzte zum Waschbecken und erbrach sich.

Irgendwie schaffte er es, zu duschen und sich anzuziehen. Ein Gefühl von Taubheit und Unwirklichkeit umgab ihn. Alles schien beschlagen, gedämpft, unwahr. Er stand in der Küche, völlig durcheinander, ratlos. Ins Büro, dachte er. Ich muss sofort ins Büro fahren.

Er taumelte ins Wohnzimmer und ließ sich auf der Couch nieder. Das Ungeheuerliche, Unfassbare war geschehen. Teresa vermisst. Er weinte. Die Minuten verstrichen. Allmählich wurde es hell. Ein grauer Novembertag. Das Rauschen des Brüsseler Berufsverkehrs drang gedämpft durch die Fenster. Er musste ins Büro. Vielleicht war die Meldung falsch?

Er zog seinen Mantel an, griff nach seiner Aktentasche, verschloss die Wohnungstür. Alles schien wie immer. Für den Bruchteil einer Sekunde bildete er sich ein, nur geträumt zu haben. Aber als er in der Tiefgarage im Wagen saß, begann das Zittern erneut. Er fuhr vorsichtig die Rampe hinauf, wartete, bis das Rolltor scheppernd in der Decke verschwunden war, und fädelte sich in den Verkehr auf der Avenue Louise ein.

Auf seiner Etage war alles still. Kaum jemand erschien hier vor neun Uhr, und es war gerade einmal kurz nach acht. Er ging den verwaisten Flur entlang, öffnete seine Bürotür, wusste jedoch plötzlich nicht mehr, was er hier sollte. Mechanisch machte er Licht und startete den Computer. Draußen hörte er plötzlich Schritte. Die Tür ging auf. Vivian Blackwood stand vor ihm. Seine Chefin war blass. Sekundenlang fiel kein Wort. Er wollte etwas sagen, aber seine Lippen zitterten zu sehr.

Vivian schloss kurz die Augen und schüttelte den Kopf.

»Es gibt noch keinerlei Gewissheit. Eine halbe Armada ist dort draußen und sucht nach ihr. Es …«

»Wie viele Stunden, Vivian?«, unterbrach er sie. »Wie viele?«

Sie erwiderte nichts.

»Sechs? Sieben?«, beantwortete er seine Frage selbst. »Du weißt so gut wie ich, dass es nur Minuten dauert.«

»Wir werden jeden Stein umdrehen, John. Wir werden …«

Er hob die Hand und unterbrach sie erneut.

»Danke, Vivian. Aber was immer wir tun, es wird sie nicht zurückbringen. Und was wir nicht getan haben …«

Die Stimme versagte ihm. Vivians Handy piepte zweimal, aber sie reagierte nicht.

»Ich muss nach oben, John«, sagte sie dann. »Ich werde Himmel und Hölle in Bewegung setzen, um alle Informationen zu bekommen. Ich verspreche dir, es wird alles getan werden. Alles.«

»Danke.«

Sie ging zu ihm und umarmte ihn. Der Duft ihres Parfüms hüllte ihn ein. Ihre Wange, die sich kurz gegen die seine presste, fühlte sich unnatürlich kühl an. Sie löste sich wieder von ihm, ihre Hand suchte seine und drückte sie. Er ließ es geschehen. Vivian hatte ihn noch nie umarmt. Sie war ihm überhaupt noch nie näher gekommen als auf Schreibtischdistanz. Und jetzt hielt sie seine Hand.

Würde es den ganzen Morgen über so weitergehen, wenn die anderen kamen und hörten, was geschehen war? Teresa, seine Freundin, vermisst. Vermutlich im Atlantik ertrunken. Bald würde sich die Nachricht im ganzen Hause verbreiten. Er starrte auf seinen Computer, auf dem sich schon jetzt ständig kleine Fenster eingehender E-Mails öffneten. Der Header war immer der gleiche: An Johann RENDER Section C/2 GD MARE Fisheries conservation and control – Atlantic and Outermost Regions. Alle schrieben ihm. Neil von der APFO, Gregg von der NAFO, sogar Viktor Bach von Interpol. Er öffnete die ersten Mails und überflog deren Inhalt. Sie ähnelten einander, brachten Fassungslosigkeit und Mitgefühl zum Ausdruck, gleichzeitig die Entschlossenheit, dem Vorfall auf den Grund zu gehen und lückenlose Aufklärung zu fordern. Render schloss das Mailprogramm und starrte auf die gegenüberliegende Wand. Postkarten hingen dort. Und jede Menge dumme Sprüche. *Von zwei Din-*

*gen sollte man nie wissen wollen, wie sie gemacht werden:
Politik und Würste.*
Er verließ das Büro, schaltete sein Telefon aus und ging in
die Tiefgarage. Da er antizyklisch unterwegs war und der all-
morgendliche Megastau sich nach Brüssel hinein quälte, gelangte er durch die Tunnels rasch auf die E40. Er fuhr in
Richtung Gent. Die Sonne brach durch die Wolken und
schien hell auf die Felder und Wälder links und rechts der
Autobahn. Die gegenüberliegende Fahrbahn war bis Ternat
hoffnungslos verstopft. Hinter Gent bog er auf die Landstraße ab und folgte ihr an die Küste. In Breskens parkte er auf
einem verlassenen Parkplatz am Deich. Das Wasser erstreckte sich bleigrau bis zum Horizont, wo die Welt in einem
schmutzig weißgrauen Nebel aufzuhören schien. Den ganzen Vormittag lief er den Dünenweg entlang. In Cadzand aß
er spät zu Mittag, ließ die Hälfte des Essens jedoch stehen
und trank nur den Weißwein, der ihn angenehm betäubte.
Auf der Rückfahrt hatte sich das Gehupe und Geschiebe der
Pendler auf die Gegenspur verlagert, und er kam wieder gut
durch, was indessen nichts daran änderte, dass seine Gedanken immer verzweifelter, immer finsterer wurden. Er schaltete sein Telefon wieder ein, aber die Nachrichten bestätigten
nur, dass alles so war, wie es war. Einen Tag lang hatte man
nach ihr gesucht. Um neunzehn Uhr würden alle Suchmaß-
nahmen eingestellt werden. In den nationalen und internationalen Medien fand der Zwischenfall keine Erwähnung. Allein
im Internet wurde spekuliert, aber er brach die Lektüre nach
wenigen Absätzen ab. Vivian textete ihm: Er sei für den Rest
der Woche freigestellt, und falls sie irgendetwas für ihn tun
könne, so möge er sich bitte melden.
Tun? Ja, was denn?! Zurück in Brüssel, ging er vor lauter
Verzweiflung ins Kino. Aber es funktionierte nicht. Ganz
gleichgültig, was auf der Leinwand geschah, er sah immer
dasselbe Gesicht. Eine halbe Stunde später verließ er das Kino

wieder. Unschlüssig machte er ein paar Schritte in Richtung Porte de Namur, verwarf aber einen Kneipenbesuch und trottete stattdessen zur Tiefgarage, wo sein Wagen stand. Wie sollte er sich ablenken, nicht verrückt werden? Ein Kloß im Hals nahm ihm fast die Luft. Er hatte Mühe, die Parkkarte in den Schlitz des Automaten zu stecken, so sehr zitterte seine Hand. Irgendwann fand er sein Auto, setzte sich hinein, blieb jedoch untätig sitzen. Vor ihm breitete sich die geisterhafte Umgebung aus leeren Wagen, Betonpfeilern und trüber Beleuchtung aus. Er war schuld, hämmerte es in seinem Kopf. Er war schuld an ihrem Tod! Ganz gleich, was alle anderen sagten.

Render umklammerte sein Lenkrad, drückte zu, bis seine Knöchel weiß wurden, und wartete, dass der Kloß in seiner Kehle sich allmählich löste. Irgendwann startete er den alten BMW und kroch die enge, schneckenförmige Auffahrt hinauf. Vor ein paar Wochen hatte sie noch hier neben ihm im Wagen gesessen. Sie hatten in einem kleinen Restaurant in der Rue de la Régence zu Abend gegessen und waren dann am Petit Sablon vorbei auf der Rue de Namur zum Parkhaus zurückgelaufen. Sie hatte sich bei ihm untergehakt. Er erinnerte sich an den Duft ihres Parfüms. Sie trug ihr Haar offen, und manchmal blies der Wind eine ihrer langen Strähnen in sein Gesicht. Die Erinnerung war unerträglich. Er beschleunigte, streifte dabei leicht die stark gekrümmte Wand der Auffahrt, bremste abrupt und fuhr dann im Schritttempo bis zur Schranke. Ohne den Schaden an seinem Kotflügel zu beachten, steckte er das Parkticket in den Automaten und reihte sich in den Abendverkehr ein.

Weit war es nicht. Seine Wohnung lag in einem der modernen Mietshäuser aus den dreißiger Jahren am unteren Ende der Avenue Louise. Sie war nicht besonders schön, aber sie lag im vierten Stock mit Blick auf den Square du Jardin du Roi und hatte Dreifachverglasung, so dass der Lärm der vier-

spurigen Brüsseler Prachtstraße nur gedämpft zu ihm herauf-
drang, solange er die Fenster geschlossen ließ. Sein Leben
spielte sich vor allem im hinteren Teil der Wohnung ab, wo
sich Bad und Küche, sein Arbeitszimmer und sein Schlafzimmer befanden. Wohn- und Esszimmer benutzte er so gut wie
nie. Die Zeiten, als er noch Dinnerpartys gegeben hatte, waren lange vorbei. Sie hatten eher selten auf seine Initiative hin
stattgefunden, sondern waren fast immer von den beiden
Ehefrauen organisiert worden, mit denen er zunächst sechzehn und dann zwei Jahre seines Lebens verbracht hatte.
Er hatte drei Kinder aus erster Ehe. Seine zwei Töchter lebten mit ihrer Mutter in den Niederlanden, sein Sohn und Äl-
tester studierte in den USA. Mit seiner zweiten Frau, einer
österreichischen Juristin, die er bei einer Konferenz in Wien
kennengelernt hatte, war schon nach zwei Ehejahren alles
wieder zu Ende gewesen. Wenigstens hatte er mit ihr keine
Kinder mehr gehabt. So unbegreiflich es ihm heute auch erschien, er hatte nach jeder Hochzeit sofort ein Haus gekauft
und sich in monatelange Renovierungsarbeiten gestürzt.
Nach jeder Scheidung hatte er sofort wieder verkauft, das
erste Mal mit Gewinn, das zweite Mal mit einem derartigen
Verlust, dass der Gewinn aus der ersten Transaktion gleich
mit verlorenging. Inzwischen empfand er jede Form von Besitz nur noch als lästig. Er wollte an gar nichts mehr gebunden sein. Am liebsten hätte er sogar seine Kleider nur noch
gemietet. Seine Zeit in Brüssel war so gut wie vorüber. Im
Gegensatz zu manchen Kollegen, die sich am Ende ihrer Karriere lukrative Beraterverträge angelten, um ihre saftigen
Pensionen noch saftiger zu machen, indem sie weiterhin mehr
oder weniger das Gleiche taten wie zuvor, würde er unter seinen Einsatz für Europa dann endgültig einen Schlussstrich
ziehen.

Wohin er gehen würde, war ihm lange schleierhaft gewesen. In Deutschland kannte er niemanden mehr. Er hatte im-

mer mit den USA geliebäugelt, erwogen, in die Nähe seines Sohnes zu ziehen, mit dem er sich von den drei Kindern am besten verstand. Oder Amsterdam. Aber die Beziehung zu seinen beiden Töchtern war schwierig. Sie waren in jungen Jahren massiv dem Gift ausgesetzt gewesen, das seine erste Frau nach der Scheidung über Jahre hinweg abgesondert hatte. Sie weigerten sich inzwischen sogar, Deutsch mit ihm zu sprechen, eine Absurdität, denn sein Niederländisch war zwar ganz passabel, aber er sah einfach nicht ein, mit seinen eigenen Kindern fremdsprachig kommunizieren zu müssen. Seit fast dreißig Jahren war er gezwungen, tagaus, tagein Französisch oder Englisch zu sprechen. Es hing ihm inzwischen manchmal einfach zum Hals heraus. Wie so vieles.

»Du bist auslandsmüde«, hatte Teresa zu ihm gesagt. Sie hatte das so klar und simpel ausgedrückt, als hätte sein Arzt ihm eröffnet, er habe Diabetes. Keine lebensbedrohende Krankheit, aber ein das gesamte Leben beeinträchtigender Zustand. »Du musst nach Hause«, erklärte sie. »In deine Sprache. In deine Welt. Du lebst hier wie auf einer Mondstation. Man kann nicht nur Europäer sein. Das ist zu abstrakt. Man muss es *auch* sein. Aber wer *nur* Europäer ist, ist gar nichts. Da fällst du irgendwann ins Nichts.«

Er betrat die dunkle Wohnung, schloss die Tür und spürte, wie ihn eine unendliche Leere überkam. Nach Hause? Wo sollte das jetzt noch sein? Mit ihr, so hatte er gedacht, würde alles eine ganz neue Wendung nehmen. Mit Teresa war die Zukunft plötzlich wieder weit offen gewesen. Vielleicht hätte er sich in Lissabon niedergelassen. Oder er wäre mit ihr in der Welt herumgereist und hätte sie bei ihren Projekten unterstützt. Das hatte er sich manchmal so ausgemalt. Aber jetzt? Vorbei! Auf See vermisst. Über Bord gegangen. Keine Hinweise auf Fremdeinwirkung.

Render ging in die Küche, schenkte sich ein Glas Rotwein aus einer halbvollen Flasche ein und steckte sein Mobiltelefon auf ein Dock neben der Mikrowelle. Nach ein paar Sekunden erfüllte Bill Evans' Klaviermusik den Raum. Render lauschte. Dann stellte er das Glas ab und erwog ernsthaft, mit ausreichend Anlauf ins Wohnzimmer zu laufen und durch eine der großen Scheiben zu springen.

Wenn sie ihn in Brüssel besuchte, hatte sie oft dort am Fenster gestanden und auf die Straße hinuntergeschaut. Im Mantel. In Jeans. Auch einmal fast nackt, nur mit einer Decke um die Schultern geworfen. Sie hatte diesen Blick auf die Brüsseler Variante der Champs Elysées gemocht. Der Vergleich mit Paris hielt natürlich nicht stand, abgesehen vielleicht vom dreistündigen Dauerstau jeden Morgen oder den edelmarkenbewussten Shoppern, die den Rest des Tages dominierten. Spätestens nach Ladenschluss verödete die Gegend. Nach zweiundzwanzig Uhr kamen die Prostituierten.

Er setzte sich wieder und vergrub seinen Kopf in den Händen. Er fühlte sich, als habe er ein großes, unsichtbares Loch in der Brust, durch das der Wind strich. Er musste ständig ohne jeden Grund schlucken. Wie sollte das nur weitergehen? Warum sollte überhaupt irgendetwas weitergehen? Sein Büro in der Rue Joseph II erwartete ihn morgen nicht. Er würde sich nicht über die Avenue Louise quälen, durch die Tunnel bis zur Rue Belliard, wie tausendmal zuvor. Keine Akten. Keine Sitzungen. Um elf Uhr würde irgendein anderer Kollege Vivian in den Haushaltsausschuss begleiten. Der Termin beim Verbraucherschutz? Das Treffen mit dem Berichterstatter des Fischereiausschusses des Europaparlaments? Alles auf nächste Woche verschoben. Nächste Woche!

Er war aufgestanden und in sein Arbeitszimmer gegangen. Der Monitor des Computers schaltete sich ein, sobald er die Maus berührte, und mit einem leisen Summen startete die Back-up-Festplatte. Drei Minuten später hatte er die schnellste Verbindung nach Carvalhais gefunden. Er buchte den frühesten Flug nach Lissabon und reservierte einen Mietwagen.

Dann packte er einen kleinen Koffer, bestellte für sechs Uhr ein Taxi zum Flughafen, nahm eine Schlaftablette und ging zu Bett.

So hatte sich seine Schockstarre plötzlich in blinden Aktionismus verwandelt. Es hatte ihm gar nicht schnell genug gehen können. Die Frühmaschine war um elf Uhr in Portela gelandet, eine halbe Stunde später saß er in seinem Mietwagen. Die Strecke nahm keine zwei Stunden in Anspruch, und jetzt stand er in der Kapelle des Ortes, wo sie zur Welt gekommen und aufgewachsen war. Und nun? Was sollte er jetzt tun? Weiter warten? Aber worauf? Auf Trost? Auf irgendein Zeichen, dass sie durch einen unvorstellbaren Zufall lange genug im Wasser überlebt hatte und von einem anderen Schiff gerettet worden war?

Er zwang sich, wieder aufzustehen, trat erneut an den Altar und musterte die hilflosen Zeichen von Anteilnahme, Trauer und Verzweiflung. Ihre Geburtsanzeige lag da, eine kleine Karte mit dem Foto eines Babys. Teresa Maria da Carvalho. 14. April 1989. Ein flaumiges Bündel Kinderhaar war darunter festgeklebt. Daneben lag ein goldenes Kettchen mit einem Kreuz.

Wie musste es erst für ihre Mutter sein, dachte er. Für ihren Vater. Ihre Brüder und Schwestern. Er kannte sie nicht. Nur aus Erzählungen. Niemand aus ihrer Familie hatte ihn kontaktiert. Sie wussten nichts von ihm. Er nahm eine frische Kerze aus einem Blechbehälter, der neben dem Kondolenzbuch stand, zündete sie an einer der fast niedergebrannten Kerzen an und drückte sie auf den erlöschenden Docht in das flüssige Wachs. Nach einigen Sekunden ließ er los, prüfte kurz, ob sie stehen blieb, und wandte sich ab.

Als er wieder vor die Kapelle trat, war weit und breit niemand zu sehen. Der Himmel lag strahlend blau über ihm, die Luft war mild und zugleich frisch. Er atmete tief ein, setzte sich ans Steuer seines Wagens und wartete. Nach einer Weile kamen ein paar Gestalten langsam zu Fuß vom Dorf her. Zwei Frauen in Schwarz und ein junger Mann in dunkelbraunen Cordhosen, kariertem Flanellhemd und einer abgewetzten Lederjacke. Render rührte sich nicht. Sie gingen direkt an seinem Wagen vorbei, aber sie beachteten ihn nicht. Er sah ihre Gesichter. Die Frauen waren alt, ihre Gesichter völlig ausdruckslos und leer. Der Mann wirkte erheblich jünger. Sein Schritt war fest. Er hatte volles, schwarzes Haar und dunkle, ernste, suchende Augen. Ihr Bruder, fragte er sich. Aber er brachte es nicht über sich, auszusteigen und sie anzusprechen. Sie betraten die Kapelle, die Tür schloss sich hinter ihnen, und alles war wie zuvor. Der Himmel lag leer über ihm. Der Wind strich über die umliegenden Felder und ließ das hoch stehende Gras hin- und herwogen. Schwalben schossen geräuschlos über ihn hinweg. Er startete den Motor und fuhr davon.

2. TERESA

From: Teresa.Carvalho@lusoweb.pt
To: John.Render1412@hotmail.com
Sent: Sunday, November 08, 2015 16:34 PM
Subject: Valladolid

My love,

seit vorgestern bin ich auf der Valladolid. Mein Gott, welch ein Unterschied zur Ariana! Schon das Übersetzen war eine Katastrophe, enormer Seegang, und der Kapitän tat alles, um mir einen unmissverständlichen Empfang zu bereiten, drehte ständig in den Wind wegen angeblicher Manövrierprobleme.

Ich mache mir keine Illusionen. Die zwei Wochen auf der Valladolid werden schwierig. Ich fühle mich wie ein unbewaffneter Hilfssheriff in der Bronx, umgeben von zwielichtigen Figuren, die mir unmissverständliche Blicke zuwerfen. Glücklicherweise habe ich ausnahmsweise eine abschließbare Kabine und die Gewissheit, dass viele offizielle Augen auf dieses Schiff gerichtet sind. Sie werden es also nicht wagen, mir irgendetwas anzutun. Aber einen angenehmen Arbeitsplatz stelle ich mir anders vor.

Die Stimmung an Bord und in der Mannschaft ist schlecht, was aber sicher nicht nur daran liegt, dass man ihnen einen Kontrolleur aufs Schiff geschickt hat. Und dazu auch noch eine Frau. Seeleute sind abergläubisch, wie Du weißt. Und wer nicht bei Windstärke fünf über eine Reling pinkeln kann, hat an Bord nichts verloren. Auf der Brücke habe ich tatsächlich zwei alte, verstaubte Scheren hinter der Steuerkonsole herumliegen sehen, was ja bekanntlich gegen Hexerei helfen soll. Tja, jetzt haben sie leider eine Hexe mit einem Doktortitel in Meeresbiologie an Bord. Da werden ihnen ihre Scheren nicht viel nützen. Die Laune des Fischerei-Kapitäns wäre auch ohne meine Anwesenheit hier vermutlich nicht besser. Sie sind seit fünf Tagen unterwegs und die Fänge sind miserabel, 40 % unter Soll, was mich wundert, denn sie verfügen über ein Arsenal an technischer Ausrüstung wie ein Flugzeugträger für elektronische Kriegsführung. Das Schiff ist recht alt, aber gut gepflegt, ein 60 Meter langer Gefriertrawler mit siebenunddreißig Mann Besatzung. Die Gesamtkapazität liegt bei fast 250 Tonnen. Sie haben eine Fischmehlanlage, die zehn bis zwölf Tonnen pro Tag schafft, und eine Leberölanlage, die es auf vier Tonnen bringt. Eine hocheffiziente schwimmende Fischvernichtungsmaschine also. Ich habe in den Laderäumen Proben gezogen und geschlechtsreife Jungfische gefunden. Die Katastrophenspirale dreht sich weiter abwärts, und Mutter Natur dreht durch. Manche Arten schaffen es nicht einmal mehr, den Nachwuchs bis zur normalen Geschlechtsreife durchzubringen, weil wir überall zu früh abfischen. Die Natur gibt das Notsignal und greift zum allerletzten Mittel der Arterhaltung: fortpflanzungsfähige Kinder! Vielleicht einer Erwähnung wert im nächsten Fischereirat, bevor die Herren und Damen Minister aus den Mitgliedstaaten das nächste Fischquotenmassaker genehmigen.

Beim gegenwärtigen Stand der Dinge ware die Valladolid übrigens rentabler, wenn man sie einfach nur verschrotten würde. Das Schiff verbraucht acht Tonnen Schweröl am Tag, beim Schleppen neun. Trotz der Subventionen für Schiffsdiesel übersteigen nach meiner Rechnung schon die Treibstoffkosten den Fangertrag. Dazu die Löhne, die miserabel genug sind. Solange die Netze voll sind, rechnet es sich gerade noch so, auch für die Arbeiter, die ja am Fangerlös beteiligt sind. Von vollen Netzen kann hier aber keine

Rede mehr sein, und entsprechend mies ist die Stimmung. Der Kapitän hat offenbar bereits Weisung, an allem zu sparen, was nur geht: Essen, Alkohol, Zigaretten. You get the picture: frustrierte Seeleute unter extremem ökonomischem Druck, zusammengepfercht auf einem knapp über eine Million Euro teuren Schiff im Nordatlantik, das sein Netz kreuz und quer über ein bereits weitgehend verwüstetes Seebett schleppt und kaum etwas fängt. Und Deine Teresa mitten unter ihnen.

Das Schicksal dieser Totengräber unseres Planeten kümmert mich nicht sehr, lediglich die Deckarbeiter tun mir leid, diese armen Hunde aus Burma, Vietnam, Kambodscha oder wo sie alle herkommen. Was können sie dafür, dass eine durchgedrehte Fischereiindustrie einen irreversiblen Biozid betreibt? Bei sich zu Hause finden sie keine Arbeit oder Nahrung mehr, weil unsere Megatrawler ihre Fischgründe einfach leer saugen. Also heuern sie auf unseren Riesenstaubsaugern an und vollenden die Katastrophe, was sie vielleicht noch ein paar Jahre in Lohn und Brot halten wird, ihre Kinder jedoch gewiss nicht mehr.

Wenn ich sie sehe, muss ich an meinen Vater denken. Ich habe Dir ja erzählt, dass er in den sechziger und siebziger Jahren wie so viele Portugiesen auf euren Gefrierschiffen gefahren ist und im Akkord Fische geschlachtet, zerlegt und eingefroren hat. Inzwischen überlasst ihr das ja anderen. Habe ich Dir eigentlich gesagt, dass er am Ende sogar in der DDR angeheuert hat, weil ihm die Arbeitsbedingungen im Westen zu unmenschlich geworden waren? Schade, ich hätte mir gewünscht, dass Du ihn kennenlernst. Obwohl, wenn er erfahren hätte, dass ich mich mit einem zweimal geschiedenen sechsundfünfzigjährigen Deutschen eingelassen habe, hm ...?!?

Ich habe ein ziemliches Programm vor mir. In vier Tagen muss ich meinen nächsten Bericht absenden, dann müssen sie mich wieder in den Funkraum lassen, und ich kann Dir eine Mail schicken. So lange musst Du nun leider auf Nachrichten von mir warten. Es fällt mir schwer, Dich so lange nicht zu sehen. Ich zähle die Tage. Wir fahren gerade ein neues Gebiet an, und es ist bereits dunkel, so dass ich nicht viel tun kann. Das Fanggerät schaue ich mir nach dem ersten Fang an. Nachher mache ich noch einmal einen Rundgang unter Deck, damit ich mit den Wegen und Örtlichkeiten besser vertraut bin und morgen nicht ständig allen im Weg stehe. Vielleicht kann ich mich auch ein wenig nützlich machen. Auf der Ariana kam es ganz gut an, dass ich mit angepackt habe. Je mehr sie vergessen, warum ich eigentlich hier bin, desto besser. Meine Karteikarten und die Probengläschen für meine Otolithen warten auf mich. Ich kann es kaum erwarten, Dich wiederzusehen. Wünsche mir, dass uns keine Delphine oder Seehunde ins Netz gehen. Es bricht mir immer das Herz, sie schreien zu hören. Eine Seehundschnauze abschneiden und auskochen zu müssen, um die Zähne sicherzustellen, ist so ziemlich das Letzte, was ich mir wünsche. Ich küsse und umarme Dich. Teresa.

3. DI MELO

Die junge Frau strich sich die hellbraunen Haare aus dem Gesicht und schien konzentriert etwas zu lesen, das vor ihr auf dem Tisch lag. In ihrer linken Hand glomm eine Zigarette. Rauch schlängelte sich durch die windstille Luft nach oben. Sie saß allein am Tisch, aber es standen zwei Gläser da. Offenbar war sie in Begleitung.

Alessandro Di Melo schluckte. Die Person auf der Aufnahme war fast unwirklich real. Es sollte ihn eigentlich nicht wundern. Jedes bessere Handy schoss heutzutage derartige Bilder. Um was für eine Örtlichkeit es sich handelte, war schwer zu sagen. Ein Restaurant? Ein Café? Ein Hotel? Beim nächsten Foto blickte die junge Frau direkt in die Kamera und lächelte. Di Melo versuchte, sich nichts anmerken zu lassen.

Er spürte Ignacio Buzuals eisigen Blick und schaute kurz zu ihm hin. Der Mann saß ihm gegenüber am anderen Ende des Konferenztisches. Sein Sohn Ibai war neben ihm über den Laptop gebeugt und steuerte den Beamer, der an der Decke hing. Außer ihnen war niemand im Raum.

Di Melo konzentrierte sich wieder auf die Leinwand. Weitere Fotos folgten. Ein Mann saß nun mit am Tisch der jungen Frau. Eine rasche Folge von Aufnahmen zeigte die beiden aus unterschiedlichen Richtungen. Vielleicht Mitte dreißig, schätzte Di Melo. Typ Seewolf. Krauses, braunes Haar. Ebensolcher Vollbart. Gleichmäßige, ansprechende Gesichtszüge, die man jedoch sofort wieder vergaß. Nur seine Tochter offenbar nicht. Auf einem der Bilder hatte sie ihre Hand auf seine gelegt und sagte etwas zu ihm, das Di Melo nie erfahren würde.

»Steve Riess«, hörte er Ignacios Stimme. »Kanadier. Ist zweimal bei diesem Watson mitgefahren und inzwischen bei

Interpol auf der Liste. Wenigstens nach Europa und in die USA kann er nicht einreisen, ohne verhaftet zu werden. Leider lassen die Australier ihn unbehelligt, und er kann dort kommen und gehen, wie er will.« Di Melo antwortete nicht. Na und? Was änderte das? Was interessierte ihn irgendein Steve Riess? Und vor allem: Woher um alles in der Welt hatte Buzual diese Aufnahmen?

»Es ist also deine Tochter?«, fuhr Ignacio nach einer Pause fort.

Di Melo nickte nur stumm. Natürlich war sie es. Er hatte Ragna seit fünf Jahren nicht gesehen und kein Lebenszeichen von ihr erhalten. Aber erkannt hatte er sie sofort. Ohne jeden Zweifel. Er war noch nicht in der Lage zu überschauen, was das für ihn bedeutete. Er dachte gerne nach. Dafür bezahlte man ihn schließlich. Und sogar sehr gut. Nur nicht unter Zeitdruck. Er war ein guter Stratege. Aber das hier war ein Alptraum.

Gerade lächelte eine schwarzhaarige junge Frau in die Kamera. Offenbar war sie mit Ragna befreundet, denn auf dem nächsten Foto standen sie Arm in Arm vor irgendeinem asiatischen Tempel. Eine Urlaubsreise?

»Woher sind die Aufnahmen?«, fragte er. Er hatte die Frage schon einmal gestellt, aber Buzual beantwortete sie auch jetzt nicht. »Nachher, Alessandro. Ibai wird dir alles erklären. Die Dunkle hier war auf unserem Schiff. Portugiesin. Teresa Carvalho. War das alles, Ibai?«

Der Angesprochene nickte nur und schaute Di Melo misstrauisch und feindselig an.

»Ich muss kurz telefonieren«, sagte der Senior und erhob sich. »Ich bin gleich zurück.«

Di Melo blieb nichts übrig, als zu warten. Er hatte angenommen, es ginge nur um irgendeinen Zwischenfall an Bord eines von Buzuals Schiffen. So hatte es sich jedenfalls angehört, als die Sekretärin des spanischen Reeders ihn vor fünf

31

Tagen angerufen und gebeten hatte, so rasch wie möglich nach Vigo zu kommen. Er war gerade in London und hatte noch unaufschiebbare Termine vor sich. Zwei Tage Moskau. Dann Frankfurt. Aber dann fiel Ragnas Name, und er war so schnell wie möglich hergekommen.

Er erinnerte sich kaum noch an Buzual. Oder vielleicht sollte er besser sagen: Er hatte, so gut er konnte, verdrängt, was ihn mit diesem Menschen verband. Er hatte vorsorglich die alten Akten heraussuchen und auf den Büroserver laden lassen, um sie in Charles de Gaulle beim Warten auf den Anschlussflug nach Vigo zu studieren. Es war über zehn Jahre her, dass er für Ignacio Buzual gearbeitet hatte. Damals war es ein gutes Geschäft gewesen. Eines von Buzuals Schiffen hatte in einem Schutzgebiet in der Antarktis illegal Arktisdorsch gefischt und war von der australischen Küstenwache erwischt worden. Die Australier hatten den Trawler über viertausend Seemeilen hinweg verfolgt und schließlich unter Einsatz von südafrikanischen Söldnern gekapert und nach Perth abgeschleppt, wo man der Crew den Prozess machen wollte. Di Melo und sein Team hatten keine großen Schwierigkeiten, die Crew wieder freizubekommen. Die Anklage war juristisch nicht haltbar. Das internationale Seerecht war noch schwammiger als das internationale Recht. Die Besatzung wurde freigesprochen, da nicht eindeutig nachgewiesen werden konnte, dass der an Bord gefundene Fisch aus der geschützten Zone stammte. Die Australier behielten allerdings das Schiff und zerstörten es später sogar. Auch das war illegal und beschäftigte bis heute die Gerichte. Im Großen und Ganzen war Buzual jedoch glimpflich davongekommen, der materielle Verlust erträglich. Seine Leute waren längst wieder im Einsatz und hatten vermutlich andere Wege gefunden, an den begehrten Fisch heranzukommen. Nur Di Melo selbst hatte für diesen verfluchten Job einen hohen Preis gezahlt: seine Tochter! Sie war auf dem Verfolgerschiff mitgefahren und hatte dem Prozess beigewohnt – und seither kein Wort mehr mit ihm gesprochen.

Schon deshalb dachte Di Melo äußerst ungern an die Zeit zurück, als er mit Leuten wie Buzual Geschäfte gemacht hatte. Es war auf allen Ebenen eine üble Phase in seinem Leben gewesen, beruflich wie privat. Wie ein Idiot war er ausgerechnet kurz vor dem Platzen der Dotcom-Blase zur Jahrtausendwende in die Selbständigkeit gestartet und hatte sich dabei fast ruiniert. Nicht mit Aktien. So dumm war er nun auch wieder nicht. Aber nach dem Crash ging ja vorübergehend überhaupt nichts mehr. Das Beratergeschäft war komplett eingebrochen. Jeder abgehalfterte Geschäftsführer trieb sich als Consultant auf dem Markt herum und verdarb die Preise und das Geschäft. Und sie lebten auch noch ausgerechnet in Frankfurt, in einem der Zentren dieses Fiaskos. Wie hatte ihn sein Instinkt nur derart im Stich lassen können? Mit Müh und Not hielt er sich und die Familie über Wasser, was aber bedeutete, dass er alles annehmen musste, was sich bot, und aus dem Flieger kaum noch herauskam.

Seine Frau hasste Frankfurt von Anfang an. Ylva mochte Deutschland nicht und nahm ihm übel, dass sie mit Ragna dort festsaß, während er so gut wie nie zu Hause war. Dabei hatte er gedacht, eine Rückkehr nach Europa würde ihr entgegenkommen. Frankfurt lag strategisch günstig. Sie wäre näher an ihrer norwegischen Heimat. Ragna könnte endlich einmal richtig Deutsch lernen, woran ihm viel lag. Er selbst kam aus dem Tessin, aber das Studium in St. Gallen und später in Zürich hatten ihm Wege eröffnet, die er sonst niemals hätte einschlagen können. Dabei war es nicht die Sprache von Kant und Goethe, die ihn interessierte. Da zog er Machiavelli und Dante vor. Ihn faszinierte der Exportweltmeister. Er wollte das Denken der Leute verstehen, die eine der leistungsstärksten Volkswirtschaften des Planeten hervorgebracht hatten.

Doch alles kam anders. Ragnas Wechsel von einer Internationalen Schule an ein deutsches Gymnasium versetzte sie in eine Art Schockzustand. Und Ylva begann zu trinken. Im gleichen Jahr platzte die Dotcom-Blase. Ein Jahr später, nach den Anschlägen auf New York, brach die US-Börse ein. Schließlich folgte auch noch das Enron-Debakel, und Arthur Andersen kollabierte. Ein Schlachtfeld. Geschäftsfreunde, die sich erschossen. Ruinierte Partner. Telefonanrufe von verzweifelten ehemaligen Kollegen, denen das Wasser bis zum Hals stand und die ihn um Hilfe anflehten. Und er damit beschäftigt, zwischen diesen Trümmern seine eigene Firma aufzubauen.

Im Nachhinein stellte es sich als der Coup seines Lebens heraus. Kaufen, wenn das Blut in den Straßen schwimmt. Investieren, wenn der Rauch aus den Ruinen aufsteigt. Das waren alte Börsenweisheiten, die jeder im Mund führte. Aber wer hatte schon wirklich den Mut dazu? Und er hätte ihn auch nicht aufgebracht, wenn er damals irgendeine Alternative gesehen hätte. Aber er hatte keine Wahl gehabt, und so waren Leute wie Buzual in sein Portfolio gerutscht. Und über einen dieser schmutzigen Aufträge war es ihm endlich gelungen, Kontakte zu SVG-Consulting zu knüpfen, einer renommierten internationalen Beratergesellschaft. Bald darauf wurde das Büro in Genf vergrößert, und er bekam die Chance einzusteigen. Inzwischen war er Partner, und SVG-Consulting hatte zwei große Konkurrenz-Agenturen geschluckt. Leuten wie Buzual würde er heutzutage auf eine Anfrage nicht einmal antworten. Aber jetzt saß er hier und hatte gar keine Wahl. Ragna war also in Rangoon, hatte vermutlich eine Beziehung zu einem von Interpol gesuchten Umweltterroristen und war zu allem Überfluss ins Visier dieser spanischen Fischpiraten geraten. Ein schöner Schlamassel.

Er blickte verstohlen zu Ibai, aber der beachtete ihn gar

nicht, sondern wischte auf seinem Smartphone herum. Buzuals Telefongespräch dauerte offenbar länger. Di Melo stand auf und trat ans Fenster. Es begann dunkel zu werden. Unter dem düsteren Himmel lag tiefschwarz der Atlantik, und ungefähr auf halber Strecke zwischen ihm und den dunklen Wassermassen markierten Lichtpunkte den Saum der galizischen Küste. Buzuals Villa lag an einem Hang, und bei schönem Wetter konnte man von hier aus wahrscheinlich die der Bucht von Vigo vorgelagerten Inseln sehen. Immerhin eine schöne Gegend für eine üble Nachricht. Er musterte sein Gesicht, das sich im Fensterglas spiegelte und ihm zu sagen schien: Lass es einfach gut sein. Du kannst nichts für sie tun. Sie hat sich vor langer Zeit entschieden. Nichts zu machen. Ihr ist nicht zu helfen.

Die Welt war nun mal, wie sie war. Niemand konnte sie ändern. Auch nicht seine Tochter und ihr Seewolf. Die einzige Frage war, wo und wie man sich darin positionierte. Nur Verrückte trieben sich auch noch freiwillig dort herum, wo sich die tektonischen Platten großer globaler Interessensphären aneinanderrieben.

Buzual kam zurück und nahm wieder am Tisch Platz. Di Melo setzte sich ebenfalls. Ibai legte sein Smartphone weg und verschränkte die Arme. Sein Vater trank einen Schluck Wasser. Di Melo sah, wie Buzuals Schläfen pochten. Die Haut war über seinen Schädel gespannt wie Leder über eine Kugel, gegerbt von vielen Jahren auf See. Auch seine Hände sahen schlimm aus, von Leberflecken übersät und von weißen Flächen durchzogen, wo die Pigmente verschwunden waren und rosige Haut durchschimmerte. Säuglingshaut, dachte Di Melo überflüssigerweise. Als häute sich der Greis in der Hoffnung, die Zeit zurückdrehen zu können.

»Was kann ein Vater schon tun«, sagte Buzual mit einem Seitenblick auf seinen Sohn, »wenn die Kinder nicht gehorchen wollen, nicht wahr, Alessandro? Ibai, erzähle uns jetzt

35

bitte einmal, was am Sonntag auf der Valladolid passiert ist. Damit Alessandro ein klares Bild von der Geschichte bekommt.«

Ibai räusperte sich, was an seiner rauhen, kratzigen Stimme jedoch nicht viel änderte.

»Brüssel schickt uns ja immer diese verfluchten Beobachter. Diesmal war es eine Portugiesin. Ganz hübsch, aber extrem neugierig. War ein schlechter Zeitpunkt. Wir kreuzten. Zulieferschiff war schon in der Nähe. Wegen der Lady konnten wir also nicht umladen.«

»Was hat man euch geliefert?«, unterbrach Di Melo.

»Fisch natürlich.«

»Was für Fisch? Immer noch Arktisdorsch? Oder habt ihr etwas Neues gefunden?«

»Spielt das eine Rolle?«, mischte sich Buzual senior in das Gespräch ein. »Guter, nahrhafter Fisch für Europa eben, den es hier nicht mehr gibt und der in jedem Fall von irgendjemand gefangen wird.«

»Wer beliefert euch?«

»Alessandro, das ist nicht unser Thema. Ibai. Weiter.«

Di Melo verstummte widerstrebend. Ibai fuhr fort.

»Sie war anders als die üblichen Beobachter. Merkte gleich, dass wir zu wenig Fisch im Eis hatten. Mit unserer Ausrüstung so wenig zu fangen hat bei ihr gleich Warnlampen angehen lassen. Entsprechend hat sie herumgeschnüffelt. Wollte Fangbücher sehen und so. Hatte auch ihren Computer die ganze Zeit bei sich. Und immer eine Gürteltasche mit irgendwelchen Analyseinstrumenten. Trug das alles ständig mit sich herum. Sogar beim Essen.«

Di Melo sagte nichts, sondern zog nur skeptisch die Mundwinkel nach unten und zuckte mit den Achseln.

»Ich habe einen Riecher für so was«, fuhr Ibai fort, »blieb ihr also die ganze Zeit über auf den Fersen. In den Kühlräumen habe ich sie dann erwischt. Sie dachte, sie wäre allein, hantierte mit irgendetwas herum, injizierte eine Flüssigkeit in die Fische, und manche besprühte sie auch.«

»Proben«, wandte Di Melo ein, »sie wird Proben gezogen haben. Was denn sonst? Fischereibeobachter ziehen ständig Proben.«

»Nein«, blaffte Ibai ihn an. »Meinst du vielleicht, ich weiß nicht, wie die normalerweise arbeiten?«

»Okay, okay«, ging Buzual Senior dazwischen. Ibai murmelte einen unhörbaren Fluch in sich hinein. Di Melo verkniff sich eine weitere Bemerkung.

»Weiter«, befahl Buzual.

»Habe sie mir natürlich gleich vorgeknöpft. Sie ließ ihre Spritzen und Fläschchen sofort verschwinden, faselte etwas von Hygienetests und wollte den Kühlraum verlassen. Ich stelle mich ihr in den Weg, sie stößt mich zur Seite, und wie eine Katze war sie die Treppe hinauf. Ich hinterher. Aber sie war ziemlich schnell. Sie warf etwas über Bord, dann verschwand sie unter Deck und verbarrikadierte sich in ihrer Kabine. Schrie dann herum, durch die geschlossene Tür, ich solle sie in Ruhe lassen, sonst würde sie mich augenblicklich bei den Behörden melden. Hatte wohl auf einmal Angst. Na ja, wird schon wieder herauskommen, dachte ich.«

Ibai machte eine kurze Pause, bevor er hinzufügte: »Tja, und so kam es dann eben zu diesem Unfall.«

Di Melo blinzelte. »Unfall?«, sagte er leise.

Ibai schaute seinen Vater an, aber der hob nur kurz die Hand zum Zeichen, dass er weiterreden sollte.

»Sie verlangte plötzlich, sofort zum nächsten Hafen gebracht zu werden, und die Hafenpolizei sollte sie vom Schiff eskortieren. Das kam natürlich gar nicht in Frage. Dann schrie sie herum, sie wollte auf die Ariana zurück, wir sollten einen Funkspruch an die Ariana absetzen, damit die sie abholen. Die Sache wurde allmählich richtig unangenehm. Mateo schnauzte mich ständig an, er könne nicht länger warten mit dem Umladen. Die Thais waren schon mächtig nervös und wollten wissen, warum wir nicht zum Treffpunkt kamen.«

»Wer ist Mateo?«

»Der Kapitän«, erklärte der alte Buzual. »Wir mussten unbedingt erst umladen«, fuhr Ibai fort. »Wir konnten nicht ewig warten. Aber wir hatten ja jetzt keine Gelegenheit mehr, ihr etwas ins Essen zu mischen oder so etwas, denn sie verließ ja ihre verdammte Kabine nicht mehr. Was hatte sie außerdem im Kühlraum getrieben? Mateo befahl schließlich, ihre Tür aufzubrechen und sie in die Messe zu bringen. Wir wollten uns erst einmal in aller Ruhe mit ihr unterhalten.«

Di Melo schluckte. Von Ibai Buzual *befragt* zu werden, auf hoher See, Tausende Kilometer von jeglicher möglichen Hilfe entfernt, war so ziemlich das Letzte, was er sich wünschen würde.

»Aber sie wurde immer hysterischer. Sie machte einfach den Mund nicht auf. In ihrer Kabine fanden wir nichts, nur Proben, die sie gezogen hatte. Ich fragte sie, was sie ins Wasser geworfen hatte, aber sie schrie nur herum. Wir hatten jetzt also ein doppeltes Problem. Sie arbeitete nicht nur für die Arschlöcher in Brüssel, das war sicher. Wir hatten keine Zeit mehr für lange Diskussionen. Wir mussten sie ruhigstellen, damit wir umladen konnten. Es war Mateos Job, denn ich musste hoch, weil die Thais im Anmarsch waren. Mateo sagte, sie sei plötzlich wie eine Wahnsinnige auf ihn losgegangen, und er hätte sie einfach nicht mehr unter Kontrolle bekommen. Sie entkam auf Deck, und dort muss sie bei dem schweren Seegang wohl ausgerutscht sein. Oder sie hat in der Dunkelheit und bei dem Regen einfach die Richtung verfehlt. Was weiß denn ich? Von uns hat niemand etwas gesehen. Mateo kam jedenfalls plötzlich auf die Brücke und brüllte herum, sie sei weg. Tja. So war das.«

Di Melo schlug vor Empörung mit der flachen Hand auf

den Tisch und starrte Ibai hasserfüllt an. Der lehnte sich zurück und verschränkte die Arme, so dass sich sein muskulöser Oberkörper gut unter seinem schwarzen T-Shirt abzeichnete. Di Melo versuchte, seine Empörung im Zaum zu halten. Ibais Geschichte war so glaubwürdig wie das verlogene Bedauern auf seiner Ganovenvisage. Er sollte aufstehen und sofort den Raum verlassen. Das waren skrupellose Mörder! Er spürte, wie Übelkeit in ihm aufstieg. Warum war er hergekommen? Für solche Leute hatte er gearbeitet? Er schaute auf die Leinwand, auf der soeben noch das Bild seiner Tochter zu sehen gewesen war. Seine Übelkeit nahm noch zu. Er riss sich zusammen und fragte: »Was zum Teufel habe ich damit zu tun?«

Ibai schaute zu seinem Vater, und der alte Mann sprach nun an seiner Stelle:

»Ich bekam die Meldung von diesem Unfall Sonntagnacht. Wir haben sofort recherchiert. Die Frau wohnte in Vigo. Also haben wir uns bei ihr umgesehen, und siehe da ...« Er deutete mit der Hand auf die leere Leinwand. »Diese Aufnahmen haben wir in ihrer Wohnung gefunden, auf ihrem PC. Auf ihrem Laptop, den wir inzwischen geknackt haben, gibt es außerdem einen interessanten Schriftwechsel mit einer gewissen Ragna Di Melo.«

Er machte eine kurze Pause, um die Information besser wirken zu lassen. »Weißt du eigentlich, was deine Tochter treibt, Alessandro?«

»Ich habe seit Jahren keinen Kontakt mehr zu ihr«, antwortete Di Melo, so beherrscht er konnte. »Ich weiß weder, wo sie sich aufhält, noch, was sie tut.«

»Wo genau sie ist, wissen wir leider auch noch nicht.« Buzual machte erneut eine Pause, um der unausgesprochenen Drohung Nachdruck zu verleihen. »Dafür kann *ich* dir sagen, was sie tut. Bis vor ein paar Jahren hat sie wie dieser Kanadier für Sea Shepherd gearbeitet. Du kennst diese Leute ja, Verrückte, die Fischereiboote rammen und auch nicht davor zurückschrecken, Schiffe in die Luft zu sprengen. Auch zwei hier direkt vor Vigo.«

»Ich habe davon gehört«, erwiderte Di Melo. »Aber das waren Walfänger, und es ist eine ganze Weile her, oder?«

»Fanatiker hören nie auf. Sie werden nur immer radikaler, je aussichtsloser ihre Sache wird. Sea Shepherd hat sich von Greenpeace abgespalten, weil sie deren Aktionen als zu lasch empfanden. Inzwischen scheint es Leute zu geben, denen sogar das Rammen und Versenken von Trawlern nicht ausreicht. Und deine Tochter scheint dabei eine ganz wesentliche Rolle zu spielen. Wir kennen ihre Organisation noch nicht sehr gut. Ja, wir wissen nicht einmal, ob es sich nur um ein paar verirrte Einzelne oder eine gut organisierte Gruppe handelt. Aber eins ist sicher: Die junge Dame, die auf unserem Schiff war, wurde allem Anschein nach von deiner Tochter geschickt.«

»Wie kommst du darauf? Allein die Tatsache, dass sie sich kennen, besagt doch überhaupt nichts. Außerdem weiß ich immer noch nicht, was die Frau auf deinem Schiff denn so Schlimmes getan hat, dass du dir auch noch das Recht herausnimmst, ihre Wohnung zu durchsuchen.«

Buzual warf ihm einen finsteren Blick zu, bevor er weitersprach: »Sie hat unsere Ladung vergiftet, Alessandro. In Madrid sind gestern drei Menschen an einer Fischvergiftung fast gestorben. Fisch, den wir geliefert haben.«

Di Melo hob ungläubig die Augenbrauen. »So«, sagte er nur. »Und das kannst du beweisen?«

Buzual griff in seine Tasche und legte etwas auf den Tisch. Es war eine kleine Ampulle von der Größe einer Parfümprobe, wie man sie manchmal als Werbegeschenk bekam. Buzual tippte sie an, und sie rollte langsam über den Tisch auf Di Melo zu. Er stoppte das Glasröhrchen und nahm es vorsichtig in die Hand. Es *war* eine Parfümprobe. Jedenfalls stand der Name einer bekannten Marke darauf. Die Flüssigkeit darin war leicht gelblich. Di Melo schaute verständnislos von einem zum anderen.

»Eau de Cologne?«, fragte er.

»Du kannst es ja gern mal ausprobieren«, knurrte Ibai.

»Wir testen es noch«, sagte Buzual. »Du kannst aber gern einen Tropfen nehmen, falls du lebensmüde bist.«

Di Melo legte die Phiole behutsam wieder hin.

»Woher hast du das?«

»Aus dem Kühlschrank der Portugiesin. Ein ganzes Magazin übrigens. Vierundachtzig Röhrchen. Wir wissen noch nicht genau, wie dieses Zeug funktioniert, aber es sieht nicht so aus, als ob die Ampullen ungenutzt bleiben sollten. Vermutlich kann man damit einen ganzen Container kontaminieren.«

Di Melo wusste nicht, was er erwidern sollte. War Ragna verrückt geworden? War sie neuerdings unter die Bioterroristen gegangen?

»Wir finden das schon alles heraus, Alessandro. Aber ich habe natürlich sofort an dich gedacht. Als alte Geschäftspartner sollten wir uns vielleicht zusammentun. Ich schulde dir noch etwas vom letzten Mal. Daher will ich dir ein Angebot machen. Du hilfst uns, deine fehlgeleitete Tochter zu finden, dafür lassen wir mildernde Umstände für sie gelten. Sie hat offensichtlich schlechten Umgang. Wir geben dir Gelegenheit, sie aus dem Einfluss dieser Leute zu befreien und mit väterlicher Autorität auf sie einzuwirken. Es ist ein sehr großzügiges Angebot. Ich revanchiere mich damit für Freemantle. Wir können sie natürlich auch selbst aufspüren, aber du willst doch sicher nicht, dass deiner Ragna etwas zustößt. Verstehst du?«

Di Melo hatte das Gefühl, der Raum würde ihn erdrücken. Sein Kopf drohte zu platzen. Ein Tosen erfüllte seine Ohren. Ein Gefühl von Ohnmacht machte sich in ihm breit und zugleich eine grenzenlose Wut. Auf Buzual. Auf diese törichte Portugiesin, wer immer sie war. Und auf Ragna!

»Es ist für uns alle eine unangenehme Situation. Die Presse lungert vor unseren Büros herum, weil diese Portugiesin über Bord gegangen ist. Die Hafenpolizei und sogar Ermittler aus Madrid durchsuchen die Valladolid und verhören meine Besatzung. Wir werden tagelang nicht auslaufen können, und die letzte Fahrt war auch ein wirtschaftliches Desaster. Soll ich dir einmal vorrechnen, was mich der kleine Spaß deiner Tochter bis jetzt schon gekostet hat? Und wir wissen noch nicht einmal genau, wie viele dieser kleinen Ampullen im Umlauf sind.«

Di Melo erwiderte nichts. Er schaute Buzual nur an und versuchte, einen klaren Gedanken zu fassen. Ibai trommelte mit den Fingerspitzen seiner linken Hand leise, aber vernehmbar auf die Tischplatte und schaute Di Melo auf eine Art und Weise an, die ihn frösteln ließ.

»Du kannst es dir ja noch überlegen, ob du in der Angelegenheit überhaupt aktiv werden möchtest«, schloss Buzual. »Wie gesagt, wir kümmern uns bereits mit Hochdruck darum. Aber du bist doch der Spezialist für einvernehmliche Lösungen, nicht wahr?«

Di Melo nickte nur stumm, sagte nichts und blickte hilflos vor sich hin.

Ein Alptraum.

4. BUZUAL

Ignacio Buzual beobachtete durch das Terrassenfenster das davonfahrende Taxi und wartete, bis es die Auffahrt zur Hauptstraße erreicht hatte und auf die Serpentinenstraße eingebogen war. Dann trat er vom Fenster zurück, nahm auf einem beigefarbenen Ledersessel Platz und streckte die Beine von sich. Er war müde. Unendlich müde. Die Unterredung hatte ihn mehr angestrengt, als er sich eingestehen wollte. Und wenn er an die nächsten Tage dachte, kam es ihm so vor, als senke sich der Achtersteven eines seiner Schiffe auf ihn herab.

Das Motorengeräusch von Ibais Sechszylinder ließ die Fenster vibrieren. Gut. Gleich wäre er ganz allein hier. Bis auf Marta, die Haushälterin. Aber die würde sich heute nicht mehr blicken lassen, es sei denn, er klingelte nach ihr, was er nicht vorhatte. Er wollte alleine sein. Nachdenken.

Ibai hatte seine Geschichte ganz passabel vorgetragen. Was sich auf dem Schiff wirklich zugetragen hatte, brauchte Di Melo nicht zu erfahren, und er selbst wollte gar nicht so genau wissen, was geschehen war, während Ibai die Frau in seiner Gewalt gehabt hatte. Er kannte seinen Sohn. Die Mannschaft würde dichthalten. Die hatten alle sehr viel mehr Angst vor ihm als vor dem Gesetz. Die armen Teufel brauchten ihre Jobs. Von der Hafenpolizei hatte er nichts zu befürchten. Die kannte er alle. Nur die Ermittler aus Madrid waren ein Problem. Dort wehte neuerdings ein anderer Wind als noch vor zehn Jahren. Zum Henker mit ihnen. Ständig wurde er kontrolliert. Und was war mit China? Mit Thailand? Mit Japan? Die holten doch mit Freude alles raus, was die Europäer in ihrem neuen Umweltwahn nicht mehr anrühren sollten. Jeder wusste, mit welch gigantischem Aufwand die Chinesen und die Thais das Meer leer saugten. Und dann kam das Zeug gefroren in Hamburg oder Frankfurt an, und niemand fragte mehr nach der Herkunft. Aber ihm schickte man ständig Kontrolleure auf den Hals. A la mierda!

Er stand auf, ging zur Minibar neben dem Konferenztisch, griff nach einer Flasche Conde de Osborne Gran Reserva und schenkte sich ein Glas ein. Auf den Tisch gestützt, blieb er stehen, trank, wartete, bis das Brennen in der Kehle nachließ, und öffnete dann Ibais Laptop, der noch am gleichen Platz stand. Er fand das Foto, das die Portugiesin neben Di Melos Tochter zeigte, und vergrößerte die Gesichter der beiden. Eine helle und eine dunkle Variante des Frauentyps, auf den sein Sohn ohne Zweifel sofort reagierte. Eine Frau, dachte Buzual grimmig. Was fiel diesen verfluchten Bürokraten eigentlich ein, eine Frau auf einen Trawler zu schicken? Gab es keine Männer für diesen Job, wenn es schon sein musste?

Er musterte lange die beiden Gesichter. Di Melos Tochter sah ihrem Vater überhaupt nicht ähnlich. Ibai hatte Geodaten aus den Bilddateien extrahiert und neben den Fotos aufgelistet. Demnach waren die Aufnahmen in Thailand und Burma entstanden. Hatten sie dort ihre Basis? War diese Aktion einzig und allein gegen ihn gerichtet? War die Portugiesin nur eine Söldnerin, die nichts Genaues wusste, oder Teil der Gruppe? Wie viele waren es? Und was genau bezweckten sie mit dieser Aktion?

Er hatte Alessandro bei weitem nicht alles erzählt. Die ersten Laboranalysen waren zurückgekommen, und es gab bereits eine Hypothese, was für ein Toxin die Portugiesin benutzt hatte. Dieses Terroristenpack! Ein Glück, dass Ibai eine Art sechsten Sinn hatte. Buzual schloss kurz die Augen. Okay, die Frau hatte teuer bezahlt. Aber wenn er die Daten auf ihrem Laptop betrachtete, verflog sein Mitleid schnell. Es war kaum zu fassen, was sie alles über ihn gesammelt hatte. Sie hatten in jedem Fall gut daran getan, ihre Wohnung zu durchsuchen und dieses Material sicherzustellen. Bis ins Jahr 2003 gingen die Recherchen zurück. Dieses katastrophale Jahr 2003! Sollte sich das alles jetzt möglicherweise wiederholen? Oder sah er schon Gespenster? Er klickte auf einen Dateiordner mit dem Namen »Boiro« und öffnete eine darin abgelegte Bilddatei. Die Aufnahmen zeigten ein Fabrikgebäude in einem Industriepark. Hohe Zäune, Überwachungskameras, Nahaufnahmen von Bürofenstern mit heruntergelassenen Jalousien. Auch die Lagertanks waren aus allen möglichen Entfernungen und Blickwinkeln fotografiert worden, teilweise sogar aus der Luft. Es mussten Flugdrohnen dafür eingesetzt worden sein. In einer weiteren Datei stieß er auf Handelsregisterauszüge. Buzuals Augen verengten sich bei der Lektüre der gelb hervorgehobenen Eintragungen. Wie war das nur möglich? Wie kam diese Frau zu derartigen Aufnahmen und Datensätzen? Wenn seine Fabrik in Boiro derart beobachtet und ausspioniert wurde, was stand dann für seine anderen Geschäftsfelder zu erwarten? Er starrte minutenlang auf ein Organigramm, das sich im gleichen Ordner befand wie die Handelsregisterauszüge. Es stellte recht genau die weltweiten Verflechtungen seiner Geschäftsbeziehungen dar. Je länger er die Grafik anstarrte, desto stärker wurde sein Hass. Und es dauerte auch nicht mehr lange, bis er begriff, was diese Datensammlung auf dem Computer der Portugiesin nur sein konnte: eine Kriegserklärung! Nun gut. Das konnten sie haben. Er war schon mit anderen Widrigkeiten dieser Art fertiggeworden. Und jetzt hatte er außerdem einen Joker. Di Melo. Ein Vater lässt seine Tochter nicht im Stich, dachte er. Auch nicht, wenn sie verrückt geworden ist. Di Melo würde Himmel und Hölle in Bewegung setzen, um sie zu finden. Und mehr bedurfte es nicht.

5. DI MELO

Di Melo gab dem Taxifahrer einen Fünfzigeuroschein und verzichtete auf das Wechselgeld. Er wollte so schnell wie möglich auf sein Zimmer, aber der Empfangschef hielt ihn auf und überreichte ihm einen Stapel Mitteilungen, die sich in den letzten Stunden in seinem Fach angesammelt hatten. Er überflog sie im Fahrstuhl. Es war nichts dabei, was sich nicht am nächsten Tag mit ein paar Anrufen oder E-Mails erledigen ließ. Er legte die Nachrichten auf dem Schreibtisch seines Hotelzimmers ab und ging erst einmal unter die Dusche. Minutenlang ließ er heißes Wasser über seinen Kopf und seine Schultern laufen und versuchte, einfach an gar nichts zu denken.

Er trocknete sich ab, zog den Bademantel an und nahm sich eine Flasche Bier aus der Minibar. Dann setzte er sich an den Schreibtisch, öffnete seinen Laptop und startete Skype. Als er angemeldet war, gab er Ylvas vollen Namen ein und wartete auf die Vorschläge, die das System ihm machen würde. Es war nicht schwierig, aus den vier Eintragungen die plausibelste herauszufiltern, denn in dem kleinen norwegischen Nest, wohin sie sich zurückgezogen hatte, war nur eine Ylva Svensson gelistet. Er schickte eine Kontaktanfrage und holte sein Telefon aus dem Jackett. Er befürchtete kurz, ihre Nummer gar nicht mehr gespeichert zu haben, aber glücklicherweise irrte er sich. Wie lange hatte er sie nicht mehr gesprochen? Vier Jahre war es mindestens her. Vier Jahre, die wie weggeblasen schienen, als er nach dem dritten Klingeln ihre Stimme hörte.

»Alessandro?«

Sie klang wie immer und schien über seinen Anruf überhaupt nicht überrascht zu sein.

»Hallo Ylva. Wie geht's dir?«

»Was willst du?«

»Mach bitte deinen Computer an und bestätige meine Skype-Anfrage. Ich möchte mit dir reden.«

»Wozu der Umstand? Wir können doch telefonieren. Was ist los? Hatten wir nicht vereinbart, uns in diesem Leben nicht mehr gegenseitig zu belästigen?«

Di Melo setzte sich aufs Bett und klappte den Laptop zu. Der Entschluss, Ylva anzurufen, hatte zugleich die Neugier in ihm geweckt zu erfahren, wie sie inzwischen wohl aussah. Der Klang ihrer Stimme steigerte dieses Bedürfnis nun noch. Trug sie ihre Haare lang oder kurz? Hatte sie Falten? Hatte der Alkohol sie aufquellen lassen, oder hatte sie sich in den Griff bekommen, und war etwas von ihrer früheren Attraktivität zurückgekehrt? Doch welches Interesse sollte sie schon haben, ihm das zu offenbaren?

»Ich hoffe, es geht dir gut«, begann er, aber sie ließ ihn nicht aussprechen.

»Es interessiert dich nicht die Bohne, wie es mir geht, Alessandro. Komm einfach zur Sache. Im Fernsehen ist gerade eine Werbepause, sonst wäre ich gar nicht rangegangen. Also: Was ist los?«

»Ich muss mit Ragna sprechen. Weißt du, wo sie steckt?«

Es dauerte einige Sekunden, während derer Di Melo im Hintergrund einen Werbejingle hörte, dessen Melodie ihm bekannt vorkam.

»Du hast wirklich Nerven. Was willst du von ihr?«

»Ich muss mit ihr reden.«

»Aha. Tatsächlich. Und worüber?«

»Weißt du, wo sie ist?«

»Nein. Und wenn ich es wüsste, würde ich es dir zuallerletzt sagen. Lass sie einfach in Ruhe, das ist der beste Dienst, den du ihr erweisen kannst.«

»Ich muss sie sprechen, Ylva. Es ist wichtig. Lass uns nicht streiten, sondern sag mir einfach, wie ich sie erreichen kann.«

Die zweite Pause war noch länger.

»Ylva, bitte«, insistierte er.

»Lass es, Alessandro. Wenn du hier anrufst, dann kann das nur einen einzigen Grund haben: Du brauchst etwas. Das wiederum kann nur heißen, dass irgendein Geschäft von dir den Bach runterzugehen droht. Denn wenn dem nicht so wäre, dann würdest du nicht anrufen, sondern mit deinen Ganovenfreunden in irgendeinem Edelpuff Champagner trinken. Ich kenne dich doch. Und Ragna kennt dich noch viel besser. Also warum zum Teufel rufst du hier an?«

Es machte klick, und die Leitung war tot.

Di Melo legte das Telefon behutsam auf dem Schreibtisch ab und schlug erst dann mit der flachen Hand auf die Tischplatte. Er schnaubte. Und dann wurde ihm klar, dass er einen unverzeihlichen Fehler gemacht hatte. Falls Ylva doch mit Ragna in Kontakt stand, dann wäre seine Tochter jetzt gewarnt. Ylva würde ihr natürlich sofort erzählen, dass er nach ihr gefragt hatte.

Er setzte sich wieder aufs Bett, trank einen Schluck Bier, griff nach seinem Handy und durchsuchte seine Kontaktliste. Der beste Mann für so eine Aufgabe wäre Dietrichsen. Aber den Chef der Recherche-Abteilung wollte er mit so einer privaten Sache nicht behelligen. Auf der Ebene darunter arbeiteten vier Leute, die auf unterschiedliche Bereiche spezialisiert waren. Zwei davon waren Frauen. Er wägte ab und entschied sich schließlich für Marlène, eine Französin, die jüngste in Dietrichsens Team. Sie war erst seit acht Monaten da und wohl am wenigsten in der Lage einzuschätzen, ob ein Auftrag im Rahmen des Üblichen oder etwas ungewöhnlich war. Er wählte ihre Nummer. Nach dem siebten Klingeln ging ihr Anrufbeantworter an. Er war zu verstimmt, um eine Nachricht zu hinterlassen. Er trank erneut einen Schluck. Sollte er es einfach selbst versuchen? Er startete die Suchmaschine und gab Ragnas Namen ein. Aber das wäre wirklich zu einfach gewesen. Nirgends gab es eine Spur von ihr. Natürlich nicht. Seit der Sache in Australien war sie untergetaucht, und diese Generation kannte sich aus, wenn es darum ging, im Internet keine Spuren zu hinterlassen.

Wie viel Zeit hatte er? Was würde Buzual unternehmen? Mit wem arbeitete er zusammen? Vor Jahren war er einer der großen Player gewesen, und vielleicht war er das auch immer noch. Aber nach dem zu schließen, was eine kursorische Internetrecherche ergab, hatte sich das Geschäft in den letzten Jahren stark internationalisiert. Vor allem thailändische Akteure fielen ihm auf, die aggressiv auf den Markt drängten. Es gab da eine gewisse Thai Union Group, die sich in den letzten drei Jahren für viel Geld in wichtige Vertriebsstrukturen in Europa und den USA eingekauft hatte. Und das waren nur die großen Fusionen und Übernahmen, die so gut dokumentiert waren, dass er sie auf Anhieb finden konnte. Wie immer wäre dies nur die offizielle Spitze eines Eisbergs von unsichtbaren Verflechtungen und Beteiligungen, die er von seinem Hotelzimmer aus nicht recherchieren konnte. Zu China gab es wie üblich kaum verlässliche Zahlen, aber man musste gewiss nicht Mathematik studiert haben, um die Diskrepanz zwischen der riesigen Fangflotte und der kümmerlichen Zahl offiziell gemeldeter Fänge merkwürdig zu finden. Illegale Fischerei, das wusste er seit Freemantle, war ein Milliardengeschäft mit enormen Wachstumsraten, teilweise mafiösen Strukturen und haarsträubenden Produktionsmethoden. Und ausgerechnet in diesem Haifischbecken schwamm seine idealistische Tochter herum. Mit Typen vom Schlag eines Ibai Buzual wollte sie sich anlegen? Wie sollte er sie nur schnell genug finden? Vor allem er, der in ihren Augen ja selbst einer der Haie war?

Er klappte den Laptop wieder zu, schloss die Augen und versuchte, strukturiert nachzudenken. Welche Motive hatte der alte Buzual? Warum hatte er ihn informiert? Um ihm eine

Chance zu geben, Ragna aus der Gefahrenzone zu holen? Ignacio Buzual war ein Ganove. Erklärte sich sein Verhalten so? Ein Fall von Ganovenehre? Wollte er sich tatsächlich für die Sache in Freemantle revanchieren? Und hatte er seinen gewalttätigen Sohn überhaupt unter Kontrolle? Viel Zeit, das alles auseinanderzusortieren, blieb ihm nicht.

Ragna würde niemals mit ihm reden. Sie hasste ihn. Der Blick, den sie ihm in Freemantle nach den Freisprüchen zugeworfen hatte, würde er nie vergessen. Er hatte ja keine Ahnung gehabt, dass sie bei der Jagd auf Buzuals Schiff damals dabei gewesen war. Er konnte ihr ihre Wut nicht verübeln. Aus ihrer Perspektive war er nicht besser als seine Klienten.

Er schenkte sich Bier nach und trat ans Fenster. Wer konnte ihm helfen? Ylva hatte ihn abblitzen lassen. An Ragna oder ihr Umfeld kam er ebenso wenig heran. Blieb also nur, was er am wenigsten mochte: ein zeitraubender und riskanter Umweg.

6. RENDER

Es war fast elf Uhr morgens, als Render Vivians noch leeres Büro betrat.

Sein Flug hatte Verspätung gehabt, und so war er am Vorabend erst gegen Mitternacht zu Hause gewesen. Sein Zustand war unverändert. Er bewegte sich noch immer wie unter Betäubung. Er hatte sich vier Tage lang nicht rasiert und erst heute Morgen die Energie dazu aufgebracht. Nun trug er zwei schmale Pflaster, eines auf seiner linken Wange und ein anderes am Hals, die seine Haut unangenehm spannten, wenn er den Kopf wandte oder den Mund bewegte.

Vivian Blackwood musterte ihn bestürzt, als sie ihr Büro betrat. Er konnte an ihrem Gesicht erraten, was sie dachte, als sie ihn sah. Aber sie sagte nichts, sondern schloss nur die Tür, bevor sie an ihrem Schreibtisch Platz nahm.

»Soll ich dir einen Kaffee bringen lassen, John? Oder ein Glas Wasser?«

»Nein. Danke.«

»Wir haben uns Sorgen um dich gemacht. Niemand konnte dich erreichen. Wo warst du denn?«

»Du hattest mich doch freigestellt, damit ich mich beruhige, oder?«

»Ja. Schon «

Ihr Blick ruhte sorgenvoll auf seinem zerschnittenen Gesicht.

»Ich werde wohl auf Elektrorasierer umsteigen«, versuchte er zu scherzen, aber es klang nicht witzig, und Vivian lächelte auch nicht.

»Ich kann mir sehr gut vorstellen, wie es in dir aussieht«, sagte sie. Und nach einer Pause fügte sie hinzu: »Wir müssen leider mit dem Schlimmsten rechnen.«

»Natürlich«, sagte er. »Sie ist tot, Vivian. Es wurde nicht einmal ein EPIRB-Signal aufgefangen. Sie ist ohne jegliche Schutzkleidung und Notfallausrüstung über Bord gegangen. Und was sagt uns das? Welcher Vollidiot geht nachts bei hohem Seegang auf Deck ohne Überlebensanzug und Notfunksender?«

Vivian schwieg. Was sollte sie auch sagen? Sie konnte ihm nicht helfen, und dieses Gespräch war nichts als ein sinnloses Ritual, das sie aus Mitleid und Sympathie mit ihm führte. Schließlich hatte er sie vor zwölf Jahren eingestellt. Bevor er recht begriffen hatte, wie, war sie aus seiner Abteilung wieder verschwunden. Inzwischen hatte er drei Mal den Aufgabenbereich gewechselt, und als er sich auf seinem gegenwärtigen Posten wiederfand, war Vivian plötzlich seine Vorgesetzte. Einerseits hatte es ihn gefreut. Offenbar hatte er damals unter Hunderten von Bewerbern die Beste ausgewählt. Aber er war kein Heiliger, und ein wenig Neid konnte man ihm wohl nicht verübeln. In kürzester Zeit war sie zwei Dienstgrade über ihm gelandet und wurde inzwischen für Positionen gehandelt, die man ihm niemals anbieten würde.

Er wusste sehr gut, woran das lag. Er war einfach kein politischer Mensch. Er war Naturwissenschaftler und nur durch eine Reihe von Zufällen in der Brüsseler Verwaltung gelandet. Er hatte einiges dazugelernt, aber im Grunde begriff er bis heute nicht, wie Politik funktionierte und warum die sachlich fundierten Vorschläge, die er mit seinen Kollegen nach monate- oder jahrelanger Kleinarbeit vorlegte, immer in derart unklare und unbefriedigende Rechtsakte mündeten. Für ihn war und blieb Politik ein Buch mit sieben Siegeln. Vivian kannte es auswendig. Aber was konnte ihnen das jetzt noch nützen?

»Ich bin in ihrem Dorf gewesen«, sagte er resigniert. »Sie haben eine Kapelle für sie geschmückt. Es brennen dort Kerzen, und die Totenglocken läuten.«

»Hast du mit ihren Eltern gesprochen?«

Er schüttelte den Kopf. »Ich kenne sie gar nicht. Und das könnte ich nicht.«

»Du darfst dir keine Vorwürfe machen«, sagte sie mahnend.

»Ach ja?«, erwiderte er brüsk. Dann verging fast eine Minute, ohne dass irgendetwas gesprochen wurde, bis Vivian die unangenehme Pause unterbrach.

»Das Schiff ist in Vigo eingelaufen«, sagte sie. »Die Vernehmungen sind noch im Gang.«

Render winkte ab. »Vernehmung«, sagte er leise. »Meinst du, der philippinische Koch oder die burmesischen Deckarbeiter werden irgendetwas sagen, selbst wenn sie etwas sagen könnten?«

»Wir wissen noch nichts Genaues«, erwiderte Vivian beharrlich. »Also sollten wir auch keine voreiligen Schlüsse ziehen.«

Render schaute sie jetzt direkt an. »Fragst du dich nicht auch allmählich, was wir hier eigentlich tun?«

Sie hielt seinem Blick stand, antwortete aber nicht.

»Wir können noch so viele kluge Vorschläge erarbeiten«, fuhr er fort, »in jahrelangen, zähen Verhandlungen versuchen, wenigstens ein Minimum davon vor der totalen Verwässerung durch zahllose politische Kompromisse zu retten. Aber was können wir am Ende schon wirklich durchsetzen, hm?«

»Wir werden zunächst einmal den Bericht der Polizei und der Staatsanwaltschaft abwarten«, erwiderte Vivian gelassen. »Falls darin irgendwelche Ungereimtheiten zutage treten, werde ich …«

»Dann wirst du was?«, fragte er mit einem angriffslustigen Blitzen in den Augen. »Wir können gar nichts tun, Vivian. Das ist die traurige Wahrheit.«

Sie richtete sich ein wenig auf, warf den Kopf zurück und

setzte den Gesichtsausdruck auf, den er aus unzähligen Pressekonferenzen, die sie gegeben hatte, nur zu gut kannte: diese Maske der Unbeirrtheit und der Zuversicht, die sie immer zur Schau stellte, wenn sie wieder einmal gezwungen war, eine Niederlage als Sieg der Vernunft oder als erfolgreichen Kompromiss zu verkaufen. Das beherrschte sie, denn sie brauchte diese Maske ziemlich oft.

»Wir schicken sie dort hinaus«, fuhr Render resigniert fort. »Sie nehmen diese unerträglichen Zustände auf sich, wochenlang, monatelang. Die Kakerlaken erwähne ich gar nicht oder die dauernde Übelkeit, wenn man keinen Stahlmagen hat. Der Job ist an sich schon etwas für Masochisten. Aber darüber hinaus werden sie noch bedroht, eingeschüchtert, bestochen und jetzt sogar umgebracht. Und wir können nichts dagegen tun. Gar nichts.«

»Wir tun sehr viel, John«, wandte Vivian nach einer kurzen Pause zögerlich ein. »Und ich verspreche dir, ich werde das auch nicht einfach so hinnehmen. Falls sich herausstellt ...« Sie beendete den Satz auch diesmal nicht.

»Was dann?«, fragte Render spöttisch. »Buzual anzeigen? Mit Teresa haben wir nun drei Fischereibeobachter, die ›vermisst‹ werden. Dutzende werden bedroht, manche verprügelt und drangsaliert. Und was tun wir? Nichts.«

»Das ist das erste Mal, dass es auf einem unserer Schiffe passiert ist. Außerdem gibt es ...«

»... keine Beweise, ich weiß.« Er schnaubte, verschränkte die Arme und schüttelte nur den Kopf. »Sie sind völlig allein dort draußen. Völlig allein. Ein Stoß und es ist vorbei. Kannst du dir vorstellen, wie es ist, in so einer Situation überhaupt zu arbeiten? Keine Beweise«, wiederholte er dann höhnisch und verstummte mit einem resignierten Gesichtsausdruck.

»Ich kann nichts tun, solange ich keinen Bericht über den Vorfall habe«, fing sich Vivian wieder.

»Und was wird in diesem Bericht stehen? Hm? Was glaubst

du? Ich weiß, was du über mich denkst. Der arme Kerl sieht nicht mehr ganz klar. Aber vor allem musst du dir über eines klar sein: Du kannst gar nichts tun, Vivian. Sie haben sie umgebracht. Ganz einfach. Und ich werde damit leben müssen, dass ich sie nicht beschützen konnte.«

Ihr Gesichtsausdruck hatte sich schlagartig verfinstert. »Wir müssen abwarten, was die Ermittlungen ergeben«, wiederholte sie unbeirrt mit fester Stimme. »Erst dann können wir derart ungeheuerliche Vorwürfe erheben.«

»Ermittlungen? In Spanien?«, erwiderte er amüsiert. »Illegale Fischerei ist doch dort ein Geschäftsmodell. Eine Milliarde Euro sind in den letzten fünf Jahren aus den Strukturfonds in die Hochrüstung der spanischen Flotte geflossen. Das ist doch das Perverse. Erst rüsten wir diese schwimmenden Biozidfabriken mit europäischen Steuermilliarden hoch, und dann reduzieren wir die Fangquoten. Und obendrauf kommt dann das Feigenblatt – ein wehrloses Mädchen mit ein paar Pipetten, das aufpassen soll, dass das Fischereikriegsschiff nicht genau das tut, wofür es gebaut wurde? Ganz Galicien lebt vom Fischfang. Es ist ein Milliardenmarkt. Meinst du wirklich, irgendjemand würde da ernsthaft ermitteln? Bist du wirklich so naiv?«

Vivians Gesichtsfarbe wandelte sich und nahm einen rötlichen Ton an.

»Willst du mir jetzt Vorträge über die Fehler der Vergangenheit halten?«, erwiderte sie scharf. »Jeder Mitgliedstaat hält sich an irgendetwas schadlos und lässt sich das über die EU finanzieren, der eine im Meer, der andere an Land. Unsere Veterinäre werden ebenso bedroht und eingeschüchtert wie unsere Fischereibeobachter.«

»Und?«, gab er zurück. »Was entschuldigt das?«

»Natürlich nichts ...«

»Eben«, unterbrach er sie. »Wir führen einen unerklärten Krieg. Die Industrie liefert, was der Markt fordert. Und der verfluchte Markt sagt ständig: billiger, mehr, schneller. Die Verbraucher verhalten sich doch nicht viel anders als Konsumjunkies.«

»Das weiß ich doch ebenso gut wie du. Und je stärker die Kontrollen werden, desto lukrativere Möglichkeiten schaffen wir für das organisierte Verbrechen.«

Render blickte sie verblüfft an.

»Wirst du das in deiner nächsten Pressekonferenz auch so sagen?«

Vivian schien selbst erschrocken über ihren heftigen Ausfall.

»Natürlich nicht«, sagte sie zerknirscht. »Aber wir können das nicht über Nacht ändern. Bei den Verbrauchern muss ein Umdenken einsetzen. Daran müssen wir arbeiten. Und das braucht Zeit.«

»Und in der Zwischenzeit schicken wir weiterhin Leute unbewaffnet und ohne echte Befugnisse auf diese Schiffe?«

»Wir haben doch keine Wahl, John. Wir müssen an allen Fronten kämpfen.«

»So? Dann kämpfe auch an dieser. Wir brauchen bewaffnete Polizisten auf den Trawlern. Kontrolleure mit echten Befugnissen und Mitteln, sie durchzusetzen. Warum bringst du so einen Vorschlag nicht einmal ein?«

»Weil er keine Chance hätte, das weißt du so gut wie ich.«

Render lachte bitter. »Eben. Siehst du. Feigenblattpolitik. So tun, als täte man etwas. Also gut, dann fordere wenigstens die Ermittlungsakten an. Bringen wir Buzual vor Gericht. Und Spanien vor den Europäischen Gerichtshof.«

Vivians eben noch kämpferischer Habitus war bereits wieder verschwunden.

»Wir können auf Ermittlungsverfahren in Mitgliedstaaten keinen Einfluss nehmen.«

»Aha«, sagte Render.

»Allein der Versuch wäre tödlich«, fügte sie hinzu. »Stell

dir die Schlagzeile vor: *Brüssel mischt sich in die Polizeihoheit der Mitgliedstaaten ein!* Die Presse würde uns zum Frühstück verspeisen. Und erst die Öffentlichkeit?«

Einen Augenblick lang schwiegen sie beide. Dann sagte Render: »Erzählst du eigentlich noch irgendjemandem zu Hause, dass du für die EU arbeitest?«

Vivian schaute ihn nur an und erwiderte nichts mehr. Render erhob sich und ging zur Tür. Bevor er hinausging, sagte er noch: »Vivian, ich werde keine Fischereibeobachter mehr für dieses Kamikazeprogramm ausbilden. Streiche mich bitte von der Liste.«

»John!«, rief Vivian.

Er drehte sich nicht mehr um.

7. DI MELO

Di Melo nahm die Sechsuhrmaschine von Vigo nach Paris und von dort um kurz vor elf den Anschlussflug nach Oslo. Vom Edvard-Munch-Flughafen wäre er mit einem Mietwagen in einer knappen halben Stunde am Hurdalssjøen See. Wie er genau vorgehen würde, wusste er nicht. Eine bessere Idee, als Ylva zu überrumpeln, war ihm einfach nicht gekommen.

Er schaute aus dem Fenster auf die weiße Landschaft unter sich und fragte sich, wie man nur freiwillig in diesen Breiten wohnen konnte. Es war gerade einmal Oktober, doch hier war allem Anschein nach schon tiefster Winter. Wie inkompatibel sie doch waren! Wieso hatte sie sich in diese Einöde verkrochen? Oder gab es da vielleicht jemanden, von dem er nichts wusste? Es war nicht auszuschließen, aber es war ihm herzlich egal. Ihre Trennung war einvernehmlich erfolgt. Sie hatten beide genug voneinander gehabt, er brauchte sich also nicht zu rechtfertigen. Ylva war zum Zeitpunkt ihrer Trennung zweiundvierzig gewesen, also noch relativ jung. Sie war attraktiv. Geldsorgen kannte sie nicht, dafür war ihre Familie zu reich. Blieb nur das Problem, an dem er unter anderem mit ihr gescheitert war: Alkohol.

Er schloss die Augen und schluckte mehrmals, um während des Sinkfluges den Druck in den Ohren auszugleichen. Da er weit vorne saß, war er als einer der Ersten in der Ankunftshalle. Am Mietwagenschalter war wenig los. Nach zwanzig Minuten hatte er sein Auto und fuhr zum Hotel, wo er für alle Fälle ein Zimmer gebucht hatte. Er hoffte inständig, dass er es nicht brauchen und die Zwanziguhrmaschine zurück nach Zürich noch erreichen würde. Aber bei Ylva wusste man nie.

Es war halb drei, als er vor dem Hotel parkte. Er ging zur Rezeption, handelte eine Stornierungsoption bis achtzehn Uhr aus, kehrte zum Wagen zurück und gab dann Ylvas Adresse in das Navigationsgerät ein. Ihr Haus lag nur zwölf Autominuten entfernt. Er fuhr betont langsam, denn die Straße war glatt. Als das Gerät noch hundert Meter Entfernung zum Ziel anzeigte, stoppte er, parkte den Wagen und stieg aus. Außer ihm war niemand unterwegs. Die Häuser lagen geduckt nebeneinander wie frierende Tiere. Hier und da schlängelte sich eine Rauchfahne in den bereits dämmerigen Himmel. Durch den Schnee wirkte alles gedämpft. Die Luft war kalt, und das Atmen schmerzte ihn ein wenig, während er sich zu Fuß langsam ihrem Haus näherte. Hinter den Fenstern brannte Licht. Ein dunkelblauer Volvo SUV stand in der Einfahrt. Graue Reifenspuren zeichneten sich im Schnee ab, und man musste kein Trapper sein, um zu sehen, dass sie nicht sehr alt waren. Der Anblick des Hauses und der ganzen Einfamilienhaussiedlung deprimierte ihn. Er hasste diese Vorortkultur, die vermutlich von hier aus ihren Siegeszug in die Vereinigten Staaten angetreten hatte, wo es ja genauso trist und eintönig aussah.

Di Melo balancierte in einer der Reifenspuren bis zum Garagentor und folgte von da einem weitgehend schneefreien Weg bis zur Haustür. Er klingelte. Im Haus war alles still. Weder ein Radio noch ein Fernschgerät waren zu hören. Eine Tür im Haus öffnete sich. Schritte kamen näher. Dann ging die Eingangstür auf.

Ylva blickte ihn ohne jede Spur von Überraschung an. Sie sah erheblich besser aus, als er erwartet hatte. Ihre blonden Haare waren gut frisiert. Ihr Gesicht, abgesehen von dem abweisenden Ausdruck, den es sofort angenommen hatte, nachdem sie ihn erkannt hatte, war noch immer auffallend schön. Sie trug einen bequem geschnittenen roten Hausanzug und dicke Wollstrümpfe. Dann fiel ihm auf, dass sie ein kleines Handtuch in der Hand trug. Hatte er sie beim Sport gestört?

»Störe ich?«, fragte er.

»Was willst du?«

»Mit dir reden.«

Sie machte auf dem Absatz kehrt und ging wortlos ins Haus zurück. Da sie die Tür nicht geschlossen hatte, interpretierte er dies als Einladung und folgte ihr. An der Garderobe hingen ausschließlich Frauenmäntel. Drei Paar Schuhe standen darunter, Stiefel, Halbschuhe und Pantoffeln. Er zog Mantel und Schuhe aus, fand einen Platz für seine Sachen. Zur Rechten gab es eine Küche. Der Tisch war leer. In der Spüle stand schmutziges Geschirr. Auf der Anrichte drängte sich eine Ansammlung leerer Weinflaschen. Er ging weiter ins Wohnzimmer. Ein Holzofen verbreitete wohlige Wärme. Ylva kniete auf dem Boden und rollte eine Gummimatte zusammen. Er schaute sich im Raum um. Nach dem Flaschenarsenal in der Küche hatte er eigentlich Schlimmeres erwartet. Aber der Raum war aufgeräumt und sogar ganz gemütlich. Hier hatte sie vermutlich gestern gesessen und ferngesehen, als er sie angerufen hatte. Ein kleiner Sekretär stand neben dem Fernsehgerät. Den Rest der Wand nahm ein Bücherregal ein. Aus einem der Fächer lächelte Ragna ihm entgegen. Er musste schlucken. Er erkannte das Bild sofort wieder. Es war das gleiche Foto, das er in Vigo gesehen hatte.

»Nicht mehr deine kleine Ragna, was?«

Ylva war seinem Blick gefolgt.

»Woher hast du das Foto?«

»Von ihr. Sie hat es mir vor einiger Zeit geschickt, als wir noch Kontakt hatten.«

»Wann?«

»Vor zwei Jahren vielleicht.«

»Wo ist es aufgenommen? Indien? Brasilien?«

»Warum bist du hier, Alessandro?«

Er ging zum Sofa und setzte sich. Ylva stand abwartend da, die eingerollte Matte vor dem Bauch, die Arme in Abwehrhaltung darüber gekreuzt.

»Ragna ist in Schwierigkeiten«, sagte er. »Ich muss mit ihr sprechen. Wo ist sie?«

»Ich sagte dir doch schon: Ich weiß es nicht. Und wenn ich es wüsste …«

»… würdest du es nicht sagen, ja, ja.«

»Dafür bist du hergeflogen?«

»Ylva. Es ist wirklich ernst. Du musst mir helfen, sie zu finden. Und zwar schnell.«

»So. Muss ich das? Wieso? Sie wird nicht mit dir reden, Alessandro. Ganz davon abgesehen: Sie redet auch nicht mehr mit mir. Wir sind erledigt für sie, verstehst du. Gestorben.«

»Ach. Du jetzt auch?«

Ylva fasste die Matte fester, die sich wieder auszurollen drohte. Sie kämpfte kurz mit dem widerspenstigen Kunststoff und warf das Ding dann einfach achtlos auf den Boden.

»Willst du was trinken?«, fragte sie.

»Gern. Wasser.«

Sie verschwand in der Küche und kehrte mit einer Flasche Mineralwasser und drei Gläsern zurück. Ihre Bewegungen waren langsam, bedächtig. Folgte sie irgendeinem Rehabilitationsprogramm? Nahm sie Medikamente? Drogen? Ylva holte Ragnas Foto vom Regal und stellte es auf den Wohnzimmertisch. Dann setzte sie sich und verteilte die drei Gläser. Neben Ragnas Foto stellt sie auch eines und füllte es ebenso wie die beiden anderen.

»Familientreffen«, sagt sie dann und prostete erst ihm zu und dann dem Foto ihrer Tochter. »Schön, dass wir mal wieder alle zusammen sind, nicht wahr?«

Di Melo sagte nichts. Eine Beklemmung ergriff von ihm Besitz. Er hatte keine Zeit für solche Spielchen. Wollte sie ihn ärgern?

»Wo ist sie, Ylva. Bitte sag es mir.«

»Bist du taub? In welcher Sprache soll ich es dir sagen? Ich habe sie vor zwei Jahren das letzte Mal gesehen.«

»Wo?«

»In Rangoon.«

»Wo?«

»Myanmar. So heißt das jetzt.«

»Du warst dort?«

»Ja.«

»Warum?«

»Ich wollte sie sehen. Also bin ich hingeflogen.«

»Und?«

»Es war schön. Und es war schrecklich. Sie ist ihren Weg weitergegangen, Alessandro. Wir existieren nicht mehr für sie. Das ist eine ganz andere Generation. Sie sind in den Krieg gezogen. In einen Krieg gegen uns. Was soll man also machen?«

Di Melo trank einen Schluck. Dann beugte er sich vor und drehte das Foto um. »Hast du eine Adresse? Eine Telefonnummer, E-Mail, irgendwas?«

Ylvas linke Augenbraue fuhr leicht nach oben. Für einen kurzen Augenblick erschien sie ihm wie früher. Sie hatte ihn damals umgehauen. Seine norwegische Prinzessin. Klug, schön, reich. Und er hatte sie erobert. Klug war sie natürlich immer noch. Wenn sie nüchtern war. Auch ihre aristokratische Schönheit war durchaus noch sichtbar. Nur ihrem Reichtum hatte sie entsagt, bis auf eine Apanage, die ihr ein Vorstadtleben mit Volvo SUV erlaubte.

»Nein. Ich kann dir nicht helfen. Aber warum machst du dir Sorgen. Meinst du wirklich, Ragna bräuchte deine Hilfe? Ausgerechnet?«

»Ja, Ylva, das glaube ich. Sie hat keine Ahnung, worauf sie sich eingelassen hat«

Ylva lachte kurz laut auf. »Ragna keine Ahnung? Du hast

keine Ahnung, Alessandro. Wir sind es, die keine Ahnung haben. Deshalb haben sie sich ja auch von uns losgesagt. Unsere Kinder, die nicht fassen können, was wir getan haben, was wir zugelassen haben. Das ist ein ganz neuer Menschenschlag.«

»So? Du scheinst ja ganz beeindruckt von ihnen zu sein.«

»Nein. Sie haben mir Angst gemacht. Aber irgendwo verstehe ich sie. Wäre ich so jung und idealistisch wie sie, vielleicht wäre ich eine von ihnen.«

»Mit den Millionen deiner wohlhabenden Familie? Eine Salonrevoluzzerin?«

»Ich habe mit diesem Konzern schon lange nichts mehr zu tun, wie du weißt.«

»Lebst aber nach wie vor von seinem Geld.«

»Ja. Ich bescheide mich mit ein paar Krümeln, die beim großen Fressen auf den Boden fallen. Willst du mir dafür jetzt Vorwürfe machen? Gerade du, der in der ersten Reihe mitfrisst?

»Ylva, bitte!«

»Eben. Siehst du. Nicht einmal wir können miteinander reden. Was willst du also von ihr, die selbst mich als Komplizin aller Übel betrachtet?«

»Sie ist also in Rangoon?«

Ylva schloss kurz die Augen und sagte dann: »Dort habe ich sie zuletzt gesehen.«

»Und?«

»Was und?«

»Wie lebt sie? Was tut sie?«

»Sie hat mir nicht viel erzählt. Sie ist ständig unterwegs. Ich weiß nicht, wo. Überall.«

»Aber ihr habt geredet. Worüber?«

»Sie hat sich nach meiner Familie erkundigt. Sie wollte wissen, was Ocean Harvest im Moment so treibt und was ich dagegen zu tun gedenke. Ich sagte ihr, ich wüsste gar nichts darüber, und tun könnte ich erst recht nichts, denn ich spiele keine Rolle im Svensson-Konzern und den ganzen Firmen, die es da gibt. Sie wollte wissen, warum ich dann überhaupt gekommen sei. Ich sage dir, Alessandro, das sind andere Menschen. Es interessiert sie nicht, wer oder was wir sind. In ihren Augen sind wir alle nur verantwortungslose Lumpen, wenn nicht Schlimmeres. Wir hatten die Chance, nach dem letzten großen Debakel einen neuen, besseren Weg einzuschlagen. Aber wir haben nichts daraus gemacht. In ihren Augen haben die letzten zwei Generationen total versagt. Die Großeltern sind Onkel Adolf und Onkel Stalin auf den Leim gegangen, die Eltern Onkel Sam, dessen einfältige Stopfenten wir alle sind. Die haben uns komplett abgeschrieben, Alessandro. Und sie sind zu allem entschlossen.«

»Wie hast du sie kontaktiert?«, fragte er beharrlich weiter.

»Sie kam zu mir. Ins Hotel.«

»Aber – woher wusste sie, dass du da bist?«

»Ich habe nach ihr gefragt. Die kennen sich dort alle. Ich bin hingegangen, wo die Ausländer sich treffen. Es gibt einen Buchladen, eine Galerie, eine Bar. Das ist leicht herauszufinden, steht in jedem Reiseführer. Ich habe mit den Leuten dort geredet und einfach nach Ragna gefragt. Zwei Tage später kam sie zu mir ins Hotel.«

Di Melo schüttelte den Kopf. »Sie lebt im Untergrund?«

»Die leben alle im Untergrund. Jedenfalls zum Teil. Sie führen oft zwei oder drei Leben und sind auf Ebenen vernetzt, von denen wir gar nichts wissen. Es ist eine globale Bewegung. Ich weiß nicht viel darüber, und es interessiert mich auch nicht. Ich weiß nur, dass unsere Tochter in dieser Bewegung verschwunden ist und nicht mehr daraus hervorkommen wird, bis die Welt überwunden ist, die wir zu verantworten haben. So ist die Lage.«

»Ragna hat eine Riesendummheit gemacht«, insistierte Di

Melo.»Sie hat sich mit Leuten eingelassen, die sie mit Sicherheit unterschätzt. Ich muss sie warnen. Ich muss mit ihr reden. Sie ist wirklich in Gefahr, Ylva.«

Sie schaute ihn an und schüttelte langsam den Kopf.»Gefahr?«, erwiderte sie dann spöttisch.»Wie kann ich es dir nur begreiflich machen, damit du es endlich kapierst? Für Ragna gibt es nichts Gefährlicheres als DICH, als UNS. Unsere Passivität. Unsere wohlfeile Komplizenschaft. Fahr hin! Such sie! Du wirst sie nicht finden. Sie wird keinen Kontakt mit dir aufnehmen, und es wird dir niemals gelingen, sie gegen ihren Willen aufzuspüren. Sie weiß außerdem sehr gut, was sie tut. Das sind keine naiven Träumer. Ein paar Leute aus ihrer Umgebung habe ich kennengelernt. Die sind sich sehr wohl darüber im Klaren, womit sie es zu tun haben, denn sie haben alle innerhalb des Systems gearbeitet, das sie bekämpfen. Das sind keine naiven Ökos wie vor zwanzig Jahren. Die ketten sich nicht mehr an Bäume oder Atomtransporter und lassen sich von brutalisierten Polizisten Tränengas in die Augen sprühen und dann wegen Nötigung zu Haftstrafen verurteilen. Das sind ganz andere Kaliber. Topwissenschaftler. Ex-Banker. Professoren. Es sind sogar Leute wie du dabei, Alessandro, ökonomische und politische Berufskiller, die die Seiten gewechselt haben.«

Er drehte die Augen zum Himmel, entgegnete aber nichts darauf. Die Diskussion war sinnlos. Mutter und Tochter! Wie würde erst ein Gespräch mit Ragna verlaufen, vorausgesetzt, er fand sie überhaupt rechtzeitig. Sollte er den Dingen einfach ihren Lauf lassen?

»Vielleicht hast du recht«, räumte er ein. Er nahm das Foto zur Hand, musterte es lange und versuchte wieder einmal zu verstehen, wie alles so weit gekommen war.

»Dann erzähle mir wenigstens ein wenig von ihr«, sagte er nach einer langen Pause.

»Was willst du wissen?«

Er suchte nach Worten. »Ihr Zimmer«, sagte er schließlich.

»Wie sah es aus?«

»Ich habe keine Ahnung. Sie lebt im Untergrund. Wir haben uns immer nur im Hotel getroffen.«

»Hat sie einen Freund?«

»Ich glaube nicht. Warum?«

»Nur so.«

Ylva schaute nachdenklich vor sich auf den Tisch und sagte dann: »Jetzt, wo du fragst, fällt mir etwas ein. Kannst du dich an diesen Adrian erinnern?«

Di Melo schaute sie verständnislos an. »Nein. Wer soll das sein?«

»Ein Mitschüler von ihr. Als wir in Frankfurt waren. Ein hübscher Junge. Er war ziemlich verliebt in sie.«

»Ich war ja immer weg«, antwortete er. »Waren sie zusammen?«

»Ja. Ziemlich.«

»Ist er auch in Rangoon?«

»Nein. Überhaupt nicht.« Sie lachte. »Aber das ist eben das Komische. Sie hat den Kontakt zu ihm damals schnell abgebrochen, nicht einmal seine Briefe beantwortet. Du weißt ja, wie sie ist. Sie legt einfach einen Schalter um – peng. Wie mit uns. Sie hat alle Brücken verbrannt. Zu dir. Zu mir. Zu ihrem gesamten vorherigen Leben. Nichts an ihr hat mich an früher erinnert. Bis auf eine Kleinigkeit: ein kleiner, gläserner Delphin. Sie trägt ihn an einer Halskette. Erinnerst du dich?«

Di Melo überlegte und schüttelte den Kopf.

»Den hat dieser Adrian ihr damals geschenkt. Zum Abschied. Den hat sie aufgehoben.«

Jetzt erinnerte er sich. Nicht an den jungen Mann, den er nie gesehen hatte. Und auch nicht an den Schmuck. Aber an einen Stapel Briefe, der ihm beim Wegzug aus Kuala Lumpur in die Hände gefallen war. Ragna studierte bereits in Sydney. Ylva und er hatten den Haushalt aufgelöst und auch Ragnas

66

Zimmer ausräumen müssen. Die Briefe lagen in einem Schuhkarton in ihrem Kleiderschrank, ungeöffnet, bis auf einen. Er hatte sie in eine von Ragnas Kisten gepackt. Inzwischen war dieses Umzugsgut, das ihm ständig folgte, in einem Depot bei Zürich eingelagert.

»Eine Jugendliebe also«, sagte er beiläufig und schaute auf die Uhr. Er konnte die Achtuhrmaschine noch schaffen. »Darf ich das Foto haben?«

Er nahm es in die Hand, stand auf und betrachtete es eingehend. Wie merkwürdig war doch das Bewusstsein. Die Kette mit dem kleinen Delphin war die ganze Zeit über an ihrem Hals sichtbar gewesen. Aber er bemerkte sie erst jetzt.

Ylva schaute ihn abschätzend an. »Du wirst also genauso abrupt wieder verschwinden, wie du aufgetaucht bist.«

»Im Gegensatz zu dir mache ich mir Sorgen. Du kannst mir nicht helfen. Also ziehe ich weiter.«

»Wie du meinst. Ja bitte, nimm es mit. Ich kann leicht einen neuen Abzug machen lassen.«

»Adieu, Ylva.«

Er wollte ihr die Hand geben, aber sie schüttelte den Kopf.

»Ich habe das dumme Gefühl, von dir immer nur betrogen worden zu sein. Sogar jetzt noch. Woran mag das liegen?«

Er streckte die Hand aus, um ihr das Foto zurückzugeben. Aber sie schob sie nur sanft zurück. »Das meinte ich nicht. Behalte es nur. Und wenn du sie triffst, sag ihr, sie soll sich in Acht nehmen. Nicht nur vor dir.«

٭ ٭ ٭

Sieben Stunden später stand er im Türrahmen seines Möbellagers in Zürich-Ost und ließ seinen Blick über sechs Reihen Umzugskartons schweifen, die ordentlich übereinandergestapelt auf einem Metallregal abgestellt waren. Es dauerte fast eine Stunde, bis er den richtigen gefunden hatte. Das Papierbündel steckte zwischen Jahrbüchern der verschiedenen amerikanischen Highschools, die Ragna auf drei Kontinenten besucht hatte. Er betrachtete die Briefmarken auf dem obersten Umschlag, drei Sondermarken Altstadt Bamberg zu je einhundert Pfennig nebst blauem Air-Mail-Aufkleber. Er drehte das Bündel um und las den Absender auf der Rückseite des zuunterst liegenden Briefes. Noch ein wenig Recherche im Internet und er könnte vielleicht etwas in die Wege leiten, vorausgesetzt, er fand den Briefschreiber.

Es war ein Schuss ins Dunkle. Aber vielleicht hatte er Glück.

8. MADRID

Das Goya, im gleichnamigen Stadtteil von Madrid gelegen und ideal untergebracht im letzten Stockwerk eines Prachtbaus aus dem neunzehnten Jahrhundert mit unverbautem Blick über den Retiro-Park, nahm schon seit Wochen keine Reservierungen mehr an, was für eine kleine Gruppe von persönlichen Bekannten des Besitzers allerdings nicht galt. Seit einer im Frühjahr erschienenen überschwenglichen Kritik eines Gourmetjournalisten, die in der Folge leicht um-, aber vor allem abgeschrieben in allen einschlägigen Journalen dieser Art nachgedruckt worden war, thronte das Goya mit seinen beiden ausladenden Dachterrassen nicht mehr nur über dem abendlichen Stau der Avenida Menéndez Pelayo, sondern zudem im Olymp der internationalen Topgastronomie.

Fernando Blasco war das im Grunde zwar egal, aber ein privilegierter Zugang zum Goya war auf jeden Fall praktisch. Er kannte Paco Cardeñoso, den Besitzer des Goya, noch aus Studententagen. Damals hatten sie sich – wie fast alle fortschrittlich gesinnten jungen Leute im Madrid der frühen achtziger Jahre – im Stadtteil Malasaña an der Plaza del 2 de Mayo vor Erleichterung und Freude über das Ende der Franco-Zeit allabendlich besinnungslos getrunken und gekifft. Irgendwann war das begreiflicherweise langweilig geworden. Während Paco sein Anthropologiestudium an den Nagel hängte und eine Kochlehre begann, war Fernando, der nicht einmal eine Tortilla hätte backen können, an einem verkaterten Morgen, als seine Vermieterin vor ihm stand und zwanzigtausend Peseten für das Loch forderte, in dem er hauste, eine Erleuchtung gekommen. Nachdem ihm nämlich von dieser fetten Alt-Frankistin in Posaunenstärke ins Ohr geblasen worden war, in welch krassem Missverhältnis die saftigen Mieten zu den Immobilienpreisen standen, hatte er aus ebenjenem Loch heraus, wo der Strahl der Erkenntnis ihn getroffen hatte, sein kleines Immobilienimperium begründet.

Inzwischen besaß Paco Cardeñoso das Goya, Fernando Blasco hingegen konnte einen halben Straßenzug von Malasaña sein Eigen nennen. Die Ironie der Geschichte lag darin, dass sie mit ihren inzwischen über fünfzig Jahren nun wieder das Gleiche taten wie damals in ihren Zwanzigern: trinken und kiffen. Allerdings in ihren jeweiligen Penthäusern, und nicht auf der zugemüllten Plaza 2 de Mayo.

Es war, wie man so sagt, für sie beide ziemlich gut gelaufen, und wenn Fernando im Goya einen Tisch brauchte, musste er seinem alten Freund Paco nur eine SMS schicken. Und heute brauchte er einen besonders schönen, denn es gab da eine junge und tüchtige Immobilienmaklerin, die neuerdings für ihn arbeitete und um die er sich längst schon einmal hatte kümmern wollen. Sie hieß Maite, saß seit zehn Minuten neben ihm im Wagen, die sagenhaften Beine nur wenige Zentimeter von seiner Hand am Schalthebel entfernt, ihr Oberkörper auf eine Art und Weise entspannt und zugleich erotisch aufgeladen, dass man sich, was ihn betraf, den Umweg zum Goya auch hätte sparen können. Da er jedoch wusste, wie wichtig es für sie sein würde, dort zu speisen, wo zurzeit so gut wie niemand einen Tisch bekam, der kein Minister war oder George Clooney hieß, wollte er ihr den Gefallen natürlich tun. Zudem war Slow Food vielleicht auch auf erotischer Ebene ein Garant für höheren Genuss.

Sie fuhren über die Calle Menorca an das Goya heran und hielten an der Stelle, wo der Uniformierte für das Valet-Parking stand. Im Fahrstuhl küssten sie sich. Fernando war erfreut, dass Maite sich in dieser Hinsicht als recht unkompliziert erwies, konnte sich eines gewissen Misstrauens dann aber doch nicht erwehren. Ein Kuss im Fahrstuhl schon vor dem Essen stand trotz allem im Widerspruch zu der Welt, in der er aufgewachsen war. Frauenbefreiung hin oder her, ein wenig Widerstand, eine wenigstens in Ansätzen spürbare Scheu, die man erst überwinden musste, um ins Haus zu gelangen, wäre ihm lieber gewesen. Dass eine derart attraktive junge Frau tatsächlich Interesse an ihm haben sollte, schmeichelte ihm, war ihm aber zugleich nicht ganz geheuer. Und während sie ihn zärtlich in die Unterlippe biss, konnte er nicht umhin, darüber zu spekulieren, ob es ihr um Geld ging, um eine verantwortungsvollere Position in seiner Firma oder vielleicht nur darum, ihren Freundinnen morgen erzählen zu können, mit wem sie wo zu Abend gegessen hatte und was anschließend noch so alles passiert war. Ein Blick auf ihren freien Rücken, als sie den Seidenschal abnahm, den sie über die Schulter gelegt hatte, fegte diese skeptischen Überlegungen beiseite, und er entschied, dass es ihm letztlich egal sein konnte, aus welchen einfachen oder komplexeren Gründen sie mit ihm schlafen würde, solange er nur später die dünnen Spaghettiträger ihres enganliegenden weißen Kleides über ihre wohlgeformten Vogelschultern herabstreifen durfte.

Der Chefkellner führte sie an einen reservierten Tisch auf der Terrasse, und Fernando spürte zufrieden die interessierten, neidischen oder anerkennenden Blicke der anderen Männer. Gab es einen vergleichbaren Genuss? Was war schon ein Bankkonto oder irgendeine gesellschaftliche Position gegen den Triumph, die begehrenswerteste Frau im Saal dabeizuhaben. Seine Stimmung hob sich merklich. Er bestellte eine Flasche Ruinart und genoss dann eine Weile lang Maites Anblick in vollen Zügen: Die Art und Weise, wie sie ihr Glas hob, die Form ihrer Hände, ihre grazilen Arme, das ausnehmend schöne Gesicht über dem schlanken Hals, dazu ihr apartes Sommerkleid, das die Rundungen ihrer wohlgeformten Brüste recht offensiv verhüllte – all das erregte eine derartige Vorfreude in ihm, dass er schon gar keinen Appetit mehr verspürte.

Glücklicherweise konnte man sich bei Paco darauf verlassen, dass so gut wie nichts auf den Tellern lag. Sie begannen mit seinem berühmten Austernsorbet, knabberten dann an etwas herum, das irgendwie mit Wachteln zu tun hatte, und wurden schließlich gefragt, welchen Fisch sie bevorzugten. Fernando mochte keinen Fisch und entschied sich stattdessen lieber für ein Rote-Beete-Carpaccio. Maite hingegen erbat den Rat des Kellners, der eine Spezialität empfahl, die nicht immer vorrätig sei, heute jedoch ausnahmsweise auf der Karte stand. Maites Halspartie lenkte Fernandos vorauseilende Phantasie bereits in andere Gefilde, während sie, den Kopf zur Seite geneigt, dem Kellner lauschte: Alaska Seehechtfilet in Salbeibutter gedünstet auf einem Seetang-Kaviar-Bett an flambierten Kirschtomaten.

Als der Kellner wieder gegangen war, nahmen ihre Hände auf dem weißen Tischtuch nähere Bekanntschaft auf. Die Flasche Ruinart wurde ein weiteres Mal aus dem Kühler geholt, um ihre Gläser zu füllen. Sie tranken. Die Sonne stand bereits tief über El Retiro. Mit einem leisen Summen schwebte die Markise über ihren Köpfen in die Hauswand zurück, und eine leichte Brise strich über die Terrasse. Sie plauderten über die laufenden Geschäfte, dann über Maites Werdegang, der allerdings ein wenig unergiebig war, so dass Fernando lieber von seiner wilden Zeit in den achtziger Jahren erzählte, der berühmten Movida, dieser endlosen Party nach dem Ende der Diktatur und dem gescheiterten Putschversuch von 1981. Das Thema kam bei den jungen Leuten immer gut an, die nach der Zeit geboren waren, als Spanien noch einen Ausweg aus dem Dilemma suchte, weder der Kopf Afrikas noch der Arsch von Europa sein zu wollen.

Fernando hatte soeben sein Glas auf den legendären Madrider Bürgermeister Tierno Galván erhoben, als der Hauptgang kam. Maite war begeistert, und Fernando musste zugeben, dass Paco oder sein gegenwärtiger Chef sich wieder einmal übertroffen hatten. Was auf Maites Teller lag, sah aus wie eine Kreation von Miró. Und es schien sogar zu schmecken. Fernandos Carpaccio war auch nicht übel, angerichtet in Form eines andalusischen Fächers, filigran ausgestochen wie die Mantilla einer Flamencotänzerin. Da Maite keinen weiteren Champagner mochte, bestellte Fernando einen leichten weißen Ribeira del Duero, den er kannte und von dem er kein Sodbrennen bekommen würde, außerdem eine Flasche Cloud-Juice-Wasser, die zwar mehr kostete als der Wein, aber dafür mehr Gesprächsstoff hergab. Maite aß andächtig in kleinen Häppchen und lächelte selig über das Feuerwerk, das der Fisch auf ihrer Zunge und an ihrem Gaumen entfachte. Selig und gelöst blieb sie auch noch bis zum Eintreffen der Nachspeise, als sie plötzlich von einer Sekunde zur nächsten zu würgen begann. Fernando hatte zunächst gedacht, sie hätte sich verschluckt oder, Gott bewahre, unkontrolliert aufgestoßen. Aber ihr plötzlich aschfahles Gesicht, die Schweißperlen auf der Stirn, die Art und Weise, wie ihre Brust sich rasch hob und senkte unter Atemzügen, die schwerlich anders zu nennen waren als ein spastisches Keuchen, ließen ihn aufspringen. Noch bevor er um den Tisch herum war, erbrach sich die schöne Frau derart heftig, dass die Würgegeräusche nicht nur sämtliche Tische auf der zweiten Terrasse erreichten, sondern sogar bis in die Küche drangen, aus der alarmiert ein Kellner und ein Gehilfe herbeieilten. Maite war inzwischen zusammengebrochen, lag gekrümmt auf dem Boden, hielt sich den Bauch, erbrach sich erneut, wollte sich aufrichten, was ihr nicht gelang, und blickte mit einem Ausdruck flehender Fassungslosigkeit zu Fernando auf, während sich ein zähflüssiger Brei aus Fisch und Algen über ihr Dekolleté in ihren Ausschnitt und ihr weißes Kleid ergoss.

Fernando hatte sofort sein Handy herausgeholt und wählte die Notrufnummer. Und noch während der Kellner und sein Gehilfe mit Tüchern und australischem Wolkenwasser bemüht waren, die Situation in irgendeiner Weise unter Kontrolle zu bekommen, ertönte plötzlich ein Schrei von einem der anderen Tische. Eine Gruppe von sechs Personen war aufgesprungen und stand rufend und gestikulierend um zwei weitere Gäste herum, die sich ebenfalls übergeben hatten und nun offenbar versuchten, schnellstmöglich die Toilettenräume zu erreichen, aber nach wenigen Schritten von heftigen Bauchkrämpfen geschüttelt in die Knie gingen.

»Nos estan envenenando!«, schrie irgendjemand und eilte zum Ausgang. »Sie vergiften uns!«

»Wo ist Paco?«, fuhr Fernando den Kellner an.

»In New York, Señor.«

»Na prächtig«, schnaubte er und drückte erneut die Notfallnummer.

Maite hatte es inzwischen immerhin vermocht, sich auf dem Terrassenboden hinzusetzen, und starrte mit weit aufgerissenen Augen an sich herunter. Fernando sah, dass sie eine Gänsehaut hatte und unkontrolliert zitterte. Er wollte sich zu ihr herunterbeugen, sie trösten, ihr Mut zusprechen, aber er konnte sich einfach nicht überwinden, die gegenwärtige Distanz zwischen ihnen zu verringern.

»Die Ambulanz wird gleich hier sein«, sagte er hilflos. »Bleib ganz ruhig.«

»Was hat die Dame gegessen?«, fragte ihn plötzlich ein kleiner, untersetzter Mann, der sich von der anderen Tischgruppe gelöst hatte und zu ihnen getreten war.

»Austern. Und dann Seehecht oder irgend so was«, sagte Fernando und zwang sich, von Maite wegzuschauen, da ihm beim Anblick ihres vollgekotzten Dekolletés nun selbst fast übel wurde.

»Fischvergiftung also«, sagte der Mann fachmännisch. »Sind Sie Arzt?«

»Nein. Aber das könnte sogar ein Postbote aus dieser Situation ableiten.«

Und wie zur Bestätigung hörte man nun aufgebrachte Hilferufe von der anderen Terrassenseite, wo es allem Anschein nach noch einen weiteren Gast erwischt hatte.

»Ein Skandal«, knurrte der Mann im Weggehen. »In einer Tintenfisch-Pinte an der Plaza Mayor lasse ich mir das vielleicht gefallen, aber hier?«

Fernando musste ihm innerlich zustimmen. Und Paco im Ausland. Er erwog kurz, in die Küche zu gehen und sich den Chefkoch vorzuknöpfen, aber Maite bereitete ihm jetzt ernsthaft Sorgen. Ihr Zustand schien sich nämlich trotz der Tatsache, dass sie den offensichtlich verrotteten Fisch in hohem Bogen erbrochen hatte, nicht unbedingt zu bessern. Ihre Augen flackerten. Sie hatte sichtlich Mühe, aufrecht sitzen zu bleiben, und Fernando beeilte sich, ihr mit einem flachgelegten Stuhl den Rücken zu stützen. Dann hörte er in der Ferne die Sirene der Ambulanz.

»Bleib ganz ruhig«, versuchte er sie aufzumuntern und strich ihr sanft über das Haar, ohne ihr zu nahe zu kommen. »Gleich kommt Hilfe. Das wird schon wieder.«

Aber just in diesem Moment würgte Maite ein drittes Mal, wobei ihr Magen nichts Festes mehr anzubieten hatte und somit nur eine übelriechende Flüssigkeit aus ihrem Mund schoss. Im nächsten Moment spürte Fernando ihre Hand, die sich an seinem Unterarm festkrallte. Tränen rollten über ihr Gesicht. Mit der anderen Hand griff sie nach einer Serviette, die vom Tisch herabhing, wischte sich verzweifelt über den Mund, begann, von weiteren Krämpfen erfasst, zu zucken, und schüttelte dann den Kopf, als könnte sie auf diese Weise die Vergiftung vertreiben. Fernando stand hilflos da und schielte in der Hoffnung auf ein baldiges Erscheinen der Sanitäter zur Tür. Das war jedenfalls keine normale Vergiftung, und er betrachtete mit einer Mischung aus Furcht und Spott

75

eines der männlichen Opfer vom Nachbartisch. Dieser verharrte auf allen vieren und atmete flach. Er wirkte extrem konzentriert, als hinge alles davon ab, diese Position nicht zu verändern, die zwar zutiefst lächerlich aussah, ihm aber offenbar das geringste Ungemach bereitete. Fernando erwog, Maite zu empfehlen, gleichfalls auf allen vieren auf die Sanitäter zu warten, doch als er sich wieder zu ihr umdrehte, sah er, dass sie die Augen geschlossen hatte und kaum noch atmete. Bestürzt rief er nach dem Kellner.

»He. Schnell. Schauen Sie doch. Sie verliert das Bewusstsein.«

Aber natürlich konnte der Kellner daran auch nichts ändern.

»Ist hier irgendwo ein Arzt?«, schrie Fernando jetzt, wobei ihm auffiel, dass er das schon längst hätte fragen können. Aber was zum Teufel sollte man in einer solchen Situation denn sonst tun? Diese Hilflosigkeit war einfach unerträglich. Lächerlich. Einen Erste-Hilfe-Kurs würde er machen, sofort, am Montag. Ja, alle seine Angestellten würde er dazu verdonnern. Es ging ja wohl nicht an, dass ein Mann wie er nicht in der Lage war, bei einem so banalen Vorfall zu helfen. Um überhaupt etwas zu tun, riss er Maites Seidenschal vom Stuhl herab und bedeckte ihren verschmutzten Oberkörper damit, was indessen nichts daran änderte, dass sie tatsächlich das Bewusstsein verloren zu haben schien, denn sie reagierte überhaupt nicht mehr. Er blickte bestürzt auf sie herunter, hörte dann schwere Schritte hinter sich und sprang zur Seite, um zwei Sanitätern Platz zu machen.

»Gehören Sie zusammen?«, fragte einer der beiden, fühlte Maites Puls und machte seinem Kollegen ein Zeichen, das Fernando nicht deuten konnte.

»Ja. Das heißt, nein. Oder ja, doch. Sie arbeitet für mich.«

»Hier haben wir akutes Kreislaufversagen«, rief der Mann dann seinem Kollegen zu, der sich um den Gast vom Nebentisch kümmerte, der nun nicht mehr auf allen vieren kauerte, sondern auf dem Boden zusammengesunken war. Ein metallisches Geräusch ließ Fernando herumfahren. Eine Bahre rollte auf ihn zu. Er wich zur Seite und sah ratlos zu, wie Maite hochgehoben und festgeschnallt wurde. Sekunden später steckte eine Infusionsnadel in ihrem Arm, und ein Beutel mit durchsichtiger Flüssigkeit baumelte über ihrem Kopf.

»Soll ich mitkommen?«, fragte Fernando.

»Nein. Wozu?«

»Aber wo bringen Sie sie hin?«

»Nur um die Ecke ins Marañón. Die andern sind da auch.«

»Die andern?«

»Ja. Da muss es irgendwo eine ziemlich beschissene Fisch-Charge gegeben haben. So, und jetzt lassen Sie uns bitte durch. Ihre Freundin hier hat es ziemlich erwischt. Die Notaufnahme wird Ihnen sagen, wo Sie sie nachher finden können.«

»Sie meinen, sie muss im Krankenhaus bleiben? Wegen eines verdorbenen Fisches?«

Der Sanitäter schaute ihn genervt an. »Von den siebzehn anderen sind drei auf der Intensivstation. Und wenn Sie uns jetzt hier nicht arbeiten lassen, dann werden es vielleicht bald noch mehr sein.«

»Aber … sie hat doch nur Fisch gegessen.«

»Ja. Das mag ja sein. Aber was hat der Fisch gegessen, den sie gegessen hat? Das ist die Frage. Jetzt aus dem Weg, verdammt noch mal.«

9. ADRIAN

Ich kann natürlich auf weite Strecken nur spekulieren, was im Einzelnen bereits geschehen war, bevor ich in die Sache verwickelt wurde. Alles begann mit einer Anfrage meiner Agentur, die mich in Straßburg erreichte. Es war nichts Außergewöhnliches daran. Ob ich Anfang Dezember für einen etwa einwöchigen Einsatz in Südostasien zur Verfügung stünde und ob ich bereit wäre, für ein kurzes Briefing nach Zürich zu kommen? Die Sache klang sowohl lukrativ als auch verlockend, und so sagte ich spontan zu. Es war Freitag, ich hatte keine Pläne für das Wochenende, war erst am darauffolgenden Montag in Brüssel gebucht, und Zürich war von Straßburg aus leicht zu erreichen. Ich fuhr völlig arglos und ahnungslos dorthin, nahm den Dreizehnuhrzug nach Offenburg und von da den Anschluss per ICE nach Zürich. Ich aß im Zug zu Mittag und vertrieb mir die letzte halbe Stunde bis zu meinem Termin in den Buch- und Zeitungsläden am Zürcher Hauptbahnhof.

Das Büro lag im obersten Geschoss eines nichtssagenden Gebäudes im Bahnhofsviertel. Neben den Etagenknöpfen im Fahrstuhl prangten die üblichen Konzern- und Consulting-Kürzel. Im dritten Stock residierten eine *TTC Ltd.* und eine *RPPG Consult.* Die gesamte fünfte Etage hatte ein *KRC Trust* gemietet. Die Abkürzung, hinter der sich die ehrbare oder (schließlich war das hier die Schweiz) vielleicht auch fragwürdige Tätigkeit meines Auftraggebers verbarg, lautete: *SVG Consult.* Das Büro lag im achten Stock, auf der gleichen Etage wie *ASOKA Import Export.*

Ich kann mich noch gut an die Sekretärin erinnern, langbeinig in einem schwarzen Tailleur, Typ Hostess. Sie führte mich durch einen holzgetäfelten Flur zu einem Büro und wies mir dort einen Platz an einem kleinen Konferenztisch zu, der in der Ecke des Raumes stand. Ich zog mein Jackett aus, setzte mich hin und schaute mich um. Drei Wasser- und drei Obstsaftflaschen sowie vier umgestülpte Gläser standen gehorsam in der Mitte des runden Tisches auf einer kleinen weißen Stoffdecke. Die Möblierung war spärlich, aber edel. Neben zwei geschlossenen Rollladenschränken stand ein großer, aus Tropenholz, Glas und Chrom zusammengesetzter Schreibtisch mit einem wuchtigen Ledersessel vor einer durchgehenden Fensterfront. Jenseits davon lag Zürich unter einem grauen Himmel. Die Wand neben mir schmückte ein großes, weitgehend monochromes Ölgemälde à la Rothko. Vielleicht war es sogar einer oder ein Nachahmer. Wer kann sie schon alle auseinanderhalten?

Ich wartete. Als nach etwa zehn Minuten noch immer niemand gekommen war, stand ich auf und spazierte ein wenig in dem geräumigen Büro herum. Auch an diesen Moment erinnere ich mich noch, als sei es gestern gewesen. Ich ging zur Fensterfront, nahm den weiträumigen Blick in mich auf, drehte mich dann zum Schreibtisch herum – und da war es!

Das Foto stand neben der Telefonanlage und dem Fenster zugewandt, so dass, wer immer an dem Tisch arbeitete, es ständig vor Augen hatte. Es war schwer zu sagen, wo das Bild aufgenommen worden war. Thailand? Vietnam? Ein paar Frauen in traditioneller Tracht waren im Hintergrund zu erkennen, aber ich konnte sie damals natürlich nicht zuordnen. Ragna saß auf einem Felsblock, in Trekkingmontur, die Beine im Schneidersitz, das Gesicht lachend halb dem Fotografen zugewandt, der leicht erhöht in geringem Abstand schräg hinter ihr gestanden haben musste.

Es verging ein ziemlich langer Moment, bis ich mir eingestand, dass sie es war. Dabei konnte gar kein Zweifel bestehen, auch wenn ihr Gesicht nicht mehr so mädchenhaft aussah wie in meiner Erinnerung. Ich nahm das Foto in die Hand und schaute die junge Frau an, die mich anzulächeln schien. Die Augen. Die Lippen. Die Art und Weise, wie sie beim Lachen den Kopf neigte. Das kleine Schmuckstück an der Kette um ihren Hals! Der Blick auf diesem Foto hatte natürlich nicht mir gegolten. Aber er traf mich mit umso größerer Wucht, da ich absolut nicht darauf vorbereitet gewesen war. Ich stand eine ganze Weile unschlüssig da. Mein erster Reflex war, sofort zu gehen. Doch dann stellte ich das Bild wieder auf den Tisch, trat an die Fensterfront und schaute auf die nun im Nieselregen grau daliegende Stadt hinab. Es gab für den Moment nur zwei plausible Erklärungen: In diesem Büro arbeitete der Ehemann oder der Vater dieser jungen Frau. Der Zufall hatte mich hierher befördert. Vor das Foto meiner großen und hoffnungslosen Jugendliebe. Ich brauchte nicht lange, um mir Klarheit zu verschaffen. Es lagen genügend Briefumschläge auf dem Schreibtisch herum, die an einen Dr. Di Melo adressiert waren. Ich nahm wieder Platz und wartete.

Ihr Vater also. Ich hatte ihn damals nicht kennengelernt. Er war fast immer geschäftlich unterwegs gewesen, manchmal drei oder vier Wochen am Stück. Ein oder zwei Mal stand sein Jaguar mit beigefarbenen Ledersitzen vor der Garage der Villa am Lerchesberg, wenn Ragna mich manchmal durch den Seiteneingang ins Haus schmuggelte. Er blieb damals unsichtbar für mich. Sogar nach der Katastrophe im Mai und dem abrupten Ende unserer Beziehung habe ich ihn nie zu Gesicht bekommen. Ihre Mutter schon. Einmal sah ich sie im Polizeipräsidium, als ich zu einer Befragung dorthin musste. Eine äußerst attraktive, hochgewachsene, aber sehr distanzierte Norwegerin, von der Ragna neben dem exotischen Vornamen vor allem die perfekte Figur geerbt hatte. Wussten ihre Eltern damals überhaupt etwas von unserer Geschichte? Welche Siebzehnjährige erzählte ihren Eltern, mit wem sie herumknutscht oder schläft? Ich versuchte, die Bilder zu verscheuchen, die immer sofort in mir aufstiegen, sobald ich an sie dachte. Ich erinnere mich sehr gut, dass ich das Büro verlassen wollte. Aber ich ging nicht. Stattdessen holte ich mein Smartphone heraus, ging noch einmal zum Schreibtisch und fotografierte ihr Foto. Dann kehrte ich erneut zu meinem Platz in der Ecke zurück und wartete.

Kurz darauf öffnete sich die Tür. Ein Mann kam herein, groß, schlank, mit rasiertem grauem Haarkranz um einen kahlen Schädel.

»Herr Noack«, sagte er und trat auf mich zu, »Di Melo. Schön, dass Sie gekommen sind.« Er reichte mir die Hand und schob dann einen der Stühle vor seinen Schreibtisch. »Bitte sehen Sie mir die Verspätung nach. Nehmen Sie doch hier Platz. Die Ecke da hinten ist so ungemütlich.«

Ich nutzte den Moment, um meinen möglichen Auftraggeber kurz zu mustern. Er trug einen dunkelblauen Anzug und ein weißes Hemd mit klassischen goldenen Manschettenknöpfen. Die Krawatte hatte er zu einem großen Windsorknoten gebunden, was etwas altmodisch wirkte, aber gut aussah. Sie war dezent, mit kleinen grauen Rauten gemustert. Ich sehe ihn noch vor mir. Seine blauen Augen, die mich prüfend, aber freundlich anschauten. So erschien es mir damals jedenfalls. Ich war mir nun sicher, dass ich diesen Menschen noch nie im Leben gesehen hatte. Nach meiner Rechnung musste er Ende fünfzig sein, ein Alter, mit dem ich etwas anderes verband als eine Statur und Vitalität, wie er sie ausstrahlte. Ich weiß noch, dass ich dachte: In fünfundzwanzig Jahren so auszusehen wäre mehr als akzeptabel. Der Mann hatte etwas. Charisma war zu viel gesagt. Ich war ja erst seit ein paar Minuten mit ihm im gleichen Raum. Aber man spürte sofort, dass er Einfluss hatte, Durchsetzungskraft, Format vielleicht, in jedem Fall nicht der Durchschnittstyp mit Schuppenschnee auf den Schultern eines einfallslos blauen Jacketts und dem ersten Bauchansatz, sondern eher der kultivierte Manager oder Banker. War ich ihm zuvor tatsächlich nie begegnet? Aber da war absolut nichts, was ich wiedererkannt hätte. Auch nicht die Stimme. Und für Stimmen habe ich ein ausgezeichnetes Gedächtnis. Das leicht schweizerisch eingefärbte Deutsch hätte ich bestimmt nicht vergessen, wenn ich es schon einmal gehört gehabt hätte.

»Man hat mir außer Ihnen nur Damen vorgeschlagen«, sagte Di Melo, »aber, unter uns gesagt, ich ziehe für diese Sache einen männlichen Dolmetscher vor. Sie wissen, worum es geht?«

»Eine Geschäftsreise nach Bangkok und Rangoon Anfang Dezember?«, erwiderte ich. »Fünf bis sieben Tage. Mehr hat man mir nicht gesagt.«

»Ja. So etwa. Über Einzelheiten würden wir noch zu sprechen haben, falls wir uns einig werden. Fünf Tage müssten eigentlich ausreichen. Falls es länger dauert, würde ich Ihnen die zusätzlichen Tage selbstverständlich nachhonorieren. Zum vereinbarten Tagessatz. Wäre das möglich?«

»Gewiss. Deutsch und Englisch?«, erkundigte ich mich.

»Und eventuell Spanisch. Das bieten Sie doch ebenfalls an?«

Ich nickte und dachte: Spanisch? In Rangoon? Aber Di Melo fuhr bereits fort.

»Ich kann natürlich ganz passabel Englisch«, erklärte er. »Aber das Englisch, das manche meiner Geschäftspartner dort sprechen, ist für mich leider oft kaum verständlich. Haben Sie damit Erfahrung?«

»Ja. Sicher«, antwortete ich und ergänzte: »Ich dolmetsche inzwischen fast nur noch aus Sprachen, die es gar nicht gibt.«

»Sprachen, die es nicht gibt?«, wiederholte Di Melo verblüfft.

»Nun ja, Denglisch, Franglisch, Spanglish, man wird echtes Englisch bald verbieten müssen. Es überfordert die Leute.«

Es war die Kurzfassung der Situation, aber Di Melo konnte sich schwerlich für den Niedergang meines Berufsstands interessieren. Ich hatte Englisch, Französisch und Spanisch studiert, aber inzwischen dolmetschte ich fast nur noch aus einer einzigen Sprache, die gar keine war. Es war noch nicht einmal klar, wie man das derzeitige Konferenzgestammel überhaupt nennen sollte. Globish? Pidgin? Vermutlich war Desesperanto die beste Bezeichnung für diese Krüppelsprache, die wie Englisch klang, aber den Namen nicht verdiente, was man schon daran erkennen konnte, dass nur ein englischer Muttersprachler das Wort ergreifen und ein gehobenes oder lokal gefärbtes Englisch sprechen musste, damit die Konferenzteilnehmer plötzlich massenhaft zum Kopfhörer griffen, um der Verdolmetschung aus einer Sprache zu lauschen, die sie zuvor gesprochen zu haben glaubten.

»Sie haben Spanisch erwähnt«, fuhr ich fort. »Geht es auch noch auf die Philippinen?« Ein anderer Ort in Asien, wo Spanisch gesprochen werden könnte, fiel mir auf Anhieb nicht ein.

»Nein. Das ist nicht vorgesehen. Aber es werden möglicherweise Geschäftspartner aus Spanien anreisen. Sicher gibt es auch das eine oder andere Dokument zu übersetzen, Deal-Memos und dergleichen. Sie müssten übrigens eine Stillschweigeerklärung unterschreiben.«

»Ja, natürlich, das ist üblich. Wie kann ich mich vorbereiten? Gibt es Dokumente oder Unterlagen?«

»Ich kann Ihnen erst vor Ort Genaueres sagen. Ist das ein Problem?«

»Wenn es um schwierige technische Dinge geht, vielleicht schon.«

»Sie werden vor Ort genügend Zeit haben, sich vorzubereiten. Wie lange sind Sie längstens verfügbar?«, fragte er dann und erhob sich bereits wieder.

War das alles? Für ein paar derart belanglose Fragen war

ich extra nach Zürich gereist? Aber für neunhundert Schweizer Franken am Tag, kurz vor der Weihnachtspause, in der bestimmt keine weiteren Aufträge mehr hereinkämen, konnte der Mann mich natürlich gerne so lange buchen, wie er wollte. Oder gab es mehrere Kandidaten und war dies nur eine Vorauswahl?

»Solange Sie wünschen, Herr Di Melo.«

»Schön. Dann lasse ich Ihnen alle Unterlagen zukommen, und wir sehen uns in Bangkok.«

Wir schüttelten uns kurz die Hände. Dies wäre der ideale Augenblick gewesen, Ragna zu erwähnen. Ein Satz hätte gereicht. Kennen wir uns nicht? Kann es sein, dass Ihre Tochter in Frankfurt mit mir zur Schule gegangen ist? Aber ich habe nichts gesagt. Dieser Auftrag war wie ein Strohhalm für mich. Ein Ruf. Eine Verlockung, gespeist aus einer Sehnsucht, die ich mir damals nie eingestanden hätte.

Di Melo war bereits an der Tür und hatte sie geöffnet.

»Besten Dank für den Auftrag und Ihr Vertrauen, Herr Di Melo«, sagte ich im Hinausgehen. Im Rückblick wundere ich mich, dass er nicht lachen musste. Aber er nickte nur, lächelte kurz und erwiderte: »Ich danke Ihnen für Ihr Kommen. Bis bald, Herr Noack. Auf eine gute Zusammenarbeit.«

10. RENDER

Kurz nach dem Gespräch mit Vivian hatte Render den Zug nach Lyon genommen und war im erstbesten Hotel am Hauptbahnhof abgestiegen. Er war rastlos, ertrug es einfach nicht, dass er nichts tun konnte. Alles kam ihm wie Zeitverschwendung vor. Er hatte kaum geschlafen, war bereits um sechs Uhr aufgestanden und hatte sich nach einem Kaffee und einem Croissant, das er appetitlos verspeiste, im Hotelrestaurant die Zeit mit Zeitunglesen vertrieben. Jetzt sah er, wie Viktor Bach aus einem Wagen stieg und auf den Eingang zusteuerte.

Viktor Bach war Sonderermittler bei Interpol. Render hatte ihn bis dahin nur einmal persönlich getroffen. Diese Begegnung lag über zwei Jahre zurück. Am Rande einer Interpol-Konferenz über Umweltkriminalität in Nairobi war damals eine besondere Arbeitsgruppe gegen Fischereikriminalität aus der Taufe gehoben worden. Man hatte Render eingeladen, um den neuen Rechtsrahmen der EU vorzustellen. Seither war geschehen, was meistens geschah, wenn die zwischenstaatliche Zusammenarbeit verbessert werden sollte: nichts. Man hatte telefoniert und E-Mails ausgetauscht. Die Arbeitsgruppe hatte dann in Kapstadt getagt und plante dieses Jahr ein erneutes Treffen in Singapur. Sichtbare Ergebnisse gab es kaum. Ein paar Schiffe waren aus dem Verkehr gezogen, ein paar Kapitäne und Offiziere verurteilt worden. Angesichts der geschätzten dreiundzwanzig Milliarden Dollar, die jährlich mit illegaler Fischerei umgesetzt wurden, war das nicht einmal ein Tropfen im Meer. Teresa hatte ihn damals nach Nairobi begleitet. Der Gedanke daran schnürte ihm die Kehle zu, und er hatte Mühe, eine zuversichtliche Miene aufzusetzen, als Bach durch die Eingangstür trat und auf ihn zukam.

»Herr Render«, sagte Bach und setzte sich zu ihm. »Willkommen in Lyon.«

»Danke. Und danke, dass Sie sich Zeit für mich nehmen.« Der Mann schüttelte nur kurz den Kopf, als wollte er sagen, keine Ursache, sah dabei aber nicht so aus, als ob er es wirklich so meinte. »Es tut mir so leid, was passiert ist. Aber Sie verstehen hoffentlich, dass ich Sie nicht im Büro empfangen kann.«

»Natürlich«, beruhigte ihn Render. Dann schnippte er energisch mit den Fingern in Richtung eines Kellners, der sie beobachtet hatte, ohne irgendwelche Anstalten zu machen, sich an ihren Tisch zu bemühen. Jetzt setzte er sich verdrießlich in Gang.

»Was trinken Sie?«

Bach schaute zum Kellner auf, der jetzt vor ihnen stand und eine Miene machte, als habe man ihm gerade zwei Urlaubstage gestrichen. »Einen Milchkaffee bitte.« Dann deutete er auf die Krümel auf Renders leerem Teller und fügte hinzu: »Und bringen Sie mir bitte auch so ein Hörnchen.«

Render wartete, bis der Kellner außer Hörweite war.

»Und? Was tut sich?«, fragte er dann. »Haben Sie etwas gehört?«

Bach schaute sich nun auch kurz um, aber es saßen keine weiteren Hotelgäste in Hörweite ihres Tisches. Er sprach leise: »Wie Sie wissen, war gestern eine Vorbereitungssitzung wegen der Tagesordnung für die UNEP-Sitzung in Singapur im Herbst. Der spanische Kollege war da. Ich konnte ihn natürlich schlecht während der Sitzung auf die Sache ansprechen. Also habe ich es während der Kaffeepause versucht.«

»Und? Was hat er gesagt?«

»Er wusste gar nichts davon.«

Render schloss kurz die Augen.

»Wusste nichts davon?«, wiederholte er dann bedächtig. »Der spanische Vertreter für die Bekämpfung von Fischereikriminalität bei Interpol weiß nicht, dass auf einem von Ignacio Buzuals Schiffen eine Fischereibeobachterin über Bord gegangen ist?«

»Er wusste nichts Genaues«, korrigierte sich Bach. »Er hat wohl davon gehört, konnte aber nichts dazu sagen. Sie wissen ja: Autonomías. Der Mann sitzt in Madrid. Diese Sache wird von der Staatsanwaltschaft in Pontevedra untersucht. Wenn jemand von einem irischen oder schottischen Schiff herunterfällt, ermittelt ja auch nicht gleich Scotland Yard.«

»Nein. Aber die Behörde für die Untersuchung von Seeunfällen. Und die sitzt in Madrid.«

»Das mag sein. Aber wie gesagt, wir beschäftigen uns hier mit anderen Dingen.«

Render erwiderte nichts, denn der Kellner näherte sich mit einem Milchkaffee und Croissant und stellte beides vor Viktor Bach auf den Tisch. Render verschränkte die Arme und wartete. Bach tunkte das Hörnchen ein und biss ein Stück ab. »Ich habe mich danach auch noch ein wenig im Haus umgehört. Es sieht nicht so aus, als ob wir in so einer Sache irgendetwas unternehmen könnten. Es ist eine nationale Angelegenheit. Man geht von einem Unfall aus. Es tut mir leid.«

»Unfall«, wiederholte Render nur und blickte Bach lauernd an. »Glauben Sie das auch?«

»Buzual hat sich seit der Sache von 2003 ziemlich aus dem Geschäft zurückgezogen«, erwiderte Bach. »Er hat seine Flotte reduziert, und ganz andere Akteure sind da jetzt am Ruder. Die Chinesen, die Thailänder, die Japaner und andere. Die bereiten uns im Augenblick sehr viel mehr Probleme als so ein kleiner Fisch wie Buzual.«

»Wer sagt das?«

»Unsere Datenbanken. Das Geschäft verlagert sich mehr und mehr nach Asien. Dort passieren die schlimmsten Dinge. Die Fischereimafia sitzt vor allem dort und verbindet sich mit anderen Bereichen des organisierten Verbrechens. Sklavenhandel, Menschenraub, Drogen- und Waffenschmuggel. Geldwäsche. Die ganze Palette.«

»Aber eines hat sich doch überhaupt nicht verlagert«, stieß Render hervor. »Oder essen die Europäer vielleicht weniger gestohlenen Fisch als früher? Die Frage ist doch nicht nur, wer das Zeug aus dem Meer holt, sondern wer es kauft und isst. Und das sind immer noch vor allem wir.«

»Ja. Sicher. Auch darüber wollen wir in Singapur reden. Die Rückverfolgbarkeit ist ein großes Problem.«

Rückverfolgbarkeit, dachte Render grimmig. Wie er diese ganze Feigenblattbürokratie hasste. Aber er beherrschte sich und sagte: »Beobachter, die von Schiffen fallen, sind also kein Thema für Interpol? Wie viele waren es dieses Jahr schon? Zwei? Drei? Oder noch mehr, von denen wir gar nichts erfahren. Hier geht es nicht um Papua-Neuguinea oder Vanuatu, sondern um Spanien. Es kommt alles näher, findet vor unserer eigenen Haustür statt.«

Bach schaute missvergnügt vor sich auf den Tisch. »Wir schaffen es ja nicht einmal, zwischen Holland und Deutschland eine gemeinsame Funkfrequenz für die Polizei einzurichten. Menschen in hochentwickelten Demokratien haben mehr Vorbehalte gegen ihre eigene Polizei als gegen rumänische oder ukrainische Menschenhändler. Jedenfalls verhalten sie sich bei Wahlen so. Wir bekommen die rechtlichen Instrumente einfach nicht, um wirksam zusammenzuarbeiten. Entsprechend blüht bei uns das organisierte Verbrechen. Wir operieren bereits jetzt immer wieder am Rande der Legalität, weil wir sonst gar keine Chance mehr hätten. Und wenn ein ganzer Staat sich querstellt, weil erhebliche wirtschaftliche Interessen darin verquickt sind, was soll man dann machen?«

Render zog ein Dokument aus seiner Tasche und legte es Bach hin. »From Brussels with love«, sagte er.

Bach hob die Fotokopien auf und blätterte darin, während

Render weitersprach: »Wir haben uns mal nur die Kantinen der EU-Institutionen vorgenommen. Auf eigene Faust, ohne nachzufragen, einfache DNA-Schnelltests über ein paar Monate hinweg. Schauen Sie sich das mal an. Sogar wir fressen das Zeug und merken es nicht. Überall sind bedrohte Arten untergemischt. Sie schlachten im großen Stil geschützte Bestände und etikettieren, wie sie wollen. Man bestellt in der Kantine ein Hähnchenschnitzel, aber was man tatsächlich vertilgt, ist ein Königsadler. Es wird immer schlimmer. Nichts von dem, was wir uns ausdenken, funktioniert. Und das ist nur ein kleiner Ausschnitt. Die Kantine des Ministerrats! Der EU-Kommission, des EU-Parlaments, des Wirtschafts- und Sozialausschusses. Selbst in unseren eigenen Kantinen bestimmen diese Verbrecher den Speiseplan. Und unsere Kontrolleure bringen sie einfach um.«

Bach blickte unsicher um sich und warf Render einen scharfen Blick zu. »Ich kann mir vorstellen, wie es Ihnen geht. Wirklich.«

»Das hilft mir nicht.«

»Was würde Ihnen denn helfen?«

Render lehnte sich vor und senkte seine Stimme etwas. »Ich will wenigstens verstehen, was passiert ist. Sie wird nicht zurückkommen. Aber ich will wenigstens Gewissheit. Bei der Untersuchung wird gar nichts herauskommen, darauf können Sie Gift nehmen. Und selbst wenn sie etwas finden, werden sie es nicht öffentlich machen.«

Bach schüttelte den Kopf und wollte widersprechen, aber Render ließ ihn nicht zu Wort kommen.

»Können Sie mir ein paar Informationen besorgen? Satellitendaten. Fernerkundungs-Protokolle. Ich gebe Ihnen die Koordinaten, und Sie laden mir alles runter, was die Satelliten für den Zeitraum ausspucken. Was war dort draußen los, als Teresa verschwunden ist? Welche Schiffe waren in der Nähe? Sie kommen doch an solche Daten ran, oder?«

Viktor Bach lehnte sich nach hinten und verschränkte die Arme.

»Theoretisch, ja. Aber was wollen Sie damit?«

»Ich will Gewissheit. Wenigstens das.«

Viktor Bach schaute Render mit skeptischer Miene an. Render sagte nichts mehr, sondern fixierte seinen Gesprächspartner nur abwartend. Der presste seine Lippen aufeinander und schaute schließlich betreten vor sich auf den Tisch.

»Ich sehe, was ich tun kann. Aber ich kann nichts versprechen.«

11. PAULSEN

Der Erste, dem etwas auffiel, war Jasper Paulsen. Das war auch nicht verwunderlich, denn schließlich saß er in seinem Brüsseler Büro dort, wo alle Informationen der europäischen Gesundheitsbehörden zusammenliefen, und überprüfte gerade die neuesten Meldungen des Europäischen Schnellwarnsystems für Lebens- und Futtermittel.

Das System verdankte seine Existenz einer Aktion palästinensischer Terroristen, die 1978 versucht hatten, die Agrarausfuhren des Erbfeindes Israel zu sabotieren, indem sie in niederländischen und deutschen Supermärkten Quecksilber in Orangen israelischen Ursprungs spritzten. Glücklicherweise war das vergiftete Obst damals rechtzeitig entdeckt und aus dem Verkehr gezogen worden. Aber der Schreck bei den Regierungen saß tief, und so wurde sehr schnell gehandelt. Das rasch eingerichtete Rapid Alert System for Food and Feed sammelte seither täglich Meldungen über verdächtige Lebensmittel aus ganz Europa und verbreitete sie weiter. Gefährdungen waren zwar auch so nie ausgeschlossen, aber wenigstens wurde rasch bekannt, wenn glykolgepanschte Weine, melaminhaltiges Milchpulver oder aflatoxinverseuchte Pistazien in den Regalen der Supermärkte auftauchten, ganz zu schweigen von den Chemiecocktails, die sich regelmäßig in thailändischen Shrimps, koreanischen Ginsengwurzeln, gefrorenen Marlinsteaks aus Vietnam oder zahllosen anderen Erzeugnissen fanden.

Im Vorlauf zu den Sitzungstagen des wissenschaftlichen Lebensmittelausschusses prüfte Jasper Paulsen die neuesten Meldungen an diesem Donnerstagmorgen besonders sorgfältig. Zunächst war ihm nichts Außergewöhnliches aufgefallen. Das Vereinigte Königreich meldete mit Nikotinsäure überdosierte Nahrungsergänzungsmittel aus den USA. In Italien waren shigatoxinbildende Escherichia coli in Rinderhälften aus Polen aufgetaucht. Griechenland hatte bereits die zweite Lieferung gefrorener Garnelen mit erhöhtem Sulfitgehalt aus dem Verkehr gezogen. In Spanien war in Bio-Erdnussbutter aus den Niederlanden eine tote Maus gefunden worden. Allerorten gab es die üblichen Salmonellen- und Aflatoxin-Meldungen. Insgesamt war also alles normal – bis auf eine auffällige Häufung von Fischvergiftungen.

Paulsen drückte eine Tastenkombination, um die Meldungen thematisch zu filtern, und betrachtete erstaunt die Liste von sage und schreibe zweiundachtzig Fällen allein in den letzten vier Tagen. Er überflog die Angaben, filterte dann feiner, um die Fälle lokal zuordnen zu können, denn er wollte wissen, ob sich irgendwelche Aussagen machen ließen, welche Fischarten oder Vertriebswege betroffen waren. Aber dazu reichte die Datengrundlage nicht aus. Vor allem Spanien schien betroffen. Aber vereinzelt hatte es auch Fälle in Südfrankreich, Norditalien, Griechenland sowie in einem Restaurant in Amsterdam gegeben, der einzigen Lokalität außerhalb des Mittelmeerraumes, wo die Behörden zudem bereits ein Pathogen vermerkt hatten, wenn auch mit Fragezeichen. Paulsen las, runzelte die Stirn, erweiterte die Datenbankabfrage auf die letzten sechs Tage und erzeugte ein Balkendiagramm. Eine klassische Gaußsche Verteilung war es zwar nicht, was auf dem Monitor erschien. Aber eine ansatzweise glockenförmige Kurve, deren Höhepunkt zwei Tage zurücklag, war dennoch zu erkennen.

Er rief weitere Datensätze auf und verlor sich eine Weile in Einzelheiten. In einem Restaurant in Athen waren mehrere Gäste noch im Restaurant nach Fischverzehr krank geworden. Die Fischart war als »Seebarsch« ausgewiesen. Reste waren sichergestellt und die Ware zu einem Händler zurückverfolgt worden, der die betroffene Charge angeblich von einem spanischen Großhändler namens *Ibero Pesca* bezogen hatte, von dem auch ein Edelrestaurant in Madrid beliefert worden war, wo sich gleichfalls Gäste unmittelbar nach dem Verzehr übergeben hatten und ins Krankenhaus eingeliefert werden mussten. In Spanien hatte es die schwersten Fälle mit lebensbedrohlichem Kreislaufversagen gegeben, was in den anderen Ländern nicht der Fall war. Jasper Paulsen klickte auf das Feld, wo die Fischart eingetragen war: Alaska Seebarsch.

Er rief das Datenblatt der niederländischen Behörde auf, die als einzige ein Pathogen gemeldet hatte. Was er dort las, ergab keinen Sinn. Er griff zum Telefonhörer. Er kannte die beiden Beamten aus der *Voedsel en Waren Autoriteit* in Utrecht, der niederländischen Behörde für Produktsicherheit.

Zur Zeit der Gurkenkrise, welche die deutsche Kanzlerin vor einigen Jahren durch eine unbedachte Äußerung im Zusammenhang mit der EHEC-Pandemie ausgelöst hatte, waren sie mehrfach zu Dringlichkeitssitzungen in Brüssel zusammengekommen, um zu überlegen, wie man den gigantischen wirtschaftlichen Schaden für spanische, aber auch viele andere europäische Gemüsezüchter auffangen konnte. Damals waren 53 Menschen gestorben, und fast 4000 waren derart schwer an einer Darminfektion erkrankt, dass sie teilweise über Wochen im Krankenhaus behandelt werden mussten. Im Chaos der Zuständigkeiten – und vielleicht auch, um nicht zugeben zu müssen, dass die Infektionsquelle noch nicht eindeutig bekannt war – waren die Deutschen damals vorgeprescht und hatten spanische Gurken als Übeltäter ausgemacht, was die Presse sofort aufgegriffen und in Windeseile kolportiert hatte. Kurz darauf war der Irrtum zwar eingeräumt worden, aber der Markt für Gurken, Tomaten und Salat war innerhalb weniger Stunden komplett zusammengebrochen. Diese Erfahrung steckte ihnen allen noch in den Knochen. Vergiftungen waren natürlich eine schlimme Sache. Aber Falschmeldungen dieser Art waren in der Folge noch schlimmer. Daher war in diesem Job höchste Vorsicht geboten, und es verbot sich, irgendeine Meldung zu machen, solange man nicht hundertprozentig sicher war. Es war das gleiche Dilemma, in dem sich alle Kontrollinstanzen befanden, ob sie nun Prionen, Aflatoxine oder potenzielle Terroristen überwachten.

»Jasper hier«, sagte er, nachdem er seinen niederländischen Kollegen am Telefon hatte. »Sag mal, ich habe hier eine Meldung von euch bezüglich einer Fischvergiftung. Verdacht auf Ciguatera. Ist das euer Ernst?«

»Ja«, kam es zurück. »Inzwischen sogar bestätigt. Unser Referenzlabor hat gerade ein Update geschickt. Sie gehen jetzt von einer neunzigprozentigen Wahrscheinlichkeit aus. Die Krankheitssymptome sprechen auch dafür. Akute Störungen des Nervensystems. Die Betroffenen sind noch nicht auf der Intensivstation, aber wenn ihr Zustand sich verschlimmert, kann man für nichts garantieren. Die Konzentration des Giftes muss außergewöhnlich sein.«

»Und was für ein Fisch war es?«

»Das wissen wir noch nicht. Der Restaurantbesitzer sagt, es sei Kabeljau gewesen. Aber das halten wir für ausgeschlossen. Wir ermitteln noch. Es gibt Indizien, dass es sich um falsch ausgezeichnete Ware handeln könnte, möglicherweise irgendeine illegal gefangene Art aus den Tropen. Wie sollte auch sonst Ciguatera darin enthalten sein?«

»Eben«, sagte Jasper Paulsen und überflog die Liste auf seinem Computer. »Wer sind die Opfer? Ausländer? Touristen vielleicht?«

»Nein. Ganz normale Holländer. Ein älteres Ehepaar aus Nimwegen.«

»Und die waren nicht zufällig gerade in Thailand und haben diese Vergiftung vielleicht schon mitgebracht?«

»Nein. Ausgeschlossen. Und sie haben auch keine exotischen Fische bestellt, sondern Kabeljau in Weißweinsoße.

Was sie auf dem Teller hatten, wissen wir aber wie gesagt noch nicht.«

»Okay. Danke. Falls ihr es herausfindet, sag mir Bescheid.«

»Sicher. Sonst noch etwas?«

»Ja. Wisst ihr zufällig, bei welchem Großhändler das Restaurant gekauft hat?«

»Kein Großhändler. Die Ware kam angeblich direkt vom Fischmarkt.«

»Habt ihr die Lieferantenrechnungen? Verpackungen? Etiketten?«

»Das kann ich dir nicht genau sagen, aber vermutlich werden wir sie schon noch auftreiben. Vorausgesetzt, es ist wirklich Ciguatera, denn wenn nicht, dann verfolgen wir die Sache erst einmal nicht weiter.«

Jasper Paulsen bedankte sich und legte auf. Dann saß er eine Weile still an seinem Schreibtisch und dachte nach. Regen schlug gegen die Fensterscheibe und übertönte kurzzeitig das Rauschen seines Computers. Er loggte sich bei der WHO ein und schaute nach, ob dort aktuelle Meldungen vorlagen, doch außer dem Haupteintrag war nichts zu finden. Ciguatera-Vergiftungen, so war da zu lesen, fielen jährlich zwanzig- bis fünfzigtausend Menschen zum Opfer, wobei man davon ausging, dass die Dunkelziffer der Erkrankungen vermutlich zehnmal höher lag. Glücklicherweise traten die meisten Fälle zwischen dem fünfunddreißigsten nördlichen und südlichen Breitengrad in tropischen Küstenregionen auf. Allerdings legte die Zunahme der Fälle in Europa und den USA den Verdacht nahe, dass das Toxin durch Ferntourismus, Fischexporte und möglicherweise klimabedingte Wanderungsphänomene bestimmter Fischarten in Zukunft auch weltweit ein Problem werden könnte. Jasper unterstrich den Passus und auch den folgenden, der besagte, dass mehr als 400 Fischarten bisher mit Ciguatera-Fischvergiftungen in Verbindung gebracht worden waren und in

Einzelfällen das Gift auch schon in Zuchtlachsen nachgewiesen worden war.

Ciguatera, so endete der Artikel, »ist noch immer eines der heimtückischsten Gifte, denn bis heute existiert keine zuverlässige Bestimmungsmethode. Das Toxin reichert sich über die Nahrung in bestimmten Fischarten an, wirkt in den Tieren selbst jedoch nicht toxisch. Im Muskel- und Organgewebe der Fische ist Ciguatera nur durch sehr aufwendige chemische Analysen nachweisbar. Die Symptome der Vergiftung reichen von Hautausschlägen, Taubheitsgefühl der Lippen und der Mundschleimhaut über Bauchweh, Erbrechen und Durchfall bis hin zu schweren neurologischen Störungen, wie Umkehrung des Wärmeempfindens bzw. Schüttelfrost, Seh- und Gleichgewichtsstörungen. Die Letalitätsrate liegt bei etwa sieben Prozent. In den meisten Fällen tritt die Erkrankung immer wieder auf. Eine einmalige Vergiftung kann eine lebenslange Allergie gegen jede Form von Fisch oder Meerestieren hervorrufen.«

Paulsen unterstrich lebenslange Allergie und schloss die Maske der WHO, wodurch seine Liste der täglichen Meldungen dahinter wieder sichtbar wurde. Er legte die Ausdrucke auf einen Stapel, klebte eine gelbe Haftnotiz darauf und schrieb: PAFF? Dann griff er zum Telefon, wählte die Nummer von Pablo Herrero-Sanchez bei der Generaldirektion für Gesundheit und Verbraucher und landete bei Karen, seiner Assistentin.

»Er ist nicht da«, sagte sie. »Soll ich ihm etwas ausrichten?«

»Ja. Sag ihm bitte, ich möchte für die PAFF-Ausschusssitzung einen eiligen Punkt auf die Tagesordnung setzen.«

»Okay. Und was bitte?«

»Ciguatera.«

»Cigua-was?«

»Ich schicke es dir per Mail. Ich möchte gern eine Tischumfrage dazu machen. Könntest du die Delegierten anschreiben, damit sie sich schlaumachen können, ob es in diesem Zusammenhang bei ihnen Auffälligkeiten gegeben hat?«

»Das muss Pablo entscheiden. Ich kann das nicht über seinen Kopf hinweg machen. Sonst alles okay bei dir? Wie geht es Ruth?«

»Gut. Ist gerade in Ispra.«

»Schöne Grüße.«

Er legte auf und schaute wieder auf den Bildschirm. Mehr konnte er jetzt erst einmal nicht tun. Sein Blick fiel auf zwei Bananen, die er heute Morgen eingesteckt hatte, da er ohne Frühstück aus dem Haus gegangen war. Er schälte eine und wollte schon zubeißen, als er innehielt. Er legte die Frucht ab und versicherte sich zunächst anhand seiner Datenbank, dass es in letzter Zeit keine erhöhten Thiabendazol- oder Imazalilwerte in Bananenlieferungen aus Mittelamerika gegeben hatte. Den offiziellen Meldungen zufolge war dem jedoch nicht so, und so nahm er sie wieder in die Hand, musterte sie noch eine Weile skeptisch, biss aber schließlich, wenn auch nicht vollständig beruhigt, ein Stück davon ab.

12. ADRIAN

Im Anschluss an das Treffen mit Di Melo in Zürich fuhr ich nach Frankfurt und nach einem ereignislosen Wochenende am Main am Sonntagnachmittag weiter nach Brüssel. Ich hatte seit längerer Zeit wieder einmal für zwei Tage ein Engagement bei den europäischen Institutionen. Wie so oft war die Zugverbindung miserabel, und ich kam erst nach einer langwierigen Fahrt, die hinter der Grenze bis Lüttich per Ersatzbus erfolgte, spätabends in Brüssel an. Derek, ein britischer Kollege, bei dem ich manchmal unterkam, war wider Erwarten nicht da. Der Nachbar gab mir freundlicherweise den Schlüssel. Die dunkle und leere Wohnung wirkte ohne Derek fremd und abweisend. Ein Stapel Post lag auf dem Esstisch im Wohnzimmer. Drei Fliegen hatten nach dem letzten Besuch der Putzfrau noch einen Weg hereingefunden und waren gemeinsam auf dem Fenstersims verendet. In der Küche empfing mich der abgeschaltete Kühlschrank mit weit offen stehender Tür. Eine Notiz lag auf dem Küchentisch. »Sorry, nichts zu essen. Kühlschrank musste abtauen. Bin Montagabend zurück. Sushi und portfolio checks? Gruß D.«

Ich schaltete den Kühlschrank ein und schloss die Tür, rollte meinen Koffer ins Schlafzimmer und richtete mich ein, was nur ein paar Minuten in Anspruch nahm. Das Bett war frisch bezogen. Als ich meine kleine Ausstattung an Anzügen, Hemden, Krawatten und Schuhen einsortiert hatte, sah es auch nicht viel anders aus als in meinem Frankfurter Kleiderschrank: eine Verdoppelung, die sich wie eine Halbierung anfühlte. Das ständige Pendeln zwischen Brüssel, Straßburg, Den Haag, Genf, Wien und anderen Städten mit Sitz von internationalen Organisationen führte zwangsweise zu dieser Unbehaustheit. Dazu kamen noch die gelegentlichen Aufträge in Übersee für internationale Konferenzen. Meinen Hauptwohnsitz hatte ich zwar noch immer in Frankfurt, aber das war eher eine berufsstrategische Fiktion. Meine Wohnung dort stammte noch aus meiner Zeit als Berufsanfänger, und ich hielt sie, weil die Miete günstig und ein Standbein in der Stadt mit dem wichtigsten Flughafen Europas einfach praktisch war. Aber wo wohnte ich wirklich? Recht besehen schon seit einigen Jahren nirgendwo. Meine wahre Anschrift war eine E-Mail-Adresse, eine Handynummer.

Ich ging duschen, schob dann eine Pizza in den Ofen, die ich nebst zwei Dosen Bier beim Nightshop um die Ecke gekauft hatte, und verbrachte die Garzeit der Pizza damit, im Intranet der EU-Kommission mein Arbeitsprogramm der nächsten Tage aufzurufen.

Biological Safety of the Food Chain (PAFF Section) stand da. Zehn Uhr. Als Tagungsort war das Konferenzzentrum der Kommission angegeben. Saal 3D. Ich würde mit Annegret arbeiten. Das war immerhin ein Lichtblick angesichts der Öde des Sitzungsthemas. Die Sprachenkombination war klassisch: Englisch, Französisch, Deutsch, Spanisch, Italienisch, Niederländisch. Wie in den guten alten Zeiten vor den ganzen Erweiterungen. Ich doppelklickte auf Annegrets Namen, und ihr Datenblatt erschien neben einem Foto, das ich auswendig kannte, aber immer wieder gern betrachtete. Dann klickte ich auf einen Link, der mir die Sitzungsdokumente liefern sollte, aber außer einer Tagesordnung war nichts vorhanden. Ich lud sie herunter, schloss die Anwendung und öffnete die Datei. Die Tagesordnung des wissenschaftlichen Lebensmittelausschusses war keine besonders appetitanregende Lektüre: Listeria monocytogenes in Bio-Falafeln Nuggets (NL), Aflatoxine und Ochratoxin A in Pistazien aus dem Iran (D), Migration von Mangan aus Holz-Küchenutensilien aus China (DK), Noroviren in gefrorenen Himbeeren aus Chile (UK), Campylobacter in gekühlter Hähnchenbrust (F).

Ich öffnete meine Terminologie-Datenbank. Mein System war denkbar einfach: Ich erstellte in jeder Sitzung eine Liste der benutzten Fachterminologie und speicherte sie unter dem Namen des Ausschusses ab. Natürlich besaß ich auch jede Menge klassische Glossare über jedes erdenkliche Thema, von Abwasser bis Zoonosen, aber wenn man eine Fachgruppe schon einmal gedolmetscht und die ganzen Abkürzungen aufgeschrieben hatte, war es natürlich einfacher. In diesem Fall hatte ich allerdings Pech. PAFF ergab keinen Treffer. Gleichzeitig summte mein Handy und zeigte eine SMS von Annegret an.

»Schon in town?«

Ich schickte einen Smiley zurück und schrieb dann: »PAFF? Kennst du hoffentlich?«

Die Antwort kam postwendend. »Ja. Standing Committee on Plants, Animals, Food and Feed. Also Rinderwahn. Prionen. Aflatoxine. Lecker. Habe Glossar. LG A.«

Ich schickte ihr einen doppelten Smiley und war froh, dass ich mit einer Bekannten arbeiten würde, die zudem Beamtin war, diesen Kram ständig machte und sich auskannte. Außerdem mit einer, die mich mochte und nicht gleich anschwärzen würde, wenn ich bei den ganzen Abkürzungen nicht auf dem neuesten Stand war. Die Konkurrenz wurde auch hier schärfer.

Ich biss ein Stück von der Pizza ab, die sich mit Bier vermischt in etwas halbwegs Essbares verwandelte. Allerdings nur drei Bissen lang. Dann schob ich den Teller weg, schaute versonnen auf die Skyline des Europaviertels und öffnete zum wer weiß wievielten Mal auf meinem Handy das Foto, das ich in Di Melos Büro geschossen hatte. Ich betrachtete es, als könnte es mir eine Erklärung für meine merkwürdige Stimmung liefern. Aber da war natürlich nichts außer Ragnas Lächeln, das mir nicht galt. Ich suchte das Chanson heraus, das ich vor ein paar Wochen in einem Nachtcafé in Berlin gehört hatte, lehnte das Handy gegen eine der Bierdosen und lauschte den Versen. Als hätte die Verschwörung gegen die stumpfe Gegenwart, in der ich mich eingerichtet hatte, schon vor längerer Zeit begonnen.

Und irgendwann kannst du dich einfach nicht daran erinnern,
An diese wunderliche Welt, in die wir beide kamen.
Das ganze Universum war nicht größer als ein Zimmer,
Und alle Sterne und Planeten trugen unsere Namen.
Wir schwebten schwerelos vorbei an Meeren und Gezeiten,
An leeren Kinderstuben und verlassnen Domizilen.
Als sich zwei unbekannte Wesen uns auf einmal zeigten,
Als du und ich – als wir einander in die Arme fielen.

Ich stoppte die Musik und wartete. Eine Autohupe ertönte in der Ferne. Der Kühlschrank brummte. Ohne jeden Grund dachte ich an die drei toten Fliegen auf dem Fenstersims. Ich schaltete die Musik wieder ein.

Und weil ich weiß, dass irgendwann das alles nicht mehr da ist,
Dass jeder Atemzug nicht anders kann als jäh zu enden …

Ich schaltete erneut ab. Ich würde den Job absagen. Es tat mir gar nicht gut, mit dieser Vergangenheit wieder Kontakt aufzunehmen. Ich trat ans Fenster und schaute auf den Square Ambiorix hinab. Er war völlig menschenleer. Morgen käme Derek. Glücklicherweise.

13. RENDER

Die Textbotschaft auf Renders Handy war drei Stunden alt. Er las sie zweimal. Dann legte er das Gerät auf den Klapptisch des Zugabteils und starrte verstört vor sich hin. Sein Zorn und seine Trauer hatten inzwischen einer tiefen Niedergeschlagenheit Platz gemacht. Warum war er überhaupt nach Lyon gefahren? Seine Menschenkenntnis hätte ihm sagen müssen, dass Bach ein Typ war, der immer nur den Dienstweg einhalten würde. Und was konnte Interpol schon tun, selbst wenn sie gewollt hätten? Nicht einmal das FBI war in der Lage, bei derartigen Fällen richtig zu ermitteln. Vor ein paar Monaten hatte es im Pazifik einen jungen Amerikaner erwischt. In der Meldung hieß es, er sei während eines Umlademanövers vor der peruanischen Küste unter ungeklärten Umständen über Bord gegangen. Das FBI und der US-Küstenschutz hatten wochenlang versucht, den Fall aufzuklären, und absolut nichts herausgefunden.

Und jetzt war er selbst betroffen! Er nahm das Handy zur Hand und las die Botschaft erneut. Woher hatten sie seine Nummer? Was war das überhaupt für eine Länderkennung. Sie versuchten also wieder, Kontakt mit ihm aufzunehmen. Wie damals. Es war alles so unwirklich. Bilder der letzten zwei Jahre traten vor sein inneres Auge, angefangen bei dem Seminar in Funchal, wo er Teresa kennengelernt hatte. Er hätte seine Teilnahme am Ausbildungsprogramm für Beobachter längst aus Protest niederlegen sollen. Aber dann hätte er Teresa niemals getroffen, und jemand anderes hätte sie ausgebildet.

Sie war sogar mit zur Interpol-Konferenz nach Nairobi gefahren, als er dort sein Referat gehalten hatte. Endlich geschah etwas. Eine Sonderermittlungsgruppe für Fischereikriminalität sollte eingesetzt werden, und man hatte ihn gebeten, die Rechtsinstrumente der EU zu erläutern. Kurz bevor sie wieder abreisten, war diese Freundin von Teresa aufgetaucht, stand plötzlich einfach vor ihrem Hotelzimmer. Teresa war ohne irgendeine Erklärung mit ihr verschwunden. Zwei Stunden später war sie allein zurückgekehrt und hatte ihn gebeten, sich mit der jungen Frau zu unterhalten. Sie warte unten in der Lobby auf ihn. Warum, hatte er gefragt. Wozu? Wer war sie? Aber Teresa hatte nur ausweichend geantwortet. Ihr zuliebe war er schließlich nach unten gegangen. Die Frau winkte ihm aus einer ruhigen Ecke der geräumigen Empfangshalle zu und streckte ihm die Hand entgegen, als er vor ihr stand.

»Herr Render«, sagte sie. »Danke, dass Sie sich bereit erklärt haben, mich zu treffen.«

Er schüttelte kurz ihre Hand.

»Sie kennen meinen Namen«, sagte er, »darf ich auch Ihren erfahren?«

»Ich heiße Ragna«, sagte sie. »Ragna Di Melo.«

»Sie sprechen gut Deutsch.«

»Ich bin einmal in Frankfurt zur Schule gegangen. Aber das ist lange her. Darf ich Englisch sprechen?«

»Ja, sicher«, sagte er, die Sprache wechselnd, und fügte scherzhaft hinzu: »Dann können Sie sich auch den Herrn Render schenken und John sagen.«

»Okay«, sagte sie und lächelte.

Er winkte einen Kellner herbei.

»Möchten Sie etwas trinken?«

»Nein danke.«

Er bestellte eine Flasche Wasser. Die Frau hätte seine Tochter sein können. Er schätzte sie auf Ende zwanzig oder Anfang dreißig, aber eine Wette hätte er nicht eingehen wollen. Sie trug Jeans, Sandalen und eine dünne, kurzärmelige Bluse. Ihre Zehennägel waren rot lackiert, ihre Fingernägel gar nicht. Die grünen Augen schauten ihn neugierig und – wie er fand – ein wenig prüfend an. Ihr dunkelbraunes Haar trug sie kurz. Die Haut war eher hell und ein wenig gerötet von der starken Sonne, die ihr offenbar nicht bekam. An einer schmalen Goldkette um ihren Hals hing ein kleiner Delphin aus Glas. Sonst trug sie keinen Schmuck. Sie sprach fließend und akzentfrei Englisch, doch ihre Herkunft war, abgesehen von der interessanten Nord-Süd-Mischung, die ihr Vor- und Nachname verriet, schwer zu erraten. Neben ihr lag eine Tasche, die er sofort wiedererkannte. *Doha 2012* stand darauf, in hoffnungsvoller blauer Schrift, in Erinnerung an den letzten Weltklimagipfel im Wüstenemirat.

Sie war seinem Blick gefolgt und sagte: »Sie waren auch dort?«

Er schüttelte den Kopf.

»Schade. Sonst wären wir uns vielleicht dort schon begegnet. Aber die Tasche kennen Sie.«

»Ja, sicher. Ich habe sie bei Kollegen gesehen, die dort waren.«

»Diese hier ist aus dem Pazifik«, erklärte Ragna. »Ein Freund von mir hat sie aus einem riesigen Plastikmüllteppich gefischt. Sehen Sie hier den Druckfehler?« Sie deutete auf eine Abkürzung: COB 18. »Der chinesische Setzer kannte die korrekte Abkürzung für die Konferenz der Vertragsstaaten offenbar nicht. Vielleicht hat er auch eine falsche Vorlage bekommen. Wer die Containerladung falsch bedruckter Konferenztaschen im Pazifik entsorgt hat, weiß natürlich niemand. Aber mir erscheint es fast sinnbildhaft, dass der Umweltkonferenzmüll am gleichen Ort landet wie der ganze sonstige Abfall, den diese Konferenzen eigentlich vermindern helfen sollen.«

Render lehnte sich zurück und überlegte, was er dazu sagen sollte. Aber die junge Frau sprach schon weiter.

»Ich wollte Ihnen etwas zeigen, wenn Sie einverstanden sind.«

»Bitte.«

Sie griff in die abgewetzte Nylontasche neben sich, holte einen Umschlag hervor und zog eine Fotografie heraus. Render wurde unbehaglich zumute. Es war lange her, dass er diese Aufnahme gesehen hatte. Aber wer kannte dieses Foto nicht? Im gleichen Moment erschien der Kellner mit der Flasche Wasser und stellte sie vor ihnen auf dem Tisch direkt neben dem Foto ab.

Render wartete, bis er sich wieder außer Hörweite befand, bevor er die naheliegende Frage stellte: »Warum zeigen Sie mir dieses Foto?« Er konnte einen leicht spöttischen Unterton nicht unterdrücken. »Jagen Sie Kriegsverbrecher?«

»Nein. Aber Sie kennen das Bild, nicht wahr?«

Anstatt zu antworten, nahm er es in die Hand und musterte die Männer auf der Anklagebank. »Das ist Göring«, sagte er dann. »Der hier ist Rosenberg. Speer ist auch gut zu erkennen. Und das ist Jodl, wenn ich mich nicht irre.«

Bei den anderen war er sich nicht so sicher, doch die meisten Namen kamen ihm natürlich sofort in den Sinn. Ihre Träger waren durch ihre Untaten so etwas wie mythische Gestalten geworden, Figuren wie aus einem grausamen antiken Epos, die jeder halbwegs gebildete Mensch aufzählen konnte, selbst wenn er keine einprägsamen Gesichter mit ihnen verband oder nur vage über ihre Rolle Bescheid wusste: Seyß-Inquart, Schacht, Streicher, Kaltenbrunner, von Ribbentrop. Die ganze Verbrecherbande auf der Anklagebank von Nürnberg.

»Was fühlen Sie, wenn Sie diese Männer sehen?«, fragte die junge Frau.

Render legte das Foto wieder auf den Tisch zurück und trank einen Schluck Wasser, bevor er antwortete.

»Das ist ein merkwürdiger Gesprächsauftakt, finden Sie nicht? Sie kennen mich überhaupt nicht, legen mir dieses Foto hin und wollen wissen, welche Gefühle mich beim Anblick von Massenmördern und Kriegsverbrechern überkommen? Weil ich Deutscher bin?«

Die junge Frau schwieg und wartete.

»Einmal abgesehen davon, dass Sie sich das an fünf Fingern abzählen können: Warum wollen Sie mit mir über historische Ereignisse sprechen, an denen weder Sie noch ich beteiligt waren? Es wäre doch eine ziemlich akademische Übung, finden Sie nicht auch? Wir könnten auch über die Roten Khmer sprechen. Über Ruanda. Oder über andere Orte, die an Greueln Ähnliches zu bieten haben, oder?«

»Sicher«, erwiderte sie. »Aber darf ich Ihnen erzählen, was mir durch den Kopf geht, wenn ich diese Gesichter sehe?«

»Wenn Sie unbedingt wollen, bitte.«

Sie saß ganz entspannt da und schaute ihn an. Render hatte inzwischen beschlossen, das Gespräch rasch zu beenden. Was für eine Schnapsidee, überhaupt darauf eingegangen zu sein, sich mit dieser Person zu treffen.

»Ich schaue mir dieses Foto oft an«, sagte Ragna dann. »Diese ganz normalen Männer. Die Schreibtischtäter. Die Verwalter und Organisatoren des schlimmsten Genozids der jüngeren Geschichte. Sie sehen so unauffällig aus. So durchschnittlich. So distinguiert und zivilisiert. Das fasziniert mich, denn ich begreife nicht, was sie getan oder was sie durch Nichtstun zugelassen haben. Seit ich das erste Mal von ihnen gehört und gelesen habe, wünsche ich mir, ihnen einmal gegenüberzusitzen, um sie zu fragen: Warum hast du das getan? Wie war das möglich? Wie hast du das ausgehalten oder gar vor dir selbst gerechtfertigt? Aber diese Männer kann ich nicht mehr befragen. Daher frage ich Männer wie Sie. Warum tun Sie, was Sie tun? Oder warum tun Sie nichts?«

Die Frage hinterließ ihn derart fassungslos, dass er sekundenlang nicht wusste, was er sagen sollte. Die Frau war verrückt. Völlig verrückt. Sollte er einfach aufstehen und gehen? War sie möglicherweise gefährlich? Aber so sah sie beim besten Willen nicht aus. Es sei denn, er betrachtete diesen ungeheuerlichen Vorwurf als Drohung. Diesen unsäglichen, grotesken Vergleich. Die Männer auf diesem Foto hatten versucht, ein ganzes Volk auszurotten, die Welt zu unterjochen und große Teile der Menschheit zu versklaven. Was hatte er mit ihnen gemein? Sie ließ ihm keine Zeit für eine Erwiderung und nahm seine Reaktion sogar vorweg.

»Fast alle, die ich frage, reagieren so wie Sie. Sie sind sprachlos und halten den Vergleich für ungeheuerlich. Dabei ist der Dimension des Verbrechens, an dem Sie teilhaben, anders als durch einen Vergleich mit dem, was die Nazis unternommen haben, gar nicht beizukommen. Die Nazis haben ja nicht einfach nur zahllose Menschen ermordet. Sie haben das Morden und das systematische Vernichten von Leben zu einer satanischen Kunstform erhoben, zu einer Gewalt- und Blutorgie des Absurden, Sinnlosen und absolut Willkürlichen. Wir alle sind Teil einer vergleichbaren Maschinerie, eines ähnlichen Prozesses: des größten Biozids der Menschheitsgeschichte. Sie wissen das sehr gut. Ihnen brauche ich das nicht zu erklären. Vermutlich ist das sogar der Grund, warum wir überhaupt hier sitzen und Sie mir noch zuhören, obwohl Ihr Kopf Ihnen natürlich sagt, dass ich völlig verrückt bin.«

Render wusste noch immer nicht, was er dieser Frau erwidern sollte, und so trank er zunächst noch ein Glas Wasser, bevor er sich schließlich zu einer Antwort aufraffte:

»Ich weiß zwar nicht, was Sie von mir wollen, junge Frau, aber Sie haben einen bemerkenswerten Humor ...«

»Haben Sie den Eindruck, dass auch nur ansatzweise getan wird, was getan werden muss?«

»Es wird getan, was getan werden kann, und das ist schon etwas.«

»Was an der Situation, dass mehr und mehr lebensnotwendige Ökosysteme kurz vor dem Kollaps stehen, nichts

107

ändert.« Sie hatte einen Notizblock hervorgeholt. »Stellen Sie sich vor, jemand organisierte in hundert Jahren eine Ausstellung mit Fotos von den Leuten, die dafür bezahlt wurden, dem gegenwärtig stattfindenden Biozid etwas entgegenzusetzen. Keine Fotos der Nürnberger Prozesse also, nicht die dumpfen, zerknirschten und erstaunten Gesichter Jodls, Keitels und Rosenbergs, sondern die selbstzufriedenen Gesichter von Leuten Ihres Schlages: Gruppenfotos teuer bezahlter Regierungsvertreter, Experten und Verwaltungsbeamter, die jahrzehntelang über Vertragswerke streiten, von denen sie genau wissen, dass sie das Papier nicht wert sind, auf dem die vagen Vereinbarungen stehen. Vereinbarungen übrigens, die nicht einmal von denen eingehalten werden, die dazu in der Lage wären. Wie halten Sie das aus? Wie groß müssen die Widersprüche und Zynismen eines Systems werden, damit jemand wie Sie, mit Ihrem Fachwissen und Ihrer Erfahrung, es einfach nicht mehr erträgt, darin zu funktionieren? Nur das möchte ich Sie fragen. Mehr nicht.«

»Kann es sein, dass deine Freundin ein bisschen verrückt ist?«, hatte er Teresa später gefragt.

»Ja. Das kann schon sein.«

»Woher kennst du sie?«

»Von PETA. Wir haben zusammen einmal eine Aktion gemacht.«

»Aha. Wann?«

»So vor zehn Jahren.«

»Und was für eine Aktion?«

Sie hatte ihn lange angeschaut.

»Grindwale«, sagte sie dann. »Gegen das alljährliche Abschlachten auf den Färöer-Inseln.«

»Und?«

»Nichts und. Es passiert immer noch. Jedes Jahr.« Sie hatte

ihm einen Blick zugeworfen, den er noch nicht kannte. Dann sagte sie: »Vielleicht sind wir einfach alle noch nicht verrückt genug.« Das war alles. Danach war Ragnas Name nie wieder gefallen.

Er nahm sein Handy wieder zur Hand und las die Botschaft noch einmal:

»Wir würden gerne mit Ihnen reden. Könnten Sie nach Vigo kommen? Ragna.«

14. BUZUAL

Ibai schaute gespannt zu, wie die Nadel in die Maus eindrang. Das Tier zuckte, konnte sich aber im Griff des Laboranten, der die Injektion vornahm, kaum bewegen. Der Mann setzte die Maus auf dem Boden eines Glasbehälters ab und zog seine Hand zurück. Das Tier schaute verwirrt um sich, schnüffelte in unterschiedliche Richtungen und begann dann, seine neue Umgebung zu erkunden.

Ibai schaute abwechselnd auf die Stoppuhr, die an der Laborwand hing, dann wieder auf die Maus, deren Bewegungsmuster sich allmählich änderte. Sie hielt inne. Ihr kleines Maul öffnete und schloss sich, als gähnte oder würgte sie. Nach zwei Minuten und dreiundvierzig Sekunden begann das Tier zu zucken. Bräunlich rote Ausscheidungen traten aus dem After hervor. Die Maus schleppte sich ein Stück im Kreis und kam dann auf dem Bauch zu liegen. Sie atmete kaum noch. Ein Zittern durchlief die kleinen Glieder, und das Tier lag still. Der Todeskampf hatte keine vier Minuten gedauert.

»Was für eine Dosis war das?«, wollte Ibai wissen.

»Das Äquivalent von 0,3 Mikrogramm im Menschen«, sagte der Laborant, der neben ihm stand und das Schauspiel verfolgt hatte. Ibai schaute ihn verständnislos an.

»Was heißt das. Wie viel ist das?«

»Es ist in etwa die Menge, die wir in den Gewebeproben der vergifteten Fische gefunden haben.«

Ibai schaute angewidert auf das verendete Tier.

»Und solch eine Wirkung?«

Der Mann nickte und zog skeptisch die Mundwinkel herab. »Ja. Bereits kleine Mengen können gravierende Symptome hervorrufen. Das Gift ist äußerst heimtückisch.«

»Inwiefern?«

»Es ist nur schwer nachweisbar. Für die Fische selbst ist es
völlig unschädlich, aber beim Menschen extrem toxisch. In
dieser Fischart kommt das Toxin normalerweise nicht vor.
Das ist merkwürdig. Wie viele verdächtige Chargen haben Sie
noch?«

Ibai schüttelte den Kopf. »Keine.« Er starrte wütend auf
den kleinen Mauskörper und die schleimige Spur, welche das
Tier in seiner Agonie hinter sich gelassen hatte. Das perfekte
Gift! »Wo kommt dieses Zeug her?«

»Von einer Alge. Es gelangt über die Nahrungskette in die
Fische. Da die Alge nur in tropischen Gewässern überleben
kann, reichert sie sich normalerweise nur in tropischen Rifffischen an. In der Antarktis«, der Laborant deutete auf die
Petrischale, in der die letzten Gewebereste in einer bläulichen
Fixierlösung schwammen, »steht Ciguatera jedoch nicht auf
der Speisekarte. Stammen die Chargen mit Sicherheit von
uns?«

Ibai nickte. »Wir haben die Fänge am Montag angelandet
und einen Kunden direkt damit beliefert. Wie zum Teufel sollen tropische Algen in diesen Fisch hineingeraten sein?«

Der Laborant zuckte mit den Schultern. »Auf jeden Fall
nicht auf natürliche Weise. Dissostichus lebt in Tiefseegewäs-
sern bei unter null Grad. Sein Blut enthält sogar Glykopro-
teine ...«

»Bitte reden Sie Klartext mit mir, ich kann kein Fachchine-
sisch.«

»Frostschutzmittel«, erklärte der Laborant eingeschüchtert. »In dieser Kälte kann Ciguatera unmöglich gedeihen.
War vielleicht Snapper oder so etwas untergemischt?«

Ibai runzelte die Stirn. Das wäre ja noch schöner, wenn die
Thais ihnen irgendeinen falsch etikettierten Dreck unterge-
schoben hatten. Aber so war es nicht. Das Fleisch, das sie ans
Goya ausgeliefert und von dem sie Proben zurückbehalten

hatten, die in dieser Petrischale lagen, war kein Snapper. Es war Dorsch. Das beste und teuerste Fischfilet, das es im Moment gab. Fest, weiß, so leicht zu verarbeiten wie ein Kalbsfilet und so gut wie geschmacklos, so dass man fast jedes Aroma hineinzaubern konnte. Deshalb rissen sich all die Fünf-Sterne-Köche ja darum und hatten keinerlei Skrupel, einen vom Aussterben bedrohten Fisch, der fünfzehn Jahre brauchte, bis er auch nur geschlechtsreif war, an ihre gut betuchte Klientel zu verfüttern. Alphatiere für die Alphamägen der Alphamenschen. Er hatte selbst jahrelang illegal Arktisdorsch gefischt. Er erkannte dieses weiße Gold im Schlaf.

»Das ist Dorsch«, insistierte Ibai.

»Ich weiß«, erwiderte der Laborant. »Und das Gift ist da drin. Aber ich kann nicht erklären, wie es dort hineingekommen ist.«

Ibai erwiderte nichts. Er wusste es ja. Er hatte gesehen, was die Portugiesin getan hatte. Aber er wollte jeden Zweifel ausschließen.

»Kann es sein, dass der Fisch inzwischen irgendwo gezüchtet wird und dass diese Sauerei dabei passiert ist?«

»Dissostichus züchten?«, erwiderte der Laborant und lachte amüsiert. Ibai warf ihm einen genervten Blick zu.

»Ja. Wieso denn nicht?«, raunzte Ibai den Mann an. »Die Japaner züchten Thunfisch. Die Norweger Lachs.«

»Ja. Schon. Aber heraus kommen verlauste Mutanten, die mit so vielen Antibiotika vollgepumpt sind, dass man sie eigentlich als Sondermüll entsorgen müsste. Das hier«, und der Laborant deutete erneut auf die Gewebeprobe, »hat die Evolution gezüchtet. Und wie gesagt: die Temperaturen. Dissostichus lebt in einem Habitat von unter null Grad, die Alge hingegen nur in Tropengewässern. Das passt einfach nicht zusammen.«

»Also hat jemand nachgeholfen.«

Der Mann schüttelte den Kopf.

»Nein. Wie denn? Dazu müsste man das Toxin ja zunächst einmal synthetisieren.«

»Wer wäre zu so etwas in der Lage?«

»Jedenfalls kein Hobbychemiker. Für so etwas braucht man ein professionelles Labor. Und eine große Menge Dinoflagellaten *gambierdiscus toxicus*.« Ibai wandte sich wortlos ab und stieg die Treppe zum Erdgeschoss hinauf. Die Büros dort waren verlassen, die Fensterläden geschlossen, um neugierige Blicke abzuhalten. Die ganze Anlage war von einem drei Meter hohen Zaun umgeben, und Sicherheitsleute mit Hunden patrouillierten rund um die Uhr. Dabei gab es gar nichts zu sehen. Die Anlage war stillgelegt. Aber genau darin bestand ihr wirtschaftlicher Sinn. Vier Millionen Euro Subventionsgelder hatte Buzual Armadores für den Betrieb einer Fischölanlage aus Brüssel bekommen, Geld, das sie dringend benötigt hatten, um andere Aktivitäten zu finanzieren. Der Wachschutz sorgte dafür, dass der Phantombetrieb nicht aufflog.

Ibai hätte selbst nicht geglaubt, dass so etwas funktionieren könnte, aber drei auf EU-Recht spezialisierte Anwälte hatten ihnen das Gleiche gesagt: Es wird euch nichts geschehen. Was glaubt ihr, wie viele Potemkinsche Fabriken dieser Art in Europa herumstehen und über die Drehscheibe Brüssel finanziert werden? Aber was ist mit den Kontrollen, hatten sie zu bedenken gegeben. Die fallen glücklicherweise unter die Befugnis der Mitgliedstaaten, war die Antwort, und die haben vor allem *ein* Interesse, nämlich so viel Geld aus den Brüsseler Subventiontöpfen ins eigene Land zuruckzuholen wie irgend möglich. Da schaute dann niemand so genau hin, ob man überhaupt die Kapazität hatte. Hauptsache, die Millionen schwappten ins eigene Land und nicht sonst wohin. Hauptsache, die europäische Gießkanne wurde über spanische Phantombetriebe gehalten und nicht über lettische oder rumänische. Alle machten das so. Und auch Madrid würde schon nicht so genau hinschauen, ob hier tatsächlich Omega-3-Fischölkapseln hergestellt wurden oder nicht. Aber diese verfluchte Portugiesin hatte hingeschaut! Die Fotosammlung auf ihrem Computer war beeindruckend gewesen. Sie musste Tage hier verbracht haben, und natürlich war ihr aufgefallen, dass an den Laderampen kein einziger Lastwagen be- oder entladen wurde und sich hier nicht einmal Sekretärinnen oder Buchhalter blicken ließen.

Der Gedanke an sie erregte ihn. Er hätte sich gerne noch etwas länger mit ihr vergnügt. Die kleine Schlampe war genau nach seinem Geschmack gewesen, und er hätte es ihr gern noch ein paarmal besorgt. Dabei hatte sie ja gar nichts mitbekommen, betäubt, wie sie war. Was für ein Spaß wäre es erst gewesen, sie bei vollem Bewusstsein zu nehmen. Doch dann musste leider alles sehr schnell gehen.

Aber wozu diese ganze Aktion? Warum war sie ein derartiges Risiko eingegangen, um ein paar Fische zu vergiften?

Er hatte inzwischen das leere Stockwerk der Fabrik durchquert und trat in den Hof hinaus, wo sein Wagen geparkt war. Er fuhr bis in die Nähe von Isorna, nahm die Landstraße bis Carracedo und folgte dann der Autobahn nach Pontevedra. Das Wetter war schlecht. Nebel hing über der Ebene, und alles wirkte grau in grau. Aus einem unerfindlichen Grund war der Radioempfang miserabel, und Ibai schaltete das Gerät genervt ab. Ständig ging ihm diese verdammte Portugiesin durch den Kopf. Er war wütend und hatte ein ausgesprochen übles Gefühl. Einmal fuhr er sogar rechts ran auf einen Parkplatz und stand minutenlang auf dem Seitenstreifen, starrte durch die hin und her gehenden Scheibenwischer in die diesige Landschaft und fragte sich, was mit ihm los war. Verlassene Parkbänke standen im Regen neben dem Klohäuschen. Sein Wagen war der einzige weit und breit. Hatte er vielleicht ein schlechtes Gewissen? Schuldgefühle? Er schlug mit der Faust auf sein Lenkrad. Dann schaute er auf die Uhr, nahm sein Handy heraus und wählte eine einprogrammierte Nummer.

»Si?«, hörte er die Stimme seines Vaters.

»Ibai hier. Ich bin auf dem Rückweg.«

»Und? Was ist bei den Tests herausgekommen?«

»Es ist ein Teufelszeug. Ein Algengift. Ich erzähle es dir nachher. Hast du was gehört? Weitere Fälle?«

»Es flaut allmählich ab. Aber es kommen noch immer neue Meldungen herein.«

»Woher?«

»Niederlande. Deutschland. Griechenland.«

»Aber ... wie kann das sein?«, entfuhr es Ibai. »Wir haben nichts nach Holland geliefert.«

»Es müssen noch andere Schiffe betroffen sein«, erklärte Buzual mit Zorn in der Stimme. »Es ist eine Gruppe. Wer weiß, wie viele sie sind?«

»Und wenn uns die Thais doch irgendeinen Dreck angedreht haben? Und anderen Lieferanten vielleicht auch?«

»Suphatra schwört Stein und Bein, es sei die übliche Fracht aus dem üblichen Gebiet gewesen. Erstklassige Ware. Ich habe eine ganz andere Vermutung.«

»Welche?«

»Sie testen noch. Das ist nur die Vorhut. Überlege doch mal. So ein Gift, flächendeckend. Wir könnten einpacken.«

Ibai schaltete den Scheibenwischer eine Stufe höher, denn es hatte inzwischen stärker zu regnen begonnen.

»Was ist mit ihr? Hat sie geredet?«

Am Telefon entstand eine Pause. Dann sagte Buzual nur: »Unergiebig«, und fügte hinzu: »Suphatra schickt Leute, die sich das ganze Material anschauen wollen. Ich will, dass du hier bist, wenn sie kommen. Beeil dich.«

Ibai drückte das Gespräch weg, warf das Handy auf den Beifahrersitz und verschränkte die Arme. Die Scheibe begann zu beschlagen. Er dachte an die Skizze, die er auf dem Com-

115

puter der Portugiesin gefunden hatte: die verschachtelten Verzweigungen von Buzual Armadores, erstaunlich vollständig und mit nur wenigen Ungenauigkeiten. Wie oft hatte sein Vater mit seinem Instinkt recht gehabt. Das Ganze war viel größer, als es den Anschein hatte. Hijos de puta. Auf jedem verfluchten Schiff fuhr so ein Beobachter mit. Diese Leute hatten überall Zugang. Und viele von ihnen hassten Fischer.

15. TERESA

Sie konnte sich vor Schmerzen kaum bewegen. Ihre ausgetrocknete Kehle brannte. Die Hitze in der engen Kabine war unerträglich. Unerträglich? Was sie die letzten Tage durchgemacht hatte, war mit dieser kümmerlichen Vokabel nicht zu erfassen. Ihre schmutzigen, aufgesplitterten Fingernägel waren ihr einziger Anhaltspunkt für die Dauer ihrer Qualen. Es waren keine Fingernägel mehr, sondern Klauen, Krallen eines Tieres, das halb totgeschlagen, dreckig und verwahrlost im Bauch irgendeines Schiffes lag, das weiß Gott wo auf dem Meer trieb.

Sie hatte die Bestie gereizt, war dem Ungeheuer zu nahe gekommen, und nun hatte es sie verschlungen. So einfach war das. Merkwürdigerweise spürte sie keine Angst oder Panik mehr wie noch zu Beginn. Sie war schon zwei- oder dreimal überzeugt gewesen, sterben zu müssen, und inzwischen hatte sich das Gefühl abgenutzt. Als sie den Stich der Spritze in ihrem Schenkel gespürt und sich die Müdigkeit wie eine Bleidecke über sie gelegt hatte, war sie überzeugt gewesen, dass alles vorbei war. Man würde sie ins Meer werfen, und niemand würde jemals erfahren, was geschehen war. Aber sie kam wieder zu sich. Auf einem anderen Schiff. Wäre ein kurzer, schmerzloser Tod nicht besser gewesen, verglichen mit dem, was sie seither erlitten hatte? Und sie gab sich keinen Illusionen hin. Zu guter Letzt würde man sie in jedem Fall ermorden. Genauso wie die anderen.

Mittlerweile befand sie sich auf dem dritten Schiff. Man reichte sie durch alle Mäuler dieser Hydra weiter. Die ersten Verhöre hatten auf einem großen Trawler stattgefunden. Man hatte sie mit Ohrfeigen aus der Ohnmacht geprügelt. Sie hatte geschrien, die Ohrfeigen hatten kurz ausgesetzt, doch wenn sie auf Fragen schwieg, fingen sie wieder an. Wer ist dein Auftraggeber? Wie viele seid ihr? Welche Schiffe habt ihr angegriffen? Der Thai, der das Verhör führte, sprach schlechtes Englisch. Oft verstand sie gar nicht, was er von ihr wissen wollte. Die Drohungen, die er zwischen vor Zorn zusammengepressten Zähnen ausstieß, verstand sie jedoch sofort. You scum. We destroy you. Destroy. Beim dritten Verhör legte der Mann ihr Ausdrucke vor, die von ihrem Computer stammten. Wie war das in die Hände dieser Leute gelangt? Niemand wusste von der Existenz dieser Berichte, Listen, Interviews, Fotos, die kompletten Recherchen der letzten Jahre, die Anklageschrift gegen diese Mörder und Verbrecher. Und warum dann überhaupt noch die vielen Fragen? Die Schläge? Alles, was sie wusste, lag doch da auf dem Tisch. Mehr Informationen besaß sie nicht.

Aber die Fragerei begann immer wieder von neuem. Wer wusste von der Aktion? Als hätte sie einen Überblick über das gesamte Ausmaß. Es steht doch alles da drin, hatte sie geschrien. Die Namen, die E-Mails. Ja, sie hatten in Kantang über Monate hinweg fotografiert und waren Suphatras Schleppern nach Mae Sot gefolgt, um ihre Vorgehensweise zu dokumentieren. Und natürlich gab es noch andere Leute mit Kameras und Mikrofonen, um Suphatras Handlanger zu observieren. Aber wie viele es waren, wusste sie nicht.

Irgendwann hatte sie ihn angebrüllt. »Weißt du vielleicht, wie viele Piratenschiffe da draußen unterwegs sind?«

Diesmal hatte der Mann mit der Faust zugeschlagen, und ihre Lippe war aufgeplatzt. Aber das hatte sie plötzlich nicht mehr beeindruckt.

»Könnt ihr vielleicht die Schmeißfliegen zählen«, brüllte sie mit Blut im Mund, »die ihr mit dem Gestank eurer Drecksschiffe und eurer Scheißgier anlockt? Schlag mich doch tot, du feiger Hund« schluchzte sie, schrie sie. »Wir sind mehr als ihr. Und wir sind überall. Und wir werden täglich stärker!«

Wahrscheinlich hatte er davon gar nichts verstanden. Oder hatte sie ihn gar auf Portugiesisch angeschrien? Sie war inzwischen wie von Sinnen, alles ging durcheinander, vermischte sich, kochte in ihr: Wut, Angst, Panik, Verzweiflung und unbändiger Hass. Man ließ ihr keinerlei Bewegungsfreiheit. Ihre Hände waren auf den Rücken gebunden, und die Kabine war immer verschlossen. Sie konnte aufstehen und ein paar Schritte hin und her gehen, aber das war alles. Wenn sie zur Toilette musste, wurde sie hingeführt. Man öffnete ihren Gürtel, zog ihr die Hose und Unterhose bis in die Kniekehlen herunter, und sie bekam Zeit, sich zu entleeren. Ihre Hände blieben gefesselt, und sie versuchte, die entwürdigende Prozedur so selten wie möglich über sich ergehen zu lassen.

Man hatte sie wiederholt betäubt, und jedes Mal war sie auf einem anderen Schiff wieder zu sich gekommen. Was bezweckten sie nur mit dieser Entführung? Wo brachte man sie hin? Die Befragungen hatten irgendwann aufgehört. Sie bekam Wasser und eine Pampe aus Fischabfällen und Reis, die genauso stank wie sie selbst inzwischen. Apathisch wartete sie darauf, was mit ihr geschehen würde. Was würde John tun? Was konnte er tun? Niemand wusste, wo sie war, dass sie noch lebte. Buzual würde sie als vermisst gemeldet haben. Sie brauchte sich keinerlei Hoffnung zu machen. Man würde sie nicht freilassen oder gar zurückschicken. Dafür würde schon Buzual sorgen. Sie war jetzt nur noch ein Köder an irgendeinem Haken. Ein Pfand. Wenn überhaupt.

16. PAULSEN

Jasper Paulsen betrachtete verwundert die E-Mail, die um 09:53 Uhr bei ihm eingegangen war. Die Nachricht war auf Englisch und stammte von Herrero-Sanchez:

»Dear Jasp, no Disc. of CIG in PAFF on mon – possbly AOB – brgds«

Den Telegrammstil seines Chefs war er gewohnt und konnte ihn decodieren, aber die Entscheidung verstand er trotzdem nicht. Natürlich war die Tagesordnung beim Ständigen Ausschuss für Pflanzen, Tiere, Lebens- und Futtermittel immer übervoll. Aber er hatte schließlich nicht darum gebeten, gesundheitsbedenkliche Kleinteile in Überraschungseiern oder sonst ein lästiges Nebenthema auf die Tagesordnung zu setzen.

Die letzten Daten über Fischvergiftungen lagen vor ihm auf dem Tisch. Die Meldungen waren zwar wieder zurückgegangen, aber das war oft so, bevor dann die nächste, größere Welle im Anmarsch war, und daher hätte er gerne gewusst, wie die Kollegen in den Mitgliedstaaten sich dieses merkwürdige Phänomen erklärten. Wenigstens für eine kurze Tischumfrage sollte am kommenden Montag doch wohl Zeit sein, und nicht nur unter Any Other Business. AOB-Punkte neigten nämlich dazu, am Ende im Aufbruchsdurcheinander unter den Tisch zu fallen.

Jasper schaute auf die Uhr und überlegte. Sollte er Herrero-Sanchez anrufen? Etwas in ihm verkrampfte sich sofort, wenn er an ihn dachte. Der Mann war ein Choleriker. Jasper hatte nicht oft direkt mit ihm zu tun gehabt, und seine bisherigen Erfahrungen ermutigten ihn nicht gerade, zum Hörer zu greifen. Aber Ciguatera! Das war schließlich nicht irgendein Toxin.

Er konnte in den siebten Stock fahren und erst einmal die Stimmung sondieren. Vielleicht war Pablo heute ja mal gut gelaunt. Und wenn er ganz entspannt und ruhig noch mal nachfragte, warum sollte ihn das gleich auf die Palme bringen? Trichinen standen schließlich auch auf der Tagesordnung. Und diese Alge war nun wirklich ein anderes Kaliber als Fadenwürmer im Schweinefleisch. Er trödelte noch etwas herum, raffte sich aber schließlich auf und fuhr nach oben. Er kam selten hier herauf und bog erst in den falschen Gang ab, bevor er seinen Irrtum bemerkte und schließlich die richtige Büroflucht fand. Die Tür zum Vorzimmer seines Chefs stand offen. Petra Hammerstedt, Pablos Sekretärin, saß an ihrem Platz und tippte. Er ging auf sie zu.

»Hallo und guten Morgen«, grüßte er auf Deutsch mit klar hörbarem dänischem Akzent. »Alles gut bei Ihnen?«

Jasper sprach kein Deutsch. Aber er konnte in fast jeder Gemeinschaftssprache ein wenig radebrechen und beherrschte insbesondere freundliche Floskeln zur Gesprächseröffnung. Er hatte das über die Jahre geübt, fand es immer noch witzig und hatte neuerdings sogar lettische und litauische Begrüßungsformeln in petto. Petra Hammerstedt drehte sich zu ihm um, und es war offensichtlich, dass sie diese Art Humor nicht teilte. Immerhin versuchte sie zu lächeln, antwortete jedoch auf Englisch mit starkem Wiener Einschlag.

»Guten Morgen, Herr Paulsen.«

»Hat Pablo vielleicht eine Minute für mich?«

Sie schaute auf ihren Bildschirm und schüttelte skeptisch den Kopf. »Das wird schwierig. Sein Termin geht noch bis 11 Uhr. Danach muss er in den Rat und fährt anschließend nach Nantes. Möchten Sie ihm eine Nachricht hinterlassen?«

»Ich wollte eigentlich kurz mit ihm sprechen.«

»Jetzt ist er im Gespräch, und, wie gesagt, danach muss er gleich weg.«

Paulsen nickte. »Kein Problem. Ich schicke ihm eine E-Mail. Schönen Tag noch.«

Er ging wieder nach draußen. Um die Ecke stand ein Kaffeeautomat. Er warf ein Zwanzigcentstück ein, wählte einen Espresso und postierte sich an den Fahrstühlen. Er musste nicht lange warten. Stimmen kamen näher. Jasper Paulsen drückte auf den Fahrstuhlknopf. Als die Türen sich öffneten, blockierte er die Lichtschranke und wartete, bis die Stimmen so nah waren, dass die dazugehörigen Personen im nächsten Moment um die Ecke kommen mussten. Dann betrat er den Fahrstuhl, machte auf dem Absatz kehrt und verließ ihn wieder. Pablo Herrero-Sanchez und ein zweiter Mann bogen soeben um die Ecke und hatten gar keine Wahl, als ihren Schritt zu verlangsamen.

»Hallo, Jasper«, grüßte Pablo und machte Anstalten, an ihm vorbeizugehen.

»Oh, ich war gerade auf dem Weg zu dir«, sagte Jasper und nickte dem anderen Mann kurz zu. »Ich habe da noch etwas Dringendes. Wäre in einer Minute erledigt, aber du musst offenbar weg?«

»Ich gehe schon mal vor«, sagte der andere Mann auf Spanisch.

»Was kann denn am Freitagmittag noch so dringend sein«, fragte der Spanier mürrisch.

»Es tut mir leid, Pablo, aber die Ciguatera-Sache macht mir Sorgen. Ich möchte wirklich gern eine Rundmail an die Experten rausschicken und am Montag im Ausschuss darüber sprechen. Wenn es geht, noch am Morgen. Könnte man das nicht einrichten?«

»Warum? Hat es noch mehr Fälle gegeben?«

»Nein. Aber darum geht es ja. Ich will nicht warten, bis vielleicht eine weitere Welle kommt, und lieber vorher herausfinden, wie das passieren konnte.«

Pablo schaute Paulsen sichtlich gereizt an. »Vorher? Was

soll denn das heißen? Ein paar Leute haben eine Fischvergiftung, und du willst das gleich an die große Glocke hängen? Kommt überhaupt nicht in Frage.«

»Aber ...«

»Nichts aber. Wie viele Fälle waren das? Zwanzig? Dreißig?«

»Bis vor einer Stunde waren es dreiundvierzig. Einige der Opfer mussten auf die Intensivstation.«

»Ja. Das kommt vor. Jeden Tag fängt sich irgendwo jemand eine Salmonellen- oder Trichinenvergiftung ein. Dafür haben wir die Lebensmittelüberwachung. Was hat das bei uns verloren?«

»Die Fälle sind über halb Europa verteilt ...«

»Jasper, am Montag haben wir bestrahlte Lebensmittel, BSE, Gelatine und drei absolut dringende gemeinsame Standpunkte für Gesundheitszeugnisse bei Einfuhren aus Drittländern. Die Experten terminlich abzustimmen hat Wochen gedauert, und die Sitzung ist getaktet wie ein Zwölfzylinder mit Turboeinspritzung. Ich werde einen Teufel tun und das ganze Programm umschmeißen, weil sich ein paar Leute den Magen verdorben haben. Vielleicht waren es Allergiker? In zehn Tagen trifft sich die Toxikologie-Gruppe. Wenn das Ganze dann noch ein Problem ist, kannst du ja dort fragen, ob sie den Punkt aufgreifen wollen. Wenn.«

»Ciguatera, Pablo. Nicht irgendwas. Ciguatera! In Kabeljau!«

»Das gibt es doch überhaupt nicht.«

»Eben«, sagte Paulsen triumphierend. »Quod erat demonstrandum.«

Pablos Gesichtsausdruck verfinsterte sich. »Wahrscheinlich eine Schlamperei in einem der Labore. Oder sonst was. Ein Grund mehr, auf keinen Fall irgendwelche Informationen rauszugeben. Das ist das typische Gerücht, das dazu führen kann, dass uns der gesamte Markt um die Ohren fliegt.

Denk an EHEC. Da haben wir auch aus einer Mücke einen Elefanten gemacht und zahlen jetzt noch dafür. Aber gut: Schick mir am Montagfrüh die neuesten Zahlen und Daten, und dann werde ich entscheiden, ob ich vielleicht im ganz engen Kreis die Sache kurz erwähne. Aber auf keinen Fall machst du jetzt irgendwelche Pferde scheu. Ist das klar?«

Jasper nickte und verzog dann das Gesicht, was Pablo Herrero-Sanchez allerdings nicht mehr sah, da er bereits an ihm vorbei zum Fahrstuhl geeilt war.

»Klar«, wiederholte Jasper leise zu sich selbst und schlich davon wie ein geprügelter Hund.

17. ADRIAN

Ich saß schon eine Stunde vor Sitzungsbeginn in der Kabine, um mich vorzubereiten, aber es waren noch gar keine Dokumente verfügbar. Ich hatte schlecht geschlafen, und es war mir noch immer nicht ganz gelungen, die melancholische Stimmung loszuwerden, mit der ich ins Bett gegangen war. Ich wusste, dass es das Beste wäre, den Job einfach abzusagen, aber stattdessen gab ich Di Melos Namen im Internet ein und versuchte herauszufinden, wer er war und was er tat. Aus den wenigen Informationen konnte man sich in etwa zusammenreimen, dass er als Consultant oder Lobbyist tätig war. SVG stand für die schwedischen und britischen Gründer Sorensen, Vanguard und Grant, welche die Firma seit 1954 aufgebaut und zwanzig Jahre später an eine amerikanische Investorengruppe verkauft hatten. Inzwischen hieß das Unternehmen SVG-Consulting, saß in Bethesda, Maryland, und unterhielt Büros weltweit. Eine Kundenliste gab es nicht. Wer immer die Dienste von SVG in Anspruch nahm, wollte dies vielleicht nicht an die große Glocke hängen.

Ein älterer Lebenslauf von Di Melo geisterte noch im Netz herum. Geboren in Lugano, Studium zunächst in Genf, dann in St. Gallen, schließlich an der London School of Economics. Promotion an der renommierten Willard School. Als Stationen seiner Karriere waren New York, Singapur, Mumbai und auch Frankfurt angegeben, wo seine bildschöne Tochter ja plötzlich in meiner Schulklasse aufgetaucht war. Eineinhalb Jahre später war er nach Kuala Lumpur versetzt worden und Ragna von einem Tag auf den anderen wieder aus meinem Leben verschwunden.

Der Sitzungssaal war noch immer recht leer. An der Stirnseite des Raums, wo der Vorsitzende und die Kommissionsexperten üblicherweise saßen, war noch niemand erschienen. Ein Saaldiener stellte Namensschilder auf. Ich konnte der Versuchung nicht widerstehen und gab nun Ragnas Namen in die Suchmaschine ein. Die Ausbeute war gleich null: *ragna del melo* bot die Suchmaschine mir an, einen Nachtfalter aus der Familie der Gespinst- und Knospenmotten.

Ich habe zwar eine Schwäche für derartige Zufallstreffer, die hinterlistige Poesie der Fachsprachen, aber das half mir jetzt auch nicht weiter. Ich probierte Facebook, LinkedIn, Expat-Foren wie InterNations und noch ein paar weitere soziale Netzwerke, in denen man üblicherweise jeden irgendwann findet, doch ohne Ergebnis. Im Nachhinein hätte mich bereits dies stutzig machen sollen. Aber in diesem Augenblick erschien Annegret.

»Na, interessante Lektüre im Internet?«, fragte sie, beugte sich zu mir herunter und holte sich zwei Küsschen ab. Im gleichen Moment erschien eine Sekretärin und brachte Dokumente.

»Alles klar bei dir?«, fragte ich sie und begann den Stapel auseinanderzusortieren. »Wie geht es Paolo?«

Sie verzog ihr hübsches Gesicht, ihre blauen Augen blitzten, und die großen Ohrringe, an denen man sie immer erkannte, egal wie sie ihr Haar gerade trug, klimperten ziemlich eindeutig.

»Was er immer macht, wenn er irgend kann. Segeln.«

»Im November?«

»Er ist für die FIFA in Australien und hat eine Woche drangehängt. Hervé ist mit im Team, und du kannst dir ja vorstellen, was das heißt.«

Ja, das konnte ich. Der perfekte Männerurlaub, fürstlich bezahlt von der FIFA. Businessclass, erstes Hotel am Platz, ein paar Stunden Arbeit und rein ins Vergnügen. Ich kannte die beiden gut, Hervé noch aus Heidelberg. Der Franzose hatte sich damals sofort an die »schärfste Frau im Erstsemester« rangemacht, war jedoch abgeblitzt. Aber sein bester Freund Paolo konnte bei Annegret landen. Das Ganze hatte ein paar Jahre später im Rahmen einer opulenten Hochzeit in Como seinen Abschluss gefunden.

»In meinem nächsten Leben werde ich Engländer oder Ami«, seufzte sie. »Für uns Deutsche gibt's doch nur Brüssel, Brüssel und noch mal Brüssel. Schweinefleisch. Milchquoten. Und Schimmelpilze in Brotaufstrichen.«

Sie studierte die Namensliste. »Der Vorsitzende ist Spanier«, sagte sie, »Herrero-Sanchez. Der ist dann wohl für dich. Listerien in Falafeln. Mangan in Kochlöffeln. Mein Gott, was wir nicht alles mitfuttern, ohne es bestellt zu haben. Ich sekundiere dann mal.«

»Gibst du mir die Namensliste?«

Sie schob sie mir hin, und ich überflog sie schnell, denn falls der spanische Vorsitzende einem Herrn oder einer Frau *Myuiehlier* das Wort erteilen würde, wäre es hilfreich zu wissen, ob jemand im Saal Müller, Moulin, Miller, Mellier oder sonst wie hieß. Herrero-Sanchez hatte bereits die kleine Klingel an seinem Platz betätigt, wurde nun jedoch durch einen kahlköpfigen Mann abgelenkt, der neben ihm erschienen war und auf ihn einsprach. RASFF stand auf dem Schild an seinem Platz. In der Liste fand ich einen Mr. Jasper Paulsen neben diesem Kürzel und markierte den Namen und die Abkürzung.

»RASFF?«, fragte ich sie.

»Schnellwarnsystem für Lebens- und Futtermittel«, sagte Annegret. »Aber du kannst die Abkürzung auch stehenlassen, das kennen die.«

Im nächsten Augenblick schaltete der Vorsitzende sein Mikro an.

»Meine Damen und Herren«, verkündete Herrero-Sanchez auf Englisch. »Wir haben einen unvorhergesehenen Punkt auf der Tagesordnung und tagen daher zunächst im engeren Kreis. Ich bitte alle Nichtvollmitglieder des Ausschusses, den Saal zu verlassen. Das gilt auch für die Damen und Herren Dolmetscher. Bitte finden Sie sich um elf Uhr dreißig wieder ein.«

Wir schauten uns an. Annegret zuckte mit den Schultern.

»Kaffee?«

Wir gingen zur Place Jourdan.

»Das habe ich ja schon lange nicht mehr erlebt«, kommentierte Annegret, nachdem wir bestellt hatten. »Fast wie damals beim Rinderwahn. Na ja. Erzähl mal von dir. Wo treibst du dich so herum?«

»Na, ich muss demnächst nach Thailand und vielleicht auch noch nach Burma.«

»FIFA? UNO? OECD?«

»Nein. Ein Privatkunde.«

Sie schüttelte bedauernd den Kopf. »Ach du Armer. Thailand im Dezember. Da verpasst du ja den ganzen schönen Regen und Schnee hier.«

Ich grinste. »Komm. Zweimal zwölf Stunden in der Röhre für ein paar Tage mit Staub und Hitze und dreimal am Tag Reisplatte ist auch nicht so toll.«

»Tauschen wir?«, fragte sie.

»Warst du schon mal dort?«

»In Thailand schon. In Myanmar noch nicht.« Sie griff in ihre Tasche und holte eine dieser elektrischen Zigaretten heraus. »Ist ziemlich in Mode«, sagte sie. »Letztes unberührtes Land Asiens und so weiter. Ich kenne einen NGO-Typen, der sich mit Burma beschäftigt. Ist in meiner Pilates-Gruppe. Søren. Ein Schwede. Wenn du willst, gebe ich dir seine Nummer. Er hat vielleicht ein paar gute Reisetipps.«

Sie war gerade damit beschäftigt, mir den Kontakt per SMS zu schicken, als mein Handy zu summen begann.

»Entschuldigst du mich kurz?«, sagte ich und ging nach draußen.

»Hallo, Adrian«, meldete sich eine ziemlich rauhe weibliche Stimme auf Französisch. »Alles gut bei dir?«

»Hallo, Gwen. Bis jetzt schon. Was gibt's?«

»Dein Auftrag in Thailand. Die wollen eine Sicherheitsprüfung. Du sollst in ihrem Brüsseler Büro ein paar Dokumente unterschreiben.«

»Okay. Wann?«

»So schnell wie möglich. Du sollst nämlich schon früher reisen. Ist das ein Problem?«

»Ach? Wie viel früher denn?«

»In zwei oder drei Tagen. Oder bist du nicht frei?«

»Schon, aber …«

»Ich kann das Angebot leicht anderweitig unterbringen. Da gibt es entschlussfreudigere Kollegen.«

»Natürlich fahre ich«, erwiderte ich trotzig.

»Ist ja gut, du klangst nur plötzlich etwas unentschlossen. Alles Weitere bekommst du per Mail von der Sekretärin des Kunden. Die melden sich, sobald die Flüge gebucht sind. Tschüss, und schöne Tage noch in Brüssel.«

Ich würde Gwen für ihre nette Art demnächst mal per Fleurop einen Kaktus schicken.

»Komisch, wie die Welt sich verändert«, sagte Annegret, als ich wieder am Tisch saß. »Ich rauche mein elektrisches Ding hier drin, und du gehst zum Telefonieren vor die Tür.«

»Stimmt. Total dekadent. Ich muss wahrscheinlich schon am Freitag fliegen.«

»Glückwunsch. Eine Frau an deiner Seite hätte es ja auch nicht leicht.«

»Deshalb gibt es ja auch keine.«

Sie zog die linke Augenbraue nach oben. »So?«

»Na ja. Keine ist vielleicht das falsche Wort. Aber jedenfalls keine, der es auffällt, wenn ich mal kurz zehn Tage weg bin.«

»War da nicht jemand in Köln?«

»War.«

»Oh. Schade.«

»Nicht schlimm.«

»Ich wollte nicht indiskret sein.«

»Das eigentlich Schlimme ist, dass ich gar nichts spüre. Totalanästhesie sozusagen.«

»Na ja, dass du das überhaupt bemerkst und auch noch zugibst, unterscheidet dich ja schon mal ganz angenehm von der großen Mehrzahl der Männer.«

Sie sog noch einmal an ihrer Zigarette und steckte sie dann ein. Es schien ihr noch etwas auf der Zunge zu liegen, aber sie sagte es nicht, sondern erhob sich.

»Komm. Wir müssen zurück. Danke für den Kaffee.«

18. BUZUAL

Als Ibai den Besprechungsraum betrat, lag die Festplatte mit Kopien aller Dateien des PCs der Portugiesin bereits auf dem Tisch. Daneben stapelten sich Ausdrucke. Farbige Wiedergaben von Fotos, E-Mails, Tabellen, Artikel aus Fachzeitschriften, aber auch Organigramme von Behörden, Adressen von Zollämtern, Handelsregisterauszüge, Satellitendaten, Flugpläne von Frachtflugzeugen, Unternehmensdaten, eine geradezu irrsinnige Sammlung von allem, was irgendwie mit Fischerei und der Vermarktung von Fischereierzeugnissen zu tun hatte, und vor allem mit einem Unternehmen: Buzual Armadores S.A.

Sein Vater hatte alles vorbereitet, war aber zum Flughafen gefahren, um Suphatras Delegation persönlich zu empfangen. In einer halben Stunde würden sie eintreffen, was ihm Zeit gab zu versuchen, das Ausmaß dieser Sammlung zu erfassen. Aber war das überhaupt möglich? Er blätterte weiter und hielt plötzlich schockiert inne: Unter der Überschrift »Siam Corp.« waren Fotos abgedruckt, die selbst jemanden wie ihn schlucken ließen. Vier grässlich zugerichtete Leichen lagen übereinandergestapelt und teilweise verbrannt an einem Strand. Merkwürdige Schriftzeichen standen darunter, die er per Online Übersetzung als thailändisch identifizieren konnte. Laut Bildunterschrift waren auf den Fotos entflohene Fischer zu sehen, die an einem Strand in Südthailand ermordet und teilweise verbrannt aufgefunden worden waren. Das nächste Foto war noch furchtbarer. Die Bildlegende war diesmal englisch, und in einem Kasten standen weitere Informationen: »Überlebender burmesischer Zwangsarbeiter: nach misslungener Flucht von Suchtrupp verstümmelt«. Der Mann sah kaum mehr wie ein Mensch aus. Laut Informationen der AP-Meldung hatte man ihm beide Augen ausgestochen und die Zunge abgeschnitten. Ibai schloss den Ordner. Er rauchte eine Zigarette und schaute immer wieder nach draußen. Suphatra würde natürlich nicht persönlich kommen. Der Mann saß in Samut Sakhon. Er würde jemanden aus einer der drei großen Europa-Niederlassungen in Frankreich, Portugal oder Polen schicken, in die sich die Thais vor geraumer Zeit eingekauft hatten.

Ibai hörte den Wagen die Einfahrt heraufkommen. Er ging zum Fenster und sah, wie sein Vater mit drei asiatisch aussehenden Männern aus dem Wagen stieg. Er hätte Schwierigkeiten gehabt, sie in ihren uniformen dunkelblauen Anzügen, weißen Hemden und einfarbigen Krawatten auseinanderzuhalten. Der einzig erkennbare Unterschied bestand in ihrer Körpergröße und Leibesfülle. Sie betraten den Raum. Der Jüngste war ein wenig dick. Die anderen beiden waren größer gewachsen und schlank, aber einer der beiden hatte bereits graue Strähnen in den schwarzen Haaren. Er war es, der in gebrochenem Englisch seine Kollegen und dann sich selbst vorstellte. Ibai versuchte erst gar nicht, sich die Namen zu merken.

Buzual bot Getränke an, aber die drei lehnten ab.

»Wir nicht viel Zeit und gleich Material sehen«, sagte der Älteste, der offenbar der Wortführer der drei war.

Ibai und Buzual traten zur Seite und ließen sie an den Tisch treten. Sie schauten sich kurz den Computer an und klickten sich stichprobenartig durch ein paar Ordner und Dateien.

»Wo ist Toxin?«, fragte der Ältere dann.

Ibai legte eine der kleinen Ampullen auf den Tisch, die sie in der Wohnung der Portugiesin sichergestellt hatten

»Es lag in ihrem Kühlschrank. Über sechzig Ampullen. Wir analysieren es noch.«

»Sie haben gesehen, wie Fische injiziert hat.«

Ibai nickte.

»Nur so?«

Ibai interpretierte den Satz für sich um und antwortete: »Sie hat die Fische auch besprüht. Ich glaube, es war ein Test.«

»Test?«

»Ja. Sie wollte sehen, ob es funktioniert.«

»Hat?«

»Wir haben die Charge vernichtet, die sie infiziert hat, aber offenbar war das nicht alles. Diese Woche kam es zu schweren Vergiftungen in einigen Madrider Restaurants, die wir direkt beliefern. Das Problem ist außerdem größer.«

»Wie?«

»Es gab auch Fälle in anderen Ländern. Es müssen mehrere Saboteure von ihrer Sorte unterwegs sein.«

Der Thai blickte missmutig auf das Material, und seine Augen bewegten sich nervös hin und her, als hoffte er, den Grund allen Übels gleich hier entdecken und ausmerzen zu können.

»Aber warum. Wer machen?«

Buzual kam Ibai mit der Antwort zuvor, schob den Stapel Ausdrucke über den Tisch und sagte: »Schauen Sie sich das mal an. Hinter so etwas steckt jahrelange Recherchearbeit. Und dies ist nur eine Festplatte von einer einzigen Person. Wenn Sie mich fragen, haben wir es mit einer Organisation zu tun.«

Die Männer begannen, die Dokumente durchzublättern. Ihre Gesichter wurden immer ernster. Plötzlich rief der Jüngere etwas und wedelte mit einem Farbausdruck vor den Augen der anderen beiden hin und her. Es war das Foto der verbrannten Leichen. Eine erregte Diskussion setzte ein, von der Ibai und Buzual kein Wort verstanden. Aber der Inhalt war leicht zu erraten.

Der Ältere hob plötzlich die Hand, und seine beiden Kollegen verstummten sofort. Er deutete auf die Festplatte, die neben dem PC auf dem Tisch stand.

»Alles dort?«, fragte er.

Ibai nickte.

»Hat Polizei diese Informationen?«

»Nein. Noch nicht«, warf Buzual ein.

»Warum: noch?«

»Wir wissen noch nicht, wie wir die Sache am besten handhaben sollen.«

»Wir wissen. Was ist Preis für Platte?«

»Ich dachte eher an eine Zusammenarbeit«, erwiderte Buzual. »Wir sind schließlich in erste Linie betroffen.«

»Sie haben nicht Kapazität für so Sache. Sie bekommen Ware und verkaufen. Wir kümmern alles andere.«

In einem hatte der Mann recht, dachte Ibai. Wenn es so war, wie es den Anschein hatte, war die Angelegenheit für Buzual Armadores definitiv zu groß.

»Nun ja, also wir haben durch den Zwischenfall bereits einen ziemlichen Verlust erlitten«, sagte Buzual senior.

»Wie viel?«

»Hundertfünfzigtausend Euro.«

Der ältere Mann sprach einen kurzen Befehl, und der Jüngere hastete hinaus. Dann sagte er: »Sie nichts weiter unternehmen. Wir kümmern und Geschäft wieder okay.«

»Gut«, sagte Buzual. »Was ist mit der Frau, die Sie an Bord genommen haben. Hat Sie eine Aussage gemacht?«

Der Mann antwortete nicht.

»Was geschieht jetzt mit ihr?«, insistierte Ibai.

»Muss abwarten.«

Ibai tauschte einen stummen Blick mit seinem Vater. Sie hatten beide bisher noch nicht mit Leuten zu tun gehabt, die aufmüpfigen Fischern die Augen ausstachen und die Zunge abschnitten. Hoffentlich hatten sie bessere Methoden, die Portugiesin zum Sprechen zu bringen.

19. ADRIAN

Ich fuhr nach dem Ende der Sitzung zur Porte de Namur, um die Dokumente zu unterschreiben. Die Brüsseler Büroniederlassung von SVG-Consulting befand sich im Bastion Tower, einer neunzig Meter hohen architektonischen Scheußlichkeit, die nicht nur eine optische, sondern sogar eine dauerhaft atmosphärische Störung in Form von Windböen erzeugte, die ständig um das Gebäude züngelten. Das Büro lag im neunzehnten Stock. Die Sekretärin war Flämin und sprach Englisch mit einem leicht rollenden R. Sie war vom gleichen Typ wie die Dame, die mich im Büro in Zürich empfangen hatte. Jung, schlank, dezent gutaussehend. Sie trug sogar das gleiche schwarze Kostüm, allerdings keine weiße, sondern eine rote Bluse, die hier im katholischen Belgien außerdem einen Knopf weiter geöffnet war als in der calvinistischen Schweiz. Auf einem Namensschildchen unweit ihrer perfekt kalkulierten Blusenöffnung stand: Bernadette.

Ich nahm den Vordruck entgegen, den sie mir mit einem Lächeln reichte, und folgte ihr in einen kleinen Konferenzraum. »Wenn Sie alles ausgefüllt haben, dann kommen Sie bitte einfach wieder an den Empfang«, sagte sie und verschwand nach einem längeren Augenkontakt.

Ich las das Formular ratlos durch. Die Fragen waren ähnlich absurd wie die auf Visumanträgen für die USA nach dem 11. September. Waren oder sind Sie Mitglied einer terroristischen Vereinigung? Sind Sie vorbestraft? Das war wenigstens einfach. Aber wie dieser Fragebogen mein gesamtes soziales Umfeld der letzten Jahre abfragte, war ärgerlich. Frauen, die ich über längere Zeiträume gekannt hatte? Was ging denn das bitte diese Consulting-Agentur an? Ich schrieb drei Frauennamen auf, die im gefragten Zeitraum im weitesten Sinne als

»weibliche Bekanntschaften« gelten konnten, und kreuzte bei Geburtsdatum und derzeitigem Aufenthaltsort jeweils »unbekannt« an.

Wie hilflos waren doch diese Versuche, Menschen mit Fragebogen zu durchleuchten. Die einzige Frau in meinem Leben, nach der zu fragen sich wirklich gelohnt hätte, war mir begegnet, als ich siebzehn war. Für sie hätte ich damals beinahe eine Riesendummheit begangen. Aber dieser Zeitraum interessierte niemanden.

Als Nächstes wurden alle Wohnadressen der letzten zehn Jahre abgefragt, dann die Geburtstage und Wohnorte meiner Eltern. Ich trug das Pflegeheim meiner Mutter bei Wiesbaden ein, wo sie lebte, seit sie vor sechs Jahren einen Schlaganfall erlitten hatte. Ich versuchte sie regelmäßig zu besuchen, und vor größeren Auslandsreisen war es für mich zu einer Art Ritual geworden. Sie erkannte mich schon lange nicht mehr, wenn mein Gesicht in ihrem getrübten Blickfeld auftauchte, offenbar rätselhaft und unerklärlich für sie, aber nicht unangenehm. Ich setzte mich zu ihr und erzählte ihr von meinen Reisen, den Konferenzen. Sie hörte stumm zu, sagte nie etwas, aber ich bildete mir trotzdem ein, dass eine Form von Kommunikation zwischen uns stattfand.

Die Adresse meines Vaters konnte ich ebenfalls angeben. Das war aber auch schon alles. Er kam nie nach Wiesbaden. Er hatte meine Mutter verlassen, als ich vier Jahre alt war, und lebte seither in Wien. Ich hatte kaum Kontakt zu ihm. Mit seiner inzwischen dritten Frau, einer achtzehn Jahre jüngeren Kroatin, hatte er noch einmal zwei Kinder gezeugt, die ich einmal gesehen hatte, als ich während einer Konferenz in Wien spontan bei ihnen vorbeischaute. Auf derart komplizierte Verhältnisse war das Formular jedoch nicht ausgelegt, denn es wurde nur nach »Geschwistern« gefragt, und ich war froh, mir die zwei nächsten Seiten sparen zu können.

Ich kehrte mit den ausgefüllten Unterlagen in das Büro der

Sekretärin zurück. Sie hatte inzwischen meinen Personalausweis fotokopiert, den sie mir nun zurückgab. Sie nahm die ausgefüllten Formulare entgegen und prüfte meine Eintragungen. Ich war nahe daran, sie zu fragen, ob es für die Wahrung von Geschäftsgeheimnissen wirklich erforderlich war anzugeben, dass ich zwischen Mai und Oktober 2008 regelmäßig mit einer Bonner Jurastudentin namens Inge Sex gehabt hatte? Aber ich verkniff mir die Frage.

»Very good«, sagte Bernadette, nachdem sie ihre Lektüre abgeschlossen hatte. »Nun müssten Sie bitte diese Erklärung noch durchlesen und ebenfalls unterschreiben. Außerdem würde ich Sie bitten, jede Seite unten rechts mit Ihren Initialen zu zeichnen und jeweils ›lu et approuvé‹ dazuzuschreiben. Sie können dazu gern wieder in den Konferenzraum gehen. Wenn Sie zurückkommen, wird unser Justiziar hier sein und das Dokument beglaubigen.«

»Ich wollte heute eigentlich weder ein Haus kaufen noch heiraten«, sagte ich spöttisch. Das Dokument war immerhin fünf Seiten lang und eng bedruckt.

»Das sind nur Formalitäten.« Sie lächelte mich fröhlich an. »Schauen Sie, ich habe das auch alles unterschrieben und bin noch frei.«

Ich musterte ihre rechte Hand und den grazilen, unberingten Ringfinger, den sie leicht abgespreizt hatte, ohne dabei ihre hübschen Augen von mir abzuwenden.

»Na dann«, sagte ich und setzte gleichfalls ein Lächeln auf. »Wenn Sie diesen Leuten vertrauen, dann kann ich das ja wohl auch.«

Es war ein angenehmes kleines Spielchen, und ich spürte im Hinausgehen, dass sie mir nachschaute. Die fünf Seiten hatten es in sich. Irgendwann gab ich es auf, die Rechtsgrundlagen zu zählen, denen ich mich mit meiner Unterschrift unterwerfen würde, und beschränkte mich darauf, die Seiten mit meinem Smartphone abzufotografieren, damit ich wenigstens noch mal nachlesen könnte, was ich schon nicht verstand. Vermutlich hatte Bernadette mit ihrer Strategie recht. Was unterschrieb man nicht alles. iTunes-, Facebook- und Google-Vereinbarungen las ich ja auch nicht durch, bevor ich auf den Accept-Button drückte. Ich würde diesen Job machen. Ich würde mit niemandem darüber reden. Wo also war das Problem, abgesehen davon, dass ich eine derart umfassende Sicherheitsüberprüfung noch nie erlebt hatte.

Ich paraphierte die einzelnen Blätter und unterzeichnete auf Seite fünf mit meinem vollen Namen. Dann kehrte ich erneut in Bernadettes Büro zurück. Der Justiziar war eingetroffen und kam gleich zur Sache. Ich sprach die gewünschte Floskel nach, sah zu, wie der Mann eine Apostille mit Faden auf dem Dokument anbrachte, und bekam kurzzeitig ein ungutes Gefühl, als der Mann ohne Gruß einfach verschwand und das Dokument mitnahm.

»Sehen Sie«, sagte Bernadette. »Das war es schon. Jetzt sind wir wohl beide mit der gleichen Firma verheiratet.« Sie lächelte mich erwartungsvoll an.

Es wäre so einfach gewesen. Sie hatte mir den Satz sozusagen in den Mund gelegt. *Darauf müssten wir ja eigentlich anstoßen, oder?* Doch ich sagte nichts, bedankte mich nur, verließ das Gebäude und kämpfte mich gegen den verfluchten Zugwind zur Avenue du Toison d'Or vor. Was war nur mit mir los? Ein Abend mit der hübschen Flämin wäre doch der ideale Abschluss eines Tages, der bisher nur Manganrückstände in Kochlöffeln und Listerien in Falafeln zu bieten gehabt hatte. Aber mir ging nun einmal etwas ganz anderes durch den Kopf: der erste Tag nach den Sommerferien vor siebzehn Jahren. Der erste Schultag zu Beginn der elften Klasse.

Ragna hatte sich damals einen Platz in der letzten Reihe gesucht und von Anfang an etwas Unnahbares ausgestrahlt, was natürlich als Überheblichkeit bei uns ankam und entsprechend geahndet wurde. Manche hänselten oder provozierten sie. Ich sprach anfangs kein Wort mit ihr. Sie sollte sich ja nicht einbilden, dass ich mich für sie interessierte. Ich sah zu, wie die anderen Jungs auf mehr oder weniger durchschaubare Weise versuchten, sie aus der Reserve zu locken und ihre Aufmerksamkeit zu erregen, blieb selbst aber auf Abstand. Natürlich beobachtete ich sie oft. Es bedurfte erheblicher Selbstkontrolle zu verhindern, dass sie eine Hauptrolle in meinen erotischen Phantasien bekam. Bestimmt verdoppelte das meine Hemmungen im Umgang mit ihr noch.

Nach ein paar Monaten ging sie mit dem damals schon eins neunzig großen Mike aus der Parallelklasse. Am Ende des Schuljahres sah ich sie auf dem Schulball herumknutschen und erfuhr irgendwie, dass sie während der Sommerferien mit Mike per Interrail durch Europa fahren wollte. Dass sie stattdessen mit ihren Eltern durch Malaysia und Indonesien gereist war, wie sich später herausstellte, ließ sie nur noch unerreichbarer erscheinen. Jakarta. Kuala Lumpur. Penang. Das waren damals für mich Orte, so fern wie der Mond.

Über ihre Eltern wusste ich zu diesem Zeitpunkt nur, dass ihr Vater ein vielbeschäftigter Banker oder so etwas war. Frau Di Melo hatte einmal die Aufmerksamkeit meiner Mutter erregt, als sie auf einem Elternabend auftauchte, den ganzen Abend kein Wort sagte und wieder verschwand, ohne sich zu äußern oder mit irgendjemandem zu sprechen. Es zirkulierten Gerüchte, Ragnas Mutter sei Alkoholikerin, der Vater ständig auf Reisen und die Tochter viel zu sehr sich selbst überlassen.

Zu Beginn der zwölften Klasse sah sie noch schöner aus. Ihr braunes Haar hatte in der Sonne Thailands oder Malaysias hellblonde Strähnen bekommen, die wie Gold glänzten. Auf ihrem schmalen, blassen, immer ein wenig ernsten Gesicht war ein leicht spöttischer Zug erschienen, der sie von den anderen Mädchen, deren gleichfalls irritierende und verstörende Sinnlichkeit ja nicht weniger explodierte, noch abhob. Ich war zu diesem Zeitpunkt mit Dagmar zusammen, eine dieser merkwürdigen Schulzeitliebeleien, an die man sich später nur mit völliger Ratlosigkeit erinnert. Ich war in Ragna verliebt, wusste es aber wohl noch nicht oder gestand es mir nicht ein.

Ragna indessen hatte Mike den Laufpass gegeben und machte zu Beginn der zwölften Klasse ein paar Wochen lang mit Ben herum, einem gutaussehenden, neuseeländischen Austauschschüler. Sie schwänzte jetzt öfter, was für mich ein echtes Problem war. Ihren Platz am Morgen leer zu sehen war so, als ob der ganze Schultag in Schwarzweiß und ohne Ton ablaufen würde. Ich machte mit dem Dagmar-Missverständnis Schluss, trieb Sport, las viel, vor allem Gedichte von Enzensberger und Huchel, und besuchte manchmal als Gasthörer Vorlesungen, weil ich überlegte, später vielleicht Germanistik zu studieren. An der Uni sah ich sie zufällig in einer Gruppe von halb vermummten Aktivisten, die entweder auf dem Weg zu irgendeiner Aktion waren oder von dort zurückkehrten. Sie sah mich nicht, als ich mit meinen Sinn-und-Form-Heften aus der Bibliothek herauskam, so sehr war sie in das Gespräch mit einem Typen mit Palästinensertuch vertieft.

Nach den Weihnachtsferien fehlte sie plötzlich eine ganze Woche lang. Es hieß, ihr Vater habe ein Angebot, nach New York zu gehen. Ragna sei dort, um Schulen zu besichtigen. Ich dachte ständig an sie. Ich wusste noch immer kaum etwas über sie. Aber ich kannte ihre Kleidung, ihre Schuhe, ihr Parfüm. Ich hatte eine vage Ahnung, welche Musik sie mochte, und konnte die Schmuckstücke aufzählen, die sie manchmal trug. Nur miteinander geredet hatten wir bisher kaum.

Bis zu jenem Abend im März. Ich hatte gar nicht damit gerechnet, dass sie bei der Klassenparty auftauchen würde. Aber sie war da. Und ohne Begleitung. Irgendwann sah ich, dass sie die Wendeltreppe zur Dachterrasse hinaufging. Ich hatte Lust auf eine Zigarette und ging ihr nach. Viele Leute standen dort oben und rauchten, aber sie lehnte etwas abseits alleine an der Brüstung und schaute in den Nachthimmel hinauf. Es war eine Gelegenheit, und ich ergriff sie, stellte mich neben sie und fragte einfach das Naheliegende:

»Was siehst du dort oben?«

Die Antwort höre ich noch.

»Nu. Epsilon. Omega. Lambda. Q. Delta.« Dann fragte sie, ob sie auch eine Zigarette haben könnte. Ich gab ihr Feuer. So nah war ich ihr noch nie gewesen. Ihre Locken fielen ihr ins Gesicht, und sie musste beide Hände benutzen, um sie von der Flamme fernzuhalten.

»Sind das Planeten?«, fragte ich.

»Nein. Das sind die sechs Zahlen, die da oben alles zusammenhalten.« Sie blies den Rauch in den Himmel, wo sie sich offenbar auskannte. »Und nicht nur dort. Alles eben.«

»Okay«, sagte ich nur.

»Wenn auch nur eine dieser Zahlen geringfügig anders wäre, dann gäbe es uns nicht.«

»Interessant«, sagte ich.

»Zum Beispiel das Verhältnis der Bindungskräfte in Atomen zur Schwerkraft. Es liegt exakt bei 10^{37}. Wenn es auch nur minimal kleiner oder größer wäre, würde alle Materie auseinanderfliegen oder zu einem schwarzen Loch kollabieren.«

»Und darüber denkst du nach, wenn du in den Himmel schaust?«

»Worüber denkst du denn nach?«, fragte sie.

»Vielleicht ob es morgen schönes Wetter gibt.«

»Bist du Landwirt?«

»Nein. Wie kommst du darauf?«

»Ich frage mich immer, warum Leute, die nicht vom Wetter abhängen, sich damit befassen.«

»Schönes Wetter, gute Stimmung.«

Sie lächelte.

»Ich habe gehört, du ziehst bald wieder um«, sagte ich dann. »New York oder so?«

»Ach ja? Wie kommst du denn darauf?«

»Du warst doch in New York, Schulen besuchen?«

Sie schaute mich amüsiert an. »So?«

»Na ja, so lauten die Gerüchte.«

Sie zog an ihrer Zigarette und schaute wieder in den Himmel hinauf.

»Ich war in Oslo«, sagte sie. »Ich habe Familie dort. Aber es stimmt, dass mein Vater gerade wegen eines neuen Jobs verhandelt. Allerdings nicht in New York.«

»Sondern.«

»Kuala Lumpur.«

»Also bist du nächstes Jahr wieder weg?«

»Vermutlich schon.«

Die Nachricht war niederschmetternd.

»Du kommst ja ziemlich herum.«

»Ja. Stimmt. Und du? Immer Frankfurt?«

»Ja. Bis jetzt schon.«

»Ist nicht sehr gesund unsere Lebensweise«, erklärte sie. »Meine Eltern lassen sich demnächst scheiden.«

»Oh«, sagte ich. »Das tut mir leid.«

»Ich wünschte nur, sie hätten es schon hinter sich. Sind deine Eltern noch zusammen?«

»Nein«, antwortete ich. »Mein Vater hat meine Mutter verlassen, als ich vier war.«

»Klar.«

»Wieso klar?«

Sie zog an ihrer Zigarette, schaute wieder in den Himmel hinauf und antwortete: »Bindungskräfte eben. Wie bei den Atomen.«

Wir schwiegen eine Weile und rauchten nur. Ich war etwas

ratlos, die Unterhaltung bot mir nicht gerade viele Anknüpfungspunkte.

»Dein Vater ist Italiener, nicht wahr?«

»Nein. Schweizer. Aber italienische Schweiz, ist also nicht ganz falsch.«

»Und was interessiert dich sonst noch so, ich meine abgesehen von Lambda und Epsilon?«

Mir fielen einfach keine intelligenten Fragen ein.

»Das willst du nicht wissen.«

»Doch. Sag schon.«

Sie drehte sich um und schaute über die Skyline von Frankfurt. Das Gespräch war äußerst seltsam verlaufen, und vermutlich wäre es gleich zu Ende.

»Im Moment faszinieren mich Aale«, sagte sie.

»Aale?«

»Siehst du.«

»Na ja. Ist wohl Geschmackssache. Geräuchert?«

Sie warf mir einen kühlen Blick zu und wandte sich wieder ab.

»Komm schon«, sagte ich. »Das war doch nur ein Witz. Was ist mit den Aalen?«

»Es sind mit die ältesten Tiere auf dem Planeten«, antwortete sie nach einer kurzen Pause. »So alt wie Pangaea. Ihr Lebenszyklus ist ein einziges Rätsel.«

»Sorry, aber was bitte ist Pangaea?«

»Der Superkontinent, aus dem die heutigen Kontinente herausgebrochen sind.«

»Okay. Und wie kommen dabei die Aale ins Spiel?«

»Sie sind einfach schon so lange da. Zweihundert Millionen Jahre. Sie kommen als winzige Glasaale in der Sargassosee zur Welt, durchqueren den Atlantik, wandern ins Mittelmeer und dann die Rhone flussaufwärts. Oder sie ziehen durch den Ärmelkanal und die Ostsee. Sie schwimmen Flüsse hinauf, schlängeln sich über Land oder durch Schwemmgebiete, bis sie irgendwo einen See oder Teich finden. Da verbringen sie dann siebzig oder achtzig Jahre, ihr ganzes Leben sozusagen. Am Ende verwandeln sie sich dann plötzlich. Ihr Kopf wird auf einmal schmaler, das Maul schrumpft, und die Augen weiten sich. Ihr Rücken nimmt eine tiefschwarze Farbe an, und ihr Bauch schimmert silbern. Und jetzt kommt das Irrsinnigste! Auf einmal, in einer Herbstnacht, und zwar immer ein paar Tage vor Vollmond, verlassen sie die Seen und Flüsse des Nordens wieder. Sie schlängeln sich über Wiesen, Marsche und Sümpfe ins Meer zurück. Das ist wie eine silbrig schimmernde, majestätische Prozession. Sie durchqueren den Öresund, zu Tausenden, fast ein Jahrhundert nach ihrer ersten großen Reise als regenwurmgroße, winzige Glasaale. Sie lassen die Ostsee hinter sich, passieren die Britischen Inseln und schwärmen hinaus zum Mittelozeanischen Rücken des Atlantiks. Das sind Hunderte von Kilometern. In den Tiefen der Sargassosee erreichen sie am Ende wieder ihren Geburtsort. Dort beginnt der nächste Zyklus. In unbekannter Tiefe pflanzen sie sich fort und sterben. Bis heute hat noch niemand Aale bei der Paarung beobachtet. Zweihundert Millionen Jahre lang hat dieses Verwandlungsleben stattgefunden. Wie schaffen die das? Wer zeigt ihnen den Weg? Warum brechen sie nicht nach dreißig oder vierzig Jahren auf, sondern erst kurz vor ihrem Tod und stets bei Vollmond? Und wo endet ihr rätselhaftes Dasein wirklich? Wohin verschwinden sie am Ende, nachdem sie eine neue Generation kleiner Glasaale auf die Reise geschickt haben? Was für ein über alle Begriffe gehendes Wunder ist das? Und weißt du, was das Unbegreiflichste daran ist?«

»Nein. Was?«

»Dass uns nichts Besseres einfällt, als diese Geschöpfe auszurotten.«

Ich wusste absolut nicht, was ich darauf erwidern sollte.

20. PAULSEN

Pablo Herrero-Sanchez knackte nervös mit den Fingern und wartete, bis die Gruppe komplett war. Jasper Paulsen saß bereits da, aber Herrero-Sanchez würdigte ihn keines Blickes, als sei er, der Überbringer der schlechten Nachricht, für die Situation verantwortlich. Der Raum füllte sich weiter. Für die meisten Sitzungsteilnehmer war es Routine. Man kannte sich von früheren Krisen. BSE, TSE, SARS, EHEC – die Liste war lang. Ein Experte von TRACES, der zuständigen Stelle für Warenrückverfolgung, war schon da. Der Verbindungsbeamte der EFSA, der Europäischen Behörde für Lebensmittelsicherheit in Parma, betrat gerade den Raum. Außerdem waren Vertreter aus all den anderen Abteilungen anwesend, die in solch einem Fall konsultiert werden mussten. Die Kürzel standen auf den Namensschildchen. CCA. LCA. BIP. Selbst Jasper Paulsen kannte nicht alle, denn recht besehen war in diesem Raum das komplette Immunsystem der Europäischen Union versammelt, ein komplexes, ständig wachsendes Informationsnetz, über das unablässig Millionen von Daten ausgetauscht und abgeglichen wurden, damit wenigstens der Theorie nach jedes Hüftsteak, jedes Hühnerei und jede Tulpenzwiebel zurückverfolgt werden konnte.

Jasper Paulsen stellte sich stumm die Frage, ob es sich lohnen würde, T-Shirts mit Abkürzungen und Klarnamen zu drucken, dann wüsste man wenigstens immer, mit wem man es zu tun hatte und wer in welchem Team für welche Keime oder Mikroben zuständig war. Heute war *gambierdiscus toxicus* an der Reihe. Man würde zunächst einmal eine griffige Abkürzung für die unaussprechliche Alge finden müssen. Auch aus psychologischen Gründen. Kürzel schafften Vertrauen. Sie gaben der Bevölkerung das Gefühl, dass ein Phänomen wissenschaftlich eingegrenzt und damit handhabbar, kontrollierbar war. *Gambierdiscus toxicus fish poisoning* mit einer Letalitätsrate von stattlichen sieben Prozent klang einfach nicht gut. Ein Kürzel wie GTFP oder GFP hörte sich da schon viel besser an.

Auf dem Tisch lag ein technisches Dossier, das Paulsen nach seinem Referat im PAFF rasch zusammengestellt hatte. Herrero-Sanchez hatte keine Wahl mehr gehabt, nachdem er ihm eine halbe Stunde vor der Sitzung die aktuellen Zahlen vom Wochenende übermittelt hatte. Vielleicht hatte sein Chef auch Informationen aus Madrid oder sogar einen Anruf bekommen, denn dort waren die Vergiftungen ja am schlimmsten gewesen. Darüber hinaus lagen weitere Laborergebnisse mit Toxin-Konzentrationen von bis zu 2 Mikrogramm pro Kilogramm vor, was ein ungewöhnlich hoher Wert war, wenn man bedachte, dass bereits eine Dosis von 0,1 Mikrogramm zu entsprechenden Krankheitssymptomen und schwerwiegenden neurologischen Problemen führen konnte. Kabeljau- und Seelachsfilets mit einer zehn- oder zwanzigfachen Ciguatera-Belastung waren einfach ein absolutes Novum, vorausgesetzt es handelte sich überhaupt um Kabeljau und Seelachs.

Woher rührte dieser drastische Anstieg? War die Alge durch den Klimawandel bereits in Fischereigründe vorgedrungen, in denen sie bislang nicht heimisch werden konnte? Oder hatte man es nur mit einer zufällig mit Ciguatoxinen belasteten Charge zu tun, die irgendwie in den Handel gekommen war? Und konnte man die Charge zurückverfolgen und ähnliche Vorkommnisse für die Zukunft verhindern? All diese Fragen mussten sie in der nächsten Stunde irgendwie beantworten.

»Sind wir vollzählig?«, fragte Herrero-Sanchez seinen Schriftführer.

»Nein. Zwei Personen fehlen noch. Monsieur Beringer

von der SANCO ist krankheitsbedingt entschuldigt. Monsieur Render von der Generaldirektion Mare hat diese Woche Urlaub. Wer für ihn kommt, wissen wir noch nicht.«

»Gut. Fangen wir an. Meine Damen und Herren. Dies ist eine Sondersitzung des Ausschusses für Lebensmittelsicherheit im Format, das für die Voralarmstufe vorgesehen ist. Es gilt angesichts der enormen wirtschaftlichen Bedeutung des betroffenen Sektors höchste Geheimhaltung. Ich hoffe, Sie haben alle Ihre Mobiltelefone draußen abgegeben.«

Ein Mann und eine Frau erhoben sich, warfen entschuldigende Blicke in die Runde und beeilten sich, ihre Handys zu entsorgen.

»Ich begrüße die Vertreterinnen und Vertreter aus den unterschiedlichen Fachabteilungen für die toxikologische und biologische Sicherheit der Lebensmittelkette sowie Kolleginnen und Kollegen von der Einfuhrkontrolle. Manche von Ihnen haben der Sitzung heute Morgen beigewohnt, als Kollege Paulsen die Situation erläutert hat. Ich schlage vor, wir beginnen mit einer allgemeinen Aussprache zur Faktenlage, und ich würde Sie bitten, uns Ihre jeweilige Einschätzung bezüglich der möglichen Ursache dieser Problematik vorzutragen. Bitte, Frau Cornelsen.«

Die Angesprochene schaute vom Dossier auf, in dem sie bis soeben gelesen hatte, und setzte zu einer Antwort an. Paulsen schrieb mit und machte Kreuzchen auf einem Blatt, auf dem hinter jedem Namen unter »Possible Origins« drei Optionen möglich waren: Foreign. Domestic. Other. Bald war das Meinungsbild eindeutig. *Gambierdiscus toxicus* konnte sich nur in Rifffischen tropischer Gewässer anreichern, also in Doktorfischen, Zackenbarschen, Muränen, Lippfischen, Papageienfischen, Makrelen und besonders im Barrakuda und im Red Snapper. Im offenen Meer gefangener Fisch war bisher grundsätzlich als risikofrei zu betrachten. Alle Opfer hatten in europäischen großstädtischen Qualitätsrestaurants Fischmahlzeiten zu sich genommen. Keine der Risikoarten hatte auf dem Speiseplan gestanden. Allein in Griechenland war Red Snapper auf der Karte angeboten worden. Die Schlussfolgerung, die sich aufdrängte, war, dass illegal gefangene Rifffische, um Kontrollen zu umgehen, mit legal gefangenem Fisch vermischt worden waren.

In der Folge entspann sich eine hitzige Diskussion darüber, wie die Kontrollen verschärft werden könnten. Herrero-Sanchez erinnerte daran, dass die Kommission im Auftrag der Mitgliedstaaten umfängliche Einfuhrkontrollvorschriften erarbeitet hatte, dass diese aber wirkungslos bleiben würden, solange die Behörden vor Ort diese nicht anwendeten und keine Kontrollen durchführten. Zur Illustration der Situation zitierte Herrero-Sanchez aus dem letzten Kontrollbericht und las mit unverhohlener Genugtuung die Zahlen aus Hamburg vor, wo im letzten Quartal gerade einmal drei Personen dafür zuständig gewesen waren, zweihundertsechzigtausend Einfuhrzertifikate zu kontrollieren. Die Zahl der festgestellten falsch deklarierten Lieferungen wurde mit null angegeben, was im Raum zu einiger Erheiterung führte.

»Es gibt keinen Grund zu lachen«, wandte Herrero-Sanchez ein. »Ich könnte auch die Zahlen aus anderen Mitgliedstaaten vorlesen. Sie sind kaum anders. Wir finden nichts, weil wir die Container gar nicht erst öffnen, um zu schauen, ob auch drin ist, was draufsteht. Erst wenn es auf den Tellern landet und Menschen krank werden, reagieren wir. Das kann so nicht weitergehen, meine Damen und Herren. Ich habe heute Morgen an die Vertreter der Mitgliedstaaten appelliert, diese Botschaft nach Hause zu tragen, und bitte auch Sie, bei Ihren Kontakten diese Mahnung immer zu wiederholen. Wir brauchen mehr Kapazität bei den Zollkontrollen. Ich denke, im vorliegenden Fall muss dies die Richtung sein, in die wir nachdenken sollten. Ich schlage daher die Bildung einer Arbeitsgruppe vor, die sich dieser Problematik annimmt und Vorschläge zur Verbesserung erarbeitet.«

Jasper Paulsen hob die Hand. Herrero-Sanchez ließ seinen Blick durch den Saal schweifen, aber zu seinem Verdruss meldete sich sonst niemand zu Wort.

»Bitte, Kollege Paulsen.«

»Was ist mit den Arten, die keine Rifffische und dennoch toxisch sind? Das ist doch das eigentlich Rätselhafte. Ist es ein Kontrollproblem oder ein wissenschaftliches, das heißt: Hat sich die biologische Situation möglicherweise geändert? In Nimwegen wurde Ciguatera nachweislich in Kabeljau gefunden. Und in Spanien in Arktisdorsch, wenn auch in sehr kleinen Mengen. Das gab es noch nie.«

»Es könnten Kreuzkontaminierungen sein«, warf der deutsche Vertreter ein, offenbar bemüht, nach den peinlichen Zahlen aus Hamburg einen konstruktiven Beitrag zu leisten.

»Ach ja?«, fragte Paulsen irritiert zurück.

»Sicher. Beim Zerlegen kann alles Mögliche miteinander in Kontakt kommen. Schlachtblut, Spülwasser. In den Innereien ist der Toxinanteil besonders hoch. Filets könnten beim Verarbeiten verunreinigt werden.«

»Beim Fisch wird ebenso gepanscht wie bei allem anderen«, warf Frau Cornelsen ein. »Ein großes Fabrikschiff wird auf offener See von Dutzenden Trawlern beliefert und verarbeitet Tausende Tonnen Fisch. Selbst wenn man keinen Betrug annimmt, können dabei einzelne Chargen durcheinandergeraten. Ich vermute dort die Ursache. Und wie sollten wir das jemals mit absoluter Sicherheit verhindern können? Ein Restrisiko bleibt bei derart gigantischen Warenströmen immer. Wir müssen wachsam bleiben, aber ich sehe hier keinen Grund für Panikmache.«

Herrero-Sanchez nickte zustimmend.

»Kreuzkontaminierung ist jedenfalls wahrscheinlicher, als ernsthaft anzunehmen, *gambierdiscus toxicus* sei in unsere

Breiten vorgedrungen. Oder vertritt sonst noch jemand diese Hypothese?«

Niemand antwortete, und Jasper Paulsen zuckte mit den Schultern. Nein, er glaubte auch nicht, dass die Alge bereits so weit in gemäßigte Zonen vorgedrungen war. Aber Kreuzkontaminierung? War das realistisch? Und falls nicht, dann blieb im Grunde nur noch eine Möglichkeit. Aber die anzusprechen, getraute er sich nicht. Jedenfalls noch nicht. Er schaute mit einem völlig neutralen Gesichtsausdruck in die Runde und schrieb zur Erinnerung nur »Sabotage?« auf seinen Block. Musste man in diesen Zeiten eine Möglichkeit nicht immer mitdenken: Terror?

21. ADRIAN

Eine Textbotschaft von Annegrets Pilatesfreund brachte mich von der Frankfurter Dachterrasse und Ragnas Glasaal-Prozession wieder in die Brüsseler Gegenwart zurück. Ich hatte ihm geschrieben, und er schlug vor, sich in der Cafeteria des Jacques-Delors-Gebäudes zu treffen, falls ich spontan Zeit hätte. Ich sagte zu, überquerte die Place de Luxembourg, lief die paar hundert Meter die Rue Belliard hinab. Ich wusste natürlich nicht, wie er aussah, und es dauerte eine Weile, bis sich unsere suchenden Blicke in der Cafeteria so oft gekreuzt hatten, dass wir schließlich zueinanderfanden. Søren war kleiner als ich, hatte schwarzes Haar und dunkelbraune Augen. Es war überhaupt nichts Schwedisches an ihm, sofern solche Stereotype überhaupt noch irgendeine Aussagekraft besaßen.

Wir fanden einen freien Tisch am Fenster. Ich besorgte zwei Tees und plazierte sie neben einem Stapel Dokumente, die er vor sich abgelegt hatte. Es war gerade eine Anhörung zu Ende gegangen, und um uns herum herrschte ein ziemliches Gedrängel.

»Du fährst also nach Myanmar?«, fragte Søren und drückte seine Zitronenscheibe aus.

»Ja. Annegret meinte, du kennst dich dort aus?«

»Studienreise oder Urlaub?«

»Arbeit. Ich dolmetsche für einen Geschäftsmann.«

Seine linke Augenbraue fuhr nach oben.

»Siemens? Shell? Monsanto? Aber vermutlich ist das vertraulich, oder?«

»Ja. Ziemlich vertraulich. Und ich weiß auch noch gar nicht, um was es geht. Es ist irgendein Consulting-Unternehmen.«

»Geht mich ja auch nichts an. Was möchtest du denn wissen? Touristische Tipps sind schnell erledigt. Ich hoffe, du magst Pagoden, denn außer Pagoden gibt es dort nicht viel. Davon aber reichlich. Die übliche Route ab Rangoon ist: Inle-See, Mandalay, dann mit dem Schiff nach Bagan und schließlich Chill-out am Ngapali-Strand. Bis auf die Flussfahrt nach Bagan würde ich so viel wie möglich per Flugzeug machen. Alles andere ist ziemlich mühselig und nicht sehr ergiebig. Im Norden und Nordosten ist es noch zu gefährlich für Touristen. Es gibt immer wieder Scharmützel mit den unterdrückten Minderheiten. Im Dschungel liegen noch viele Landminen. Im Süden wollen sie einen auch noch nicht so gern frei herumreisen lassen. Falls du dort hinwillst, brauchst du Zeit, Geduld und am besten ein paar Kontakte.«

»Klingt ja nicht sehr verlockend.«

»Du sagst es. Burma war jahrzehntelang eine Art Geheimtipp, weil man nur für ein paar Tage hineindurfte. Jetzt haben die Militärs das Land geöffnet, und entsprechend ist der Andrang. Wird aber vermutlich nicht lange anhalten. Die Preise steigen rasend schnell. Mittelfristig wird es für die Backpacker zu teuer und zu touristisch sein, für den Massentourismus zu primitiv und zu rückständig. Kaum WLAN. Schlechte Handynetze. Zu viel Malaria und Denguefieber. Kaum Go-go-Bars oder entwickelte Strände. Warum Burma, wenn man für das gleiche Geld nach Thailand fahren kann?«

Søren grüßte, während er sprach, per Kopfnicken oder Handheben ständig irgendwelche Leute im Gedrängel um uns herum, aber er schaffte es trotzdem, sich auf unser Gespräch zu konzentrieren.

»Ich werde in der kurzen Zeit vermutlich gar nicht aus Rangoon herauskommen«, sagte ich.

»Wie gesagt, Pagoden hast du auch in der Stadt genügend. Weißt du schon, wo du wohnst. Im *Traders?* Oder im *Strand?*«

»Darum kümmert sich mein Auftraggeber.«

»Geh ins *Traders*. Das *Strand* ist völlig überteuert. Aber trink mal einen Tee dort. Von wegen Kolonialgefühl und so. Wenn du mal einen halben Tag freihast, dann miete dir in Dala ein Motorrad und fahre über Land nach Twante. Da bekommst du einen ganz guten ersten Eindruck vom Leben im Flussdelta. Außer Pfahlbauten mit Schweinekoben, Reisfeldern und Pagoden gibt es natürlich nicht viel. Aber schöne Stimmung. Auf halber Strecke zwischen Dala und Twante gibt es einen Tempel mit Giftschlangen, falls dir so etwas gefällt. Die hängen da zu Dutzenden im Giebel herum. Gute Schuhe anziehen, denn es gibt auch in der Umgebung welche, und die sind nicht so gut genährt oder mit Drogen betäubt wie die im Tempel.«

»Bist du oft dort?«

»Ja, alle paar Monate.« Er nahm den obersten Folder von seinem Dokumentenstapel und deutete auf einen gelben Sticker, der darauf klebte: lobbytomy.org. »Schon mal gehört?«, fragte er.

»Nein. Merkwürdiger Name.«

»Ja. Ich finde es inzwischen auch nicht mehr sehr originell. Lobbywatch kennst du wahrscheinlich, oder?«

»Dem Namen nach.«

»Wir sind ähnlich, aber auf NGOs spezialisiert. Wir durchleuchten Hilfsorganisationen, Nichtregierungsorganisationen, GONGOs, MONGOs, die ganze Mitleidsindustrie eben. Ich decke seit dem Tsunami von 2004 Südostasien ab.«

»Klingt interessant. Aber werden die nicht ohnehin kontrolliert?«

Er deutete auf die Ansammlung von Menschen um uns herum. »Schau sie dir an. Ein Heer von Entwicklungsökonomen, Bildungsberatern, Trainern für Zivilgesellschaften und Demokratie-Coaches. Dazu kommt noch eine ganze

Armee von gutmeinenden, mehr oder weniger verkrachten akademischen Existenzen, die alle die Dritte Welt von ihrem Elend, aber vor allem sich selbst von einer kulturellen Identitätskrise oder intellektueller Brotlosigkeit erlösen wollen. Die Industrieländer kaufen sich von ihrem schlechten Gewissen frei und finanzieren ihrer idealistischen und Lebenssinn suchenden Jugend Abenteuerarbeitsplätze in ihren ausgeplünderten ehemaligen Kolonien. Da fällt es immer schwerer, Sinnvolles und Sinnloses auseinanderzuhalten. Also versuchen wir, im neokolonialen Spreuhaufen der zahllosen NGOs, GONGOs und MONGOs den Weizen zu finden, den es ja auch gibt.«

»Also so eine Art Stiftung Warentest für Spendenwillige?«

»So etwa.«

»Was sind denn bitte GONGOs?«

»Governmental NGOs, also solche, die gar keine sind. Wölfe im Schafspelz sozusagen, staatliche Organisationen, die sich als Nichtregierungsorganisationen verkleiden, um ihre Interessen durchzusetzen. Die arbeiten mit so vielen Smokescreens, dass ein normaler Mensch kaum erkennen kann, mit wem er es wirklich zu tun hat.«

»Und MONGOs?«

»Das ist ein neuer alter Trend«, erklärte er. »Steht für My Own NGO. Humanitäre Hilfe ist inzwischen ein gigantischer, politisch und logistisch ungeregelter Markt für Arbeit, Waren und Dienstleistungen. Jeder wohlhabende Mensch mit einem schlechten Gewissen kann irgendwo hinfliegen, sich einen Jeep mieten und den Sticker seiner Hilfsorganisation auf sein Auto kleben. Sekten sind hier sehr aktiv. Mormonen. Scientology. Alle steuerbefreit natürlich.«

»Und die sind nun auch alle in Myanmar?«

»Myanmar ist die neue Goldgrube.« Er begann, in seinem Dokumentenstapel zu wühlen, zog ein paar Fotokopien heraus und gab sie mir. »Hier. Das stammt von einem befreundeten Journalisten, der zurzeit in Rangoon lebt. Etwas Lektüre für den langen Flug. Ich muss jetzt leider los.«

Er begann, seine Unterlagen einzupacken.

»Vielen Dank für das Gespräch«, sagte ich. »Was passiert eigentlich mit den Informationen, die ihr sammelt. Werden sie irgendwo veröffentlicht?«

»Klar«, antwortete Søren und zog seinen Mantel an. »Wir müssen ja von irgendwas leben. Detaillierte Berichte sind kostenpflichtig. Allgemeine Informationen findest du aber leicht auf unserer Webseite.« Er fixierte mich kurz und fügte dann hinzu: »Hin und wieder erweisen wir auch gratis Gefälligkeiten. Je nachdem. Man bekommt auf diese Weise ja manchmal etwas zurück.«

Der tiefere Sinn dieser Antwort war unschwer zu erraten. Er wollte wissen, wer mich für den Job in Myanmar engagiert hatte. Würde er mir im Gegenzug vielleicht sagen können, was sich hinter Di Melos SVG verbarg und für wen der Mann arbeitete? Ich dachte an das fünfseitige Dokument, das ich vorhin unterschrieben hatte.

»Hast du vielleicht eine Karte oder so etwas? Vielleicht melde ich mich die Tage noch einmal?«

»Klar. Hier. Du kannst mich jederzeit erreichen. Und noch etwas.«

»Ja?«

»Es gibt einen interessanten Ort in Rangoon, wo man Leute treffen kann, die viele Leute kennen. Pansodan Gallery in der gleichnamigen Straße. Der Jour fixe ist dienstags. Vom *Traders* kannst du zu Fuß hingehen. Nur so als Tipp.«

Damit verschwand er im Gewimmel der Leute. Ich blieb noch einen Augenblick sitzen und betrachtete die Menschen um mich herum. Wie hatte er sie genannt? Mitleidsindustrie?

Mein Handy summte. Es war eine SMS. Unbekannte Nummer. Ob ich heute Abend frei wäre? Für einen Drink? Bernadette.

22. RENDER

Vigo lag im Nebel. Die Maschine setzte nach zwei abgebrochenen Versuchen zum dritten Mal zur Landung an. In der Kabine waren alle Unterhaltungen verstummt, und es herrschte angespannte Nervosität unter den Passagieren. Render saß reglos da und schaute unbeteiligt durch die beschlagenen Scheiben. Das Unbehagen der anderen Fluggäste ließ ihn völlig kalt. Dann wäre es wenigstens vorbei, dachte er. Was sollte das jetzt alles noch?

Wie oft war er diese Strecke in den letzten zwei Jahren geflogen? Das Wetter war hier fast immer schlecht. Seine Sitznachbarin schrie auf, weil die Turbulenzen das kleine Flugzeug durchschüttelten. Ihm lag etwas ganz anderes auf der Seele. Wie sollte er es nur ertragen, dass diesmal nicht Teresa am Gate auf ihn warten würde?

Wen würde er antreffen? Man würde ihn abholen. Na schön. Hoffentlich stand nicht zufällig der Fahrer der Fischereiagentur am Gate, der ihn vermutlich erkennen und sich wundern würde, warum Render in Vigo auftauchte und sich nicht wie üblich zur Kontrollbehörde chauffieren ließ. Kontrollbehörde? Ein großes Wort. Wem war wohl die Idee gekommen, die European Fisheries Control Agency ausgerechnet in Spanien anzusiedeln? Das Land verbrauchte pro Kopf doppelt so viel Fisch wie jedes andere Mitgliedsland der EU. Die Fangflotte war gigantisch, und entsprechend unerbittlich wurde jedes Jahr beim Fangquotengeschacher über die »Biomasse« verhandelt, aus der man sich bedienen durfte. Biomasse! Allein von der Begrifflichkeit konnte einem übel werden. Und Fangquoten waren nur der legale Irrsinn, der rechtlich sanktionierte Overkill. Die realen Zahlen des weltweiten Biozids in den Meeren kannte niemand, denn man wusste ja

nicht einmal genau, wie hoch der Anteil der illegalen Fischerei und der geschmuggelten und falsch deklarierten Ware
überhaupt war. Und dazu noch der Beifang! Waren es »nur«
20 Millionen Tonnen? Oder 30? Nutzlos abgeschlachtete Lebewesen, Kollateralschäden, um die ohnehin überquellenden
Einkaufstaschen der Ersten Welt zu füllen. Er fragte sich, ob
Viktor Bach seinen Bericht inzwischen gelesen hatte. Wie
viele hochbezahlte Beamte saßen hier in dieser Agentur und
konnten nicht verhindern, dass man ihnen in ihren eigenen
Kantinen illegal gefangenen und falsch deklarierten Fisch
vorsetzte?

Die Augen taten ihm weh, denn er hatte während des Flugs
Dateien gesichtet, die Viktor ihm geschickt hatte. Auf dem
kleinen Bildschirm seines Laptops waren die Grafiken nur
schwer zu lesen. Er hatte die Bildausschnitte erheblich ver-
größern müssen, um die Kennungen der Schiffe und den ganzen weiteren Datensalat überhaupt entziffern zu können.
Das Vessel-Monitoring-System, kurz VMS, war der Theorie
nach ein großartiges Instrument, um Seeverkehr und Fischerei zu überwachen. Jedes registrierte Schiff wurde mit einem
Sender ausgestattet und gab über Satellit regelmäßig Posi-
tions- und Aktivitätsdaten weiter. Das Ganze hatte nur einen
Nachteil: Der Sender konnte ausfallen, Signale konnten zeit-
weise verlorengehen. Natürlich war es verboten, den Sender
auszuschalten, aber es bedurfte nicht viel krimineller Energie,
das Gerät zu manipulieren und dann einfach eine Störmel-
dung an das Kontrollzentrum auszusenden. Zudem gab es
auch immer wieder echte technische Störungen. Die Ver
pflichtung, in solch einem Fall nur alle vier Stunden eine
Standortmeldung per Fax oder E-Mail absetzen zu müssen,
gab einem Schiff eine gewisse Unsichtbarkeit zurück. Und
nicht registrierte Schiffe wurden von diesem System natürlich überhaupt nicht erfasst.

Bach hatte die Protokolldaten von allen ihm verfügbaren

Satellitenüberwachungssystemen vom Server gezogen und ein Paket mit Daten von AIS, Inmarsat, Iridium, Argos und noch einem halben Dutzend weiterer privater Unternehmen, die Satellitendaten verkauften, zusammengestellt. Militärische Daten wären natürlich noch interessanter gewesen, aber an die kam selbst Bach nicht heran.

Die Valladolid hatte ununterbrochen Positionsmeldungen gesendet. Render verfolgte den Kurs, den das Schiff in den Tagen vor Teresas Verschwinden genommen hatte, doch anhand der Meldungen konnte er nichts Auffälliges feststellen. Er glich die Wetter- und Strömungsdaten ab und wollte seine aussichtslose Suche nach einer Erklärung für das Sinnlose schon aufgeben, als ihm plötzlich klarwurde, wo der Fehler lag. Er hatte eine Unregelmäßigkeit gesucht. Auffällig war jedoch etwas ganz anderes. Es gab keine!

Es hatte auf der Valladolid über acht volle Tage keinen einzigen VMS-Ausfall gegeben. Er zoomte tiefer in die Karte hinein und fand nun auch das ausgewiesene Gebiet merkwürdig. Für ein Schiff dieser Kapazität bewegte es sich in einem recht reduzierten Umfang. Er erweiterte den Abfragezeitraum auf vier Wochen und wartete, bis der Rechner aus den Daten die entsprechenden Diagramme erstellt hatte. Dann lehnte er sich zurück und betrachtete mit einer Mischung aus Wut und Verachtung den Bildschirm. Sie gaben sich nicht einmal besondere Mühe, ihre Betrügereien zu verschleiern. Die aus den VMS-Daten extrahierten Routengrafiken der letzten drei Fahrten waren in der Mittelphase der Form nach so gut wie deckungsgleich. Kein Schiff in diesem Geschäft folgte dreimal exakt dem gleichen Kurs. Wie brachten sie dieses Kunststück fertig? Wurde der Sender auf hoher See vorübergehend auf einem Beiboot installiert, das einen programmierten Kurs fuhr, während das Hauptschiff tagelang unbeobachtet ganz woanders unterwegs war? Unbeobachtet, unkontrolliert, vogelfrei.

Er dachte an eine Passage in Teresas letzter E-Mail: *Sie sind seit fünf Tagen unterwegs, und die Fänge sind miserabel, 40% unter Soll, was mich wundert, denn sie verfügen über ein Arsenal an technischer Ausrüstung.* Die Schlussfolgerung lag nahe: Die Valladolid hatte gar nicht gefischt. Buzual nahm vermutlich im großen Stil illegale Ware von anderen Zulieferschiffen auf, die er dort draußen traf. Und Teresa hatte diese Vorgänge gestört, vielleicht etwas gesehen, das sie nicht sehen sollte. Aber wie sollte man das beweisen?

Die Maschine setzte endlich auf und rollte zum Gate. Handys wurden wieder eingeschaltet und bimmelten, hauchten oder piepsten. Die Maschine kam zum Stillstand, die Triebwerke wurden heruntergefahren. Die ersten Passagiere erhoben sich. Er drängelte sich mit den anderen aus dem engen Rumpf der Kurzstreckenmaschine heraus und warteten dann fast zwanzig Minuten in der Ankunftshalle am stillstehenden Gepäckband.

Als er den Fluggastbereich verließ, schaute er sich suchend um. Paare begrüßten sich. Taxifahrer schwenkten Tablet-Computer, auf denen Namen standen. Sein eigener war nicht dabei. Reisende hasteten an ihm vorbei und verschwanden in Richtung der Bushaltestellen und Taxistände vor dem Gebäude. Schließlich fiel ihm ein hochgewachsener, kahlköpfiger Mann auf, der mit den Händen in den Taschen gegen eine Wand gelehnt dastand und über die Entfernung von vielleicht fünfzehn Metern in seine Richtung blickte. Render fixierte ihm ein paar Sekunden lang und setzte eine fragende Miene auf. Der Mann nickte und deutete zum Ausgang. An der Tür hatten sie zueinander aufgeschlossen, und während die Glasfläche vor ihnen zur Seite glitt, sagte er:

»Welcome to Vigo, Mr. Render.«

»Good day, Sir«, erwiderte Render. »And you are …?«

»Gavin«, antwortete der Mann. »Ich darf John sagen?«

»Bitte.«

Render bemerkte, dass der Mann sich diskret nach allen Seiten umschaute.

»Sollten wir nervös sein?«

»Nein. Aber aufmerksam. Bitte. Hier entlang.«

Sie nahmen ein Taxi. Render hörte, dass Gavin dem Fahrer Teresas Adresse nannte.

»Wir fahren zu ihr?«

»Ich wohne im gleichen Block«, erwiderte Gavin.

Das wurde ja immer besser. Lebte diese Ragna vielleicht auch hier? Er schwieg verstimmt und rieb sich die müden Augen. Gavin tippte irgendetwas in sein Handy.

Die Wohnung lag in der Rúa Gil, einer schäbigen, engen Seitenstraße der Rúa Magallanes im Zentrum von Vigo. Das Taxi bog dort gar nicht erst ein, sondern ließ sie an der Ecke aussteigen.

Render erkannte die Graffitis an den Wänden wieder, während er Gavin folgte. *Denke! Organisiere Dich! Handle! Frauen an die Macht! Die Geschichte gehört uns!*

Die Farbe wirkte frischer als die Slogans.

Eine Treppe führte zu einem erhöhten Innenhof, umstanden von zehnstöckigen Wohnblocks, die düster in den Himmel ragten. Gavin steuerte zielsicher auf einen der Eingänge zu und öffnete ihn mit einem Schlüssel.

Render blieb stehen.

»Was soll das?«, fragte er. »Was tun wir hier?«

»Ragna will mit Ihnen sprechen«, antwortete Gavin. »Das Gespräch wird bei mir stattfinden. Aber zuvor würde ich Ihnen gern zeigen, wie Teresas Wohnung aussieht.«

»Señores?«

Sie drehten sich überrascht herum. Ein älterer Mann kam auf sie zu, mit einem Besen in der Hand. Er ging auf Render zu, streckte ihm die Hand entgegen und sagte etwas, das er nicht verstand.

»Er spricht Ihnen sein Beileid aus«, übersetzte Gavin.

»Danke«, sagte Render.

»Wir sind alle wie zerstört. So eine junge Frau. Es ist ein Schicksalsschlag.«

»Danke«, sagte Render wieder, nachdem Gavin auch dies übersetzt hatte. »Es hat sich also schon herumgesprochen?«

»Ja. Sicher«, antwortete der Concierge. »Es stand in der Zeitung. Und die Leute von der Versicherung waren hier.«

»Versicherung«, wiederholte Render tonlos.

»Furchtbare Sache«, brummte der Mann und schüttelte traurig den Kopf. »Ich hoffe, Sie tragen nicht zu schwer an dem Verlust, Señor.«

Render bedankte sich mimisch, indem er die Hand auf sein Herz legte, und ging zum Fahrstuhl. Gavin murmelte etwas, das Render nicht verstand, und folgte ihm dann. Sie betraten das Gebäude und fuhren in den sechsten Stock.

»Versicherung?«, fragte Render, nachdem die Fahrstuhltüren sich geschlossen hatten.

Gavin warf ihm einen vielsagenden Blick zu. »Sie werden es gleich selbst sehen.«

Im sechsten Stock angekommen, gingen sie einen schmalen Korridor entlang, auf dem es nach verbranntem Fett roch. Nach wenigen Schritten hielten sie vor einer hellgrün gestrichenen Tür.

Gavin schaute Render an. »Sie oder ich?«

»Sie haben einen Schlüssel?«, fragte Render verblüfft.

»Ja. Teresa hatte auch einen von meiner Wohnung. Aber keine Angst. Das war alles.«

»Wovor sollte ein Mann in meinem Alter noch Angst haben?«, sagte Render und schloss die Tür auf.

Sie betraten einen dunklen Flur. Render machte Licht. Er schaute sich kurz um und gab Gavin ein Zeichen, ihm zu folgen. Der Engländer trat ebenfalls ein und schloss die Eingangstür. Render schaltete das Licht im Wohnzimmer ein.

Gavin blieb im Türrahmen stehen, während Render sich umschaute.

»Ich habe nichts angerührt«, sagte Gavin.

Der Anblick des Studios war nur schwer zu ertragen. Aber Render beherrschte sich, betrachtete nacheinander das Sofa, das sich in ein Bett verwandeln ließ, den offenen Sekretär mit ihrem Schreibtischstuhl davor, den kleinen Couchtisch und den abgewetzten Sessel, den sie immer zum Lesen benutzt hatte. Überall lagen Bücher und Fotokopien herum. Die zwei Strandbilder von Joaquín Sorolla hingen über der Couch, und auch alle anderen Bilder waren da: Doisneaus Kuss vor dem Hotel de Ville sowie Leonardos junges Mädchen im Profil. Auch auf dem Sekretär stapelten sich Bücher und Dokumente. Türme von Fachzeitschriften lehnten an der Wand und gegen die Balkontür. Render ließ seinen Blick nach rechts wandern, wo man durch eine Durchreiche die Küchenzeile sehen konnte und die orangefarbenen Fliesen. Sie hatten hier nie gekocht. Es gab zwar eine Herdplatte, aber selbst dort lagen Fotokopien herum.

Render trat an den Schreibtisch. Die Computertastatur und der Monitor waren noch da. Aber das Kabel, das den Bildschirm mit dem Rechner verbunden hätte, hing lose an der Seite des Schreibtisches herunter.

»Wir gehen davon aus, dass Buzuals Leute den PC geholt haben«, sagte Gavin. »Das bedeutet: Sie haben jetzt Teresas Material der letzten vier Jahre.«

»Was für Material?«

»Alles über unser Projekt. Vermutlich auch einiges über Sie.«

»Über mich?«

»Ja. Aber das erkläre ich Ihnen lieber bei mir. Kommen Sie.«

Sie verließen die Wohnung. Gavin ging voran. Über ein Zwischengeschoss gelangten sie in einen anderen Flügel und dort in eine geräumigere Wohnung. Die Einrichtung war indessen nicht weniger spartanisch. Es gab kein Sofa, nur einen runden Tisch mit vier Stühlen, einen Schreibtisch aus Glas und ein paar Regale. Die Wände waren kahl.

»Ich brauche einen Kaffee. Sie auch?«, fragte Gavin und verschwand in die Küche.

Render stand unschlüssig da, trat schließlich ans Fenster und schaute in den Innenhof. Er konnte Teresas Fenster zwei Stockwerke tiefer sehen. Wenn Licht brannte, hatte man von hier aus bestimmt Einblick in das Studio. Sie hatten abends natürlich immer die Vorhänge vorgezogen, aber das Gefühl, den Ort ihrer intimen Begegnungen so exponiert zu sehen, versetzte ihm einen zusätzlichen Stich. Er blieb dort stehen, bis Gavin aus der Küche kam und den Kaffee auf den Tisch stellte.

»Sie wollte Sie nicht einweihen«, sagte Gavin. »Es hätte Sie in eine unmögliche Situation gebracht.«

»Ist meine Situation jetzt vielleicht weniger unmöglich?«, erwiderte er gereizt. »Was war über mich auf diesem Rechner gespeichert?«

»Nicht viel. Aber Sie stehen auf einer Liste sogenannter Assets.«

»Assets?«

»Ja. Leute, die wir als Multiplikatoren zu gewinnen versuchen, Personen mit Einfluss oder Zugang zu privilegierten Informationen oder Quellen, die unsere Aktion verstärken oder glaubwürdiger machen können. Teresa hat sich aber immer geweigert, Sie einzubinden.«

»Und all diese Informationen waren einfach so auf diesem Computer? Zur Abholung?«

»Sie haben recht, das war totaler Leichtsinn«, räumte der junge Mann ein. »Aber so etwas ist noch nie vorgekommen. Bevor wir auf ein Schiff gehen, säubern wir natürlich unsere Laptops und entfernen alles, was nicht in fremde Hände gelangen soll. Dass unsere Laptops gestohlen und ausspioniert werden, ist üblich. Aber so etwas wie das hier ist noch nie vorgekommen.«

»Sind Sie der Anführer hier?«

»Nein. So etwas gibt es bei uns nicht. Jeder arbeitet für sich. Teams entstehen nur spontan für Einzelaktionen, falls das notwendig ist.«

Render atmete tief durch. »Wie konnten Sie es nur zulassen, dass sie ihr Leben aufs Spiel setzt?«

»Sie haben mich missverstanden. Ich hatte mit Teresas Einsatz nichts zu tun. Ich bin wegen einer anderen Sache hier. Und jeder von uns trifft seine Entscheidung für sich allein. Niemand wird gezwungen.«

Render schüttelte ungehalten den Kopf. »Sie machen es sich wirklich einfach.«

»Wir? Ach ja?«, entgegnete Gavin schnippisch. »Wer ist denn dort draußen? Sie etwa, mit Ihren schönen Schreibtischen und Konferenzen, mit Ihren Sekretärinnen und Ihren tollen Gehältern? Sie mit Ihren ganzen Initiativen und Empfehlungen und den wunderbaren Aktionsprogrammen zum Sankt-Nimmerleins-Tag. *Wir* machen es uns einfach? Das ist wirklich gut.« Gavin schaute ihn herausfordernd an. »Ihre Arbeit ist sinnlos«, stieß er hervor. »Ihre gesamte berufliche Existenz ist wertlos. Absolut überflüssig.«

Render warf dem Mann einen gereizten Blick zu. Aber was sollte er sagen? Wie oft hatte er im Fischereirat gesessen und das immer gleiche Ritual verfolgt. Erst wurden die wissenschaftlichen Studien und die noch vertretbaren Fangquoten vorgetragen. Danach ging es an die Verteilung, und am Ende wurde doppelt und dreifach so viel beschlossen.

»Wer soll die Erde vor einer sich explosionsartig vermehrenden Spezies schützen«, fragte Gavin, »wenn die alleinige Entscheidungsgewalt über sämtliche Ressourcen allein bei dieser Spezies liegt?«

Render schwieg. Er konnte diese ganzen unlösbaren Fragen nicht mehr hören, wollte sie nicht mehr in sein Leben lassen. Er wollte das kleine große Glück wiederhaben, das er hier gefunden hatte.

»Was meinen Sie, was sie mit Teresa gemacht haben?«, fragte er kaum hörbar mit belegter Stimme. Gavin wich seinem Blick aus. Der Engländer wirkte sehr kontrolliert, aber Render spürte, dass diese Frage den jungen Mann traf. »Haben sie sie vorher umgebracht oder lebend ins Wasser geworfen? Was glauben Sie?«

Gavin schloss kurz die Augen und atmete tief durch.

»Wurde sie vergewaltigt?«, fuhr Render fort. »Wie müssen wir uns das vorstellen? Wissen Sie überhaupt, was für Leute inzwischen in diesem sogenannten Geschäft tätig sind? Was soll eine unbewaffnete junge Frau dagegen ausrichten? Das muss Ihnen doch klar gewesen sein?«

Gavin schaute ihn stumm an. Dann zog er ohne Vorwarnung seinen Pulli hoch. Render schrak zurück. Eine riesige Narbe zog sich quer über die Brust und den Bauch des Mannes. Er zog den Pulli wieder herunter und sagte: »Ich bin auf ziemlich vielen Schiffen gefahren, Mr. Render, und ich habe fast jede Scheiße erlebt, die das mit sich bringt. Kolossale Scheiße. Wir wissen alle sehr gut, was auf diesen Schiffen los ist und worauf wir uns einlassen. Mehr als einmal habe ich mich in meine Kabine eingeschlossen und gar keine Fangtätigkeit mehr kontrolliert, weil ich es nicht überlebt hätte.« Er deutete auf seinen Bauch. »Wissen Sie, was das war? Ein Fischhaken. Von einem koreanischen Kapitän. Normalerweise werden damit Fische an Bord geholt, wenn man sie von den Langleinen nicht schnell genug losbekommt. Man rammt ihnen die Haken irgendwo in den Körper, gern in die Augen, da halten sie besser. Sie sollten sich das wirklich mal aus der Nähe ansehen. Alles meine ich, die ungeheuerliche Brutalität. Das hat nichts mehr mit Jagen zu tun oder mit der Suche nach

Nahrung. Es ist ein industrielles Massaker. Eine Vernichtungsmaschinerie. Dort draußen gibt es kein Recht oder Gesetz. Dort Frauen hinauszuschicken ist ein ganz besonderer Wahnsinn, das stimmt. Aber komischerweise sind es eben immer vor allem Frauen, die sich melden. Sie bilden uns doch aus, Mr. Render. Sie wissen das doch.«

In die Stille, die auf Gavins Rede folgte, ertönte ein leises Klingeln aus einem der hinteren Räume. Gavin ging hinaus. Render hörte, wie er auf einer Tastatur schrieb. Dann erschien er plötzlich wieder im Türrahmen.

»Es ist Ragna. Die Verbindung steht jetzt. Kommen Sie bitte.«

Render folgte dem Engländer in ein abgedunkeltes Zimmer. Auf einem Schreibtisch stand ein Monitor, auf dem er eine Frau in einem leeren Raum an einem Tisch sitzen sah. Sie trug ein buntes Kopftuch. Beim Näherkommen sah er, dass sie sich offenbar in einem Zelt aufhielt. Er setzte sich auf den Stuhl vor dem Monitor. Durch das Licht des Bildschirms geisterhaft ausgeleuchtet, erschien nun auch sein Gesicht in einem kleineren Bildausschnitt am rechten unteren Bildrand. Die Frau hob die Hand, winkte ihm kurz zu und bedeutete ihm dann mimisch, den Kopfhörer aufzusetzen, den Gavin ihm soeben von der Seite reichte.

»Guten Tag, Mr. Render«, hörte er sie dann auf Englisch sagen.

»Hallo, Ragna«, erwiderte er. »Wir waren doch schon einmal beim Vornamen. Oder wollen Sie es lieber wieder förmlich?«

Er nahm aus dem Augenwinkel wahr, dass Gavin auf einem Sessel schräg hinter ihm Platz nahm.

»Wie geht es Ihnen?«, fragte sie. Sie sah verändert aus. Ihre Augen wirkten erloschen, niedergeschlagen und bedrückt, soweit das leicht flimmernde und unscharfe Bild auf dem Monitor dies erkennen ließ.

»Was glauben Sie wohl?«, sagte er.

Sie senkte kurz den Blick. »Je mehr Zeit vergeht, desto schlimmer wird es. Sie haben auch nichts gehört?«

»Nein. Und ich glaube auch nicht an Wunder.«

Ragna nickte stumm. Hatte sie geweint? Waren ihre Augen gerötet, oder sah das nur so aus?

»Waren Sie mit Gavin in ihrer Wohnung?«

»Ja. Aber wo sind Sie überhaupt? Von wo sprechen Sie mit mir?«

»Erst einmal in Sicherheit.«

»Und wozu dieses Gespräch?«

»Ich dachte, dass Sie uns vielleicht jetzt helfen würden.«

»Ich Ihnen helfen? Ich weiß ja nicht einmal, was Sie tun?«

»Vielleicht die Leute zur Verantwortung ziehen, die Teresa auf dem Gewissen haben.«

»Das ist Aufgabe der Polizei. Wenn Sie Informationen haben, dann sollten Sie sie den Behörden zur Verfügung stellen, damit die sich dieser Sache annehmen. Es ist völliger Irrsinn, sich auf eigene Faust mit Leuten wie Buzual anzulegen. Sie sehen doch, was dabei herauskommt!«

»Ich sehe, was dabei herauskommt, wenn sogenannte Behörden sich kümmern. Beobachter werden ermordet, die Täter werden freigesprochen und machen so weiter wie vorher.«

»Selbstjustiz führt zu gar nichts.«

»Justiz interessiert uns nicht. Wir haben ganz andere Probleme.«

»Ach ja?«

»Hören Sie zu, John, Teresa hat Sie nie behelligt. Vor zwei Jahren in Nairobi haben wir uns schon einmal unterhalten, und ich bin damals zu dem Schluss gekommen, dass Sie an Ihrem Schreibtisch in Brüssel besser aufgehoben sind. Jetzt hat es Sie direkt getroffen. Die internationale Fischereimafia hat ihre Freundin ermordet, und während wir hier sprechen, hat die Jagd auf uns längst begonnen. Buzual und seinesgleichen machen einfach weiter, brechen alle Regeln und Vorschriften, die Ihre tolle Behörde erlassen hat und jemals erlassen wird und die samt und sonders keinen Fliegenschiss wert sind. Wir haben diesen Leuten nur eine kleine Prise Sand ins Getriebe geworfen. Es war ein Testballon. Nichts weiter. Die Reaktion haben Sie ja gesehen. Diese Leute machen keine Gefangenen. Nicht wir sind mit diesem Problem überfordert, John, sondern Sie. Es bedarf anderer Methoden, um mit ihnen fertigzuwerden. Wir werden einen Teufel tun und uns an irgendwelche Behörden wenden. Denen wird nämlich nur eines einfallen: uns unseren Sand wieder wegzunehmen.«

»Ich verstehe kein Wort. Was meinen Sie damit?«

»Es wird nun Folgendes geschehen: Wir werden in den nächsten Wochen den kompletten europäischen Frischfischmarkt kollabieren lassen. Teresa ist nur eine von vielen, die an diesem Projekt teilgenommen haben. Wir haben die Mittel, dieser Bande von Verbrechern das Geschäft derart zu versauen, dass sie sich auf Jahre nicht davon erholen werden. Jemand wie Sie könnte uns dabei natürlich sehr helfen. Vorausgesetzt, Sie stehen endlich von Ihrem Schreibtisch auf und schauen der Realität ins Auge. Wie lange wollen Sie denn noch so weitermachen mit Ihren verwässerten Richtlinien, die ohnehin niemand ernst nimmt? Was muss geschehen, dass jemand bei Ihnen aufwacht und sagt: Schluss! Es reicht! Kennen Sie die neuesten Zahlen? Wie lange noch, John? Ich habe Sie vor zwei Jahren gefragt, und ich frage Sie erneut: Was muss noch geschehen, damit Sie endlich handeln?«

Render blickte Ragna voller Zorn an. »Sie haben sie dort hinausgeschickt«, stieß er verbittert hervor. »Sie sind verantwortlich für diesen Irrsinn.«

»Ich habe niemanden geschickt«, erwiderte sie und lachte kurz. »Meinen Sie im Ernst, wir müssten Leute überreden, bei uns mitzumachen? Was glauben Sie denn, wie viele Wissenschaftler, Forscher und Menschen wie Teresa es einfach nicht mehr ertragen, mühsam alle Fakten und Informationen zusammenzutragen, nur damit dann beim nächsten großen politischen Kuhhandel von höchster Stelle darauf geschissen wird.«

»Sie stellen sich das alles sehr einfach vor«, erwiderte er.

»So? Ich will Ihnen etwas sagen, John. Diese Strukturen werden Sie mit Gesetzen niemals beseitigen. Diese Leute bringen einfach jeden um, der ihre Geschäfte stört, seien es die Sklaven auf ihren Schiffen, Fischereibeobachter oder Journalisten. Mafiöse Banden sind in offener Konfrontation nicht zu besiegen. Zu viele Profiteure und sogar staatliche Stellen hängen mit in ihren Geschäften drin. Es geht ja nicht nur um viel Geld, sondern auch um Wählerstimmen, um Arbeitsplätze, letztlich um den Lebensstil von Millionen unwissender oder gewissenloser Verbraucher, die niemals freiwillig auf etwas verzichten werden, das sie als selbstverständlich betrachten. Diesen Teufelskreis aus Gier, Profit und Wirtschaftskorruption können Sie nicht legal bekämpfen. Die Geschäftsgrundlage muss weg: die Nachfrage! Genau darauf arbeiten wir hin. Wir werden der Nachfrage einen biologischen Riegel vorschieben. Und mit Ihrer Hilfe könnten wir schneller und wirkungsvoller agieren.«

Render war sprachlos. Ragna schaute ihn an und wartete.

»Sie sind verrückt«, sagte Render schließlich. »Wie wollen Sie das denn bitte machen? Ihre Allmachtsphantasien sind einfach lächerlich.«

Ragna hob ihre linke Hand hoch und hielt etwas vor die Kamera. Render sah eine kleine Ampulle. Sie enthielt eine blassgrüne Flüssigkeit.

»Das hier ist der Grund, warum Teresa ermordet wurde. Wir haben Jahre gebraucht, dieses Toxin zu synthetisieren. Achten Sie in den nächsten Tagen auf Zeitungsmeldungen, und dann reden wir wieder miteinander. Wie gesagt. Wir werden auch ohne Sie unseren Plan ausführen. Aber vielleicht begreifen Sie die Chance, die sich bietet, wenn Sie die nächste Stufe aus nächster Nähe miterlebt haben. Sie haben doch Zugriff auf das Schnellwarnsystem?«

»Was meinen Sie denn damit?«

»Letzte Woche sind ein paar vergiftete Chargen in Umlauf gebracht worden. Wir mussten die Dosierungen testen, denn wir möchten verhindern, dass es Tote gibt. Außerdem analysieren wir noch, wo in der Produktions- und Vermarktungskette das Toxin am besten eingeschleust werden kann. Aber wir sind überall, John. Wir sind viele, und wir können überall und jederzeit zuschlagen.«

Plötzlich war der Ton weg.

»Ragna! Warten Sie ...«

Aber Ragna antwortete nicht mehr. Der Bildschirm wurde schwarz, und nur ein weißer Schriftzug blieb auf dem Monitor zurück:

!!! IT'S THE CONSUMER, STUPID !!!

23. RAGNA

Nach dem Gespräch saß sie minutenlang stumm da, unfähig, einen klaren Gedanken zu fassen. Die Auseinandersetzung mit Render hatte sie aufgewühlt, denn während des ganzen Gesprächs hatte sie an Teresa denken müssen. Immer wieder suchten die Bilder von ihrem möglichen Ende sie heim, ein Szenario, das in jede Richtung auf grauenvolle Weise offen war und ihre Phantasie gegen ihren Willen endlos reizte. Sie duschte kalt, einmal wegen der Hitze, aber vor allem, um sich auf andere Gedanken zu bringen. Dann setzte sie sich in Shorts und T-Shirt erneut an den Computer und lud E-Mails herunter. Schon die schiere Anzahl der Nachrichten zeigte, dass sich Teresas Verschwinden noch immer wie eine Schockwelle in der kleinen Welt der Fischereibeobachter verbreitete. Sie scrollte die Meldungen durch. Jemand hatte eine Facebook-Seite für sie eingerichtet, auf der die neuesten Informationen zusammengetragen wurden.

Europa: »Mit Entsetzen haben wir vernommen, dass unsere Kollegin und Freundin Teresa Carvalho seit dem 9. November als vermisst gilt. Das Fischereifahrzeug »Valladolid«, auf dem sie im Auftrag der NAFO im Einsatz war, ist ein unter spanischer Flagge fahrendes Gefrierschiff aus der berüchtigten Gruppe von Buzual Armadores S.A., die in der Vergangenheit bereits mehrfach durch dubiose Praktiken und illegale Fischereitätigkeit aufgefallen ist, ohne jemals von den spanischen Behörden ernsthaft belangt worden zu sein. Wir appellieren nachdrücklich an alle Stellen, insbesondere an die NAFO, an die spanischen Justizbehörden und die Europäische Kommission als maßgeblich Verantwortlicher für die europäische Fischereipolitik, alles zu tun, um diesen schrecklichen Vorfall lückenlos aufzuklären. Unser Mitgefühl gilt den Angehörigen.«

Jemand hatte eine Liste der Beobachter eingestellt, die in den letzten Jahren unter ähnlich ungeklärten Umständen von anderen Schiffen verschwunden waren. Ragna hatte sie alle gekannt. Sie überflog die Einträge. Es war überall das gleiche deprimierende Bild.

Papua-Neuguinea: Der Mord an Fischereibeobachter Charlie Lasisi aus der Provinz New Ireland soll sich am 29. März an Bord der »Dolores 838« in der Bismarcksee unweit Vanimo zugetragen haben. Nach Informationen der Polizei hatte Herr Lasisi mehrfach lautstark gegen das Fischen von Delphinen protestiert. Die Schiffe der Flotte »RD Thunfisch« stehen seit langem in Verdacht, Delphine, Haie und andere verbotene Arten massiv zu befischen. Charlie Lasisi wurde zuletzt zwischen 18 und 19 Uhr lebend gesehen, als er die Offiziersmesse verließ. Laut Polizeiangaben war er in Begleitung von zwei Besatzungsmitgliedern namens Ramil Lumactod und June Alon. Als sie wenig später ohne ihn zurückkehrten, erklärten sie, er sei verschwunden. Der Kapitän des Schiffes suchte das Gebiet ab, aber Lasisi konnte nicht gefunden werden. Zwei Tage später wurden die Nationale Fischereiaufsichtsbehörde und das Amt für Seesicherheit informiert, um den Fall zu untersuchen. In der Folge wurden sechs Besatzungsmitglieder unter Mordverdacht in Madang in Untersuchungshaft genommen, nach einer Kautionszahlung von »RD Thunfisch« allerdings wieder freigelassen. Die Ermittlungen wurden mangels Beweisen eingestellt. Gegen die sechs philippinischen Seeleute wird keine Klage erhoben.
Peru: Wir sind erschüttert über das Verschwinden von Keith

Davis aus Arizona, USA, der vor einem Monat fünfhundert Seemeilen vor Peru vermisst gemeldet wurde. Das Schiff, auf dem er für die Interamerikanische Tropische Thunfischkommission als Beobachter tätig war, ist die »Victoria 168«, ein von Japan finanziertes, von China betriebenes und unter panamaischer Flagge fahrendes Verladeschiff. Zum Zeitpunkt von Keiths Verschwinden lud die Victoria gerade Fisch von einem taiwanesischen Langleinentrawler namens »Chung Kuo 818«, der unter der Flagge von Vanuatu fährt. Die »Victoria« ist inzwischen nach Panama zurückgekehrt, US-amerikanische Ermittler haben ihre Arbeit aufgenommen, aber noch keine Genehmigung bekommen, die Besatzung der »Victoria« zu befragen oder das Schiff zu untersuchen. Viele offene Fragen werden wohl wieder unbeantwortet bleiben.

Unter panamaischer Flagge? Spürte nur sie den Hohn des staatlich organisierten Verbrechens, der aus diesen Zeilen sprach? Japan gab das Kapital. China das Gerät. Und ein Paria-Staat wie Panama gab dem Ganzen den Anschein von Legalität. Und auf so ein Piratenschiff schickte die Interamerikanische Tropische Thunfischkommission dann einen einzelnen Beobachter! Keith war älter als sie gewesen. 2003 waren sie zusammen auf einem Kontrollschiff der australischen Küstenwache in der Antarktis mitgefahren und hatten wochenlang einen spanischen Langleinentrawler dieses Verbrechers Buzual verfolgt. Bis ins Packeis hinein hatten sie das Schiff gejagt, hatten ihr Leben aufs Spiel gesetzt, um diese Piraten zu stellen. Und dann? Freisprüche. Und auch noch erwirkt durch ihren eigenen Vater! Spätestens da hatte sie ihren Glauben an legale Möglichkeiten der Bekämpfung dieser Mafia verloren. Keith nicht. Er hatte jahrelang als Fischereibeobachter weitergearbeitet und eine aufrüttelnde Reportage nach der anderen geschrieben. Und jetzt? Jetzt war auch er tot.

Sie klickte auf einen eingebetteten Link, der die neuesten Ermittlungsergebnisse zu Keiths »Verschwinden« enthielt. Die Informationen waren niederschmetternd. Er hatte fotografiert, wie ein Zulieferschiff sechs Tonnen Thunfisch anlieferte. Bei allen Fischen waren Köpfe und Flossen entfernt worden, um ihre Identifizierung unmöglich zu machen. Auf einem der Fotos war zu sehen, wie einer der Fischer des Zulieferschiffes der Kamera drohend die Faust entgegenstreckte. Offenbar hatte Keith die Besatzung noch darauf hingewiesen, dass es sich mit hoher Wahrscheinlichkeit um geschützte Arten handelte, die illegal gefischt worden waren. Außerdem hatte er dokumentiert, wie das Zulieferschiff große Mengen Müll ins offene Meer entsorgte. Seine Aufnahmen hatte er noch an eine Regierungsstelle nach Hawaii schicken können. Wenige Stunden später hatte ein Besatzungsmitglied Keiths Kabine aufgesucht, angeblich, um ihn »Dokumente unterzeichnen zu lassen«. Man fand die Kabine jedoch verlassen vor.

Von Keith hatte sie sich das letzte Mal im Streit getrennt. Sie hatte ihm nie erzählt, was sie vorhatte. Aber sie hatte ihn gewarnt. Du spielst Roulette mit deinem Leben! Früher oder später werden sie dich einfach umbringen. Und so war es gekommen. Wieder einmal. Und jetzt Teresa!

Sie vergrub den Kopf zwischen den Händen. Dann hörte sie, dass sich jemand näherte. Sie schaute zum Zelteingang. Es war Steve.

»Kann ich reinkommen?«

»Ja. Sicher.«

Er blickte auf den Laptop. »Neuigkeiten?«

»Nur Hiobsbotschaften«, sagte sie mit eisiger Miene. »Aber wirklich neu ist nichts davon.«

Er setzte sich auf einen der kleinen Schemel und stützte die Ellbogen auf die Knie.

»Wie war das Gespräch mit Render?«

Sie zuckte mit den Schultern. »Ich kann ihn nicht so richtig einschätzen. Es wird auf jeden Fall dauern, bis er sich zu irgendetwas durchringt. Wenn überhaupt.«

Er nickte.

»Hast du mit Gavin gesprochen? Hat er herausgefunden, was Buzual unternimmt?«

»Das, was abzusehen war. Suphatra hat Leute geschickt. Sie werden das Material auswerten. Es ist nicht mehr zu ändern.«

»Wir müssen also schnell sein«, folgerte Steve. »Wir machen keine Tests mehr, sondern wir schlagen jetzt los. Sofort.«

Sie schüttelte widerwillig den Kopf. »Sofort? So wie mit Teresa? Und wenn wir damit noch weitere Leute in Lebensgefahr bringen?«

Steves Gesicht fiel in sich zusammen. »Was muss eigentlich noch passieren, Ragna?«

»Ich will keine weiteren Opfer, Steve. Keine unnötigen Risiken. Vielleicht …«

»Vielleicht was?«, fragte Steve unwirsch.

»Vielleicht haben wir nun doch einen wichtigen Verbündeten. Wenn er mitmacht, von innen heraus Informationen streut, dann können wir vorsichtiger sein.«

»Ich gehe jetzt lieber weiter packen«, sagte er verstimmt, »dein Zögern wird uns noch teuer zu stehen kommen.«

»Was sagen denn die anderen?«, fragte sie unsicher.

»Sie sind zu allem bereit, Ragna. Niemand will aufhören. Niemand. Jetzt erst recht nicht.«

»Haben wir genügend Chargen vor Ort?«

»Ja.«

»Wie viele? Hundert? Tausend?«

»In Europa etwa dreihundert. Das reicht für ein paar tausend Mahlzeiten.«

Hatte Steve vielleicht recht? Wäre es nicht besser, einfach

zuzuschlagen? In dieser Auseinandersetzung, die sie führten, hatte doch niemand irgendwelche Skrupel.

»Wie läuft es mit Kairi?«, fragte sie, um das Thema zu wechseln.

Steve war bereits aufgestanden. »Gut«, sagte er, »bis auf die unangenehme Tatsache, dass wir uns fast nie sehen. Und bei dir? Alles okay?«

»Im Bett, meinst du? Nein, ich hatte schon länger keinen Sex mehr. Wieso fragst du? Stehst du zur Verfügung?«

»Du hast gefragt. Nicht ich.«

Sie schaute ihn ausdruckslos an. Das kam auch noch alles dazu.

»Was bringt es eigentlich, die Welt retten zu wollen?«, fragte sie. »Es geht ja doch alles vor die Hunde.«

»Du hast Schluss gemacht, Ragna«, sagte er.

Sie drehte die Augen zum Himmel. »Ah, so, der Bote ist schuld.«

»Ragna, lass das. Bitte.«

Wenn sie wenigstens wüsste, was mit ihr los war. Sie liebte diesen Mann nicht mehr. Das wusste sie so sicher, wie er vor ihr stand, mit seinen Locken, seinem Bart, seinen langen, haarigen Beinen. Aber warum litt sie dann trotzdem wie ein Hund? Wieso ging das nicht irgendwann vorbei? Das Leben war einfach ziemlich beschissen ohne … ja was eigentlich? Liebe? Sex? Freundschaften? Sie hatte zahllose Freunde. Wirklich? Diese ganzen Aktivisten und Weltretter, von denen sie umgeben war. Waren das wirklich Freunde? Was verband sie denn? Im Grunde nur Wut und Hass und, wenn sie ganz ehrlich war, auch eine stumme Verzweiflung. Wahrscheinlich traktierte sie Steve deshalb immer wieder, so wie man eine leergetrunkene Flasche herumkickt, weil man am Verdursten ist.

»Wie viel Zeit willst du ihm denn lassen, bis du dich entscheidest?«, fragte er.

»Vierundzwanzig Stunden«, sagte sie nach einer langen Pause. »Dann gehen wir auf vollen Angriff.«

Steve nickte nur und verließ ohne ein weiteres Wort das Zelt. Ragna griff nach ihrem Handy und scrollte die Adressliste durch. Bei einem Namen hielt sie inne, drückte auf das kleine Informationslogo und ließ ihren Finger dann mindestens eine Minute lang über dem Feld für Nachrichten schweben. Schließlich schrieb sie:

FIRST WAVE – GO!

Dann drückte sie auf Senden.

24. DI MELO

Der Anruf riss Di Melo aus dem Schlaf. Im ersten Moment wusste er gar nicht, wo er war. Es war der Fluch dieses Hotellebens. Die Länderkennung auf dem Display war vierunddreißig. Spanien also. Es war nicht schwer zu erraten, wer ihn da in aller Frühe behelligte. Er richtete sich im Bett auf und drückte die Antworttaste.

»Dígame«, sagte er.

»Guten Morgen, Alessandro.«

»Guten Morgen, Ignacio.«

»Wo bist du, wenn ich fragen darf?«

»In Paris. Warum.«

»Hast du gestern die Nachrichten gesehen?«

Er rieb sich die übermüdeten Augen.

»Nein. Ich hatte den ganzen Tag Sitzungen und dann ein Geschäftsessen, bei dem es sehr spät wurde. Geht es um Ragna? Ich bin dran an der Sache ...«

»Ja, das mag sein. Leider hat sich die Lage inzwischen völlig verändert.«

Di Melo war jetzt hellwach.

»Was heißt das? Du hast doch gesagt, du gibst mir Zeit, die Sache zu klären. Ich fliege morgen zu ihr.«

»Ach? Weißt du denn, wo sie sich aufhält?«

Er biss sich auf die Lippen. »Nein. Noch nicht. Aber ich werde es herausfinden und mit ihr reden. Sie wird dich nicht länger behelligen. Du hast gesagt, ich hätte ein paar Tage Zeit. Das war doch unsere Abmachung, oder?«

»Ja, Alessandro. Das war der Plan. Aber deine Tochter oder die Leute, mit denen sie zusammenarbeitet, haben leider schon wieder eine Dummheit gemacht. Gestern wurde ein zweiter Anschlag ausgeführt. Mit erheblich mehr Op-

178

fern. Offenbar wollen sie ihre Schlagkraft unter Beweis stellen.«

»Ich verstehe kein Wort«, sagte Di Melo gereizt.

»Liest du wirklich keine Zeitung? Es kam gestern in ganz Europa zu Fischvergiftungen. Wir werten die Informationen noch aus. Es sind schon ein paar hundert Fälle. Die Verunsicherung ist bereits spürbar und wirkt sich auf die Umsätze aus. Beim ersten Mal war vor allem ich betroffen. Jetzt haben sie gleichzeitig in mehreren Ländern zugeschlagen.«

»Und warum bist du so sicher, dass meine Tochter für all das verantwortlich ist?«

»Ich kann dich nur warnen, Alessandro. Du solltest schnell handeln, wenn du überhaupt handeln kannst. Ein Rat unter Partnern.«

»Danke«, sagte Di Melo trocken.

Er hörte, wie Buzual schnaufte. Offenbar war das noch nicht alles.

»War sonst noch etwas?«, fragte er.

»Du traust mir nicht, Alessandro.«

»Meinst du? Das tut mir leid. Ich bin dir wirklich dankbar für all die Informationen.«

»Wenn du deine Informationen mit mir teilen würdest, könnte ich dir vielleicht helfen, dich unterstützen. Unsere Interessen sind die gleichen. Wir wollen doch einfach nur alle in Ruhe unseren Geschäften nachgehen.«

»Ich werde das alleine regeln. Verlass dich darauf.«

Buzual machte eine Pause. Dann sagte er: »Hör zu, Alessandro. Du solltest dich nicht überschätzen und meine Angebote nicht einfach so in den Wind schlagen. Ich will dir wirklich helfen, deine Tochter aus diesem Schlamassel herauszuholen, bevor ein Unglück geschieht. Ich bin inzwischen selbst von den Ereignissen überholt worden.«

Di Melo richtete sich, hellhörig geworden, auf.

»Was meinst du damit?«

Wieder hörte er Buzual schwer atmen. »Das Geschäft hat sich völlig verändert, Alessandro. Es sind inzwischen ganz andere Leute am Ruder. Ich bin kein Heiliger, das gebe ich zu. Ich habe jahrelang illegal gefischt. Die ganze Branche hat das getan. Wie auch nicht? Schließlich wurden uns die Subventionen ja nur so hinterhergeworfen, die Milliarden, um die Flotten hochzurüsten. Die Nachfrage war riesig. Und als der Fisch immer weniger wurde, sind wir eben weiter hinausgefahren, schließlich kreuz und quer über die Ozeane. Das war auch so gewollt. Europa hat mit Drittländern Abkommen geschlossen, damit wir auch dort noch fischen durften. Und auf dem Hin- und Rückweg haben wir auf hoher See natürlich alles herausgeholt, was in den Maschen hängen blieb, selbst wenn das meiste wertloser Beifang war.«

»Komm auf den Punkt, Ignacio!«

»Das ist der Punkt, Alessandro. Ich habe vielleicht gegen ein paar Regeln verstoßen, aber ich bin kein Verbrecher und schon gar kein Mörder. Als ich anfing, haben wir pro Jahr zehn bis zwölf Millionen Tonnen rausgeholt. Jetzt sind es sechzig bis achtzig Millionen Tonnen. Immer minderwertigere Arten werden gehandelt, weil die großen Raubfische fast ausgerottet sind. Auf vielen Schiffen herrscht brutale Sklaverei, weil nur so überhaupt noch Geld verdient werden kann. Das Geschäft vermischt sich mit Menschen- und Drogenhandel, mit Waffenschmuggel und der Verklappung von Industriemüll. Jede Form von verbrecherischem Profit lagert sich an.«

»Was willst du mir damit sagen, Ignacio? Ich verstehe dich nicht. Du profitierst doch davon. Du bist Teil dieses Systems!«

»Das ist eben dein Irrtum, Alessandro. Ich bin nicht wie die. Mich hat das alles längst überholt. Warum, glaubst du, habe ich dich kontaktiert, eh? Deine Tochter ist verrückt, es mit diesen Leuten aufzunehmen. Sie sind völlig gewissenlos.

Skrupellos. Ich will wirklich nicht, dass ihr etwas zustößt. Versuche bitte zu verhandeln und sie dort rauszuholen, bevor ein Unglück geschieht. Ich habe gute Kontakte vor Ort.«

»Wo hast du Kontakte?«, fragte Di Melo argwöhnisch.

»In Thailand. In Bangkok. Wir wissen doch beide, dass sie dort irgendwo ihre Basis haben.«

Di Melo schwieg. Dieser Halunke von Buzual überwachte natürlich jeden seiner Schritte.

»Sagt dir der Name Chotiyan Suphatra etwas?«, fragte der Spanier.

»Nein«, erwiderte Di Melo knapp. »Wie schreibt man das?«

Buzual buchstabierte, und Di Melo machte sich sofort eine Notiz.

»Siehst du«, fuhr Buzual dann fort, »du solltest wirklich versuchen, mit mir zusammenzuarbeiten. Deine Tochter hat sich da in etwas verrannt und begibt sich unnütz in große Gefahr. Ich will dir wirklich helfen, Alessandro. Ich weiß doch, wie es sich für einen Vater anfühlt, der zusehen muss, wie seine Kinder Dummheiten machen und ihr Leben ruinieren.«

Di Melo wusste überhaupt nicht, was er noch sagen sollte.

»Ich denke darüber nach«, erwiderte er nach einigen Augenblicken.

»Gut. Du kannst mich jederzeit erreichen.«

Di Melo legte auf und startete seinen Computer. Die Schlagzeilen sprangen ihm sogleich in die Augen. Er überflog die Meldungen auf den verschiedenen Nachrichtenportalen. In Deutschland hatte es über sechzig Vergiftungsfälle gegeben. In Frankreich, Griechenland und Spanien waren die Zahlen noch nicht bestätigt, aber auch hier war es zu zahlreichen, ungewöhnlich schweren Fischvergiftungen gekommen. Zur Stunde wurde das Thema sogar schon von einer Task-Force in Brüssel besprochen.

Di Melo rieb sich gereizt die Augen. Dafür sollte Ragna verantwortlich sein? War es überhaupt möglich, eine solche Vergiftungswelle gezielt herbeizuführen? Abgesehen von der technischen Machbarkeit, gab es doch in Europa strenge Lebensmittelkontrollen. Woher hatte Buzual seine Informationen? Vielleicht hatte Ragna gar nichts mit dieser Sache zu tun? Er begriff auch nicht, was jemand mit einer derartigen Aktion überhaupt bezwecken wollte.

Er wählte eine Nummer und wartete, bis in der Zentrale in Zürich endlich jemand abnahm.

»Ist Brigitte schon da?«, erkundigte er sich nach seiner Sekretärin. Er wurde durchgestellt, und wenige Augenblicke später erklang ihre helle, angenehme Stimme.

»Hören Sie zu«, sagte er. »Sie haben Herrn Noack doch informiert, dass ich ihn früher in Bangkok brauche.«

»Ja. Das hatten Sie ja gesagt.«

»Und? Ist er frei.«

»Ich denke schon. Die Agentur hat nichts Gegenteiliges mitgeteilt.«

»Wo ist er denn?«

»Soviel ich weiß, in Brüssel.«

»Gut. Dann rufen Sie ihn sofort an. Ich brauche ihn am Wochenende in Bangkok. Sprechen Sie die Flugbuchung mit ihm durch und schicken Sie mir dann alle Infos. Für mich bitte heute Abend ein Flug ab Paris. Wenn Sie ab Paris nichts bekommen, dann versuchen Sie Brüssel oder Zürich oder sonst einen Flughafen, den ich noch erreichen kann, wenn ich heute Mittag hier loskomme. Ich steige im *Oriental* ab. Gartensuite bitte. Herr Noack geht ins *Marriott*. Haben Sie das alles?«

»Ja, Herr Di Melo. Ich werde alles veranlassen.«

»Noch etwas. Die Rechercheabteilung hat mir mehrere Dossiers vorbereitet. Die Unterlagen sollten in meinem Büro liegen. Scannen Sie alles ein und schicken Sie es mir per Mail. Ich brauche die Unterlagen sofort.«

»Ja. Das veranlasse ich gleich.«

»Außerdem brauche ich ein komplettes Dossier über einen gewissen Chotiyan Suphatra und dessen Geschäftsbeziehungen. Alles, was sich auftreiben lässt. Firmendaten, Geschäftsfelder, Eigentumsverhältnisse, Beteiligungen – alles, was unsere Leute finden können.«

»Gut. Ich mache mich sofort dran. Wie schreibt man diesen Namen?«

Di Melo buchstabierte.

»Kann ich sonst noch etwas für Sie tun?«

»Nein. Das wäre erst mal alles.«

»Vielen Dank. Ich werde mich darum kümmern.«

»Eine Sache noch.«

»Ja?«

»Essen Sie keinen Fisch.«

»Wie bitte?«

»Fisch. Meiden Sie Fischgerichte.«

»Aha. Nun, das tue ich sowieso. Ich habe eine Eiweißallergie.«

»Gut. Einen schönen Tag noch.«

25. ADRIAN

Nach dem Gespräch mit Søren ging eine E-Mail von SVG-Consulting Zürich mit einem Flugplan nach Bangkok auf meinem Handy ein.

»Bitte bestätigen Sie, dass wir die Buchung vornehmen dürfen, oder kontaktieren Sie uns.«

Schon morgen Abend, dachte ich verblüfft. Da würde mir nichts übrigbleiben, als noch kurz in die Rue Antoine Dansaert zu fahren, um meine Garderobe aufzustocken. Ich bestätigte die Anfrage und nahm die Metro ins Zentrum. Was für Gesprächstermine waren in Bangkok wohl geplant? Die Jahreszeit in Brüssel war denkbar schlecht für Sommermode, aber am Ende fand ich doch einen unwiderstehlichen Leinenanzug, auch wenn zwei Tageshonorare dafür draufgingen.

Mein Freund Derek war bereits da, als ich nach Hause kam. Er hatte Sushi für den Abend bestellt, das neben einer schlanken Flasche Pinot Grigio bunt leuchtend auf der Küchentheke stand.

»Für unseren Portfolio-Abend«, sagte er gut gelaunt und entkorkte die Flasche.

Ich verschwand kurz in mein Zimmer und schlüpfte in bequeme Jeans. Als ich ins Wohnzimmer zurückkehrte, hatte Derek den Tisch gedeckt. Dezente Jazzmusik lief im Hintergrund. Die schlanke Weinflasche steckte in einem silbernen Kühler und war bereits beschlagen.

Unsere Kooperation hatte sich für uns beide gelohnt. Sie war vor etwa zwei Jahren entstanden, als wir uns während der Eurokrise bei einer Sitzung der Finanzminister die halbe Nacht mit Warten um die Ohren geschlagen hatten. Aus irgendeinem Grund waren wir damals auf Aktien zu sprechen gekommen, und Derek hatte mir auf seinem Laptop sein Depot gezeigt, das sogar durch die verschiedenen Crashs und Krisen hindurch im Durchschnitt stetig zwischen acht und zehn Prozent pro Jahr abgeworfen hatte. Ich war tief beeindruckt gewesen, Derek hingegen hatte nur resigniert abgewunken.

»Geld anlegen ist doch Kinderkram«, hatte er verdrießlich gesagt. »Und was hat man am Ende davon? Mit Bilanzen und Quartalsberichten kriegt man auch keine Frau rum.«

»Du musst mit Frauen ja nicht unbedingt über Bilanzen reden«, hatte ich amüsiert empfohlen, »das ist vielleicht schon die halbe Miete.«

»Reden?«, hatte Derek erwidert. »Wenn ich so weit mal käme. Ich schaffe ja nicht einmal mehr ein Date.«

»Wieso das denn? Geh online. Das kann doch nun wirklich jeder.«

»Ich nicht. Ich weiß nicht einmal, was ich da überhaupt schreiben soll. Suche guten Sex, oder was?«

»Ist vielleicht nicht der optimale Aufmacher. Aber mit Frauen im Internet zu chatten ist ja nun wirklich nicht schwer. Die suchen doch auch.«

»Na, wenn das so einfach ist, dann mach doch online mal ein paar Ladys für mich klar, ja?«

»Okay.« Die Sache versprach lustig zu werden. »Und dann?«

Derek hatte kurz überlegt und dann gesagt: »Ich baue dir dafür ein Portfolio.«

Einem solchen Angebot war schwer zu widerstehen. Wir hatten uns bei nächster Gelegenheit zu einer Strategiesitzung getroffen, doch um unsere etwas merkwürdige Vereinbarung zu verstehen, muss man wissen, was ich damals vorfand. Ich schlug innerlich die Hände über dem Kopf zusammen, als ich seine Wohnung betrat. Sein Problem erwies sich nämlich als weitaus grundsätzlicherer Natur, als ich vermutet hatte. Er lebte wie ein pubertierender Sechzehnjähriger.

»Was bringt es dir denn, wenn du es schaffst, eine Frau abzuschleppen, und sie dann auf deiner Türschwelle schreiend davonläuft? Körperpflege, Garderobe, Wohnungseinrichtung. Mann, das sind doch die Basics. Und soll diese Einrichtung hier vielleicht irgendein Stil sein?«

»Ja, klar. Klassisch modern mit einem Schuss Antiquitäten.«

»So? Ich würde sagen: IKEA-Schrott und Secondhand-Ramsch!«

Wir stritten eine Weile über das Budget und einigten uns schließlich auf drei Monatsgehälter, die jeder von uns investieren würde: ich in Aktien, Derek in eine Generalüberholung seines Erscheinungsbildes. Wir räumten seine Wohnung leer. Eine Freundin von mir, Innenarchitektin aus London, kümmerte sich intensiv um die Farbgestaltung der Wände. Wir verbrachten ein paar Wochenenden in den Antikläden der Rue Haute und machten auch ein paar Ausflüge zu Designläden in Antwerpen und Amsterdam. Das Ergebnis konnte sich sehen lassen. Jetzt hatte Derek schon einmal die Infrastruktur, um wenigstens eine theoretische Chance bei den Alpha-Ladys zu haben, die er sich auf den Chatseiten auszusuchen pflegte. Ich hingegen konnte inzwischen schon ganz gut die Bewertungsparameter von Large und Small Caps unterscheiden, deren EBIT-Margen einschätzen und hatte gelernt, was ein Drei- und Sechs-Monats-Reversal war und wie man diese ganzen Informationen aus Unternehmensbilanzen herausfilterte.

Bei den Internet-Bekanntschaften, die ich für Derek auf den Weg gebracht hatte, war es immerhin bei zweien schon zu einem befriedigenden Abschluss mit Frühstück gekommen. Das war zwar keine berauschende Trefferquote, aber für Derek nach fast drei Jahren Abstinenz und beginnender Verwahrlosung immerhin ein Hoffnungsschimmer. Einen Ernährungs- und Trainingsplan hatte ich ihm inzwischen auch aufgestellt. Allerdings gehörte Derek zu den Menschen, die zu Siegermelancholie neigen, was auch bei diesem Sushi-Dinner wieder zur Sprache kam.

»Irgendwie ist das doch alles krank«, sagte er nach dem zweiten Glas Wein. »Ich meine, schau dir mal den ganzen Aufwand an. Früher ergab sich das mit den Mädchen einfach von selbst, ohne diese ganze Internet-Inszenierung. Oder bilde ich mir das ein?«

»Ja. Das bildest du dir ein. Inszenierung war immer.«

»Warum komme ich mir trotzdem immer vor wie bei Bewerbungsgesprächen. Je älter man wird, desto ätzender wird das alles, findest du nicht?«

»Ich … tja, ich weiß nicht«, sagte ich. »So ist das Spiel nun mal. Du musst zehn fragen, bis die elfte vielleicht ja sagt. Wie bei allem. Jobs. Wohnungen. Angebot und Nachfrage eben.«

»Eben. Alles ist Markt und Tausch. Zum Kotzen. Was läuft bei dir eigentlich?«

Ich dachte an Bernadette, aber ich würde ihm ihre SMS natürlich nicht zeigen. Ich hatte ein ganz anderes Problem als Derek.

»Ich habe einen ziemlich komischen Job in Thailand.«

»FIFA? OECD?«

Derek griff sich ein Maki mit seinen Stäbchen, schichtete kunstvoll Ingwerscheibchen darauf und tunkte alles in Sojasauce, bevor er es in den Mund schob.

»Irgendeine Schweizer Consulting-Firma.«

»Und wieso komisch?«

»Der Typ, der mich engagiert hat, ist der Vater meiner großen Jugendliebe.«

»So? Aha. Vielleicht steckt sie ja dahinter.«

»Wohl kaum. Er kennt mich überhaupt nicht. Das Ganze hat damals nur ein paar Monate gedauert, und ihr Papa war immer auf Geschäftsreise.«

Ich holte mein Telefon heraus und zeigte ihm Ragnas Foto von Di Melos Schreibtisch.

»Wow!«, sagte er anerkennend. »Das sind ja Augen. Wie finnische Seen. Nicht schlecht. Aber warum hast du Papa nichts gesagt?«

»Keine Ahnung. Irgendwie bot sich keine Gelegenheit.«

»Wie lange warst du mit ihr zusammen?«

»Drei Monate.«

»Und das nennst du große Liebe?«

»Ich habe damals fast ein Jahr gebraucht, bis sie mich überhaupt wahrgenommen hat. Alle waren hinter ihr her.«

»Und wie hast du sie herumgekriegt?«

»Habe ich ja gar nicht. Es ist einfach so passiert. Ich habe gar nichts versucht. Auf einer Party stand sie allein auf der Dachterrasse und hat in den Himmel geschaut. Da bin ich zu ihr hingegangen und habe irgendwas gesagt. Und dann haben wir die halbe Nacht geredet.«

»Ach wie schön. Doktor Zufall. Gibt es das heute überhaupt noch?«

»Ja. Sie war echt außergewöhnlich, wusste alles Mögliche über Physik, Chemie und so. Beeindruckend. Ich meine, ich war damals völlig anders drauf, hatte überhaupt keine Ahnung von irgendwas und schon gar keinen Plan, was ich mal machen wollte.«

»Ich dachte, du hast geschrieben?«

»Ja. Herzschmerz-Gedichte und so. Das macht ja wohl jeder in dem Alter. Aber sie hatte für sich alles schon genau durchdacht. Sie ging zu Vorträgen, war in Umweltgruppen aktiv und so weiter. Sie wollte Meeresbiologie studieren und die Meere retten. Das hatte sie sich damals vorgenommen. Mit siebzehn!«

»Und was fand sie dann an dir?«

»Keine Ahnung. Es ging ja auch nicht lange. Ich denke, ich war so etwas wie eine Auszeit für sie. Ich habe ihr Liebesgedichte geschrieben und sie in schräge Filme geschleppt. Die Leute, mit denen sie sonst zusammen war, planten ständig nur irgendwelche Aktionen. Die schauten sich höchstens Dokumentarfilme über aussterbende Pinguine oder so was an. Ich meine, es waren ja damals viele Leute auf diesem Trip. Aber Ragna war echt hardcore. Kennst du die ELF? Schon mal gehört?«

Derek schüttelte den Kopf. »Muss man das kennen?«

»Earth Liberation Front. Die haben damals ziemlich gefährliche Aktionen gemacht. Brandstiftung. Industriesabotage. Ihre Anliegen waren ja durchaus nachvollziehbar. Aber ein Tierlabor oder eine Raffinerie tatsächlich in die Luft zu jagen ist dann doch ein Schritt, zu dem ich jedenfalls nicht den Mut gehabt hätte. Und natürlich wollte ich auf keinen Fall, dass Ragna bei so etwas dabei ist. Also habe ich sie damals entführt.«

»Du hast was?«

»Ja. Sie hat mich in eine Aktion eingeweiht, bei der sie mitmachen wollte. Ich war total dagegen und hatte echt Angst um sie. Also habe ich gesagt, dass ich unbedingt dabei sein will und dass ich eines der Autos fahren würde. In der Nacht, als die Sache passieren sollte, bin ich dann einfach woanders mit ihr hingefahren. Als sie merkte, was los war, war es zu spät. Sie kam nicht mehr rechtzeitig hin. Die anderen zogen die Sache alleine durch und wurden natürlich geschnappt. Es war totaler Irrsinn.«

»Das klingt ja echt übel. Was haben sie denn gemacht?«

»Eine Shell-Tankstelle angezündet. Mit gestohlenen Autos. Absolut crazy.«

»Wow«, sagte Derek. »Respekt.«

»Ja. Das kann man wohl sagen. Aber ich konnte sie da doch nicht sehenden Auges reinrennen lassen. Kam aber gar nicht gut bei ihr an. Sie hat wochenlang nicht mit mir geredet. Sie wurde natürlich vernommen, und es bestand sogar die Gefahr, dass sie mit angeklagt würde. Sogar mich haben sie verhört. Ich sage dir, ich hatte echt Angst. Ich meine, so was ist ja fast schon Terrorismus. Aber die anderen hielten dicht, und gegen Ragna gab es am Ende nicht genügend Beweise für eine Verurteilung. Vor allem, weil sie eben nicht dabei gewesen war, sondern mit mir weit weg vom Geschehen auf einem Autobahnparkplatz festsaß, von dem sie nicht wegkonnte. Ein absolut wasserdichtes Alibi. Das hat ihr damals wirklich die Haut gerettet.«

»Und dann?«

»Einmal kam sie noch zu mir, ein paar Tage bevor sie mit ihren Eltern nach Kuala Lumpur gegangen ist. Wir haben geredet. Sie war dann doch ziemlich durcheinander. Das Schicksal ihrer Komplizen hat sie natürlich ganz schön mitgenommen. Ich fühlte mich beschissen, irgendwie schuldig. Außerdem war ich wirklich total verliebt in sie. Ja, es war, glaube ich, das einzige Mal in meinem Leben, dass ich etwas hundertprozentig aus Liebe getan habe. Das habe ich ihr auch gesagt. Dann haben wir geweint, wir haben uns geküsst und miteinander geschlafen. Die Nacht meines Lebens, kann ich dir sagen. Und das war's dann. Seitdem habe ich nie wieder etwas von ihr gehört. Das hat man davon.«

Derek nickte betreten. »Ganz schön traurige Geschichte eigentlich. Und ihre Eltern haben nie erfahren, was sie dir verdanken?«

»Von mir jedenfalls nicht. Und was heißt verdanken? Ich wollte sie beschützen, weil ich Angst um sie hatte. Aber in ihren Augen hatte ich sie einfach verraten, mich auf die falsche Seite geschlagen. Was ja stimmte. Ich wäre viel zu feige gewesen für so eine Aktion.«

»Nein. Du warst zu intelligent. Was für einen Sinn soll es denn haben, Tankstellen anzuzünden?«

Ich schob die letzten beiden Sushis auf dem Teller hin und her, hatte aber plötzlich keinen Hunger mehr. »Klar. Aber ändern Konferenzen vielleicht etwas?«

»Ich denke darüber nicht nach«, erwiderte Derek. »Es

überfordert mich. Dein Auftraggeber sollte dir jedenfalls dankbar sein, dass du seine Tochter damals vor dem Gefängnis bewahrt hast. Jetzt kannst du es ihm ja sagen, nach so vielen Jahren. Schauen wir doch mal, was der in Thailand überhaupt macht.«

»Ach ja? Wie denn?«

»Wie man so schön sagt: Follow the money. Wie heißt die Firma, für die er arbeitet?« Derek erhob sich, holte seinen Laptop und stellte ihn zwischen uns auf den Tisch. Ich schaute stumm zu, wie er zunächst mein Depot durchprüfte und damit begann, Positionen zu markieren.

»Sieh an, deine amerikanischen Small Caps sind supergut gelaufen. Die haben jetzt aber zu viel Gewicht. Ich nehme zehn Prozent raus und schiebe das Cash in einen Schwellenländerfonds.«

Ich schaute zu, wie Derek die Orders plazierte. Er nahm noch ein paar weitere Anpassungen dieser Art vor. »Also, wie heißen die?«, fragte er dann erneut.

»SVG-Consulting«, sagte ich. »Der Kunde heißt OFT. Die gehören zu einer schwedischen Industriegruppe, Svensson oder so. Von einer Ocean Harvest Group ist in den Unterlagen auch die Rede.«

Derek gab die Namen und Kürzel in das Suchfeld ein und musterte die Ergebnisse eine ganze Weile. »Schau mal an«, sagte er dann, »das ist ja eine echt interessante Branche.«

»So?«

»Man sollte einfach immer zuerst einmal schauen, für wen man arbeitet. Nicht schlecht, was diese Kunden vom Papa deiner Schönen in den letzten drei Jahren so geschafft haben.« Er klickte auf eine Wertpapiernummer und ratterte Kennzahlen herunter. »KGV unter 12. Eigenkapitalrendite 22 %. EBIT-Marge stabil um 12 %. Das ist eine ziemlich lukrative Bude.«

»Wer sind die denn überhaupt? Und was machen die?«

»Keine Ahnung«, erwiderte Derek. »Schauen wir mal.«
Er öffnete einen neuen Bildschirm und lud die Unternehmensinformationen hoch: »OFT, Ocean Floor Technology, entwickelt elektronische Bauteile und rüstet Komponenten wie Verdichter oder Motoren für den Einsatz unter Wasser nach. Das Unternehmen ist auf Tiefseetechnologie spezialisiert und Teil der Ocean Harvest Group, des Weltmarktführers für marine Ausrüstung. Nach allgemeinen Schätzungen erreicht der Markt für unterseeische Energiegewinnung und Tiefseebergbau bis 2030 ein Volumen von mehreren Milliarden Euro pro Jahr.«

O Gott, dachte ich sofort. Terminologisch versprach das ein Alptraum zu werden. Ich sah mich schon auf einer Werft oder in einem Turbinenwerk mit Ingenieuren oder Investoren aus China, Thailand und Singapur, die in einem völlig unverständlichen Englisch über Spezifikationen von Unterwasserrobotern verhandelten. Doch was waren diese Befürchtungen schon im Vergleich zu dem, was mich tatsächlich erwartete.

Derek schnalzte mit der Zunge. Ich wusste, was das hieß.
»Also: Ich würde sagen, das hier ist ein klarer Kauf, oder? Was meinst du?«

Ich zuckte mit den Schultern. Wer war ich schon, Dereks sechstem Sinn für lohnende Investments zu widersprechen? Ein paar Mausklicks – und 3,4 Prozent meiner gesparten Euros, die bisher irgendwelche brasilianischen Biogasanlagen mitfinanziert hatten, wanderten zum Meeresgrund, ohne dass ich auch nur den Schimmer einer Ahnung hatte, was dort mit ihnen geschehen würde. Geld war wirklich magisch. Es vermehrte sich sogar an Orten, wo es absolut kein Leben gab.

26. KÖLN

Die erste Notfallmeldung erreichte die Leitstelle der Kölner Feuerwehr um 12:47 Uhr aus der Fußgängerunterführung des Kölner Hauptbahnhofes. Die Stimme der Anruferin überschlug sich. Durch Geschrei und Rufe im Hintergrund wurden auch weitere Notrufe derart gestört, dass nur unvollständige Informationen bei der Leitstelle eingingen und es, statt der üblichen sieben, lange siebzehn Minuten dauerte, bis die ersten Rettungskräfte vor Ort eintrafen.

Ihnen bot sich ein unglaubliches Bild: Dutzende Menschen unterschiedlichen Alters kauerten auf dem Boden der Fußgängerpassage in unmittelbarer Nähe mehrerer Schnellrestaurants und krümmten sich unter offenbar erheblichen Bauchschmerzen, hilflos umsorgt von Angehörigen, Passanten und Personal der Imbissketten. Ein Fisch-Schnellrestaurant, aus dessen Betriebsstätte der erste Notruf abgesetzt worden war, lag verwaist da. Umgestürzte Stühle, Tabletts und zerbrochene Teller lagen auf dem Boden. Eine übelriechende Mischung aus Kartoffelsalat, gebratenen Fischstücken und Erbrochenem überzog Tische, Stühle, den Boden und sogar die Wände. Während die Sanitäter sich um die ersten Opfer kümmerten, erbrachen sich manche der auf allen vieren hilflos herumkriechenden Menschen noch immer. Ein entsetzlicher Gestank zog durch die Passage. Zwei ältere Leute waren mit Atemnot zusammengebrochen und lagen unter den fassungslosen Blicken der Zuschauer und Neugierigen zuckend und offenbar von lebensbedrohlichen Erstickungsanfällen heimgesucht am Boden.

Sie sollten eigentlich zuerst versorgt werden, doch laute Hilfeschreie in unmittelbarer Nähe führten zu einer derart überstürzten Reaktion der vorübereilenden Reisenden und hinzuströmenden Schaulustigen, dass eine Massenpanik auszubrechen drohte. Allein dem beherzten Durchgreifen der herbeieilenden Bahnhofspolizei, unterstützt von Polizeikräften, die inzwischen ebenfalls die unterirdische Passage erreicht hatten, war es zu verdanken, dass eine Notversorgung der ersten Opfer erfolgen konnte.

Gerüchte begannen zu kursieren. Ein terroristischer Anschlag wurde vermutet. Noch bevor die ersten Reporter eintrafen, zirkulierten im Netz bereits Bilder und Filmclips über die Vorgänge und verbreiteten sich in den sozialen Netzwerken. Die Masse der Flüchtenden und Neugierigen wurde immer dichter, ein Durchkommen für die Rettungskräfte immer schwieriger, während die Betroffenen keuchend und würgend mit Herzrasen und heftigen Schweißausbrüchen auf ärztliche Hilfe warteten. Das Schnellrestaurant und der Sushi-Stand wurden großräumig abgesperrt und einige Bahren herangefahren, um die schwereren Fälle sofort abzutransportieren. Noch bevor die ersten Infusionsbeutel hingen, erschienen Uniformierte des Gesundheitsamtes mit Koffern und Taschen, um Proben der offenbar verdorbenen Speisen einzusammeln. Das Wort Salmonellen machte die Runde. Das Verkaufspersonal wurde zur Befragung in einen gesonderten Raum geführt, während Beamte der Lebensmittelüberwachung nach Lieferscheinen und Verpackungsetiketten fahndeten. Sämtliche Mülltüten, die sich im Lauf des Tages angesammelt hatten, wurden beschlagnahmt.

Die Bilanz einige Stunden später war, dass in der Passage des Kölner Hauptbahnhofs insgesamt sechsundzwanzig Personen kurz nach dem Verzehr ihrer Mahlzeiten plötzlich unter Magenkrämpfen und heftigem Erbrechen zusammengebrochen waren. Wie sich in den darauffolgenden Stunden herausstellte, hatte es noch zwölf weitere Opfer gegeben, bei denen die Wirkung der Vergiftung jedoch erst später eingesetzt hatte. Sie hatten ebenfalls eine Fischmahlzeit in einem der beiden betroffenen Schnellimbisse zu sich genommen.

Die Situation begann sich gerade wieder zu beruhigen, als um fünfzehn Uhr das Robert-Koch-Institut in Berlin in einer Presseerklärung mitteilte, es seien in den letzten Stunden aus dem gesamten Bundesgebiet Fälle von schweren Fischvergiftungen gemeldet worden. Krankenhäuser aus acht Bundesländern hätten eine unverhältnismäßig hohe Zahl von zum Teil sogar lebensbedrohlichen Magen- und Darmerkrankungen infolge von Fischverzehr festgestellt. Man habe es möglicherweise mit einer ganzen Charge von toxinbelastetem Fisch zu tun, die für diese Infektionswelle verantwortlich sein könnte. Man arbeite in allen zuständigen Stellen an der Rückverfolgung der bedenklichen Waren und an einer raschen Aufklärung der Ursache. Der gesundheitsschädliche Keim oder Erreger sei noch nicht eindeutig identifiziert, daher könne man im Moment auch noch keine eindeutigen Verbraucherempfehlungen aussprechen.

Gegen sechzehn Uhr war das Thema in den Fernsehnachrichten. Um zwanzig Uhr berichteten auch die Abendnachrichten darüber. Korrespondenten aus Frankreich, Spanien und Griechenland, wo ähnliche Fälle aufgetreten waren, wurden hinzugeschaltet und vermeldeten Alarmierendes: Auf Gran Canaria war eine ganze Reisegruppe nach einem Büfett-Abendessen ins Krankenhaus gebracht worden. In Clermont-Ferrand war es in einer Betriebskantine zu einer regelrechten Massenvergiftung durch ein Fischgericht gekommen. Der Korrespondent aus Brüssel berichtete, dass der wissenschaftliche Lebensmittelausschuss mit dem Thema befasst worden sei und sich am nächsten Tag des Themas annehmen wolle. Für Spekulationen sei es noch zu früh, da man die Ursache der Vergiftung noch nicht kenne. Es verdichteten sich jedoch Hinweise darauf, dass es sich um ein Algentoxin handeln könnte, das in Europa nicht vorkomme und den Verdacht nahelegte, dass nicht ausreichend kontrollierter Importfisch für die Vergiftungen verantwortlich sein könnte.

Alle nationalen und europäischen Stellen arbeiteten intensiv zusammen, und die Kommission werde in der mittäglichen Pressekonferenz am nächsten Tag über den Stand der Ermittlungen berichten.

Zu diesem Zeitpunkt lag die Zahl der gemeldeten Fälle europaweit bereits bei über vierhundert.

27. ADRIAN

Ich hatte jede Menge Lesestoff für den Flug mitgenommen, saß aber die ersten Stunden nur am Fenster und schaute hinaus. Bisweilen erschien eine der beiden blendend schönen Stewardessen und brachte einen Snack oder bot Getränke an. Die Vollkommenheit ihrer äußerlichen Erscheinung wirkte irreal. Dazu die ungewohnte, strahlende Freundlichkeit, das gelöste, bestimmt künstliche, aber nicht künstlich wirkende Dauerlächeln auf ihren Gesichtern, die Lautlosigkeit, mit der sie kamen und gingen, das hatte alles etwas Hypnotisierendes, das in Verbindung mit dem Aperitif und dem Rotwein, den ich zum Mittagessen getrunken hatte, eine wohlig schläfrige Stimmung erzeugte. Ich schlief dann auch kurz ein und erwachte erst wieder über Georgien. Es duftete nach Kaffee. Ich ließ mir einen bringen, aß auch die kleinen Windbeutel, die dazu serviert wurden, und las ein paar Kapitel in einem Reiseführer über Burma, den ich mir vor der Abreise in Brüssel noch schnell besorgt hatte.

Die Einleitung klang eher so, als habe der Autor unwissentlich einen Bleib-lieber-zu-Hause-Ratgeber geschrieben. Aufwand und Verdruss auf Reisen in Burma schienen in keinem rechten Verhältnis zum erhofften Erlebnis zu stehen. Die *Road to Mandalay* sei steinig und staubig. Das wirkliche Mandalay sei eine Stadt, deren Charme sich nicht auf den ersten Blick erschließe, auf den zweiten und dritten leider auch nicht. Rangoon war offenbar nicht viel besser. Nach der soundsovielten Pagoden- und Tempelerwähnung musste ich unwillkürlich an Søren denken. Dabei fiel mir der Artikel des Journalisten wieder ein, mit dem er befreundet war, und ich suchte ihn heraus. Die Tonlage war ähnlich, aber der Mann drehte den Spieß um, schrieb nicht für, sondern über Touristen und nahm die ausländischen Besucher ins Visier.

Einen guten Eindruck von Rangoons derzeit blühender Expat-Szene bekommt man beim dienstäglichen Jour fixe in einer örtlichen Kunstgalerie. Dutzende von neuen Gesichtern, schlanke Körper in elitären Gegenkultur-Klamotten, planvoll verwaschenen und zerrissenen Anti-Establishment-Designer-Jeans, die dem Träger oder der Trägerin das unverwechselbare, leidend verwegene und zu Opfern bereite Image des Expat im Dritte-Welt-Look verleihen. NGOs fallen derzeit über Burma her wie Fliegen über einen Misthaufen.

So ähnlich hatte Søren das ja auch dargestellt. Aber der Journalist formulierte giftiger.

Das selbstsüchtige Draufgängertum dieser Erlöser der Dritten Welt wird nur noch übertroffen von ihrer Märtyrerscheinheiligkeit, mit der sie auf reliefweb.com und anderen Webseiten darum konkurrieren, einen der gutbezahlten NGO-Jobs zu bekommen. Man muss sich die Stellenbeschreibungen nur durchlesen, um zu erkennen, welche Qualifikation in neunzig Prozent der Fälle die einzige und wichtigste für diese Stellen ist: Geld beschaffen können. Fundraising! Ausgestattet mit den Millionen, die ihnen das schlechte Gewissen der Menschen in den Geberländern in die Taschen spült, fallen diese Retter mit ihren Toyota Jeeps und Macbooks in Rangoon ein. Die Wohnungsmieten explodieren, und ganze Häuserblocks, die sich im Besitz unserer Militärs und ihrer Handlanger befinden, werden brutal entmietet, um Platz für diese MBA-Missionare und ihren westlichen Lebensstandard zu schaffen. Wir sind es, die für all diese meist unsinnigen NGO-Projekte bezahlen: mit Lebenshaltungskosten, die uns ruinieren, und dem Ausverkauf all dessen, was uns lieb und teuer ist. Und natürlich sind wir auch noch gezwungen, den Lebensstil unserer neokolonialen Erlöser zu ertragen: ihre Partylaunen, ihre riesigen Egos und ihre kulturelle Gefühllosigkeit.

Ich versuchte den Namen des Autors zu finden, aber der Artikel war nicht signiert. Neugierig las ich weiter.

Die Tonspur bei Entwicklungshilfe-it's-Showtime ist nicht weniger amüsant als die Kostümierung. Überall hört man die gleichen Phrasen: Empowerment, nachhaltiger Tourismus, Kapazitätsaufbau, Mikrofinanzierung, Gender-Mainstreaming – die Bullshit-Liste hat kein Ende.

Der Mann wäre sicher ein interessanter Gesprächspartner. Hatte Søren nicht in Aussicht gestellt, den Kontakt zu ihm herzustellen, falls ich daran Interesse hätte?

Ich schaute aus dem Fenster in die Endlosigkeit hinaus. Allmählich verfiel ich in diesen Dämmerzustand, der sich bei jedem Langstreckenflug irgendwann einstellt. Meine Schleimhäute waren ausgetrocknet, und ich spürte ein Kratzen im Hals. Ich trank Wasser, fand unter den sechsunddreißig Filmen, die das On-Board-Entertainment anbot, keinen einzigen, der mich interessierte, und schloss einfach wieder die Augen. Das Kabinenlicht wurde gedimmt. Die Maschine schien den Kurs zu ändern, denn ich spürte einen sanften Druck auf dem ganzen Körper, während das tonnenschwere vierstrahlige Geschoss mit ein paar hundert Menschen an Bord in zehntausend Metern Höhe über Turkmenistan durch die Atmosphäre raste.

Als ich das nächste Mal die Augen öffnete, überflogen wir Kaschmir. Draußen war tiefe Nacht. Auch auf der Erde waren nur vereinzelte helle Punkte in ansonsten stockdunklen Landstrichen zu sehen. Wie aus dem Nichts überkam mich plötzlich eine tiefe Niedergeschlagenheit und Fremdheit. Was tat ich hier nur? Was war das für ein Leben? Ich dachte an Annegret, die übermorgen ihren Paolo wiederhaben würde. Ich dachte an meine Mutter in ihrem Rollstuhl am Fenster des Aufenthaltsraumes in Wiesbaden. Ich dachte an Derek, die Freunde, Bekannten und Liebschaften, die es in meinem Leben gab oder gegeben hatte. Aber im Grunde war ich allein. Ich könnte ebenso gut in diesem Flugzeug sitzen bleiben und dreimal um die Welt herumfliegen. Ich kam dort draußen eigentlich nicht vor. Natürlich würde ich mir in Bangkok wieder Gesellschaft suchen. Es gab ja ständig Partys auf den Dachterrassen der großen Hotels oder in den Nachtclubs der digitalen Nomaden. Bei meinem letzten Aufenthalt in Bangkok hatte ich Werbegrafiker, Webdesigner, Trendscouts und Internetarbeiter aus aller Welt getroffen, die in Südostasien überwinterten. Alles Leute unter dreißig, die in Oslo, Madrid, Tel Aviv, Sankt Petersburg oder wo sie sonst alle herkamen, gar kein Büro mehr unterhielten, sondern einfach mit ihrem Laptop herumtingelten und an jedem Ort der Welt arbeiten konnten, der sich in Reichweite eines WLAN-Mastes oder der Ausleuchtzone eines Satelliten befand.

Sie wohnten ein paar Monate lang in irgendwelchen Airbnb-Zimmern in Bangkok oder Rangoon, hingen bei Leerfahrten auf Kreuzfahrtschiffen ab oder folgten vorübergehend der internationalen Party-Meute nach Goa, Vang Vieng oder wo immer der neue Hotspot sich gerade befand. Sicher würde ich nach spätestens einem Tag in Bangkok erfahren, an welchem Wasserfall in Kambodscha oder Vietnam oder auf welcher Insel im Indischen Ozean derzeit die angesagteste Party geplant war. Im Silom Distrikt war ich sogar einmal in einer Tangobar gestrandet. Junge Leute aus Korea, China, Israel, Japan und anderen Ländern tanzten dort zu argentinischer Tangomusik, während jenseits des Fensters Thailand stattfand. Ich kann nicht tanzen und hatte den ganzen Abend lang Zeit, zuzuschauen und über die Situation nachzudenken: diese unerträgliche Gleichzeitigkeit des Seins, die sich leicht anfühlen sollte, ohne es zu sein.

Die Maschine landete zwanzig Minuten früher als geplant. Dafür dauerte die Einreise doppelt so lang wie angenommen. Glücklicherweise erwartete mich ein Shuttle am Ausgang. Ein Hotelbediensteter in Uniform schwenkte einen Tablet-Computer, auf dem nur leicht entstellt mein Name stand: Mr. Naock. Vierzig Minuten später erhielt ich an der Rezeption des Marriott-Hotels die Keycard für mein Zimmer und folgte dem Gepäckträger. Wasser plätscherte im Brunnen des sonnendurchfluteten Gartens. Hermès- und Prada-Schaufenster säumten die Flure zu den Fahrstühlen. Alles war gedämpft, dezent, edel, teuer. An jedem Gegenstand schien ein unsichtbares Etikett mit der Aufschrift Paris–Tokio–New York zu hängen. Oder vielleicht besser: Shanghai–Hongkong–Singapur. Jeder Bedienstete, mit dem ich zu tun hatte, lächelte, verbeugte sich, versuchte irgendwie, gar nicht da zu sein oder seinen Job so unauffällig wie möglich zu verrichten.

Das für mich reservierte Zimmer lag im siebzehnten Stock. Es war eine Junior Suite mit abgetrenntem Schlafbereich. Die Terrasse lag nach Westen. Ich trat an die Glasbalustrade und schaute auf den hellblau glitzernden Pool im zehnten Stock hinunter. So früh am Morgen war er so gut wie leer. Ich packte mal wieder meinen Koffer aus, duschte, bestellte ein französisches Frühstück und las meine E-Mails. Derek schrieb, dass er zwei neue Eisen im Feuer hatte. Meine Lebensversicherung bat darum, die Prämie aufstocken zu dürfen. Di Melos Sekretärin informierte mich, dass Herr Dr. Di Melo mich am Sonntag zum Mittagessen treffen wolle. Zeit und Ort würden mir heute noch mitgeteilt. Ihre Nachricht enthielt keine Anhänge. War es ein Arbeitsessen? Oder ein Briefing? Ich schrieb zurück, erklärte, dass ich vor Ort sei, und bat sie, mir eine Tagesordnung der geplanten Treffen zu schicken oder zumindest Informationen über die Thematik der anstehenden Gespräche.

Ich las Nachrichten auf verschiedenen Zeitungsportalen, aber es war nur das Übliche: Terrorwarnungen, die Eurokrise, Wetterkapriolen in den USA, irgendwelche Fischvergiftungen, Sportergebnisse, die Börsendaten. Dann holte der Jetlag mich ein. Meine Lider wurden schwer. Als ich wieder zu mir kam, war es drei Uhr nachmittags, die Sonne brannte auf die Terrasse, und vom Pool hörte man Kindergeschrei und Planschen. Ich war schweißgebadet, duschte, wickelte mir ein Handtuch um und ging auf die Terrasse hinaus. Der Boden war glühend heiß, und ich sprang sofort auf den kühlen Steinboden ins Zimmer zurück. Trotz Mittagsschlaf und Dusche war ich noch immer todmüde, aber jetzt galt es, so weit wie möglich in die Nacht hinein durchzuhalten und zu versuchen, bis zum Termin bei Di Melo am nächsten Tag fit zu sein.

Ich verbrachte zwei Stunden im Sportstudio, duschte dann und aß im Gartenrestaurant zu Abend. Auf ein Dessert verzichtete ich, ging auf mein Zimmer und saß noch eine Weile in einer merkwürdigen Stimmung auf der Terrasse und trank ein kühles Bier. Die Luft war warm, der Himmel schwarz und übersät von Sternen. Straßenlärm erklang gedämpft von fern und vermischte sich mit dem Geklapper des Restaurantbetriebs siebzehn Stockwerke tiefer. Ich hatte Lust zu rauchen. Kurzzeitig erwog ich, in die Stadt zu gehen und mich ein wenig vom quirligen Sog Bangkoks erfassen zu lassen. Aber ich saß zu lange unentschlossen da, bis mir die Lider schwer wurden und ich ins Bett sank.

28. RENDER

Render war nach dem Gespräch mit Ragna in sein Hotel gefahren und hatte sich für ein paar Drinks und Tapas an der Bar niedergelassen. Wie er von dort später in seinem Zimmer gelandet war, wusste er nicht mehr genau. Am nächsten Morgen weckte ihn der schrille Klingelton seines Handys, und eine sehr nervöse und aufgebrachte Vivian informierte ihn über eine Fischvergiftungsepidemie. Die Ereignisse hatten sich überschlagen. Alle Abteilungen waren angewiesen, so rasch wie möglich Vertreter für einen Krisenstab zu benennen. Jasper Paulsen hatte sie schon mehrmals angerufen und wissen wollen, wo Render denn stecke. Paulsen war überzeugt, dass eine Ciguatera-Epidemie im Anmarsch sei, und er wollte Render unbedingt sprechen.

Er hatte sofort die Rückreise angetreten und war am späten Nachmittag in Brüssel-Zaventem gelandet. Die Situation hatte sich noch verschlimmert. Über sechshundert Vergiftungsmeldungen aus mehreren Mitgliedstaaten waren inzwischen im RASFF eingegangen. Sie haben also Ernst gemacht, dachte er, während er im Taxi die E-Mails überflog, die inzwischen bei ihm eingegangen waren. Er las die Updates von Jasper Paulsen, der einen guten Überblick über die Situation zu haben schien.

»Die Labors arbeiten noch unter Hochdruck an den Proben«, schrieb er. »Ich beobachte das schon seit Tagen und bin mir so gut wie sicher, dass es sich um Ciguatera handelt. Die Symptome sind überall ähnlich. Es ist nur völlig rätselhaft, warum ein Algengift aus den Tropen plötzlich so massiv in Fischen unserer Breiten auftritt. Dein Input wäre sehr erwünscht. Gruß, Jasper.«

Das Protokoll der PAFF-Sitzung vom Montag, dem die Bilanz der Fälle der Vorwoche angehängt war, beschäftigte ihn für den Rest der Fahrt, während sich das Taxi durch den Feierabendverkehr quälte. Immer wieder stand ihm das Gesicht der jungen Frau in ihrem Zelt vor Augen. Wie viele Ampullen mit dem grünlichen Gift hatten sie wohl in Umlauf gebracht? Wurde das Toxin nur über Fischereibeobachter in die Lieferkette eingeschleust? Vermutlich gab es noch andere Gruppen, die andernorts gezielt einzelne Chargen infizierten, den Giftstoff aufsprühten oder in Märkten und Geschäften in das Fischgewebe injizierten. Aber war das nicht sehr riskant und außerdem ineffizient? Das Toxin wäre schwer zu dosieren. Und wie hatten sie das Gift überhaupt hergestellt? Marine Toxine waren komplexe Ketten, die man nicht ohne weiteres synthetisieren konnte.

Ragna hatte von Wissenschaftlern gesprochen, die die Nase voll hatten vom Versagen der Politik. Davon gab es gewiss sehr viele. Er gehörte im Grunde auch dazu, hatte in manchen Momenten auch schon davon geträumt, einmal über ein Mittel zu verfügen, das ihm die Macht in die Hand geben würde, diesen ganzen Irrsinn zu stoppen. Nun hatten also frustrierte und verzweifelte Forscher insgeheim ein Gift entwickelt, das dem maßlosen Appetit des weltverschlingenden Homo sapiens eine unüberwindliche toxische Grenze setzen würde, damit eine für den Planeten unverzichtbare Biosphäre sich wieder erholen konnte. Eine faszinierende Idee. Eine Art Schutzimpfung!

Er hatte bereits mehrere Lebensmittel- und Gesundheitsskandale miterlebt. Das interessanteste Phänomen war, wie rasch ein ganzer Markt kollabieren oder weltweite Überreaktionen entstehen konnten, selbst wenn es sich nur um eine abstrakte Gefahr oder wenige reale Fälle handelte. Die EHEC-Krise von 2011 war ein gutes Beispiel. Oder die weithin sinnlose Impfkampagne wegen ein paar tödlicher Infektionen mit Schweinegrippe. Hatten im letzten Fall noch vor allem die Pharmaunternehmen die Presse mobilisiert, um Panik zu verbreiten, hatte bei EHEC die deutsche Kanzlerin das Geschäft der Fehlinformation besorgt. Ein unbedacht hingesagter Satz von ihr hatte den spanischen und zum Teil auch den französischen Gemüsemarkt kollabieren lassen. Welche ungeheuren Möglichkeiten versprach der kluge Einsatz dieses Toxins? Ein paar tausend schwere Erkrankungen, gut vorbereitet durch strategisch gestreute, widersprüchliche Informationen in der Presse, würden eine Panik auslösen. Vor allem beim leicht verderblichen Frischfisch. Die Industrie würde nach kurzer Zeit in die Knie gehen. Vorübergehend käme es wie immer zu teuren Rettungsaktionen. Aber hatte man dem Verbraucher erst einmal gehörig Angst eingejagt, wäre es nur eine Frage der Zeit, bis der Markt zusammenbrechen würde. Mittel- und langfristig würde kein wirtschaftlicher Schaden entstehen. Im Gegenteil. Industriefischerei war ein parasitärer Wirtschaftszweig und gehörte zu den ökonomisch unsinnigsten Formen von Lebensmittelerzeugung überhaupt. Schon ohne die massiven Treibstoffsubventionen war Fischerei nicht mehr wirtschaftlich. Bei den Fangmethoden zahlte die auf Jahrzehnte zerstörte Natur die Zeche, was leider niemand bemerkte oder wissen wollte. Und die Millionenbeträge, die an Drittländer überwiesen wurden, um deren Fischgründe leer fischen zu dürfen, würden auch eingespart. Je länger er darüber nachdachte, desto nachdenklicher wurde er. Er musste an einen seiner Professoren denken, der schon vor dreißig Jahren eine Vorlesung mit dem Satz beendet hatte: Die Weltrevolution der Zukunft wird nicht auf der Straße stattfinden, sondern auf euren Tellern. Ein Großteil allen Unrechts und aller Zerstörung auf diesem Planeten geschieht an der Supermarktkasse, an der Fisch-, Fleisch- und Gemüsetheke und bei den Textildiscountern. Man braucht nicht demonstrieren. Man braucht gar keine korrupten Regierungen zu stürzen. Es reicht, wenn die Waren einfach nicht mehr gekauft werden, die nichts als Elend und Zerstörung erzeugen.

Render berauschte sich kurzzeitig an der Vision einer stillen Revolution, die stattfinden würde, falls Europa plötzlich einfach aufhörte, Fisch zu konsumieren! In den Schwellenländern war Fischerei ja vor allem für den Export rentabel. Und diese Industrie florierte, weil Deckarbeiter ausgebeutet oder sogar entführt wurden, jahrelang unbezahlt als Zwangsarbeiter auf hoher See versklavt und am Ende oft einfach umgebracht und ins Meer geworfen wurden. Gefangen wurde schlechterdings alles, und was nicht als Speisefisch vermarktet werden konnte, wurde als Fischmehl in der Krabben- und Fischzucht verfüttert. Was für eine Genugtuung es wäre, dieses ganze System aus blinder Ausbeutung und Vernichtung aushebeln zu können – fast völlig friedlich und gewaltlos: durch Ungenießbarkeit!

Das Taxi hielt vor dem Gebäude der Generaldirektion Mare, und Render erwachte aus seinem Tagtraum, der ihm sofort unangenehm war. Was fiel ihm eigentlich ein? Widersprüche dieser Art gab es in allen Bereichen. Man musste versuchen, die Situation allmählich zu verbessern, aufzuklären, Schutzzonen einzurichten, auf Normen und Überwachung hinzuarbeiten. Dafür war er hier, das war seine Aufgabe, und nicht etwa, Bioterroristen zu decken.

Doch warum ging er dann nicht an das nächstbeste Telefon und informierte die Polizei über Gavin und Ragna und all das, was er in Vigo erfahren hatte? Warum fuhr er mit dem Fahrstuhl in die vierte Etage und betrat sein Büro, als habe er keine Ahnung, was es mit den Fischvergiftungen auf sich hatte, über die alle sprachen?

Er rief Jasper Paulsen an, der ihn gar nicht zu Wort kommen ließ.

»Na endlich, wo warst du denn. Bist du im Büro? Ich komme sofort zu dir.«

Render hatte den Hörer gerade aufgelegt, als sein Handy klingelte. Es war Vivian.

»Du musst heute Abend noch für mich in den Ministerrat, John. Im Botschafterausschuss wird die Tagesordnung für das Treffen der Justiz- und Innenminister vorbereitet. Der Punkt ist für zwanzig Uhr geplant. Schweden und noch ein paar andere Länder verlangen ein Update der Kommission zu dieser Vergiftungswelle. Ich brauche jemanden, der mir genau erzählt, was sich dort abspielt. Ich schaffe es nicht rechtzeitig zurück, bin noch in Wien bei einer Stakeholder-Konferenz und komme erst spät.«

»Aber ich bin eben erst zurückgekommen, Vivian. Ich bin überhaupt nicht auf dem neuesten Stand.«

»Du sollst mir nur berichten, wie dort die Lage ist. Herrero-Sanchez wird die Einzelheiten erläutern. Ich muss wissen, was genau er sagt und was in der anschließenden Diskussion passiert. Du musst mir haarklein berichten, wie die Stimmungslage ist und was dort besprochen wird.«

»Wie du meinst«, sagte er und begriff wieder einmal, warum Vivian den Posten hatte, den sie hatte. Wie viele Gespräche dieser Art führte sie wohl parallel zu dem, was immer sie gerade in Wien tat? Wie viele Augen und Ohren arbeiteten ihr zu? Und was für ein Ziel verfolgte sie wohl? Er würde Politik nie begreifen.

»Hast du die Nachrichten gesehen?«, fragte sie.

»Ja. Eine üble Sache.«

»Furchtbar«, klagte Vivian. »Iss keinen Fisch, kann ich nur sagen.«

»Das tue ich schon seit Jahren nicht mehr.«

»Also: wortwörtlich bitte«, wiederholte sie mit Nachdruck. »Und ruf mich sofort an, wenn etwas Außerordentliches passiert.«

Sie legte auf. Render lehnte sich zurück und blickte auf die gegenüberliegende Wand. Der Satz, der ihm bei der Arbeit stets vor Augen stand, hing wie immer da. *Von zwei Dingen sollte man nie wissen wollen, wie sie gemacht werden: Politik und Würste.* Er stand auf, nahm einen Filzstift und fügte das Kürzel »EU« vor dem Wort Politik ein. Nach kurzer Betrachtung strich er »Würste« durch und schrieb »Fischmehl« darüber.

29. ADRIAN

Ab vier Uhr dreißig lag ich wach. Ich versuchte es abwechselnd mit offenem und geschlossenem Fenster, ein- und ausgeschalteter Klimaanlage, mit oder ohne Bettlaken. Am Ende gab ich auf, stand auf, setzte mich am Fenster in einen Sessel und sah zu, wie der Himmel draußen sich allmählich von schwarz zu dunkelblau verfärbte. Obwohl das Hotel mitten in der Stadt lag, strömte das schwere Aroma tropischer Pflanzen ins Zimmer.

Um halb sieben ging ich wieder ins Sportstudio, absolvierte aber nur ein kurzes Programm für Bauch- und Rückenmuskeln. Um halb acht betrat ich das Gartenrestaurant, nahm eine *Bangkok Post* vom Zeitungsständer, fand meinen Tisch vom Vorabend unbesetzt und legte meine Zeitung dort ab, bevor ich zum Büfett ging. Es bot Frühstückskultur von fünf Kontinenten und den üblichen meterlangen kulinarischen Overkill – von veganem Müsli bis zu Pflaumen im Speckmantel.

Ich aß etwas Obst, dann ein Croissant zum Kaffee, als der Kellner mich ansprach.

»A call for you, Sir.«

Ich ging zur Rezeption und dann zu der mir zugewiesenen Kabine.

»Herr Noack?«, meldete sich Di Melo.

»Ja.«

»Sie sind gut angekommen, hoffe ich?«

»Ja. Danke. Alles bestens.«

»Wunderbar. Ich bin im *Oriental*. Könnten Sie bitte um 12:30 Uhr hier sein. Nehmen Sie einfach ein Taxi. Wenn Sie hier sind, melden Sie sich bitte an der Rezeption, dann lasse ich Sie abholen.«

»Gut« erwiderte ich und fügte hinzu: »Dürfte ich noch erfahren, worum es geht? Und wie viele Personen werden anwesend sein?«

»Wir sind allein«, antwortete er. »Sie brauchen heute nicht zu dolmetschen. Ich erkläre Ihnen alles, wenn Sie hier sind. Bis nachher.«

Ich schaute mir vorsichtshalber die Webseite des Hotels an. Fünf Sterne und die dezent eingestreuten Hinweise, dass im Interesse der anderen Gäste elegante Kleidung auch tagsüber erwünscht sei und ab 18:30 Uhr erwartet würde (auch für Kinder), sprachen für Anzug und Krawatte sowie ein klimatisiertes Taxi. Ich gab zwei Hemden und den Leinenanzug zum Bügeln. Gegen elf kamen die Kleider zurück. Ich zog mich um, steckte das Ersatzhemd noch verpackt sowie für alle Fälle zwei neue Spiralblöcke und eine Schachtel Bleistifte in meine Arbeitstasche. Dann machte ich mich auf den Weg.

Die Fahrt durch Bangkoks verstopfte Straßen dauerte fast eine Dreiviertelstunde. Bei der Ankunft war mir schlecht von den vielen Kurven und ruckartigen Manövern, doch bereits kurz nach Betreten der Lobby hatte ich die Achterbahnfahrt durch Bangkok vergessen. Das Oriental zelebrierte einen Luxus, der aus jedem Detail sprach, aber der Gesamteindruck war nicht erschlagend, sondern erhebend. Ich versuchte eine Weile lang herauszufinden, was hier so angenehm anders war als in anderen Luxushotels. Die sensationelle Lage am Fluss? Die Mischung aus alt und neu? Die unscheinbare Allgegenwart des selbstbewusst freundlichen Personals? Ich nahm in der Authors' Lounge Platz, trank ein Glas Zitronenwasser, musterte die Fotos und andere Memorabilien an den brokatbespannten Wänden und las eine Broschüre mit der üblichen Erwähnung der Reichen, Schönen, Klugen und Berühmten, die hier alle schon einmal gewohnt hatten. Die Lektüre der abgedruckten Zitate bewies allerdings nur, dass diese Leute offenbar auch nicht hatten sagen können, was hier so besonders war. Die Summe der Eindrücke ergab einfach mehr als ihre Teile und war schwer in Worte zu fassen.

Als ich von meiner Broschüre aufschaute, um an meinem Glas zu nippen, sah ich Di Melo plötzlich in Begleitung einer Frau im Durchgang zur Hauptlobby stehen. Er unterhielt sich leise mit ihr. Sie trug westliche Kleidung. Ich konnte nur ihren schmalen Rücken und ihr hochgestecktes schwarzes Haar sehen, und einmal, als sie beim Sprechen den Kopf ein wenig zur Seite neigte, kurz ihr Profil. Womöglich gehörte sie zum Hotelmanagement. Doch dieser Annahme widersprach ihre Hand, die sie auf einmal sanft auf seinen Arm legte. Di Melo lächelte, schüttelte kurz den Kopf, ergriff nun seinerseits behutsam ihren Arm und führte sie den Gang entlang, bis sie meinem Blickfeld entzogen waren.

Ich stand auf und folgte ihnen in die Lobby. Sie waren inzwischen am Hoteleingang angekommen und sprachen noch immer miteinander. Auf einmal griff Di Melo in seine Jacketttasche und begann zu telefonieren. Die Frau wartete und studierte das Muster des Teppichs zu ihren Füßen. Kurz darauf unterbrach Di Melo sein Gespräch, gab der Frau einen Kuss auf die Wange und bewegte sich dann von ihr weg, das Handy wieder am Ohr. Sie schritt durch den Ausgang hinaus und winkte mit einer kurzen, energischen Geste eines der wartenden Taxis heran.

Ich kehrte in die Authors' Lounge zurück. Pünktlich um halb eins machte ich mich auf den Weg. In der Haupthalle war Di Melo nirgendwo mehr zu sehen. Ich ging an den Empfang, nannte meinen Namen und gab an, mit wem ich verabredet war. Keine Minute später erschien eine Dame in Hoteluniform und führte mich am Pool vorbei zu Di Melos Zimmer, das in einem als Garden-Suite ausgeschilderten Bereich lag. Die Dame klopfte, wechselte auf Thailändisch ein paar Worte mit einem Pagen, der geöffnet hatte. Dann verbeugte sie sich vor mir und ging.

Der Page bedeutete mir einzutreten und schloss dann lautlos die Tür. Ebenso geräuschlos führte er mich in ein Wohnzimmer, aus dem man einen herrlichen Blick über den Fluss hatte. Die Flügeltüren zu einem kleinen Garten standen offen. Unter einem Sonnenschutzsegel war für zwei Personen ein kleiner Tisch gedeckt. Zwei weiße Sofas und ein Glastisch standen in der Mitte des Wohnzimmers. Neben der Hausbar führte eine Wendeltreppe in ein weiteres Stockwerk, und gedämpft war von dort Di Melos Stimme zu hören.

Der Page fragte auf Englisch, ob ich etwas zu trinken wünschte. Da bereits eine Karaffe Wasser auf dem Couchtisch stand, entschied ich mich dafür. Er schenkte ein und verschwand. Wenige Augenblicke später erschienen Di Melos Beine auf den oberen Treppenstufen.

»Hallo, Herr Noack«, sagte er, noch bevor er die Treppe ganz heruntergekommen war. »Schön, dass Sie hier sind. Willkommen.«

Ich reichte ihm die Hand. Di Melo musterte mich einen Augenblick lang und sagte dann: »Ich bin Ihnen sehr dankbar, dass Sie früher kommen konnten. Hatte Sie eine gute Reise?«

»Ja. Danke. Alles bestens.«

»Lassen Sie uns doch hinausgehen. Es ist ein herrlicher Tag. Hier am Fluss geht immer eine leichte Brise, da lässt es sich aushalten. Ich hoffe, Sie haben ein wenig Appetit. Hier war leider nichts mehr frei, aber ich hoffe, Sie sind mit Ihrer Unterbringung zufrieden.«

»Ja, danke. Alles nach Wunsch. Und durch Ihre Einladung komme ich ja nun auch so in den Genuss dieser Oase.«

»Ja, nicht wahr?«, rief er erfreut aus und trat in den Garten hinaus. »Ich liebe dieses Hotel. Ich kenne nichts Vergleichbares, und das heißt etwas. Was möchten Sie trinken? Ich nehme einen Port. Aber Sie haben natürlich freie Wahl. Die Bar hier macht sehr gute Cocktails.«

»Port klingt gut.«

Di Melo rief den Pagen, bestellte auf Englisch und bat darum, das Essen um eins zu servieren.

»Geben Sie mir doch ihr Jackett, Herr Noack. Es ist viel zu warm hier. Und machen Sie es sich bequem. Ich bin sofort wieder bei Ihnen.«

Ich setzte mich, genoss die Aussicht und versuchte zugleich, mir einen Reim auf diesen offenbar privaten Termin zu machen. Wenn es ein Briefing war, dann in sehr privater Umgebung. Ich dachte an die Thailänderin, die er eben erst verabschiedet hatte, und an den dezenten Parfümgeruch, der mir beim Betreten seiner Suite aufgefallen war. Dass Di Melo hier über Nacht Besuch gehabt hatte, war natürlich auch eine Möglichkeit. Vielleicht sogar die nächstliegende. Was ging es mich an?

Di Melo blieb fast zehn Minuten weg. Ich genoss die Sonne, lauschte den Vögeln, dem Rauschen des Flusses, sofern es nicht vom Motorengedröhn der Wassertaxis übertönt wurde. Als er schließlich zurückkam, trug er ein Bündel Briefe bei sich, die er auf dem Tisch ablegte, bevor er sein Glas mit Port zum Anstoßen erhob.

»Auf eine gute Zusammenarbeit, Herr Noack«, sagte er. »Ich bin wirklich sehr froh, dass Sie hier sind.«

Ich stieß mit ihm an und trank einen Schluck. Als ich mein Glas auf dem Tisch abstellen wollte, fiel mein Blick auf die Briefe. Der Umschlag, der obenauf lag, war in einer Handschrift adressiert, die ich sofort wiedererkannte. Ich verschluckte mich fast, setzte mein Glas ab und starrte Di Melo an. Ich spürte, dass mir das Blut in den Kopf schoss. Ich wollte etwas sagen, aber ich war zu perplex.

»Sie werden natürlich eine Erklärung verlangen«, begann Di Melo. »Darf ich Adrian sagen?«

Ich war noch immer sprachlos und starrte auf die Umschläge. Die Handschrift war meine.

30. TERESA

Von einem Moment auf den anderen änderten sie ihre Strategie. Teresa hatte geglaubt, man würde sie in ihrem Gefängnis verfaulen lassen. Aber eines Tages öffnete sich die Tür, und man befahl ihr, aufzustehen und mitzukommen. Man brachte sie in eine Duschkammer. Sie musste sich ausziehen. Man befahl ihr, sich zu waschen, und gab ihr alles Notwendige, Seife, Shampoo, sogar eine kleine Nagelschere lag da. Die stinkenden Fetzen, die von ihrer Kleidung übrig waren, verschwanden, und an ihrer Stelle fand sie eine einfache weiße Leinenhose und eine Bluse vor, die ihr nach den vielen Tagen in Schmutz und Dreck vorkamen wie ein Hochzeitskleid. Sie wurde wieder in ihre Kabine zurückgebracht, die inzwischen gereinigt worden war, und dort erneut eingeschlossen. Wie viele Stunden vergingen, bis sich die Tür erneut öffnete, wusste sie nicht. Ihr Zeitgefühl schien ihr auf immer verloren.

Die beiden Männer, die erschienen, um sie zu holen, hatte sie bisher noch nie gesehen. Sie beäugten sie argwöhnisch und führten sie schweigend die Stahltreppe hinauf an Deck. Die Besatzungsmitglieder, die einen Blick auf sie erhaschten, musterten sie stumm. Teresa starrte geschockt zurück. Auf einem solchen Schiff war sie selbst noch nie gewesen. Sie kannte nur Fotos und Berichte anderer über die Zustände am untersten Ende der Skala. Die Deckarbeiter waren ausgemergelt und vor Erschöpfung wie in Trance. Ihre Hände und Füße waren geschwollen, und nicht wenige hatten schlecht heilende Abschürfungen oder kleine eitrige Wunden. Sie wurde weitergestoßen, und die Arbeiter wurden mit Gebrüll auseinandergetrieben. Dann erblickte sie die große Motorjacht, die in geringer Entfernung in der Dünung schaukelte.

Der Thai, der sie mehrmals verhört hatte, stand an der Reling. »You go in boat«, befahl er, als sie bei ihm angekommen war.

Sie kletterte die wackelige Treppe hinunter und stieg steifbeinig in das kleine Dingi, das auf den Wellen schaukelte. Zwei Thais in Uniform waren an Bord, sagten jedoch nichts, sondern bedeuteten ihr nur, sich festzuhalten. Dann heulte der Außenborder auf, und das Boot nahm schnell Fahrt auf. Sie brauchten nicht lange, um die Jacht zu erreichen. Einer der beiden Unformierten begleitete sie an Bord und führte sie unter Deck in einen luxuriös eingerichteten, großen Raum, der eine Mischung aus Wohnzimmer, Bar, Speiseraum und Lounge war. Nach der endlosen Zeit in lichtlosen, dreckigen Kabinen hatte Teresa Schwierigkeiten, diese Überfülle an Komfort zu begreifen. Sie stand hilflos da, schaute sich um, und erst dabei entdeckte sie den Mann, der unauffällig auf einem der Sessel am Fenster saß und sie aufmerksam betrachtete. Sein breiter Schädel, auf dem spärliche schwarze Haarsträhnen wie mit einem Rechen gezogen auf der dunklen Kopfhaut klebten, stand in keinem rechten Verhältnis zu seinem schmalen Körper. Er war regelrecht dürr. Sein Gesichtsausdruck war völlig unergründlich. Er schien zu lächeln, aber es war kein Lächeln, das über das Innenleben der Person Ausdruck gab, sondern eher eines, das dieses maskenhaft verbarg.

»Willkommen an Bord, Frau Carvalho, bitte nehmen Sie Platz«, sagte der Mann in ausgezeichnetem Englisch und deutete auf einen Sessel, der nicht weit von ihm entfernt stand. »Ich habe etwas Obst bringen lassen. Bitte. Bedienen Sie sich.«

»Wer sind Sie?«, fragte sie und rührte sich nicht von der Stelle.

Der Mann lächelte. »Das ist nun aber wirklich kein Kompliment. Ich hätte nicht gedacht, dass ich so schnell altere.«

»Ich kenne Sie nicht. Wer sind Sie?«, fragte sie erneut.

Er hob die Hand und betätigte eine Fernbedienung. Der Projektionsstrahl eines Beamers projizierte ein Foto auf eine Leinwand, die etwas weiter hinten im Raum hing. Es zeigte einen kleinen, drahtigen Mann, der an einer Hafenmauer stand und telefonierte. Das nächste Foto war aus einem anderen Winkel aufgenommen und zeigte ihn sehr viel näher von der Seite. »Diese Fotos von mir waren auf Ihrem Computer. Und Sie behaupten, mich nicht zu kennen?«

Teresa wich unwillkürlich ein wenig zurück. Doch, jetzt erkannte sie ihn. Aber es war zu unwirklich. Sie sprach mit Chotiyan Suphatra! Er saß da, keine zwei Meter von ihr entfernt, und plauderte mit ihr. Sie spürte, wie ihre Knie weich wurden.

»Setzen Sie sich. Wir werden uns eine ganze Reihe von Bildern von Ihrem Computer anschauen.«

»Was wollen Sie von mir?«

»Ich von Ihnen? Das ist ja eine interessante Verkehrung der Tatsachen.«

Er drückte wieder auf die Fernbedienung, und in rascher Folge huschten nun weitere Fotos über die Leinwand, Aufnahmen von Hafenanlagen, Lagerhallen, Ladekränen, Fischereibooten, von weiteren Personen, gestikulierenden Männern, einer Gruppe von Arbeitern, die von einer Lkw-Ladefläche abstiegen und auf einen Lagerraum zugingen.

»Sie oder Ihre Komplizen fotografieren heimlich mich, meine Mitarbeiter, meine Geschäftsräume und meine Betriebsabläufe, und dann fragen Sie mich, was ich von Ihnen will? Was wollen Sie von mir, Frau Carvalho? Das ist die Frage, die sich hier stellt.«

Teresa sagte nichts. Wozu dieses Spiel?

»Ich weiß, dass Sie meine Geschäfte sabotieren wollen«, fuhr er fort. »Darüber hätte ich gerne genauere Informationen, die Sie bisher verweigert haben. Meine Geduld hat

Grenzen. Bitte, essen Sie etwas. Die Verpflegung hier ist um einiges besser als dort, wo Sie bisher waren.«

Sie nahm ein paar Trauben und kaute sie langsam. Es war ihr, als hätte sie noch nie im Leben so etwas im Mund gehabt.

Suphatra beugte sich ein wenig vor und sprach leise weiter: »Sie werden mir jetzt erzählen, wie Ihre Organisation aufgebaut ist. Ich will wissen, von wo aus Sie operieren und wie ich mit Ihren Komplizen Kontakt aufnehmen kann. Haben Sie mich verstanden?«

Teresa hob müde den Kopf, schaute den Mann lange an und sagte: »Es gibt ein Protokoll, das automatisch abläuft, sobald ein Fall wie dieser eintritt. Ich kann Ihnen sagen, wie die Situation an jenem Tag war, als Sie mich gefangen genommen haben. Aber ich weiß absolut nichts über die gegenwärtige Lage. E-Mail-Adressen, Telefonnummern, alles wird augenblicklich gelöscht und geändert, sobald jemand von uns gefasst wird. Ich kann Ihnen nicht helfen.«

»Oh, doch, Sie können.«

Er klickte wieder auf die Fernbedienung. »Diese Leute. Sie haben Namen. Nationalitäten. Oder etwa nicht?«

»Sie haben doch mein komplettes Material. Was sollte ich Ihnen darüber hinaus erzählen können? Sie werden sie niemals finden. Und ich kann es auch nicht. Ich habe keine Ahnung, wo sie jetzt sind und was sie tun.«

»Wie viele Personen gehören dazu?«

Teresa zuckte mit den Schultern. »Ich habe nur ein paar wenige kennengelernt. Ich weiß nicht, wie viele es sind. Hunderte. Es ist fließend. Es gibt kein Zentrum.«

»Es gibt immer ein Zentrum«, sagte der Mann barsch und starrte sie zornig an. Dann drückte er wieder auf die Fernbedienung, und ein Foto von ihr und Ragna erschien.

»Das ist sie, nicht wahr? Ragna Di Melo. Die Initiatorin. Wo ist das Foto aufgenommen?«

»Ich weiß es nicht.«

»Aber Sie waren doch dort? Wie wollen Sie mir weisma-
chen, dass Sie den Ort nicht kennen?«

»Ich kenne ihn nicht.«

»Aber Sie sind dort hingereist. Wie?«

»Ich wurde damals im Hafen von Kawthaung abgeholt.
Von einem Boot. Die Fahrt dauerte etwa zwei Stunden. Es
gibt dort unten im Süden Hunderte von kleinen Inseln. Wir
haben an einem Strand angelegt, und da standen ein paar Zelte und Hütten. Das war alles.«

»Wann war das?«

»Vor vier Jahren.«

»Und seither waren Sie nicht mehr dort?«

»Nein.«

»Warum wurden Sie dorthin gebracht? Was taten Sie auf
dieser Insel.«

Teresa atmete tief durch. »Das wissen Sie doch alles. Warum fragen Sie mich das immer wieder? Schauen Sie mich an.
Sie haben mich quälen lassen. Wofür halten Sie mich? Ich
habe alles gesagt, was ich weiß. Ich kann Ihnen nichts verkaufen, um mein Leben zu retten, selbst wenn ich wollte. Was
wollen Sie noch von mir?«

Ihre Lippen zitterten. Sie hasste diesen Mann. Er spielte ja
nur mit ihr, hoffte, mit diesem Taktikwechsel doch noch Informationen aus ihr herauszuholen. Aber sie hatte wirklich
keine, hatte nichts mehr anzubieten.

»Was taten Sie dort?«

»Es wurden damals die ersten Versuche durchgeführt, das
Ciguatera-Toxin künstlich herzustellen. Es war ganz am Anfang. Ich hielt die Sache für nicht machbar und bin bald wieder abgereist. Danach kamen andere. Ich weiß nicht, wer alles
dort war. Wie gesagt, es ist alles fließend. Es haben überall
Leute daran geforscht …«

»Zwei Stunden von Kawthaung. In welcher Richtung?
Norden? Süden? Westen?«

»Woher soll ich das wissen? Ich saß nicht am Steuer. Es war damals alles nur ein Abenteuer, eine fixe Idee. Ich glaubte nicht daran, dass es jemals konkret werden würde.«

»Aber es wurde konkret. Wann wurden Sie in die Pläne eingeweiht?«

»Letztes Jahr.«

»Wo? Aus welchem Anlass?«

»Ragna kam nach Vigo. Sie brachte die Ampullen mit und bat mich, bei der Aktion mitzumachen.«

Suphatra fixierte sie eindringlich. »Aber auf Ihrem PC ist noch sehr viel mehr Material. Sie haben Buzual überwacht, seine Geschäfte beobachtet, seine internationalen Beziehungen ausspioniert. Das können Sie unmöglich alles allein gemacht haben.«

Teresa senkte die Augen. Sie war müde. Unendlich müde. Sie konnte nicht mehr.

»Warum bringen wir es nicht einfach hinter uns?«, sagte sie resigniert. »Sie werden mich ohnehin ermorden lassen. Ich kann Ihnen keine Informationen geben, die ich nicht habe. Ich kann Ihnen nur eines sagen: Völlig egal, was Sie mir antun – es wird nichts daran ändern, dass wir Ihr Geschäft zerstören werden. Denn wir arbeiten genauso wie Sie. Ich bin nur eine von vielen. Von sehr vielen. Es hat ja auch keinen Sinn, eines Ihrer Schiffe zu versenken oder ein oder zwei Ihrer Hehler wie Buzual zur Strecke zu bringen. Ihr Unternehmen ist eine Hydra. Nun, wir haben von Ihnen gelernt. Wir sind genauso organisiert. Ich kann Ihnen nicht helfen, selbst wenn ich es wollte. Also, worüber reden wir noch?«

Suphatra blickte sie schweigend an, aber Teresa hielt seinem eisigen Blick stand. Es gab wohl nichts, wovor dieser Mensch zurückschrecken würde. Aber sie hatte keine Angst mehr vor ihm. Den größten Effekt hatte ihre kleine Rede auf sie selbst gehabt. Sie hatte nichts mehr zu verlieren. Denn sie hatten gewonnen. Das Vorhaben war nicht mehr aufzuhalten.

Es gab andere Fischereibeobachter wie sie, die mit dem Toxin ausgerüstet waren. An Land warteten Dutzende von kleinen Gruppen von Saboteuren nur darauf, gezielte Anschläge auszuführen. Es war genügend Gift vorhanden, um eine Epidemie über mehrere Monate hinweg aufrechtzuerhalten. Der Markt würde zusammenbrechen. Und was die Medienkampagne erst auslösen würde, war noch gar nicht abzusehen.

»Sie haben völlig recht«, sagte Suphatra und erhob sich brüsk. »Wir haben tatsächlich keinerlei Verwendung mehr für Sie.« Er hob seine Hand, nickte kurz und machte eine Bewegung mit der Hand, als wolle er eine Fliege verjagen. Teresa fuhr herum. Ein Mann stand hinter ihr. Bevor sie aufspringen konnte, wurde ihr Kopf nach hinten gerissen und ein nach Lösungsmittel riechendes Tuch auf ihr Gesicht gepresst. Sie riss die Arme hoch, doch die Chemikalie war wie ein Stromschlag. Sie sah noch das Gesicht des Mannes, seine völlig ausdruckslosen, konzentrierten Augen, die auf ihr ruhten wie auf einem sonderbaren Gegenstand. Ihr Körper bäumte sich zweimal wie unter heftigen Schlägen auf, dann lag sie still. Sie nahm noch verschwommen wahr, dass Suphatra sich über sie beugte. Dann erlosch ihr Bewusstsein.

31. ADRIAN

Di Melo hatte sich zurückgelehnt und einige Zeit verstreichen lassen, bevor er den Gesprächsfaden wieder aufnahm. »Ich weiß nicht recht, wo ich anfangen soll«, begann er. »Vielleicht zunächst mit einer Entschuldigung. Es ist üblicherweise nicht meine Art, so zu verfahren.«

Ich war noch immer sprachlos. Ohne etwas zu erwidern, griff ich nach den Briefen. Di Melo ließ mich gewähren. Es waren sieben Umschläge. Sie waren an Ragna adressiert. Nur ein Umschlag war geöffnet. Ich las den Absender, wie um mich zu versichern, dass ich mich nicht täuschte. Als wäre das notwendig gewesen. Da stand mein Name, meine Adresse. Was auch sonst?

»Wo um alles in der Welt haben Sie die her?«, brachte ich endlich heraus.

»Ich habe sie vor vielen Jahren beim Packen in Ragnas Zimmer gefunden«, sagte er ruhig. »Ragna studierte schon in Sydney, als wir Kuala Lumpur verließen. Wir haben damals einfach alles in Kisten verpackt, auch Ragnas Sachen. Sie wollte das irgendwann einmal abholen, aber dazu kam es nie.« Er machte eine Pause und fügte dann hinzu: »Nur einer der Briefe ist geöffnet, wie Sie sehen können.«

Ich nahm den Bogen heraus und las die ersten Zeilen. Ich spürte Di Melos Blick. Sofort steckte ich den Brief wieder in den Umschlag zurück und legte ihn zu den anderen.

»Ich muss zugeben, ich wusste bis dahin gar nichts von Ihnen«, sprach er weiter. »Weder meine Frau noch Ragna haben mir jemals von Ihnen erzählt.«

Di Melo schaute mich an, als erwarte er eine Reaktion.

»Sie haben mich hergelockt«, sagte ich. »Das Interview in Zürich. Das Foto. Das war alles nur ein Vorwand.«

Di Melo faltete die Hände und stützte sein Kinn auf, bevor er weitersprach.

»Ich brauche Ihre Hilfe, Adrian.«

»Sie haben mich ganz bewusst getäuscht? Ist das richtig?«

Ich stand auf. Di Melo erhob sich ebenfalls. »Bitte gehen Sie nicht«, sagte er in einem flehenden Ton. »Hören Sie mich wenigstens an. Sie haben natürlich recht. Ich hätte Ihnen von Anfang an sagen müssen, dass es um Ragna geht.«

Er hatte das alles inszeniert. Der Aufwand musste beträchtlich gewesen sein. Wie hatte er mich überhaupt gefunden?

»Ich bin in einem furchtbaren Dilemma«, fuhr Di Melo fort. »Ich wollte Ihnen in Zürich schon alles auseinandersetzen. Aber als ich Sie im Büro sah, da hatte ich plötzlich Angst, dass Sie ablehnen könnten. Und dann dachte ich, wenn Sie erst einmal hier wären, könnte ich Ihnen alles besser erklären. Vor Ort.«

»Ragna ist hier?«

»Nein«, erwiderte Di Melo. »Ragna ist in Rangoon. So vermute ich jedenfalls.«

Eine Pause trat ein. Ich sollte sofort gehen, dachte ich. Was fiel diesem Mann eigentlich ein? Aber ich zögerte. Was für eine unmögliche Situation!

»Ich hoffe, Sie werden mich verstehen, wenn ich Ihnen die Situation erklärt habe«, beschwor er mich. »Falls nicht, dann können Sie jederzeit abreisen. Nichts bindet Sie. Ich wäre am Ende mit meinem Latein, aber natürlich würde ich das akzeptieren. Was bliebe mir auch anderes übrig. Aber bitte hören Sie mich an.« Di Melo schaute mich eindringlich an. »Ich muss Ragna finden und mit ihr reden. Und ich weiß nicht, wie ich das ohne Sie bewerkstelligen soll.«

Eine Schiffssirene war in der Ferne zu hören. Die Sonne schien heiß vom Himmel auf das Sonnensegel herab, und die Umgebungshitze nahm auch an dem geschützten Ort darunter allmählich zu. Ich ließ mich widerstrebend wieder auf dem Rattansessel nieder und trank einen Schluck Port.

»Ich muss etwas weiter ausholen«, fuhr er fort, »sonst begreift man es nicht. Darf ich?«

Ich schaute auf den Stapel Briefe und dachte an die wenigen Zeilen, die ich eben kurz überflogen hatte. Ich hatte Schwierigkeiten, meine Gedanken und Gefühle zu ordnen. Auch der Jetlag machte mir noch immer zu schaffen. Di Melo deutete mein Schweigen als Zustimmung.

»Sie wissen ja vermutlich noch, was für ein Leben wir damals gelebt haben«, erklärte er. »Ragna ist in New York zur Welt gekommen. Ich hatte ihre Mutter in London kennengelernt. Sie kennen sie ja, nicht wahr? Sie sind Ylva in Frankfurt doch begegnet, oder?«

»Ja. Ein oder zwei Mal. Aber sie war sehr reserviert, und ich glaube, wir haben keine zehn Worte miteinander gewechselt.«

Di Melo nickte, als sei das eine allgemein bekannte Tatsache, die keiner weiteren Erklärung bedurfte.

»Ylva hat mir einmal alles bedeutet«, fuhr er fort. »Und als Ragna zur Welt kam, war ich der glücklichste Mensch, den man sich vorstellen kann. Aber ich war ständig weg. Es ist merkwürdig, was Vaterschaft mit einem anstellt. Jeder reagiert wohl anders. Ich wurde plötzlich noch ehrgeiziger, arbeitete immer mehr, ging größere Risiken ein. Es hatte überhaupt nichts mit mir zu tun. Ich wollte mir nichts beweisen, sondern ich wollte meine beiden Königinnen, so gut ich konnte, versorgen. Ein schöneres und größeres Haus, die besten Schulen, die aufregendsten Urlaube und Reisen. Alles glückte mir. Die Amtszeit von Clinton, das waren unvergleichliche Boomjahre. Der Kommunismus schien besiegt. Ich verdiente blendend, war erfolgreich, und es kamen immer bessere Angebote. Also zogen wir ständig um. Die Welt, in der wir uns bewegten, war natürlich überall die gleiche: Konzernzentralen und Privatschulen, bevölkert von den immer gleichen Menschen, Expats wie ich, Banker, Konzernmanager, Leute aus Industrie und Finanz eben. Ylva hatte dieses Leben bald satt. London hat sie geliebt, New York gemocht. Singapur hat sie noch akzeptiert, denn immerhin lag es günstig, um Südostasien zu erkunden, was sie auch tat, während ich jeden Tag zwölf bis vierzehn Stunden arbeitete. Als das Angebot aus Mumbai kam, hat sie den Wechsel zunächst begrüßt, denn Singapur war auf Dauer nichts anderes als ein Fünf-Sterne-Gefängnis. Doch schon nach wenigen Wochen empfand sie Indien als Horror. Sie zog sich in die Expat-Gemeinde der International School zurück, wurde aber immer unleidiger. Ich streckte meine Fühler aus und bekam ein Angebot aus Frankfurt, das strategisch günstig lag. Deutschland war wiedervereint, das Geld floss in Strömen dorthin, die Stimmung an der Börse war blendend, also ideal für mich.«

Er unterbrach sich, denn auf dem Treppenabsatz, der aus dem Appartement in den Garten führte, war ein Servierwagen erschienen. Zwei Boys in Hoteluniform trugen das Gestell die drei Stufen zu uns herunter. Wir warteten schweigend, während das Essen serviert wurde. Der Page, der mich hereingelassen hatte, erschien mit einem Weißweinkühler, entkorkte die Flasche, die im Eis steckte und goss zwei Finger breit in die bereitstehenden Gläser. Dann waren wir wieder allein.

»Bitte«, sagte Di Melo. »Lassen Sie es sich schmecken.«

Der Essensduft weckte meinen Appetit, und die angenehme Atmosphäre ließ die eigenartigen Umstände dieser Unterredung allmählich etwas weniger seltsam erscheinen.

»Ragna fühlte sich nicht gerade wohl bei uns in der Schule«, sagte ich nach einer Weile.

»Das kann man wohl sagen«, bestätigte er. »Schon die Räumlichkeiten und die ärmliche Ausstattung der Schule schockierten sie. Es gab keinen einzigen Computer! Keine

Clubs. Schon gar keine naturwissenschaftlichen. Die meisten Lehrer waren unmotiviert, und ständig fielen Stunden aus. Über die pädagogische und akademische Rückständigkeit deutscher Gymnasien braucht man ja nicht viele Worte zu verlieren. Es ist bekannt und wird alle paar Jahre aufs Neue bestätigt.«

»So. Ist es das?«

»Ja. Lesen Sie die OECD-Studien, die regelmäßig zum Thema erscheinen. Es ist schwer zu glauben. Ökonomie zum Beispiel wurde erst gar nicht unterrichtet. Ich kann mich an einen Elternabend erinnern, wo das Thema von einem Vater angesprochen wurde. Er wurde am Ende von einer aufgebrachten Elternschaft niedergeschrien. Das Fach wurde allen Ernstes als sittlich gefährdend bezeichnet. Aber Religion war ein Schulfach! Das deutsche Volk versenkte damals ein Milliardenvermögen an Lebensersparnissen in der Telekom-Volksaktie, aber Ökonomie in der Schule wurde als Obszönität betrachtet. Ich muss sagen, das gab mir dann doch zu denken. Eine Bilanz lesen zu können scheint mir mindestens ebenso wichtig wie den Zitronensäurezyklus zu verstehen. Ragna hasste die Schule jedenfalls plötzlich. Sie stillte ihren Wissensdurst woanders, ging sogar als Gasthörerin an die Uni, und dort kam sie offenbar mit diesen Aktivisten in Kontakt. Das dürfte auch die Zeit gewesen sein, als Sie mit ihr liiert waren, nicht wahr?«

»Wir waren am Ende der zwölften Klasse zusammen.«

»Eine furchtbare Zeit«, seufzte Di Melo. »Die Asienkrise. Ein Alptraum. Meinen Geschäftsfreunden und Partnern stand das Wasser bis zum Hals. Und bevor ich wusste, wie mir geschah, war ich in der gleichen Situation.«

Er stocherte auf seinem Teller herum, spießte eine Garnele auf und verspeiste sie nachdenklich. Ich hielt nach der Wasserflasche Ausschau, doch bevor ich Gelegenheit bekam, sie aus dem Kühler zu ziehen, kam mir einer der Servierboys zuvor und füllte unsere Gläser. Er musste direkt hinter mir gestanden haben. Er goss nun auch Wein nach und nahm dann seine unsichtbare Position wieder ein.

»Ich hatte enorme Fixkosten, eine depressive Ehefrau mit Alkoholproblemen und eine hochintelligente, aber unterforderte Tochter, die auch noch merkwürdige politische Ansichten zu entwickeln begann. Deutschland bekam ihr überhaupt nicht, und ich hatte ziemlich schnell genug von der schizophrenen Mentalität dort.«

»Was meinen Sie denn damit? Inwiefern schizophren?«

»Na, es gehört doch fast schon zum guten Ton, genau die zu verachten, denen man den eigenen unglaublichen Lebensstandard verdankt. Und was heißt hier Deutschland? In ganz Europa stößt man auf dieses Denken, gepaart mit diesem Amerikahass. Die Leute wissen oft nicht einmal, dass viele dieser verhassten Konzerne oder Multis, wie sie das nennen, ihnen selbst gehören.«

»Ach ja?«

»Gehen Sie einfach mal durch eine x-beliebige amerikanische Shoppingmall. Donna Karan, Sunglass Hut, Random House, Dove Soap, First Boston Bank, Armour Corned Beef, Taster's Coffee, die Liste ist endlos – wer steckt denn hinter diesen Marken? Europäische Konzerne! LVMH Frankreich, Luxottica Italien, Bertelsmann und Henkel Deutschland, Unilever Niederlande, Nestlé Schweiz. Woher soll der enorme Wohlstand in Europa denn auch sonst kommen? Man will das aber nicht wahrhaben und projiziert lieber alle Übel auf den verhassten Erzkapitalisten auf der anderen Seite des Atlantiks. Ragna wurde allmählich auch von diesem Blödsinn angesteckt, daher wollte ich sie so schnell wie möglich wieder auf eine ordentliche Privatschule und dann auf eine englische oder amerikanische Privatuniversität schicken, alles Dinge, die leider eine Menge Geld kosten. Meine Pechsträhne erwies sich nun aber als ebenso hartnäckig wie meine vorhergehende

Glückssträhne, und es war klar, dass wir wohl bald wieder nach Asien gehen würden. Leider war meine Ehe inzwischen so gut wie gescheitert, und auch meine Beziehung zu Ragna wurde immer schwieriger. Und dann kam diese Horrorgeschichte mit den Anschlägen. Das haben Sie ja miterlebt, nicht wahr?«

Ich nickte.

»Ich hätte das viel früher bemerken müssen. Wir hatten ja ständig Diskussionen. Ragnas Biologielehrer war maßgeblich für ihre Radikalisierung verantwortlich. Er gab ihr norwegische Zeitungsberichte zu übersetzen, Hintergrundberichte über die Anschläge auf die Nybrænna und Senet.«

»Muss man davon gehört haben?«, unterbrach ich ihn. »Mir sagt das gar nichts.«

»In den neunziger Jahren wurden zwei norwegische Walfänger versenkt«, erklärte Di Melo. »Ylva flog damals öfter nach Oslo, um ihre Familie zu besuchen, und Ragna begleitete sie ein paarmal. Ylva stammt aus einer Reederfamilie, wie Sie vielleicht wissen. Eines der versenkten Schiffe gehörte ihnen, daher wurde natürlich über die Sache geredet. Ragna kam darüber mit Aktivisten von Sea Shepherd in Kontakt. Ich weiß nichts Genaues, denn das hat sie mir natürlich nie erzählt. 1998 wurde jedenfalls noch ein Schiff versenkt. Die Morild. Sie haben wirklich nie davon gehört?«

»Nein. Tut mir leid.«

Er winkte ab. »Damit fing das alles an. Ragna begann plötzlich, mir Fragen zu stellen. Meine Frau stammt wie gesagt aus einer sehr wohlhabenden Reederfamilie, für die ich damals auch manchmal gearbeitet habe. Ragna wollte auf einmal immer mehr wissen. Erst hat mich das gefreut. Aber natürlich gab es viele vertrauliche Dinge, über die ich nicht sprechen konnte. Große Unternehmen agieren immer in einem komplexen juristischen Umfeld. Ragna wandelte sich in schwindelerregendem Tempo zu einer regelrechten Inquisitorin. Sie hat sogar mein Arbeitszimmer durchsucht, meinen Computer durchforstet und vertrauliche Geschäftsunterlagen gelesen. Ich musste in einer Wochenendaktion alles vor ihr in Sicherheit bringen. Können Sie sich das vorstellen? Die eigene Tochter?«

»Sie war sehr direkt«, pflichtete ich ihm bei, unterließ es allerdings, das genauer auszuführen. Aber die Erinnerungen waren sofort wieder da. Sie hatte keine Hemmungen gehabt, war von einer selbstverständlichen, ungezwungenen Körperlichkeit, die ich so nie wieder erlebt hatte.

Di Melo lachte kurz. »Direkt. So kann man es auch nennen. Vor allem hat sie sich früh auf das hohe skandinavische Ross ihrer Mutter geschwungen. Ich bin halber Italiener. Ich weiß um die Schwächen meiner Landsleute. Aber die fanatische Rechthaberei dieser Nordländer kann ja wohl auch nicht das letzte Wort sein. Am Anfang habe ich noch mit ihr diskutiert, habe ihr erklärt, dass es in der Welt keine absoluten Grundsätze oder Wahrheiten gibt und je geben wird. Es gibt immer nur Kompromisse, Tausch, Verzahnungen und Abhängigkeiten, größere und kleinere Übel. Die Kraft, die alles antreibt, ist weder gut noch schlecht, sondern einfach blind. Unsere beschränkte Intelligenz kann uns lediglich in die Lage versetzen, diese Kraft zu nutzen oder ihr auszuweichen, je nach Situation. Aber man kann sie nicht ändern. Und wo diese Kraft am Ende mit uns hinwill, weiß kein Mensch. Wer behauptet, es zu wissen, und daraus allgemein verbindliche Regeln für alle ableiten will, ist einfach naiv und im schlimmsten Fall gefährlich. Oder wie denken Sie darüber? Sie sitzen doch ständig in internationalen Konferenzen, wo über alles Mögliche verhandelt und entschieden wird. Was ist Ihr Eindruck? Glauben Sie auch, dass es einfache Lösungen gibt, dass alle Politiker böse und alle Konzerne korrupt sind?«

»Ich bin Dolmetscher, Herr Di Melo«, erwiderte ich ein wenig verwundert über die Richtung, die das Gespräch plötzlich nahm.»Das meiste, was ich dolmetsche, verstehe ich gar nicht.«

Di Melo legte den Kopf schief.

»Sie scherzen.«

»Nein. Keineswegs. Wie soll ich als Laie wissen, warum ein Halbsatz in einer dreihundert Seiten umfassenden Richtlinie über Wartungsintervalle bei Zugmaschinen zu einer dreistündigen Diskussion führt und dann zur Klärung an einen anderen technischen Ausschuss verwiesen wird, der sechs Monate später tagt. Vermutlich geht es um mehr oder weniger Kosten oder mehr oder weniger Sicherheit, vielleicht aber auch um Wettbewerbsrecht oder Arbeitszeiten. Oder alles zusammen. Das kann ich alles gar nicht wissen. Ich kann es nur dolmetschen, aber ich habe oft nicht den Schimmer einer Ahnung, was das in der Summe bedeutet.«

Er schüttelte den Kopf.»Faszinierend. Aber wenn Sie tatsächlich einmal nichts verstehen, also Wörter oder Fachbegriffe, was machen Sie denn dann?«

Die wohl am häufigsten gestellte Frage.

»Ich mache das Gleiche wie ein Schauspieler, der einen Aussetzer hat: erst einmal weiterspielen. Man hat ja Kollegen, die nachschauen und dann soufflieren können. Wenn die auch nichts finden, wartet man ab und hofft, dass der Sinn sich mit der Zeit irgendwie erschließt.«

»Aber Sie müssen doch irgendetwas sagen, wenn Sie ein Wort nicht kennen.«

»Was soll ich denn sagen? Nein. Ich warte ab, formuliere vage, hangle mich mit Überbegriffen durch und versuche, so schnell wie möglich den Fachbegriff zu finden oder von Kollegen geliefert zu bekommen. Und wenn es ganz schlimm kommt, dann fange ich eben an, Wort für Wort zu übersetzen.«

»Wie bitte?«

»Ja. Das klingt paradox. Ist aber so.«

Di Melo tupfte sich den Mund mit der Serviette ab und schob seinen Teller etwas von sich weg, was sofort das Auftauchen eines der Servierboys zur Folge hatte. Ich hatte auch genug und ließ meinen Teller ebenfalls abräumen.

»Ich höre Inhalte, Sinn, nicht einzelne Wörter«, erklärte ich weiter. »So wie Sie, wenn Sie mir zuhören. Sie hören ja auch keine Wörter, sondern verarbeiten Informationen. Das tue ich auch, ganz gleich, welche Sprache gesprochen wird. Ich fasse zusammen, was ich höre, und paraphrasiere es. Das muss schnell gehen und natürlich klingen. Die eigentliche Kunst ist es, gerade nicht an den Wörtern zu kleben, sondern so exakt und vollständig wie möglich nachzuerzählen, was man verstanden hat. Ich filtere das Wesentliche heraus und mache daraus kleine Sinnpäckchen. Finge man da an, über einzelne Wörter nachzudenken, wäre man verloren. Natürlich gibt es Situationen, in denen derart viele Fachbegriffe und Abkürzungen auftauchen, die man noch nie gehört hat, dass man an eine Grenze stößt. Wie gesagt, man kann nur Sinn dolmetschen. Wenn er zu stark codiert ist, zum Beispiel durch Abkürzungen oder Fachsprache, oder wenn gar kein greifbarer Inhalt vorhanden ist wie bei vielen politischen Statements oder dem berühmten Management-Speak, dann kann man auch nicht mehr anständig dolmetschen.«

»Aber Sie müssen doch etwas sagen, oder?«

»Klar. Ich dresche dann eben das gleiche leere Stroh wie der Redner. Oder ich bewaffne mich mit einem Glossar und schieße damit auf alles, was mir entgegenkommt. Aber das ist kein Dolmetschen mehr, sondern so eine Art Translations-Pingpong. Furchtbar natürlich. Aber leider gibt es immer mehr davon.«

Di Melo schüttelte verwundert den Kopf. Der Nachtisch wurde serviert, eine wabbelige Masse auf einem Bananenblatt. Ich versuchte davon. Sie schmeckte sehr süß und überraschenderweise rauchig. Ich probierte noch einen Löffel und ließ den Rest stehen.

»Schwer nachzuvollziehen«, sagte Di Melo. »Respekt. Ich stelle mir das sehr schwierig vor.«

»Ja, ist es auch. Aber Chirurgie ist auch schwierig. Oder Gesellschaftsrecht. Und wir sind vom Thema abgekommen.« Das Zimmertelefon klingelte. Di Melo ignorierte es zunächst, aber nach dem vierten Klingeln stand er auf und ging hinein. Er blieb nicht lange weg. Als er zurückkam, sah er verstört und nervös aus.

»Wir müssen unsere Unterredung leider später fortsetzen«, sagte er mit ernster Miene. »Kann ich Sie später in Ihrem Hotel erreichen?«

Ich erhob mich, fast erleichtert über die Unterbrechung.

»Ich habe nichts vor. Kann ich diese Briefe mitnehmen?«

Di Melo war mit seinen Gedanken offenbar längst woanders und nickte nur zerstreut.

»Ja, bitte. Sie gehören ja Ihnen.«

Dann brachte er mich zur Tür.

32. RENDER

Die Textnachricht erreichte Render, wenige Minuten bevor Jasper Paulsen bei ihm eintraf. Es war eine Skype-Adresse. Dahinter stand: »Wie haben Sie entschieden? Wann können wir reden? Ragna.«

Er legte das Handy in eine Schublade und ging in den Flur, um sich ein Glas Wasser zu holen. Da sah er Jasper bereits aus dem Fahrstuhl kommen.

»John, verdammt, wo warst du?«

Render wartete, bis Jasper zu ihm aufgeschlossen hatte.

»Magst du auch ein Glas?«

Jasper schüttelte den Kopf, und sie gingen gemeinsam in Renders Büro.

»Was ist hier eigentlich los?«, fragte Render und setzte eine ahnungslose Miene auf.

Jasper schob ihm einen Umschlag hin. »Es tut mir leid, John. Ich verstehe, dass du anderes im Kopf hast. Gibt es etwas Neues?«

»Nein. Es gibt nichts Neues, Jasper. Sie ist über Bord gegangen, und viel mehr werden wir wohl nicht erfahren.«

Jasper senkte den Blick. »Du solltest gar nicht arbeiten. Und ich sollte gar nicht zu dir kommen mit dieser Sache ...«

»Lass gut sein. Vivian hat mich schon angerufen. Ich soll für sie in den Botschafterausschuss wegen dieser Vergiftungen. Herrero-Sanchez ...«

»... seit Tagen schon versuche ich, Druck zu machen, aber er nimmt die Sache einfach nicht ernst«, brach es aus Jasper hervor.

Render nahm den Umschlag und zog die Dokumente heraus. Es waren Tabellen und Grafiken. Jesper schaute ihn gespannt an. Dann redete er aufgeregt weiter:

»Das sind die neuesten Zahlen. Es ist völlig unerklärlich. Schau dir das Muster an. Die Verteilung der Fälle.«

Die Daten waren bereits erheblich weiter aufgeschlüsselt als in den Dokumenten, die Render per Mail bekommen hatte.

»Ich habe mal ein paar Simulationen gemacht und die Daten früherer Fälle darübergelegt«, erklärte Jasper. »Aber so ein Muster gab es einfach noch nie. Es ist völlig willkürlich. Die betroffenen Fischarten. Die geographische Verteilung. Der zeitliche Abstand zwischen den Spitzenwerten der Infektionen. Das ergibt keinerlei Sinn.«

Render versuchte, die Grafiken so zu lesen, wie sie seinem Kollegen ohne die Informationen erscheinen mussten, die er in Vigo bekommen hatte.

»Und es ist Ciguatera?«

»Bisher sind erst vier eindeutig positive Analysen zurückgekommen. Das Zeug ist ja extrem schwer nachzuweisen. Aber es ist naheliegend, dass die anderen ebenso ausfallen werden. Es sind überall die gleichen Krankheitsbilder. Und was sonst führt zu derart heftigen Symptomen. Hast du schon mal so eine Vergiftung gehabt?«

»Ich? Nein. Du etwa?«

»Nein. Aber ein Cousin von mir. Ich kann dir sagen, es ist die Hölle. Deshalb verstehe ich auch nicht, warum Herrero-Sanchez nicht einen Gang höher schaltet. Jährlich sterben weltweit fünfzigtausend Menschen an dieser Drecksalge. Und das sind nur die gemeldeten Fälle. Die Dunkelziffer kennt niemand. Da es vor allem Menschen in Ländern betrifft, deren Schicksal sowieso niemanden interessiert, erfahren wir davon kaum etwas. Es sind eben Zahlen, die uns nicht betreffen. Aber Ciguatera ist und bleibt eines der heimtückischsten Nervengifte, die es gibt. Ich kenne wie gesagt Leute, die sich das auf einer Tropenreise eingefangen haben. Wenn die heute einen Fisch nur aus der Ferne sehen, bekommen sie Herzrasen und Schweißausbrüche. Und ich fürchte, durch den Klimawandel wandert die Alge allmählich in unsere Breiten. Vielleicht sind das die ersten Vorboten. Das müssen wir untersuchen.«

»Das ist also deine Hypothese?«

»Ja. Wie sonst könnten Atlantikfische betroffen sein? Das gab es noch nie, John! Die Erde erwärmt sich, die Klimazonen verschieben sich. Und die Flora und Fauna breitet sich entsprechend der Temperaturen in neue Lebensräume aus. Wir beobachten das doch überall, bei den Insekten, den Stechmücken, gerade bei den Kleinlebewesen. Die sind immer die Vorhut. Ja, verdammt, ich fürchte, diese Alge wandert bei uns ein. Es ist ja auch gar nicht aufzuhalten, wenn es mit der Erwärmung der Meere so weitergeht.«

Render legte die Blätter wieder ab, lehnte sich zurück und trank seinen Becher leer. »Im Moment ist das pure Spekulation«, winkte er ab. »Hat TRACES schon Rückverfolgungsdaten geliefert? Bei wie vielen Mahlzeiten wissen wir zuverlässig, wo der Fisch herkam?«

»Bei etwa der Hälfte«, musste Paulsen einräumen. »Aber es sind die hiesigen Fische, die mir Sorge bereiten. Nicht der Importfisch.«

»Importfisch!«, gab Render abfällig zurück. »Wir wissen doch meistens gar nicht, was wir auf dem Teller haben. Unsere sogenannten heimischen Arten können von weiß Gott woher stammen, illegal in Afrika, Asien oder im Pazifik gefischt, auf hoher See zwei- oder dreimal umgeladen, filetiert und verpackt, bis kein Mensch mehr weiß, was das für ein Fisch ist.«

»Ja, sicher«, musste Jasper eingestehen. »Trotzdem können wir nicht ganz ausschließen, dass die Alge in unsere Breiten vorzudringen beginnt. Wir müssen das untersuchen.«

Render schaute ihn unglücklich an. Er hatte so etwas noch nie getan: einen Kollegen so hinters Licht führen. Doch dann dachte er an die SMS in seiner Schublade, und er merkte, dass er dem Gespräch mit Ragna gespannt entgegensah. Was er tat, war ungeheuerlich. Er durfte die Informationen, die er hatte, nicht zurückhalten. Doch das Gespräch mit Jasper Paulsen hatte einen merkwürdigen Effekt auf ihn. Dieses Toxin war eine Wunderwaffe, mit der sich vielleicht etwas erreichen ließe, das sie seit Jahrzehnten vergeblich versuchten: die Nachfrage zu senken.

»Ich werde darüber nachdenken, Jasper. Jetzt lass mich bitte die Akten lesen. Ich muss mich vorbereiten.«

33. ADRIAN

Ich nahm ein Flusstaxi und fuhr, ohne ein genaues Ziel zu haben, stadteinwärts. Das Essen und der Wein hatten mich schläfrig gemacht. Dazu kam mein verschobenes Zeitgefühl, die milde Taubheit des Jetlags.

Gepaart mit dem Auf und Ab des glücklicherweise nur spärlich besetzten Bootes erzeugte das alles eine diffuse Stimmung in mir. Ich hatte das Gefühl, meine Wahrnehmungen liefen wie streunende Hunde neben mir her, in alle Richtungen suchend und schnüffelnd, ohne jegliche Kontrolle meinerseits – und wenn sie etwas apportierten, konnte ich nichts damit anfangen.

Luxushotels und Appartementblocks ragten am Ufer auf, dazwischen ärmliche Hütten, Werkstätten, Lagerhallen. Nach einer der vielen Flussbiegungen schob sich der Tempel der Morgenröte majestätisch in mein Blickfeld, und wenig später blitzten die goldenen Pagodenspitzen des Königspalastes am gegenüberliegenden Ufer auf. Ich ging von Bord, bahnte mir einen Weg durch ein Labyrinth von Verkaufsständen und nahm ein Tuk-Tuk zurück ins Hotel. Kaum angekommen, fiel ich aufs Bett und sofort in einen tiefen, traumlosen Schlaf, aus dem ich einige Stunden später schweißgebadet erwachte. Die Dämmerung war hereingebrochen. Ich ging auf die Terrasse hinaus und sah zu, wie sich der Himmel allmählich tiefblau und schließlich schwarz färbte.

Ich hörte den Anrufbeantworter auf dem Zimmertelefon ab, aber Di Melo hatte sich nicht gemeldet. Es war auch keine E-Mail von ihm gekommen. Dafür hatte Derek geschrieben. Er schäumte geradezu. »This place is a mess«, schrieb er. »Hier geht alles drunter und drüber. Ich habe gestern bis dreiundzwanzig Uhr in einem Toxikologie-Ausschuss gesessen. Irgendwelche Algentoxine in Fisch. Man ist ja immer wieder überrascht, was da im Meer alles so herumschwimmt. Ich sage dir, seit BSE habe ich keine solche angespannte Stimmung erlebt, natürlich alles streng geheim, deshalb kann ich dir auch nichts Genaues sagen, außer: Iss bloß keinen Fisch. Vor allem nicht dort, wo du dich gerade herumtreibst, denn da kommt diese Giftalge wohl her, die hier Hunderten von Leuten gar nicht gut bekommen ist. Sogar die Gesundheitsminister wollen sich treffen. Bin morgen schon wieder eingeteilt.«

Europa war im Moment sehr weit weg für mich. Ich überflog die restlichen Mails, hauptsächlich Werbung und eine Anfrage für einen Medizinkongress in Kopenhagen im Februar. Ich schaute im Kalender nach, ob ich frei war, und sagte zu. Dann schrieb ich Derek ein paar Zeilen zurück, dankte ihm für seinen Tipp, las auf einer Nachrichtenseite die Schlagzeilen über diese Fischvergiftung, fand das Thema dann aber nicht besonders interessant. Stattdessen ging ich duschen und danach ins Gartenrestaurant. Ich bestellte ein Singha-Bier. Meine alten Briefe hatte ich mitgenommen. Ich nahm den ersten zur Hand und zog das Blatt heraus, das ich vorhin in Di Melos Garten bereits kurz überflogen hatte. Es war der erste Brief, den ich Ragna nach ihrer Abreise nach Kuala Lumpur geschickt hatte.

Natürlich werde ich nicht daran sterben, dass ich Dich wahrscheinlich nie wiedersehen werde. Aber warum fühlt es sich dann so an? Ich habe damit begonnen, alles zu meiden, was mich an Dich erinnert. Inzwischen bin ich bei mir selbst angekommen. Mein Lachen hat sich verändert. Mein Gang. Meine Stimme. Du kannst gar nicht ermessen, wie sehr Du mir fehlst.

Es war äußerst seltsam, das zu lesen. Wie viele Briefe hatte ich ihr damals geschrieben? Nur diese? In meiner Erinnerung waren es viel mehr gewesen. Aber war das überhaupt von Belang? Die beiden Menschen, von denen in diesen Briefen die Rede war, existierten ja nicht mehr. Ich kam mir vor, als läse ich Liebesbriefe von meinem pubertierenden Sohn, den ich natürlich gar nicht hatte. Solche Gefühle? Gab es die überhaupt jenseits der zwanzig? Wieso hatte dieser Mensch keine E-Mails geschrieben? Oder war das Ende der neunziger Jahre noch nicht üblich?

Ich öffnete den zweiten Brief. Der Poststempel war vom 3. Oktober 1998. Es lagen also zwei Monate zwischen diesem und dem letzten. Sie hatte nicht geantwortet. Sie hatte nie geantwortet. Doch anstatt die Sache damit auf sich beruhen zu lassen, hatte ich ihr weiterhin geschrieben. Auch noch ein Gedicht, wie sich herausstellte. Peinlich berührt überflog ich die ersten Zeilen. Die Lyrik eines Heranwachsenden. Ich zerknüllte das Blatt und starrte auf die knisternde Kugel aus Papier. Vielleicht sollte ich dem Schicksal dankbar sein, dass Ragna von meiner Adoleszenz-Poesie verschont geblieben war. Ich fühlte mich schlecht. Das Bier war warm geworden. Ich trank es trotzdem und bestellte noch eines. Dann öffnete ich die anderen Briefe. Ich tat es widerstrebend. *Das* waren meine Gefühle gewesen?

Ich las tapfer alles bis zur letzten Zeile. Manche Absätze klangen sogar ganz passabel. Bestimmt hatte ich auch irgendwo abgeschrieben. Material hätte ich sicherlich gehabt, denn nach Ragnas Verschwinden hatte ich mich eingeigelt und monatelang nur noch gelesen, gelesen, gelesen. Vor allem Gedichte.

We have lingered in the chambers of the sea
By sea-girls wreathed with seaweed red and brown
Till human voices wake us, and we drown.

Auch das hatte ich ihr also geschickt: das Ergebnis meiner endlosen Bemühungen, mein Lieblingsgedicht von T.S. Eliot zu übersetzen.

In Meereskammern lebten wir dahin
Mit Seegras rot und braun umkränzt von Nymphen
Bis wir – von Menschenstimmen wach – ertrinken.

Ich steckte die Briefe in ihre Umschläge zurück. Dann schaute ich auf die Uhr. Es war halb elf. Ich hatte nichts gegessen, aber ich verspürte keinerlei Appetit. Ich durchquerte die Lobby, winkte ein Tuk-Tuk heran und fuhr ins Aloft Bangkok Hotel. Die Skybar auf der Dachterrasse war um diese Zeit schon gut gefüllt. Ich bestellte einen Wodka Orange und schaute dem Partytreiben zu. Die meisten standen herum oder tanzten zu Electro oder was auch immer das war. Ich versuchte, die vulgären Texte auszublenden, die zwischen den harten Rhythmen und wummernden Bässen monoton wiederholt wurden. Aber es bewirkte nur, dass ich sie umso deutlicher hörte. Talk dirty to me. We want international oral sex. Show me your genitals, genitals.

Die Mädchen waren jung, schön, knapp bekleidet und aller Wahrscheinlichkeit nach in der Mehrheit käuflich. Aber so eindeutig war das nicht. Es gab auch viele Pärchen, westliche, einheimische und gemischte. Die thailändischen Männer unterschieden sich in Habitus, Kleidung und Accessoires kaum von denen aus dem westlichen Ausland. Sie waren ebenso tätowiert und gepierct, viele Bartträger, Ethnolook war in oder Party Grunge, eine Mischung aus Mad Max und Mr. Spock, dazu noch ein paar stilvoll Gelackte vom Typ Jungmanager mit MBA. Meine eigene Altersgruppe war schwach vertreten, das Gros der Leute war unter dreißig. Die Mädchen sowieso. Sie tanzten, hatten Spaß und taten so, als kümmerte es sie nicht, ob sie jemand beobachtete. Ein paar Männer tanzten auch, aber die meisten standen herum, hielten eine Flasche oder ein Glas in der Hand und wippten.

Ich stand nicht weit vom Fahrstuhl entfernt, der alle paar Minuten eine neue Fuhre Partygäste auf die Dachterrasse spülte. Dreiundzwanzig Stockwerke unter mir glitzerte ein Meer von Lichtern. Eine junge Frau, die in meiner Nähe selbstvergessen tanzte und die ich schon ein paarmal beobachtet hatte, hob plötzlich den Kopf und lächelte mir zu. Ich lächelte auch, tat aber sonst nichts, hob weder mein Glas, um sie zu einem Drink einzuladen, noch machte ich sonst irgendeine einladende Geste. Sie kam trotzdem und stellt sich neben mich.

»Where you from?«

»Europe«, antwortete ich. »And you?«

Die Frage war natürlich idiotisch. Aber mir fiel nichts Besseres ein.

»Chiang Mai. You on business?« Sie trug einen kurzen roten Lederrock, ein schwarzes, bauchfreies Top, dessen Ausschnitt über einem ebenfalls schwarzen Push-up ihre Brüste so weit entblößt ließ, dass man sich leicht vorstellen konnte, was man nicht sah. Kleine Schweißperlen schimmerten auf ihrer hellbraunen Haut. Sie kam näher, um mir etwas ins Ohr zu flüstern, und ich roch ihr Parfüm. »You buy me drink?«

»What you like?«, erwiderte ich, indem ich mein Englisch an ihres anpasste.

»Moscow Mule«, sagte sie.

Ich fragte den Barmann, welches Gingerbier sie hier hatten. Es war Old Jamaican, also bestellte ich zwei.

»What your name?«, ging es weiter.

»Paul«, sagte ich. Es war der Universalname, den ich immer benutzte, wenn es um irgendwelche flüchtigen Transaktionen wie Restaurantreservierungen oder dergleichen ging. Er funktioniert in fast allen Sprachen, und man muss ihn nicht ständig buchstabieren.

»Nujaree«, sagte sie und lächelte mich auf eine Art und Weise an, die es einem sehr leichtmachte zu vergessen, warum sie das tat. »You nice eyes«, fügte sie dann hinzu. »Here long?«

Das Geschäft war angebahnt. Es konnte nicht mehr lange dauern, bis ich etwas würde kaufen müssen. Sie war absolut mein Typ, sonst hätte ich sie ja auch beim Tanzen nicht immer wieder angeschaut. Der Gedanke, sie mit ins Hotel zu nehmen, sie auszuziehen und ihren Körper zu genießen, war äußerst verlockend. Ihr langes schwarzes Haar umrahmte ein Gesicht, das man wahrscheinlich sofort wieder vergaß, wenn man es nicht mehr vor sich sah. Doch solange man es anschaute, hatte es eine hypnotisierende Wirkung. Sie war einfach makellos schön. Schmale Augen, volle Lippen, geschwungene Augenbrauen. Auch ihre Hände waren sehr ansprechend. Ich schaue bei Frauen immer auf die Hände, auf die Form der Finger und wie sie sich bewegen. Und ihre fielen mir sofort auf, als sie ihren Drink an die Lippen führte.

»I don't know, depends on my boss«, erwiderte ich und fügte dann hinzu: »I like your dance. Very nice.«

»You like?«, rief sie erfreut und stellte ihr Glas ab. »You dance with me?«

Sie griff nach meiner Hand und zog mich auf die Tanzfläche. Ich schaute mich kurz um, aber kein Mensch beachtete uns. Warum auch? Was sich zwischen uns abspielte, war hier überall im Gang. Ich war nicht der einzige Westler, der es genoss, dass das Spiel einmal umgekehrt ablief, auch wenn es tatsächlich ein ganz anderes Spiel war. Ich musste an eine Dialogsequenz aus einem alten Godard-Film denken.

Er: Ach, die Brüste der Frauen.

Sie: Ach, das Geld der Männer.

Nujaree tanzte vor mir, hob die Arme, senkte den Kopf und ließ ihre schmalen Hüften kreisen. Ihr Haar verdeckte ihr Gesicht. Dann warf sie die Haare nach hinten und lächel-

241

te mich an, als sei unser Zusammentreffen etwas ganz Natürliches. Ich würde also heute nicht alleine schlafen, entschied ich. Mein Körper hatte offenbar nur auf diese Zustimmung von oben gewartet. Mein Atem beschleunigte sich, mein Herz schlug schneller. Erst als ich an die Preisverhandlung dachte, flaute die Erregung wieder ab. Natürlich würde ich sie nicht mitnehmen und dieses Sexsklavensystem mit meiner Lust und meinem Geld füttern. Die Art und Weise, wie ich hier eingefangen wurde, war vielleicht ein wenig subtiler als in den Fickhöllen, an denen ich auf dem Weg hierher vorbeigekommen war. Aber war es am Ende vielleicht anders? Nujaree schmiegte sich plötzlich an mich, und wir tanzten ein paar Takte lang eng beieinander. Dann zog ich sie von der Tanzfläche weg und zurück an die Bar.

Wir tranken schweigend unsere Drinks. Sie hatte meinen plötzlichen Stimmungsumschwung offenbar gespürt, denn sie wurde auf einmal auch reservierter. Rechnete sie, wie lange es sich lohnte, diesen Deal weiter zu verfolgen? Wie viele Männer musste sie in einer Nacht anquatschen und rumkriegen, um auf einen akzeptablen Umsatz zu kommen? Sollte ich ihr die drei- oder viertausend Baht, die der Sex mit ihr wohl kosten würde, einfach schenken? Ich hätte gar nicht erst herkommen sollen! Und in diese ganzen Überlegungen hinein sagte sie plötzlich: »You sad man?«

Ich lächelte unsicher. »Why?«

»Sad eyes. Pretty but sad. You come with me. I make you happy man.«

Ich schaute sie an. Mein Körper arbeitete nun wieder mächtig gegen meinen Kopf, und meine Stimme war sogar ein wenig belegt, als ich den Satz aussprach, den das Drehbuch verlangte. »How much?«

»Not much«, schnurrte sie. »I give all. You give what you like.«

Das war stark. Sie nannte nicht einmal einen Preis. Eine

Spende also. Die Wand zwischen Flirt und Geschäft war hier so dünn und dehnbar wie ein Kondom. Was sollte ich jetzt noch einwenden? Wer brachte diesem Mädchen diese Sprüche bei? Oder genoss sie es vielleicht auch ein wenig, ihre Macht auszuspielen, und war erfahren genug zu wissen, dass sie auf diese Weise am Ende vermutlich mehr als eine vorher vereinbarte Summe bekommen würde? Sie hob ihr Glas, stieß sanft gegen meines, das auf der Bar stand, trank, beugte sich vor, küsste meine Wange und flüsterte dann: »We go make love now.« Dann stand sie auf, ergriff meine Hand und zog mich Richtung Ausgang.

Wir standen eng aneinandergepresst im Fahrstuhl, während wir durch die vielen Stockwerke nach unten schwebten. Es war nicht weit zu meinem Hotel, aber ich winkte trotzdem ein Tuk-Tuk heran, vielleicht weil ich nicht als eines der Paare durch die Straßen laufen wollte, die mir auf dem Weg in die Skybar zuvor überall aufgefallen waren. Oder hatte ich es plötzlich eilig?

Als wir vor dem Hotel ausstiegen, hatte ich das Gefühl, aus mir herauszutreten und dabei zuzuschauen, wie wir das Foyer durchquerten und das Personal uns wie ein normales, ins Hotel zurückkehrendes Paar behandelte. Im Zimmer sah ich Nujaree im Bad verschwinden und kurz darauf nur mit einem Handtuch bekleidet zurückkommen. Ich sah meine Hände, die ihr das Handtuch abstreiften und damit begannen, ihren Körper zu erkunden, die kleinen, festen, braunen Brüste mit dunkelbraunen Warzenhöfen, die schmalen, knabenhaften Hüften, den epilierten Schambereich. Sie begann, mein Hemd aufzuknöpfen, streckte mir dabei ihren mädchenhaften Oberkörper entgegen und stupste von Zeit zu Zeit eine ihrer weichen Knospen sanft gegen meine Lippen. Sie strich mein Hemd über meine Schultern, ging in die Knie, öffnete meinen Gürtel und knöpfte meine Hose auf. Ich kehrte in den Film zurück, dem ich vorher quasi nur zugesehen hatte, spürte das kühle Laken an meinem Rücken, während etwas unsäglich Weiches, Zartes und Warmes mein Glied umschloss. Ich schloss die Augen, nahm trotz des intensiven Gefühls, das Nujaree mit ihrer Zunge heraufbeschwor, die Geräusche wahr, die vom Pool, dem Gartenrestaurant und der Millionenstadt um uns herum gedämpft ins Zimmer drangen. Sie nahm sich Zeit, und ich überließ mich ihr einfach. Ich spürte plötzlich einen starken Druck an der Wurzel meines Penisschaftes, den ihre kleine Faust fester und fester umklammert hielt, während ihre Liebkosung langsamer wurde. Plötzlich fuhr ich hoch. Sie kicherte überrascht. Ich griff unter ihre Arme, hob sie auf, zog sie neben mich aufs Bett und schob meine Hand zwischen ihre Beine, die sich bereitwillig öffneten. Ihr Geschlecht war weit offen, und ich drang mit zwei Fingern in sie ein, was sie mit einem genussvollen Anheben des Beckens und stärker werdenden Atemzügen quittierte. Ich verharrte kurz so, glitt dann wieder heraus und streichelte sie, was ihr offenbar zu sanft war, denn sie drückte ihre beiden Hände auf meine und presste meine Finger wieder tief in sich hinein, während ihre Beckenbewegungen zunahmen. Dann schlängelte sie sich auf mich, hatte irgendwie auf einmal ein Kondom in der Hand und zog es mir über. Ich überließ mich wieder ihrer Regie, verharrte am Ende sekundenlang völlig bewegungslos, während eine Welle von Muskelkontraktionen die Verbindung zwischen uns auf einen unerträglichen Punkt hintrieb, um sich dann in etwas Unfassbarem zu lösen.

Ich hatte keine Ahnung, wie viel Zeit vergangen war, als sie sich erhob und ins Badezimmer verschwand. Als sie zurückkam, war sie perfekt hergerichtet. Eyeliner und Lippenstift waren frisch aufgetragen, Parfümduft erfüllte das Zimmer. Sie setzte sich auf die Bettkante, drehte ihren Oberkörper zur Seite, um in ihre Schuhe zu schlüpfen, und schaute mich dann lächelnd und abwartend an. Ich erhob mich, fand irgendwo mein Jackett, das auf dem Boden lag, nahm fünf Tausend-Baht-Scheine heraus und gab sie ihr.

»So you like very, very much«, sagte sie zufrieden und stand auf.

Ich nickte stumm und begleitete sie zur Tür. Wir küssten uns auf die Wange.

»You come back tomorrow«, sagte sie so, dass ich nicht entscheiden konnte, ob es eine Aufforderung oder eine Frage war.

»Maybe«, sagte ich. Ein letzter Blick von ihr traf mich durch die halboffene Tür. Es war plötzlich, als hätten wir Tage hier verbracht. Ich schaute ihr nach, bis sich ihre schlanke Gestalt im Halbdunkel des Hotelkorridors aufgelöst hatte. Dann schloss ich die Tür.

Ich lehnte mich von innen dagegen und wartete. Aus dem Halbdunkel starrte mich das zerwühlte Bett an. Ihr Parfüm schwebte noch in der Luft. Ich ging zur Balkontür, öffnete sie weit und ließ die warme Nachtluft herein. Die Geräusche der Nacht wirbelten um mich herum. Aber ich hörte nur immer wieder ihre helle Stimme und den immer gleichen Satz.

You sad man.

34. DI MELO

Ich hoffe, Sie hatten eine angenehme Anreise«, sagte der Mann und entblößte beim Lächeln eine Reihe auffallend kleiner Zähne. Di Melo ließ seinen Blick zwischen den drei thailändischen Besuchern hin und her wandern und sagte dann:»Kommen wir doch bitte gleich zur Sache, Herr Suphatra.« Di Melo atmete ruhig und versuchte, nicht daran zu denken, wer da vor ihm saß. Buzual hatte ihn wieder einmal überrumpelt. Als der Anruf von der Rezeption kam, hatte er keine Wahl gehabt. Er hatte Adrian rasch hinauskomplimentiert und ihn beobachtet, wie er glücklicherweise das Boot nahm und so keine Gefahr bestand, dass er Suphatra in der Eingangshalle über den Weg laufen würde. Er hatte gewartet, bis der kleine Holzdampfer abgelegt hatte, und war erst dann zur Rezeption gegangen, um den ungebetenen Gast zu empfangen.

Suphatra war natürlich nicht alleine gekommen, sondern mit zwei Begleitern, die allerdings daran gewöhnt schienen, ignoriert zu werden. Jedenfalls wurden sie ihm gar nicht erst vorgestellt und sagten auch kein Wort, während er sie mit ihrem Chef in seine Suite führte. Dort nickte Suphatra den beiden unmerklich zu, und sie verließen lautlos den Raum.

Suphatra war ein kleiner, schmächtiger Mann mit nur noch wenigen schwarzen Haarsträhnen auf seinem Schädel. Aus dem Dossier, das Di Melo sich über ihn hatte zusammenstellen lassen, wusste er jedoch recht gut, was für ein Kaliber er war. Was war Ragna nur in den Sinn gekommen, sich mit solchen Leuten anzulegen? Suphatra unterhielt ein kleines Imperium. Seine Flotte versorgte ein weltweites Vertriebsnetz, das von Frisch- über Gefrierfisch, Konserven und Fischmehl die gesamte Verwertungskette der Fänge bediente. Sein Bruder war der Polizeichef von Kantang. Sein Schwager war ein hoher Beamter im Wirtschaftsministerium. Suphatras Klan war exzellent vernetzt. Sogar das Schleppergeschäft an der Grenze nach Burma war in Familienhänden. Eine Cousine Suphatras lockte in den Flüchtlingslagern junge Burmesen mit angeblichen Fabrikjobs nach Bangkok. Auf dem Weg dorthin wurden sie betäubt und fanden sich nach dem Erwachen auf einem von Suphatras Trawlern wieder, auf dem sie dann ihre »Schulden« für die Reise abzuarbeiten hatten. Viele von ihnen sahen die Küste erst nach Jahren wieder. Manche niemals.

Die Recherchen der Finanzabteilung waren noch ergiebiger gewesen. Das Firmengeflecht, in dessen Zentrum Suphatras Fischerei- und Fischkonservenunternehmen angesiedelt war, umspannte den halben Globus. Das Europageschäft wurde aus Polen gesteuert. Di Melo hatte schon genügend Überkreuzbeteiligungen dieser Art analysiert, um zu sehen, dass hier ein Schleier vor dem nächsten hing. Solche Konstruktionen waren aufwendig und kostspielig und ohne ein gewisses Wohlwollen auf sehr hoher Ebene nicht zu haben, was das Ganze noch weiter verteuerte. Man hatte es, kurz gesagt, mit etwas zu tun, mit dem man besser nichts zu tun haben sollte. Er hätte diesen Mann als Kunden nur mit äußerst großen Vorbehalten überhaupt in Erwägung gezogen. Aber sich ihn zum Feind machen?

»Ignacio hält große Stücke auf Sie«, sagte der Mann und schnitt eine Grimasse, die wohl ein Lächeln sein sollte. »Ich würde mich freuen, wenn wir gemeinsam rasch eine Lösung für diese unangenehme Situation finden könnten.«

»Das sollte mich ebenfalls freuen«, antwortete Di Melo und versuchte den Zorn zu unterdrücken, der in ihm hochstieg. Seine durchgeknallte Tochter! Warum gab er sie nicht einfach auf. Sie war verdammt noch mal erwachsen. Wenn sie mit dem Kopf durch die Wand wollte, konnte er es nicht ändern. Er hatte ihr alles geboten, alle Möglichkeiten eröffnet. Exzellente Schulen. Ein sündhaft teures Hochschulstudium. Und was hatte sie getan? Eine Irrsinnsaktion nach der anderen. Nichts als Kurzschlusshandlungen. Blinder Aktionismus. Er hatte durchaus Sympathie für Weltverbesserer, die glaubten, es gäbe noch Hoffnung für diesen Planeten und die darauf lebenden Irren. Aber dann musste man wenigstens konsequent sein und Schritt für Schritt dafür arbeiten, dass es besser wurde, und sich nicht der Illusion hingeben, man könnte mit ein paar radikalen Aktionen die Welt erlösen. Er verstand, dass jemand nach objektiver Betrachtung der Dinge entweder ein engagierter Idealist oder ein passiver Zyniker wurde. Aber aus totaler Hoffnungslosigkeit heraus symbolische Akte des Widerstands zu begehen und dafür auch noch das eigene Leben zu riskieren, das ging über seinen Verstand. Wozu? Für eine gute Sache kämpfen, an die man glaubte – okay. Aber Sabotage, Terror und Selbstaufopferung für eine Spezies, die man im Grunde für verloren hielt? Das begriff er nicht. Blutanwalt, hatte sie ihn einmal genannt. Ein Wort wie aus einem billigen Kriminalroman. Ragna unterteilte die Welt einfach in Gut und Böse, wie in einer Seifenoper, als könnte man das ganz klar auseinanderhalten. Lächerlich. Was hatte sie denn wirklich anzubieten zur Lösung der nicht auflösbaren Widersprüche? Moralin und Robin-Hood-Aktionen. Und die einzige Möglichkeit, sie aus der Schusslinie zu ziehen, war nun, mit diesem schmallippigen thailändischen Mafioso einen Deal auszuhandeln.

»Was führt sie her?«, fragte Di Melo und zog eine Packung Zigaretten aus der Tasche. »Rauchen Sie?«

Der Mann schüttelte den Kopf. »Nein danke. Aber ich rieche es gern. Sind Sie schon vorangekommen? Gibt es Neuigkeiten?«

»Ich werde meine Tochter finden und Ihr Problem aus der

Welt schaffen«, sagte Di Melo. »Das wäre mein Beitrag in dieser Angelegenheit. Dafür rühren Sie sie nicht an.«

»So ähnlich hat Ignacio mir Ihre Vereinbarung letzte Woche geschildert. Leider haben sich die Dinge inzwischen weiterentwickelt.«

»Ich weiß«, sagte Di Melo und zog an seiner Zigarette, um sich nichts von seiner Nervosität anmerken zu lassen. »Aber was ändert das? Ich kümmere mich um die Sache. Auf meine Weise.«

»Beim ersten Anschlag waren drei unserer Schiffe betroffen«, erklärte Suphatra ruhig. »Beim zweiten wurde das Gift nicht an Bord unserer Trawler, sondern später in die Lieferkette eingebracht, diesmal in mehreren Ländern gleichzeitig. Wir müssen also davon ausgehen, dass dies nicht der letzte Anschlag war und dass wir es mit einer großen und gut organisierten Struktur zu tun haben.«

»Das mag sein. Und?«

»Wir haben eine ziemlich klare Vorstellung davon, aus welcher Region heraus diese Gruppe operiert. Wir werden das Gebiet durchkämmen und die Basis dieser Leute finden, vor allem das Labor, wo das Gift hergestellt wurde. Ich weiß nun nicht, was für Möglichkeiten Sie haben, aber gemeinsam wären wir bestimmt schneller erfolgreich.«

»Ich arbeite nur allein.«

»Ja. Das ist so in Ihrem Kulturkreis.«

»Jeder hat seine Methode.«

Suphatra schwieg einen Augenblick lang. Der Hochmut hinter seiner freundlichen Fassade provozierte Di Melo. Er wusste genau, was dieser Mensch über ihn dachte. Ihr Europäer seid ohnehin am Ende. Eure Zeit ist abgelaufen, nur wisst ihr es noch nicht. Wie viele von euch wird es in dreißig, vierzig Jahren noch geben? Vier oder fünf Prozent der Weltbevölkerung werdet ihr noch ausmachen, und die Hälfte von euch wird im Greisenalter sein. Die Zukunft ist längst weitergewandert, und ihr zerfleischt euch sogar noch gegenseitig, anstatt euch fester zusammenzuschließen.

»Sehen Sie, Herr Di Melo«, fuhr der Mann fort, »selbst gesetzt den Fall, dass Sie Ihre Tochter vor uns finden – was ich mir durchaus wünsche –, welche Mittel haben Sie, sie von ihrem Vorhaben abzubringen? Wird sie überhaupt auf Sie hören? Und falls nicht, was wollen Sie dann tun?«

Di Melo hatte keine Antwort auf diese Frage. Er wollte sie sich auch nicht stellen.

»Ich habe auch Kinder«, fuhr Suphatra fort. »Ich kann mir sehr gut ausmalen, wie Sie sich fühlen. Aber es gibt Momente, da muss man sich von Vernunft leiten lassen und nicht von Gefühlen.«

»Was bedeutet?«

»Man sollte sich auf Partner verlassen, die der Situation weniger emotional gegenüberstehen. Ich fürchte, Ihre Tochter wird nicht auf Sie hören.«

Di Melo drückte seine Zigarette aus. Er musste Ragna finden, bevor Suphatra sie fand. Aber in einem Punkt hatte der Mann recht: Würde sie ihn überhaupt anhören oder seinen Ratschlägen folgen? Mit wem war sie zusammen? War sie frei, zu entscheiden?

»Was für einen konkreten Vorschlag haben Sie denn?«, fragte Di Melo ungeduldig.

»Wir bieten Ihnen unsere komplette logistische Unterstützung an«, erklärte Suphatra. »Wir bleiben so lange im Hintergrund, bis Sie Ihre Tochter gefunden haben. Ich garantiere Ihnen, dass wir Sie beide nicht behelligen werden.«

Wir, dachte Di Melo. Wer war das wohl? Buzual? Investoren? Ein Killerkommando?

»Sollten Sie sie nicht zu einer Umkehr bewegen können, sind wir gerne bereit nachzuhelfen. Wir können Sie und Ihre Tochter in Sicherheit bringen, bevor die Situation vielleicht außer Kontrolle gerät. Wir haben hier Möglichkeiten, die Ih-

nen fehlen. Boote. Hubschrauber. Was immer. Ich denke, ein
besseres Angebot können Sie im Augenblick nicht bekommen, Herr Di Melo.«

»Und was verlangen Sie im Gegenzug?«

Suphatra holte ein kleines Mobiltelefon aus der Tasche und
legte es auf den Tisch.

»Tragen Sie dieses Gerät bei sich. Wir halten uns zurück,
bis Sie uns ein vereinbartes Signal geben.«

»Und dann?«

»Das hängt leider nicht nur von uns ab, sondern auch von
der anderen Seite. Wir wissen nicht, mit wem wir es zu tun
haben, ob diese Leute bewaffnet sind oder in welcher Form
man überhaupt mit ihnen verhandeln kann. Sie sind ein erfahrener Vermittler, nicht wahr? Wir suchen keine Eskalation. Sie haben freie Hand. Aber natürlich können wir nicht
hinnehmen, was gegenwärtig passiert.«

Di Melo warf einen Blick auf das Handy. Er wollte sich die
Schläfen reiben, die Spannung aus seinem Körper vertreiben.
Aber er blieb kontrolliert und äußerlich ruhig. Wertvoller
Unterhändler! Buzual hatte ihn genau da, wo er ihn haben
wollte. Und er würde ihm diesmal nicht einmal eine Rechnung schreiben können.

»Wer garantiert mir, dass Sie Wort halten?«

Suphatra erhob sich. »Ich garantiere es Ihnen. Ihrer Tochter wird nichts geschehen.« Er streckte seine rechte Hand
aus. »Wie gesagt, wir sind für alle Verhandlungslösungen offen. Vorausgesetzt, unsere Interessen werden berücksichtigt.«

Wie auf ein geheimes Zeichen tauchten seine beiden Begleiter
wieder auf. »Sie können mich jederzeit erreichen«, sagte Suphatra noch. »Viel Glück.«

»Noch eine Sache«, sagte Di Melo.

Suphatra, bereits im Weggehen begriffen, drehte sich wieder zu ihm um.

»Ja?«

»Nach meinen Recherchen kontrollieren Sie etwas mehr als zehn Prozent der thailändischen Ausfuhren von Fischereierzeugnissen. Die anderen neunzig Prozent sind in der Hand Ihrer Konkurrenten. Ich kann mir nicht vorstellen, dass Sie ein Interesse daran haben, diese Leute durch unkluges Verhalten gegen sich aufzubringen, nicht wahr? Das könnte jedoch leicht geschehen, falls Sie meiner Tochter auch nur ein Haar krümmen. Thailand hat bereits zwei Verwarnungen erhalten. Die Verhandlungen über den weiteren Marktzugang nach Europa hängen zurzeit an einem seidenen Faden. Sollte diese Situation eskalieren, könnte das für die laufenden Verhandlungen mit der EU leicht das Zünglein an der Waage sein. Und ich weiß nicht, wie Ihre Konkurrenten reagieren werden, wenn sie aufgrund eines unbedachten Vorgehens Ihrerseits auf einmal einen ihrer wichtigsten Absatzmärkte verlieren sollten.«

Suphatra verzog keine Miene.

»Sie wollen mir drohen?«

»Keineswegs. Ich gebe nur Kräfteverhältnisse zu bedenken. Unsere Interessen sind die gleichen. Ich regle dieses Problem diskret und lautlos. Damit ist allen am besten gedient.«

»Dann sind wir uns ja einig«, antwortete Suphatra und verbeugte sich leicht. »Guten Tag, Dr. Di Melo.«

Di Melo sah dem Thailänder nach, wie er durch die Tür verschwand, die sich sanft hinter ihnen schloss. Er goss sich mit leicht zitternder Hand einen Whiskey ein und zündete sich eine neue Zigarette an. Sein Herzschlag beruhigte sich allmählich. Er nahm Suphatras Gerät in die Hand und betrachtete es. Es war ein simples, veraltetes Nokia. Er holte aus und warf es wütend gegen die nächste Wand. Dann griff er zu seinem eigenen Telefon und wählte.

»Di Melo hier« sagte er, als die Verbindung zustande gekommen war. »Geben Sie mir den Bürochef in Rangoon. Es ist dringend.«

35. RENDER

Render fuhr nach Hause. Das Skype-Gespräch mit Ragna über seinen Bürocomputer zu führen war natürlich ausgeschlossen. Er erwog sogar, ein Internetcafé aufzusuchen. Aber das wäre wohl übertriebene Vorsicht. Als er seine Wohnung gegen halb sechs betrat, überrollte ihn eine Welle von Trauer und Einsamkeit. Wäre dies nun sein Leben? Eine leere Wohnung. Eine leere Existenz. Er begriff auf einmal, dass die Realität all dessen, was bisher geschehen war, ihn noch gar nicht richtig erreicht hatte. Doch sie lauerte um ihn herum wie ein Abgrund, vor dem er zwar im Augenblick alles Mögliche auftürmte, um nicht damit konfrontiert zu sein. Doch der Zeitpunkt würde kommen, da er würde hinabblicken müssen. Täte er vielleicht besser daran, sein Elend durch einen beherzten Schritt zu beenden? Was sollte jetzt noch kommen für jemanden wie ihn?

Er schaute auf die Uhr. In spätestens zwei Stunden musste er im Botschafterausschuss sein, um für Vivian die Situation zu erkunden. Einen Augenblick lang verschaffte es ihm eine gewisse Genugtuung, dass er der Einzige in diesem Saal sein würde, der wusste, was tatsächlich vor sich ging. Er würde beobachten können, wie sich die politische Maschine unter dem Druck einer Notfallsituation zu winden begänne, weil wie so oft Geld und Menschenleben gegeneinander aufgerechnet werden mussten. Doch dieses Hochgefühl hielt nicht lange an. Er stand vor seinem Schreibtisch, startete den Computer, rief das Skype-Programm auf und versank erneut in einer dunklen Niedergeschlagenheit. Als der Anruf kam, blickte er lange auf die auf und ab tanzende Antwort-Schaltfläche, und nachdem die Verbindung sich aufgebaut hatte, erschrak er über sein gealtertes, gramvolles Gesicht neben dem der jungen Frau auf dem Bildschirm. Er wollte etwas sagen, wusste aber nicht, was.

»Hallo, John«, begrüßte sie ihn. Sie befand sich am selben Ort wie das letzte Mal.

»Hallo«, erwiderte er nur.

Sie musterte ihn einige Momente lang und sagte dann: »Es tut mir leid, dass es Ihnen nicht gutgeht. Wir sind auch …«

»Lassen wir das«, unterbrach er sie. »Ihre letzte Aktion hat hier recht viel Aufmerksamkeit erregt. Sind Sie zufrieden?«

»Ja und nein«, sagte sie. »Es kommt darauf an, was in den nächsten Tagen passiert.«

»Sie werden also weitermachen?«

»Das hängt, wie gesagt, auch von Ihnen ab. Wenn es uns gelingt, die Aufmerksamkeit, die wir gegenwärtig haben, durch die Medien ausreichend zu hebeln, werden wir erst einmal abwarten.«

Render nickte und sagte: »Mit anderen Worten: Wenn eine allgemeine Hysterie ausbricht und die Leute keinen Fisch mehr kaufen, weil sie Angst haben, sich zu vergiften, hören Sie auf. Im umgekehrten Fall erhöhen Sie die Dosis.«

»Ja. So etwa. Es gibt bei uns intern auch sehr unterschiedliche Meinungen, wie weit wir gehen sollten. Wie gesagt, alles hängt vom weiteren Verlauf ab.«

»Und was genau erwarten Sie von mir?«, fragte er ungeduldig.

Ragna trank einen Schluck Wasser und wischte sich die Stirn. Es musste sehr heiß sein, wo immer sie war. Er versuchte sich das Gespräch in Nairobi in Erinnerung zu rufen und wie sie damals ausgesehen hatte. Aber was er stattdessen sofort vor sich sah, war das Gesicht von Teresa, schlafend neben ihm, ihr schwarzes Haar wirr um ihren Kopf geworfen, ihre ruhigen Atemzüge, die Wärme ihres Körpers an seinem. Das ist alles nur ein Traum, hatte er damals gedacht. Jetzt war es tatsächlich so.

»Was, glauben Sie, wird heute in Brüssel geschehen?«, fragte Ragna. »Ist die Situation dringlich genug, dass Maßnahmen ergriffen werden? Rechnen Sie mit drastischen Beschlüssen?«

»Nein. Dazu ist die Lage einerseits zu unübersichtlich und andererseits bei weitem nicht gravierend genug.«

»Das sehen wir auch so. Ich werde Ihnen eine Container-Liste zuschicken. Es handelt sich um Gefriercontainer, die noch bei der Zollabfertigung lagern. Die Ware stammt zu etwa sechzig Prozent aus illegaler Fischerei. Die Filets sind rekombiniert, das heißt, die gefährdeten Arten sind so untergemischt, dass sie nur durch aufwendige fischforensische Verfahren entdeckt werden könnten. Es ist uns gelungen, etwa eintausend Kilo mit dem Toxin ungenießbar zu machen.«

Render blinzelte, rührte sich jedoch nicht von seinem Platz. So weit war es jetzt also schon mit ihm gekommen, dass er ernsthaft erwog, eine Liste mit potenziell tödlichen Nahrungsmitteln dafür einzusetzen, die Öffentlichkeit zu erpressen!

»Sie haben also acht- bis zehntausend vergiftete Mahlzeiten in Wartestellung gebracht? Verstehe ich das richtig?«

»Keine Angst«, sagte Ragna. »Wir wollen nicht, dass die Chargen auf den Markt kommen. Sie sollen vorher gefunden werden, und die Medien müssen davon erfahren. Die abschreckende Wirkung muss mindestens äquivalent zu einer realen Epidemie sein, das heißt: Sie müssten diese Information in geeigneter Form an die Presse weiterleiten.«

Er schüttelte verständnislos den Kopf. »Und wie stellen Sie sich das vor? Soll ich die Liste in den Redaktionen vorbeibringen? Und was meinen Sie überhaupt mit geeigneter Form?«

»Sie könnten zum Beispiel dafür sorgen, dass der Eindruck entsteht, es handle sich um ein internes Dokument, also um

Geheiminformationen innerhalb der Kommission, die zurückgehalten wurden und nur zufällig der Presse in die Hände gefallen sind. So würde der Eindruck erweckt, als gäbe es keine effektiven Kontrollen – was ja eine Tatsache ist. Eine von Journalisten erzwungene und beobachtete Öffnung der Container wird dann der Öffentlichkeit das Gefahrenpotenzial vor Augen führen und eine erste Verunsicherung der Verbraucher nach sich ziehen. Wir würden parallel dazu noch ein paar kleinere Aktionen machen. Heute Abend nach dem Botschafterausschuss findet eine Pressekonferenz statt. Es werden einige hundert Journalisten anwesend sein. Ich kann Ihnen natürlich nicht sagen, wie man bei Ihnen vertrauliche, interne Informationen am besten durchsickern lässt, aber ich bin sicher, dass Sie wissen, wie so etwas geht. Vorausgesetzt, Sie wollen. Wir versuchen, die Zahl der Opfer so niedrig wie möglich zu halten, gleichzeitig muss die Bedrohungslage aber so groß wie irgend möglich erscheinen, was nur mit Hilfe der Massenmedien geht.«

Sie schaute ihn jetzt direkt an. Er hielt ihrem Blick stand, antwortete aber nicht. Ragna wartete. Er lehnte sich zurück. Sie tat es ihm gleich, und fast eine Minute lang sprach keiner von ihnen ein Wort. Render konnte im Hintergrund Geräusche hören, ein auf und ab schwellendes Jaulen oder Heulen, das er absolut nicht zuordnen konnte. Hunde waren es sicher nicht. Aber was sonst? In welchem Urwald versteckten sich diese Leute wohl? Ein kurzes Signal zeigte ihm an, dass sie ihm ein Dokument geschickt hatte. Im selben Augenblick erschien die PDF-Datei in seinem Postfach.

»Die Containerliste ist verschlüsselt«, sagte Ragna. »Das Passwort ist Teresas Geburtsdatum.«

»Und wenn ich mich weigere?«

»Die vergifteten Chargen stehen kurz vor der Abfertigung. Wenn Sie nichts tun, wird es in den nächsten Tagen mehrere tausend Erkrankungen geben. Das wird in jedem Fall die gewünschte Wirkung haben. Die Behörden werden gezwungen sein, den Handel mit Fisch auszusetzen, bis Klarheit herrscht, wie dieses Toxin in die Nahrungskette gelangt ist. Wenn Sie tun, was ich Ihnen vorgeschlagen habe, und klug vorgehen, können wir den gleichen Effekt erzielen, ohne die Gesundheit von Menschen zu gefährden. Es hängt von Ihnen ab.«

»Das ist Erpressung«, protestierte er.

Sie machte ein Gesicht, als verstehe sie das Wort gar nicht.

»Nennen Sie es, wie Sie wollen. Denken Sie an Teresa. Guten Abend.«

36. RAGNA

Sie riss sich den Kopfhörer herunter und warf ihn zur Seite. Steve, der die ganze Zeit über in der gegenüberliegenden Ecke gesessen und zugehört hatte, räusperte sich.

»Und?«, sagte er nach einer Weile. »Was meinst du?« Sie wischte sich den Schweiß von der Stirn und griff nach einer Wasserflasche.

»Er wird es tun«, erwiderte sie. »Lass uns abwarten, wie weit wir auf diese Weise kommen.«

»Abwarten?«, entgegnete der Kanadier und fuhr sich mit der Hand durch seinen schwarzen Bart. Er trug ihn noch nicht lange. Sie fand, dass er ihm gut stand. Aber was ging sie das an. Die aktuelle Frau in Steves Leben hatte in den USA ein Postgraduiertenstipendium bekommen und war daher auf längere Zeit unerreichbar für ihn. Steve durfte nicht in die USA reisen. Dafür hatte er bei zu vielen illegalen Aktionen mitgemacht. Er würde seine neue Flamme erst in Korea wiedersehen, wenn das hier vorbei war.

»Ich fände eine dritte Runde effektiver«, insistierte er. »Erst ein Dutzend Fälle gegen Buzual, dann ein paar hundert für ausgewählte Vertriebsnetze und schließlich vier- oder fünftausend quer über den Kontinent. Das hatten wir doch immer vorgehabt. Ich kann mir nicht vorstellen, dass dann in den nächsten Monaten noch irgendjemand ein Fischbrötchen oder Kabeljaufilet kauft.«

»Ja, aber wenn Render es geschickt anstellt, bekommen wir vielleicht das gleiche Resultat, ohne uns weiter exponieren zu müssen und ohne Menschen zu gefährden. Je mehr Leute wir innerhalb der Institutionen gewinnen, desto besser.«

»Unsere Leute haben teilweise ihr Leben riskiert, um diese Chargen zu präparieren«, widersprach Steve. »Und wenn er es sich anders überlegt? Dann war alles umsonst, und wir bringen sogar unsere Leute in Gefahr. Was ist mit dir los, Ragna? Wieso bist du plötzlich so unentschlossen. Ist es wegen Teresa?«

»Was soll das heißen?«

»Nichts. Ich meine, mir geht das auch an die Nieren mit ihr. Aber es war doch immer klar, dass wir Risiken eingehen müssen. Sonst ändert sich nie etwas. Man greift keine weltweit operierende Umweltverbrecherbande mit dreißig Milliarden Jahresumsatz an, ohne sich über die Gefahr im Klaren zu sein. Schon gar nicht, wenn auch noch Staaten und Regierungen mit involviert sind, die einfach nichts tun wollen oder sogar mitmachen. Ich verstehe deine plötzlichen Skrupel einfach nicht.«

»Skrupel!«, rief sie, als habe er sie beleidigt.

»Ja. So wirkst du auf mich.«

»So? Was habe ich denn gerade falsch gemacht? Kannst du mir das bitte sagen? Du hast jedes Wort mitgehört.« Er hob beschwichtigend die Hände, aber sie sprang so plötzlich auf, dass der Stuhl nach hinten umfiel.

»Der Zweck heiligt verdammt noch mal nicht alle Mittel!«, rief sie erbost, »Und wenn es ohne Gefährdung von Menschen geht, dann hat das was mit Strategie zu tun und nicht mit Skrupeln, du Mann!«

»Wir haben in den USA in den letzten zwanzig Jahren Hunderte von Anschlägen gegen die Holzindustrie durchgeführt«, schrie er zornig, »und niemals einen einzigen Menschen verletzt. Immer nur Sachbeschädigung. Meinst du vielleicht, das hätte uns irgendetwas genützt? Sobald du an Grundstrukturen rührst, dreht die Justiz durch und vernichtet dich mit irgendwelchen Terrorgesetzen. Da bekommst du zwei Mal lebenslänglich, auch wenn du nur ein paar Planierraupen anzündest. Für Raubmord gibt es zehn Jahre und Freigang nach der Hälfte, für Widerstand gegen Raubbau drei Mal lebenslänglich. So ist die Situation.«

Sie stieß ihn zur Seite und stürmte aus dem Zelt. Sie rannte wütend zum Fluss hinunter und setzte sich abseits an einer Stelle ins Gras, von der sie wusste, dass sie vom Dorf aus hier niemand sehen konnte. Ihr Herz klopfte. Sie fühlte sich furchtbar. Teresas Ermordung hatte etwas in ihr verändert. Das Schicksal ihrer Freundin nagte an ihr. Sie fühlte sich schuldig. Sie hatte Angst um die anderen. Also ja, sie hatte Skrupel, die sie trotz aller Wut nie ganz verließen. Unter anderem hatte es ja auch deshalb so lange gedauert, das Toxin zu entwickeln, weil sie sicherstellen wollte, dass ihre Ciguatera-Variante nicht lebensbedrohend war. Eine Art Impfstoff, ein schlecht verdaulicher Cocktail. Aber sie sorgte sich um die Aktivisten, die den Stoff in Umlauf brachten. Sie gingen ein enormes Risiko ein. Da konnte sie mit ihrem Verstand argumentieren, soviel sie wollte: Sie fühlte sich für sie verantwortlich.

Sie ließ ihren Blick über das kleine Dorf und die Handvoll Zelte schweifen, die sich am Waldrand duckten. Noch ein paar Tage, dann würden sie sich in alle Winde zerstreuen. Diese Phase wäre dann zu Ende, und es würde neue Formationen geben, neue Projekte. Europa war ja nur der Anfang, nur eines der klaffenden Löcher im Rumpf des untergehenden Schiffes sozusagen. Aber immerhin gab es endlich Hoffnung. Weltweit arbeiteten kleine, hochspezialisierte Gruppen daran, diese träge Herde von Millionen von Verbrauchern in ihre biologischen Schranken zu zwingen. Es ging schon lange nicht mehr darum, Brandsätze auf Tankstellen oder Hochsicherheitslabore zu werfen. Der Widerstand kam inzwischen von den Leuten, die in diesen Laboren arbeiteten und in wissenschaftlichen Gremien saßen. Es gab Professoren darunter, Direktoren von Forschungseinrichtungen, sogar Staatssekretäre, die angesichts der alarmierenden Situation alle die Schnauze gestrichen voll hatten vom totalen Versagen der Politik. Die traurige Tatsache war, dass demokratische Gesellschaften nicht in der Lage waren, die notwendigen Korrekturen durchzusetzen, um diese gigantische Weltvernichtung aufzuhalten.

Sie starrte auf das braune Wasser, das träge neben ihr vorbeifloss. Sie war müde. Sie war erschöpft. Ständig nagten Zweifel an ihr, aber sie konnte ihren Verstand nicht einfach abschalten oder betäuben. Gab es denn eine Alternative zu ihrem Vorhaben? Immer wieder hatten in der Vergangenheit ganze Zivilisationen kollektiven Selbstmord begangen. Aber was sich gegenwärtig abspielte, war wirklich neu: ein bis ins Kleinste messbarer, geplanter planetarischer Biozid vor laufenden Kameras. Alle Informationen lagen vor. Es stand in der Zeitung, wurde im Fernsehen übertragen, im Internet kommentiert. Dabei war die katastrophale Situation in den Meeren nur ein Problem, nur einer von vielen vielleicht irreversiblen Prozessen, die gleichzeitig im Gang waren.

Die aktuellen Zahlen waren stündlich abrufbar. Aber nichts geschah. Und ihre eigene Familie war auch noch ein Kopf dieser Hydra. Ihr Vater als Anwalt für Seerecht – oder besser Seeunrecht – und die Familie ihrer Mutter, die mit allem Geschäfte machte, was sich im Meer irgendwie zu Geld machen ließ. Ihre norwegischen Onkel und Vettern waren längst dabei, ihr Kapital umzuschichten, um nach den fast ausgerotteten Wildfischen nun die nächste große Plünderungswelle am Meeresgrund vorzubereiten: Tiefseebergbau. Die ersten Tiefseeroboter aus dem Svensson-Konzern fuhren schon auf dem Meeresgrund herum, um Manganknollen zu sammeln und den Tiefseeboden nach seltenen Erden umzupflügen. Hatten sie also eine Wahl? War irgendwo in diesem Irrsinn Raum für Kompromisse oder für die Hoffnung auf Einsicht und Mäßigung?

Sie erhob sich, strich Blütenstaub von ihren Hosenbeinen ab und machte sich auf den Weg zurück zum Camp. Vielleicht hatte Steve ja doch recht.

37. TERESA

Das Erste, was Teresa sah, als sie die Augen aufschlug, waren heruntergelassene Jalousien, hinter denen die Sonne schien. Sie versuchte, sich aufzurichten, aber ein brennender Schmerz in ihrer Kehle und ein Gefühl von Übelkeit hielt sie zurück, bis sie nach einigen Minuten des Wartens einen erneuten Versuch unternahm. Sie lag auf einem sauberen weißen Laken in einem einfachen, aber ebenfalls sauberen und ruhigen Zimmer. Über ihr drehte sich ein Deckenventilator. Es gelang ihr endlich, sich hinzusetzen und ihre nackten Füße auf den glänzenden Holzboden zu stellen. Ihr Blick fiel auf ihren Nachttisch und einen Krug Wasser, der dort stand. Grüne Limettenscheiben schwammen darin. Sie schenkte sich ein Glas ein und trank es leer. Dann ein zweites. Erst dann erhob sie sich mühsam und machte ein paar unsichere Schritte. Sie bemerkte, dass sie die gleiche Kleidung trug, die sie auf Suphatras Jacht angehabt hatte. Aber wo befand sie sich? Warum war sie nicht tot? Allmählich kehrten die Erinnerungen an die letzten Augenblicke zurück, das Gespräch mit Suphatra, sein zornig resignierter Blick, das übelriechende Tuch auf ihrem Gesicht und die Gewissheit, ins Nichts zu stürzen. Sie ließ ihren Blick in alle Ecken wandern. Eine Tasche stand auf dem Gepäckständer. Daneben auf dem Schreibtisch lagen ein Bündel Geldscheine, ein einfaches Mobiltelefon und ihr Reisepass. Das war alles. In der Tasche fand sie ein Paar geflochtene Sandalen sowie eine weitere Ausführung dessen, was sie bereits trug: ein Baumwollhemd und -hose sowie frische Unterwäsche.

Sie ging zum Fenster, schob zwei Holzlamellen der Jalousie auseinander und schaute vorsichtig nach draußen. Vor ihr lag ein vielleicht zwanzig Meter breiter Strand, der spärlich besucht war. Ein Mann und eine Frau spazierten Arm in Arm vorüber. Etwas weiter entfernt tummelten sich Badegäste in der Brandung. Teresa begriff nicht. Wo war sie? Sie ging zur Tür und drückte vorsichtig auf die Klinke. Sie gab sofort nach, und die Tür öffnete sich geräuschlos in den Raum hinein. Nach zwei Stufen spürte sie Sand unter ihren Füßen. Noch verwirrter als zuvor schaute sie sich um. Sie war in einem Strandbungalow zu sich gekommen! Links und rechts von ihr standen weitere einfache Strohhütten der gleichen Bauart. Sie vernahm Musik und hörte Stimmen. Sie ging an den Bungalows entlang und erreichte einen kleinen Platz. Yom Tom Beach Resort stand auf einem Schild, das über einem Restaurant hing. Sie starrte ungläubig auf die Szenerie. Surfbretter lehnten neben dem Eingang. Auf der Restaurant-Terrasse saßen junge Leute und unterhielten sich, frühstückten, lachten und scherzten. Wie in Trance ging sie ein paar Schritte, blieb dann wieder stehen und besann sich. Das konnte doch alles nicht sein. Irgendwo musste es einen großen Fehler in ihren Wahrnehmungen geben, einen Irrtum. Sie hatte einmal eine Kurzgeschichte gelesen, in der beschrieben war, wie ein Mann auf einer Brücke gehenkt wurde, das Seil jedoch riss, er in die Fluten stürzte, aus dem Wasser in den Wald floh, es bis nach Hause schaffte und auf seine Frau zueilte, die aus dem Haus trat, ihm entgegenkam, ihre Arme ausbreitete – und dann gab es einen Schlag und er war tot, baumelte mit gebrochenem Genick zwischen den Schwellen der Eisenbahnbrücke. Sah sie auch nur Wunschbilder? Käme gleich der Schlag ins Genick? Aber das konnte nicht sein. Dafür dauerte doch alles schon viel zu lang.

Wie um sicherzugehen, kehrte sie zu ihrem Bungalow zurück. Da lag das Geld. Das Telefon. Ihr Pass. Die Tasche. Sie griff nach den Geldscheinen und betrachtete sie. Es waren thailändische Baht. Dreißigtausend. Wie viel Geld war das? Und das Telefon? Sie nahm es zur Hand. Es zeigte ein Netz an. John! Wie von selbst drückten ihre Finger die Tasten. Sie musste ihm sofort sagen, dass sie am Leben war. Er musste krank sein vor Sorge. Aber als sie die Vorwahl eingegeben hatte, hielt sie plötzlich inne. Sie schaute sich misstrauisch um, löschte augenblicklich die Zahlen wieder, die sie eingetippt hatte, und ließ das Handy fallen wie ein Stück heißes Metall.

Es war eine Falle. Eine verfluchte Falle! Sie durfte niemanden anrufen. Nicht John. Nicht Ragna. Niemanden. Die Perfidie des Mannes, der sie entführt und gequält hatte, hatte lediglich eine neue Stufe erreicht. Sie war nicht frei. Sie hing an unsichtbaren Schnüren, wurde gewiss auf Schritt und Tritt überwacht, damit sie die anderen verriet. Es war völlig ausgeschlossen, dass er sie einfach so hatte gehen lassen!

Durst quälte sie erneut. Sie trank zwei weitere Gläser von dem köstlichen Wasser, nahm dann ein paar Geldscheine und kehrte zu dem Restaurant zurück. Die Terrasse hatte sich etwas geleert. Sie gab sich einen Ruck, erklomm die drei Stufen, ging an die Bar, setzte sich auf einen der Barhocker und bestellte einen Orangensaft. Dann verbrachte sie die nächste Viertelstunde damit, die Restaurantgäste unauffällig zu beobachten. Es schien sich ausnahmslos um Urlauber zu handeln. Sie hörte australisches Englisch, Deutsch, Französisch, Italienisch und Sprachen, die sie nicht zuordnen konnte. Die Leute waren alle jung, die meisten tätowiert oder gepierct oder beides. Ein Surfer-Strand.

»Willst du frühstücken?«, fragte sie der thailändische Barkeeper in tadellosem Englisch.

»Nein danke«, erwiderte sie. »Aber kannst du mir sagen, wo die Rezeption ist?«

»Die ist hier. Ist etwas nicht in Ordnung?«

Teresa wusste nicht, wie sie fortfahren sollte. Wie konnte sie nur herausfinden, wie sie hierhergekommen war, ohne Fragen zu stellen, die jedem verrückt vorkommen mussten.

»Ich war gestern ziemlich müde, als ich angekommen bin.«
»Ja. Ich weiß«, sagte der Thai und lächelte. »Dein Freund
hat euch eingecheckt.«

»Ja«, sagte sie und schaute sich suchend um. »Ich weiß gar
nicht, wo er ist. Oder siehst du ihn irgendwo?«

»Nein. Aber er war eben noch hier. Vielleicht ist er am
Strand.«

»Am Strand«, wiederholte sie und spürte, wie die Angst ihr
auf den Magen schlug. Sie hatte das Empfangsbuch entdeckt.
Es lag aufgeschlagen neben der Kasse, eine großformatige
Kladde mit langen Spalten und Eintragungen, die bis kurz
unter den Seitenrand reichten.

»Ich nehme einen Banana Pancake«, sagte sie.

Sie wartete, bis der Mann in der Küche verschwunden war,
und ging dann direkt an die Kasse. Ein Postkartenkarussell
stand da. Außerdem gab es genügend Kleinkram zu kaufen,
in dem sie unauffällig stöbern und gleichzeitig das Gästebuch
beäugen konnte. Ein junges Mädchen saß hinter der Kasse,
beachtete sie jedoch nicht, sondern spielte Tetris auf ihrem
Smartphone. Ihr Name stand etwa in der Mitte des Blattes.
Datum. Uhrzeit. Vor- und Nachname, Heimatadresse, Pass-
nummer. Es stimmte alles. Zweiundzwanzig Uhr dreißig.
Wie waren sie vorgegangen? Hatte man sie an Land gebracht,
in einem Wagen hergefahren und dann in diesem Bungalow
abgelegt? Unter ihrem Namen war die Zeile in der gleichen
Kugelschreiberfarbe mit thailändischen Schriftzeichen ausgefüllt.

Sie schaute sich unbehaglich um. Sie erwartete jede Sekunde, dass etwas geschehen würde. Die Illusion von Nor-
malität dauerte nun schon fast eine Stunde. Eine leichte
Übelkeit machte ihr zu schaffen, was sie dem Hunger zu-
schrieb. Sie aß den Pancake, bestellte einen Kaffee, musterte
immer wieder die Menschen in ihrer Umgebung, aber da
war niemand, der sie beachtete, abgesehen von den üblichen

Männerblicken, die auf der ganzen Welt die gleichen waren. Sie bezahlte, stand auf und erkundete die Umgebung. Eine Sandpiste führte hinter der Anlage entlang bis zu einer Kreuzung, an der es ein paar Geschäfte gab. Eine Wäscherei. Einen Moped-Verleih. Restaurants. Einen Buch- und Zeitschriftenladen. Ein Internetcafé. Ein Reisebüro, das alle möglichen Exkursionen anbot. Anhand der Aushänge und Karten im Schaufenster erkannte sie endlich, wo sie sich befand: an der Nordostküste von Ko Phangan! Es war nicht schwierig, von hier wegzukommen. Ein Minibus fuhr regelmäßig zum Hafen von Thong Sala, und von dort gab es mehrmals täglich eine Fähre zum Festland nach Surat Thani. Sie spürte, wie ihr Herz wild zu schlagen begann. Die Versuchung zu telefonieren, die Sehnsucht, vertraute Stimmen zu hören, wurde mit jedem Moment unerträglicher. Aber sie durfte das nicht zulassen. Jedenfalls so lange nicht, bis sie sich sicher war, dass sie sich nicht zu Suphatras Erfüllungsgehilfin machte. Aber konnte er denn alles kontrollieren? Ihren E-Mail-Verkehr etwa? Wenn sie John aus dem Internetcafé eine Nachricht schickte, konnte er das doch unmöglich überwachen. Aber nein. Sie musste einfach davon ausgehen, dass, was immer sie jetzt tat, Suphatra helfen würde. Sonst hätte er sie nicht laufenlassen. Er steuerte sie. Sie musste zuallererst verstehen, welche Rolle sie spielte. Oder ihm entkommen. Aber wo war er?

Sie betrachtete die Fahrpläne der Minitaxis und Fähren. Sie konnte stündlich aufbrechen und innerhalb eines halben Tages nach Surat Thani gelangen. Aber dieser Weg war natürlich ausgeschlossen, denn sie wäre spielend leicht zu verfolgen. Sie könnte ein Boot mieten. Geld hatte sie ja. Und vielleicht ließe sich das so organisieren, dass kein Verfolger ihr auf der Spur bleiben würde.

Sie betrat das Internetcafé. Die Terminals waren unbesetzt. Die meisten Leute befanden sich um diese Zeit am Strand.

Der Betreiber döste auf seinem Drehstuhl, und sie musste ihn wecken, damit er ihr einen Rechner freischaltete. Es verschlug ihr den Atem, als sie die Meldungen über ihr Verschwinden las. Sie war dreiundzwanzig Tage auf See gewesen! Sie las fieberhaft die Berichte über ihren »Fall«. Man ging natürlich davon aus, dass sie über Bord gegangen war. Die Suche war längst eingestellt. Sie musste ihre Eltern benachrichtigen, ihre Brüder und Schwestern. Aber nachdem sie die Meldungen über die Ciguatera-Vergiftungen gelesen hatte, überkamen sie Zweifel. Sie musste zuerst Ragna, Steve und die anderen kontaktieren und Aufschluss über die aktuelle Situation gewinnen, bevor sie etwas unternahm. Aber möglicherweise war genau das Suphatras Plan! Er würde sie als Köder benutzen.

Sie starrte ratlos auf den Bildschirm, öffnete ihr E-Mail-Programm und las die Meldungen, die seit ihrem Verschwinden eingegangen waren. Es gab merkwürdigerweise auch Nachrichten von Leuten, die offenbar noch gar nicht mitbekommen hatten, dass sie als vermisst galt. Sie tippte Ragnas Adresse ein, schrieb nur: »Test« und drückte auf »Senden«. Die Antwort kam postwendend:

Delivery to the following recipient failed permanently – Technical details of permanent failure: Provider tried to deliver your message, but it was rejected by the server for the recipient domain. The error that the other server returned was: 550-5.1.1 The e-mail account that you tried to reach does not exist.

Sie versuchte Gavin, dann Steve, Rebecca und Toni, deren E-Mail-Adressen sie im Kopf hatte. Überall das Gleiche. Sie hatten, wie für solche Fälle festgelegt, umgehend alle Adressen geändert. Sie musste rasch einen Weg finden, Kontakt mit ihnen aufzunehmen. Mit den Handynummern wäre es genauso, und die hatte sie ohnehin nicht im Kopf, sondern in ihrem Gerät gespeichert, das Suphatra in die Hände gefallen war und das er mit Sicherheit ausgewertet hatte. Ohne Erfolg, zweifellos.

Sie saß nervös vor dem Bildschirm. Die Versuchung war kaum zu ertragen. Sie musste ihm doch wenigstens ein Lebenszeichen schicken, damit er wusste, dass es sie noch gab. Sie gab Renders private E-Mail-Adresse ein, überlegte kurz und schrieb »Mermaid« in den Betreff. Aber dann bezwang sie ihre Sehnsucht, schloss das Programm und ging. Die Sonne brannte zunehmend heißer vom Himmel. Sie bog auf den kleinen Trampelpfad ab, der zu ihrem Bungalow führte. Sie war völlig allein. Außer dem Zirpen von Zikaden und dem Rauschen der Brandung war nichts zu hören.

38. ADRIAN

Das Summen des Telefons riss mich um sieben Uhr aus dem Tiefschlaf. Ich tastete nach dem Hörer, und nach dem zweiten Versuch brachte ich aus einer ausgetrockneten Kehle ein Hallo hervor. »Di Melo hier«, hörte ich seine Stimme. »Meine Sekretärin sagte mir, Sie hätten noch gar kein Visum für Myanmar?« »Ja«, sagte ich verschlafen und versuchte herauszufinden, welche Uhrzeit es war. »Wieso?« »Sie müssen das unbedingt noch heute Morgen erledigen. Nehmen Sie ein Taxi. Die Botschaft öffnet um zehn Uhr, aber Sie müssen mindestens eine Stunde vorher da sein und sich in die Schlange stellen, damit Sie auch sicher noch am Vormittag drankommen. Sie brauchen ein Expressvisum. Sie haben doch Passbilder dabei?«

»Ja, aber …«

»Bitte tun Sie, was ich sage. Sie können später noch entscheiden, ob Sie fliegen werden oder nicht. Aber das Visum müssen Sie heute bekommen, sonst ist es zu spät. Direkt um die Ecke ist ein Copy-Shop, wo Sie die Anträge vorher holen und ausfüllen können, damit Sie nicht noch einmal warten müssen. Ein Flugticket für die Siebenuhrmaschine ist bereits an der Rezeption des Hotels für Sie hinterlegt worden. Ich treffe Sie später in Ihrem Hotel.«

»Aber Herr Di Melo, ich glaube nicht, dass ich …«

»Bitte tun Sie, was ich sage. Wenn Sie sich nachher anders entscheiden, kann ich es auch nicht ändern und werde es akzeptieren. Aber schließlich bezahle ich Sie, und ich bitte Sie lediglich, einen kleinen Behördengang zu erledigen. Bis nachher.«

Ich brauchte einige Minuten, um mich zu sammeln. Dann

ging ich erst einmal unter die Dusche. Beim Abtrocknen lag plötzlich ein langes, tiefschwarzes Haar auf meiner Schulter. Ich entfernte es vorsichtig, ging auf die Terrasse und ließ es mit dem Wind davonfliegen.

Laut Internet lag die Botschaft der Republik Myanmar nur zehn Taximinuten entfernt, was mir Zeit für ein kurzes Frühstück ließ. Auf was ließ ich mich hier nur ein? Was wollte Di Melo von mir? Warum flog er nicht selbst nach Rangoon, wenn er seine Tochter sehen wollte?

Um kurz nach neun befand ich mich mit Passfotos und zwei ausgefüllten Antragsformularen im Wartesaal der Botschaft. Ich zog eine Nummer, suchte mir einen Platz und vertrieb mir die Zeit bis zur Öffnung mit Lektüre. Wie hieß dieses Land inzwischen überhaupt? Drei Bezeichnungen existierten parallel: Birma, Burma und Union Myanmar, was seit 1989 der offizielle Name war, den die herrschenden Militärs dem Land verordnet hatten. Aus diesem Grund hielten die USA, Australien, das Vereinigte Königreich und ein paar andere Staaten auch am alten Namen fest. In den Medien ging es durcheinander, nicht einmal die deutsche Presse war sich einig und sprach abwechselnd von Burma und Birma, wohingegen die Bundesregierung den Begriff Myanmar verwendete.

Jemand stieß mich unsanft an. Ich schaute auf und in das mit Sommersprossen bedeckte Gesicht eines jungen Mannes, der neben mir saß. »Your number just came up, mate«, sagte er mit einem australischen Akzent. Ich murmelte ein Dankeschön, erhob mich, ging zum Schalter und gab meine vorbereiteten Formulare ab.

»Express?«, fragte der Mann. »You got air ticket?«

Es steckte noch in der Innentasche meines Jacketts. Ich legte es dazu. Der Mann schaute sich alles aufmerksam an.

»Why you need express visa, Sir? You on business?«

Das war eine gute Frage. Ich erklärte, ich sei Tourist und

hätte spontan einen günstigen Flug bekommen und nicht an ein Visum gedacht. Eine bessere Ausrede fiel mir auf Anhieb nicht ein, aber offenbar war sie ausreichend. Der Mann prüfte das Flugticket.

»You stay one week?«

Noch so eine Frage. Ich hatte mir das Ticket gar nicht richtig angeschaut. Also nickte ich nur vage.

»Where you stay?«

»Hotel *Traders*«, sagte ich in Erinnerung an die Unterhaltung mit Søren.

Offenbar reichte das.

»One thousand two hundred and sixty Baht, please«, sagte der Mann.

Er nahm das Geld, das ich unter der Scheibe durchschob und sagte: »Pick up between three and four thirty p.m.«

Die Hitze draußen war bereits mörderisch. Ich fuhr ins Marriott zurück und wartete. Aber Di Melo erschien nicht. Stattdessen klingelte das Telefon.

»Adrian?«

»Ja.«

»Haben Sie das Visum?«

»Ich kann es heute Nachmittag um drei abholen«, sagte ich.

»Ausgezeichnet. Könnten Sie bitte in mein Büro kommen? Es ist nicht weit von Ihrem Hotel entfernt.« Ich notierte die Adresse. »Wir sind im sechsundzwanzigsten Stock. Ich erwarte Sie in einer halben Stunde.«

Das Bürohochhaus war schon aus der Ferne gut zu sehen, denn es nahm einen halben Block in Anspruch. Ich stieg aus, überquerte den Vorplatz und betrat die riesige Lobby, die angenehm gekühlt war. Ich dachte an den Termin in Zürich zurück und die zwanzig oder dreißig Firmenschildchen im Fahrstuhl. Hier herrschten ganz andere Dimensionen. Das Gebäude musste Hunderte von Unternehmensvertretungen beherbergen. Aus dem Glasfahrstuhl heraus, der an der riesigen Fassade entlang nach oben schnurrte, sah man in alle Richtungen nur weitere Türme dieser Art. Und wo noch keine standen, ragten Baukräne in den blauen Himmel.

Ich musste meinen Ausweis vorzeigen, um eine Empfangshalle im sechsundzwanzigsten Stock passieren zu dürfen, und gelangte dann auf einen Flur, an dessen Ende Di Melo in einer geöffneten Tür stand. Er bat mich einzutreten und schloss die Tür hinter uns. Das Büro war mindestens dreimal so groß wie das in Zürich. Die Aussicht war spektakulär. Wo endete diese Stadt? Sah man im fünfzigsten oder sechzigsten Stock ihre Ränder?

Di Melo hatte auf der Couch Platz genommen. Mangos, Ananas und Trauben standen auf dem Tisch, wie eine Phantasieblume hergerichtet und mundgerecht zubereitet. Ich setzte mich ihm gegenüber hin und griff bei den Mangostücken zu, während Di Melo zu erklären begann.

»Ich möchte, dass Sie heute Abend nach Rangoon fliegen und in den nächsten Tagen versuchen, mit Ragna Kontakt aufzunehmen. Ich werde Ihnen Örtlichkeiten nennen, wo Sie sie möglicherweise treffen können oder wo Leute verkehren, die sie eventuell kennen. Sobald Sie Kontakt mit ihr aufgenommen haben, sagen Sie ihr, dass ich sie sprechen muss. Sie wird dieses Ansinnen bestimmt ablehnen, und ich zähle auf Sie, sie umzustimmen. Ich biete Ihnen dafür das Doppelte des vereinbarten Honorars.«

»Wäre es nicht erheblich einfacher, Sie reisten selbst nach Rangoon?«

»Wenn das eine realistische Option wäre, meinen Sie nicht, dass ich sie dann längst ergriffen hätte? Sie haben vermutlich keine Kinder, oder?«

»Nein.«

»Ich habe seit Jahren keinen Kontakt zu Ragna, erfahre nur sporadisch über meine Frau, was sie tut, wie sie lebt, mit wem sie Umgang pflegt. Meine Beziehung zu ihr ist völlig zerrüttet. Sie verachtet mich und hält mich für einen skrupellosen Geschäftsmann.«

Ich wusste nicht, wohin ich schauen sollte. Die Situation wurde unangenehm. Ein merkwürdiges Gefühl ergriff von mir Besitz. Wieso sollte ausgerechnet ich den Kontakt zu Ragna für ihn wiederherstellen? Wegen der idiotischen Briefe? Sie hatte sie ja bis auf einen nicht einmal geöffnet.

»Was hat Sie nur auf diese verrückte Idee gebracht?«

Di Melo beantwortete die Frage nicht. »Es fällt mir nicht leicht, über das alles mit Ihnen zu sprechen, Adrian. Wir kennen uns ja überhaupt nicht, und ich bin es nicht gewohnt, meine Gefühle zu offenbaren.«

Er verstummte wie zur Bestätigung dieser Aussage, und ich war im Grunde froh darüber.

»Dafür gibt es auch keine Veranlassung«, sagte ich schnell, um zu verhindern, dass der Mann sich zu weiteren Offenbarungen durchrang. Er sah jetzt wirklich todunglücklich aus.

»Einmal angenommen, ich tue, was Sie wünschen. Was versprechen Sie sich davon? Selbst für den unwahrscheinlichen Fall, dass ich Ragna in Rangoon tatsächlich treffen sollte: Was soll ich ihr denn sagen? Hallo, schön, dich zu sehen. Ich bin zufällig gerade hier, und könntest du mal eben mitkommen, dein Vater möchte gern mit dir reden? Falls Ragna, aus welchen Gründen auch immer, Sie jahrelang gemieden hat … ich meine, es geht mich ja gar nichts an, und ich will es auch gar nicht wissen, aber ich sehe jedenfalls nicht, was ich in dieser Sache bewirken soll.«

»Ich *muss* mit ihr sprechen«, beharrte Di Melo. »Und ich kann sie anders nicht erreichen.«

»Fahren Sie bitte einfach selbst hin. Schauen Sie, was passiert. Vielleicht ergibt sich ja doch eine Gelegenheit, wenn sie sieht, wie viel Ihnen offenbar daran liegt, diesen Graben zu überwinden?«

Er schüttelte den Kopf. »Ich bin für sie gestorben. Erledigt. Ohne Ihre Vermittlung wird es aussichtslos sein.«

Sollte ich ihm die Wahrheit sagen? Er hatte sich weiß Gott den am wenigsten geeigneten Kandidaten für sein Vorhaben ausgesucht.

»Wer sagt Ihnen denn, dass ich für Ragna nicht ebenfalls gestorben bin. Sie haben die Briefe doch gesehen. Ungeöffnet.«

»Sie sind meine letzte, meine einzige Hoffnung, Adrian«, sagte Di Melo stockend. Dann schwieg er fast eine Minute lang und schaute ratlos vor sich hin. »Ich kann Ragna doch nicht einfach in ihr Verderben rennen lassen. Sie hat alle Brücken hinter sich abgebrochen. Alle. Nur nicht zu Ihnen.«

»Zu mir? Wie kommen Sie denn darauf?«

»Sie haben ihr damals zum Abschied eine Halskette geschenkt, nicht wahr? Mit einem kleinen Delphin. Sie trägt ihn noch, sogar auf dem Foto, das Sie in meinem Büro gesehen haben.«

»*Darauf* stützen Sie Ihre Hoffnung?«, erwiderte ich. Es war einfach grotesk. »Also gut«, sagte ich, um ihm endgültig klarzumachen, wie absurd das alles war. »Nehmen wir einmal an, ich tue, was Sie möchten. Ich fliege heute Abend nach Rangoon. Und dann? Was dann?«

»Ich gebe Ihnen eine Liste von Orten, die Sie bitte aufsuchen. Sie erkundigen sich nach ihr. Erzählen Sie einfach herum, wer Sie sind, wie Sie heißen und dass Sie Ragna gerne treffen würden. Dann warten Sie, was passiert.«

»Warum bin ich dort?«, fragte ich, halb belustigt, halb gespannt darauf, wie er sich den weiteren Verlauf dieses Drehbuchs vorstellte.

»Sie sind auf einer Reise.«

»Woher weiß ich, dass Ragna in Rangoon lebt? Wie komme ich überhaupt darauf, ausgerechnet an diesen Orten, die Sie mir nennen, nach ihr zu fragen?«

»Es sind die Orte, wo sich in Rangoon lebende Ausländer üblicherweise treffen. Es ist keine sehr große Gruppe, und die meisten Leute kennen sich offenbar. Meine Frau ist vor geraumer Zeit auch auf diese Weise mit ihr in Kontakt gekommen.«

»Aha. Und warum schicken Sie dann nicht gleich Ihre Frau dorthin? Warum mich?«

Di Melo machte eine Handbewegung, die ich schon wiederholt an ihm beobachtet hatte und mit der er offenbar gewohnt war, Diskussionen über Sachverhalte abzuwürgen, die ihm zu komplex oder zu banal waren.

Ich verfolgte den Vorschlag nicht weiter und fragte stattdessen: »Lebt sie denn im Untergrund? Ist sie auf der Flucht?«

»Sie bewegt sich in Kreisen, zu denen man keinen Zugang bekommt, wenn man nicht dazugehört.«

»Und da soll sie nicht misstrauisch werden, wenn ich plötzlich wie aus dem Nichts in Rangoon auftauche und nach ihr frage?«

Di Melo zuckte ratlos mit den Schultern angesichts der offensichtlichen Schwächen seines Planes.

»Lassen Sie sich irgendetwas einfallen. Ich mache mir ja nichts vor, Adrian. Es ist ein ziemlich verzweifelter letzter Versuch. Ragna ist in Gefahr. Sie ist mit Leuten zusammen und in Vorgänge verstrickt, deren Konsequenzen sie gar nicht überschauen kann. Ich muss sie warnen.«

»Warnen«, wiederholte ich. Dann lachte ich leise. »Sie wollen Ragna warnen und haben dafür ausgerechnet mich zum Mittelsmann erkoren? Das ist wirklich gut.«

»Was wollen Sie damit sagen?«

Ich atmete tief durch.

»Wissen Sie denn überhaupt nicht, was damals passiert ist?«

Di Melo blickte mich verständnislos an. »Was meinen Sie?«

»Die Tankstellen.«

»Ja. Sicher. Aber sie war nicht dabei. Sie war irgendwo anders. Sie hat nicht mitgemacht.«

»Sie war bei *mir!* Und wissen Sie, warum? Weil ich sie mit Gewalt daran gehindert habe, mitzumachen. Ich habe sie regelrecht entführt. Glauben Sie etwa, das hätte mir Sympathien eingebracht? Sie hat mich dafür gehasst.«

Di Melo sah plötzlich sehr blass aus. Er sank auf seinem Sessel zusammen und vergrub kurzzeitig das Gesicht in seinen Händen.

Als er wieder zu mir aufblickte, sagte er: »Ein Grund mehr, dass Sie meine letzte Hoffnung sind, Adrian. Sie mögen ja in allem recht haben. Mein Plan ist absurd. Und eine Gefühlsverbindung auszunutzen, die einmal zwischen Ihnen und meiner Tochter bestanden hat, ist unanständig. Aber welche andere Möglichkeit bleibt mir denn? Ihnen gegenüber wird sie nicht misstrauisch sein. Ich flehe Sie an. Bitte fliegen Sie und versuchen Sie, Kontakt mit ihr aufzunehmen. Wenn Sie Ragna schon einmal vor einer riesigen Dummheit bewahrt haben, dann können Sie es doch noch einmal versuchen. Ist das zu viel verlangt?«

»Was um alles in der Welt hat sie denn vor?«

»Das Gleiche wie damals. Sabotage. Nur größer. Viel größer.«

»Raffinerien also?«

»Nein. Fischtrawler. Ich weiß nichts Genaues. Aber ich weiß, welche Erfolgsaussichten so etwas heutzutage hat. Sie wird dabei entweder umkommen, oder man schnappt sie, und sie verschwindet als Ökoterroristin auf Jahrzehnte im Gefängnis. Bitte, Adrian. Wollen Sie das?«

Eine Weile lang sagte keiner von uns ein Wort. Irgendwann erhob ich mich. Di Melo schaute erwartungsvoll zu mir auf.

»Ich denke, ich fahre jetzt am besten in mein Hotel zurück«, sagte ich.

276

»Ja«, sagte Di Melo resigniert. »Tun Sie das.«

Er rührte sich nicht und richtete seinen Blick nun wieder auf die Stelle, wo ich eben noch gesessen hatte.

»Ich muss mir das alles in Ruhe überlegen. Ich rufe Sie heute noch an und sage Ihnen Bescheid.«

Di Melo nickte nur. Ich ging zur Tür und verließ das Büro.

39. RENDER

Ein Sturzregen ging nieder, während Render seinen Wagen auf den Cinquantenaire-Tunnel zusteuerte. Es gab eine besondere Abzweigung, die aus dem Tunnel direkt in die Garage des Ministerratsgebäudes führte, aber es dauerte fast fünf Minuten, bis er seinen Wagen durch die vielen Kontrollen und Haarnadelkurven des Parkhauses manövriert und im vorletzten Stock einen Parkplatz gefunden hatte. Üblicherweise herrschte hier um diese Zeit gähnende Leere, aber heute war fast jeder Platz besetzt. Er ließ seinen Mantel im Wagen, nahm nur seine Aktentasche vom Rücksitz, klemmte seinen Dienstausweis an sein Jackett und ging an der langen Reihe von Fahrzeugen mit diplomatischen Kennzeichen entlang zum Fahrstuhl. Als die Türen sich wieder öffneten, stand er vor dem Pressezentrum. Auch hier war durch die Scheiben sofort zu erkennen, dass heute kein normaler Tag war. Journalisten saßen an langen Tischreihen vor ihren Laptops, telefonierten oder standen, in Gespräche vertieft, beieinander, stets die Deckenmonitore im Auge, auf denen der aktuelle Tagesordnungspunkt der Botschaftersitzung im fünften Stock abzulesen war. Render wartete, bis die Anzeige auf die Gesamtansicht umsprang und ersichtlich wurde, wie lange es dauern würde, bis sein Punkt an die Reihe käme. Im Moment wurde TTIP behandelt. Danach war das Freihandelsabkommen mit Südkorea an der Reihe und erst danach der Punkt, der Vivian so interessierte. Er ging zur Bar, bestellte einen Kaffee und schaute sich um. Es dauerte nicht lange, bis er bekannte Gesichter entdeckte. Tim Robbins von der *Financial Times* telefonierte. Helène Barrios von *Les Échos* plauderte mit jemandem. Er erkannte noch mindestens ein Dutzend weiterer Journalisten, aber das Gesicht, das er suchte, war nicht darunter.

Er schlenderte zum Stand mit den Agenturmeldungen und überflog die Neuigkeiten der letzten Stunden. Das Medieninteresse an den mysteriösen Fischvergiftungen war abgeebbt oder von der restlichen Nachrichtenflut überspült worden. Die Eurokrise stand wieder im Vordergrund. Das Handelsembargo gegen Russland. Der Konflikt in Syrien. Die Zinspolitik.

Er setzte sich etwas abseits in einen Sessel, öffnete seine Aktentasche, holte einen Umschlag hervor und zog die Liste heraus, die Ragna ihm geschickt hatte. Er fragte sich, was ihm mehr Angst einjagen sollte: die Tatsache, dass er hier saß und diesen Schlachtplan in der Hand hielt, oder die Horrorvorstellung, dass die hier aufgelisteten toxischen Chargen in Umlauf gerieten. Es wäre eine absolute Katastrophe. Er überlegte, wie viele Personen wohl notwendig waren, um einen derartigen Sabotageakt vorzubereiten. Leute wie Teresa. Bestimmt waren noch einige andere Fischereibeobachter mit im Spiel. Sie waren perfekt plaziert und hervorragend qualifiziert, um Fische zu präparieren. Sie anzuwerben dürfte auch nicht besonders schwer sein. Sie sahen schließlich täglich mit eigenen Augen, was in der Realität geschah, weit entfernt von den Wolkenkuckucksheimen der Schreibtische.

Aber es mussten auch an Land Saboteure unterwegs sein. An den Häfen. Auf Großmärkten. Vielleicht sogar in den Vertriebszentren der großen Logistiker und entlang der Verpackungsstraßen. War so ein heimtückisches Toxin erst einmal synthetisiert und in eine transportable Form gebracht, war das Ausbringen zwar riskant, aber im Grunde ein Kinderspiel. 0,02 Mikrogramm pro Kilogramm reichten aus, um schwerste Symptome zu erzeugen, was bedeutete, dass das Toxin in extrem hoher Verdünnung in das Fleisch eingebracht werden konnte, also vielleicht durch Aufsprühen oder winzige Injektionen. Die vielen Hände, durch die Fisch im Verarbeitungsprozess ging, waren unmöglich zu kontrollieren.

Die Anzeige auf dem Monitor blinkte drei Mal, und der nächste Tagesordnungspunkt rutschte an die erste Stelle.

Render steckte die Liste in den Umschlag zurück, schob ihn in die Innentasche seines Jacketts, erhob sich und ging in den durch eine Glaswand abgetrennten Saal, wo an langen Tischreihen Arbeitsplätze für Journalisten eingerichtet waren. Überall hingen Strom- und WLAN-Kabel herum. Manche der Arbeitsplätze schienen seit langem verwaist, an anderen lagen aktuelle Pressemitteilungen herum. An etwa einem Drittel der Plätze saß jemand und tippte. Render wusste, wo die Person, die er suchte, üblicherweise saß. Und er hatte vorhin schon registriert, dass der Platz leer war. Laptopkabel lagen zwischen zwei leeren Kaffeebechern mit eingetrocknetem Milchschaum und Spuren von Lippenstift auf dem Becherrand. Er befühlte den Umschlag in seiner Innentasche. Zweimal war er kurz davor, ihn hervorzuziehen und auf dem Tisch abzulegen. Dann machte er unverrichteter Dinge kehrt. Er verließ den Saal und fuhr in den fünften Stock hinauf. Auf den Fluren standen überall Sicherheitsbeamte. Alle paar Meter wurde sein Dienstausweis überprüft. Je näher er dem Tagungsraum kam, desto dichter wurde das Knäuel der wartenden Menschen. Fachleute für TTIP verließen den Sitzungssaal, während andere Außenhandelsexperten von Rat und Kommission sich bereitmachten, den Saal zu betreten. Render stellte sich an eines der großen Fenster, von denen man den Rond-Point Schuman überblicken konnte, und wartete. Einige Gesundheitsattachés waren bereits da und umlagerten Herrero-Sanchez, der ebenfalls schon eingetroffen war. Render konnte nicht hören, was gesprochen wurde. Die Tür zum Sitzungssaal schloss sich. Noch war Südkorea an der Reihe. Er spürte den Umschlag in seiner Innentasche. Und dahinter sein unentschiedenes, zerrissenes Herz, das dagegen schlug.

40. ADRIAN

Die Stadt sah aus, als habe man sie nach Jahrzehnten vom Meeresgrund heraufgezogen und an einem sumpfigen Delta zum Trocknen aufgestellt. Ich stand am Fenster meines Hotelzimmers, das sich nicht öffnen ließ, um den modrigen Klimaanlagengeruch loszuwerden, und ließ meinen Blick über die umliegenden Gebäude schweifen. Wohin man auch schaute, sah man zerfressene Fassaden, vermoderte Friese und verrottete Kolonialgebäude mit leeren Fensterhöhlen, aus denen hier und da rostige Eisenträger und Streben ragten wie Adern aus Stümpfen. Die Straßen waren bereits jetzt hoffnungslos verstopft, obwohl es noch früh am Morgen war. Nach einem Flug über dunkle Landstriche war ich spätabends gelandet. Mein Visum hatte ich auf dem Rückweg von Di Melos Büro in Bangkok natürlich noch abgeholt, denn schließlich brauchte ich meinen Pass, ganz gleich, wohin ich reisen würde. Das starre, unfreundliche Gesicht des Grenzbeamten bei der Einreise sprach seine eigene Sprache. Mein Koffer wurde geöffnet. Aber es wurden keine Fragen gestellt.

Am Ende war es keine echte Entscheidung gewesen. Nach dem merkwürdigen Gespräch mit Di Melo war ich ziemlich unschlüssig ins Hotel gefahren. Ich weiß noch, dass ich zuerst erwog, mein Flugticket zu ändern, aber die erste Maschine mit einem freien Platz in meiner Buchungsklasse flog in drei Tagen. Schneller ging es nur mit einem ziemlich kostspieligen Upgrade. Sollte ich drei Tage in Bangkok herumsitzen? Könnte ich dann nicht genauso gut nach Rangoon fliegen und Di Melo seinen Gefallen tun? Schließlich ergab ich mich einfach den Umständen. Wie hätte ich auch ahnen sollen, worauf ich mich einließ? Ich hielt es für ausgeschlossen, dass ich Ragna überhaupt treffen würde. Aber in einer Hinsicht hatte Di Melos bizarrer Plan tatsächlich funktioniert: Ich musste nun wirklich ständig an sie denken. Die Tür, die sich durch die Begegnung mit ihr vor siebzehn Jahren geöffnet hatte und durch die ich damals gerne mit ihr hindurchgegangen wäre, stand ja ein halbes Leben später immer noch offen. Nur führte sie inzwischen in einen Abstellraum gescheiterter Beziehungsversuche und folgenloser Liebschaften, einen dunklen Verschlag schaler Erinnerungen an zahllose Begegnungen, die nichts hinterlassen hatten.

You sad man.

Warum war das damals nur so sang- und klanglos mit uns zu Ende gegangen? Der Abschied war auch ihr schwergefallen. Das hatte ich mir nicht eingebildet. Am letzten Abend vor ihrer Abreise stand sie plötzlich vor meiner Tür. Sie wollte mir persönlich noch einmal erklären, warum ich sie so enttäuscht hatte. Ich hätte sie wie ein Kind behandelt. Ich solle mich bloß nicht als ihr Retter fühlen. Aber sie sei mir dennoch dankbar, denn immerhin hätte sie durch die Begegnung mit mir zwei Dinge begriffen: dass diese Art Aktion totaler Schwachsinn sei und weit unter ihrem Niveau und dass sie sich nie wieder auf einen Mann verlassen würde. »Ihr seid schwach«, sagte sie. »An die wirklich grundlegenden Dinge traut ihr euch gar nicht heran.«

Sie schenkte mir eine Kopie von *Shoot the Women First* und wollte dann eigentlich gehen. Ich sagte ihr, dass ich immer wieder das Gleiche tun würde. Ich fände es absurd, sich für eine abstrakte Sache zu opfern, ganz gleich, welches Etikett darauf klebte. Ein Wort gab das andere. Wir stritten die halbe Nacht. Am Ende waren wir halb betrunken von der Flasche Wein, die wir irgendwann zur Versöhnung und zum Abschied geöffnet hatten. Und der Ausweglosigkeit überdrüssig, in die alles Räsonieren über den Zustand der Welt mündet, schliefen wir miteinander, verloren uns im Meer unserer Hände wie in diesem Song von Cohen.

Und jetzt ihr Vater mit dieser Wahnsinnsidee, sie noch einmal zu »retten«! Fischtrawler! Das Ticket nach Rangoon lag da. Das Hotel war gebucht – das *Traders*, genau wie Søren es empfohlen hatte. Ich musste nur hinfliegen und die besagten drei oder vier Bars, Buchläden und Galerien aufsuchen und herumfragen, ob jemand Ragna kannte. Nie im Leben würde ich sie finden. Aber falls ich ihr tatsächlich begegnen sollte, würde ich ihr einfach alles erzählen, die ganze absurde Geschichte, die ihr Vater sich da ausgedacht hatte. Sie müsste dann eben entscheiden, was sie mit dieser Situation anfangen wollte. Wären wir uns fremd und unsympathisch? Vertraut? Verwundert? Was auch immer. Ich glaube, dies war der einzige Grund, warum ich am Ende hinfuhr: nicht um Ragna zu retten oder so etwas. Ich wollte diese Tür in mir endlich zumachen.

Ich nahm ein Taxi zum Flughafen und schickte Di Melo eine kurze Textnachricht, dass ich ihn informieren würde, falls es mir gelingen sollte, Ragna zu finden und zu sprechen. Di Melos Antwort erreichte mich erst in Rangoon. DANKE! Viel Glück! Kurz darauf ging eine E-Mail mit Anhängen ein. Es waren Bild- und Videodateien. Über das schwache Hotel-WLAN würde es Stunden brauchten, bis sie heruntergeladen waren, also ließ ich mein Smartphone im Zimmer liegen und machte mich auf einen Rundgang durch die Innenstadt.

Den Parcours meiner Stadtbesichtigung hatte ich einer Broschüre im Hotel entnommen. Er führte an der Sule-Pagode vorbei zu einem großen Park, an den die wichtigsten Bauwerke der Kolonialzeit angrenzten. Ich las nach, welches Amt oder welche Institution hier früher einmal ansässig gewesen war, ließ es aber bald bleiben, denn die Beschreibungen und Informationen waren ebenso ausführlich wie nichtssagend: Baujahr, Architekt, Zweck. Weitaus interessanter fand ich das Improvisationstalent der Menschen, die vor dieser seit einem halben Jahrhundert verlassenen Kolonialkulisse ihrem schwierigen Leben oder Überleben nachgingen, auf dem Boden um große Töpfe herumhockten und bei angeregtem Palaver darauf warteten, wie in einem braunen Sud herumkullernde Fleischstücke allmählich garten. Betelnussspuckflecken zierten allerorten die Gehsteige. Vier PET-Flaschen mit einer gelblichen Flüssigkeit auf einem wackeligen Holztisch, an dem ein Gummischlauch mit Ansaugstutzen hing, stellten eine Tankstelle dar. Fliegenumschwirrte Fleisch- und Geflügelstücke lagen auf blutigen Blechtischen. Autobusse, vollgestopft mit Menschen, die teilweise nur mit einem Bein im Fahrgastraum Platz fanden, donnerten, dicke Dieselschwaden ausstoßend, vorüber. Dass die rostigen Karossen überhaupt fuhren, schien ein technisches Wunder. Irgendwann stand ich vor dem Gerichtshofsgebäude, einem imposanten Bauwerk. Aber was mich wirklich faszinierte, waren die Zehennägel einer Frau, die neben dem Eingang hockte und ein paar Avocados feilbot. Es waren gebogene Krallen, wurzelartige Gebilde, die aus der dunkelbraunen, gegerbten Haut heraus- und gleichzeitig in sie hineinzuwachsen schienen. Mit lebendigen Augen lachte sie mich an, öffnete dabei ihren Mund, in dem ich nur ein paar braune Stummel ausmachen konnte. Ich gab ihr einen Dollarschein, nahm eine ihrer Avocados mit und kaufte ein paar Straßen weiter einer anderen Straßenhändlerin eine Zitrone ab. Dann setzte ich mich auf eine Parkbank aus grün gestrichenem Zement, viertelte die Avocado, tröpfelte Zitronensaft auf die Schnitze und aß sie.

Dann kam mir eine Idee. Ich stand auf, ging zur Hauptstraße zurück und hielt Ausschau nach einem Internetcafé. Ich musste nicht lange suchen. Im Rückraum eines Ladens standen zwischen Regalen voller Getränke, Chips, Reinigungsmittel und Klopapier auch zwei Computer mit aufgesteckter Kamera auf Röhrenmonitoren. Nur waren die Tastaturen auf Birmanisch. Ich klapperte zwei weitere Läden ab, bis ich endlich eine englische Tastatur fand, buchte einen Platz, setzte den Kopfhörer auf und startete einen Anruf. Nach dem dritten Klingeln hörte ich Sørens Stimme.

»Hier ist Adrian«, sagte ich. »Schöne Grüße aus Rangoon.« Es dauerte ein paar Sekunden, bis er sich an mich erinnerte. »Ah, okay!«, sagte er schließlich. »Gut angekommen? Läuft alles gut?« Ich konnte Verkehrslärm im Hintergrund hören, dominiert von einer unverwechselbaren Brüsseler Polizeisirene.

»Ja, alles in Ordnung. In Bangkok war gar nicht so viel zu tun, und jetzt habe ich sogar etwas Zeit hier in Rangoon, bevor es losgeht.«

»Klingt gut. Und? Irgendwelche Sightseeing-Pläne?«

»Ich bin auf Stand-by und muss warten, bis mein Auftraggeber eintrifft.«

»Aha. Okay.«

»Ich wollte dich fragen, ob du mich mit deinem Journalistenfreund bekannt machen könntest. Ich habe seinen Artikel gelesen. Scheint ein echt interessanter Typ zu sein. Meinst du, ich könnte ihn mal treffen? Wie heißt er überhaupt?«

»Er heißt Ko«, erwiderte er. »Er ist einfach zu finden. Er sitzt jeden Tag in der Bibliothek des British Council. Dort ist sozusagen sein Büro, wenn er nicht auf einer Reportage ist. Grüß ihn von mir.«

»Danke. Das werde ich tun. Und da ist noch etwas. Ich habe erfahren, dass eine alte Schulfreundin von mir hier arbeitet. Für irgendeine NGO vermute ich.«

»Wie heißt sie denn?«

»Ragna. Ragna Di Melo.«

»Di Melo?«, fragte Søren. »Italienerin?«

»Halb. Ihre Mutter ist Norwegerin.«

»Ich kenne sie nicht.«

»Meinst du, Ko könnte sie kennen?«

»Wenn sie schon länger in Rangoon ist, kann es durchaus

sein. Der kennt eigentlich alle und jeden. Für welche NGO arbeitet sie denn? Und woher weißt du, dass sie in Rangoon ist?«

»Ich habe einen gemeinsamen Bekannten in Bangkok getroffen, aber der hatte keine Adresse oder E-Mail von ihr.« Ich spürte, dass ich mich gleich in Widersprüche verwickeln würde. »Ist ja auch egal, ich will dich nicht aufhalten. British Council Library also.«

»Ja, tagsüber. Abends triffst du ihn am ehesten an der Hotelbar vom *Strand* oder nebenan in der Union Bar. Dort gehen auch viele Leute von den Botschaften hin und eigentlich die ganze internationale Meute.«

Ich schrieb mit. »*Strand*-Hotel also?«, wiederholte ich.

»Ja. Unten am Fluss. Zur Bibliothek geht es durch einen Seiteneingang. Grüße ihn von mir, wenn du ihn siehst.«

»Wie sieht er denn aus?«

»Er ist mittelgroß. Anfang vierzig, wirkt aber jünger. Kurze schwarze Haare, sanfte Augen, runde Hornbrille. An der linken Hand trägt er einen amerikanischen Highschool-Ring. Ist ein schräger Vogel, aber ziemlich gut informiert. Wenn einer von den Exil-Burmesen deine Freundin kennt, dann wahrscheinlich er.«

»Exil-Burmese?«

»Ja. Er ist in den USA aufgewachsen. Seine beiden älteren Brüder sind bei den Unruhen 1988 ums Leben gekommen. Er gehört zu den Rückkehrern, die sich aus der Nähe anschauen wollen, was jetzt passiert mit der Demokratiebewegung. Er kann dir viel erzählen, falls er Lust dazu hat.«

»Okay. Danke.«

»Sag mal, diese alte Schulfreundin von dir, wie war noch mal ihr Name?«

»Ragna.«

»Nein. Ihr Familienname. Sagtest du Di Melo?«

Ich zögerte. »Ja«, gestand ich dann.

Søren schwieg einige Sekunden lang. Dann sagte er: »Kennst du sie gut?«

»Ich habe sie seit Jahren nicht mehr gesehen. Sie war in meiner Klasse.«

»Kennst du ihre Eltern?«

»Nein«, log ich und überlegte, wie ich Søren jetzt wieder loswerden konnte. Aber er redete einfach weiter.

»Ich meine, es wäre ein ziemlicher Zufall, aber es gibt in Rangoon ein Büro von einer Firma, die sich SVG-Consulting nennt. Vielleicht arbeitet sie ja dort.«

»SVG-Consulting«, wiederholte ich mit trockener Stimme. »Muss man das kennen?«

»Nein, du nicht. Aber wenn man sich für üble Lobbygruppen interessiert, dann sind die ganz oben auf der Liste. Es gibt da einen Alessandro Di Melo. Der ist ziemlich berüchtigt in dieser Branche.«

Ich spürte, wie mir der Schweiß ausbrach. Warum zum Teufel hatte ich nur Ragnas Namen genannt!

»Ich schicke dir mal ein paar Infos. Ist wahrscheinlich nur zufällig der gleiche Name. Aber wer weiß?«

Ich kehrte auf die Straße zurück. Das Gespräch mit Søren schlug mir auf den Magen, und die Mittagshitze machte es noch schwieriger, einen klaren Gedanken zu fassen. Es war nur ein kurzer Fußweg zum British Council. Aber in der Bibliothek saß niemand, auf den Sørens Beschreibung gepasst hätte. Es gab einen Arbeitsplatz, der aussah, als habe sich dort jemand mehr oder weniger dauerhaft eingerichtet, aber er war unbesetzt. Die Bibliothek war überschaubar, drei oder vier Räume, durch Bücherregale und Tische in Arbeitsbereiche für jeweils acht Personen untergliedert.

Ich fand einen freien Platz und ließ mich dort nieder. Eine junge Studentin saß mir gegenüber und bearbeitete Aufgaben in einem dicken Übungsbuch, mit denen man sich auf die Aufnahmeprüfung für amerikanische Colleges vorbereitet. Ein Student neben mir, mit kurzen Hosen und barfuß, las Alexis de Tocqueville. Ich vertrieb mir die Zeit mit Zeitungslektüre und behielt währenddessen den unbesetzten Arbeitsplatz im Auge. Aber es kam niemand. Ich ging noch einmal durch die ganze Bibliothek und entdeckte dabei einen weiteren unbesetzten, mit Büchern, Zeitschriften und Fotokopien bedeckten Tisch. Ich wartete noch eine Viertelstunde, dann verließ ich die Bibliothek unverrichteter Dinge.

Es wäre ja auch ein ziemlich großer Zufall gewesen. Die Sonne brannte glühend an einem wolkenlosen Himmel, und ich beschloss, ins Hotel zurückzukehren und den frühen Abend abzuwarten. Ich bog wiederholt falsch ab und landete in Nebenstraßen, wo ich immer wieder gebannt stehen blieb, um die zerfressenen Fassaden zu bestaunen, die mich an Ostberlin erinnerten. Nur hatten dort keine Menschen auf dem Boden gekauert und auf Hühnerkrallen gestarrt, die in einem grauen Sud schwammen oder zwischen aufsteigenden Luftblasen träge hin und her rollten. Ich wollte lieber nicht genau wissen, aus welchen Schlachtabfällen die Leute hier ihr Mittagessen improvisierten, aber aus den Augenwinkeln beobachtete ich die Szenerie doch mit einer Mischung aus Neugier und Scham. Hier und da kauerte ein Krüppel, oder mein Blick blieb auf dem schwärenden Ausschlag am Arm eines vielleicht Achtjährigen haften. Ich ging langsam weiter und wich einem Stand aus, auf dem ein Berg frittierter Kakerlaken zum Verkauf angeboten wurde. Frittierte Heuschrecken hatte ich in Thailand schon einmal probiert. Es hatte nicht einmal übel geschmeckt. Aber eine Kakerlake zu essen schien mir bis jetzt noch unvorstellbar. Neben dem Kakerlaken-Stand kauerte eine uralt aussehende Frau auf dem Boden und bot drei Mangos zum Verkauf an, die vor ihr auf einem kleinen Tuch auf der Erde lagen. Mehr hatte sie offenbar nicht anzubieten, und nach ihrem Äußeren zu urteilen, war sie ziemlich weit vom Land gekommen in der Hoffnung, hier einen besseren Preis zu erzielen. Drei Mangos – ein Tagesumsatz. Allein meine Hotelrechnung würde diese Frau und ihre Familie wahrscheinlich für mehrere Monate komplett ernähren. Und der Gegenwert des UN-Jeeps, der soeben an uns vorbeifuhr, vermutlich ihr ganzes Dorf. Einer der drei Männer, die in dem Jeep saßen, schaute kurz zu mir herüber, verzog aber keine Miene. Er sah müde aus. Wer war er wohl? Ein Agronom? Ein Wirtschaftsberater? Jedenfalls ein Angehöriger des Heeres internationaler Samariter, von denen Søren gesprochen hatte. Demokratieberater vielleicht, für den heiklen Übergang von einer Militärdiktatur zu einer neuen Staatsform? Wie lief so ein Nation Building eigentlich ab? In einem hatte Søren jedenfalls recht gehabt: Es saßen keine Burmesen in diesem UN-Jeep.

Als ich mein Hotelzimmer wieder betrat, war eine E-Mail von Søren angekommen. Ich lud die Anhänge herunter. Wie schon zuvor bei Di Melos Dokumenten drehte sich der Download-Kreisel minutenlang, und ich ging erst einmal duschen. Danach lag ich eine ganze Weile untätig auf dem Bett, lauschte dem Lärm der Stadt und dem Rauschen der Klimaanlage, bis ein leises *Ping* verkündete, dass die Downloads endlich abgeschlossen waren. Ich öffnete die PDFs und stieß auf eine lange Liste von Weblinks, die mir angesichts der langsamen Internetverbindung nicht viel nützen würden. Darunter hatte Søren geschrieben:

»Lieber Adrian. Hier ein paar interessante Kampagnen, die SVG in den letzten Jahren aufgelegt hat. Die Gruppe ist weltweit tätig und hat Kunden in allen Schlüsselsektoren. In Europa tun sie im Moment alles, um die Spaltung der Europäischen Union voranzutreiben und den Brexit zu befeuern. Die Finanzierung lässt sich zu extremen Gruppierungen in den USA und Russland zurückverfolgen. Sie beschäftigen zum

Beispiel osteuropäische Studenten, um antieuropäische Ressentiments zu schüren. Das geschieht vor allem durch Leserbriefe zu Europathemen in der seriösen Presse. Sie lancieren auch Kampagnen, die wie Grassroots-Aktionen aussehen, aber in Wirklichkeit bis ins Detail choreographiert sind, wie zum Beispiel kürzlich eine Pro-Genfood-Demonstration von einem angeblichen Ökologie-Landwirtschaftsverband, hinter dem sich in Wirklichkeit eine Gruppe von mächtigen Biotechnologieunternehmen verbirgt. SVG verfügt über erstaunliche Mittel und Kontakte auf höchster Ebene. Für entsprechendes Geld machen sie alles. Sie wären vermutlich in der Lage, Atomkraft als Biotreibstoff zu kommunizieren. Ich weiß nicht, wie viele sogenannte ›Aufklärungswebseiten‹ sie unterhalten. Beim letzten Test eines unserer Hacker sind wir auf mehrere hundert gestoßen, die alle auf deren Servern liegen. Über Alessandro Di Melo habe ich dir ein kleines Dossier beigefügt. Er ist seit acht Jahren dabei. Im Augenblick betreut er die Tiefseesparte. Früher hat er Reedereien im Fischereisektor beraten. 2003 gab es einen spektakulären Fall in Australien, mit dem er zu tun hatte. Bericht liegt bei. Heute berät er Unternehmen wie Nautilus und Neptune Minerals und sitzt außerdem im Aufsichtsrat von Ocean Harvest, einer Hightechfirma für Tiefseeroboter, die einem großen schwedischen Konzern gehört. Über die Links kannst du Genaueres nachlesen. Er hat einen guten Riecher für Geschäftsfelder, die wenig reguliert sind und in denen enorme Gewinne winken, wenn man nur schnell und skrupellos genug ist. Ein feiner Vertreter seiner Zunft. Viel Spaß noch. Ich habe Ko informiert, dass du in der Stadt bist und ihn gern treffen würdest. Ich habe ihm deine Mailadresse geschickt. Ich hoffe, du bist einverstanden? Søren.«

Die Links funktionierten nicht. Die Verbindung war zu schlecht. Ich ging in die Lobby, wo zwei PCs standen, aber beide waren besetzt. Im gleichen Moment summte mein

Handy und zeigte eine Nachricht von einem gewissen Daniel Parson an.

»Hi. Got your mail from Søren. Happy to meet you. Are you at your hotel? Just having coffee across the street at Sakura Tower Sky Bistro. Join me now or call me later. Warm regards. Ko.«

Ich ging durch die Drehtür nach draußen und sah sofort das Hochhaus auf der anderen Straßenseite. Ich überquerte die Fahrbahn und fuhr in den obersten Stock. Das Restaurant erstreckte sich über die gesamte oberste Etage. Ich ließ meinen Blick über die Tische wandern. Nirgendwo saß eine einzelne Person. Aber plötzlich erhob sich jemand im hinteren Teil des Raumes und winkte mir zu.

Als ich den Tisch am Fenster erreicht hatte, bot der Mann mir den Stuhl neben sich an.

»Adrian?«, fragte er auf Englisch und reichte mir die Hand.

»Ja«, sagte ich. »Das ging ja schnell.«

»Dies ist ein dynamisches Land. Und das ist Linda.«

Sie schien von meinem Auftauchen nicht so begeistert zu sein und überspielte dies wenig überzeugend mit einem säuerlichen Lächeln.

»Ich wohne gleich gegenüber«, sagte ich. »Ich will aber nicht stören. Wir können uns ja vielleicht später treffen, falls du Zeit hast.«

»Nein, wieso. Linda muss eh gleich weg«, entgegnete Ko und erhob sich. »Ich bin gleich wieder da.«

Damit verschwand er in Richtung Toiletten. Ich nahm Linda gegenüber Platz. Sie hatte rote Haare und Sommersprossen, war ein wenig übergewichtig und schwitzte stark trotz der Klimaanlage. Ich schätzte sie auf Mitte dreißig.

»Hallo«, sagte ich. »Ich bin gerade erst angekommen.«

Sie sammelte Broschüren und Computerausdrucke zusammen, die vor ihr auf dem Tisch lagen, und erwiderte: »Na dann herzlich willkommen. Urlaub?«

»Nein. Arbeit. Aber ich habe noch etwas Zeit, bevor es losgeht.«

»Gut für dich.«

Sie fuhr damit fort, ihre Unterlagen einzupacken. Wir hatten uns ganz offensichtlich nichts zu sagen, aber es war auch komisch, einfach zu schweigen.

»Du lebst hier?«, versuchte ich etwas Unverfängliches.

»Ja. Kann man so sagen.«

Ich konnte nicht umhin, die Unterlagen zu mustern, die sie zusammenpackte. Es waren Flurkarten. Sie bemerkte meinen Blick, sagte aber nichts, sondern fuhr damit fort, alles in ihre Tasche zu stopfen. Ich sah keinen großen Sinn darin, die offenbar unerwünschte Konversation fortzusetzen, was dazu führte, dass plötzlich sie nach ein paar peinlichen Momenten das Schweigen unterbrach.

»Und du? Woher kommst du?«

Aus dem Augenwinkel sah ich Ko zurückkommen.

»Deutschland«, sagte ich der Einfachheit halber. »Frankfurt. Und du?«

»UK«, erwiderte sie und erhob sich. »Nett, dich kennengelernt zu haben. Schönen Aufenthalt noch.« Ich nickte und versuchte zu lächeln, was mir wohl auch halbwegs gelang.

»Bye Danny«, sagte sie zu dem Zurückkehrenden, der nun mir gegenüber Platz nahm. »Bis heute Abend vielleicht.«

Er winkte ihr unverbindlich hinterher.

»Ist ziemlich zugeknöpft, ich weiß«, sagte er, nachdem sie außer Hörweite war.

»Du heißt Daniel? Søren nennt dich Ko.«

»Mein burmesischer Name. Du kannst es dir aussuchen. Ich benutze beide. Was führt dich her?«

»Arbeit«, sagte ich, »Ich begleite einen Schweizer Geschäftsmann als Dolmetscher. Er ist aber noch nicht eingetroffen, daher habe ich noch etwas Zeit, mich umzuschauen.«

»Aha. Schön. Ein wenig Tourismus also. Willst du ein paar Tipps?«

Er hatte ein sympathisches Gesicht. Sein Alter zu schätzen war schwierig. Die schwarzen Haare trug er kurz, und sie waren über der Stirn wie mit einem Lineal gezogen abgeschnitten. Er schien immer zu lächeln, auch wenn er sprach. Als er die Hände faltete, sah ich den Highschool-Ring, den Søren erwähnt hatte, und das in das Schulwappen eingearbeitete Datum: 1996.

»Søren hat mir Artikel zu lesen gegeben, die du geschrieben hast. Das war eine interessante Lektüre.«

Ko nickte geschmeichelt. »Danke. Ich bekomme nicht oft Lob für meine Ansichten. Aber will man das?« Er legte den Kopf schief. »Nun ja. Hier ist alles sehr verworren. Linda zum Beispiel arbeitet für eine Organisation, die ein Liegenschaftskataster einrichten soll. Es gibt ja keins. Niemand weiß, wem das Land gehört, beziehungsweise es gehört dem Staat oder denen, die sich dafür halten. Durch die sogenannte demokratische Öffnung kommen jetzt sehr viele Investoren ins Land. Was geschieht? Die Leute, die seit Jahrzehnten auf einem Stück Land gelebt und gearbeitet haben, werden nun vertrieben, und die Regierung, also die Militärs, verkaufen das Land an ausländische Investoren. Das Geld fließt auf private Konten in Singapur. Wer sich wehrt, wird eingeschüchtert oder umgebracht. Dafür bekommen wir nun aber ein Kataster. Aus nicht dokumentierter Willkür wird dokumentiertes Unrecht. Das nennt man dann Entwicklung. Dazu kommt noch, dass Burma ein Flickenteppich ist, ein Vielvölkerstaat in einer beschissenen geopolitischen Lage. Wir sitzen zwischen zwei äußerst gefräßigen Kolossen: Indien und China. Was uns von dort ins Haus steht, ist gar nicht abzusehen. Burma war sechzig Jahre lang ein Gefängnis. Jetzt brechen zwar die Mauern ein, aber statt freizukommen, werden die meisten Leute wohl eher unter den Trümmern begraben wer-

den. Das Land wird zerquetscht, ausgepresst, ausgeweidet.«
Er schaute kurz aus dem Fenster. Der Anblick war durchaus
deprimierend. Der Himmel hatte sich bewölkt. »Ich hoffe,
du bist wenigstens kein Entwicklungshelfer oder Konfliktforscher oder so was?«

»Nein.«

»Immerhin. Vor ein paar Tagen habe ich einen Landsmann
von dir getroffen. Aus Hamburg. Er hat von irgendeiner Stiftung die Finanzierung für ein vierjähriges Forschungsprojekt
bekommen, um die Geschichte des burmesischen Volkes zu
schreiben. Damit wir unsere Geschichte besser verstehen lernen und der Versöhnungsprozess gelingen kann.« Er schüttelte den Kopf, und zum ersten Mal verschwand das Lächeln
aus seinem Gesicht. »Genau das brauchen wir hier im Moment am dringendsten: einen deutschen Ding-Dong-Intel-
lektuellen, der noch nie Grünen-Tee-Salat gegessen hat und
den Burmesen ihre Geschichte erklärt.«

Ich musste lachen, und auch Kos Gesichtszüge entspann-
ten sich wieder.

»Ist es nicht grotesk?«, fuhr er fort. »Wie viele burmesische
Historiker erklären wohl den Ostdeutschen ihre Geschichte?
Statt uns Konfliktforscher zu schicken, hätte es uns erheblich
mehr geholfen, wenn Deutschland unseren Militärs nicht
über Jahrzehnte Landminen verkauft hätte.«

Sein Englisch war lupenreines Ostküstenamerikanisch. Er
sprach ohne das ständige Einsprengsel von *like* und anderen
nichtssagenden Füllwörtern.

»Du bist in den USA aufgewachsen?«, fragte ich.

»Ja.«

»Und seit wann lebst du wieder hier?«

»Seit drei Jahren. Aber immer nur ein paar Monate, länger
halte ich es nicht aus.«

»Und wo lebst du sonst?«

»In Clinton, Massachusetts. Das ist ein kleines Kaff vierzig

Meilen westlich von Boston. Meine Familie, also der überlebende Teil davon, lebt dort.«

»Und Søren bist du hier begegnet?«

»Ja. Ist ganz interessant, was er macht, finde ich. Es wird leider nicht viel daran ändern, dass uns mit der einen Hand das Zehnfache von dem geraubt werden wird, was man uns mit der anderen spendet, aber sei's drum. Wenigstens wird durch seine Arbeit das Lügen etwas schwerer. Aber erzähl mir von deinem Schweizer Geschäftsmann. Welche Segnungen hat er denn für uns im Gepäck? Oder darfst du darüber nicht sprechen?«

»Ich könnte es gar nicht. Ich habe keine Ahnung, was er hier macht. Er kommt erst in ein paar Tagen.«

»Und warum bist du dann schon hier?«

Ich drehte mich nach dem Kellner um und machte ihm ein Zeichen.

»Es hat sich mit den Flügen so ergeben«, antwortete ich vage. Es war mir unangenehm zu lügen. Also versuchte ich, einfach neutral zu formulieren. Aber wie beim Gespräch mit Søren war das natürlich heikel. »Eine alte Schulfreundin von mir arbeitet hier irgendwo«, brachte ich meine Geschichte vor. »Ich würde sie gerne treffen, habe aber weder ihre Mail noch ihre Telefonnummer. Ich weiß auch nicht, für welche Organisation sie arbeitet.«

»Hm. Dann weißt du aber herzlich wenig über sie.«

Der Kellner kam, und ich bestellte ein Ginger-Ale. Ko sagte dem Kellner etwas, das ich nicht verstand.

»Hat sie denn einen Namen?«, wollte er dann wissen.

»Sie heißt Ragna. Ragna Di Melo.«

Nach seinem Gesichtsausdruck zu schließen, hatte er den Namen noch nie gehört.

»Und woher kommt sie?«

»Schwer zu sagen. Sie ist auf drei Kontinenten aufgewachsen. Ihr Vater ist Italiener, ihre Mutter Norwegerin.«

»Aha, daher die aparte Namenskombination. Wie sieht sie denn aus? Hast du ein Bild von ihr?«

Ich zögerte. Am einfachsten wäre es, ihm das Foto zu zeigen, das ich in Di Melos Zürcher Büro geschossen hatte. Aber wie sollte ich erklären, woher ich es hatte? Noch so ein schreiender Logikfehler in Di Melos schwachsinnigem Plan. »Sie ist recht groß, schlank, hat hellbraune Haare und grüne Augen.«

»Ach so, klar, kann ich mir genau vorstellen.«

Ich musste lachen. »Na ja, wie soll ich sie schon beschreiben. Ich habe sie ja seit vielen Jahren nicht gesehen.«

Ko schaute mich spöttisch an. »Nun, da du sie nach so langer Zeit noch suchst, muss sie ja ziemlich attraktiv sein.«

»Früher auf jeden Fall. Na ja, hätte ja sein können, dass du sie kennst. So viele junge europäische Frauen leben hier ja vermutlich nicht.«

»Linda fällt jedenfalls raus, oder?«, witzelte er.

»Ja. Absolut.«

»Ich höre mich mal um. Vielleicht kennt sie ja jemand aus meinem Bekanntenkreis. Komm doch heute Abend in die Pansodan Gallery.«

»Ja, das hatte ich ohnehin vor. Ist dienstags so eine Art Treffpunkt, oder?«

»Ja, es kommen immer interessante Leute, Dichter, Dissidenten, neu angekommene NGO-Leute, die sich hier einfinden wollen und Kontakt suchen, Studenten, Journalisten, Künstler und so weiter. Vielleicht ist sie ja auch dort.«

Sein Lächeln war auf einmal verschwunden, und ich spürte, dass er mich ein wenig misstrauisch zu mustern begann. Ich wollte es verhindern, aber ich wurde ein wenig rot.

»Weißt du, was ich mich gerade frage?«, sagte er plötzlich.

»Ich kann es mir denken«, erwiderte ich und wurde noch röter.

»Und?«

»Du fragst dich vermutlich, ob ich vielleicht ein wenig verrückt, dumm oder vielleicht sogar gefährlich bin. Ein komischer Typ eben, der am Ende der Welt wildfremde Leute nach seiner alten Schulfreundin fragt.«

»Nicht ganz falsch«, antwortete er. Dann war das Lächeln plötzlich wieder da. Ja, er strahlte sogar und sagte:»Ich glaube, du bist sogar alles auf einmal.«

»Ach ja?«

Er deutete mit dem Finger auf mich, als hätte er plötzlich eine Eingebung gehabt:»Und es gibt übrigens eine sehr griffige Bezeichnung für diesen Zustand.«

»So?«, erwiderte ich nervös.»Und welche?«

»Ganz einfach«, sagte Ko und erhob sich.»Du bist verliebt!«

41. DI MELO

Die Verbindung war miserabel. Di Melo kniff genervt die Augen zusammen, aber das führte natürlich nicht dazu, dass er den Mann am anderen Ende der Leitung besser verstand. Sein Englisch war einfach zu bruchstückhaft. Aber das Wesentliche drang schließlich zu ihm durch.

»Er ist ganzen Tag gelaufen«, hörte er in kaum verständlichem Englisch. »Ging nach British Library. Dann zurück in *Traders* Hotel. Er spricht mit Mann in Sakura Tower Restaurant. Jetzt wieder Hotel.«

»Was für ein Restaurant?«

»Sakura Tower. Front von Hotel.«

»Was für ein Mann?«

»Weiß nicht.«

In diesem Stil ging die Unterhaltung noch ein paar Minuten weiter. Adrian befand sich im Moment also in seinem Hotelzimmer, und einer der beiden Beobachter saß in der Lobby, während der andere auf der Etage von Adrians Zimmer seine Tür im Auge behielt. Wenn er nur selbst dort sein könnte! Aber das war zu riskant. Di Melo war sich sicher, dass Suphatra jeden seiner Schritte überwachte. Nur deshalb hatte er ihn überhaupt kontaktiert. Er würde sich erst bewegen, wenn er genau wusste, wo Ragna sich aufhielt. Und dann musste alles sehr schnell gehen, so schnell, dass der Mann erst gar keine Chance hätte, ihm zu folgen.

»Habt ihr den Sender angebracht?«, fragte er. Es war unglaublich. Seine eigene Tochter zwang ihn zu solchen Methoden. Aber er musste mit allem rechnen. Die beiden Mitarbeiter aus dem Büro in Rangoon, die er für die Sache engagiert hatte, waren keine Profis. Für das Geld, das er ihnen geboten hatte, waren sie zwar hochmotiviert, aber Adrian konnte ihnen leicht entwischen. Ragna und ihre Komplizen waren seit dem Zwischenfall mit der Portugiesin bestimmt noch vorsichtiger geworden. Die Wahrscheinlichkeit, dass sie auf seinen Köder reagieren würde, war gering. Aber es war seine letzte Hoffnung. Er hatte sie den kleinsten GPS-Tracker besorgen lassen, den man in Rangoon bekommen konnte. Dann hatte er ihnen eingeschärft, den Sender in den Tragegurt von Adrians Tagesrucksack einnähen zu lassen. Das war ihnen immerhin gelungen.

»Ruft mich sofort an, falls sich etwas tut.«

»Ja. Wir rufen.«

Er legte auf, wählte eine Nummer und ließ es dreimal klingeln. Dann unterbrach er die Verbindung und wartete. Es dauerte etwa zwei Minuten, bis die Rückmeldung per SMS auf seinem Telefon einging. Er startete ein Kartenprogramm auf seinem Tablet-Computer, stellte eine Bluetooth-Verbindung her und überspielte die übermittelten Koordinaten. Das System funktionierte tadellos. Der Tracker meldete die Geoposition 16°46'44.3"N 96°09'30.3"E, einen Punkt exakt zwischen der Sule Pagoda Road und der 32nd Street in Downtown Rangoon. Adrian war im Hotel. Oder jedenfalls sein Rucksack.

Di Melo starrte durch die Glasfront auf das pulsierende Lichtermeer zu seinen Füßen. Alte Liebe rostet nicht, dachte er. Hoffentlich galt das auch für sie.

42. RAGNA

Ragna verstand nur jedes dritte Wort, wenn sie überhaupt etwas hören konnte. »Was sagst du?«, rief sie in das Gerät hinein, als könnte sie durch Lautstärke die Übertragung verbessern. Ein Rauschen, dann folgten zerhackte und verschobene Satzstummel, bis plötzlich ein Halbsatz klar und deutlich hörbar wurde.

»... hier in der Stadt herum und fragt nach dir ... scher ... drian ...«

Ragna ging nervös in Richtung einer kleinen Anhöhe in der Hoffnung, einen besseren Empfang zu bekommen, aber es dauerte dennoch eine ganze Weile, bis sie den Namen das erste Mal vollständig verstand.

»Hast du Adrian gesagt?«, rief sie ins Telefon.

Wieder kam erst nur ein Rauschen, aber auf einmal war die Verbindung so klar, als stehe Ko neben ihr.

»Er behauptet, er arbeite für einen Schweizer Geschäftsmann, der noch nicht eingetroffen ist.«

Sie blickte verstört um sich, absolut nicht bereit oder in der Lage, diese Information zu verarbeiten.

»Und er hat nach mir gefragt?«

»Ja. Er nannte deinen Namen.«

»Er weiß, dass ich hier bin?«

»Offensichtlich. Kennst du ihn gut?«

»Wo ist er?«

»Er wohnt im *Traders*. Wahrscheinlich kommt er heute Abend in die Pansodan Gallery. Ich habe ihm gesagt, dass ich mich umhören werde.«

Ragna erwiderte nichts. Sie ging ein paar Schritte nach rechts, dann nach links, nach wie vor unfähig, irgendeinen klaren Gedanken zu fassen.

»Was soll ich jetzt machen?«, fragte Ko.

»Nichts. Ich rufe dich wieder an.«

Sie steckte das Telefon ein und stand reglos da. Sie kannte nur einen Adrian, und den hatte sie seit Jahren nicht gesehen. Völlig undenkbar, dass er hier war. Aber ein Adrian aus Deutschland, der nach ihr fragte? Wer sollte das sonst sein. Was in drei Teufels Namen wollte er hier? Sie ging völlig perplex auf und ab und begriff einfach nicht, was sie davon halten sollte. Dann wurde ihr klar, dass sie diese Information auf keinen Fall für sich behalten durfte. Jemand spionierte ihr nach. Das betraf sie alle. Aber Adrian?

»So, so. Ein Schweizer Geschäftsmann«, sagte Steve mit einer Mischung aus Spott und Hohn in der Stimme, nachdem sie ihm berichtet hatte. »Ein Ex von dir, mit dem du jahrelang keinen Kontakt hattest, taucht einfach so hier auf, und du denkst ernsthaft darüber nach, ob das ein Zufall ist? Natürlich hat ihn jemand geschickt. Sonst fresse ich einen Besen.«

»Aber wer?«

»Vielleicht dein Vater. Oder deine Mutter. Wer sonst?«

Ragna stand stumm da. Sie spürte, dass Steve recht hatte. Es war die einzig logische Erklärung. Aber was zum Teufel sollte es bedeuten?

»Und was heißt das jetzt für uns?«, erwiderte sie genervt.

»Das heißt, wir müssen uns wohl um diesen Burschen kümmern und herausfinden, für wen er dir hinterherspioniert.«

»Wäre es nicht einfacher, ihn zu ignorieren? In ein paar Tagen sind wir hier weg.«

»Na ja«, widersprach Steve. »Ich möchte eigentlich nicht noch eine böse Überraschung erleben.«

Ragna wog erneut alle Möglichkeiten ab und kam wie zuvor zu keiner klaren Schlussfolgerung.

»Ich könnte nach Rangoon fahren. Ihn treffen«, schlug sie vor.

»Nein«, widersprach Steve. »Auf keinen Fall. Das ist zu riskant. Was ist, wenn er wirklich als Lockvogel dient, dann darfst du genau das natürlich nicht tun.«

»Telefonieren? Ich könnte mit ihm reden.«

Steves Gesichtsausdruck wurde immer finsterer. »Erst Teresa. Jetzt das. Vielleicht sind wir längst aufgeflogen, verfluchte Scheiße. Und du willst immer nur warten und warten.«

Ein bleiernes Schweigen breitete sich zwischen ihnen aus.

»Vielleicht hast du recht«, sagte Steve nach einer Weile. »Wir machen besser gar nichts. Ko soll ihn nicht mehr treffen, sondern nur im Auge behalten. Soll er doch in Rangoon versauern. Aber die Sache ist und bleibt komisch. Wie stehst du denn zu diesem Typen?«

Ragna lachte. »Was ist denn das für eine Frage?«

»Die nächstliegende.«

Sie stand auf und ging. Aber vor der Frage konnte sie nicht so leicht weglaufen wie vor Steve. Adrian war eine unbegreifliche Episode in ihrem Leben gewesen, bis heute. Sie konnte sich das nur so erklären, dass ihre ganze Welt damals aus den Fugen geraten und Adrian darin vorübergehend eine Art Anker gewesen war. Anker? Was für ein Wort. Eher eine Art Traumgebilde, Spinnerei, in die sie sich vorübergehend geflüchtet hatte. Natürlich war da eine körperliche Anziehung gewesen. Sie hatte gespürt, dass er ihr dauernd hinterherschaute. Aber er war ihr zu abwartend, zu reserviert gewesen, besonders im Vergleich zu den anderen Jungs. Interessierte Blicke hin oder her: Er unternahm eben nichts.

Sie erreichte ihr Zelt und verkroch sich darin. Adrian war in Rangoon. Es ging ihr nicht in den Kopf. Steckte ihr Vater dahinter? Es wäre typisch für ihn. Das musste man ihm lassen: Er kam stets auf originelle Ideen, um seine miesen Absichten durchzusetzen. Wie damals in Freemantle. Da hatte sie ihn das erste Mal in freier Wildbahn erlebt. Wie er diese

Umweltverbrecherbande rausgehauen hatte, die zu fassen sie selbst unter Einsatz ihres Lebens mitgewirkt hatte. Er bekam diese Schurken tatsächlich frei. Sie gab sich ihm erst nach der Urteilsverkündung zu erkennen. Er hatte keine Ahnung gehabt, dass sie dem Prozess beigewohnt und jeden seiner widerlichen juristischen Winkelzüge verfolgt hatte. Es war der Abschluss einer jahrelang schleichend größer werdenden Entfremdung zwischen ihnen gewesen. Zu Beginn waren es nur die Diskussionen zu Hause, seine ätzenden Standpunkte, seine fatalistischen Ansichten, die sie mit ihrem jugendlichen Idealismus sicher auch provoziert hatte. Mit der Zeit war ihr aber klargeworden, dass er seine merkwürdige Weltsicht nicht nur am Abend oder am Wochenende ihr gegenüber vertrat, sondern tagsüber damit das Geld verdiente, von dem sie so gut lebten. Wenn haarsträubende Artikel über Unternehmen in der Presse erschienen, die keine Gelegenheit ungenutzt ließen, auf Kosten wehrloser Menschen, Tiere oder der Natur skrupellos Profite zu machen, dann konnte man damit rechnen, dass der Name dieser Firma bald auf seinem Terminkalender auftauchen würde. Wie konnte er solche Leute auch noch *beraten,* wie er das nannte? Hatte er überhaupt kein Gewissen? Ein Ölunternehmen etwa, das in Afrika ganze Landstriche zerstörte und lokale Militärs dafür bezahlte, gewaltfreien Widerstand der Bevölkerung mit Massakern, Schauprozessen und Hinrichtungen zu brechen? Für einen derartigen Abschaum arbeitete er?

Natürlich war die Tankstellenaktion Irrsinn gewesen. Ken Saro-Wiwa und die anderen nigerianischen Ermordeten würden dadurch nicht wieder lebendig, und Shell würde in hundert Jahren nicht für die Verbrechen angeklagt, die der Konzern zu verantworten hatte. Herrn Müller und Frau Schmidt interessierte es einen Dreck, wie viel Menschenblut mit aus der Zapfsäule floss, an der sie tankten, so wie der großen Mehrheit diese Dinge ja schon immer egal waren. Aber ihr

konnte nicht egal sein, dass sie von den Früchten dieser Verbrechen lebte. Sie konnte Shell boykottieren, aber nicht ihren
Vater. Also hatte sie sich diesem Himmelfahrtskommando
angeschlossen und beschlossen mitzuhelfen, im Stil der Earth
Liberation Front ein paar Shell-Tankstellen in die Luft zu jagen. Just in dieser Zeit hatte Adrian sie während einer lang-
weiligen Party, vor der sie auf die Dachterrasse geflohen war,
angesprochen.

Warum hatte sie sich auf ihn eingelassen? Sie wusste es
beim besten Willen nicht mehr. Was sie vorher an ihm irritiert
hatte, seine etwas reservierte, abwartende Art, war ihr plötzlich sympathisch gewesen. Er hatte auch etwas Souveränes an
sich gehabt, das sie vorher nicht bemerkt hatte. Er ließ sich
von ihrem Gerede über die Gravitationskonstante oder die
Glasaale nicht im geringsten beirren. Sie musste innerlich lachen, wenn sie daran dachte. Wie bescheuert war sie damals
eigentlich? Nach dieser ersten merkwürdigen Unterhaltung
hatte er nicht mehr lockergelassen, und sie hatte auch keinen
Sinn darin gesehen, sich lange zu zieren. Sie plante ihre Aktion mit dem Ken-Saro-Wiwa-Kommando und begann parallel dazu eine Beziehung mit jemandem, der in seiner Freizeit
Gedichte übersetzte, komische Filme mochte und in einer
Art Traumwelt lebte. Mit ihm Zeit zu verbringen war wie ein
Herausfallen aus der Gegenwart. Er interessierte sich nicht
die Bohne für den Zustand der Welt oder kriminelle Konzerne. Wie Herr Müller und Frau Schmidt. Was hatte sie also an
diesem Adrian gefunden? Okay, der Sex war gut gewesen.
Aber worüber hatten sie geredet? Er schickte ihr Gedichte.
Sie las keine Lyrik. Er las ihr vor. Das hatte ihr manchmal
gefallen. An ein Gedicht erinnerte sie sich noch, weil es nicht
so gefühlsduselig war. Es ging um ein totes Mädchen, eine
Wasserleiche. Als man ihre Brust aufbrach, fand man, *in einer
Laube unter dem Zwerchfell,* ein Nest von jungen Ratten, die
dort eine schöne Kindheit verbracht hatten. Diese *Laube un-*

ter dem Zwerchfell und die schöne Kindheit dieser Ratten-
jungen hatte sie beeindruckt. Das war irgendwie stark, eine
Sprache gegen Verlogenheit, die genau ihrer Wut auf so vieles
entsprach. Aber warum Adrian? Vielleicht war sie in seine
Verliebtheit verliebt gewesen, seine Aufmerksamkeit, etwas
in seinen Augen, für das sie verantwortlich war. Oder war es
seine Fremdheit? Wer konnte Gefühle schon erklären?
Hatte Teresa vielleicht gewusst, was sie an Render gefunden hatte? Die Begegnung mit dem viel älteren Mann hatte
sie völlig verwandelt. Wieso? Es war nicht zu erklären. Die
beiden hatten eben ihr Glück gefunden. Wie hatte sie Teresa
manchmal darum beneidet. Um dieses kleine Stück Glück.
Und wo war ihr Glück? Steve? Ihre Leidenschaft für ihn hatte sich mit der Zeit als Leidenschaft für eine gemeinsame Sache erwiesen. Es gab Projekte. Aktionen. War überhaupt irgendetwas zwischen ihnen jemals privat und nicht politisch
gewesen? Sie hatte lange geglaubt, Liebe sei nur möglich
durch die Liebe zu einer gemeinsamen Sache. Aber vielleicht
war es ja genau umgekehrt. Vielleicht war Verschiedenheit
und Fremdheit das Geheimnis. Steve sah die Welt wie sie, litt
wie sie, hoffte und kämpfte wie sie. Und doch war es irgendwann zu Ende gewesen. Wie war das möglich? Weil der Hass
sie zusammengeführt hatte? Der Hass auf Umweltverbrecher
und skrupellose Geschäftemacher, der Hass auf Ignoranz
und Gleichgültigkeit? War ihre Liebe nur ein gemeinsamer
Hass gewesen?

Sie ging in ihr Zelt, setzte sich in eine Ecke und starrte vor
sich hin. Ihre Hand wanderte zu der Kette an ihrem Hals,
und sie spielte einen Moment lang mit dem kleinen Glasdel-
phin, der daran hing. Dann griff sie zum Telefon.

43. RENDER

Der Tagesordnungspunkt wurde um zwanzig Uhr dreiunddreißig aufgerufen. Render ließ sich mit dem Pulk der anderen in den großen Sitzungssaal hineintreiben und spürte sofort, dass die Stimmung angespannt war. Die Luft war stickig. Der Präsident stand umringt von sieben oder acht Personen am hinteren Ende des Sitzungssaales und wurde von allen Seiten bedrängt. Render erkannte den spanischen Botschafter neben dem schwedischen, die sich offenbar die Aufmerksamkeit des Vorsitzenden streitig machten. Die diplomatischen Vertreter von Griechenland, Frankreich, Dänemark standen ebenfalls dabei und griffen in den Wortwechsel ein, der aus der Entfernung allerdings nicht zu hören war, denn im Rest des großen Saales waren gut und gern hundertzwanzig weitere Personen in ähnlichen Grüppchen versammelt und debattierten miteinander. Im vorderen Bereich wechselte gerade das Team der Kommission die Plätze.

Herrero-Sanchez legte seine Dossiers ab und begrüßte einen Kollegen vom juristischen Dienst, der sich neben ihm niederließ. Experten und Sachbearbeiter, die Render teilweise kannte, verteilten sich auf den freien Stühlen oder auf den Klappsitzen an der Wand. Noch immer strömten Menschen herein, und Render ließ sich rasch auf einem der Klappsitze an der Wand hinter dem Kommissionstisch nieder, schnappte sich einen Kopfhörer und machte einem der umhereilenden Saaldiener ein Zeichen, ihm die aktuellen Tischvorlagen zu bringen. Bevor er die Dokumente allerdings lesen konnte, wandte sich der Vorsitzende plötzlich von den ihn bedrängenden Botschaftern ab, betätigte zweimal energisch den Klingelknopf und schaltete sein Mikro an.

»Exzellenzen, meine Damen und Herren. Auf Antrag

mehrerer Delegationen wird der nächste Punkt im engsten Kreis besprochen. Nur die Damen und Herren Botschafter plus ein Attaché sowie die Kommission. Alle anderen bitte ich, den Saal zu verlassen.«

Render streifte den Kopfhörer wieder ab, erhob sich und griff nach dem Telefon. Aber er musste Vivians Nummer gar nicht erst heraussuchen. Sie hatte ihn in den letzten Minuten bereits zweimal angerufen, ohne dass er es bemerkt hatte. Er beeilte sich, mit den anderen Unerwünschten den Saal wieder zu verlassen, und zog sich rasch in eine Ecke zurück, wo er ungestört war.

»John?«, antwortete sie nach dem ersten Klingeln. »Was ist los. Ist der Punkt schon dran?«

»Ja und nein. Und ich bin wieder draußen. Sie tagen im engsten Kreis. Format eins plus eins.«

»Konntest du erfahren, warum?«

»Nein. Es gab ziemlich heftige Diskussionen zwischen verschiedenen Gruppen von Botschaftern.«

»Welchen Gruppen?«, fragte sie ungeduldig. Render beschrieb ihr die Konstellationen, die er beobachtet hatte.

»Danke, John«, sagte sie und legte auf.

Render war noch damit beschäftigt, sich einen Reim auf dieses kurze Gespräch zu machen, als Jasper Paulsen auf einmal neben ihm erschien.

»Weißt du es schon?«, fragte er sichtlich erregt.

»Ich weiß gar nichts.«

Jasper griff ihn am Jackett und zog ihn weg vom Pulk der anderen Wartenden.

»Ich habe einen guten Bekannten in der ständigen Vertretung«, sagte Jasper und senkte die Stimme noch weiter. »Irgendjemand will illegale Fischerei auf die Tagesordnung des Rates für Justiz und Inneres setzen. Unter der Rubrik: Terrorismusbekämpfung und Kampf gegen das organisierte Verbrechen.«

Renders Mund klappte nach unten. Jasper fuhr mit vor Aufregung geröteten Wangen fort.

»Ja, stell dir das mal vor. Ich habe den Text leider nicht sehen können, aber die Formulierungen sind ungeheuerlich. Ich habe keine Ahnung, wer dahintersteckt. Sämtliche Fischereiabkommen mit Drittstaaten sollen überprüft werden. In Den Haag beim Internationalen Gerichtshof soll ein Sondergericht für den Tatbestand ›Ökozid‹ eingerichtet werden, wo Staaten und Regierungen angeklagt werden können.«

Render blinzelte. »Das glaube ich nicht«, sagte er. »Das hast du geträumt.«

Jasper strahlte.

»Nein«, widersprach er und deutete auf die geschlossenen Türen des Konferenzsaales. »Irgendwelche Leute aus verschiedenen Umweltministerien schmieden offenbar schon länger an einer Allianz für einen kompletten Ausstieg aus der industriellen Fischerei. Hier!«

»Ich muss eine rauchen«, sagte Render.

Sie gingen ein paar Schritte zu einer Raucherkabine, und Render zündete sich erst einmal eine Zigarette an.

Jasper feixte. »Vielleicht ist diese Ciguatera-Scheiße ja ein Geschenk des Himmels.«

Render blies Rauch in den Deckenventilator.

»Wir wissen ja immer noch nicht, wo das Zeug so plötzlich herkommt. Was glaubst du denn. Irgendeine Idee?«

Render schaute seinen dänischen Kollegen stumm an und zog an seiner Zigarette. »Vielleicht tatsächlich Klimawandel?«, bot er an.

Jaspers Telefon summte zwei Mal. Er schaute kurz auf das Display. »Tut mir leid. Ich muss noch einmal ins Büro. Hier erfährt man heute sowieso nichts mehr.«

»Schönen Abend noch, Jasper.«

Der Däne eilte davon. Render rauchte seine Zigarette zu Ende. Regen schlug gegen die dicken Fensterscheiben des

Ratsgebäudes und ließ die Umgebung noch trostloser aussehen als sonst. Baukräne des neuen Ratsgebäudes, das nebenan entstand, ragten in den Himmel. Der Schuman-Kreisverkehr lag verlassen da. Hier und da bewegte sich ein Regenschirm den Gehsteig entlang. Render schaute nach draußen, aber seine Gedanken waren ganz woanders. Zwei Szenarien liefen ständig vor seinem geistigen Auge ab. Aber er konnte sich einfach nicht entscheiden. Was Jasper da gerade erwähnt hatte, war unglaublich. So ein Vorstoß war unerhört. Vor dem Sitzungssaal tat sich nichts. Die meisten Wartenden tippten auf ihren Handys herum oder unterhielten sich leise.

Render nahm den Fahrstuhl in die Garage, warf sein Jackett auf den Rücksitz seines Wagens und fuhr nach Hause. Dort angekommen, schaltete er seinen Computer ein, rief das Protokoll des letzten Videoanrufs auf und drückte die Wahltaste. Es dauerte fast eine Minute, bis die Verbindung aufgebaut war und irgendwo in Asien in einer zeltartigen Behausung ein PC zu klingeln beginnen würde. Aber sein Anruf blieb unbeantwortet. Er legte auf und versuchte es erneut. Keine Reaktion. Er probierte es ein drittes Mal, doch wieder ohne Erfolg.

Barracuda offline, stand in der Menüspalte. Er schob den Cursor in das Feld, wo man eine Nachricht hinterlassen konnte. Da begann sein Handy zu summen.

44. ADRIAN

Ich verbrachte eine langweilige Stunde an der Hotelbar des Strand und zog dann weiter zur Union Bar, die nur ein paar Schritte entfernt lag. Es kamen ständig neue Leute, die sich für die Happy Hour hier einfanden, aber mein Bauchgefühl sagte mir, dass ich meine Zeit verschwendete. Die meisten Leute schienen sich zu kennen, kamen zu zweit oder in Gruppen. Neuankömmlinge wurde meistens von irgendwelchen bereits anwesenden Gästen begrüßt, und die wenigen, die wie ich allein herumstanden oder saßen, wischten auf ihren Smartphones herum. Die Gesprächsfetzen, die ich aufschnappte, erinnerten mich an Kos Artikel. Bis auf zwei Bedienungen gab es keinen einzigen Einheimischen. Der Barmann war Ire. Auf dem Fernsehmonitor lief ein Kricket-Match. Überhaupt: Ko! Seine letzte Bemerkung beschäftigte mich im Augenblick mehr als der ganze Barbetrieb um mich herum.

Nach einer Dreiviertelstunde gab ich meinen fruchtlosen Beobachtungsposten in der Union Bar auf und machte mich auf den Weg zur Pansodan Gallery. Ein Platzregen ging nieder, und es blieb mir nichts anderes übrig, als in einem Hausflur vorübergehend Schutz zu suchen. Die Türen zu einem breiten Treppenhaus standen offen. Ich überlegte nicht lange und rannte ein paar Stufen ins Halbdunkel hinauf, um den Wassermassen zu entkommen. Erst als ich auf der Treppe stand und mich wieder umdrehte, bemerkte ich, dass es gar keine Türen gab. Das Haus war eine Ruine. Und ich war anscheinend nicht der Einzige, der sich vor dem Regen hierhergeflüchtet hatte. In den Ecken des verlassenen Treppenhauses raschelte etwas. Allmählich gewöhnten sich meine Augen an den spärlichen Lichteinfall von der Straße. Müll säumte die

Treppe zu beiden Seiten. Eine unmerkliche Bewegung im Halbdunkel vor mir, vielleicht einen Meter über meinem Kopf und eine Armlänge entfernt, ließ mich zurückweichen. Ich griff nach meinem Handy und schaltete die Taschenlampe ein. Zwei große Ratten, die in einem rostigen Stromverteilerkasten saßen, aus dem abgerissene Drähte und Kabel heraushingen, schnüffelten interessiert in meine Richtung. Als ich den Lichtkegel auf den Boden richtete, hielten zwei weitere Exemplare mir ihre schnuppernden Schnauzen entgegen. Ich löschte das Licht sofort, sprang die drei Stufen zum Eingang hinab und floh in den strömenden Regen hinaus.

Zehn Minuten später stand ich klatschnass in einem engen Treppenhaus, das dem sehr ähnelte, aus dem ich soeben entkommen war. Nur brannte hier Licht, und es waren glücklicherweise keine Ratten zu sehen. Die modrigen Wände schimmerten feucht. Die ausgetretenen Stufen knarrten beim Hinaufgehen. Die Galerie, ein etwa zwanzig Quadratmeter großer Raum, lag im ersten Stock. Als ich eintrat, waren vielleicht zehn Besucher da, doch hinter mir kamen bereits neue Gäste die Treppe herauf. Ein junger Mann trat auf mich zu und reichte mir lächelnd ein Handtuch, das ich dankend annahm. Ein paar andere Gäste sahen ebenfalls so aus, als seien sie von dem Gewitter überrascht worden. Ich ließ mich auf einem Hocker nieder, rieb mir die Haare trocken und musterte die Gemälde an den Wänden. Vier junge Männer saßen in einer Ecke und unterhielten sich leise in einer Sprache, die ich weder verstand noch zuordnen konnte. Ko war nirgendwo zu sehen. Ein Balkon, der auf die Pansodan Road hinausging, war geöffnet, und von dort vernahm ich englische Satzfetzen von zwei Frauen und einem Mann, die am Geländer lehnten und rauchten. Eine von ihnen war Linda, wie ich jetzt bemerkte. Sie blickte kurz zu mir hin, schaute aber sofort wieder weg, was mir nicht unlieb war. Der junge Mann, der mir das Handtuch gegeben hatte, stand plötzlich vor mir und reichte mir einen Becher mit einem Getränk. »Punch«, sagte er freundlich. »Enjoy. Still need the towel?« Ich gab es ihm zurück. »Where're you from?«, wollte er wissen. »Germany«, sagte ich. »My name is Adrian.« »I'm Youn. Nice to meet you. Enjoy your drink.« Eine Weile lang blieb ich einfach, wo ich war, und schaute zu, wie der Raum sich langsam mit Besuchern füllte. Gegen neun waren vielleicht zwanzig Personen da, danach verlor ich rasch den Überblick. Es gab einen separaten Atelierbereich im hinteren Teil, und offenbar gehörte zur Galerie auch noch eine Dachterrasse, zu der ein reger Verkehr durch das Treppenhaus hinaufführte. Selbst wenn Ragna hier erscheinen sollte, konnte ich sie also durchaus verpassen, wenn ich nur hier unten herumsaß und wartete. Aber plötzlich fehlte mir die Lust zu weiteren Initiativen. Was ging mich das alles an? Ich würde Di Melo morgen anrufen und diese Sache abbrechen. Ich hatte hier nichts verloren, weder als Tourist noch als Vermittler in irgendeinem Familiendrama. Und schon gar nicht als Ex.

Neben mir wurde plötzlich deutsch gesprochen. Aus den Augenwinkeln erkannte ich einen älteren Mann und eine Frau mittleren Alters, die mit dem Rücken zu mir saß. Ihr Gesprächspartner hatte meinen kurzen Blick bemerkt und sagte: »Sorry, I hope we don't disturb you.«

»Nein, nein«, antwortete ich auf Deutsch. »Ich sitze hier nur zum Trocknen.« Die Frau drehte sich überrascht zu mir um.

»Aha. Ein Landsmann«, sagte sie und lehnte sich etwas zurück, so dass wir jetzt fast einen kleinen Gesprächskreis bildeten.

»Adrian«, sagte ich. »Aus Frankfurt.«

»Elisabeth«, sagte die Frau. »Und das ist Heinz. Neu in der Stadt?«

»Ja. Ziemlich. Ich bin erst gestern angekommen.«

»Heinz ist auch erst ein paar Tage hier«, erklärte Elisabeth und schien im gleichen Moment zu bemerken, dass sie ihn das auch selbst hätte sagen lassen können. »Ich bin schon länger da«, fügte sie nach einer kurzen Pause hinzu. Heinz wirkte erheblich älter als sie. Er war dünn, ja mager. Sein Haar war schütter, und an seinem Hals schimmerten ein paar graue Bartstoppeln, die ihm beim letzten Rasieren entgangen waren. Er war unauffällig und einfach gekleidet. Die Art, wie er seinen Punsch-Becher hielt und seinen Blick jetzt unsicher durch den Raum schweifen ließ, erweckte den Eindruck, dass er sich hier ebenso deplaziert und verloren vorkam wie ich.

»Du arbeitest hier?«, fragte ich.

»Ja«, antwortete sie. »Für Terre des Hommes. Und du?«

»Ich bin nur auf Durchreise. Ich dolmetsche für einen Geschäftsmann, der aber noch nicht eingetroffen ist.«

»Dolmetscher«, meldete sich Heinz jetzt interessiert zu Wort. »Welche Sprachen?«

Das Gespräch, das sich jetzt anbahnte, hatte ich derart oft geführt, dass ich nebenher problemlos das gesellige Treiben im Auge behalten konnte. Es dauerte vielleicht zehn Minuten, bis die üblichen Fragen und Antworten zum Thema ausgetauscht waren und ich außerdem erfahren hatte, dass Heinz von irgendeiner kirchlichen Einrichtung in Hamburg entsandt worden war, um hier Konflikt- und Friedensmanagement zu betreiben. Die Frage, wie er sich das im Einzelnen vorstellte, stellte ich nicht mehr. Ko war eingetroffen. Ich verabschiedete mich höflich und gesellte mich zu ihm.

»Ich habe ein paar Neuigkeiten für dich«, sagte Ko leise.

»Aber nicht hier. Gehen wir nach oben.«

Ko stieg die Treppe hinauf. Ich folgte ihm vorsichtig, denn hier funktionierte die Beleuchtung nicht mehr, und nach wenigen Stufen war kaum noch etwas zu sehen. Zwei von oben herabkommende Gäste leuchteten mit Taschenlampen vor sich her. Ich musste wieder an die Ratten denken und schaltete im dritten Stock die Lampe meines Handys ein. Aber glücklicherweise sah ich keine.

Wir erreichten ein Flachdach. Es war von einer niedrigen Balustrade gesäumt, die an manchen Stellen ganz fehlte, weil Mauerstücke weggebrochen waren. Ich hielt mich in respektvollem Abstand und schaute mich um. Das Panorama des nächtlichen Rangoon war beeindruckend. Die Sule-Pagode reckte ihre einsame goldene Spitze in den blauschwarzen Nachthimmel, auf dem ein dichter Sternenteppich funkelte. Es dauerte eine Weile, bis ich begriff, was an diesem Panorama so ganz anders war: Es gab fast kein künstliches Licht! Keine Reklame! Es war ein Blick in eine Welt vor fünfzig Jahren. Es würde nicht lange dauern, bis die mit Autobatterien und Vierzig-Watt-Birnen schummerig beleuchteten Garküchen taghellen, klimatisierten Restaurantketten gewichen sein würden. Neben der Goldspitze der Sule-Pagode würden sich ein Mercedesstern, ein Emblem von Mitsubishi oder das Logo irgendeiner Großbank drehen, hoch über den Dächern Warnlampen auf Baukränen rot glimmen und noch weiter oben am Himmel die roten und weißen Signallichter von Jets auf neuen Interkontinentalrouten blinken.

»Ich bin nur gekommen, um dich zu warnen«, sagte Ko plötzlich und trat so nah an mich heran, dass ich ein wenig erschrak.

»Warnen? Wovor?«

»Ich habe mich heute Nachmittag ein wenig umgehört. Wegen deiner Freundin. Du solltest vielleicht besser nicht versuchen, sie zu finden. Verstehst du, was ich meine?«

»Nein. Ehrlich gesagt nicht.«

»Also dann im Klartext: Ich würde dir raten, in dein Hotel zu gehen und morgen abzureisen. Noch weiß niemand, dass du überhaupt hier bist. Ich bin heute ziemlich spät gekommen, weil ich sichergehen wollte, dass mich niemand hierher verfolgt und möglicherweise herausfindet, dass wir uns hier treffen. Also. Ich empfehle dir, ins Hotel zu gehen und es auch heute Nacht nicht mehr zu verlassen. Morgen früh fährst du mit dem Taxi zum Flughafen und verlässt, so schnell du kannst, das Land. Ich schicke dir jemanden, dem du vertrauen kannst.«

»Tut mir leid. Ich kann dir nicht folgen.«

»Ganz einfach: Morgen früh verlässt du das Hotel durch den Hintereingang, also zur 32nd Street«, fuhr Ko unbeirrt fort. »Um neun Uhr wird ein Taxi vor dem Clover Hotel stehen, das ist schräg gegenüber dem Hintereingang deines Hotels. Merke dir die Taxi-Nummer: E 1558. Sie steht auf der Fahrer- und Beifahrertür. Nimm kein anderes Taxi. Hast du das alles verstanden?«

»Nein. Ich verstehe gar nichts. Was soll das?«

»Ich habe ein wenig herumgefragt und die Reaktionen, die ich bekommen habe, sind recht eindeutig. Du kannst natürlich tun und lassen, was du willst. Aber lass dir von jemandem, der sich hier ganz gut auskennt, einfach sagen: Verfolge diese Sache nicht weiter. Du bist nicht einfach zufällig hier, nicht wahr? Jemand hat dich geschickt, oder?«

Ich antwortete nicht. Ko schaute mich ernst an. Dann sagte er: »Wer immer dich geschickt hat, wird sehr gute Gründe gehabt haben, nicht selbst herzukommen. Ich weiß, wie gesagt, nichts Genaues und will es auch nicht, denn wenn ich nicht sehr vorsichtig vorgegangen wäre, müsste ich jetzt eventuell selbst ausreisen, was ich absolut nicht vorhabe. Also, vergiss diese Sache und sieh zu, dass du so schnell wie möglich verschwindest.«

Ko wollte gehen, aber ich hielt ihn fest.

»Mit wem hast du gesprochen?«, fragte ich. »Mit ihr?«

Ko verzog das Gesicht. »Hör zu«, sagte er. »Das hier ist ein sehr kompliziertes Land. Du solltest mir vertrauen und meinen Rat befolgen. Deine Freundin ist offenbar jemand, der nur sehr ungern kontaktiert werden möchte. Mehr kann ich dir nicht sagen, weil ich, wie gesagt, selbst nicht genug darüber weiß. Und ich will mich nicht in irgendwelche Nesseln setzen. Also. Tu, was du willst. Aber mein Rat lautet: neun Uhr, 32nd Street. Fahr zum Flughafen und vergiss diese Sache. Es war nett, dich kennenzulernen.«

Damit verschwand er die Treppe hinunter. Ich blieb völlig perplex zurück und wartete, bis seine Schritte auf der Treppe verklungen waren. Das regennasse Dach spiegelte den Nachthimmel. Die vorübergehend vom Regen frische Luft war bereits wieder feuchtwarm und drückend. Ich ging ein paar Schritte kreuz und quer über das Dach auf der Suche nach einem Luftzug und um besser atmen zu können. Kam das Gefühl zu ersticken von dieser sonderbaren Nachricht? Es war eher eine Warnung! Diese ganze Geschichte war von vorn bis hinten dubios. Angefangen mit dem Scheinengagement, mit dem Di Melo mich nach Bangkok gelockt hatte, bis hin zu den alten Liebesbriefen. Di Melo schob mich auf einem Schachbrett herum, und ich hatte überhaupt keine Ahnung, wozu oder in was für einem Spiel.

Ich schaltete die Handyleuchte wieder ein und ging langsam nach unten. Die Galerie betrat ich erst gar nicht mehr. Als ich am Hauseingang angekommen war, spähte ich misstrauisch hinaus. Der Verkehr war spärlich. Ein Taxi kam herangekrochen. Ich wollte schon aus dem Eingang hinaustreten und es heranwinken, als ich mich besann. Ich wich ins Treppenhaus zurück. Vielleicht gab es ja einen Hinterausgang. Tatsächlich mündete der Hausflur in einen Innenhof. Geborstene Mauerstücke, offensichtlich von der Dachbalustrade, lagen da. Ich spähte in alle Richtungen, wie ich von hier auf eine der umgebenden Straßen gelangen konnte. Es bot sich nur ein Weg an: über einen Bretterzaun zum Nachbargrundstück, das an die Parallelstraße grenzte. Aber was, wenn es von dort keinen Zugang zur Straße gab? Ich fragte mich, ob ich es nicht übertrieb mit meiner Vorsicht? Wer sollte mich denn verfolgen?

Ich machte ein paar Schritte auf den Zaun zu und untersuchte die Bretter. Sie waren morsch, und es kostete wenig Mühe, zwei davon zu lösen und dazwischen hindurch in den angrenzenden Hof zu gelangen. Nach ein paar Schritten erreichte ich die Rückseite eines Wohnhauses und dort einen Durchgang zur Straße. Ich ging um den ganzen Block herum zurück zur Pansodan Road, die hier in eine Überführung überging. Ich musste eine schmale Betontreppe zur Fahrbahn hinaufsteigen. Oben angekommen, hatte ich den Eingang zur Galerie gut im Blick und konnte auch die Umgebung beobachten. Ich wartete ein paar Minuten. Gelegentlich fuhr ein Auto vorbei. Ein paar Garküchen hatten noch geöffnet, aber der Großteil der Straße lag wie ausgestorben da. Auf dem Balkon der Galerie standen noch immer mehrere Personen, die rauchten und sich unterhielten. Nach einer Weile trat ein Pärchen aus dem Hauseingang und schlenderte Arm in Arm stadteinwärts.

Ich wartete, ohne zu wissen, worauf. Kos sonderbare Reden hatten einen leichten Verfolgungswahn in mir ausgelöst. Aber schon bald bestätigte sich meine Ahnung. Eine einzelne Person verließ die Galerie und schlug meine Richtung ein. Es war ein junger Mann. Ich konnte ihn aus der Entfernung nicht gut erkennen. Er ging jedoch nicht die Rampe hinauf, sondern spazierte unter mir die Straße entlang. Ich konnte seine Schritte hören, wie er unter mir vorüberging. Er bog um die Ecke und verschwand in die Richtung, aus der ich gekommen war. Dann wurde es wieder still. Plötzlich vernahm ich erneut Schritte. Ich versuchte herauszufinden, wo die Person, die jetzt wenige Meter unter mir vorbeilief, so plötzlich hergekommen war. Aber sosehr ich mich auch bemühte, es gelang mir nicht. Hatte die Person in einem der geparkten Wagen gesessen? Aber ich hatte keine Tür schlagen hören. Zehn Minuten lang geschah gar nichts. Dann erklangen wieder Schritte aus der Richtung, in welche die beiden Passanten verschwunden waren.

Ich duckte mich in den Schatten der Hauswand hinter mir. Die Schritte waren nun ganz nah, direkt unter mir. Aber plötzlich waren sie nicht mehr zu hören. Ich hielt den Atem an, ging langsam in die Knie und versuchte durch ein Absperrgitter nach unten zu spähen. Da roch ich Zigarettenrauch. Und dann sah ich ihn. Er stand an einen der Pfeiler der Rampe gelehnt und rauchte. Ein weiterer Gast verließ die Galerie, wieder ein einzelner Mann, der stadteinwärts ging. Der Mann unter mir warf seine Zigarette hin und setzte sich lautlos in Bewegung. Ich rührte mich nicht, schaute völlig reglos dem Mann hinterher, bis er weit genug entfernt war. Dann eilte ich gebückt in die entgegengesetzte Richtung, die Überführung entlang.

Nach ein paar hundert Metern blieb ich stehen und schaute mich um. Die Brücke hinter mir war völlig verlassen. Niemand war mir gefolgt. Links von mir zeichneten sich die Rundbogen des Bahnhofsgebäudes ab, zu meiner Rechten lagen Bahngleise in einem vermüllten Brachland. Ich ging rasch weiter in der Hoffnung, eine Treppe zu finden, die mich wieder nach unten bringen würde und von wo ich die Richtung zu meinem Hotel einschlagen könnte. Aber ich musste noch einige Minuten weiter stadtauswärts gehen, bis ich endlich an eine Treppe kam und absteigen konnte. Inzwischen befand ich mich in einer völlig verlassenen Gegend. Ein Autowrack lag auf der Seite zwischen stillgelegten Bahngleisen und Müllhaufen. Ein leichter Wind ging und blies Staub vor sich her, der mir in den Augen brannte. Nach ein paar Wegminuten sah ich den Sakura Tower hinter den tempeldachartigen Aufbauten der Bahnhofshalle und daneben die letzten Stockwerke meines Hotels aufragen. Es war Viertel vor elf, als ich endlich dort eintraf. Erschöpft und völlig verschwitzt schlich ich durch die leere Lobby. Nur auf einem Sessel in einer Sitzgruppe am Fenster saß ein einzelner Gast und schien eingeschlafen zu sein. Der Fahrstuhl brachte mich nach oben. Ich duschte, packte meine Sachen zusammen und fiel todmüde ins Bett. Zum Teufel mit Di Melo. Morgen wäre ich weg hier.

45. TERESA

Sie verbrachte die Stunden nach Einbruch der Dunkelheit in ihrer Hütte und achtete auf jedes Geräusch in ihrer Nähe. Sie hatte endlos hin und her überlegt, was sie tun sollte. Schließlich hatte sie sich entschieden. Sie musste es wagen. Suphatra standen nicht endlos viele Möglichkeiten zur Verfügung, um sie zu überwachen. Vielleicht hatte er Leute hier postiert. Möglicherweise hielten sie sich total unauffällig im Hintergrund. Das Telefon war vermutlich mit einem Sender ausgestattet, der ihre Position meldete. Es kostete sie fast übermenschliche Beherrschung, es nicht zu benutzen, um John anzurufen. Seine Stimme zu hören. Nur wenige Minuten. Aber sie konnte es nicht riskieren. Schon gar nicht mit diesem Gerät.

Sie hatte etwas Geld und ihren Pass. Er schien in Ordnung zu sein. Nirgendwo hatte sie auch nur die Spur einer Veränderung feststellen können. Auch an ihrer Kleidung war ihr nichts aufgefallen. Der dünne Stoff enthielt nichts Verdächtiges, keine Drähte oder Mikrochips oder sonst etwas, das sie sich in ihrer überreizten Phantasie ausmalte. Die geflochtenen Sohlen ihrer Sandalen ließen sich problemlos in alle Richtungen biegen, auch dort war kein geheimer Sender versteckt. Nur das Telefon war verdächtig. Vielleicht war dies die Lücke, durch die sie entkommen könnte. Ging Suphatra davon aus, dass sie das Handy mitnehmen oder sogar damit telefonieren würde? War der Mann vielleicht wirklich so dumm, sie für so dumm zu halten?

Um kurz vor Mitternacht schlief sie ein. Doch bald schon schreckte sie wieder hoch und lauschte angstvoll in die Nacht hinaus. Aber da war nichts. Sie hörte das Meer rauschen, den Wind in den Palmen, gelegentlich die Stimmen von anderen

Gästen, die an ihrem Bungalow vorbeikamen. Sie hörte das Trippeln und Rascheln von Geckos, die auf der Jagd nach Mücken über ihre Wände huschten. Dann verfiel sie wieder in einen unruhigen Schlummer. Um kurz vor fünf stand sie auf, nahm ihre Tasche, legte ihre paar Habseligkeiten hinein und machte sich auf den Weg. Sie war die Einzige, die so früh den Shuttle zum Hafen nahm. Zu Beginn der eineinhalbstündigen Fahrt über unbefestigte Pisten schaute sie sich noch ständig in alle Richtungen um, ob irgendwo ein Verfolger auszumachen war. Aber dann wurde ihr klar, dass es ja ohnehin nur diesen einen Weg gab, um die Insel zu verlassen. Ihr hier nachzustellen war völlig überflüssig. War sie erst einmal aufgebrochen, genügte ein Anruf, um jemanden am Hafen von Thong Sala oder Don Sak davon in Kenntnis zu setzen.

Als sie in Thong Sala an der Mole aus dem Taxi stieg, lag die Fähre bereits abfahrbereit in der Morgensonne. Sie bahnte sich einen Weg durch das Spalier der Händler und betrat das Schiff. Außer ihr waren vielleicht zwanzig weitere Reisende an Bord, fast nur Pärchen und alle in ähnlicher Aufmachung wie die Touristen an dem Surferstrand, an dem sie wieder zu sich gekommen war. Rucksäcke lagen herum. Die meisten Passagiere hatten sich über eine ganze Sitzbank hinweg ausgestreckt, und manche schliefen schon. Teresa suchte sich eine freie Bank, blieb jedoch aufrecht sitzen und starrte auf das Meer hinaus. In drei Stunden wäre sie auf dem Festland. Dort würde sie endlich telefonieren. Wie viel Uhr wäre es in Brüssel? Wie konnte sie Ragna erreichen? Oder Gavin? Das Schiff legte ab und nahm langsam Fahrt auf. Die Insel verschwand allmählich im Dunst hinter ihr. Sie musterte ihre Mitreisenden, fragte sich bei jedem einzelnen, ob es sich um einen potenziellen Verfolger handeln könnte.

Irgendwann war sie eingenickt, und es war die Schiffssirene, die sie weckte. Sie stieg auf das Oberdeck und ließ ihren Blick nervös über die näher kommende Hafenmole von Don

Sak schweifen. Der Anblick war genauso, wie sie es von anderen Häfen in Südostasien kannte. Taxis und Tuk-Tuks drängelten sich vor der Absperrung, um Kunden einzusammeln. Trauben von Fahrern und Hotelschleppern hielten ihre Schilder hoch und machten sich aggressiv die besten Plätze streitig. Ob dort unten jemand ausgerechnet nach ihr Ausschau hielt, war unmöglich zu sagen, aber angesichts des enormen Gedrängels immerhin vorstellbar. Sie ging wieder nach unten und schob mit einer raschen Handbewegung Suphatras Nokia-Handy in die kleine Außentasche eines der herumliegenden Rucksäcke.

Als sie kurz darauf von Bord ging, fiel ihr niemand besonders auf. Sie bahnte sich mit gesenktem Kopf ihren Weg durch das Gedrängel, ging zielstrebig auf das erstbeste Taxi zu, setzte sich hinein und sagte nur: »Train station. And please hurry.«

Die Fahrt dauerte über eine Stunde, aber spätestens jetzt war sie sicher, dass ihr unmöglich jemand hätte folgen können. Bei diesem Verkehr, den vielen Abzweigungen, den knappen Abbiegemanövern und unberechenbaren Spurwechseln wäre ihr eine Verfolgung durch einen anderen Wagen sicher aufgefallen. Das Handy war nun auf dem Weg weiß Gott wohin oder würde bald in irgendeinem Mülleimer landen. Sie war offenbar wirklich frei! Sie konnte ihr Glück kaum fassen. Am Bahnhof würde sie telefonieren. Endlich. Sie konnte es kaum erwarten. Die Minuten zogen sich zäh in die Länge. Wie weit war es nur dorthin? Endlich hielt das Taxi vor einem Flachbau, den allerlei Flaggen und ein großes Porträt von König Bhumibol und Königin Sirikit schmückten. Neben dem Eingang zeigten großformatige Fotos Szenen aus der Regierungszeit des Königspaares. Teresa bezahlte, stieg aus und schaute sich nach einem Internetcafé um. Sie musste nicht lange suchen. Ein Seven-Eleven-Shop verfügte über ein paar Computerterminals und hatte sogar noch zwei Telefonkabinen im Angebot. Sie reservierte eine Kabine, griff nach dem Hörer und ließ ihre Finger über die Tasten fliegen. Ihr war schon wieder übel. Aber diesmal schrieb sie es ihrer Nervosität zu. Es dauerte eine Ewigkeit, bis das Freizeichen ertönte. Nach dem dritten Klingeln hörte sie, wie jemand abnahm.

»Hello?«

Alles war in dieser Stimme enthalten. Hoffnung. Furcht. Wut. Tränen schossen ihr in die Augen. Es war, als habe John mit diesem einen kurzen Wort einen Damm in ihr gesprengt, die ununterbrochene Todesangst von dreiundzwanzig Tagen.

»John«, stammelte sie unter Schluchzern.

»Teresa?«, rief die Stimme. Dann ein fassungsloses Schweigen. »Liebes«, hörte sie ihn stammeln. »Teresa, Liebste, wo bist du?«

»Ich … ich bin in Thailand«, brachte sie mühsam hervor. »In Surat Thani. Am Bahnhof.«

Es dauerte Minuten, bis aus ihrem wechselseitigen Stammeln eine halbwegs strukturierte Unterhaltung wurde. Allmählich beruhigten sie sich. Ihre Stimmen wurden fester. Teresa schilderte ihm, was geschehen war. In der Erzählung kam ihr alles noch unfassbarer vor. Render hatte tausend Fragen. Dann schilderte er ihr, was sich inzwischen ereignet und was er in Vigo erlebt hatte. Auch dass er mit Ragna in Kontakt stand, berichtete er.

»Du hast es getan?«, fragte sie unsicher. »Du hast die Liste nicht der Polizei gegeben?«

»Ich weiß nicht mehr, was richtig und falsch ist, Teresa. Aber es kann doch nicht einfach alles so weitergehen. Ich bin so glücklich, dass du wohlauf bist. Ich komme sofort und hole dich.«

Sie lächelte erleichtert. »Ja. Bitte komm. Ich brauche dich. Aber du musst Ragna warnen. Sie ist in Lebensgefahr. Ich muss sie unbedingt sprechen. Und ich brauche Geld. Kannst du mir Geld schicken?«

Sie hörte das Klackern einer Tastatur. Die Segnungen des Internet.

»Es gibt einen Moneygram«, sagte er. »Zehn Wegminuten vom Bahnhof entfernt. Hast du Zugriff auf dein E-Mail-Konto? Und hast du deinen Pass?«

»Ja.«

»Ich schicke dir alle Informationen. Was willst du jetzt tun?«

»Ich muss mit Ragna reden. Danach sehen wir weiter. Bitte kontaktiere sie und frage sie, wie ich mit ihr in Verbindung treten kann.«

Sie saß minutenlang da, nachdem sie aufgelegt hatte, und wusste gar nicht, worüber sie zuerst nachdenken sollte. Zu viele Dinge gingen ihr gleichzeitig durch den Kopf. Sie kaufte sich zwei Bananen und aß sie, während sie die vereinbarte halbe Stunde verstreichen ließ. Dann buchte sie einen Terminal und öffnete ihr E-Mail-Konto. Ihr Herz machte einen Sprung, als sie den fett gedruckten Absender der neu eingegangenen Nachricht sah. Sie enthielt mehrere Anhänge. Sie öffnete die Nachricht und las:

From: John.Render1412@hotmail.com
Sent: Sunday, November 29, 2015 06:43 AM
To: Teresa.Carvalho@lusoweb.pt
Subject: Moneygram

My love, im Anhang alle Informationen und die Dokumente für Moneygram (Routing Number, QR Code, Adresse und Wegbeschreibung) 2.000 US$ sind auf Deinen Namen reserviert. Auszahlung 50% in Landeswährung, 50% in US$. Gebühren sind bezahlt, Du brauchst nur Deinen Pass und den QR Code der Bestätigung (ausdrucken). Ich kann gar nicht fassen, dass es Dir gutgeht. Ich nehme die nächste Maschine nach Bangkok. Schick mir unverzüglich die Num-

mer Deines Prepaid-Handys, sobald du eines hast. Ich versuche, so schnell ich kann, Ragna zu erreichen.
Ich liebe Dich, John.

Zwei Stunden später hatte sie alles, was sie brauchte. Sie kehrte zum Bahnhof zurück und buchte einen Schlafwagen erster Klasse nach Bangkok. Das einzige Problem war das neue Handy. Your account will be activated within the next 24 hours. Thank you. Wo hielt Ragna sich gegenwärtig auf? Was war inzwischen geschehen? Teresa schaute auf die vorbeiziehende Landschaft in der Abenddämmerung. Was für ein unendliches Glück hatte sie gehabt! Wie war das nur zu erklären? Morgen früh wäre sie in Bangkok. Dann würde das verfluchte Handy wohl endlich funktionieren. Hatten sie bereits alles aufgelöst und waren dabei, sich zu verteilen? Gingen sie über Land? Bewegten sie sich vielleicht gerade entlang einer entlegenen Route, wo sie nicht erreichbar waren? Morgen würde sie mehr wissen. Jetzt blieb ihr nur, ein stummes Dankgebet zu sprechen, dass sie diesen Alptraum überlebt hatte.

46. ADRIAN

Schon um kurz nach sechs Uhr war ich wach. Ich machte mich fertig, packte und ließ mir das Frühstück aufs Zimmer kommen. Die Internetverbindung war noch schlechter als am Tag zuvor, und nach mehreren ergebnislosen Versuchen, meine E-Mails zu laden, gab ich auf. Es war ja auch egal. In ein paar Stunden wäre ich wieder in Bangkok und in ein paar Tagen zurück in Europa.

Je länger ich darüber nachdachte, desto irrwitziger schien es mir jetzt, dass ich überhaupt hergekommen war. Ich schaute auf die Stadt hinab, die in einer Mischung aus Morgendunst und Smog hellbraun und grau unter mir lag. Der vorbeiziehende Verkehrsstrom stockte bereits wieder. Der süßliche Geruch aus der Klimaanlage schlug mir auf den Magen, und ich schaltete sie aus. Keine zehn Minuten später fühlte sich die Luft wie eine klebrige Masse an.

Um zehn vor neun nahm ich meinen Koffer, schulterte meinen Tagesrucksack und brach auf. An der Rezeption hatte sich bereits eine Schlange gebildet. Da Di Melos Firma für mich gebucht hatte, konnte ich mir das Auschecken auch schenken. Ich erkundigte mich bei einem vorbeikommenden Kellner nach dem Hinterausgang, und der machte mir ein Zeichen, ihm einfach zu folgen. Nachdem ich ihn bis zum Kücheneingang begleitet hatte, deutete er auf einen Flur und verschwand mit seinem Tablett durch eine Schwingtür zur Küche.

Ich ging den Flur entlang und stand kurz darauf auf der 32nd Street. Schräg gegenüber, vielleicht fünfzig Meter entfernt, war in großen Neonlettern »Clover Hotel« zu lesen. Direkt davor stand ein Taxi, genauso wie Ko es beschrieben hatte. Ich verglich die Nummer mit der auf der Fahrertür, die ich gut erkennen konnte, nachdem ich ein paar Schritte die Straße hinabgegangen war. E 1558. Die Scheiben des Wagens waren geschlossen. Der Motor lief. Der Fahrer saß abwartend und ohne erkennbare Ungeduld am Steuer.

Ich schaute mich um, aber in dem Gewimmel aus Passanten hätte ich nicht einmal ein bekanntes Gesicht wiedererkannt, geschweige denn einen anonymen Verfolger. Ko hatte diese chaotische Seitenstraße wohl mit Bedacht gewählt. Ich drängelte mich durch den Verkehrsstrom auf die andere Straßenseite und näherte mich dem Taxi. Es war zwei vor neun. Ich zögerte noch einen Moment, dann ging ich zu dem Wagen, öffnete die hintere Tür, verstaute mein Gepäck auf dem Rücksitz, stieg ein und zog die Tür hinter mir zu. Es war angenehm kühl im Wagen. Der Fahrer drehte sich kurz zu mir um und sagte:

»Mr. Adrian?«

»Yes.«

»To the airport?«

»Yes.«

Er legte den Gang ein und setzte den Blinker. Langsam schob sich das Fahrzeug über die sandige Straße voran. Händler, Passanten, Lieferanten mit Schubkarren glitten vor uns zur Seite, und wir schwammen durch den Menschenstrom wie ein Nachen durch Schilf. Wir erreichten eine asphaltierte Hauptstraße, und ab da hatte ich jegliche Orientierung verloren. Garküchen und Geschäfte säumten einen Boulevard. Je mehr wir uns den Außenbezirken näherten, desto stärker war meine Erleichterung darüber, hier wieder wegzukommen. Ich musste an den Satz über Mandalay in meinem Reiseführer denken: eine Stadt, deren Charme sich nicht auf den ersten Blick erschließt, auf den zweiten und dritten leider auch nicht. Vielleicht kam man nach ein paar Tagen oder Wochen hier auf den Geschmack. Ich würde es nicht so lange ausprobieren.

Der Wagen bog auf einen Zubringer ab, der vorübergehend zu einer vierspurigen Autobahn wurde, bis diese plötzlich an einer Kreuzung abrupt endete. Hier sah es aus wie nach einer Bombardierung. Halbfertige Rampen standen auf Betonpfeilern in schlammigen Baugruben. Zum Teil abgerissene Wohnhäuser in Plattenbauweise ragten in den Morgenhimmel. Japanische Planierraupen schoben Erde und Kies hin und her. Zwischen den riesigen Baumaschinen sickerte der Durchgangsverkehr im Schneckentempo Richtung Flughafen. Wir passierten ein Schild, auf dem ein startendes Flugzeug dargestellt war. Aber der Fahrer kannte offenbar eine bessere Strecke und fuhr nicht in die angegebene Richtung.

Ich überlegte, wie lange es wohl dauern würde, bis ich einen Platz auf einer Maschine nach Bangkok bekommen würde. Der Preis war mir egal. Es gab täglich vier oder fünf Flüge. Mit etwas Glück wäre ich in zwei Stunden bereits in der Luft. Oder eben erst am Nachmittag. Nur weg hier. Ich freute mich auf Bangkok, sogar auf die Reklame und das bunte Gewusel.

Die Bebauung änderte sich allmählich. Sie wurde spärlicher und luxuriöser. Wir fuhren an einer parkähnlichen Anlage entlang, und plötzlich schwebte die riesenhafte Shwedagon-Pagode in mein Blickfeld. Ich erhaschte nur einen kurzen Blick darauf, denn wir bogen erneut ab. Das Taxi durchquerte allmählich ärmere Randbezirke. Baufällige Hütten säumten den Straßenrand. Unter einem Pfahlbau suhlten sich Schweine. Halbnackte Kinder spielten zwischen den Häusern. Wieder stockte der Verkehr, weil ein Büffel die Fahrbahn blockierte. Am Horizont sah ich ein Flugzeug steil in den Himmel aufsteigen. Es konnte also nicht mehr weit sein.

Erneut bog der Fahrer in eine unvermutete Richtung ab und fuhr an einem Reisfeld entlang. Offenbar näherten wir uns dem Flughafen von der Rückseite, denn wieder sah ich nun in geringerer Entfernung eine Maschine aufsteigen. Die

Straße bog nach rechts ab, und wir durchquerten ein Wald-
stück. Nach meinem Gefühl entfernten wir uns nun wieder,
aber vermutlich war der Umweg notwendig, um auf die andere Seite des Rollfeldes zu gelangen. Wir erreichten eine verlassene Kreuzung und fuhren nach links, tiefer in den Wald
hinein und mit dem Flughafen nun wieder im Rücken. Wir
folgten der einsamen Straße einige Minuten lang. Inzwischen
gab es keine Häuser mehr noch sonst irgendwelche Anzeichen von Bebauung. Der Wald wurde immer dichter.
»Sorry«, sagte ich ,»but is this the right way?«
»Yes, Sir«, sagte der Mann. »We almost there.«
Er kannte die Strecke ja wohl. Ich spähte hinaus. Der Wald
zu beiden Seiten war inzwischen zu einer undurchdringlichen Wand aus ineinander verwachsenen Sträuchern und Bü-
schen geworden. Hier war mit Sicherheit kein Flughafen.
»Where are we going?«, fragte ich erneut.
Aber diesmal bekam ich keine Antwort mehr. Stattdessen
bremste der Mann plötzlich und blieb mitten auf der Strecke
stehen. In geringer Entfernung stand ein Jeep auf der Straße.
Zwei bewaffnete Männer in Militärkleidung standen am Straßenrand und rauchten. Bevor ich reagieren konnte, öffneten
sich plötzlich die Türen neben mir. Ich wollte aufspringen,
bekam aber keine Möglichkeit mehr dazu, denn zwei Männer
stiegen zu und zwängten mich zwischen sich ein.
»Was soll das?«, rief ich auf Englisch. »Was wollen Sie?«
»Shut up«, zischte der Mann zu meiner Rechten.

47. DI MELO

Suphatra würde seine Leute am Flughafen positioniert haben, wo es ihm ein Leichtes wäre, die Passagiere nach Rangoon zu überprüfen. Daher hatte Di Melo sich vorgenommen, zunächst nach Kuala Lumpur oder Singapur zu fliegen und von dort aus nach Rangoon weiterzureisen, was immer am schnellsten gehen würde. Aber die GPS-Daten, die der Tracker in Adrians Rucksack sendete, eröffneten nun eine ganz andere Möglichkeit, unbemerkt und schnell ans Ziel zu kommen.

Gegen elf Uhr morgens hatten die beiden Beobachter in Rangoon ihn informiert, dass sie Adrians Spur verloren hatten. Adrian hatte um neun Uhr ein Taxi genommen, das offenbar zum Flughafen fuhr. Im dichten Verkehr hatten sie den Wagen jedoch aus den Augen verloren. Sie waren zuversichtlich gewesen, ihn bis zum Flughafen wieder einzuholen und über die Nummer des Taxis ausfindig machen zu können. Aber der Wagen war nie am Flughafen angekommen. Sie hatten am Parkdeck die Registrierung überprüfen lassen, doch sie war an der Terminalzufahrt nicht erfasst worden. Danach versuchten sie, Wagen und Fahrer über die verschiedenen Taxiunternehmen ausfindig zu machen, gleichfalls ohne Erfolg. Adrian hätte das Land jedoch nicht verlassen, das könnten sie mit einiger Sicherheit sagen, da er auf keiner der beiden Maschinen nach Bangkok eingecheckt habe.

Di Melo befahl den beiden, alle Aktivitäten sofort einzustellen. Im Grunde konnte er froh sein über diese Nachricht. In seinen kühnsten Träumen hätte er nicht geglaubt, dass so eine Situation tatsächlich eintreten würde. Adrian war von der Bildfläche verschwunden, und der Tracker, dessen Position Di Melo seit einigen Stunden alle fünfzehn Minuten abfragte, meldete ihm, dass er sich von Rangoon wegbewegte. Die Geodaten, die er nach jeder Abfrage auf einer digitalen Karte ablesen konnte, wiesen eine deutliche Spur nach Osten. Wohin auch immer er unterwegs war: Er näherte sich der thailändischen Grenze, so dass Di Melo vermutlich sogar über Land zu ihm gelangen konnte. Er musste nur ausharren, bis der Tracker sich nicht mehr bewegte und Adrians genaue Position bekannt war.

Er rief im Marriott an und bestellte einen Wagen. Dann kontaktierte er seinen Fahrer und befahl ihm, sich per Taxi ins Marriott zu begeben, den bestellten Wagen entgegenzunehmen und zwei Reservekanister zu besorgen. Danach solle er in der Tiefgarage des Marriott abfahrbereit auf ihn warten. Er schärfte ihm ein, auf keinen Fall den Dienstwagen zu nehmen, sondern ihn in der Tiefgarage des Bürohauses stehen zu lassen.

Dann beobachtete er die weitere Entwicklung. Alle fünfzehn Minuten rief er die Geodaten des Senders ab und verfolgte gespannt die Positionsveränderungen auf der digitalen Karte seines Tablets. Von den Orten, die dort verzeichnet waren, hatte er noch nie gehört. Myaing Ka Lay. Hpa-An. Kyondo. Kawkareik. Irgendwann gab es gar keine Orte mehr. Und auch keine Straße. Das heißt, es musste eine geben, denn Adrians Tracker bewegte sich unvermindert weiter. Doch auf der Karte war außer einem blauen Punkt, der sich in ein weitläufiges, unbesiedeltes Berggebiet hineinbewegte, nichts mehr zu erkennen. Di Melo nutzte die Zeit zwischen zwei Datenabfragen, um Informationen über die Gegend zu sammeln. Je länger er las, desto weniger begriff er seine Tochter. Dort sollte Ragna sich aufhalten? Ausgerechnet am Ort des am längsten andauernden Bürgerkrieges der Erde, wo die birmanische Armee seit vierzig Jahren entsetzlich wütete, Dörfer niederbrannte, Tausende willkürlich ermordete, um den Widerstand des Karen-Stammes zu brechen. Zehntausende waren vertrieben worden und lebten entweder in Flüchtlingslagern in den thailändischen Grenzprovinzen Kanchanaburi und Mae Hong Son, in der Grenzstadt Mae Sot oder versteckten sich im Dschungel vor den brutalen Übergriffen der Militärs. Und ausgerechnet dorthin brachten sie ihn? Der blaue Punkt bewegte sich allmählich langsamer. Auf der Karte war absolut nichts mehr zu erkennen, außer einem tiefdunklen, von Furchen durchzogenen Grün. Drei aufeinanderfolgende Meldungen gaben mit geringfügigen Abweichungen die gleiche Position an: 16°30'37.3"N 98°24'16.4"E. Di Melo lehnte sich zurück und starrte bedrückt auf den Bildschirm. War Ragna von allen guten Geistern verlassen? Was um alles in der Welt tat sie dort? Er überschlug die Entfernungen und Reisezeiten. Mae Sot lag sechs Autostunden nördlich von Bangkok. Von dort konnte er per Jeep recht schnell bis Atet Kwingale gelangen, das etwa zwanzig Kilometer hinter der Grenze lag. Ab da schlängelte sich eine schmale Straße durch die Berge, die ihn immerhin in die Nähe von Adrians letzter Position brachte. Das letzte Stück würde er vermutlich zu Fuß zurücklegen müssen, schlimmstenfalls durch unwegsames Gelände. Trotzdem: Selbst wenn er für diesen Fußmarsch ein bis zwei Stunden veranschlagte, konnte er Adrians gegenwärtige Position auf dem Landweg sehr viel schneller erreichen als über Rangoon. Der Landweg würde etwa acht bis neun Stunden in Anspruch nehmen, Option zwei – mit dem Flug nach Rangoon und einem Mietwagen entlang der Strecke, die Adrian genommen hatte – mindestens die doppelte Zeit. Vor morgen Nachmittag wäre er auf keinen Fall vor Ort.

Er entschied sich für den schnelleren Weg. Das einzige Problem wäre es, in Mae Sot jemanden zu finden, der ihn über die Grenze und in dieses unsichere Gebiet bringen würde. Aber diese Frage konnte er vor Ort lösen. Und immerhin gab es bei all diesen schlechten Nachrichten auch eine gute:

Dieser Ort war wirklich unauffindbar. Suphatra würde Ragna dort niemals aufspüren. Er musste nur sicherstellen, dass der Mann ihm nicht folgte. Aber das sollte im Feierabendverkehr von Bangkok nicht schwierig sein.

Er verbrachte noch eine Stunde damit, alles aus dem Internet herunterzuladen, was es über diese Gegend herauszufinden gab. Im Wagen hätte er Zeit, sich damit zu beschäftigen. Aber bereits die oberflächliche Lektüre beim Abspeichern des Materials steigerte sein Unbehagen. Wie viele Höllen existierten auf diesem Planeten? Wie viele Kriegsschauplätze, von denen kaum jemand je gehört hatte. Die Fotos löschte er sofort. Es war unerträglich. Der pure Horror. Doch seine Entscheidung stand fest: Er würde Ragna dort herausholen. Dies wäre sein letzter Versuch, sie zur Besinnung zu bringen.

48. ADRIAN

Der Mann war groß, kräftig und trug einen schwarzen Vollbart. Seine dunklen Augen funkelten aggressiv. Der andere Mann, links von mir, hatte nur noch wenige rötliche Haare. Er war ebenfalls erheblich größer als ich und korpulent.

»Was soll das?«, fragte ich noch einmal.

»You just shut up and don't move«, sagte der Bärtige barsch. Der andere umfasste meinen Oberarm mit einem festen Griff und sagte: »Wir wollen nur mit dir reden. Aber wenn du dazu keine Lust hast, können wir dich auch einfach nur windelweich prügeln, okay?«

Der Taxifahrer stieg aus und gesellte sich zu den beiden Soldaten, die ihm eine Zigarette anboten. Ich rührte mich nicht. Schweiß lief mir die Schläfen hinab. Der bärtige Mann hob auf einmal sein Smartphone hoch und fotografierte mich. Dann stieg er aus, entfernte sich ein Stück und drückte auf seinem Telefon herum. Der Rothaarige sagte nur: »Ganz ruhig bleiben, Mann.«

Ich sagte nichts. Ein Fluchtversuch war sinnlos. Sie hätten mich sofort eingeholt. Der Bärtige hantierte mit seinem Handy. Offenbar bekam er keine Verbindung, denn er ging noch weiter weg, immer den Blick auf das Gerät gerichtet. Ich musterte den Rothaarigen aus den Augenwinkeln. Er war ein unsympathischer Typ, bestimmt zehn Jahre älter als ich, leicht übergewichtig, aber mir körperlich zweifellos überlegen. Seine hellblauen Augen waren glasig wie bei einem Fisch. Er hatte Sommersprossen und einen auffallend kleinen Mund, ein Gesicht jedenfalls, dem etwas Kaltes, Brutales innewohnte. Im Vergleich wirkte der andere, der jetzt telefonierte, fast sympathisch mit seinem Bart und der

Lockenmähne. Jedenfalls äußerlich. Aber was besagte das schon.

Der Bärtige kam zum Wagen zurück und reichte mir sein Telefon.

»Für dich«, sagte er nur und hielt es mir hin.

Ich nahm das Gerät in die Hand und drückte es an mein Ohr.

Hello, wollte ich sagen, aber die Angst schnürte mir die Kehle zu. Ich räusperte mich und sagte dann endlich: »Yes.« Ihre Stimme traf mich wie ein Schlag.

»Adrian?«

»Ragna?«, rief ich.

Ich hörte sie atmen. »Bist das wirklich du?«

»Was wollen diese Typen?«, rief ich, halb erleichtert, halb panisch.

Sie antwortete nicht gleich. Wieder hörte ich nur ihren Atem.

»Was zum Teufel machst du hier? Wer hat dich hergeschickt? Was willst du von mir?«

»Ich kann es dir erklären. Wo bist du?«

Es folgte eine längere Pause. Dann sagte sie: »Gib das Telefon zurück.«

Der Bärtige griff bereits danach und riss es mir aus der Hand. Wieder entfernte er sich ein paar Schritte, und ich konnte nicht hören, was gesprochen wurde. Dann wurde seine Stimme lauter, und ich hörte ein paar eindeutige Wortfetzen.

»No! No fucking way!«

Der andere Mann saß nach wie vor neben mir, hielt mich fest und blickte mich feindselig an. »Eine falsche Bewegung und ich poliere dir die Fresse, ja?«, sagte er mit einem Gesichtsausdruck, der die Drohung glaubhaft unterstrich. Der bärtige Mann kam wieder ans Auto.

»Aussteigen.«

335

Ich reagierte nicht sofort. Der Mann packte mich an meiner Jacke und riss mich aus dem Wagen.

»Alles ausziehen.«

»Was?«

Ein unsanfter Stoß in die Magengegend ließ mich stöhnend zusammensinken. Während ich mich noch krümmte, spürte ich, wie mir Jacke, Hemd, Schuhe und weitere Kleidungsstücke vom Leib gerissen wurden. Als ich in Unterhosen gekrümmt dastand, ließen sie von mir ab und machten sich über mein Gepäck her. Sie leerten meinen Koffer aus und untersuchten ihn eingehend. Sie durchsuchten meinen Rucksack, filzten sämtliche Taschen und Fächer, warfen meinen Geldbeutel, meinen Pass und mein Flugticket ins Handschuhfach, öffneten mein Handy, nahmen die SIM-Karte heraus, zertraten das Gerät mit ihren Absätzen und warfen es in den Wald. Auch den Koffer warfen sie weg. Am Ende stopften sie einen Teil meiner Kleider und Schuhe in den Rucksack und schmissen alles in den Kofferraum. Dann gaben sie mir eine Decke und versuchten, mich in den Jeep zu schubsen. Als ich den Blick der Uniformierten sah, ergriff mich Panik. Ich riss mich los, rannte ein paar Meter und begann zu schreien. Aber ich kam nicht weit. Der Rothaarige machte einen Satz, stellte mir von hinten ein Bein, und ich schlug der Länge nach auf die staubige Piste. Noch bevor ich mich halbwegs wieder aufgerichtet hatte, waren sie über mir. Zwei Ohrfeigen trafen mich im Gesicht. Ich schmeckte Blut im Mund. Dann explodierte mein Magen, und ich erbrach mich. Angewidert ließen sie kurz von mir ab, während ich im Dreck lag und Erbrochenes ausspuckte. Jemand schüttete Wasser über meinen Kopf und eine Wasserflasche landete neben mir auf dem Boden. Ich spülte mir den Mund aus, trank etwas, und versuchte aufzustehen, aber ich konnte nicht. Meine Arme ruderten auf der staubigen Piste herum, und plötzlich begann etwas in meinem Kopf furchtbar zu hämmern. Sie schleiften mich über die Piste zum Jeep und warfen mich wie einen Sack auf den Rücksitz. Die beiden Soldaten kamen heran und nahmen links und rechts von mir Platz, während der Rothaarige und der Bärtige vorne einstiegen. Der Motor wurde angelassen. Ich atmete schwer, würgte immer noch, konnte mich jedoch zwischen den beiden Soldaten nicht mehr bewegen.

»Nur damit du klar siehst«, sagte der Bärtige und drehte sich nach mir um. »Du bist hier in einem Kriegsgebiet. Die einzige Chance, die du hast, jemals wieder hier herauszukommen, sind wir. Versuche also nicht wegzulaufen oder irgend so einen Scheiß, ja! Vor allem, wenn dir deine Beine lieb sind. Hier liegen jede Menge Landminen aus deiner verfickten Heimat herum. Wir können dir auch die Augen verbinden und dir die Füße fesseln, wenn dir das lieber ist. Aber du siehst halbwegs intelligent aus, und ich hoffe, wir können uns das sparen. Kapiert, Cowboy?«

Ich schloss die Augen mehrmals, um den stechenden Kopfschmerz zu vertreiben, aber das half nicht viel.

»Wohin fahren wir?«, röchelte ich.

»Wirst du schon sehen.« Dann hielt der Mann mir eine Flasche Wasser hin. »Hast du Durst?«

Ich nickte. Der Mann schraubte die Flasche auf und reichte sie mir nach hinten. Ich trank. Meine beiden Bewacher schauten teilnahmslos aus dem Fenster. Ihre Gewehre hatten sie zwischen ihre Beine gestellt, und die schimmernden Läufe ihrer Waffen ragten neben mir auf.

Die Fahrt dauerte Stunden. Der Bärtige auf dem Beifahrersitz hatte den Rückspiegel so eingestellt, dass er mich ständig im Blick hatte. Aber die meiste Zeit starrte er geradeaus durch die Windschutzscheibe und warf nur sporadisch einen kurzen Blick nach hinten. Der Rothaarige saß am Steuer. Er trug jetzt eine Baseballmütze und eine Sonnenbrille, so dass ich fast nichts mehr von seinem Gesicht erkennen konnte.

Wir fuhren durch eine Ebene, und es ging die meiste Zeit nach Osten. Dann stieg die Straße an, und wir gewannen an Höhe. Die Fahrbahn war nicht asphaltiert, und die Wagenfenster wurden rasch noch staubiger als zuvor. Die Vegetation sah ungesund aus, als litten die Bäume und Büsche unter Wassermangel. Als wir ein paar hundert Höhenmeter gewonnen hatten, wurde es grüner. Aber was nutzten diese Eindrücke? Es gab weder Aussicht auf Hilfe, noch konnte ich irgendwelche Schlüsse ziehen, in welche Richtung ich vielleicht hätte fliehen können. Wann immer wir ein Schild passierten, waren nur unleserliche Schriftzeichen darauf zu erkennen.

»Was soll das alles?«, fragte ich irgendwann. »Warum bin ich hier?«

»Genau das fragen wir uns auch«, antwortete der Bärtige vom Beifahrersitz.

»Ich war auf dem Weg zum Flughafen. Nach Hause. Was wollt ihr von mir?«

»Was willst du von Ragna?«

Ich schaute wieder aus dem Fenster und dachte an Di Melo. Dieser hinterhältige Schuft hatte genau gewusst, was passieren würde, sobald ich versuchte, Ragna zu kontaktieren. Oder zumindest hatte er es geahnt.

»Nun? Warum hast du nach ihr gefragt? Ich höre.«

»Ist das vielleicht verboten, oder was?«

»Das ist nicht die Antwort auf meine Frage.«

»Wir kennen uns von früher«, sagte ich.

»So. Und plötzlich fällt es dir ein, nach Rangoon zu fliegen und ihr hinterherzuspionieren. Nach jahrelanger Funkstille. Wer hat dich geschickt?«

Der Wagen wurde langsamer, es ging nun steiler bergauf. Der Rothaarige schaltete herunter, und der Motor heulte jaulend auf. Die Gegend war ebenso gottverlassen wie meine Urteilskraft, die mich in diese Situation gebracht hatte.

»Bringt ihr mich zu ihr?«

»Ja. Leider. Und wenn das in irgendeiner Weise übel ausgeht, dann bist du der Erste, der das bereuen wird. Garantie von mir.«

»Was macht ihr denn so Geheimnisvolles, dass man zusammengeschlagen und entführt wird, wenn man nur nach einem von euch fragt?«

Der Bärtige drehte sich um und schaute mich lange an.

»Dein großes Maul werde ich dir schon noch stopfen. Jetzt geh mir nicht länger auf die Nerven, sondern halt den Rand.«

Die Straße wurde immer schlechter. Der Rothaarige manövrierte den Wagen vorsichtig um Schlaglöcher herum oder fuhr manchmal auch krachend in eines hinein. Wir bogen um enger werdende Kurven, passierten dann eine Art Hochplateau, um anschließend eine Serpentinenpiste wieder abwärts zu fahren, die bald von Wald und Buschwerk umschlossen war. Mir wurde wieder schlecht, aber übergeben hatte ich mich dank des Mistkerls vor mir auf dem Beifahrersitz ja schon. Unsere Blicke trafen sich bisweilen im Rückspiegel, aber wir schwiegen.

Die einzig plausible Schlussfolgerung, zu der ich während dieser Fahrt gelangte, war, dass Ragna einer paranoiden Sekte beigetreten war. Ko gehörte wohl auch dazu, denn er hatte diese Entführung eingefädelt. Blieb nur die Frage, warum man einen solchen Aufwand mit mir trieb, denn es war schließlich offensichtlich gewesen, dass ich vorgehabt hatte, das Land zu verlassen.

Die Fahrt war endlos. Wir waren aus den Bergen heraus. Die Vegetation wurde tropisch. Eine feuchte Hitze kroch in den Wagen und machte mich schläfrig. Ich wunderte mich, dass wir überhaupt keine Siedlungen durchquerten. Dienten Straßen nicht dazu, Ortschaften miteinander zu verbinden? Oder fuhren wir systematisch um sie herum?

Wir bogen auf einen Waldweg ab und fuhren etwa eine Viertelstunde im Schritttempo leicht abwärts. Mit jeder Meile fühlte ich mich verlorener. Die Vegetation war nun so dicht, dass Farne und Zweige die Sicht durch die Windschutzscheibe oft komplett versperrten. Und dann war der Weg plötzlich frei, und wir rollten auf eine Lichtung.

Pfahlbauten waren zu sehen, unter denen wie üblich Schweine herumliefen. Zwei rostige Wellblechhütten und mehrere Zelte duckten sich zu meiner Linken gegen den Waldrand. Ein paar Mopeds standen herum. Menschen sah ich zunächst nicht, bis ich in einiger Entfernung hinter den Pfahlbauten ein paar Frauen ausmachen konnte, die mit Feldarbeit beschäftigt waren.

Die beiden bewaffneten Männer stiegen aus. Der Rothaarige stieg gleichfalls aus, streckte sich, ging ein paar Schritte vom Wagen weg und urinierte. Ich blieb, wo ich war, und schaute mich um. Die Lichtung lag in einer Senke, um die herum in alle Richtungen bewaldete Hügel aufragten. Aus den Pfahlbauten stiegen dünne, graue Rauchsäulen senkrecht in die Luft. Es war absolut still.

»Wenn du willst, kannst du aussteigen«, sagte der Bärtige.

»Kann ich mich vielleicht erst anziehen?«

»Bitte. Dein Kram liegt hinten.« Er stapfte in Richtung der Zelte davon. Ich stieg aus und fischte meine Kleider aus dem Kofferraum. Dann ging ich unter den misstrauischen Blicken des Rothaarigen ein paar Schritte in Richtung der kleinen Siedlung. Beim Näherkommen entdeckte ich, dass die Lichtung an einem Fluss endete. Als ich ihn erreicht hatte, hockte ich mich hin und wartete ab. Der Fluss war nicht sehr breit, vielleicht fünf Meter, aber die Strömung war stark. Mein Magen knurrte. Die Sonne stand bereits hinter den umgebenden Hügeln. In einer Stunde wäre es hier stockdunkel.

Ich drehte mich um, um zu schauen, was meine Entführer gerade taten. Drei Personen standen neben dem Jeep. Sie redeten miteinander und schauten zu mir herüber. Ich erhob mich, um zu ihnen zu gehen, aber eine Person löste sich aus der Gruppe und kam auf mich zu. Mein Herz begann stark zu klopfen. Ich erkannte sie sofort an ihrem Gang, noch bevor ich ihr Gesicht ausmachen konnte. Ihr Haar war kurz geschnitten, wie auf dem Foto, das ich in Zürich gesehen hatte. Sie trug eine Militärhose mit Seitentaschen und ein dunkelblaues T-Shirt. Ich sah, dass sie schwere Stiefel anhatte, aber diese Äußerlichkeiten nahm ich nur am Rande wahr, denn ich schaute natürlich auf ihr Gesicht, das mit jedem Schritt an Deutlichkeit gewann und alle meine Aufmerksamkeit auf sich zog. Dann stand sie vor mir, blickte mich mit einer Mischung aus Unglaube und stummer Empörung an, stemmte ihre Hände in die Hüfte und sagte nur:

»Was um alles in der Welt machst du hier?«

Ich hatte mich die ganze Fahrt über gefragt, wie diese Begegnung ablaufen würde. Aber diesen Spruch zur Begrüßung hatte ich in der Tat nicht erwartet.

»Wer hat dich geschickt?«, fragte sie. »Mein Vater?«

Ihre Wangen waren rot vor Erregung. Ich sah ihre Halsschlagader pulsieren.

»Es ist eine ziemlich lange Geschichte«, sagte ich. »Aber die Kurzfassung ist: Ja, er hat mich geschickt. Er macht sich Sorgen um dich und will mit dir reden.«

Sie schüttelte den Kopf und atmete hörbar aus.

»Was zum Teufel hast du mit meinem Vater zu tun?«

»Nichts. Bis vor ein paar Wochen jedenfalls. Er hat mich als Dolmetscher engagiert und nach Bangkok kommen lassen. Dort hat er mir dann eröffnet, wer er ist, und mich gebeten, mit dir Kontakt aufzunehmen.«

Ihr Gesichtsausdruck war noch immer unverändert zornig, aber in ihre Wut mischte sich jetzt ein Anflug von Unsicherheit, der sie stocken ließ.

»Shit«, sagte sie dann nur. »Er ist in Rangoon?«

»Nein. In Bangkok. Ich soll ihn anrufen, falls ich Kontakt

zu dir bekomme. Aber das geht ja nun nicht mehr, denn dein bärtiger Gorilla dort hat mein Handy geschreddert. Ich meine, nur falls du Interesse daran gehabt hättest zu erfahren, was er von dir möchte.«

Sie schaute mich nur an, mit ihren wunderschönen, grünen, wütenden Augen. Dann drehte sie sich um und ging einfach davon.

49. SUPHATRA

Chotiyan Suphatra stieg aus dem Wagen und ging auf ein flaches Gebäude zu, das sich den ganzen Quai entlangzog. Er ging langsam, denn er spürte noch die Bewegung des Meeres in den Beinen. Er hasste dieses Schaukeln auf dem Wasser. Das ewige Auf und Ab verursachte ihm stets eine leichte Übelkeit, und zurück an Land war ihm, als ob er über Bälle liefe, die unter ihm wegzurollen drohten. Es dauerte Stunden, bis dieses Gefühl nachließ. Welche Ironie des Schicksals, dachte er, dass er ausgerechnet in dem Element sein Geld verdiente, das ihm am meisten verhasst war.

Er trat vor eine Glastür, hielt seine Handfläche vor einen Scanner und wartete, bis sie zur Seite glitt. Kühle Luft schlug ihm entgegen, und er fröstelte leicht. Wo die Portugiesin sich jetzt wohl gerade aufhielt? Die kurze Operation war ohne Komplikation verlaufen. Nach der ersten oberflächlichen Betäubung war der für den Job engagierte Arzt in die Kabine der Jacht gekommen und hatte sie intravenös sediert. Dann legten sie die Frau auf einen Tisch, rollten sie auf die Seite, und Suphatra hatte mit großem Interesse zugesehen, wie der Arzt das Endoskop einführte und die längliche Kapsel mit dem Sender in der Speiseröhre der Frau versenkt und dort fixiert hatte.

»Wie wird die Kapsel befestigt?«, hatte er wissen wollen.

»Mit Unterdruck«, antwortete der Arzt.

»Haben die Amerikaner das erfunden?«

»Nein. Es ist ein israelisches Patent. Die Kapsel enthält normalerweise einen Chip, der aufsteigende Magensäure misst. Aber man kann den Chip austauschen und alles Mögliche damit messen. Oder man benutzt die Kapsel als Basis für einen kleinen Sender.«

»Wie lange haftet sie am Gewebe?«, fragte Suphatra dann.

»Zwei bis drei Tage. Länger nicht.«

»Und man spürt nichts?«

»Nein. Absolut nichts.«

Suphatra nickte. Er wollte dieses Problem so schnell wie möglich gelöst haben, wenn möglich in den nächsten achtundvierzig Stunden. Er musste die Saboteure finden und unschädlich machen, bevor sie weitere Anschläge ausführten. Die letzten Meldungen waren beunruhigend genug. Diese paar hundert Vergiftungsfälle hatten bereits zu einem empfindlichen Absatzrückgang geführt. Was würde erst geschehen, wenn ein paar tausend vergiftete Chargen in Umlauf gerieten? Er gab sich keinen Illusionen hin. Das war genau das, was diese Leute planten, und vermutlich waren sie dazu auch in der Lage. Es waren Terroristen. Und gegen Terroristen gab es nur ein Mittel.

Der Raum, den er nun betrat, sah aus wie ein kleiner Börsensaal. An zwei Dutzend Computern saßen Mitarbeiter und steuerten Suphatras weltweite Geschäfte. Aber heute interessierten ihn weder die Preise für Fischmehl noch die Frage, ob es sich angesichts der fallenden Notierungen für Öl lohnte, ein paar Tonnen Schiffsdiesel einzulagern. Er konnte sich jetzt auch nicht um die zahllosen anderen Dinge kümmern, die für die Profitabilität seiner Flotte grundlegend waren. Vielmehr musste er sich auf die einzige Schwachstelle konzentrieren, die seinem ansonsten unangreifbaren Imperium gefährlich werden konnte: die Nachfrage. Alles andere hatte er unter Kontrolle. Das Meer und die Tiefsee waren weitgehend rechtsfreie Räume, aus denen er sich so gut wie unkontrolliert bedienen konnte. Billige Arbeitskräfte gab es zuhauf, und zur Not konnte man Flüchtlinge und illegale Migranten in den Grenzgebieten einsammeln und zur Arbeit zwingen. Die Welt gierte nach Fisch und fragte nicht, woher er kam und wie er erzeugt worden war.

Natürlich wusste er, dass dieses Geschäft höchstens noch zehn oder zwanzig Jahre funktionieren würde. Schon jetzt konnte er auf seinen Monitoren ablesen, wie der Aufwand für das Fangen einer Tonne Fisch ständig stieg. Aber die Ökonomie fand immer einen Weg. Es würde immer weniger Fisch geben. Doch dafür würden dann eben die Preise steigen. Weniger Menschen würden einfach nur mehr bezahlen müssen. Das war immer so gewesen und würde sich niemals ändern. Mittelfristig würde die Aquakultur anwachsen und ausgewählte Zuchtfische erzeugen, weshalb er seine Profite bereits dort investierte und Offshore-Zuchtfarmen aufbaute. Natürlich war das kein Fisch mehr. Aber es war nun mal die Entwicklung, die bei allen Tierarten im Gange war, die der Mensch aß. Auf lange Sicht war jede Nachfrage dieser Größenordnung nur über Zucht zu befriedigen. Für Wildtiere mit ihrem riesigen Flächenverbrauch war kein Platz mehr auf diesem Planeten. Nach dieser Logik funktionierte jede Industrie. Nur eines durfte auf keinen Fall passieren: Die Nachfrage durfte nicht nachlassen. Und was er im Vorbeigehen auf manchen der Monitore sah, war genau das. Flacher werdende Kurven, die nichts mit saisonalen Schwankungen zu tun hatten, sondern mit Verunsicherung, mit Gerüchten, mit Furcht.

Er betrat einen kleineren Raum, wo ihn ein junger Mann erwartete, der sich respektvoll vor ihm verbeugte.

»Wie ist die Situation?«, fragte Suphatra ohne Umschweife.

»Das Telefon befindet sich im Augenblick hier«, sagte der junge Mann und deutete auf einen Bildschirm, auf dem der Ausschnitt einer Landkarte zu sehen war. »Padang Besar. Es bewegt sich entlang der Eisenbahnstrecke.«

»Sie fährt nach Malaysia?«

»Das Handy, ja. Aber der Tracker befindet sich woanders.«

Der Mann betätigte die Tastatur, und wie von Geisterhand begann die Karte sich zu verändern. Sie wurde kleiner, als schwebe man langsam von der Erde weg. Der Golf von Thailand war nun in seiner ganzen Größe zu sehen. Laos und Kambodscha rückten ins Bild. Dann drehte sich der ganze Erdteil ein wenig nach Norden, und die Perspektive verengte sich wieder. Eine Zahlenkolonne faltete sich am Rand auf, und zugleich erschien ein blinkendes, kleines, schwarzes x in einem weißen Kreis. Sie hatte also Verdacht geschöpft und das Handy weggeworfen oder irgendwo liegen lassen. Jedenfalls war sie nicht auf dem Weg nach Malaysia, sondern in der Nähe von Samut Songkhram. Er konnte zufrieden sein. Sie fühlte sich sicher und war völlig ahnungslos. Das kleine x blinkte zuverlässig auf dem Monitor.

»Sie sitzt im Zug nach Bangkok«, sagte der junge Mann und deutete auf die Zahlenkolonne. Suphatra nickte zufrieden. Dann sagte er: »Ich muss noch ein paar wichtige Dinge erledigen. Sobald sie in Bangkok ankommt, beobachten Sie genau, was sie tut. Falls sie sich dem Flughafen nähern sollte, rufen Sie sofort diese Nummer an.« Er gab ihm eine Karte. Der Mann nickte beflissen und konzentrierte sich wieder auf seinen Monitor.

50. RENDER

Nachdem Render aufgelegt hatte, saß er minutenlang wie gelähmt da und versuchte, so besonnen wie irgend möglich die Situation zu durchdenken. Doch das gelang ihm nicht. Er kam sich vor wie ein vom Tode Begnadigter, dem allmählich dämmert, dass seine Hinrichtung nur verschoben war.

Er hatte sich mit keiner Silbe etwas anmerken lassen. Zunächst war er auch gar nicht in der Lage gewesen, klar zu denken. Ihre Stimme zu hören, diese geliebte, tot geglaubte Stimme! Seine Kehle hatte sich zusammengezogen, sein Herz wie rasend zu klopfen begonnen. Fast wie ein Kind hatte er gestammelt, immer wieder das Gleiche gesagt, seine Liebe hilflos buchstabiert, bis ihm plötzlich klargeworden war, dass er mit Eurydike sprach. Ahnte sie es nicht? Musste sie es nicht wissen? Je klarer ihm ihre gegenwärtige Situation nach ihren Schilderungen vor Augen stand, desto größer wurde seine Angst um sie. Es war ausgeschlossen, dass sie einfach so freigelassen worden war. Teresa war eine Kronzeugin. Sie war auf einem europäischen Trawler betäubt und entführt worden. Sie war über drei Wochen hinweg festgehalten und misshandelt worden. Selbst wenn es schwierig werden dürfte, Suphatra in Thailand zu belangen: Buzual wäre am Ende, falls sie gegen ihn aussagen würde. Suphatra hatte mit Gewalt nichts erreicht. Er hatte begriffen, dass sie wohl wirklich nicht mehr wusste, als er aus ihr herausgequält hatte. Also ließ die Katze die Maus in der Hoffnung laufen, auf diese Weise dennoch an ihr Ziel zu gelangen. Er wollte über sie an Ragna herankommen. Wie auch immer er das Netz geschnürt hatte, Render war sicher, dass es da war und dass Teresa in der Illusion, frei zu sein, noch immer darin zappelte. Sobald sie

Ragna gefunden hätte, würde Suphatra sie beide aus dem Weg räumen. Und käme es nicht dazu, dann würde der Lockvogel in jedem Fall dran glauben müssen, weil er viel zu viel wusste. Ahnte Teresa das nicht? Sie war so glücklich, dieser Gefangenschaft entkommen zu sein. Und er hatte sie nicht verunsichern wollen. Aber so einfach entkäme sie diesem Verbrecher nicht. Solange sie den arglosen Lockvogel gab und Suphatra hoffen konnte, dass sein Plan aufging, so lange würde er sie leben lassen. Andernfalls wäre ihr Schicksal besiegelt. Wusste sie davon? Hatte sie vielleicht nur deshalb nichts gesagt, um *ihn* zu schonen?

Was konnte er tun? Wie ihr helfen? Nachdem er das Geld geschickt hatte, saß er minutenlang da und versuchte nachzudenken. Aber allein kam er jetzt nicht mehr weiter. Er verfügte nicht über die Mittel, die notwendig waren, um innerhalb kürzester Zeit in Thailand auf einer Ebene zu intervenieren, auf der allein Teresas armes Leben vielleicht noch gerettet werden könnte.

Es gab Leute, die dazu in der Lage wären. Er kannte jemanden. Sich an sie zu wenden wäre natürlich sein eigener Ruin. Er würde alles offenlegen müssen. Sein Stillschweigen, seine Duldung eines terroristischen Sabotageakts würden offenbar werden. Und es war noch nicht einmal ausgemacht, dass sein Hilferuf die gewünschte Wirkung haben würde. Beruflich wäre er erledigt, das stand außer Zweifel. Er konnte ja nicht einmal beweisen, dass er von Teresas Aktivitäten gar nichts gewusst hatte. Aber konnte die Europäische Kommission es sich leisten, untätig zuzusehen, wie eine von der internationalen Fischereimafia entführte Fischereibeobachterin kaltblütig ermordet wurde? Konnte man riskieren, dass diese Geschichte in allen Einzelheiten publik wurde? Er schaute auf den Briefumschlag, den er um ein Haar vor ein paar Stunden im Presseraum deponiert hätte. Er dachte an die hektisch diskutierenden Botschafter und den Antrag, ein Strafgericht für Ökozid in Den Haag einzurichten. War das vielleicht ein Weg? Könnte er aus seinem Problem ein Problem für die Politik machen?

Er steckte den Umschlag ein, verließ die Wohnung und fuhr mit dem Aufzug in die Tiefgarage. Es war noch so früh, dass kaum Verkehr auf der Avenue Louise herrschte. Die Strecke zum Square Montgomery, die im Berufsverkehr eine halbe Stunde gedauert hätte, legte er in knapp sieben Minuten zurück. Er bog halb rechts aus dem Kreisverkehr ab und lenkte seinen Wagen in die breite Avenue de Broqueville. Hier waren die ersten Pendler offenbar bereits aufgebrochen, denn er fand problemlos einen Parkplatz vor dem Haus mit der Nummer 57. Es war sieben Uhr vierunddreißig, als er die Klingel für die Wohnung im obersten Stock des Gebäudes drückte. Er war sich sicher, dass sie bereits wach war. Tatsächlich antwortete eine misstrauisch energische und in keiner Weise verschlafene Stimme über die Wechselsprechanlage.

»Oui? C'est qui?«

»Ich bin's, Vivian. John. Bitte mach sofort auf. Es ist dringend.«

51. ADRIAN

Ich konnte kaum erkennen, was ich aß, aber es war mir auch ziemlich gleichgültig. Ich riss Stücke von den Fladen ab, die sie mir gebracht hatten, tunkte sie in eine der Schüsseln im Halbdunkel vor mir auf dem Boden, roch kurz daran und schob dann alles auf gut Glück in den Mund. Bis zur dritten Schale hatte ich Glück. Vermutlich aß ich eine Art indisches Dal aus Bohnen oder Linsen. Aber dann hatte ich auf einmal etwas im Mund, das so höllisch brannte, dass mir Tränen in die Augen stiegen und mir der Schweiß ausbrach. Ich griff nach der Wasserkaraffe, was das tobende Brennen in meinem Mund allerdings nur noch verstärkte. Als Nächstes stopfte ich Fladenstücke in mich hinein in der Hoffnung, das Brennen dadurch zu mildern. Aber es half nichts. Ich schob das Essen zur Seite und legte mich hin.

Eine mickrige Kerze brannte in einer zerbeulten Dose und erhellte sinnlos deren Inneres. Ein schwacher Schimmer davon gelangte an die Strohdecke der Behausung, in der sie mich warten ließen, und was von dort wieder meine nähere Umgebung erreichte, war kaum der Rede wert. Nachdem Ragna mich hatte stehen lassen, war die Dunkelheit rasch hereingebrochen. Der Bärtige hatte mich in diese Hütte gebracht und war sofort wieder mit der Bemerkung verschwunden, dass Ragna sich später um mich kümmern würde. Den Rothaarigen hatte ich noch nicht wiedergesehen. Immerhin hatten die beiden inzwischen Namen: der Bärtige hieß Steve und war Kanadier, der rothaarige Australier und nannte sich Brock. Vermutlich hielten sie jetzt Kriegsrat.

Ich durchdachte meine Optionen. Weglaufen war ziemlich sinnlos. Zu Fuß würde ich nicht weit kommen. Selbst wenn ich den Jeep klauen könnte, würde ich wahrscheinlich gar nicht nach Rangoon zurückfinden. Zudem hatte im Grunde nicht ich ein Problem, sondern sie. Was immer Ragna oder die anderen bewogen hatte, mich hierherbringen zu lassen – jetzt mussten sie sich gefälligst irgendetwas ausdenken, was weiter mit mir geschehen sollte. Trotz der merkwürdigen Umstände und der üblen Behandlung fühlte ich mich nicht wirklich in Gefahr. Die ganze Situation kam mir einfach nur absurd vor.

Von draußen näherten sich Schritte, und das Tuch am Eingang wurde zur Seite gehoben. Der Lichtstrahl einer Taschenlampe blendete mich kurz, bevor er an die Decke wanderte und die Stechmücken vorübergehend dort hinlockte.

»Komm mit«, befahl eine männliche Stimme mit unüberhörbar australischem Akzent. Es war also Brock, der mich abholte. Als ich vor die Hütte getreten war, stapfte er bereits ein paar Meter vor mir über die Lichtung, den Lichtkegel seiner Taschenlampe auf dem Boden neben sich herführend.

Ich folgte ihm durch die feuchtschwüle Dunkelheit. Der Mond war nicht zu sehen, und der Himmel über uns war von noch mehr Sternen übersät als der in Rangoon. Aus dem Wald hörte man ein periodisch wiederkehrendes Heulen oder Jaulen von irgendwelchen Tieren. Der Geruch von Holzfeuern hing in der Luft. Aus den Hütten drangen gedämpfte Geräusche, aber niemand ließ sich blicken. Ich schätzte, dass wohl kaum mehr als hundert Leute in diesen ganzen Behausungen Platz fanden, aber vielleicht gab es ja in der näheren Umgebung noch weitere Hütten. Wir passierten die letzten beiden Pfahlbauten und marschierten auf die Zelte am Waldrand zu, in denen zum Teil Licht brannte. Vor dem ersten Zelt in der Reihe blieb Brock stehen und bedeutete mir, hineinzugehen. Ich musste mich ein wenig bücken, um es zu betreten. Die Apside war mit Moskitonetzen zu einer Schleuse umfunktioniert worden. Ich schloss die Netze sorgfältig hinter mir und betrat das Zeltinnere.

Ragna saß auf einem Hocker und schaute mich ausdruckslos an. Ich sah mich um, aber sie war offenbar allein.

»Setz dich«, sagte sie knapp und deutete auf einen der drei freien Hocker, die um einen niedrigen Klapptisch herumstanden. Ich nahm Platz. Bis vor wenigen Augenblicken musste noch jemand hier gesessen haben. Zwei Dosen Bier mit Ascheresten um das Trinkloch herum standen da.

»Hast du etwas zu essen bekommen?«, fragte sie.

»Ja. Danke.«

Sie musterte mich misstrauisch.

»Ziemlich scharf allerdings«, sagte ich, bemüht, das Seltsame der Situation zu ignorieren. »Kann ich vielleicht auch so eine haben?« Ich deutete auf die beiden Dosen auf dem Tisch. Ragna griff neben sich in eine Kühltasche. Die Dose war immerhin kalt. Ich hielt sie einige Sekunden an meinen Nacken gepresst, bevor ich sie öffnete und einen großen Schluck daraus trank.

»Du hast dich ziemlich verändert«, sagte sie dann.

»Na ja, siebzehn Jahre. Das ist schon was. Ich hoffe, du bist nicht zu sehr enttäuscht.«

»Bin ich nicht. Du siehst gut aus. Nur anders.«

»Du auch. Die kurzen Haare stehen dir gut.«

»Danke.«

Ich ließ meinen Blick durch das Zelt schweifen. »Nette Behausung.«

»Warum bist du gekommen, Adrian?«, erwiderte sie, ohne auf meine blöde Bemerkung einzugehen. »Wie ist mein Vater mit dir in Kontakt getreten?«

»Er hat meine Agentur kontaktiert und mir einen Job angeboten. «

»Was für einen Job?«

»Dolmetschen. Er hat mich für ein Briefing nach Zürich einbestellt, und erst dort habe ich bemerkt, wer er ist. Dein Foto stand auf seinem Schreibtisch.«

»Aber er kennt dich doch gar nicht. Hast du früher schon einmal für ihn gearbeitet?«

»Nein. Aber ich bin nicht ganz so schwer zu finden wie du. Mein Name. Unser Gymnasium in Frankfurt. Im Internet hast du mich in ein paar Sekunden, Foto inklusive.«

Sie schwieg einen Augenblick. Ihre Miene wurde etwas weniger abweisend.

»Und dann?«, fuhr sie fort. »Hat er dich über mich ausgefragt?«

»Von wegen. Er hat dich nicht einmal erwähnt. Bis vor zwei Tagen hatte ich nicht den blassesten Schimmer, worum es überhaupt geht. Ich dachte, er sei einfach durch Zufall auf mich gekommen.«

»Und du hast ihm nicht gesagt, wer du bist und dass wir uns kennen?«

»Nein.«

»Warum?«

Sie schaute mich an. Ihre Züge waren jetzt entspannter, und im Kerzenlicht sah sie einfach umwerfend aus. Ich wusste nicht, wie ich anfangen sollte. Sie fuhr sich mit den Fingern durch das kurze Haar und wartete ab.

»Ehrlich gesagt, als ich dein Foto gesehen hatte, wollte ich eigentlich sofort wieder gehen. Aber dann kam er herein. Wir haben nicht lange miteinander geredet, vielleicht zehn Minuten. Danach dachte ich, was soll's? Es war ja nur ein Job. Woher hätte ich denn wissen sollen, was er mit mir vorhatte.«

»Und es kam dir gar nicht komisch vor, dass er ausgerechnet dich engagieren wollte. Dass mein Foto dort stand?«

»Doch. Ein wenig schon. Aber wie hätte ich denn darauf kommen sollen, dass du neuerdings in einem Guerilla-Camp lebst und dein Vater mich als Lockvogel einsetzen wollte? Ich habe durchaus Phantasie, aber etwas Derartiges hatte ich wirklich nicht auf dem Radar.«

»Was geschah dann?«

»Nichts. Nach dem Interview bin ich nach Brüssel gefahren. Ich hatte dort zu tun. Dann rief seine Sekretärin an und fragte, ob ich schon früher fliegen könnte. Die Termine hätten sich verschoben. Also flog ich nach Bangkok. Dort traf ich ihn dann.«

»Wann war das?«

»Vorgestern. Am Sonntag.«

»Und dann?«

»Er ließ mich zu sich ins Hotel kommen und eröffnete mir plötzlich, dass er sehr wohl wusste, wer ich bin, und dass er mich gezielt angesprochen hatte, weil er meine Hilfe brauchte. Er hatte sogar Briefe von mir.«

»Was für Briefe?«

»Na ja, Briefe, die ich dir damals geschrieben habe. Bis auf einen waren allerdings alle verschlossen. Du hast sie nicht aufgemacht. Danke übrigens. Sie waren ziemlich schlecht.«

Sie schaute mich völlig verständnislos an.

»Wahrscheinlich ist er durch die Briefe auf die Idee gekommen, mich zu engagieren«, fuhr ich fort. »Ist ja auch egal. Nach einigem Hin und Her habe ich mich dann eben bereit erklärt, ihm den Gefallen zu tun, nach Rangoon zu fahren und mich nach dir zu erkundigen. Das war auch schon alles.«

Draußen waren Schritte zu hören, aber sie gingen an unserem Zelt vorbei. Auch als sie verklungen waren, hatte noch immer keiner von uns etwas gesagt. Ragna brach schließlich das Schweigen:

»Mein Vater hat dich also belogen. Er hat dich hergelockt.«

»Ja.«

»Was dich aber nicht zu stören scheint?«

»Doch. Ich wollte die Sache ursprünglich sofort beenden. Aber …«

»Aber?«

»Nun ja, ein wenig neugierig war ich schon auf dich. Und außerdem tat er mir leid.«

»Er tat dir leid?« Ihr Gesicht wurde eisig.

»Er sucht dich«, erklärte ich. »Er will mit dir reden, weil er glaubt, dass du in Gefahr bist. Ich meine … was ist das hier überhaupt? Was machst du hier?«

Sie schüttelte energisch den Kopf. »Lenk nicht ab! Was genau wollte er von dir?«

»Habe ich doch schon gesagt. Er wollte, dass ich nach Rangoon fliege und versuche, mit dir Kontakt aufzunehmen. Er nannte ein paar Orte, wo ich mich nach dir erkundigen sollte. Einen Kontakt hatte ich selbst über jemanden, den ich in Brüssel getroffen habe.«

»Wer ist das?«

»Ein Schwede namens Søren. Er arbeitet für Lobbywatch oder so etwas Ähnliches. Er hat mich mit diesem Journalisten in Kontakt gebracht. Ko. Den kennst du ja wohl. Er hat dich doch informiert, oder?«

»Die Welt hier ist ziemlich klein«, antwortete sie. »Man weiß nie, wem man vertrauen kann. Kann ich dir vertrauen, Adrian?«

»Mir? Klar. Natürlich.«

Ragna zündete sich eine Zigarette an. »Was war für den Fall geplant, dass du mich findest?«

»Ich sollte versuchen, dich zu überreden, mit ihm zu sprechen.«

»Aha. Und dann?«

»Dann wollte er selbst herkommen. «

Sie zog erneut an ihrer Zigarette und blies den Rauch in den Zelthimmel über uns. Ich spürte auf einmal, dass jemand hinter mir stand. Ich drehte mich um. Ohne dass ich es bemerkt hatte, war Steve hinter mir erschienen. Ragna schüttelte kurz den Kopf. Der Mann warf mir einen verächtlichen Blick zu und verschwand ebenso geräuschlos, wie er gekommen war.

»Was hast du all die Jahre gemacht?«, fragte sie.

»Ich? Gelebt und gearbeitet. Was sonst?«

»Als Dolmetscher?«

»Ja.«

»In Frankfurt?«

»Der Job führt einen überallhin. Deutschland. Europa. In die ganze Welt eigentlich.«

»Klingt interessant.«

»Geht so. Und du? Wie bist du hier gelandet?«

Sie blies wieder Rauch in die Luft.

»Das ist eine ziemlich lange Geschichte. Aber sie ist so gut wie zu Ende. In ein paar Tagen sind wir wieder weg von hier.« Sie zog noch einmal an ihrer Zigarette und warf sie dann, nur zur Hälfte geraucht, in eine der beiden Bierdosen, wo sie zischend ausging. »Es war ziemlich riskant, dich herzubringen. Steve war dagegen. Alle eigentlich. Lügst du mich auch nicht an, Adrian?«

»Nein«, beteuerte ich. »Es war genauso, wie ich es geschildert habe. Aber dein Vater hat recht, nicht wahr? Du bist in Gefahr.«

Sie verzog den Mund. »Sind wir das nicht alle?«

»Wer sind diese Leute? Diese Soldaten?«

»Soldaten? Was für Soldaten?«

»Die Männer mit Sturmgewehren, die mich freundlicherweise eskortiert haben.«

»Das sind Karen-Kämpfer. Wir befinden uns auf Karen-Gebiet. In Burma herrscht seit Jahrzehnten Bürgerkrieg zwischen der Zentralgewalt und verschiedenen Volksgruppen wie zum Beispiel den Karen. Zu kompliziert in jedem Fall für eine kurze Erklärung.«

Sie streckte die Hand aus und sagte: »Schau dir dafür das hier mal an.«

Sie hielt mir einen kleinen Gegenstand hin. Ich griff danach. Es war eine Ampulle aus Glas. Unsere Fingerspitzen berührten sich kurz, denn die Ampulle war nicht größer als eine Tintenpatrone.

»Was ist das?«, fragte ich.

»Ein Nervengift. Es stammt aus einer Alge und reichert sich in den Fischen an, die diese Alge fressen. Wir haben das Toxin synthetisiert und ein wenig abgeschwächt, denn in natürlicher Form ist es manchmal sogar tödlich für den Menschen.«

»Hat es einen Namen?«

»Ja. Ciguatera. Wir haben damit begonnen, Fischlieferungen in Europa mit diesem Toxin zu vergällen. Es war ein Testlauf. In den nächsten Tagen und Wochen schleusen wir es in großem Maßstab in die gesamte Lieferkette ein.«

»Okay«, sagte ich zögerlich. Und erst dann begriff ich: diese Schlagzeilen über Fischvergiftungen! Dereks E-Mail! Di Melos Erwähnung, dass Ragna irgendetwas mit Trawlern geplant hatte!

Dahinter steckte SIE!

»Aber – wozu?«, war alles, was mir in meiner ersten Überraschung dazu einfiel.

»Damit es einer möglichst großen Zahl von Menschen derart schlecht wird, dass ihnen dauerhaft die Lust vergeht, Fisch zu essen. Eine Ciguatera-Vergiftung führt beim Menschen zu einer lebenslangen Unverträglichkeit für Fischprodukte. Wir müssen keine Trawler rammen, um die Überfischung zu stoppen. Wir entziehen einer milliardenschweren Umweltverbrecherindustrie ganz einfach die Existenzgrundlage. Durch eine Art Schluckimpfung, eine biotoxische Vergällung.«

»Das klingt auf jeden Fall intelligenter, als Tankstellen anzuzünden.«

Jetzt musste sie lächeln.

»Ja. Das ist wirklich lange her. Inzwischen sind ganz andere Leute dabei.«

»Leute wie Steve und Brock?«

»Tut mir leid, wenn sie dich etwas hart angefasst haben.

Aber wir müssen extrem vorsichtig sein. Mit uns geht man übrigens sehr viel übler um, wenn wir erwischt werden.«

Sie verstummte, und einen Moment lang sah sie abwesend und niedergeschlagen aus. Ich war noch immer damit beschäftigt, diese Neuigkeit zu verdauen. Waren diese Leute völlig verrückt geworden? War so etwas überhaupt möglich? Ragna schaute mich an. Erriet sie meine Gedanken? Bereute sie, dass sie mich hergebracht hatte, denn sie musste spüren, dass mich diese Enthüllung schockierte? »Jeder weiß, dass es so nicht weitergehen darf«, sagte sie. »Aber niemand zieht ernsthaft Konsequenzen daraus. Die Menschen wollen nicht, und die Politiker können es nicht, selbst wenn sie wollen. Man wählt sie ab oder man kauft sie. Und wenn das nicht, funktioniert, werden sie ermordet oder abgesetzt. So ist die Situation. Also müssen wir Bürger es tun. Das Problem ist letztlich ein biologisches und kann auch nur biologisch gelöst werden. Wer sich wie ein hirnloser Schädling verhält, mit dem kann man nicht diskutieren oder Verträge schließen. Wer einer biologischen Fatalität folgt, einem vorgeschriebenen Programm, dem ist anders nicht beizukommen. Unkontrolliert wucherndes Wachstum kann man nur mit biologischen Mitteln eindämmen. Mit etwas wie dem, das du da in der Hand hältst.«

Ich legte die Ampulle vorsichtig wieder auf dem Tisch vor mir ab.

»Ihr vergiftet Menschen.«

»Nein. Fisch. Wir machen eine für diesen Planeten lebenswichtige Ressource für Homo sapiens ungenießbar. Aber im Grunde drehen wir nur die Uhr ein wenig vor, damit das System sich erholen kann und nicht kollabiert. Mittelfristig wird sich diese Alge durch die Erwärmung der Meere ohnehin weltweit verbreiten. Das ist nur eine Frage der Zeit.«

Ich versuchte mir auszumalen, was für kolossale Schäden Ragnas Sabotage-Szenario anzurichten versprach.

»Ich verstehe allmählich, dass dein Vater sich Sorgen macht«, sagte ich.

»Ja. Er macht sich bestimmt Sorgen. Aber nicht um mich, sondern um die Unternehmen, für die er arbeitet. Davon hat er dir vermutlich nichts erzählt. Ocean Harvest Group, Nautil-Inc, die verschiedenen Minenkonsortien in Singapur, Polen, China, Kanada? Oder hat er das bei deinem ›Einstellungsgespräch‹ etwa erwähnt?«

»Nein«, räumte ich ein. Und ich erwähnte vor allem nicht, dass ich noch vor wenigen Tagen selbst Aktien von Di Melos Ocean Harvest AG gekauft hatte. Es war zwar Dereks Idee gewesen, aber mein Geld. Ich hatte keine Sekunde darüber nachgedacht, wofür das Geld eingesetzt werden würde. Die EBIT-Marge hatte gut ausgesehen.

»Was sind das für Unternehmen?«, fragte ich scheinheilig.

»Tiefseebergbau. Es ist der nächste Goldrausch. In den nächsten zehn bis zwanzig Jahren wird man den gesamten Meeresboden in eine Mondlandschaft verwandeln, um Manganknollen, Kobaltkrusten und seltene Erden abzubauen. Die biologischen Folgen sind völlig ungewiss, mit großer Wahrscheinlichkeit jedoch verheerend. Die Abholzung des Amazonas-Urwaldes wird im Vergleich eine Lappalie gewesen sein.«

»Ach ja?«

Es war wie damals. Sie redete. Ich hörte zu.

»Vor dreißig Jahren wurde ein kleiner Teststreifen in der Clarion-Clipperton-Zone umgepflügt. Er ist noch heute mausetot, was kein Wunder ist. Der Tiefseeboden ist über Jahrmillionen entstanden. Dort unten spielt sich alles extrem langsam ab. Zahllose Lebensprozesse, die wir größtenteils noch nicht einmal ansatzweise verstehen, beginnen dort. Wir wissen fast nichts über die Rolle, welche die Tiefsee für uns spielt, was uns jedoch nicht daran hindert, sie einfach zu zerstören. Es ist überall das Gleiche, Adrian. Wir richten Schä-

den an und nehmen Folgerisiken in Kauf, die niemand kennt
oder wirklich abschätzen kann und deren Zeithorizont unsere kurze Lebensspanne um ein Vielfaches, ja Tausendfaches
übersteigt. Wir wissen nicht, was passiert, wenn Maschinen
den Meeresboden quadratkilometerweise abhobeln. Doch
wir tun es. Was heißt wir? Weißt du, wer über die Nutzung
des gesamten Tiefseebodens dieses Planeten entscheidet?«
Wie so oft hatte ich keine Antwort.
»Eine kleine UN-Behörde in Kingston, Jamaika. Der Tiefseeboden ist ein Welterbe. Er gehört niemandem, das heißt:
allen. Wie die Luft. Wenn aber nun eine Handvoll Leute in
einer Behörde über den Tiefseeboden entscheiden und Schürf-
lizenzen vergeben dürfen, dann kannst du dir ja wohl vorstellen, wie das abläuft und welcher winzige, reiche und tech-
nologisch gerüstete Teil der Menschheit sich hier bedienen
wird. Auf Kosten aller, wohlgemerkt. Immer wieder entscheiden einige wenige über das Schicksal nicht nur von uns,
sondern von allen nachfolgenden Generationen. Wie ein
Schädling, der über seine Fresswerkzeuge nicht hinaussehen
kann, wandert man eben weiter, wenn das Fressen an einer
Stelle zur Neige geht, und steigt auf das nächste Geschäft um.
Da hast du meinen Vater in seiner ganzen erbärmlichen Logik. Jahrelang hat er mit Lobbyarbeit für die industrielle Fischerei sein Geld verdient. Jetzt ist er dick im Tiefseebergbau
engagiert.«
»Er macht sich Sorgen um dich, Ragna. Wirklich.«
»Mein Vater ist ein Verbrecher, Adrian. Er ist nicht nur ein
Teil dieser durchgedrehten Vernichtungsmaschine. Er steuert
sie, skrupellos, gewissenlos. Ich weiß genau, wie er denkt.
Leute wie er sind nicht zu bekehren. Und dass die Masse der
Menschen ihr Konsumverhalten aus Einsicht freiwillig ändert, daran glaube ich schon gar nicht mehr. Deshalb brau-
chen wir andere Methoden.«
»Gift?«

»Nenne es, wie du willst. Aus der Perspektive von Bakterien ist Penizillin Gift, aus unserer ein Heilmittel. Wir arbeiten in verschiedenen Gruppen, aber wir entwickeln alle das Gleiche: biologische Schutzwälle gegen einen Schädling genannt Homo sapiens. Wir werden Ciguatera in den Industrieländern massenhaft in Umlauf bringen und dort den Markt für Fischereierzeugnisse auf Jahrzehnte hinaus zerstören.«

»Ach ja? Und warum nur in den Industrieländern?«

»Weil die Menschen in den armen Ländern auf Fisch als Eiweißquelle angewiesen sind. Wenn die Menschen in den Industrieländern keinen Fisch mehr essen können, dann fahren auch keine spanischen, französischen, thailändischen oder chinesischen Supertrawler mehr vor die afrikanische Küste und saugen mit ihren riesigen Netzen die Fischgründe leer. Was dazu führen wird, dass sich die Bestände dort erholen. Die kleine Küstenfischerei richtet keinen irreversiblen Schaden an. Weißt du, wie viele Flüchtlinge allein deshalb nach Europa strömen, weil ganze Küstenregionen in Afrika von unseren Industrieflotten leer gefischt werden und die Menschen dort einfach nichts mehr fangen, nichts mehr zu essen haben?«

»Nein, aber ich denke, du wirst es mir sagen.«

Sie schaute mich abschätzig an. »Es interessiert dich doch gar nicht. Es interessiert niemanden. Denn wenn es anders wäre, würde etwas geschehen. Dann würdest du etwas unternehmen, oder etwa nicht?«

»Ich? Was soll ich dagegen unternehmen?«

Sie nahm die Ampulle wieder in die Hand. »Hier. Tu etwas. Was fängst du an mit deinem Leben, Adrian? Was tust du?«

Ich schüttelte nur stumm den Kopf und schwieg. Aber es war kein Schweigen, weil mir die Worte gefehlt hätten. Vielmehr war mein Kopf zu sehr angefüllt mit Begriffen und Konzepten aus zahllosen Konferenzen, als dass ich noch etwas dazu hätte sagen können oder wollen. Nachhaltigkeit,

Millenniumziele, Vertragsstaatenkonferenz, Klimaprotokolle. Wo sollte man beginnen? Und wo aufhören? Ich sah sie nur an. Grundsätzlich mochte sie ja recht haben. Sie hatte entschieden, sich einer Welle entgegenzuwerfen, auf der ich mich resigniert treiben ließ. Aber ich hatte vor der endlosen Verflechtung der Dinge längst kapituliert. Ich hatte in zu vielen internationalen Konferenzen gesessen und zu oft mit anhören müssen, wie auch noch die besten Absichten unter dem Druck widerstreitender Interessen allmählich immer mehr verflachten oder sich sogar in ihr Gegenteil verkehrten.

»Du hältst mich für verrückt, nicht wahr?«, hielt sie mir vor.

»Nein«, widersprach ich. »Das war schon damals ein Missverständnis zwischen uns. Ich bewundere deinen Mut, deine Entschlossenheit. Aber ich verstehe trotzdem deinen Vater. Er will nicht, dass dir etwas zustößt. Ich will mir gar nicht ausmalen, was sie mit euch machen werden, wenn sie euch erwischen. Man wird euch als Bioterroristen verurteilen und euch vier Mal lebenslänglich und hundertfünfzig Jahre aufbrummen.«

»Sicher«, sagte sie. »Und die Fischereimafia wird noch weniger zimperlich sein. Daher unser Misstrauen, wie du jetzt hoffentlich nachvollziehen kannst.« Wieder verstummte sie. Ich schaute sie an, aber sie wich meinem Blick aus und erhob sich plötzlich. »Morgen früh fährt Steve dich zurück nach Rangoon. Dann kannst du in dein schönes Leben zurückkehren.«

Damit ging sie an mir vorbei nach draußen. Ich blieb sitzen, im Windschatten ihrer Selbstgerechtigkeit. Es war ein Déjà-vu. Wir hatten dieses Gespräch vor siebzehn Jahren schon einmal geführt. Wir brauchten nicht noch einmal stundenlang zu reden und das ganze verwickelte Knäuel von wirtschaftlichen, politischen und kriminellen Interessen in der Welt vor uns auszubreiten, immer mit dem unterschwelligen Vorwurf ihrerseits, dass ich niemals aktiv werden würde, um etwas zu ändern. Diesmal hatten wir keine Flasche Wein, keine Lieder von Leonard Cohen und erst recht nicht die Unbeschwertheit von Siebzehnjährigen, um uns aus dem Unglück der Welt ins Reich der Sinne davonzustehlen. Sie tat, was sie tun musste, und ich tat – nichts. Für Ragna gehörte ich damit ins Lager ihres Vaters. Nicht als aktiver Täter, aber als Komplize.

Nach einer Weile erhob ich mich und ging ebenfalls nach draußen. In der Dunkelheit war niemand zu sehen. Den Weg zurück fand ich ohne Probleme. In den anderen Hütten regte sich nichts. Ich passierte zwei bewaffnete Wachposten, die rauchten, mich aber nicht weiter beachteten. Es war heiß, und vom Rauch der Moskitospirale war es stickig in meiner Hütte. Morgen würde sie mich zurückbringen lassen. Ich bereute es nicht, gekommen zu sein. Ich würde Di Melo aus Rangoon anrufen und ihm sagen, dass er sich seine Reise sparen konnte. Wenn sie schon mit mir wie mit einem Feind redete, wie würde sie erst ihren Vater empfangen?

Ich legte mich hin und starrte in die Dunkelheit. Schlafen konnte ich nicht. Manchmal nickte ich ein, fuhr jedoch regelmäßig hoch und wusste dann sekundenlang nicht, wo ich mich befand. Als ich das letzte Mal auf die Uhr schaute, war es zwei Uhr morgens. Würde ich sie morgen vor der Abfahrt noch einmal sehen? Wozu? Tatsächlich gab es nichts zu sagen. Ragna war endgültig in den Krieg gezogen, in einen Krieg, der aussichtslos und nicht zu gewinnen war. Aber sie lief lieber sehenden Auges in ihr Verderben, als wie ich und viele andere mit halbgeschlossenen Augen durchs Leben zu gehen.

Ich streckte mich auf meiner Matte aus. Es war derart heiß und drückend, dass ich irgendwann alles auszog und einfach nur nackt dalag. Schweißtropfen rollten von meinem Körper herab. Immer wieder gab es eine Stechmücke, die den

Giftrauch der Spirale überlebt hatte und sirrend um meinen Kopf schwirrte. Ich dachte an den Dachgarten in Frankfurt. Unseren ersten Kuss. Unsere erste Liebesnacht. Wenn ich eine Welt hätte retten wollen, dann jene von damals, diese kurze, glückliche Zeit mit ihr. Alles andere war zu groß für mich, zu unübersichtlich.

Ich verfiel in einen traumlosen Schlaf, aus dem ich nach wenigen Stunden jäh geweckt wurde. Aber es war weder ein Fußtritt von Steve, der mich hochfahren ließ, noch eine Aufforderung von Ragna, mich für den Rückweg fertig zu machen.

Stattdessen zerriss kurz vor Anbruch der Dämmerung plötzlich eine Detonation die Stille.

52. RENDER

Vivian stand am Fenster ihres Wohnzimmers, kaute am Daumennagel ihrer rechten Hand und versuchte, die Beherrschung zu wahren. Render stand ebenfalls, allerdings in der Nähe der Eingangstür und wie im Begriff zu gehen. Aber er ging nicht. Noch nicht. Vivians Atem ging schwer. Er hatte ihr alles erzählt, die ganze Geschichte, sofern er sie aus seiner Perspektive überblickte. Sie hatte ihm zugehört, ohne ihn zu unterbrechen, aber was sie dachte, konnte er nun an ihrem Gesichtsausdruck ablesen. Er kannte sie zu gut, ihren vernichtenden Blick, wenn jemand an Dingen und Prinzipien rührte, die ihr heilig waren. Und welche Verfehlung hatte er in den letzten Tagen nicht begangen? Amtsmissbrauch. Verschleierung. Vereitelung von Gefahrenabwehr. Billigung terroristischer Sabotageakte. Und jetzt sollte sie ihm dabei behilflich sein, seine unglückliche Freundin zu retten, eine Fischereibeobachterin, die für Bioterroristen gearbeitet hatte.

Render wartete. Gleich würde sie sich umdrehen, und alles hing davon ab, was sie dann zu ihm sagen würde. Er hatte beide Hände in seinen Manteltaschen vergraben und befühlte mit der einen den kleinen Umschlag mit der Liste der verseuchten Container, mit der anderen seinen Autoschlüssel. Welche Optionen hatte er überhaupt, falls sie nicht auf sein Anliegen einging? Konnte Vivian ihn verhaften lassen?

»Warum hast du mich nicht früher informiert?«, fragte sie scharf, indem sie sich zu ihm umdrehte. »Was fällt dir ein, auf eigene Faust nach Vigo zu fahren und zu ermitteln? Wer hat dir das erlaubt? Seit wann weißt du über Teresas Aktivitäten Bescheid?«

»Ich hatte keine Ahnung von ihren Plänen.«

»Ach ja? Aber dieser – wie hieß er noch – Gavin? Wann hast du ihn getroffen?«

»Letzten Montag.«

»Und wann hast du mit dieser Ragna Di Melo gesprochen?«

Render stutzte. Wie sie den Namen aussprach. Er hatte ihn erwähnt, ja. Aber irgendetwas in der Art und Weise, wie sie ihn aussprach, irritierte ihn. Und was sollten diese ganzen Fragen? Er hatte jetzt keine Zeit dafür.

»Vivian, in wenigen Stunden werden in Hamburg Container mit vergiftetem Fisch entladen. Wenn der Zoll diese Liste nicht bekommt, wird eine Lebensmittelepidemie über Europa hereinbrechen, neben der uns die BSE-Krise wie ein kleiner Schnupfen vorkommen wird. Tausende von Menschen werden Gefahr laufen, sich ein lebenslanges Nervenleiden einzufangen. Ich will das nicht. Ich gebe sie dir. Aber ich flehe dich an, hilf mir, Teresa aus Thailand herauszuholen, bevor ihr etwas zustößt. Bitte.«

»Wie kannst du nur …« Vivians Stimme zitterte vor Zorn. Ihr Gesicht hatte sich gerötet. Er hatte sie noch nie so aufgewühlt gesehen.

»Es muss doch irgendwie möglich sein. Du musst doch wissen, wie so etwas geht. Du hast Zugang zu Leuten, die Dinge bewegen können. Du musst mir helfen, Vivian.«

»JA!«, schrie sie ihn an. »JA, ich bin ja nicht taub. Aber du begreifst nicht. Du begreifst gar nichts!«

Sie drehte sich ruckartig um, ging zum Fenster und blieb einige Sekunden dort stehen. Was meinte sie damit, dass er nichts begriff? Doch da drehte sie sich schon wieder herum und sprach weiter. »Du bist so naiv, John. Wie konntest du mich so hintergehen.«

Er schaute sie an, und Wut stieg schlagartig in ihm auf. Naiv! Er riss sich zusammen und sagte: »Was haben wir in den letzten dreißig Jahren erreicht, Vivian? Was? Sag es mir.

Was ist durch unsere Arbeit jemals besser geworden – durch all die Richtlinien, Verordnungen, Empfehlungen und Verbote. Nichts! Das Meer krepiert. Und du weißt es. Alle wissen es.«

»Ach ja? Wirklich? Erzähle mir was Neues, John.«

»WAS begreife ich denn bitte nicht?«, stieß er hervor. »Inwiefern bin ich naiv? Kannst du mir das von deinem hohen Ross herab bitte erklären?«

Vivian machte Anstalten, etwas zu sagen, aber dann schüttelte sie nur widerwillig den Kopf und griff sich mit der rechten Hand an die Stirn, schnaufte wütend und ließ sich in einen ihrer Sessel fallen.

»Mit wem außer mir hast du gesprochen?«, fragte sie dann. »Wer weiß von diesen Vorgängen?«

»Niemand«, erwiderte er knapp.

»Paulsen?«

»Nein.«

»Herrero-Sanchez?«

»NEIN. Ich habe ihn seit Tagen nicht gesprochen.«

»Gibt es noch weitere Fischereibeobachter, von denen du weißt, dass sie involviert sind?«

»Vivian«, erwiderte er ungeduldig, »nicht einmal die Frau, mit der ich mein Leben teilen wollte, hat mich eingeweiht. Sie hat mich völlig im Dunkeln gelassen.«

»Und Ragna Di Melo? Woher kennst du sie?«

Schon wieder dieser Name? Render schaute sie befremdet an. Jetzt war er sich sicher. Vivian mochte ihn noch so scharf angehen – ganz verstellen konnte sie sich vor ihm nicht.

»Du … du kennst sie?«, stammelte er verblüfft.

»Antworte auf meine Frage, John. Hast du sie jemals getroffen? Hat sie dich früher schon einmal kontaktiert?«

»Ja, vor ein paar Jahren. Aber ich habe …«

»Wann und wo?«, schnitt sie ihm ungeduldig das Wort ab.

»In Nairobi. Am Rande der Interpol-Konferenz.«

»Was wollte sie?«

»Mich provozieren. Sie hat mir Fotos von den Nürnberger Prozessen gezeigt und mir im Grunde vorgeworfen, ich sei mit schuld am Biozid in den Weltmeeren.«

»Wie kam sie überhaupt an dich heran?«

»Über Teresa. Sie sind gut befreundet.«

»Und auch das hast du mir nie erzählt. Eine Terrorgruppe hat versucht, dich anzuwerben, und du hast mir das verschwiegen.«

»Mich hat niemand angeworben«, wiederholte er verächtlich. »So ein Unsinn. Ich hatte niemals zuvor und niemals danach Kontakt zu diesen Leuten. Ich wusste absolut nichts von ihnen. Verstehst du denn nicht? Teresa hat diese ganze Sache mit keinem Wort jemals wieder erwähnt. Niemals!«

Vivian schaute ihn schweigend an. Renders Gedanken schossen in hundert verschiedene Richtungen. Vivian erhob sich langsam wieder.

»Was verschweigst DU mir eigentlich?«, fragte er wie von einer plötzlichen Eingebung heimgesucht. »Woher kennst du diese Frau? Was geht hier vor?«

Vivian schüttelte nur langsam den Kopf, als habe sie es mit einem Starrsinnigen zu tun, der einfach nichts begreifen wollte.

»Was hast du dir eigentlich vorgestellt?«, fragte sie nach einer kurzen Pause. »Du musst doch eine Idee davon gehabt haben, wie ich dir helfen soll, oder? Was soll ich deiner Meinung nach denn jetzt tun?«

»An wen sollte ich mich sonst wenden?«, gab er verzweifelt zurück. »An die Polizei? Wer sollte mir helfen können, wenn nicht du?«

Vivian lachte plötzlich leise. »Mein Gott, ist das alles verrückt«, sprach sie zu sich selbst, als wäre sie auf einmal ganz allein im Raum.

»Was ist verrückt?«

Aber sie antwortete nicht. Stattdessen ging sie zum Schreibtisch und griff nach ihrem Telefon.

»Wie viel Uhr ist es in Thailand?«

»Fünf Stunden später«, antwortete Render. »Früher Nachmittag.«

Vivian wählte eine Nummer. Das Gespräch dauerte nur wenige Minuten. Vivian redete sehr leise, und Render hatte keine Möglichkeit herauszufinden, mit wem sie sprach.

Nachdem sie aufgelegt hatte, erhob sie sich, ging auf ihn zu und streckte die Hand aus.

»Die Liste.«

Er zögerte. Dann griff er in seine Tasche, holte mit der Liste auch seinen Dienstausweis heraus und gab ihr beides. Sie faltete die Liste auf und überflog sie kurz. Dann gab sie ihm seinen Ausweis zurück. »Den wirst du vorerst noch brauchen. Komm mit.«

Damit ging sie an ihm vorbei zur Tür.

53. ADRIAN

Draußen erhob sich Geschrei. Befehle und Rufe gingen hin und her. Irgendwo dazwischen stieg plötzlich ein kurzer, gellender Schrei über alles andere empor. Rauh und schrill war er, ein kurzes, wütendes Aufheulen. Dann brach er jäh ab. Stiefel stampften vorbei. Die Einheimischen riefen sich irgendetwas zu, das ich nicht verstehen konnte, und dazwischen ertönten Rufe auf Englisch.

Ich blieb geduckt liegen und presste mich flach gegen den Boden in der sicheren Erwartung, dass gleich Schüsse fallen und Kugeln meine Hüttenwand durchschlagen würden. Als das nicht geschah, rollte ich mich zur Seite und versuchte, durch die Ritzen nach draußen zu schauen. Aber ich konnte nicht viel erkennen. Es war zu dunkel. Schemen eilten vorüber. Ein Überfall? Dort draußen liefen alle panisch durcheinander. Aber es fielen keine Schüsse. Irgendetwas anderes musste passiert sein.

Ich suchte meine Kleider zusammen, zog mich an, so schnell ich konnte, und kroch wieder an die Hüttenwand, um durch die Ritzen nach draußen zu sehen. Autoscheinwerfer leuchteten auf. Zwei Jeeps fuhren langsam auf den Waldrand zu und blieben dort mit laufendem Motor stehen. In den Lichtkegeln waren Menschen zu erkennen, die in den Wald hineinliefen. Ich meinte, Ragna und Steve ausmachen zu können. Kurz darauf erschien auch Brock.

Ich konnte nicht länger warten. Ich verließ meine Hütte und ging vorsichtig auf die Stelle am Waldrand zu, wo die zwei Jeeps standen. Es war gespenstisch. Ein Soldat gestikulierte heftig im Scheinwerferlicht und erklärte etwas, während seine Zuhörer durcheinanderredeten. Als ich noch näher herangekommen war, sah ich, dass weiter hinten im Wald

Karen-Milizionäre und Dorfbewohner um etwas herumstanden, das sich am Boden bewegte. Ragna kniete daneben. Steve stand hinter ihr. Zwei Uniformierte, die ebenfalls knieten, hantierten mit etwas, das ich nicht erkennen konnte. Leise Schreie waren jetzt wieder zu hören. Ein Stöhnen, rauh und tief, dann wieder schrill. Ich ging an den Jeeps vorbei, passierte die Neugierigen und hielt im Scheinwerferlicht auf die Stelle im Wald zu, wo sich mir allmählich das ganze grausige Spektakel enthüllte.

Durch die dichtgedrängten Körper sah ich zunächst nur Ausschnitte dessen, was sich am Boden abspielte. Da lag ein Körper, der heftig zuckte. Dann sah ich plötzlich etwas, das aussah wie ein von Hunden zerfleischtes Bein. Als ich näher kam, erkannte ich, dass es ein zerfetzter Unterschenkel war. Die Wade war komplett abgerissen und hing wie ein blutiger, zerfetzter Sack seitlich herab. Ein Fuß war nicht zu sehen. Mehr Einzelheiten konnte ich nicht erkennen, denn die Reihe der Neugierigen hatte sich wieder geschlossen. Ich machte einige Schritte rückwärts und blieb schwer atmend stehen. Plötzlich drehte Steve sich um und entdeckte mich. Wie von etwas gestochen, stürzte er auf mich zu und schrie mich an.

»Wo ist der Sender, du Ratte. Wo ist er, du Hurensohn? Wie viele kommen noch? He? Rede, bevor ich dir den Hals umdrehe.«

Ich wäre gar nicht in der Lage gewesen, etwas zu sagen. Der kräftige Mann boxte mich zweimal so heftig gegen den Brustkorb, dass ich rückwärts taumelte. Die Schläge schnitten mir die Luft ab. »Wo hast du ihn?«, schrie er wieder. »Für wen arbeitest du?«

Plötzlich hielt er inne. Er eilte wieder zu der Stelle zurück, wo Ragna sich um den Verwundeten kümmerte, hob etwas auf und kam wieder zu mir zurück.

Ich hob die Hände, um weitere Schläge abzuwehren.

»Siehst du das?«, schrie er und hielt mir ein blutverschmiertes Plastikstück unter die Nase. Erst nachdem er mehrmals mit seinem Ärmel darübergewischt hatte, erkannte ich, dass es ein kleiner Tablet-Computer war. Zwei Punkte darauf pulsierten schwach grün.

»Ob du das siehst, du Arschloch! Los! Geh!« Er versetzte mir einen brutalen Tritt und stieß mich vor sich her über die Wiese, das Tablet vor Augen, mit dem er sich orientierte. Wir erreichten meine Hütte, und er hielt mir das Gerät erneut hin. »Siehst du es jetzt?«, schrie er triumphierend.

Ja, jetzt sah ich es auch. Die Punkte waren deckungsgleich.

»Wo ist dein Scheißrucksack? Wo?«

Er stieß mich in die Hütte hinein und folgte mir. Der Rucksack lag auf dem Boden neben meinem Schlaflager. Ich warf ihn ihm schnell hin, als könnte das die Wut des Mannes stoppen. Er warf das Tablet zur Seite und begann, den Rucksack durchzukneten, Zentimeter für Zentimeter. »Fucking shit!«, entfuhr es ihm dann. Er zog ein Messer heraus, schnitt einen der Trägergurte ab und schlitzte ihn auf. Ich sah fassungslos zu, wie er eine münzgroße, flache Metallkapsel daraus hervorholte.

»Und das, was ist das?«

»Ich … ich hatte keine Ahnung«, stammelte ich. »Wirklich.« Ich wich vor Steve zurück. Dessen Augen glühten vor Mordlust. »ICH HATTE KEINE AHNUNG«, brüllte ich erneut. Ich bekam jetzt wirklich Angst vor ihm. Der Mann würde mich gleich umbringen. Den Moment der Überraschung nutzend, warf ich mich zur Seite zum Ausgang hin. Aber Steve war schneller. Ich spürte seinen harten Griff an meinem Oberarm und schrie vor Schmerz auf. Diesmal traf mich seine Faust direkt auf die Schläfe. Ich stürzte. Eine dröhnende Explosion in meinem Kopf ließ mich fast bewusstlos werden.

»STEVE!«, hörte ich auf einmal Ragnas Stimme in der Ferne. »STEVE!«

Der Kanadier ließ von mir ab, sammelte den Sender und das Tablet auf und eilte nach draußen. Ich lag keuchend am Boden. Mein Kopf dröhnte vor Schmerz. Ich wollte aufstehen, aber alles drehte sich. Ich wälzte mich auf die Seite.

»Dieser verfickte Spitzel bringt uns alle in Lebensgefahr«, hörte ich ihn brüllen.

Ich richtete mich mühsam auf und wankte aus der Hütte hinaus ins Freie. Ragna und Steve standen nur ein paar Meter entfernt. Ragna hielt den Tablet-Computer in der Hand, und das fahle Licht beleuchtete ihr Gesicht. In der Hand hielt sie den Sender.

»Ich wusste nichts davon, Ragna«, stieß ich hervor und wankte auf sie zu. »Ich schwöre es dir. Bei allem, was mir heilig und wertvoll ist. Ich sollte dich finden. Das war alles. Dein Vater wollte nachkommen.«

»Ach ja«, schnaubte Steve höhnisch. »Und wieso liegt er dann jetzt dahinten?«

Ragna ließ das Tablet langsam sinken.

»Steve«, sagte sie mit bebender Stimme und wischte sich über das Gesicht. »Er verblutet! Was soll ich jetzt tun?« Ihre Augen glänzten und waren vor Entsetzen geweitet. »Ich kann ihn doch nicht einfach verbluten lassen.«

Einige Sekunden lang sagte keiner von ihnen etwas. Steves finsterer Blick wanderte wieder zu mir. »Er kann doch nichts dafür«, sagte Ragna. »Mein Vater hat ihn benutzt. Das ist genau sein Stil. Seine Methode.«

Steve spuckte aus und schlug sich mit dem Handballen mehrmals wütend gegen die Stirn.

»Und jetzt, Ragna?«, stieß er fluchend aus. »Was jetzt?«

Ich wich vor den beiden zurück und ging in Richtung des Jeeps. Der Verletzte lag noch immer an der gleichen Stelle im Wald, umringt von immer mehr Leuten. Ich drängelte mich durch die Umstehenden hindurch, bis ich direkt vor dem auf dem Boden hingestreckten Körper stand.

Es war wirklich Di Melo. Sein von Erde, Schweiß und Blut verschmiertes Gesicht war kaum wiederzuerkennen. Er starrte mich mit weit aufgerissenen Augen an. Der Schock über seine furchtbare Verwundung schien mit jeder Sekunde mehr von ihm Besitz zu ergreifen. Ein Splitter der Mine musste seine Wange gestreift haben und hatte ein Stück davon abgerissen oder vielleicht sogar durchschlagen. Man hatte seinen Oberkörper entblößt, aber der sah verhältnismäßig unversehrt aus. Aus ein paar kleineren Verletzungen war Blut ausgetreten und bereits geronnen. Seine linke Hüfte wies eine klaffende Fleischwunde auf. Doch was war das alles schon im Vergleich zu seinem linken Bein! Der Anblick des Stumpfes, der herausragenden Knochen- und Gewebereste, die noch daran herunterhingen, war schwer zu ertragen. Ein Druckverband knapp unter dem Knie sorgte dafür, dass kein Blut mehr austrat, aber er musste bereits eine Menge davon verloren haben. Ein weißliches Stück Knochen ragte aus dem Durcheinander aus verkohltem Gewebe, abgerissenen Sehnen und zerfetzten Blutgefäßen. Ich schaute wieder auf das inzwischen aschfahle, von stummem Entsetzen gezeichnete Gesicht des Mannes, mit dem ich noch vor zwei Tagen im Garten des *Oriental* zu Mittag gegessen hatte. Und plötzlich versuchte er zu sprechen.

»Adrian«, stammelte er kaum verständlich, »Adrian …« Dann verzog er das Gesicht vor Schmerzen, und der ganze Körper begann zu zucken. Jemand erschien mit Verbandszeug und begann, den Stumpf zu versorgen. Nach zwei Injektionen wurde Di Melo allmählich ruhiger. Er bewegte nur noch den Kopf langsam hin und her wie in einem leichten Delirium und stöhnte ununterbrochen. Als der Stumpf und die Wunde an der Hüfte versorgt waren, versuchte man, ihn leicht anzuheben, um den Kopf zu verbinden. Plötzlich kam ein gurgelnder Laut aus Di Melos Kehle. Ich erschauerte. Großer Gott! Ich konnte das nicht mit ansehen. Aber ebenso wenig konnte ich mich von dem Anblick losreißen.

Auf einmal war Ragna wieder da. Aber sie stand nur wie versteinert und schaute zu, wie Di Melos Kopf verbunden wurde. Es war gespenstisch. Sein Blick war die ganze Zeit über direkt auf sie gerichtet. Schließlich kniete sie sich neben ihn hin und sprach auf ihn ein. »Bitte bewege dich so wenig wie möglich. Wir haben dir Schmerzmittel gegeben, aber du musst ganz ruhig bleiben.« Er schien sie zu hören, denn das gurgelnde Stöhnen, das die ganze Zeit über angehalten hatte, verstummte. Aber wer konnte das schon sagen?

Und auf einmal geschah nichts mehr. Alle standen herum, offenbar ratlos, wie es jetzt weitergehen sollte. Ich schaute von einem zum anderen. Aber niemand machte Anstalten, Di Melo für einen Transport in ein Krankenhaus fertig zu machen. Denn das war doch wohl der notwendige nächste Schritt? Man musste ihn in einen der Jeeps verfrachten und in die nächste Klinik bringen. Mein Blick fiel auf Steve, der nicht weit entfernt stand und mich noch immer mit finsterer Miene beobachtete. Gleichzeitig unterhielt er sich leise mit Brock, der rauchte und sich nicht anmerken ließ, was er von dem Zwischenfall hielt. Ragna saß reglos neben ihrem Vater auf dem Waldboden. Sie hatte seine Hand ergriffen und sprach leise auf ihn ein. Ich betrachtete die Szene eine Weile. Dann wurde mir klar, was sich hier abspielte: Sie sahen keinerlei Möglichkeit, ihn zu retten. Sie würden ihn hier sterben lassen!

»Ragna«, sagte ich und beugte mich zu ihr herab. »Wir müssen etwas unternehmen. Er muss so schnell wie möglich in eine Klinik.«

Sie schüttelte resigniert den Kopf. »Es geht nicht«, erwiderte sie mit belegter Stimme. »Wir können nicht über die Grenze.«

»Ragna«, beschwor ich sie. »Du kannst ihn doch nicht einfach hier liegen und sterben lassen.«

Sie blickte mich an und sagte kein Wort. Di Melo stöhnte wieder.

»Wo ist er hergekommen?«, fragte ich. »Er muss doch irgendwie hergekommen sein? Ist dort oben eine Straße?«

»Ja«, sagte sie wie in Trance, »durch den Wald den Hang hinauf. Aber dort ist alles vermint. Ein Wunder, dass er überhaupt so weit gekommen ist.«

Ich schaute auf den Verletzten, beugte mich dann über ihn und durchsuchte, so vorsichtig ich konnte, seine Taschen. Aber es war nichts darin zu finden. Kein Autoschlüssel. Auch keine Papiere.

»Wo ist die nächste Klinik? Gibt es hier irgendwo eine Stadt? Ein Krankenhaus?«

»Mae Sot«, erwiderte sie. »Aber wir können nicht über die Grenze. Unmöglich.«

»Ich kann es sehr wohl. Er muss doch dort oben irgendwo seinen Wagen stehen gelassen habe, bevor er durch den Wald abgestiegen ist. Ragna! Du musst ihm helfen!«

Sie biss sich nervös auf die Lippen.

»Wir können nicht durch den Wald«, stammelte sie. »Das ist zu gefährlich. Warum ist er nur gekommen? Warum begreift er nicht, dass ich mich entschieden habe. Warum tut er mir das an?«

»Ragna«, beschwor ich sie. »Nicht jetzt diese Fragen. Du musst handeln. Sofort. Er muss ins Krankenhaus, und zwar schnell. Wir legen ihn in einen der Jeeps. Die Straße dort oben, auf der er gekommen ist, ist sie von hier aus mit dem Jeep erreichbar?«

Sie nickte stumm.

»Also. Vielleicht wartet dort jemand, der ihn zurückbringen kann. Oder sein Wagen steht dort. Dann fahre ich ihn über die Grenze. Ich habe nichts zu befürchten. Gebt mir meine Sachen zurück, mein Geld, meinen Pass, dann bringe ich ihn ins Krankenhaus. Ragna, verdammt. Worauf wartest du denn nur?«

Sie hatte mich die ganze Zeit angestarrt, und mir wurde klar, dass sie diese Möglichkeit offenbar überhaupt nicht in Betracht gezogen hatte. Ich erhob mich. Die Umstehenden schauten mich an.

»Holt eine Leiter«, befahl ich auf Englisch. »Holt Decken. Los.«

Steve kam auf mich zu. »Kannst du mir sagen, was das soll?«

»Wir müssen ihn dort hinaufbringen«, sagte ich und wiederholte meinen Plan. Steves Gesichtsausdruck war völlig ausdruckslos.

Brock trat heran. »Was hat er gesagt?«

»Er will ihn nach Thailand ins Krankenhaus bringen«, verkürzte Steve mein Vorhaben.

»Hast du zweitausend Dollar für die Grenzer?«, fragte Brock.

»Ich habe etwas Cash und Kreditkarten«, sagte ich schnell.

»Kreditkarten«, wiederholte Steve verächtlich. Ich konnte leicht erraten, was sein eigentliches Problem war. Er misstraute mir natürlich. Und ich konnte es ihm nicht einmal verübeln.

»Ihr habt nichts von mir zu befürchten«, sagte ich.

»Ach ja?«, zischte Steve. »Und wie erklärst du an der Grenze dieses abgerissene Bein?«

»Ein Unfall.«

»So? Wo?«

»Ich kann mich nicht genau erinnern. Wir waren unterwegs. Wir sind rechts rangefahren, weil er auf Toilette musste. Er ging ein paar Meter in den Wald hinein und peng! Ich habe ihn, so gut ich konnte, versorgt und bin so schnell wie möglich losgefahren. Wo genau es passiert ist, weiß ich nicht mehr.«

»Schwachsinn«, sagte Steve.

Ragna hatte sich erhoben. »Sei still, Steve. Los, es ist die beste Option, die wir haben. Falls dort oben jemand wartet, wird er sich ohnehin wundern, wenn mein Vater nicht zurückkommt. Wir müssen es versuchen.«

»Wenn du das machst, dann können wir jetzt gleich packen«, gab Steve zornig zurück. »Ich riskiere nicht mein Leben für diesen Irrsinn.«

Ragna stand noch einen kurzen Augenblick unschlüssig da. Ich konnte kaum glauben, dass sie ernsthaft zögerte und erwog, ihren Vater im Stich zu lassen. Aber glücklicherweise hatte sie sich besonnen.

»Wir fahren dort hoch und schauen, ob Adrian recht hat mit seiner Vermutung. Los.« Sofort kam Bewegung in die Gruppe der Umstehenden. Decken und eine Leiter wurden gebracht, um eine Bahre zu konstruieren, auf der man Di Melo aus dem Wald herausbringen konnte. Ich sah der kleinen Prozession stumm zu. Als sie ihn auf die Ladefläche geschoben hatten, sprang Ragna hinauf und fixierte die improvisierte Bahre mit Seilen an den Wandstreben.

Ich rannte zu meiner Hütte, sammelte die paar Habseligkeiten ein, die mir geblieben waren, stopfte alles in den Rucksack und warf ihn an dem verbleibenden Tragegurt über die Schulter. Als ich zum Jeep zurückkam, passte Brock mich ab und gab mir wortlos meinen Pass, Geld, Karten und Flugtickets, die sie mir gestern abgenommen hatten.

»Habt *ihr* das Gelände vermint?«, fragte ich ihn.

»WIR? Du bist ja ein Spaßvogel. Hast du sie noch alle?« Er deutete auf die Siedlung. »Meinst du, die verminen ihr eigenes Dorf? Die burmesische Armee vergräbt diese Höllendinger seit Jahrzehnten flächendeckend. Die wissen selber schon nicht mehr, wo sie überall herumliegen. Der Frontverlauf ist ja fließend. Ausländische Touristen hat es auch schon erwischt. Aber dass deutsche Geschäftsleute auf ihre eigenen Exportminen treten, ist fast schon komisch.«

»Di Melo ist Schweizer«, korrigierte ich spontan und überflüssigerweise.

»Ach, wie schön«, sagte er sarkastisch. »Die bauen natürlich keine.«

Er spuckte aus und fügte dann hinzu: »Hör zu, falls es nachher über die grüne Grenze gehen sollte, dann weich bloß nicht von dem Pfad ab, den die Karen gehen. Damit du nicht der Nächste bist, der auf eine von euren Minen aus dem Rheingau tritt.«

»Rheingau?«

»Ja. Aus Fritz Werners Waffenfabrik. Nie gehört? Der Blutsäufer Ne Win hat in Geisenheim sogar eine Pagode errichten lassen, aus Dankbarkeit für die jahrzehntelangen deutschen Lieferungen. Selbst während des Embargos nach dem Massaker von 1988 hat Deutschland weiter geliefert, aus Produktionsanlagen vor Ort. Inzwischen bauen die Burmesen die Dinger selbst. Technologietransfer. Also pass auf, wo du hintrittst. Es gibt vermutlich wenige Ecken auf der Welt, die stärker vermint sind als diese Gegend hier.«

Ich steckte alles ein, lief zum Jeep und schwang mich neben Di Melo auf die Ladefläche. Ragna war nicht von seiner Seite gewichen.

»Wie geht es ihm?«, fragte ich.

Sie zuckte stumm mit den Schultern.

»Wie weit ist es zur Klinik?«

»Drei bis vier Stunden, wenn man durch den Dschungel über die grüne Grenze geht«, antwortete sie. »Auf der regulären Route kann man es schneller schaffen, aber es hängt davon ab, wie lange man an der Grenze warten muss. Und wir brauchen Schmiergeld.«

»Ich besorge das Geld irgendwie«, sagte ich. »Näher gibt es nichts? Schafft er das so lange?«

»Man kann in diesem Zustand mehrere Tage überleben, wenn die Splitter kein lebenswichtiges Organ verletzt haben.« Sie fühlte seinen Puls. »Warum hat er das nur getan?«, flüsterte sie erneut. »Warum?« Sie starrte ihn unverwandt an.

Das rasselnde Atemgeräusch in seiner Kehle war für einen kurzen Moment das einzige, was zu hören war. Durch das Fenster zur Fahrerkabine sah ich, dass überraschenderweise Brock am Steuer Platz genommen hatte. Neben ihm stiegen nun noch zwei Karen-Kämpfer mit Gewehren ein, die jedoch keine Uniform trugen.

Der Motor sprang an. Eine Frau erschien und stellte einen Sack mit Obst und einen Fünf-Liter-Kanister Wasser auf der Ladefläche ab. Erste-Hilfe-Päckchen folgten. Die Heckklappe wurde hochgewuchtet und schnappte ein. Ich hielt nach Steve Ausschau, aber der war nirgendwo mehr zu sehen. Eine Plane fiel herab und wurde festgezurrt. Wir saßen im Halbdunkel. Der Jeep fuhr langsam an, kroch über die Wiese und beschleunigte erst, als wir die schmale Sandpiste erreicht hatten, die aus der Siedlung in den Wald hineinführte.

Di Melo begann, leise zu stöhnen. Ragna befeuchtete ein Tuch und tupfte ihm die unverletzte Stirn ab. Sie wiederholte die Prozedur mehrmals mit eisiger Miene. Plötzlich zitterte er am ganzen Körper. Gut, dass er an der Leiter festgebunden war, denn es hatte den Anschein, als wolle er sich losreißen. Ragna redete beruhigend auf ihn ein, schob ein Kissen unter seinen Hinterkopf, um zu verhindern, dass er hart aufschlug.

»Du bist auf eine Mine getreten, Papa«, sagte sie sachlich und sanft. »Wir bringen dich in eine Klinik in Thailand. Du musst ruhig liegen, dann haben wir Chancen, dass alles gut wird. Hast du das verstanden?«

Di Melo richtete die Augen auf seine Tochter. Das Zittern setzte aus, dann begann es wieder. Ein Laut drang aus seiner Kehle, gurgelnd und völlig unverständlich.

»Alles wird gut werden, Papa. Aber du solltest so wenig wie möglich sprechen. Du wirst Fieber bekommen. Aber das ist nicht schlimm. Wir müssen vielleicht über einen Fluss, aber auch das ist kein Problem. Wir kennen den Weg.«

Papa? Das Wort klang so seltsam aus ihrem Mund. Ich betrachtete betreten die Szene zwischen Tochter und Vater. Di Melo schien etwas sagen zu wollen. War er vielleicht auch im Mund verletzt? War der Splitter, der die Wange verletzt hatte, in die Mundhöhle eingedrungen? Wahrscheinlich war Di Melo gar nicht klar, wo er sich befand und was geschehen war. Er musste in einem Schockzustand sein. Sein Kopf, den er leicht angehoben hatte, sank wieder nach hinten, und das rasselnde Atmen setzte wieder ein.

Ragna wischte sich die Tränen aus den Augen. Der Jeep rumpelte voran.

»Stimmt das, was du sagst?«, fragte ich nach einer Weile.

»Was?«

»Wir müssen über einen Fluss?«

»Ich kann auf keinen Fall über die offizielle Grenze gehen. Und die Karen-Kämpfer schon gar nicht. Wenn dort oben niemand ist, der ihn mitnimmt, dann ist die grüne Grenze die letzte Möglichkeit.« Sie verstummte kurz, um dann hinzuzufügen: »Wir haben das aber schon öfter gemacht. Er ist nicht der Erste, den es erwischt hat.«

»Wie lange seid ihr denn schon hier?«

»Drei Jahre. On and off.«

Sie machte mir ein Zeichen, dass sie die Wasserflasche wollte, und trank dann lange und gierig daraus.

»Und vorher?«

»Wie ich hier gelandet bin, willst du wissen?«

»Ja. Ich dachte, du wolltest Meeresbiologie studieren.«

»Das habe ich auch. In Sydney. Sechs Jahre lang.«

»Und dann?«

»Nach dem Studium bin ich auf einem Patrouillenboot des australischen Küstenschutzes mitgefahren. In der Antarktis. Es gibt dort ein Schutzgebiet für Dorsch, eine Spezialität, hoffnungslos überfischt, aber daher umso interessanter für Piraten. Man kann Millionen damit verdienen, und dort unten gibt es kaum Kontrollen. Damals war es ausnahmsweise einmal anders. Wir haben einen spanischen Trawler auf frischer Tat ertappt. Er fuhr unter uruguayischer Flagge. Die übliche Maskerade. Falsches Nummernschild sozusagen.« Sie unterbrach sich und beugte sich erneut über ihren Vater. Di Melo rührte sich nicht, atmete jedoch regelmäßig. Ragna lehnte sich gegen die Fahrzeugwand und überkreuzte ihre Beine, um mehr Halt zu haben.

»Wir haben das Schiff damals dreiundzwanzig Tage lang gejagt«, fuhr sie fort. »Sie haben sogar versucht, ins Packeis zu entkommen, was lebensgefährlich ist, auch für die Verfolger. Als sie bemerkten, dass sie uns so nicht abschütteln konnten, nahmen sie Kurs auf Uruguay.«

»Uruguay? Von der Antarktis?«

»Ach, das ist gar nichts. Diese Schiffe fahren kreuz und quer über den ganzen Planeten. Tausende von ihnen. Tag und Nacht. Weißt du, wie Fischerei heute funktioniert?«

»Nicht im Detail.«

Der Jeep rumpelte über Schlaglöcher, und Ragna stemmte ihre Füße gegen die improvisierte Pritsche, auf der Di Melo lag. Ich hielt mich an einer der Streben fest.

»Stell dir einfach mal vor, es würde nicht am Meeresgrund, sondern an Land stattfinden, im unberührten Urwald: Ein Haufen durchgeknallter Großwildjäger auf riesigen, fünfzehn, zwanzig Meter hohen Vernichtungsmaschinen, angetrieben von mehrere tausend PS-starken Dieselmotoren, spannen ein riesiges Stahlnetz zwischen sich und machen Jagd auf alles, was ihnen in die Quere kommt. Sie rasen kreuz und quer durch einen unberührten tropischen Urwald und fangen alles ein, was ihnen vor die Kühlerhaube kommt: Affen, Antilopen, Nashörner, Löwen, Elefanten, herumziehende Schweine, wilde Hunde, Leguane, Frösche, Schlangen, Spinnen, Käfer – alles, was kreucht und fleucht. Dabei unterscheiden sie weder nach Größe, Alter oder Art der Tiere, die ihnen ins Netz gehen, noch nehmen sie Rücksicht auf trächtige Mutter- oder Jungtiere. Nur die allerkleinsten Exemplare fallen durch die Maschen, vorausgesetzt, sie werden nicht auf dem Weg dorthin von der Masse der anderen Tiere eingeklemmt und zerquetscht. Stell dir vor, so ein Killer-Netz käme auf dich zu.«

»Schwer vorstellbar.«

»Ja. Aber so ist es. Diese Netze sind gigantisch! Es passen problemlos mehrere Jumbojets nebeneinander hinein. Eine Stahlwalze hält das Netz am Boden, und diese Walze donnert mit der Wucht von tausend wild gewordenen Presslufthämmern über empfindlichen Waldboden, reißt den Grund auf und scheucht gnadenlos jedes Lebewesen auf und vor sich her, bis es nach einem kurzen Fluchtversuch ermattet im Netz endet. Alles wird vernichtet. Flora und Fauna gleichermaßen. Bäume, Büsche, blühende Pflanzen, Vogelnester, Insektenkolonien – alles zermalmt diese Stahlwalze und hinterlässt nichts als eine umgepflügte Wüste, übersät von zerfetztem, ausgerissenem Bewuchs und geborstenen Termitenhügeln. Schließlich halten unsere Großwildjäger an und begutachten das pulsierende Gewimmel aus noch lebenden, sterbenden, toten und zermalmten Tieren. Der Anblick gleicht einem Inferno. Vielen Tieren ist durch den Druck das Gedärm aus dem Maul getreten, oder ihre Augen sind aus den Höhlen gesprungen. Überall ragen geborstene Knochen aus grässlich verdrehten Gliedmaßen hervor. Dummerweise ist nun das meiste von dem, was unsere Jäger da gefangen haben, gar nicht verkäuflich, weil es nicht gut schmeckt oder gar kein Markt dafür vorhanden ist. Viele Tiere sind zu klein oder zu sehr beschädigt. Also werden fast achtzig Prozent des Fangs in den umgepflügten Urwald zurückgeworfen, wo sie verrotten und einer Population von Aasfressern und anderen opportunistischen Arten, die das entvölkerte Gebiet nun übernehmen werden, ausgezeichnete Vermehrungschancen bieten. Angenommen, ein Team von Journalisten würde diesen Irrsinn filmen. Wie lange, glaubst du, würde es dauern, bis weltweit Proteststürme losbrechen würden?«

»Vermutlich nicht lange.«

»Nein. Die UNO würde tagen, die CITES-Länder würden auf die Barrikaden gehen, Tier- und Naturschützer sich an diese Netze ketten, um Derartiges in Zukunft zu verhindern. Aber das geschieht nicht. Weil wir es nicht sehen können. Weil es lautlos und unsichtbar tief unter der Meeresoberfläche geschieht. Und weil wir für Fische keinerlei Mitleid empfinden. Tierschutz, schon an Land unzureichend, gibt es für Fische erst gar nicht. Man gibt sogar Studien in Auftrag, um zu beweisen, dass Fische kein Schmerzempfinden haben. Es ist grotesk. Doch am Meeresgrund und auf Trawlern sind keine Fotojournalisten unterwegs. Und daher erfährt fast niemand von dem lautlosen Horror, der sich dort abspielt.«

»Und«, fragte ich nach einer kurzen Pause, »habt ihr die Piraten am Ende wenigstens gefasst?«

»Gefasst, ja«, stieß sie verächtlich aus. »Auf See haben wir damals ausnahmsweise einmal gewonnen. Aber es sind zu viele. Wer soll die zahllosen Schiffe kontrollieren? Die Gesetze sind weitgehend wirkungslos. Seit Jahren ist bekannt, dass schon die sogenannten legalen Fangquoten zu hoch sind und oft nicht eingehalten werden. Wer soll dann erst die Illegalen stoppen? Und selbst wenn es einmal gelingt, Piraten zu stellen, dann scheitert man am Ende vor den Gerichten.«

Sie warf einen düsteren Blick auf ihren Vater.

»Das war ja unter anderem sein Geschäft«, sagte sie mit verändertem Tonfall. »Als wir das Schiff damals nach einer tagelangen Verfolgungsjagd aufgebracht und die Crew der Polizei übergeben hatten, hat er sie wieder freibekommen. Mangels Beweisen! Der blanke Hohn.«

»Aber ich verstehe den Zusammenhang immer noch nicht so ganz. Wie bist du denn ausgerechnet hier gelandet, in diesem Nirgendwo?«

Sie trank erneut einen Schluck, goss dann Wasser in ihre Handfläche und benetzte ihr Gesicht und ihre Haare damit. »Ich bin dann zu Sea Shepherd gegangen«, sagte sie. »Ich wollte für eine Organisation arbeiten, die diesen Verbrechern wirksam die Stirn bietet. Nicht mit Flugblättern, sondern mit Schiffen und einer Besatzung, die auch nicht davor zurückschreckt, einen Trawler zu rammen, wenn es sein muss. Aber es ist ein Kampf gegen Windmühlen. Es gab ein paar medienwirksame Erfolge, aber die Gesamtsituation wurde trotzdem immer schlimmer. Als Nächstes ging ich zu einer Organisation, die gar keinen Namen hat, weil sie verdeckt arbeitet, eine Art Umweltmiliz. Sie operiert inzwischen in über dreißig Ländern und arbeitet nur mit Freiwilligen, hauptsächlich Wissenschaftlerinnen. Sie geben sich als Touristinnen aus und dokumentieren illegale Anlandungen in Häfen und auf Märkten, oder sie heuern als Beobachterinnen an Bord von Trawlern an, was gefährlich, ja sogar lebensgefährlich ist. Sie fotografieren die illegalen Fänge, erstellen Dokumentationen und schicken alle Beweisstücke an die Behörden. Manchmal unternehmen die dann sogar etwas. Aber meistens tun sie nichts. Und ist es vielleicht die Aufgabe von Bürgern, die Ermittlungsarbeit der Polizei zu machen? Irgendwann wurde mir klar, dass dies auch kaum etwas bewirken würde. Und dann hatte ich ein Schlüsselerlebnis.«

Der Jeep stoppte plötzlich und bog nach einer kurzen Pause nach rechts ab. Das Ruckeln wurde weniger. Wir waren offenbar aus dem Wald heraus.

»Ich fuhr noch einmal bei Sea Shepherd mit«, setzte Ragna ihre Schilderungen fort. »Auf dem Weg ins Zielgebiet der damaligen Aktion stießen wir plötzlich auf einen thailändischen Trawler, der manövrierunfähig auf dem Meer trieb. Die Situation an Bord war unvorstellbar. Die Deckarbeiter sahen aus wie Häftlinge in einem Konzentrationslager. Wir filmten, obwohl der Kapitän sogar Warnschüsse abgab, um uns auf

Distanz zu halten. Sie hatten anscheinend einen Motorschaden und erwarteten Hilfe von einem anderen Schiff aus ihrer Flotte, das bereits über Funk alarmiert und nicht mehr weit entfernt war. Als die Deckarbeiter sahen, dass wir in der Nähe blieben, sprangen manche von ihnen ins Wasser und schwammen zu uns herüber. Sie riskierten ihr Leben für die Chance, von uns aufgenommen zu werden. Auf dem Trawler spielten sich unglaubliche Szenen ab. Die Zurückgebliebenen wurden mit Stangen und Knüppeln zusammengetrieben und derart geprügelt, dass sie es nicht mehr wagten, über Bord zu springen. Teilweise konnten sie es auch gar nicht mehr. Zwei der Flüchtenden ertranken vor unseren Augen. Wir konnten acht von ihnen retten und blieben so lange wie möglich in der Nähe, aber dann traf ein weiteres Schiff ein und drohte, uns zu rammen, falls wir nicht verschwänden. Wir zogen uns zurück und beobachteten aus der Ferne, was vor sich ging. Aber schließlich mussten wir aufgeben, als noch zwei weitere thailändische Trawler auftauchten.«

Di Melo stöhnte leicht.

»Ist er bei Bewusstsein?«, fragte ich.

Ragna schüttelte den Kopf. »Ich glaube nicht. Wir haben ihm eine starke Dosis gespritzt, und sie wirkt jetzt. Er darf nicht zu sich kommen, denn die Schmerzen kann er gar nicht aushalten.«

Sie nahm den Faden ihrer Erzählung wieder auf. »Du kannst dir nicht vorstellen, was diese Menschen auf dem thailändischen Schiff durchgemacht hatten. Manche waren seit Jahren dort gefangen. Erst durch diese Begegnung wurde mir klar, welche Dimension dieser ganze Irrsinn inzwischen angenommen hat. Ich konnte danach einfach nicht mehr so weitermachen und symbolische Umweltpolizei an Land oder auf dem Meer spielen. Aber zunächst mussten wir die Menschen sicher nach Hause bringen. Selbst das war gefährlich, denn die Betreiber dieser Sklavenschiffe wollen natürlich keine Zeugen. So kam ich vor Jahren das erste Mal in diese Gegend und begann damit, das alles zu untersuchen und zu dokumentieren. Viele hundert Mal habe ich die gleiche Geschichte gehört. Die thailändischen Reeder schicken Anwerber in die Flüchtlingscamps an der Grenze und versprechen den Menschen Fabrikjobs in Bangkok – ein verlockendes Angebot für Illegale und Flüchtlinge, die zu Nichtstun und Armut verdammt sind. Also unterschreiben sie und fahren mit. In Bangkok angekommen, haben sie plötzlich Schulden. Für die Reise. Für die Unterkunft. Dann eröffnet man ihnen, sie müssten in der Fischerei arbeiten. Sie werden bedroht, geschlagen, manchmal sogar dort schon ermordet. Irgendwann finden sie sich auf hoher See auf Schiffen wieder, die Tag und Nacht fischen. Bis zu zwanzig Stunden am Tag müssen sie arbeiten. Jahrelang. Der gefangene Fisch wird auf hoher See umgeladen und an Land gebracht. Die Fischer jedoch bleiben dort draußen. Sie haben keine Chance, jemals wieder an Land zu kommen. Manche begehen Selbstmord. Manche springen über Bord, was auf das Gleiche hinausläuft. Manche werden durch Zufall befreit, wie in unserem Fall. Wir haben das alles veröffentlicht. Alle wissen davon. Aber was ist geschehen? Ermahnungen. Warnungen. Halbherzige Boykottandrohungen, die niemand wirklich umsetzen will, weil zu viel Geld auf dem Spiel steht. Für alle. Nicht nur für die Ausbeuterindustrie hier in Südostasien, Korea, China und sonstwo, sondern auch für die ganze Wertschöpfungskette dahinter.«

Sie hatte sich in Rage geredet. Ich senkte den Blick. Ich spürte, dass sie mich jetzt anschaute, wusste aber nicht, was ich hätte erwidern sollen.

»Du hältst mich immer noch für verrückt, nicht wahr?«, fragte sie. »Genauso wie damals. Aber ich kann nicht einfach so leben wie du und das alles ignorieren. Ich halte das nicht aus. Ein Teil der Menschheit führt Krieg gegen diesen Planeten. Und dieser Planet – das sind wir. Wir sind physisch ein Teil davon. Es ist unser eigener Körper, der missbraucht, geschändet und vernichtet wird. Aber du bist genauso wie alle. Privilegiert und passiv. Und genau deshalb muss jemand die Uhr etwas vordrehen, damit ihr begreift, was kommt, wenn ihr nicht endlich aus dieser Lethargie erwacht.«

Ragna hielt plötzlich inne. Ich dachte, es sei wegen Di Melo, der sich wieder gerührt hatte, aber es war etwas anderes. Sie starrte auf das Display ihres Mobiltelefons, das einen bläulichen Lichtschein auf ihr Gesicht warf. »Nein«, stammelte sie. »Nein, das ist nicht möglich!«

Ich wartete. Aber Ragna hatte bereits begonnen, auf der Tastatur herumzudrücken. »Das kann nicht sein«, stammelte sie erneut. Ihre Mundwinkel zuckten nervös. Dann sah ich, dass sie Tränen in den Augen hatte.

»Ragna?«, sagte ich leise. Aber sie schüttelte nur den Kopf, hielt mir Ruhe gebietend die Hand entgegen und presste ihr Telefon ans Ohr. Ich konnte den Rufton hören. Zweimal. Dreimal. Dann wurde er unterbrochen, und ein kratzendes Geräusch signalisierte, dass irgendjemand abgenommen hatte.

»Teresa?«, flüsterte Ragna. Weiter kam sie nicht. Ich begriff nicht. Wer war Teresa? Und dann sah ich, dass Ragna plötzlich weinte wie ein Kind und nicht mehr in der Lage war, auch nur ein weiteres Wort herauszubringen.

54. SUPHATRA

Suphatra nahm die Verfolgung auf, als der Sender anzeigte, dass Teresa auf dem Sirat Expressway nach Norden fuhr und Pak Kret passiert hatte. Sie folgten ihr in zwei Wagen. Sie hatte knapp eine halbe Stunde Vorsprung, das war ideal. Die Leitstelle schickte ihm ihre Positionsdaten auf das Navigationsgerät, so dass sie keinerlei Probleme hatten, ihr auf der Spur zu bleiben. Er wunderte sich, dass sie Bangkok nach Norden verließ, ohne auch nur den geringsten Versuch unternommen zu haben, das Land zu verlassen. Sie war nicht in die Nähe des Flughafens gekommen. Offenbar wähnte sie sich in absoluter Sicherheit, was ihm nur recht sein konnte.

Sie war früh am Morgen am Hua-Lamphong-Bahnhof angekommen und hatte sich in der Nähe ein Hotel gesucht, das sie den ganzen Tag über kaum verlassen hatte. Nach Einbruch der Dunkelheit verließ sie das Hotel, ging in ein japanisches Restaurant, wo sie zu Abend aß, und kehrte danach wieder in ihr Zimmer zurück. Am nächsten Morgen suchte sie gegen acht Uhr die Hertz-Autovermietung auf der Sathon Tai Road auf, mietete einen Wagen und fuhr auf dem Sirat Expressway in nördlicher Richtung aus der Stadt hinaus.

Wenigstens dieser Teil seines Planes hatte also funktioniert. Nur Di Melo war ihm entwischt. Niemand konnte ihm sagen, wo der Mann sich gegenwärtig aufhielt. Sein Wagen stand verlassen in der Tiefgarage des Bürohochhauses. Das Licht in seinem Büro war um 17:34 Uhr erloschen, aber sein Wagen war nie aus der Garagenausfahrt herausgekommen. Als seine Leute schließlich nachschauten, stand das Fahrzeug an seinem Platz, Di Melo jedoch war wie vom Erdboden verschluckt. Ins *Oriental* war er nicht zurückgekehrt. Er hatte den Mann unterschätzt.

Seine Warnung klang ihm noch im Ohr. Er hatte es sich natürlich nicht anmerken lassen, aber das Szenario, das Di Melo an die Wand gemalt hatte, verunsicherte ihn. Wenn seiner Tochter irgendetwas zustieß, drohte Di Melo ihn persönlich dafür zur Rechenschaft zu ziehen. Wäre der Mann dazu fähig? Konnte er ihren Konflikt auf eine politische Ebene verlagern? War er so gut vernetzt, dass er auf Verhandlungen zwischen Thailand und der Europäischen Union Einfluss nehmen konnte? Es erschien ihm wenig glaubhaft. Aber nachprüfen musste er es, und so war er den Rest des Tages damit beschäftigt gewesen, Informationen über Di Melo zu beschaffen, was sich als extrem schwierig erwiesen hatte. Di Melos Firma war offenbar ähnlich aufgebaut wie seine eigene. Es war völlig gleichgültig, durch welches Fenster man versuchte, einen Einblick zu gewinnen – innen war alles verspiegelt, ein Irrgarten aus verschachtelten Beteiligungen, die kaum zu fassen waren. Beunruhigend war, dass diese SVG über mehrere Tochtergesellschaften seit Jahren langfristige Beraterverträge mit der Europäischen Union innehatte. Die Liste der Studien und Gutachten, die so erstellt worden waren, war beeindruckend. Wie viele Treffen und Gespräche mit hochrangigen Leuten durch diese Aktivitäten zustande gekommen waren, wollte er sich gar nicht erst vorstellen. Di Melo und seine Leute saßen offenbar überall mit am Tisch. Aber reichte sein Einfluss tatsächlich bis in die Kabinette hinein oder sogar noch darüber hinaus? Oder hatte der Mann einfach nur geblufft?

Suphatra konnte das noch immer nicht einschätzen, weshalb er mit zunehmend düsterer Miene die Route auf dem Navigationsgerät verfolgte. Soeben passierten sie die Provinzgrenze nach Ayutthaya. Die Sonne blendete ihn, und er setzte seine Sonnenbrille auf. Was sollte er mit diesen Saboteuren tun, sobald er sie aufgespürt hatte? Ursprünglich wollte er kurzen Prozess mit ihnen machen, alle Informationen aus ihnen herausholen, ihre Basis zerstören und einfach alles vernichten. Abschreckung war noch immer das beste Mittel. So verfuhr man schließlich mit allen, die das Ansehen oder die wirtschaftlichen Interessen seines Landes schädigen wollten. Niemand würde ihm da später irgendwelche Vorwürfe machen. Vor kurzem war ein britischer Journalist zu vier Jahren Haft verurteilt worden, weil er über angebliche Arbeitsrechtsverstöße berichtet hatte. Auf die Gerichte war also Verlass. Aber was, wenn Di Melo seine Drohung wahrmachen und die laufenden Verhandlungen mit der EU tatsächlich beeinflussen konnte? Die EU! In ihrer neokolonialen Arroganz hatten die Europäer Thailand im Frühjahr verwarnt und gedroht, Fischereierzeugnisse mit einem Einfuhrverbot zu belegen, falls Thailand nicht wirksam gegen illegale Fischerei vorginge und die Beschäftigungsbedingungen von Fischern nicht verbesserte. Die Drohung hatte ein kleines Erdbeben ausgelöst. Als Reaktion hatte die Regierung die Kontrollen verschärft, und es war zu einer Reihe von Razzien gekommen, die man natürlich vorher abgesprochen hatte. Jeder hatte ein Opfer bringen müssen, ein paar Schiffe wurden beschlagnahmt, Geldstrafen verhängt, es wurde Besserung gelobt, die Presse durfte berichten, das Übliche eben, gerade so viel, wie notwendig war, um die Form zu wahren und den Eindruck zu erwecken, man sei guten Willens. Dabei war doch jedem, der rechnen konnte, klar, dass sich gar nichts ändern würde, es sei denn, man wollte die Industrie ruinieren.

Wollten diese verlogenen Europäer künftig vielleicht das Acht- oder Zehnfache für ihren Fisch bezahlen? Die konnten doch auch mit Zahlen umgehen und wussten sehr gut, was passieren würde, wenn die Lohnkosten plötzlich in den Himmel schössen und die Fangmethoden selektiver gestaltet würden. Man würde vier- oder fünfmal so lange brauchen, um die gleichen Mengen anzulanden. Diese verdammten Heuchler!

Selbst hatten sie über Jahrhunderte Menschen und Ressourcen ausgebeutet, um ihre hocheffizienten Industrien aufzubauen. Und jetzt wollten ausgerechnet diese größten Ausbeuter und Umweltsünder der Menschheitsgeschichte *ihnen* Auflagen für Umweltnormen und Menschenrechte aufzwingen – aber nichts dafür bezahlen. Als ob es den Industrieländern jemals um irgendetwas anderes gegangen wäre als darum, ihre koloniale Herrschaft über die weltweiten Ressourcen und ihren obszönen Lebensstil gegenüber den Ländern zu verteidigen, die auch ihren Teil vom Kuchen haben wollten.

Er atmete tief durch und vertrieb diese Gedanken. Er brauchte einen klaren Kopf, denn auf keinen Fall durfte er am Ende als derjenige dastehen, der für ein Importverbot oder auch nur Einschränkungen, falls sie denn kommen sollten, alleine verantwortlich gemacht würde. Das konnte ihm tatsächlich gefährlich werden. Aber konnte er es wagen, Alarm zu schlagen und die Behörden über das zu informieren, was geschehen war? Sollte er sich Unterstützung von oben holen, um dieses Nest von Saboteuren auszuheben?

Er hatte lange darüber nachgedacht. Er würde sich sehr unangenehme Fragen gefallen lassen müssen. Nicht alle in der Regierung waren mit seinen Methoden einverstanden. Es gab durchaus Leute, die sich von der verlogenen Rhetorik des Westens anstecken ließen, die deren Umwelt- und Menschenrechtsgefasel auf den Leim gingen und glaubten, man müsse nun Opfer bringen, da die Situation sonst völlig außer Kontrolle gerate. Was für eine kriecherische Unterwürfigkeit! Leider gab es genügend, die so dachten, vor allem in den akademischen Zirkeln, bei den Intellektuellen. Und man konnte einfach nie wissen, an wen man geriet. Nein, es war zu riskant. Er hatte absolut nicht vor, irgendjemandem Einblick in sein operatives Geschäft zu gewähren und darzulegen, wie er seine Fänge teilweise umdeklarierte, um sie mit Hilfe von

Leuten wie Buzual auf den europäischen Markt zu schmuggeln. Und genau dies würde er tun müssen, wenn er diese Saboteure anzeigte, anstatt sie einfach zu eliminieren. Seine Gedanken kehrten wieder zu Di Melo zurück. Vielleicht wäre es tatsächlich das Beste, wenn es dem Mann gelang, seine Tochter im Stillen aus der Schusslinie hinauszumanövrieren. Aber wie wollte er das bewerkstelligen? Terroristen war doch mit Argumenten nicht beizukommen. Verhandeln konnte man mit solchen Leuten nicht. Das war ja das Problem mit diesen radikalen Aktivisten. Keinerlei Kompromissbereitschaft. So wie diese Portugiesin, die ihn hoffentlich bald an sein Ziel führen würde. Wie genau er vorgehen würde, war ihm noch immer nicht klar. Wenn er sie erst einmal in seiner Gewalt hätte, würde man sehen. Es würde wohl ein paar Tage dauern, bis er sie gesprächig gemacht hätte. Erst dann konnte er endgültig entscheiden. Und über allem stand ja noch die Möglichkeit im Raum, dass ihm Di Melo am Ende mit ins Netz gehen würde. Dann hätte er alles unter Kontrolle und gänzlich freie Hand.

»Sie hat angehalten«, sagte der Fahrer und schaute Suphatra fragend an.

»Wir fahren weiter«, erwiderte er. »Ein bis zwei Kilometer Abstand reichen auch.«

55. ADRIAN

Hey«, sagte ich leise und griff nach ihrer Hand. Ragnas Tränenausbruch war in ein leises Schluchzen übergegangen, das sie zu unterdrücken suchte. Das Telefongespräch hatte einige Minuten gedauert. Sie hatte sich noch immer nicht ganz davon erholt. Sie drückte meine Hand kurz, zog sie dann wieder zurück und durchsuchte ihre Hosentaschen. »Hast du ein Taschentuch?«, fragte sie und zog die Nase hoch.

Ich durchwühlte den Medikamentenbeutel, fand ein Päckchen mit Mullauflagen, riss es auf und reichte ihr zwei davon. Sie putzte sich die Nase und wischte sich dann das Gesicht mit dem Ärmel ab.

»Danke«, sagte sie. »Sorry, aber das ist alles etwas viel. Erst tauchst du hier auf. Dann dieser Horror mit meinem Vater. Und jetzt das.« Ihre Augen waren noch immer feucht, aber sie glänzten jetzt glücklich. »Wenigstens mal eine gute Nachricht.«

Ich wartete, aber eine Weile sagte sie kein Wort mehr. Sie schaute nach ihrem Vater, beugte sich über ihn und überprüfte, ob er noch atmete. Ich wandte den Blick ab. Die Gewichtung innerhalb ihrer Aufzählung war mir nicht entgangen. Erst ich. Dann Di Melo. Und jetzt endlich etwas Positives.

Das Motorengeräusch wurde schriller. Brock hatte zweimal in Folge heruntergeschaltet. Durch das Fenster zur Fahrerkabine konnte ich einen kleinen Ausschnitt der Steigung vor uns sehen. Ich trank einen Schluck Wasser. Die Hitze unter der Plane wurde immer schlimmer. Ragna hatte wieder ihre vorherige Position eingenommen. Sie tippte auf ihrem Telefon herum. Offenbar verschickte sie Textnachrichten. Ich war versucht, sie zu fragen, wer da angerufen und sie derart in Aufruhr gebracht hatte. Aber ich unterließ es, und sie schien auch kein Mitteilungsbedürfnis zu haben.

Ich wartete ab und überließ mich meinen eigenen Gedanken und Mutmaßungen. Mit etwas Glück würden wir noch rechtzeitig diese Klinik in Thailand erreichen, wo Di Melo vielleicht gerettet werden konnte. Ragna trug keine Schuld an dem, was geschehen war, aber wie würde sie sich fühlen, falls er seinen Verletzungen erlag oder seine restlichen Jahre in einem Schweizer Pflegeheim zubringen müsste? Sie mochte hassen, wofür er stand, aber hatte er eine solche Strafe dafür verdient, sich um sie gesorgt zu haben?

Eine Haarnadelkurve drückte uns gegen die Seitenwand. Es folgte eine weitere und warf uns gegen Di Melos improvisierte Bahre. Plötzlich hielt der Wagen. Brock und die beiden Bewaffneten stiegen aus. Ich schaute durch das Kabinenfenster auf die Straße hinaus.

»Kannst du etwas sehen?«, fragte Ragna.

»Da steht ein Geländewagen am Straßenrand.«

Sie glitt unter der Plane hindurch und verschwand nach draußen. Ich beobachtete die Vorgänge. Brock und die beiden anderen hatten den Wagen umstellt. Ein Nissan-Logo auf der Heckklappe funkelte in der Sonne. Offenbar saß jemand am Steuer, denn Brock hatte sich jetzt auf der Fahrerseite positioniert und sprach in den Wagen hinein, während seine Begleiter mit ihren Gewehren im Anschlag einen Sicherheitsabstand hielten. Ragna trat neben Brock und schaltete sich in das Gespräch ein. Nach einem kurzen Wortwechsel signalisierte sie den Karen-Kämpfern, die Waffen herunterzunehmen. Brock und Ragna traten von der Fahrertür zurück. Sie öffnete sich, und ein schmächtiger Mann kam zum Vorschein. Die Karen gingen zu ihm hin und redeten mit ihm. Der Mann nickte die ganze Zeit.

Ich stieg jetzt ebenfalls aus, schloss aber nicht zu den anderen auf, sondern musterte die Umgebung. Hier war er also aufgebrochen. Wer hätte schon ahnen können, dass das Gelände vermint war? Trotz allem nötigte Di Melo mir einen gewissen Respekt ab. Er war auf eigene Faust bis hierher gefahren und hatte sich bei Tagesanbruch querfeldein in dieses abschüssige Dickicht hineingewagt, um seine Tochter zu finden. Das war immerhin ehrenhaft, auch wenn er meinen Rucksack verwanzt und mich nach Strich und Faden belogen hatte. Seine Sorge um sie war für mich jedenfalls nachvollziehbar.

Ragna kam zurück: »Wir laden ihn jetzt um. Der Fahrer sagt, er kann ihn auf jeden Fall rüberbringen. Er nimmt auch dich mit.«

Das war eigentlich eine gute Nachricht. Trotzdem freute ich mich nicht darüber.

»Und du? Was machst du?«

Ihr Handy piepste zweimal. Sie schaute auf das Display. Dann steckte sie das Handy wieder in die Tasche, ohne zu antworten.

»Ich werde zurückfahren. Wir müssen schnell weg. Wir können hier nicht bleiben. Wer weiß, was er wirklich vorhatte.«

Brock und der Fahrer des Nissan traten neben uns. Brock löste die Riegel der Ladeklappe. Der Fahrer betrachtete bestürzt die Trage mit dem Verwundeten. Im Tageslicht, das nun in das Wageninnere fiel, erschien auch mir der Anblick um ein Vielfaches schlimmer und Ragnas letzte Bemerkung umso unerträglicher.

»Kann es sein, dass er sich einfach nur Sorgen um dich macht?«, fragte ich sie. »Er hat sein Leben für dich riskiert!«

Sie schaute mich nur mitleidig an. »Er riskiert Millionen von Leben aus purer Habgier, Adrian. Du verstehst nichts, wirst nie etwas verstehen. Wo lebst du nur? In welchem wattierten Sanatorium?«

Es war grotesk. Ihr halbtoter Vater wurde soeben von der Ladefläche gehoben, direkt vor unseren Augen schwebte sein zerfetzter Körper vorbei, und sie schwang solche Reden.

»Was bist du nur für ein Mensch?«

»Das könnte ich ebenso gut dich oder ihn fragen«, erwiderte sie. Sie hielt Brock am Arm fest, und Di Melos Trage verharrte halb im Jeep, halb in der Luft. Di Melo war wach. Seine Augen waren geöffnet, und es schien fast, als hätte er gehört, was wir gesprochen hatten. Ragna ging näher zu ihm hin.

»Ich wünsche dir Glück, Papa. Ich weiß nicht, warum du gekommen bist. Aber falls du dir wirklich Sorgen um mich machst, dann gibt es einfachere Wege, mir zu helfen. Du weißt es auch. Höre einfach auf mit deinen verbrecherischen Geschäften. Dein gesamtes Handeln führt zu Zerstörung und Vernichtung, was hilft es dir da, deine kleine Prinzessin aus der Schusslinie zu ziehen? Hör einfach auf. Mehr musst du gar nicht tun. Und stoppe die anderen.«

Ich bildete mir ein, dass Di Melo sie hörte. Sein Blick ruhte auf ihr. Er atmete schwer und unregelmäßig. Schweiß stand auf seiner Stirn. Vermutlich hatte er Fieber. Ragnas Gesichtsausdruck war nicht weniger unergründlich für mich. Dann trugen sie ihn weg. Brock und der Fahrer versuchten, die Trage im Nissan zu verstauen. Recht schnell wurde klar, dass sie dafür den Beifahrersitz aus dem Wagen herausmontieren mussten. Es würde also noch einen Moment dauern, bis der Wagen abfahrbereit wäre.

Ragna hatte sich am Waldrand hingesetzt und rauchte. Sie spürte wohl, dass ich zu ihr hinsah, denn sie drehte sich um und hielt mir das Zigarettenpäckchen hin. »Komm«, sagte sie, »rauchen wir noch eine Friedenspfeife.«

Ich setzte mich neben sie, nahm die Zigarette, und sie gab mir Feuer.

»Vorhin ist ein kleines Wunder passiert«, sagte sie. »Eine

Freundin von mir ist von den Toten auferstanden. Sie ist vor drei Wochen auf einem Trawler gekidnappt worden. Wir dachten alle, sie sei tot. Aber sie lebt. Du kannst dir nicht vorstellen, was das für mich bedeutet.«

»Und wo ist sie jetzt?«

»In Thailand. Sie ist auf dem Weg zu uns. Ich kann es kaum erwarten, sie zu sehen.«

»Sie kommt ins Camp?«

»Nein. Ich werde sie an der Grenze treffen. Ein Stück südlich von hier gibt es eine Stelle, die kein Mensch kennt. Ich hole sie ab, dann fahren wir ins Camp zurück und verschwinden.«

»Und wir?«, fragte ich nach einer Pause, »sehen wir uns irgendwann mal wieder?«

Sie schaute mich von der Seite an. »Wahrscheinlich erst in einem anderen Leben, meinst du nicht auch?« Und dann tat sie etwas, das ich als Letztes erwartet hätte: Sie lehnte ihren Kopf an meine Schulter. »Lass uns nicht als Feinde auseinandergehen, ja?«

Wir saßen da, schauten in den undurchdringlichen Wald hinein und schwiegen. Nach einer Weile sagte sie: »Schreibst du noch Gedichte?«

»Nein. Ich lese nicht mal mehr welche.«

»*Auch der Hass gegen die Niedrigkeit verzerrt die Züge*«, sagte sie. »*Auch der Zorn über das Unrecht macht die Stimme heiser.*«

Das kannte ich.

»*Wirklich, ich lebe in finsteren Zeiten!*«, übernahm ich von ihr, da sie nicht weitersprach. »*Das arglose Wort ist töricht. Eine glatte Stirn deutet auf Unempfindlichkeit hin. Der Lachende hat die furchtbare Nachricht nur noch nicht empfangen.*«

Ich verstummte wieder, aber sie spielte das Spiel nicht weiter.

»Das hast du mir damals nicht vorgelesen«, sagte sie stattdessen, zog an ihrer Zigarette und blies den Rauch in die Luft.

»Ich habe immer wieder an dich gedacht«, sagte ich nach einer Weile. »An diese kurze Zeit, die wir hatten. Ich habe studiert, angefangen zu arbeiten, ich hatte Freundinnen, bin gereist. Aber es war nie wieder so wie mit dir.«

Sie lächelte.

»Du hast damals alles mitgenommen«, fuhr ich fort. »Jedenfalls hat es sich so angefühlt. Dabei war das wohl alles von Anfang an ein Missverständnis. Aber warum sind wir uns dann überhaupt nahegekommen?«

»Vielleicht genau deshalb«, erwiderte sie. »Die berühmten Gegensätze, die sich anziehen?«

Eine Autotür wurde zugeschlagen. Einer der Karen-Soldaten wuchtete die Ladeklappe des Jeeps für die Rückfahrt ins Camp hoch und arretierte sie.

»Hast du denn gar keine Angst?«, fragte ich sie.

»Angst? Natürlich habe ich Angst, Adrian. Ziemlich viel sogar.«

Sie drückte ihre Zigarette aus.

»Weißt du, wie ich mich die meiste Zeit fühle?«, fuhr sie fort. »Wie ein Passagier in einem entführten Flugzeug, das auf eine Felswand zurast. Allerdings sind die Entführer keine Terroristen, sondern es ist die Crew selbst, die mit den Fluggästen der First- und der Business-Class eine Party feiert. Alle sind übrigens sturzbetrunken, und das Cockpit ist leer, denn die Piloten feiern mit. Ich weiß, du willst das alles nicht hören und du willst auch nichts tun. Aber ich kann an nichts anderes denken, verstehst du? Selbst hier, am Ende der Welt, auf diesem Telefon kann ich die neuesten Zahlen der Durchseuchung und Vernichtung dieses Planeten abrufen. Ein paar Klicks. Schau.«

Sie holte ihr Telefon heraus, tippte darauf herum und hielt

es mir hin. Es waren irgendwelche Tabellen zu sehen, kaum entzifferbar auf dem kleinen Bildschirm.

»Die genauen Mengen an Tetrachlorbenzolen, die laut Internationalem Rat für Meeresforschung in den letzten fünf Monaten im Durchschnitt im ICES-Gebiet IIIa in Südschweden gemessen wurden. Den gleichen makabren Spaß kann ich mir mit Hexachlorobiphenyl, Dichlorophenol und ein paar hundert weiteren Zivilisationsgiften machen, die stündlich ins Wasser geleitet werden. Ob mir das Angst macht? Seit Jahrzehnten messen Wissenschaftler weltweit, in welcher Menge und ständig steigender Konzentration sich die ganzen heimtückischen Gifte allmählich anreichern. Die Daten sind komplett. Außerirdische Besucher mit Computer-Grundkenntnissen werden in einigen hundert Jahren genau rekonstruieren können, an welchen industriellen Toxinen die Menschheit stufenweise zugrunde gegangen ist. Nur eine Frage wird keine noch so große Datenmenge jemals beantworten können: Warum hat eine derart intelligente Spezies, die in der Lage gewesen ist, Millionen von hochkomplexen chemischen Messungen und Analysen vorzunehmen, um Gifte im Wasser aufzuspüren und sogar zu ihrem Ursprung zurückzuverfolgen, es nicht vermocht, diese Gifte einfach nicht mehr herzustellen? Oder wenigstens zu unterbinden, dass sie tonnenweise ins Wasser eingeleitet werden? Es ist das gleiche Rätsel, das die ausgestorbenen Bewohner der entwaldeten Osterinseln hinterlassen haben. Wie konnten sie nicht bemerkt haben, dass sie ohne ihre Bäume nicht überleben würden?«

Sie hielt inne. Wieder schaute sie mich auf diese ihr eigene Weise an. »Ich mache dir persönlich ja gar keine Vorwürfe, Adrian. Du bist nicht anders als Millionen andere, die auch nichts tun und einfach *ihr Leben* leben, wie sie das nennen. Aber warum bist du dann überhaupt hergekommen? Was hast du dir davon versprochen?«

»Warum hast du mich denn kommen lassen?«

Sie schaute mich stumm an.

»Ko hat dich vermutlich angerufen, oder?«, sagte ich. »Er hat dir gesagt, dass ich in Rangoon bin. Warum hast du mich holen lassen? Diese kleine Entführung war aufwendig und riskant. Warum?«

»Wir hatten darüber diskutiert«, erwiderte sie, »und wir hatten entschieden, dich einfach zu ignorieren. Aber die Situation war so bizarr.«

»Du hast die anderen übergangen.«

»Ja. Deshalb war Steve stinksauer.«

»Das erklärt Steve.«

»Ich war vor allem misstrauisch, Adrian.« Sie schaute mich an. Etwas Sanftes, Versöhnliches stahl sich allmählich in ihre Züge. Dann sagte sie: »Und vielleicht war ja auch ein klein wenig Nostalgie dabei, wer weiß.«

»Vielleicht bist du noch romantischer als ich?«

»Ach ja?«

»Ja. Ein kleines Glück im großen Unglück interessiert dich nicht. Es muss gleich das Paradies für alle sein. Welcher Mann kann das schon bieten?«

Sie antwortete nicht.

»Du nimmst es mit der ganzen Welt auf, die du retten willst. Aber vor uns bist du ziemlich schnell wieder davongelaufen.«

Brock näherte sich, blieb jedoch in einiger Entfernung stehen und schaute mit überraschter Miene zu uns hin. »Wir wären dann so weit«, sagte er nach kurzem Zögern.

Ragna reagierte nicht. Brock wartete noch einen Moment, machte dann kehrt und ging wieder zu den Wagen. Ich hoffte, Ragna würde mir noch einmal in die Augen schauen. Aber sie starrte schweigend in den Wald hinein. Ich stand auf. Sie blieb sitzen.

»Leb wohl, Ragna«, sagte ich.

»Leb wohl, Adrian. Viel Glück. Und danke, dass du dich um ihn kümmerst.«

Beim letzten Satz hatte sie sich ebenfalls erhoben und stand mir nun gegenüber. Sie umarmte mich. Ich spürte ihren Körper an meinem, und unsere Wangen berührten sich kurz. Dann ging sie zum Jeep.

56. RENDER

Vivian bog aus der Garage auf den Boulevard de Broqueville ein und fuhr in hohem Tempo auf den Kreisverkehr zu. Die zuvor noch morgendlich leeren Straßen hatten sich inzwischen gefüllt, und sie musste schon bald wieder scharf bremsen. Sie fluchte leise. Render schwieg. Er war zu verwirrt. Sie hatte ihm nichts weiter erklärt, sondern ihm nur befohlen mitzukommen. Im Fahrstuhl telefonierte sie erneut. Mit wem, hatte er nicht heraushören können und hatte auch nicht gefragt.

»Ich komme jetzt mit ihm vorbei«, hatte sie das Gespräch beendet. Sein fragender Blick war ins Leere gelaufen.

Er hatte damit gerechnet, dass sie den Cinquantenaire-Tunnel in Richtung Europaviertel nehmen würden, aber stattdessen fuhren sie genau in die entgegengesetzte Richtung. Zu Renders Verwirrung und Sorge um Teresa gesellte sich nun auch noch eine bittere Schwermut, die ihn stets überkam, wenn er diesen Abschnitt der Avenue de Tervuren entlangfuhr. Der Anblick des Woluwe-Parks war der Grund dafür, weshalb er diese Strecke seit Jahren hartnäckig mied. Hier hatte er seine Kinder aufwachsen sehen, sonntags mit ihnen Fußball oder Federball gespielt, und später hatten ihre Pfadfinderausflüge hier ihren Ausgang genommen. Es war wie eine Fahrt in die Vergangenheit. In diesem langen, bogenförmigen Teich waren zwei oder drei selbstgebastelte Segelschiffchen seines Sohnes versunken. In den von alten Bäumen gesäumten Straßen des anschließenden Villenviertels hatte er viele Jahre gelebt, seine erste Ehe gegen die Wand gefahren und zahllose Grillnachmittage, Geburtstagsfeiern, Empfänge und Dinner-Einladungen hinter sich gebracht. Warum er sich in diesen nach allen Maßstäben gelungenen Lebensumständen nicht hatte einrichten können, war ihm selbst unerklärlich.

Seine Gedanken kehrten schnell zu Teresa zurück. Die Vorstellung, dass er sie jetzt noch einmal verlieren könnte, raubte ihm den Verstand. Doch je länger er über alles nachdachte, desto klarer wurde ihm, dass ihr Leben an einem seidenen Faden hing. Falls sie ihre Kidnapper nicht zu Ragna führen würde, wäre ihr Schicksal besiegelt. Und im umgekehrten Fall?! Man hatte sie nicht freigelassen, damit sie das Land verlassen oder Hilfe suchen konnte. Er schaute auf die Uhr. Es war acht Uhr morgens. Früher Nachmittag in Thailand. Wie viel Zeit blieb ihnen überhaupt noch?

Vivian bog rechts ab und folgte einer schmalen Straße in ein Viertel hinein, das Render gut kannte.

»Zu wem fahren wir?«

»Das wirst du gleich sehen.«

Was hatte sie vor? Recht besehen, hätte sie seinen Dienstausweis konfiszieren und ihn anzeigen müssen. Ein Disziplinarverfahren wäre das Mindeste, was ihn erwartete, vermutlich Degradierung oder Entlassung. Vielleicht sogar noch ein Strafverfahren in Deutschland und anderen Ländern, je nachdem, wie diese ganze Sache ausging.

»Glaubst du eigentlich noch daran, Vivian, an dieses Europa?«

»Ja, John. Das tue ich.«

»Ich war noch unter Delors dabei«, sagte Render. »Das hast du nicht mehr erlebt. Da gab es noch große Visionen. Binnenmarkt. Einheitswährung. Politische Union. Für uns klang das damals alles wie Science-Fiction. Seine Reden im Vorlauf zu Maastricht werde ich nie vergessen. Niemand konnte sich das damals wirklich vorstellen. Doch Delors hat es geschafft. In kaum zehn Jahren. Und jetzt, da die Utopie real geworden ist, will sie niemand mehr haben. Alle wollen wieder ihr kleines Süppchen kochen. Verstehst du das?«

»Sicher. Und genau deshalb mache ich weiter. Oder kennst du auch nur einen einzigen Bereich, wo es früher besser war als heute oder wo man mit Alleingängen weiterkäme? Ich jedenfalls nicht.«

»Nein. Aber trotzdem formiert sich überall Widerstand.«

»Sicher. Auf den Sturm auf die Bastille folgten auch erst einmal Bonaparte und Metternich. Der Vormärz gipfelte in einer Nationalversammlung, die sich eine Demokratie wieder nur mit einem König vorstellen konnte. Der bekanntlich auf diese vom Volk angebotene Krone spuckte. Wie lange hat es gedauert von der deutschen Kleinstaaterei bis zur wiedervereinigten Bundesrepublik? Es wird immer wieder Rückschläge geben. Aber die Europäische Republik wird kommen. Daran habe ich keinen Zweifel.«

»Ich bewundere deinen Optimismus.«

Vivian fuhr zügig weiter. Render kannte sich hier nicht mehr so gut aus. Sie befanden sich schon in Tervuren.

»Es gibt keinen einzigen vernünftigen Grund, der gegen die Union spricht. Es gibt Vorurteile, Ressentiments, Neid und verdrehte Tatsachen. Aber die Karawane wird weiterziehen. Schau doch mal, worüber die Leute sich aufregen. Über IBAN-Nummern und das SEPA-System! Man fasst es nicht. Dass wir den Bürgern Milliardenbeträge zurückgegeben haben, die sich die Banken jahrzehntelang über Wechsel- und Überweisungsgebühren unter den Nagel gerissen haben, darüber schreibt niemand. Die ganzen ausbeuterischen Monopole, die wir zerschlagen haben, ohne Blutvergießen wohlgemerkt. Wen interessiert das? Die meisten Menschen kennen ja nicht einmal den Unterschied zwischen Leuten wie dir und mir und dem Ministerrat. Für die ist einfach alles nur Brüssel und damit suspekt.«

Sie bog in eine kiesbedeckte Hauszufahrt ab, und der Rest ihrer Rede ging im Knirschen der Reifen unter. Sie stiegen aus. Render schaute sich um. Ein Privathaus? Bevor er noch etwas sagen konnte, öffnete eine Frau mittleren Alters die Tür. Render musterte sie nervös, aber er war sich sofort sicher, dass er diese Frau noch nie gesehen hatte. Sie war nicht sehr groß und trug ein dunkelrotes Tailleur. Ihr Haar war bereits weitgehend ergraut, aber ihr Gesicht wirkte jung und ihre Augen wach und neugierig. Vivian begrüßte sie mit einem Wangenkuss, dann übernahm sie die Vorstellung auf Englisch.

»John, das ist Margaret. Margaret. John Render. Einer meiner Referatsleiter.«

»Bitte, kommen Sie herein.« Sie gab ihm kurz die Hand, trat dann zur Seite und ließ sie ins Haus. Sie nahmen auf einer Couch im Wohnzimmer Platz, von wo man den Blick in einen großen Garten hatte.

»Ich habe nicht viel Zeit, John, ich darf Sie doch John nennen?«, sagte die unbekannte Frau. »Vivian hat mir in groben Zügen geschildert, worum es geht. Könnten Sie mir noch einmal in Ihren eigenen Worten kurz erklären, was passiert ist? Wie sind Sie in diese Sache verwickelt worden?«

»Wer sind Sie?«, fragte Render.

»Das kann ich Ihnen leider nicht sagen. Ich habe mich auch nur bereit erklärt, Sie zu empfangen, weil Vivian mir versichert hat, dass Sie niemals über diese Zusammenkunft sprechen werden. Ich hoffe, Sie werden sich an diese Abmachung halten.«

Render warf Vivian einen irritierten Blick zu. Kein Wort hatte sie gesagt. Aber gut, er war nicht in der Position, Bedingungen zu stellen.

»Ich bin unter anderem zuständig für die Ausbildung von Fischereibeobachtern«, begann er und berichtete, so rasch er konnte, über die Ereignisse der letzten Wochen. Die Frau hörte zu, ohne ihn zu unterbrechen, wechselte nur manchmal einen Blick mit Vivian.

»Vivian sagte mir, Ragna habe Sie vor zwei Jahren in Nairobi angesprochen?«, fragte Margaret, als er geendet hatte.

»Ja«, antwortete er. »Sie kennen sie? Sie kennen diese Gruppe? Und du, Vivian?«

»Ja, John«, schaltete Vivian sich ein. »Wir wissen von ihr. Du bist nicht der Einzige, den sie zu gewinnen versucht hat. Aber offenbar hatte sie bei dir kein Glück.«

Render war sprachlos. Er schaute die beiden Frauen an und suchte nach Worten.

»Wer sind Sie?«, wiederholte er dann seine Frage von zuvor. »Was wird hier eigentlich gespielt?«

»Ich verstehe Ihr Misstrauen«, sagte Margaret. »Aber Sie müssen auch mich verstehen. Ich exponiere mich noch sehr viel mehr als Sie. Reicht es Ihnen, wenn ich Ihnen sage, dass ich eine hohe politische Beamtin in einem Umweltministerium bin?«

Render wusste nicht, was er darauf erwidern sollte. Eine Regierungsbeamtin? Worauf lief diese merkwürdige Zusammenkunft hinaus?

»Was hat das alles zu bedeuten?«, insistierte er. »In welcher Funktion sind Sie denn überhaupt hier?«

»Im Moment versuche ich, Ihnen zu helfen und Ihrer Freundin vielleicht das Leben zu retten, falls ich das irgendwie kann. Wir werden uns nie wieder begegnen, John. Dieses Treffen hat niemals stattgefunden, verstehen Sie mich? Dies ist nicht mein Haus. Ich lebe und arbeite nicht in Brüssel. Sie müssen mir Ihre absolute Verschwiegenheit zusichern. Kann ich auf Sie zählen?«

»Können Sie denn etwas für Teresa tun?«, fragte Render flehend. »Die Zeit drangt.«

»Ich habe bereits etwas getan«, antwortete sie. »Soweit ich die Situation übersehe, gibt es nur eine Möglichkeit, schnell und wirksam zu handeln: Wir müssen die thailändische Regierung unter Druck setzen.«

»Die thailändische Regierung!«, rief Render empört aus. »Sie schützt doch Leute wie Suphatra.«

»Es sieht so aus. Ja. Aber die legalen Exporte aus Thailand sind noch immer der Löwenanteil ihrer volkswirtschaftlichen Einnahmen. Falls wir den thailändischen Unterhändlern glaubhaft mit einem Importverbot drohen, falls in Thailand eine europäische Umweltaktivistin zu Tode kommen sollte, dann werden sie sich vielleicht rühren. Ich kann nicht versprechen, dass wir damit zum Erfolg kommen, aber ich habe es versucht.«

»Sie haben der thailändischen Regierung mit einem Importverbot gedroht?«, fragte Render ungläubig.

»Es gibt die offizielle Ebene«, erklärte Margaret, »die EU-Delegation in Bangkok, die für die Mitgliedstaaten verhandelt. Diese Ebene kann ich natürlich unmöglich nutzen. Die Delegation ist an ein Mandat des Ministerrats gebunden und wird sich darüber auch niemals hinwegsetzen. Aber wie schwierig es ist, eine gemeinsame EU-Position zu finden, brauche ich Ihnen wohl nicht zu erklären. Die einen wollen möglichst billig importieren. Die anderen wollen selbst so viel wie möglich fischen und in der EU zu anständigen Preisen anlanden. Wieder andere wollen die Umwelt schützen und den Ressourcenverbrauch drastisch senken. Es gibt sehr viele Risse in der europäischen Front und viele Akteure in der zweiten und dritten Reihe, die in diesen Nischen tätig sind.«

Render winkte ab. Das kannte er alles ad nauseam. Die Interessenunterschiede innerhalb der EU waren extrem, was immer wieder zu absurden Situationen führte. Deutschland gefiel sich als Champion beim Tierschutz und engagierte sich für die Abschaffung der Käfighaltung bei Geflügel – und gleichzeitig exportierte es seine alten Käfige in Länder, die von einer längeren Übergangsfrist profitierten.

»Was können Sie also tun?«

»Verhandlungen sind immer in ein Hintergrundrauschen eingebettet, eine Kakophonie aus Vermutungen, Gerüchten und Halbwahrheiten. Ich kenne vor Ort jemanden, der das Spiel mit diesem Hintergrundrauschen sehr gut beherrscht, jemand, der in der Lage ist, Informationen durchsickern zu lassen und Gerüchte zu streuen, von denen am Ende niemand genau sagen kann, woher sie stammen, ob sie ernst zu nehmen sind oder nur Bluff, ob es sich um Fakten handelt oder eben um Gemunkel. Wenn wir ein wenig Glück haben, wird man in Thailand hellhörig werden, nachsehen, aufmerksam hinschauen.«

»Wie schnell?«

Margaret legte ihr Telefon auf den Couchtisch. »Ich habe meinen Kontakt sofort angerufen, nachdem Vivian mir Ihren Fall geschildert hat. Jetzt können wir nur warten, ob die Information ankommt und ob sie wirkt.«

Render konnte keinen klaren Gedanken mehr fassen. Von diesem Telefon hing nun alles ab? Ob es klingelte? Und wie musste man sich das vorstellen? Was geschah vor Ort? Welche Mittel standen den thailändischen Behörden überhaupt zur Verfügung, Teresa aufzuspüren? Es wusste doch gar niemand, wo sie sich aufhielt! Genau diese Überlegung schien Margaret auch gerade angestellt zu haben.

»Teresa hat inzwischen wieder ein Mobiltelefon, nicht wahr?«, fragte sie.

Render nickte.

»Geben Sie mir bitte die Nummer. Ich muss sie sofort weiterleiten.«

Render sah zu, wie Margaret die Nummer in ihr Handy eintippte und dann verschickte.

»Warum tun Sie das?«, fragte er dann. »Warum helfen Sie mir?«

Er wandte sich an Vivian. »Ich verstehe nichts. Wir machen uns doch alle strafbar.«

»Ganz einfach, John«, antwortete Vivian. »Du bist nicht der Einzige, den Ragna angesprochen hat. Und du bist nicht der Einzige, der die Nase gestrichen voll hat von der immer aussichtsloser werdenden Situation.«

Er schaute völlig verblüfft von einer zur anderen. »Du ... Sie ... paktieren mit Saboteuren?«

»Nein!«, rief Margaret dazwischen. »Wir paktieren mit niemandem. Aber wir können uns auch nicht dazu durchringen, Leute zu denunzieren, die das tun, was wir alle am liebsten tun würden, aber nicht können und nicht dürfen. Vivian sagte, Sie hätten eine Liste von Containern, die mit Ciguatera belastete Chargen enthalten?«

Render konnte die Situation noch immer nicht begreifen. Träumte er oder geschah dies alles wirklich? Eine Generaldirektorin und eine Regierungsbeamtin tolerierten stillschweigend einen derartigen Sabotageakt?

»Ich habe die Liste«, hörte er Vivian sagen und schaute stumm zu, wie Margaret sie entgegennahm und aufmerksam studierte.

»Wir stehen zwischen derart vielen Fronten«, sagte sie dann, »dass es kaum noch möglich ist, irgendeine zufriedenstellende Entscheidung zu treffen. Wem sollen wir eigentlich dienen, John?«

Er sagte nichts, starrte nur immer nervöser auf das kleine Telefon auf dem Tisch, das jedoch stumm blieb.

»Wen vertreten wir? Unseren Wahlkreis? Unsere Gemeinde? Das Land? Die Nation? Für welche Interessengruppe soll ich mich einsetzen? Wir alle wissen, dass es so nicht weitergehen kann. Wir schaufeln unser eigenes Grab. Aber ich darf das nicht sagen. Und die gewählten Politiker, denen ich zuarbeiten soll, dürfen es schon gar nicht, denn sie stehen vor den gleichen unauflösbaren Widersprüchen, nur weiter vorne in der Reihe, dem Druck und den extremen Spannungen direkter ausgesetzt. Früher verliefen die Gegensätze zwischen einer privilegierten Minderheit und einer ausgebeuteten Mehrheit. Daran hat sich nichts geändert. Nur geht die privilegier-

410

te Minderheit inzwischen in die Millionen und die der Elenden in die Milliarden. Und die ausgebeuteten Milliarden haben verständlicherweise kein anderes Ziel, als zu den Millionen Privilegierten aufzuschließen. Das ist jedoch unmöglich. Dieser Planet kann nicht zehn Milliarden Menschen aushalten, die alle so leben wie früher eine Handvoll Könige, Fürsten und Bischöfe. Aber wie soll man einen nachhaltigen Ausgleich zwischen den alten und den neuen Thronanwärtern verhandeln? Niemand will verzichten. Wir alle sind in einer umfassenden Geiselhaft von Unternehmen und Verbrauchern, die nur eines wollen und können: wachsen und immer mehr verbrauchen. Diese Leute wählen uns oder setzen uns ein. Und wenn wir ihnen nicht verschaffen, was sie wollen, dann tauschen sie uns aus. Wie soll man dem Druck der Verbraucher mit demokratischen Mitteln begegnen? Und dem Druck der Konzerne, die von diesem immer gieriger werdenden Heer von Verbrauchern angestachelt werden, ihre Zuwächse auf immer skrupellosere Weise zu erzielen? Wahlen sind völlig gleichgültig geworden. Die Abstimmung findet im Sekundenrhythmus statt. An den Supermarktkassen. An den Flugschaltern. An den Zapfsäulen. Wir sind sowohl die Gefangenen als auch zugleich die schlimmsten Komplizen dieser fatalen Spirale.«

»Ich arbeite seit fast dreißig Jahren in diesem Sektor«, sagte Render. »Sie erzählen mir nichts Neues. Ich kenne die Zahlen.«

»Gewiss«, mischte sich Vivian ein. »Aber was du nicht weißt, ist, wie die Stimmung bei uns aussieht, ein paar Stockwerke über dir. Du kannst dich immerhin noch darauf berufen, die Informationen gesammelt und vorgelegt zu haben. Aber wir sind von Berufs wegen dazu verdammt, das alles ständig schönzureden, zu relativieren und zu irgendwelchen Sachzwängen und politischen Notwendigkeiten in Beziehung zu setzen. Du darfst wenigstens schimpfen und toben,

John. Wir müssen immer lavieren, verwässern, herunterspielen, denn die Wahrheit ist: Wir können gar nichts ändern. Wir haben keinen Plan B, denn wir haben keinen Planeten B. Um wirklich etwas zu ändern, müsste man das Volk abwählen können, diese Abermillionen von Verbrauchern irgendwie zügeln. Eine kleine Minderheit mag ja bemüht sein, die schlimmsten Exzesse zu vermeiden, aber unterm Strich sind doch alle gleich. Keine demokratisch gewählte Regierung ist wirklich in der Lage, gegen die Masse der Verbraucher echte Reformen oder Wachstumsgrenzen durchzusetzen. Wir ertrinken in Plastik. Unserer Dominanz fallen pro Jahr zwischen zehn- und fünfzigtausend andere Arten zum Opfer. Die katastrophale Situation in den Meeren durch die Überfischung kennst du besser als ich. Wir vernichten die Bestäuber durch Tonnen von Insektiziden. Wir führen Krieg gegen diesen Planeten. Auf allen Ebenen. Wir sind die Generäle und Marschälle eines explodierenden Mittelstandes, der bald drei Milliarden Menschen umfassen wird. Jeder einzelne davon mit dem Weltverbrauch und der Ressourcenverfügbarkeit eines Pharaos. Mit der Lebenserwartung eines Methusalem.«

Render sah die junge Praktikantin wieder vor sich, die er eingestellt hatte. Vivian, Mitte zwanzig, brillant und ehrgeizig. Wenigstens hatte er in seiner ansonsten bedeutungslosen beruflichen Laufbahn einmal eine gute Personalentscheidung getroffen.

»Sehr viele in unserer Situation ertragen das alles nicht mehr«, meldete sich Margaret wieder zu Wort. »Aber sollen wir zurücktreten? Unseren Platz räumen? Wer kommt dann? Politische Genies, die es schaffen, diesen Karren aus dem Dreck zu ziehen? Kämen nicht eher völlig gewissenlose Opportunisten ans Ruder, die kein Problem damit haben, die Party auf dem sinkenden Schiff noch bombastischer zu feiern? Als Ragna uns angesprochen hat, haben wir natürlich genauso wie Sie reagiert. Wir können uns an so etwas nicht beteiligen. Aber ist es nicht allmählich so weit, dass wir Homo sapiens in seiner unfasslichen Zerstörungswut biologische Grenzen setzen *müssen?*«

Margarets Augen waren auf Render gerichtet, und er fühlte einen leichten Schauer angesichts der stummen Wut und der Empörung, die darin brannten. Dann sah er, dass Margaret die Liste wieder vom Tisch nahm. Sie faltete sie zusammen und zerriss sie mehrmals. Die Fetzen legte sie in einen kleinen Aschenbecher, der auf dem Tisch stand.

Eine Weile sagte niemand etwas. Render blickte verzweifelt auf das kleine Telefon, das einfach nicht klingeln wollte. Vivian trat ans Fenster und schaute in den Garten hinaus, während Margaret die Papierschnitzel anzündete.

57. LUXEMBURG

Die Tagung der Landwirtschaftsminister der Europäischen Union in Luxemburg wurde am 27. November kurz vor dreizehn Uhr unterbrochen. Während der Großteil der Sitzungsteilnehmer einem Büfett-Lunch zusprach, tagten die Minister bei einem Arbeitsmittagessen in einem separaten Sitzungssaal im engeren Kreis, um eine Orientierungsaussprache über ein paar heikle Themen, unter anderem ein mögliches Verbot von Glyphosat, zu führen. Außer den Ministern nahmen zwölf Dolmetscher an der Sitzung teil, denen das Mittagessen, wie in solchen Fällen üblich, in den Dolmetschkabinen serviert wurde. Als die Ratstagung gegen 15 Uhr weitergehen sollte, waren sowohl eine ganze Reihe von Delegierten als auch Dolmetscher noch nicht von der Mittagspause zurückgekehrt.

Manchen Delegierten war kurz nach dem Büfettbesuch so übel geworden, dass sie es gerade noch in den Toilettenvorraum schafften, wo sie sich in die Waschbecken erbrachen. Andere brachen würgend in den Gängen zusammen oder kollabierten unter unkontrolliertem Absondern von dünnflüssigen und übelriechenden Ausscheidungen auf oder neben den Sitzgruppen im Foyer. Wenig später verkündete ein Sprecher des gleichfalls unpässlichen Vorsitzenden das sofortige Ende der Ratstagung und klärte die Zuhörerschaft darüber auf, dass man offenbar Opfer einer Lebensmittelvergiftung geworden sei. Ärzte und Sanitäter seien bereits eingetroffen, und die Polizei, der Staatsschutz und Vertreter des Gesundheitsamtes hätten die Ermittlungen aufgenommen. Jeder möge sich beim kleinsten Anzeichen von Unwohlsein unverzüglich in ärztliche Behandlung begeben.

Die letzten Worte brachte der Mann nur noch mit Mühe

hervor, bevor er selbst eiligst versuchte, den Konferenzsaal zu verlassen, was ihm allerdings nicht gelang, da der Saalausgang hoffnungslos von hinauseilenden Konferenzteilnehmern verstopft war. Was sich in den darauffolgenden Stunden abspielte, konnten selbst jene nicht annähernd realistisch beschreiben, die nicht Opfer der Vergiftung wurden. Überall sah man Delegierte, die von Brechdurchfall, Schüttelfrost, Herzrasen, Muskelversagen und einer ganzen Reihe weiterer Symptome heimgesucht wurden. Der Anblick von Ministern, Staatssekretären, Kommissionsbeamten, Saaldienern, Dolmetschern, Sekretärinnen und Sicherheitsleuten, die sich in den Sälen und Fluren übergaben oder von Magenkrämpfen und explosionsartigem Durchfall geschüttelt zusammenbrachen, spottete jeder Beschreibung. Die Kolonne der Krankenwagen vor dem Sitzungsgebäude wurde immer länger, und man ging bald dazu über, in den unteren, noch nicht völlig verunreinigten und von bestialischem Gestank erfüllten Stockwerken notdürftige Erstversorgungslager in Form von Feldbetten mit Transfusionsständern aufzubauen. Auf derart viele Opfer einer schweren Lebensmittelvergiftung war Luxemburg krankenhaustechnisch einfach nicht eingestellt.

Noch bevor die Ereignisse in Luxemburg in den ersten Abendstunden ihren Höhepunkt allmählich überschritten, keine neuen Vergiftungsopfer mehr hinzukamen und manche der Betroffenen bereits wieder halbwegs auf den Beinen waren, unterzog die Polizei das gesamte Küchen- und Servierpersonal einer eingehenden Befragung. Eine Razzia in der Großküche des verantwortlichen Catering-Unternehmens brachte keine greifbaren Ergebnisse. Der Betrieb war zuvor noch nie aufgrund von Verstößen gegen lebensmittelhygienische Vorschriften aufgefallen. Die Befragung des Personals, das zu einem großen Teil aus ausländischen Hilfskräften bestand, förderte keine Erkenntnisse zutage, wie es zu dieser massiven Vergiftung hatte kommen können. Proben und Reste der servierten Speisen wurden beschlagnahmt, Bestell- und Lieferscheine, Verpackungsreste und Kennzeichnungen sichergestellt, penibel verzeichnet und schließlich die Zulieferer ermittelt.

Die erste Spur führte nach Hamburg. Dort ging eine Dringlichkeitsanfrage der Ermittlungsbehörden ein, die Containerabfertigung einer Reihe von Fischlieferungen sofort zu stoppen und unverzüglich umfassende Kontrollen vorzunehmen. Bei einer verschärften Dokumentenkontrolle fielen den Zollexperten bereits mehrere Tonnen mutmaßlich falsch deklarierten Speisefischs aus Fernost auf. Die Container wurden eiligst geöffnet und Proben zur Analyse an Speziallabore geschickt, um die Zusammensetzung und Herkunft der Ware zu bestimmen und Erkenntnisse über eine eventuelle Belastung mit marinen Toxinen zu gewinnen.

Die ersten toxikologischen Ergebnisse bestätigten den Anfangsverdacht, den die Ermittler in Luxemburg geäußert hatten, auf das Schlimmste. Die Fischfilets enthielten ein bekanntes und gefürchtetes Algentoxin. Es war in einer derart hohen Konzentration in den gefrorenen Fischfiletblöcken vorhanden, dass sie als absolut ungenießbar eingestuft wurden. Während die Untersuchungen und Recherchen auf weitere europäische Häfen ausgeweitet wurden, meldete die gentechnologische Abteilung des Instituts für Hygiene und Umwelt in Hamburg, dass die untersuchten Gewebeproben vor allem von den Fischarten Oncorhynchus, Theragra chalcogramma und Dissostichus eleginoides stammten. Für genauere fischforensische Untersuchungen wurden nun auch Proben an ein Speziallabor in Bremen geschickt.

Unterdessen kam es auf dem Galaempfang der Pariser Modemesse noch am selben Abend zu einem ähnlichen Vorfall. Die Veranstaltung war gerade erst eine gute halbe Stunde im Gang, als ein finnisches Fotomodell einen Schwächeanfall erlitt und aus dem Saal begleitet werden musste. Schon bald darauf mussten drei weitere Personen die Veranstaltung frühzeitig verlassen, brachen jedoch beim Versuch, vor dem Gebäude ein Taxi zu besteigen, zusammen und übergaben sich auf dem Gehsteig. Kurz darauf ereilte alle Anwesenden, die sich zu ihrem Champagner an den Lachs- und Krevetten-Häppchen gütlich getan hatten, das gleiche Schicksal wie zuvor die Europa-Politiker in Luxemburg. Um Mitternacht herrschte auch in Paris ein vorübergehender Krankenhausnotstand, da zweihundertvierundsechzig Personen mit zum Teil schwerster Fischvergiftung versorgt werden mussten.

Allmählich zeigte es sich, dass nicht nur Luxemburg und Paris betroffen waren, sondern der ganze europäische Kontinent. Betriebskantinen ebenso wie einzelne Restaurants, Privatleute, die einfach nur zu Hause ein Fischfilet zubereitet hatten, ebenso wie die Mitglieder einer spanischen Reisegruppe in Brügge, die sich – voraussichtlich das letzte Mal im Leben – Miesmuscheln, Pommes frites und Trappistenbier bestellt hatten. In Mailand endete eine Hochzeitsfeier frühzeitig in einem Fiasko, was, wie sich später herausstellte, am Schwertfisch-Carpaccio gelegen hatte, das als Vorspeise gereicht worden war.

Die Gesamtzahl aller Fälle wurde niemals vollständig erfasst. Das Europäische Frühwarnsystem für Lebens- und Futtermittel verzeichnete in den späten Morgenstunden des 28. November eine derart große Zahl von Meldungen, dass der Server zusammenbrach und für Stunden nicht mehr erreichbar war. Die EU-Gesundheitsminister wurden für eine Dringlichkeitssitzung nach Brüssel beordert, um der außergewöhnlichen Situation so rasch wie möglich Herr zu werden.

Bevor das Krisentreffen jedoch gegen vierzehn Uhr beginnen konnte, überschlugen sich die Ereignisse. Über Online-Sonderausgaben mehrerer Nachrichtenagenturen wurde gemeldet, es handle sich offenbar nicht um eine herkömmliche Lebensmittelvergiftung, sondern um einen terroristischen Anschlag. Einer Reihe von Redaktionen lagen Bekennerschreiben vor, in denen eine nicht näher bezeichnete Gruppe die europäische Bevölkerung davor warnte, in den nächsten Tagen, Wochen, Monaten und Jahren Fisch zu konsumieren. Man habe damit begonnen, die komplette Lieferkette für Fischereierzeugnisse mit einem hochwirksamen Algentoxin zu durchseuchen. Ziel dieser Maßnahme sei es, durch eine umfassende biotoxische Vergällung eine für den Menschen unüberwindliche Ungenießbarkeitsbarriere für Fischereiprodukte zu etablieren. Die Meere stünden durch extreme Überfischung und illegale Fischerei, die niemand wirkungsvoll zu bekämpfen bereit sei, kurz vor dem biologischen Kollaps. In Verbindung mit den zusätzlichen Gefahren durch den Klimawandel, die massive Verschmutzung der Meere durch Öl und Plastik sowie die Zerstörung elementarer biologischer Prozesse in der Tiefsee durch unkontrollierten Tiefseebergbau sei das lebenswichtige Ökosystem Meer an allen Fronten akut in seiner Existenz bedroht. Da die Regierungen der großen Erzeuger- und Verbrauchernationen seit Jahren alle wissenschaftlichen Warnungen ignorierten, hätten sich an verschiedenen Gefahrenfronten weltweit Wissenschaftler zu Aktionsgruppen zusammengetan, um der Menschheit zu ihrem eigenen Schutz unüberwindliche biologische Schädlingsgrenzen zu setzen. Die gestrige Aktion sei die erste einer ganzen Reihe von biotoxischen Maßnahmen, bezüglich derer zum angemessenen Zeitpunkt gleichfalls Warnungen und Hinweise ergehen würden. Die Medien mögen die Öffentlichkeit bitte informieren, dass der Verzehr von Fischereierzeugnissen jeglicher Art bis auf weiteres im Interesse der eigenen Gesundheit zu unterlassen sei. Die Verbraucher mögen zur Kenntnis nehmen, dass ab sofort jede

Fischmahlzeit zu einer gefährlichen Vergiftung und in der Folge zu einer lebenslangen, schweren Unverträglichkeit führen könne. Gegen eine Vergiftung durch infizierten Fisch, die leider im Einzelfall auch lebensbedrohlich werden könne, existiere kein Gegenmittel. Das Risiko, sich ein eventuell lebenslanges Nervenleiden zuzuziehen, könne durch einen sofortigen Verzicht auf Fischereierzeugnisse leicht vermieden werden.

Das Schreiben schloss mit der Erklärung, dass die derzeit drohende Ausrottung aller Wildfischarten und das exponentielle Wachstum von Zuchtbetrieben, mit den aus der Viehzucht bereits bekannten katastrophalen Folgen für das gesamte Ökosystem der Erde, keine andere Möglichkeit als den kompletten Verzicht auf Fischereierzeugnisse für mindestens zwei bis drei Generationen zulasse. Die kleine Küstenfischerei sei von den Aktionen ausgenommen, um zu gewährleisten, dass die Ärmsten der Armen nach wie vor Zugriff auf eine für sie lebenswichtige Ressource hätten. Angesichts der Tatsache, dass für den Lebensstil der heute lebenden Menschen jährlich das Anderthalb- bis Zweieinhalbfache dessen verbraucht werde, was die Erde erzeugen könne, erübrige sich jede Diskussion über diesen absolut notwendigen Verzicht. Kein Mensch und keine Generation habe das Recht, die Ressourcen zukünftiger Generationen restlos aufzubrauchen und dabei bis an die Grenze der natürlichen Erneuerungskreisläufe des Planeten zu gehen – oder sogar noch darüber hinaus. Wer dennoch darauf beharre, weiterhin Fischerzeugnisse zu konsumieren, tue dies fürderhin auf eigene Gefahr an Leib und Leben.

Am Ende der Mitteilung wurde darauf hingewiesen, dass eine ähnliche Aktion für Polyäthylen in Vorbereitung sei. Man möge sich bereits jetzt auf Vergiftungswellen durch Getränke aus PET-Flaschen einstellen und diese Information bitte an die Öffentlichkeit weitergeben.

Die Nachricht wurde zunächst nicht besonders ernst genommen, verbreitete sich jedoch in Windeseile in den sozialen Netzwerken. In den einschlägigen Umweltforen entspann sich eine heftige Diskussion darüber, ob derartige Sabotageakte, falls überhaupt durchführbar, zulässig seien oder nicht. Die Heftigkeit der Auseinandersetzung erreichte schnell eine ungeahnte Intensität. Greenpeace sah sich genötigt, eine Erklärung abzugeben, dass man mit dieser Aktion nichts zu tun habe. Sea Shepherd dementierte jede Beteiligung, nahm jedoch ansonsten in keiner Weise zu den Vorfällen Stellung. Fast viertelstündlich erschienen Presseerklärungen anderer Organisationen und Umweltverbände im Netz. Nachrichtenmagazine veröffentlichten rasch zusammengestellte Dossiers zum Thema Fischvergiftung im Allgemeinen und Ciguatera-Vergiftungen im Besonderen. Spezielle Infoboxen auf den Portalen der Gesundheitsämter sollten dazu beitragen, die Bevölkerung zu beruhigen, was jedoch nicht gelang. Der Ansturm auf die Krankenhäuser nahm stetig zu, da die beunruhigte Bevölkerung hinter jeder Magen-Darm-Symptomatik die mysteriöse Algenvergiftung befürchtete. Bereits um die Mittagszeit war deutlich, dass die öffentliche Verunsicherung erhebliche Ausmaße angenommen hatte.

Um dreizehn Uhr meldete *France Press,* auf dem Fischmarkt von La Rochelle sei ein junger Mann dabei beobachtet worden, wie er versucht habe, mit einer versteckt mitgeführten Spritze zum Verkauf ausliegenden Fischen eine Flüssigkeit zu injizieren. Noch vor dem Eintreffen der Polizei sei der junge Mann, ein vierundzwanzigjähriger Biologiestudent, von einer Meute aufgebrachter Fischverkäufer so schwer misshandelt worden, dass er auf dem Weg ins Krankenhaus seinen Verletzungen erlag. Der Markt war sofort geschlossen und die Ware beschlagnahmt worden, da nicht ausgeschlossen werden konnte, dass der Mann vor seiner

Entdeckung erfolgreich weitere Ware manipuliert und möglicherweise auch nicht alleine gehandelt hatte.

Dieser La-Rochelle-Vorfall verbreitete sich nun ebenfalls wie ein Lauffeuer im Internet und setzte eine Lawine von Meldungen in Gang. Europaweit kursierten Warnungen vor Fisch-Terroristen. Händler, Fischverkäufer, Einkäufer von Supermarktketten, Restaurantbesitzer – Tausende und Abertausende von Marktteilnehmern griffen verunsichert zum Telefon oder versuchten, im Internet genauere Informationen zu finden. Unter dem zusätzlichen Druck der Medien sahen die Behörden sich schließlich gezwungen, mehr und mehr Einzelheiten über die seit Wochen beobachtete Zunahme von Ciguatera-Fällen bekanntzugeben. Die Datenbank des Europäischen Schnellwarnsystems ging kaum online, um unter dem massiven Zugriff von Journalisten, verunsicherten Bürgern und zahllosen Akteuren aus der Fischereibranche sofort wieder zusammenzubrechen.

Innerhalb weniger Stunden verschärfte sich die Situation weiter. Im einsetzenden Nachrichtenchaos war kaum noch auszumachen, was Tatsachen und was Gerüchte waren. In Vilnius wiederholte sich der Vorfall von La Rochelle, wobei der Saboteur, ein vierunddreißigjähriger Biologielehrer, gerade noch verhaftet werden konnte, bevor ein aufgebrachter Mob Gelegenheit bekam, ihn zu lynchen. In Schweden wurden zwei Studentinnen per Videoüberwachung in einem Supermarkt dabei beobachtet, wie sie einzelverpackte Fischfilets den Kühltruhen entnahmen und später wieder in die Regale zurücklegten. Wie sich herausstellte, hatten sie in der Zwischenzeit in einem versteckten Winkel des Supermarktes die Filets mit einer Flüssigkeit besprüht, die später von der Polizei in einem der Rucksäcke der beiden jungen Frauen sichergestellt werden konnte. Als kurz darauf bekannt wurde, welche Mengen Ciguatera-Toxin bei der Massenvergiftung in Luxemburg im Fischfleisch enthalten gewesen waren, beschlossen die inzwischen in Brüssel versammelten Gesundheitsminister um achtzehn Uhr dreißig eine europaweite Lebensmittelwarnung für Fischereierzeugnisse.

Nur eine halbe Stunde später verhängten die zur gleichen Zeit per Konferenzschaltung tagenden Innenminister der EU die zweithöchste Terrorwarnstufe. Vom akuten Anlass hierfür erfuhr die Öffentlichkeit erst am nächsten Morgen: Durch einen der inzwischen gefassten Saboteure war mit Hilfe von Mobilfunkdaten ein Chemiker aus Tschechien ins Visier der Ermittler geraten. Bei einer sofort durchgeführten Hausdurchsuchung in Kladno war im Keller des Hauses des Betroffenen ein Algenreaktor gefunden worden. Sechs von innen mit Fluoreszenzleuchten ausgestrahlte Tausend-Liter-Tanks waren dort über ein Pumpsystem miteinander verbunden und hatten den Mann in die Lage versetzt, in großem Maßstab Ciguatera-Algen zu züchten. Im Tank der letzten Stufe wurde eine Besatzdichte von zwei Millionen Algenzellen pro Milliliter gemessen. Weitere Einzelheiten, insbesondere bezüglich des Verfahrens der Toxin-Synthetisierung aus dem Algenschlamm, unterlagen wegen der großen Nachahmergefahr einer Nachrichtensperre.

Noch bevor die Ministertagung in Brüssel gegen zwanzig Uhr vorübergehend unterbrochen wurde, gingen Meldungen aus Japan, Chile, Kalifornien, Südafrika, Russland, Korea, Brasilien und auch aus weiteren europäischen Ländern ein, wonach es überall zu ähnlichen, plötzlich auftretenden Massenvergiftungen gekommen war. Besonders beunruhigend war hierbei nicht nur die Tatsache, dass offenbar ein weltweit koordinierter Sabotageakt gegen Fischprodukte im Gang war, sondern der Umstand, dass in manchen Fällen gar keine Hinweise auf Sabotage gefunden werden konnten. Durch die inzwischen weltweit stattfindenden Razzien und die in beispiellosem Umfang erfolgende Beschlagnahme und Analyse großer Warenmengen war vielmehr sichtbar geworden, in welchem Maße von Ciguatera durchseuchte Fischarten, die bisher nicht gefischt werden konnten oder sollten, offenbar illegal gefangen und falsch deklariert den legalen Handelsströmen bei- und untergemischt wurden.

Indessen nahmen die Vergiftungsfälle weiter zu. Eine sofort eingesetzte Expertengruppe zum Schutz der Produktions- und Vermarktungswege kam zu dem Schluss, dass angesichts der noch immer unbekannten, aber offenbar recht hohen Zahl von Saboteuren kaum eine ökonomisch tragfähige Schutzmöglichkeit für die Bevölkerung bestand. Die Verhafteten waren in der Regel geständig. Die meisten von ihnen stammten aus dem universitären, wissenschaftlichen Milieu, hatten mehrere Jahre in verschiedenen Initiativen und Umweltgruppen gearbeitet und waren zu der Überzeugung gelangt, dass angesichts eines umfassenden Staatsversagens die Bürger den Schutz der Umwelt selbst in die Hand nehmen müssten.

Was die Behörden jedoch viel mehr beunruhigte als die gefassten Aktivisten, war die Zahl der potenziellen Befürworter einer derartigen Aktion. Die hitzigen Diskussionen in Internetforen und die nicht minder kontroversen Auseinandersetzungen in den Medien zeigten, dass ein nicht geringer Teil der Bevölkerung angesichts der erschreckenden Informationen über die reale Situation in den Meeren durchaus Sympathie für die Saboteure und ihr Anliegen zu entwickeln begann. Ein Appell mit der Überschrift: »Wir distanzieren uns von den Mitteln, aber wir fordern ein mindestens zehnjähriges totales Verbot industrieller Hoch- und Tiefseefischerei« wurde im Internet von über sechshundert Wissenschaftlern weltweit unterzeichnet.

Da inzwischen bereits sieben weitere illegale Algenreaktoren gefunden worden waren, musste man davon ausgehen, dass noch eine Vielzahl derartiger Anlagen existierte und womöglich seit Monaten oder gar Jahren Ciguatera-Toxine produziert hatte, die nun zur Verbreitung bereitstanden. Die Experten kamen zu dem Schluss, dass es sich unter diesen Umständen gar nicht mehr nur um ein technisches Problem der Lebensmittelüberwachung, sondern um eine gesellschaftliche Frage handele, die durch Überwachungs- und Polizeimaßnahmen allein nicht gelöst werden könne. Ein Schutz der Bevölkerung war unter solchen Umständen kaum mehr zu gewährleisten.

Viel gravierender war jedoch noch etwas ganz anderes. Ganz gleich, was in der Presse, den Rundfunkmedien oder den verschiedenen Internetportalen der Behörden, Verbände, Nichtregierungsorganisationen und sozialen Netzen geschrieben oder dementiert wurde: Das Verbrauchervertrauen stürzte mit jedem neuen gemeldeten Fall einer erfolgten oder vereitelten Massen- oder Einzelvergiftung auf immer neue Tiefstwerte. Versuche, durch symbolische Gratisverköstigungen mit Frischfisch vor laufenden Kameras das Vertrauen der Verbraucher wiederherzustellen, erwiesen sich als wirkungslos. Nach einer Woche waren die Verarbeitungs- und Vertriebskanäle durch mangelnden Absatz und Durchsatz an der Kollapsgrenze. Die Fischtheken in den Supermärkten blieben geschlossen. Gefrierfisch fand keine Abnehmer mehr und wurde mangels Lagerkapazität vernichtet. Die in den letzten Jahren explosionsartig gewachsene Sushi-Industrie konnte noch reagieren und ihr Sortiment auf vegetarische Zubereitungen umstellen. Doch Fischrestaurants verzeichneten katastrophale Umsatzeinbußen. Bald gingen alarmierende Meldungen der Erzeuger- und Branchenverbände ein, wonach dem Sektor ein wirtschaftlicher Schaden in Milliardenhöhe drohe. Auch ein erster Todesfall wurde gemeldet, der möglicherweise mit einer Ciguatera-Vergiftung in Zusammenhang stand.

Die Spekulationen um die Initiatoren der Sabotageakte nahmen in der Folge einen immer größeren Raum ein. Über die Urheber und Hintermänner war auch nach Wochen kaum etwas Handfestes zu erfahren. Es wurde berichtet, dass die Staatsanwaltschaften von Dänemark, Frankreich und Spanien gegen eine Reihe von Fischereibeobachtern zu ermitteln begonnen hätten, die angeblich in die Aktion involviert gewesen sein sollten. Im Internet kursierten Gerüchte, dass die Sabotageakte dazu dienen sollten, ungeklärte Morde an Fischereibeobachtern anzuprangern. Ein klares Bild einer Kommando- und Organisationsstruktur aufseiten der Bioterroristen ergab sich jedoch nicht, was das amerikanische FBI zu dem Verdacht führte, es könne sich um eine Neuformation oder Abspaltung der gefürchteten Earth Liberation Front handeln, was ein enormes Problem darstelle, da diese Bewegung in kleinsten, unabhängig voneinander operierenden Zellen organisiert sei, um eine Verfolgung so schwierig wie möglich zu gestalten. Man müsse die Horrorvorstellung in Erwägung ziehen, dass an Universitäten weltweit politisch radikalisierte, hochqualifizierte Forscher diese hinterhältigen Angriffe mit wissenschaftlichem Know-how unterstützten.

Reportagen einiger investigativer Journalisten über die Fischereiindustrie befeuerten die Kontroverse. Enthüllungen über Auftragsmorde, Entführungen, Korruption und mafiöse Strukturen in der industriellen Fischerei führten dazu, dass mehrere Minister sich genötigt sahen, dieser diffamierenden Berichterstattung öffentlich scharf zu widersprechen. Ein verdeckter Ermittler erklärte daraufhin in einem anonymen Interview, illegale Fischerei gehöre inzwischen zu einem der lukrativsten Geschäftsfelder des organisierten Verbrechens. Bezogen auf die Umsatzzahlen und die Folgekriminalität im Hinblick auf Umweltverbrechen und Verbrechen gegen die Menschlichkeit könne man dieses Geschäftsfeld durchaus mit Drogenhandel, Kinderpornographie, Zwangsprostitution und Menschenhandel vergleichen. Und wie bei allen Formen des organisierten Verbrechens sei immer auch Staatsversagen oder die stillschweigende oder aktive Komplizenschaft von staatlichen Stellen ein Teil des Problems.

Die scharfen Kontrollmaßnahmen zeigten Wirkung. Die Zahl der Ciguatera-Vergiftungen nahm bis Mitte Dezember kontinuierlich ab, allerdings vor allem deshalb, weil der Handel mit Fisch vorübergehend fast vollständig zum Erliegen kam. Ein erster Bericht der Europäischen Behörde für Lebensmittelsicherheit in Parma, die inzwischen mit dem Fall befasst worden war, endete mit der alarmierenden Feststellung, dass das Algentoxin noch immer in sehr vielen Fischproben nachweisbar sei und von Entwarnung keine Rede sein könne.

Kurz darauf meldete ein großes Nachrichtenmagazin, dass es im Botschafterausschuss der EU in der Frage des weiteren Umgangs mit der Krise zu einem Eklat gekommen sei. Eine Reihe von Mitgliedstaaten hatte beantragt, die gegenwärtige Krise auch als Anlass zu nehmen, die Fischereipolitik ernsthaft auf den Prüfstand zu heben. Es gelang noch, die Methoden der Saboteure in einer Entschließung einhellig als kriminell zu verurteilen und die Auflegung eines Sonderfonds zur vorübergehenden wirtschaftlichen Stützung des Fischereisektors mit nur zwei Enthaltungen zu beschließen. Doch der Antrag mehrerer Staaten, das Vorgehen der Saboteure nicht nur als »kriminell«, sondern als »terroristisch« zu bezeichnen, fand nicht nur keine ausreichende Mehrheit, sondern führte zu einer ungewöhnlich scharfen Auseinandersetzung über die Frage, ob dem sozialen Frieden gedient sei, wenn man Studenten und Wissenschaftler, die ein berechtigtes Anliegen vortrugen, mit Terroristen in einen Topf warf, nur weil sie sich unverhältnismäßiger Mittel bedienten. Die Sabotageaktion, so bemerkte eine Botschafterin, habe nach bisherigen Erkenntnissen in ihrem Land sehr viele Befürworter. Es würden sogar täglich mehr, da durch die Krise immer neue alarmierende Informationen über den Zustand der Meere öffentlich wurden. Viele namhafte Forscher sprächen immer wieder davon, dass die aktuelle Situation nach einem sofortigen und mindestens zehnjährigen Moratorium der Industriefischerei verlange.

Die Sitzung endete in einem Tumult. Am nächsten Tag zirkulierten die ersten Mordaufrufe im Netz. Die Saboteure wurden als Ökoterroristen beschimpft und von Fischereiverbänden für vogelfrei erklärt. Aufgebrachte niederländische und französische Fischer luden in einer Nacht-und-Nebel-Aktion einen Lastwagen unverkäuflicher Frischfischware vor dem Kommissionsgebäude in Brüssel ab. Sicherheitsdienste wurden engagiert, um Fischmärkte zu schützen, aber auch um zu verhindern, dass noch weitere Saboteure oder der Sabotage auch nur Verdächtigte gelyncht würden. Weitere Zwischenfälle konnten jedoch nicht verhindert werden, und trotz der Schutzmaßnahmen kam es zu einem weiteren Todesfall, was die Kontroverse noch weiter befeuerte.

In manchen Ländern wurde der Ruf nach Einführung der Todesstrafe für Ökoterroristen laut. Die Vergiftungswelle ebbte nach einigen Wochen zwar weiter ab, aber der Fischverbrauch in Europa fiel weiterhin und erreichte innerhalb kürzester Zeit das Niveau der 1960er Jahre. Befragungen ergaben, dass nicht nur die Angst vor einer Fischvergiftung dafür verantwortlich war. Die wochenlange Berichterstattung über die zerstörerischen Fischereimethoden und den tatsächlichen Zustand der Meere hatte weite Kreise der Bevölkerung offenbar nachhaltig beeindruckt und zum Teil sogar mobilisiert, den Verbrauch von Fisch in ihrem direkten Lebensumfeld zu unterbinden. Nicht nur in vielen Restaurants, auch in Schulkantinen verschwand Fisch von der Speisekarte. Das Image von Fisch als einem gesunden, natürlichen und nachhaltigen Lebensmittel war derart ramponiert, dass selbst der durch die Nachfragekrise ausgelöste Preisverfall den Absatz nicht wieder zu steigern vermochte. Als im Februar endlich ein Ciguatera-Teststreifen für Fischprodukte entwickelt und per Eilverordnung europaweit auf Fischverpackungen vorgeschrieben worden war, war der Verbrauch auf etwa dreißig Prozent der vorher üblichen Menge gesunken.

58. ADRIAN

Wir erreichten das Krankenhaus von Mae Sot etwa drei Stunden später. Die Verhandlungen an der Grenze nahmen die meiste Zeit in Anspruch. Was der Fahrer mit den Grenzbeamten besprach, habe ich damals weder verstanden noch jemals erfahren. Es war mir auch gleichgültig. Ich wollte Di Melo so schnell wie möglich in ärztliche Obhut geben und dann meinen Abschied aus diesem bedrückenden Abenteuer nehmen. Di Melo war zwar die ganze Zeit über wach, durch das Fieber und die Wirkung der Medikamente jedoch in eine Art Delirium verfallen. Er musste starke Schmerzen haben, denn er stöhnte ununterbrochen. Die Hitze war entsetzlich. Ich flößte ihm immer wieder Wasser ein und sehnte mich nach dem Ende dieser verfluchten Fahrt. Der Fahrer kam irgendwann endlich mit unseren Pässen zurück, und man ließ uns durch. Wir steuerten über die Brücke vorbei an einer stinkenden, hupenden, Dieselruß ausstoßenden Schlange von Fahrzeugen, die sich in die Richtung wälzte, aus der wir kamen. Kurz darauf erreichten wir das Krankenhaus. Der Fahrer lenkte den Wagen direkt zur Notaufnahme, sprang hinaus und lief ins Gebäude hinein. Ich stieg ebenfalls aus, öffnete die Hecktür und gab Di Melo ein letztes Mal zu trinken.

Danach sah ich ihn an diesem Tag nicht mehr. Ich erledigte die Formalitäten und gab eine erfundene Erklärung zu Protokoll, wie es zu dem Unfall gekommen war. Die Geschichte hätte einer näheren Prüfung wohl nicht standgehalten, aber niemand hatte ein besonderes Interesse daran, sie zu überprüfen. Wie ich erfuhr, gab es jedes Jahr Dutzende Fälle dieser Art. Insgesamt lagen geschätzte zwei Millionen Minen im Grenzgebiet vergraben. Die Militärs und die Rebellen schützten ihre Stellungen mit den gleichen Mitteln. Dort herumzuwandern war einfach keine gute Idee.

Nach einigem Hin und Her bekam ich Di Melos Sekretärin in Zürich ans Telefon und schilderte ihr die Situation. Sie musste sich erst schlaumachen, was zu tun war. Eine halbe Stunde später rief sie zurück und bat mich um eine Fax-Nummer im Krankenhaus, wo kurz darauf alle möglichen Dokumente eingingen, die sicherstellten, dass Di Melo erstklassig versorgt würde. Ein Arzt informierte mich, dass er am Abend noch operiert werden sollte. Sein Zustand sei stabil, und ich könnte ihn am nächsten Morgen auf jeden Fall sehen.

Ich suchte mir ein Hotelzimmer in der Nähe des Krankenhauses und informierte Di Melos Sekretärin, wo der Mitarbeiter aus Bangkok, der sich auf den Weg gemacht hatte, mich finden konnte. Dann duschte ich ausgiebig, legte mich aufs Bett und schlief bis in die späten Nachmittagsstunden hinein.

Im Rückblick denke ich, dass es zu diesem Zeitpunkt passiert sein muss. Natürlich ist das reine Spekulation. Niemand kann bis heute sagen, was in den vierundzwanzig Stunden nach unserer Trennung vorgefallen ist. Aber alles deutet darauf hin, dass Suphatra Teresa bis zu dem Ort gefolgt ist, den Ragna ihr als Treffpunkt genannt hatte.

Ich weigere mich, mir vorzustellen, was sich dann im Einzelnen abgespielt haben mag. Ich kann es einfach nicht. Ich schlief im Hotel. Di Melo wurde vermutlich gerade für seine Operation vorbereitet. Und im weit entfernten Brüssel saß ein Mann, von dessen Existenz ich damals keine Ahnung hatte und den ich erst Monate später kennenlernen sollte, an einem Tisch und starrte mit wachsender Verzweiflung auf ein Telefon, das einfach nicht klingeln wollte.

Die Sonne ging unter. Ich aß zu Abend. Gegen halb neun erschien ein Mitarbeiter von Di Melo im Hotel, stellte sich als Dr. Luger vor und dankte mir im Namen der SVG überschwenglich für meinen Einsatz bei der Rettung des tragisch verunglückten Dr. Di Melo. Er werde sich um alles Weitere kümmern, die rasche Repatriierung organisieren und natürlich auch dafür sorgen, dass ich wohlbehalten zurück nach Bangkok und nach Europa gelangte. Ich erklärte, dass ich schon zurechtkäme und er sich um mich absolut keine Sorgen zu machen brauche, denn er habe sicher auch so genug zu tun.

Er buchte im gleichen Hotel ein Zimmer. Am nächsten Morgen war er bereits verschwunden, als ich zum Frühstück kam, hatte aber eine Nachricht hinterlassen, dass er mich im Spital zu treffen hoffe. Ich erkundigte mich nach den Busverbindungen nach Bangkok, buchte einen Platz für zwölf Uhr dreißig, checkte aus und begab mich zum Krankenhaus. Dr. Luger saß in der Lobby und stand sofort auf, als er mich entdeckte.

»Es ist alles gutgegangen«, sagte er, »Gott sei Dank. Dr. Di Melo möchte Sie unbedingt sprechen. Darf ich Sie zu ihm führen?«

Wir fuhren in den dritten Stock. Als wir sein Zimmer betraten, telefonierte Di Melo. Es war alles so unwirklich. Da lag er, erstaunlich gut erholt, wie es schien. Der operierte Stumpf ruhte sauber verbunden neben dem gesunden Bein. Ein Drainageschlauch hing noch daran. Sein Gesicht war halb verbunden, die Wunden dort waren aber anscheinend nicht so schlimm gewesen, wie es ausgesehen hatte. Ich schaute unsicher und mit einem Gefühl von Beklemmung im Zimmer umher, fest entschlossen, diesen Besuch so schnell wie möglich zu beenden. Dann legte er auf und schaute mich an.

»Adrian«, sagte er. »Bitte.« Er machte eine Handbewegung, und ich setzte mich auf den Stuhl neben dem Bett. Dr. Luger verließ lautlos den Raum und schloss die Tür.

»Es freut mich, dass es Ihnen besser geht«, sagte ich.

Er bat mich, ihm zu berichten. Ich gab ihm einen kurzen Abriss der Ereignisse. Er unterbrach mich nicht, hörte nur stumm zu. Als ich geendet hatte, schaute er an sich herunter und sagte nur: »Sagen Sie mir, was ich noch tun kann? Was verdammt noch mal soll ich tun?«

»Sie können gar nichts tun, Herr Di Melo. Sie, oder besser wir, hätten gar nicht herkommen sollen.«

»Warum tut sie mir das an?«, fragte er. »Was habe ich nur verbrochen?«

Offenbar hatte er nicht gehört, was sie ihm gesagt hatte, bevor sie ihn umgeladen hatten.

»Es geht nicht um Sie«, sagte ich, »oder um uns. Wir spielen keine Rolle. Warum sollte sie sich mit uns abgeben?«

Er schaute mich lange an, bevor er weitersprach. »Sie bewundern sie auch noch für diesen Irrsinn, nicht wahr? Wozu das alles? Dafür?« Er machte eine fahrige Handbewegung in Richtung des Fensters.

»Ich kann auch vieles nicht so ganz nachvollziehen«, sagte ich. »Aber ich kann sie doch verstehen. Und es beschämt mich auch ein wenig, dass es zu mehr nicht reicht.«

Er blickte mich lange an. Dann drehte er den Kopf zur Seite. »Was soll aus unserer Welt nur werden mit Leuten wie euch«, murmelte er resigniert. »Weicheier und Kamikaze.«

Ich verbeugte mich kurz, stand auf und verließ das Zimmer.

Der Bus erreichte Bangkok gegen acht Uhr abends. Alles Nachfolgende war absolut unwirklich: die letzte Nacht im *Marriott,* die Fahrt hinaus zum Flughafen am nächsten Tag und die endlosen Stunden in der Maschine zurück nach Brüssel. Als ich in Zaventem mein Gepäck vom Band nahm, hatte ich das Gefühl, noch immer in einem absurden Traum festzustecken.

Ich nahm den Zug zum Südbahnhof, löste ein Ticket nach Frankfurt und wartete auf den ICE. In den Zeitungen gab es nur ein Thema: eine weltweite Welle von Fischvergiftungen. Ich las die Artikel. Zurück in Frankfurt, stellte ich fest, welche Dimensionen die Sache in der kurzen Zeit bereits angenommen hatte. Ich dachte an die kleine Phiole, die ich vor einigen Tagen kurz in der Hand gehalten hatte, den grünlichen Geist, den Ragna und ihre Mitstreiter aus der Flasche gelassen hatten, um die Welt aufzuwecken.

Ich erwartete täglich, dass sie gefasst würden, dass ihre Namen irgendwo auftauchten. Brock. Steve. Ragna. Oder jene Teresa, von der ich so gut wie nichts wusste. Aber das geschah nicht. Einzelne Saboteure in Europa wurden erwischt. Vielleicht waren es auch Trittbrettfahrer und Nachahmer. Selbst nach Wochen war keine Information über Ragna in den Medien aufgetaucht. Und auch nicht über die anderen.

Stattdessen bekam ich Besuch. Es war bereits Ende Januar. Ein älterer Mann stand plötzlich vor meiner Tür in Frankfurt und stellte sich als Johann Render vor. Di Melo hatte ihn an mich verwiesen. Ich sei offenbar der Letzte, der Ragna im November in Burma gesehen habe. Er wollte Informationen über eine gewisse Teresa. Ob ich etwas über sie wisse?

Wir saßen den ganzen Nachmittag und Abend zusammen. Er erzählte mir seinen Teil dieser Geschichte. Durch all das, was ich von ihm erfuhr, wurde mir allmählich klar, in welch seltsame Abfolge von Ereignissen ich hineingeraten war. Ich erzählte ihm, was mir widerfahren war. Er hörte stumm zu, fragte am Ende immer wieder nach dem Telefongespräch, das Ragna mit Teresa aus dem Jeep heraus geführt hatte. Mehr als das hatte ich leider nicht zu bieten.

EPILOG

Fast zwei Jahre sind vergangen, seit ich Johann Render zum Bahnhof begleitet und mich von ihm verabschiedet habe. Wir tauschten E-Mail-Adressen aus für den Fall, dass einer von uns etwas über das Schicksal von Ragna oder Teresa erfahren sollte. Ich erfuhr noch, dass er bald nach unserem Treffen nach Atlanta gezogen war, in die Nähe seines Sohnes. Seitdem habe ich nichts mehr von ihm gehört.

Noch immer halte ich in den Zeitungen Ausschau nach ihren Namen. Nach dem zu schließen, was Johann Render mir in Frankfurt über sein letztes Telefongespräch mit Teresa erzählt hat, braucht man sich wohl keine Illusionen zu machen. Teresa hatte damals nur an einem langen Faden gezappelt. War Ragna klug genug gewesen, diesem Köder nicht aufzusitzen, und hatte sie rechtzeitig durchschaut, dass an dieser plötzlichen Wiederauferstehung ihrer Freundin etwas faul sein musste?

An Tagungen und Delegierten, die um den Globus fliegen, ist nach wie vor kein Mangel, auch wenn immer zweifelhafter wird, ob irgendeine dieser Konferenzen über Wachstum, Beschäftigung, Klimawandel, Nahrungsmittelsicherheit, chemische Rückstände in Futtermitteln, Schlachtmethoden, Energieknappheit, Artensterben, Tierseuchen oder Antibiotikaresistenzen verhindern wird, dass ein immer größerer Teil der Kugel, die uns beherbergt, bald rettungslos vergiftet und unbewohnbar sein wird.

Wenn ich an Ragna und Teresa denke, stelle ich mir vor, dass sie vielleicht doch entkommen sind und aus dem Untergrund heraus agieren. Bisweilen durchstreife ich während der Pausen bei den Mammutkonferenzen die Säle und halte danach Ausschau, ob jemand ein Foto der Nürnberger Prozesse herumzeigt. Meine Aktien aus Dereks Depot habe ich verkauft und spende stattdessen Sørens Organisation jeden Monat etwas Geld. Aber ich verdiene es nach wie vor damit, dass ich im Schlepptau von Experten und Diplomaten in der Welt herumfliege, um den Klimawandel oder das Artensterben durch Konferenzen aufzuhalten.

Die Frage, wie ein Wesen, das nur ein paar Weltzeitsekunden existiert, dazu bewegt werden soll, sein Verhalten nach Zeiträumen auszurichten, die es sich gar nicht vorstellen kann, bleibt ohne Antwort. Was könnte dieses Wesen dazu bringen, weniger rücksichtslos und stattdessen achtsamer zu sein, weniger zu konsumieren und wegzuschmeißen, weniger Nachkommen zu zeugen und die Erde nicht als Wegwerfartikel, sondern als Leihgabe, als Teil des eigenen Körpers zu begreifen? So wie es steht, wird dieses Wesen in seiner weltzeitlichen Sekundenexistenz aus eigenem Antrieb oder eigener Einsicht wohl niemals aufhören, die wundersame Kugel, auf der und von der es lebt, ungebremst und erbarmungslos auszuweiden und zuzumüllen.

Neuerdings wird bereits der Sand knapp, wie ich auf einer Konferenz auf den Kapverdischen Inseln lernen durfte. Zwei Sondermaschinen waren notwendig, um die Delegierten samt Dolmetscherteam hinzufliegen und irgendeine Entschließung vorzubereiten, die am Ende dann doch keine ausreichende Mehrheit fand. In einer der Mittagspausen habe ich mir die Strände dort angesehen, oder besser das, was davon noch übrig ist: Steinwüsten und Geröilllandschaften, die sich allmählich ins Festland hineinfressen. Der Sand wird jetzt in Dubai oder Singapur verbaut. Oder er steckt im Chip des Handys, mit dem ich die Katastrophe fotografiert und auf Facebook hochgeladen habe: der verschwundene Sand der Kapverdischen Inseln, digital wiederauferstanden als Datei auf einem Silizium-Chip in irgendeinem Server-Park von Herrn Zuckerberg.

Sogar mit den Handy-Bildern, die wir schießen, fressen wir die Welt auf.

Ich habe mein fragwürdiges Leben nicht geändert, nur all diese Seiten vollgeschrieben. Es vergeht kein Tag, da ich nicht an Ragna denke und an ihren verrückten Traum, das Meer vor den Menschen zu retten. Manchmal denke ich auch an meinen eigenen Traum, die Welt durch Worte zu verändern. Dann schreibe ich ihr in Gedanken. Wie früher. Briefe, die sie nie lesen wird.

An Ragna mit dem Seegrashaar.
Vermisst im Salzblumengarten.

NACHWORT

Ein guter Rat für Autoren lautet: Schreibe über Dinge, die du kennst!

Ich bin bisher fast immer anders vorgegangen, habe über Themen und Welten geschrieben, die mich durch ihre Fremdheit faszinierten, über die ich etwas lernen wollte oder die versprachen, mir auf dem Umweg über einen Roman etwas über mich selbst zu erzählen.

Einen Roman zu schreiben, der auch nur entfernt etwas mit meinem beruflichen Alltag als Konferenzdolmetscher in Brüssel zu tun hat, lag mir immer fern. Nicht nur weil das allzu Bekannte, Vertraute für einen Autor vermintes Gelände ist, da man das Überraschende und Interessante vom Geheimnislosen und Banalen manchmal nicht mehr unterscheiden kann, sondern auch weil das Publikum bei manchen Themen so viele Gewissheiten, Meinungen oder Informationen mitbringt, dass eine wichtige Vorbedingung für den Einstieg in eine Geschichte nicht mehr gegeben ist: Unbefangenheit.

Ein EU-Dolmetscher als Romanfigur evoziert sofort sehr viele Klischees. In der Endfassung dieses Romans sind nun fast achtzig Seiten einer zunächst völlig anderen Geschichte vorangestellt, bevor die Figur des Dolmetschers Adrian das erste Mal für ein paar Minuten die Bühne betreten darf. Ich habe sogar mehrfach versucht, sie ganz aus der Geschichte herauszunehmen. Das war jedoch unmöglich – und gleichzeitig war es lehrreich. Denn in meinem inneren Widerstand gegen diese Figur, ihre Welt und alle Klischees, die an ihr hängen, lag einer der Gründe verborgen, warum ich diesen Roman überhaupt geschrieben habe.

Das Meer ist offensichtlich eine Art Ökologie-Thriller

oder Umweltkrimi. Wer meine früheren Romane kennt, weiß allerdings, dass bei mir das Genre immer nur die Bühne für ein Stück ist, das im Grunde woanders gespielt wird. So auch hier. Was ich vor allem auch schreiben wollte, war ein Roman über Europa.

Das Nachkriegseuropa grenzt für mich an ein Wunder. Nirgendwo sonst auf der Welt habe ich jemals etwas Vergleichbares, in seiner Verschiedenheit Einheitliches, in seinem Reichtum relativ Ausgewogenes, in seinen Widersprüchen weitgehend Harmonisches gesehen oder erlebt. Ich wüsste wirklich nicht, in welcher historischen Epoche oder geographischen Region ich lieber leben würde oder gelebt hätte. Ich gebe also zu, dass ich ein unerschütterlicher Anhänger der europäischen Idee und der europäischen Integration bin. Die Überwindung der Kleinstaaterei war eine wichtige Voraussetzung für die Entstehung der europäischen Demokratien, in denen heute, im welthistorischen Vergleich, das Paradies auf Erden herrscht. Warum sollte dieser Prozess seine Fortsetzung nicht in der Schaffung einer europäischen Republik finden, einer europäischen Verfassung?

Den vielen Aspekten dieser Frage in einem Roman gerecht zu werden wäre eine ziemliche Herausforderung, und ein Nachwort reicht in keinem Fall dafür aus. Aber eines ist sicher: Eine derartige Haltung ist zurzeit nicht sonderlich populär und macht einen in bestimmten Kreisen sogar eher verdächtig. Erschwerend kommt in meinem Fall hinzu, dass ich fast fünfundzwanzig Jahre lang als Dolmetscher für verschiedene europäische Institutionen gearbeitet habe, also doppelt verdächtig bin, voreingenommen zu sein als Kostgänger einer verhassten oder verachteten Bürokratie, darüber hinaus mit allerlei Privilegien ausgestattet, von denen die meisten zwar erfunden sind, was jedoch – wie ich als Schriftsteller weiß - keine Rolle spielt. Fiktionen sind oft stärker als die Wirklichkeit.

Ich habe immer wieder Situationen erlebt, in denen ich eher zugegeben hätte, als Klavierspieler in einem Bordell denn für *Brüssel* zu arbeiten. Ich widersprach irgendwann den ewig gleichen Bananen-, Traktorensitz- und sonstigen Gemeinplätzen nicht mehr. Und als irgendwann auch noch ein von mir bewunderter Lyriker und »intellectual hero« meiner Studentenzeit eine Polemik gegen die EU veröffentlichte, die in ihrer sachlichen Oberflächlichkeit und karikierenden Beweisführung meilenweit unter seiner Würde war, verbannte ich das Exposé für diesen Roman endgültig von meinem Schreibtisch. Gegen solch ein Gefasel wollte ich weder anschreiben noch mich mit ein paar einfachen Fragen auch nur in den Ring wagen.

Doch dann fiel mir plötzlich ein anderes Buch in die Hände, eine kleine Streitschrift mit dem unverdächtigen Titel *Der europäische Landbote* von Robert Menasse. Ich las das Buch einmal, zweimal, dreimal. Ich kaufte zwei, fünf, zehn Exemplare und verschickte sie an EU-Verächter in meinem Bekanntenkreis. Ich sagte gar nicht viel dazu, schrieb in der Widmung oder im Begleitbrief keineswegs von meiner Begeisterung über diesen ketzerischen Essay, sondern wünschte nur allenthalben eine hoffentlich anregende Lektüre.

Das Ergebnis war niederschmetternd. Es gab entweder gar keine Reaktionen oder sehr merkwürdige. Ein tolles Buch, wurde mir zum Beispiel von einem Bekannten versichert. Endlich habe mal jemand alle Übel dieser verfluchten Brüsseler Bürokratie auf den Punkt gebracht und das Bürokratiemonster entlarvt. Ich war fassungslos. Wie war das möglich? Wie konnte ein Essay, der so unmissverständlich bemüht war, etwas Licht in eine zugegebenermaßen schwierige und verworrene Angelegenheit zu bringen, im Kopf eines gebildeten Lesers nur wieder Nebelkerzen zünden? Der Begriff »alternative truth« war noch nicht erfunden. Eine zweite oder dritte Lektüre, so dachte ich damals noch, ein Abgleich von Textstellen würde Klarheit schaffen und eine Verständigung wenigstens darüber ermöglichen, was schwarz auf weiß auf dem Papier steht, völlig unabhängig davon, was man darüber denkt. Aber die Diskussionen verliefen wie eh und je. Und bald darauf wurde von derselben Person auch noch der Brexit bejubelt.

Nun ja. Jetzt habe ich den Roman also doch geschrieben, keinen Europa-Roman freilich, aber eine Geschichte, in der hoffentlich ein paar bedenkenswerte Positionen und Denkanstöße enthalten sind, die das leisten, was ein Roman im günstigsten Fall leisten kann und sollte: ein wenig Demut vor der Komplexität der Dinge erzeugen und vielleicht sogar Mut zu machen, sich genauer damit auseinanderzusetzen und nicht davor zu resignieren.

Wie immer bin ich vielen Menschen, die mir im Laufe der Recherchen zu diesem Roman geholfen haben, zu Dank verpflichtet. Sie alle namentlich zu nennen würde Seiten füllen, nur einige zu erwähnen würde mir die Auswahl sehr schwer machen. Daher erfolgt hier nur ein summarischer Dank an alle Fischereibeobachter, Wissenschaftler, Toxikologen, Umweltaktivisten, NGO-Mitarbeiter, Entwicklungshelfer und Experten in unterschiedlichen Institutionen, die mir ihre Einschätzung zu unterschiedlichen Aspekten dieses Romans geschildert oder wertvolle Sachinformationen gegeben haben. Alle sachlichen Fehler, die sich trotz aller Mühe eingeschlichen haben sollten, gehen natürlich auf mein Konto.

Wer mehr wissen will, findet zu den Themen Überfischung und illegale Fischerei im Internet eine regelrechte Flut an Informationen. Besonders in Erinnerung geblieben sind mir folgende Bücher zum Thema, die ich daher hier kurz erwähnen will:

Isabella Lövin: *Silent Seas. The Fish Race to the Bottom*
Charles Clover: *The End of the Line* (auch als Film erhältlich)
G. Bruce Knecht: *Hooked – Pirates, Poaching and the Perfect Fish*
Daniel Pauly: *In a Perfect Ocean*

Und wer einen starken Magen hat und sich standhaft genug glaubt, das sinnlos Grausame und absurd Barbarische menschlicher Verhaltensmuster im Umgang mit der Natur ertragen zu können, dem sei der Dokumentarfilm »Die Bucht« empfohlen.

Brüssel, im August 2017

»Ungewöhnlich und klug – ein hochspannender Krimi und zugleich ein intelligenter Kommentar zu einem der größten Skandale Berlins.«
Andreas Eschbach

WOLFRAM FLEISCHHAUER

TORSO

KRIMINALROMAN

In einem leerstehenden Berliner Hochhaus macht die Polizei einen grausigen Fund. Ein makaber drapierter Frauentorso stellt alles in den Schatten, was Hauptkommissar Zollanger in seiner Laufbahn je zu sehen bekam.
Anderswo in Berlin will eine verzweifelte junge Frau nicht an den »Selbstmord« ihres Bruders glauben – und sticht ahnungslos in ein Wespennest aus Gier, Verrat und Vertuschung übelster politischer Machenschaften.

»Ein Gesellschaftskrimi der Extraklasse, brillant recherchiert und dramatisch.«
Für Sie – Buch Special

WOLFRAM FLEISCHHAUER

SCHWEIGEND STEHT DER WALD

ROMAN

Es ist kein Zufall, dass es die Forststudentin Anja Grimm zu einem Praktikum in den tiefsten Wald Deutschlands verschlägt: Dort, im Bayrischen Wald, hat sie als Kind Urlaub gemacht, und dort verschwand vor zwanzig Jahren ihr Vater auf einer Wanderung. Bei den Dorfbewohnern läuten die Alarmglocken: Was hat die junge Frau hier zu suchen, nach so langer Zeit? Und was, wenn sie etwas findet – etwas Dunkleres, als jeder Fremde ahnen kann?

»Das ist einmalig in Deutschland: Wolfram Fleischhauer gelingt in jedem Buch der Spagat zwischen Spannung und ambitioniertem Gesellschaftsroman.«
Gunnar Blank, Bücher